中国古典文学
读本丛书典藏

清诗选

福建师范大学中文系
古典文学教研室 选注

人民文学出版社

图书在版编目(CIP)数据

清诗选 / 福建师范大学中文系古典文学教研室选注. — 北京：人民文学出版社，2024. -- （中国古典文学读本丛书典藏）. -- ISBN 978-7-02-018948-9

Ⅰ. I222.749

中国国家版本馆 CIP 数据核字第 2024XM8327 号

责任编辑　胡文骏
装帧设计　陶　雷
责任印制　王重艺

出版发行　人民文学出版社
社　　址　北京市朝内大街 166 号
邮政编码　100705

印　　刷　三河市鑫金马印装有限公司
经　　销　全国新华书店等

字　　数　413 千字
开　　本　880 毫米×1230 毫米　1/32
印　　张　20.375　插页 3
印　　数　1—4000
版　　次　1984 年 3 月北京第 1 版
　　　　　2009 年 4 月北京第 2 版
印　　次　2024 年 11 月第 1 次印刷

书　　号　978-7-02-018948-9
定　　价　65.00 元

如有印装质量问题，请与本社图书销售中心调换。电话:010-65233595

目 录

前言 1

林古度二首
  吉祥寺老梅歌 1
  金陵冬夜 2

钱谦益六首
  碧云寺 3
  众香庵赠自休长老 4
  金陵后观棋(六首选一) 5
  和盛集陶《落叶》(二首选一) 6
  读梅村宫詹艳诗有感书后(四首选一) 7
  《后秋兴》之十三(八首选一) 8

邢 昉二首
  白骨 10
  丙戌五日即事 11

谈 迁二首
  渡江 12
  广陵 13

项圣谟一首
  题自画大树 15

王猷定二首

螺川早发　16

　　阜城　17

朱之瑜二首

　　漫兴　18

　　避地日本感赋(二首选一)　19

冯　班二首

　　题友人《听雨舟》　20

　　朝歌旅舍　20

阎尔梅三首

　　沧州道中　22

　　绝贼臣胡谦光　23

　　采桑曲　24

商景兰一首

　　悼亡　26

江阴女子一首

　　题城墙　27

傅　山四首

　　乙酉岁除八绝句(选一)　28

　　秋径(十首选一)　29

　　客盂,盂有问余于右元者,右元占韵复之,阿好过情,遂
　　　如韵自遣　30

　　青羊庵　31

金人瑞二首

　　上巳日,天畅晴甚,觉《兰亭》"天朗气清"句为右军入化
　　　之笔,昭明忽然出手,岂谓年年有印板上巳耶?诗以
　　　纪之(二首)　32

吴伟业十五首

　　临顿儿　34

　　捉船行　35

　　鸳湖曲　36

　　圆圆曲　39

　　读史杂感(十首选二)　45

　　中秋看月有感　47

　　过吴江有感　48

　　梅村　49

　　过淮阴有感(二首选一)　49

　　怀古兼吊侯朝宗　50

　　临清大雪　51

　　伍员　52

　　戏题仕女图(十二首选二)　53

黄宗羲四首

　　卧病旬日未已,闲书所感(二首选一)　55

　　张司马苍水　56

　　周公谨砚(四首选二)　57

杜　濬四首

　　楼雨　58

　　晴　59

　　登金山寺塔(六首选一)　59

　　龚宗伯座中赠优人扮虞姬绝句　60

方以智一首

　　独往　61

高　兆一首

3

荷兰使舶歌　63
冒　襄二首
　　和阮亭《秋柳》诗原韵(四首选二)　68
李　渔二首
　　清明前一日　70
　　夏寒不雨为楚人忧岁　70
钱澄之五首
　　催粮行　72
　　捕匠行　73
　　梅花(十首选二)　74
　　扬州　75
方　文二首
　　竹枝词(十首选二)　76
周亮工一首
　　自剑津发燕江次西溪　77
归　庄三首
　　己丑元日(四首选一)　79
　　观田家收获(三首选一)　80
　　落花诗(十二首选一)　80
陈　忱一首
　　叹燕　82
顾炎武十九首
　　京口即事(二首选一)　83
　　秋山(二首)　84
　　海上(四首)　87
　　塞下曲(二首选一)　91

精卫 91

偶来 92

榜人曲(二首) 93

流转 94

酬朱监纪四辅 95

赋得秋柳 96

永平 97

一雁 98

又酬傅处士次韵(二首选一) 99

井中《心史》歌有序 100

曹 溶二首

初还故里有感(五首选一) 104

怀朱锡鬯 104

宋 琬四首

渔家词 106

同欧阳令饮凤凰山下 107

狱中对月 107

江上阻风 108

龚鼎孳六首

如农将返真州,以诗见贻,和答二首(选一) 109

游七星岩(四首选一) 110

晓发万安口号(八首选二) 111

上巳将过金陵(四首选二) 112

余 怀二首

雨花台 114

金陵杂感 114

邓汉仪一首
　　题息夫人庙　116
侯方域三首
　　冬日湖上(二首)　117
　　估客乐　118
吴嘉纪六首
　　绝句　120
　　风潮行　120
　　朝雨下　122
　　泊船观音门(十首选二)　122
　　冬日田家(四首选一)　123
施闰章八首
　　牵船夫行　124
　　燕子矶　125
　　雪中望岱岳　126
　　江月　126
　　泊樵舍　127
　　钱塘观潮　127
　　薛子寿见示免官后诗,感而有作　128
　　至南旺　129
尤　侗三首
　　煮粥行　130
　　题韩蕲王庙　131
　　闻鹧鸪　132
纪映淮二首
　　咏秋柳　134

村居　134
柳如是一首
　　西湖(八首选一)　135
申涵光二首
　　春雪歌　136
　　泛舟明湖　137
王夫之四首
　　读《指南集》(二首)　138
　　正落花诗(十首选一)　140
　　补落花诗(九首选一)　141
吴　绮一首
　　入门　143
张煌言一首
　　甲辰八月辞故里(二首选一)　144
孙枝蔚一首
　　陆放翁砚歌为毕载积题　146
毛先舒一首
　　吴宫词　149
黄　生一首
　　筑堤谣　150
毛奇龄一首
　　赠柳生　151
顾祖禹一首
　　甲辰九日感怀　152
魏　禧一首
　　登雨花台　154

汪　琬六首
　　玉钩斜　155
　　官军行　156
　　计甫草至寓斋(二首选一)　157
　　寄赠吴门故人　158
　　连遇大风,舟行甚迟,戏为二绝(选一)　159
　　月下演东坡语(二首选一)　159

计　东二首
　　宣府逢立秋　161
　　邺城吊谢茂秦山人　162

蒋　超一首
　　金陵旧院　163

许　虬一首
　　折杨柳歌(十首选一)　164

潘　高一首
　　秦淮晓渡　165

陆次云五首
　　出门(二首)　166
　　登岱　167
　　疑冢　167
　　咏史　168

陈维崧四首
　　忆贵池吴师(二首选一)　169
　　晓发中牟　170
　　怀州岁暮感怀(四首选一)　170
　　二日雪不止　171

费 密一首
　　朝天峡 173

叶 燮二首
　　客发苕溪 174
　　京口作 174

丁 炜一首
　　新淦舟行 176

姜宸英一首
　　惜花 177

吕留良五首
　　乱后过嘉兴三首 178
　　次韵黄九烟民部《思古堂诗》(五首选一) 179
　　耦耕诗(十首选一) 180

梁佩兰五首
　　养马行并序 182
　　采茶歌 183
　　阁夜 184
　　粤曲(二首) 185

朱彝尊十五首
　　马草行 186
　　度大庾岭 187
　　东官书所见 188
　　云中至日 188
　　观猎 189
　　晚次崞县 190
　　来青轩 190

鸳鸯湖棹歌(一百首选五)　191

　　常山山行　192

　　延平晚宿　193

　　酬洪昇　194

钱　曾一首

　　秋夜宿破山寺绝句(十二首选一)　196

董以宁二首

　　渡淮　197

　　闺怨　198

屈大均十二首

　　秣陵　199

　　云州秋望　200

　　塞上曲(六首选二)　201

　　鲁连台　202

　　塞上感怀　203

　　通州望海　203

　　民谣(十首选四)　204

　　雷女织葛歌　205

陈恭尹十一首

　　崖门谒三忠祠　206

　　虎丘题壁　207

　　感怀十七首(选二)　207

　　邺中　208

　　隋宫　209

　　读秦纪　210

　　村居即事(五首选二)　211

木棉花歌　212

　　别后寄方蒙章、陶苦子,兼柬何不偕、梁药亭、吴山带、黄
　　　葵村,定邮诗之约　213

李因笃二首

　　边上　215

　　望岳　216

彭孙遹三首

　　景州　217

　　彭蠡夜泊　218

　　秋日登滕王阁　218

吴兆骞六首

　　出关　220

　　次沙河寨　221

　　城楼晓望　221

　　夜行　222

　　长白山　223

　　混同江　223

恽　格二首

　　同李非夏《湖山晚眺》(四首选一)　225

　　寄虞山王石谷　226

王士禛三十三首

　　初春济南作　227

　　春不雨　228

　　秋柳(四首)　229

　　息斋夜宿即事怀故园　233

　　高邮雨泊　233

余澹心寄《金陵咏怀古迹》却寄二首(选一) 234
江上 234
晓雨后登燕子矶绝顶作 235
登金山(二首) 236
瓜洲渡江(二首) 237
秦淮杂诗十四首(选二) 238
大风渡江(三首选二) 239
真州绝句(五首选三) 239
南将军庙行 240
雨中度故关 242
潼关 243
龙门阁 244
嘉阳登舟 245
晚登夔府东城楼望八阵图 246
江上看晚霞(三首选一) 247
蝶矶灵泽夫人祠 248
清流阁 248
嘉陵江上忆家 249
送张杞园待诏之广陵(二首选一) 249

曹贞吉二首
宣城苦雨 251
渡潍水吊淮阴侯 251

释宗渭一首
横塘夜泊 253

宋　荦三首
邯郸道上 254

荻港避风(二首选一)　254
　　海上杂诗(三首选一)　255

田　雯二首
　　移居诗　256
　　河内县　257

姚文焱一首
　　赤壁　258

赵　俞二首
　　督亢陂　260
　　闻鹧鸪　261

徐　钪一首
　　晓发京口　262

邵长蘅四首
　　雨后登惠山最高顶　263
　　登吴城望湖亭　264
　　题冀渭公所藏杨忠愍梅花诗卷有序　265
　　津门官舍话旧　267

张笃庆二首
　　明季咏史百一诗(一百零一首选一)　268
　　勘灾吏　269

王　摅一首
　　谒伍相祠　271

李　符二首
　　滇南春词(十二首选二)　273

蒲松龄一首
　　青石关　275

吴之振四首
　　初出黄河口效诚斋体　276
　　论诗偶成(十二首选一)　276
　　叠韵送叶星期岁暮还山　277
　　处州杂言八首(选一)　278

吴　雯一首
　　明妃　279

孟亮揆一首
　　于忠肃墓　281

王鸿绪一首
　　夜　283

洪　昇七首
　　京东杂感(十首选二)　284
　　衢州杂感(十首选二)　285
　　田家雨望　286
　　喜雨　286
　　钓台　287

潘　耒四首
　　华峰顶　288
　　广武　290
　　羊城杂咏(十首选一)　291
　　金山　291

王又旦三首
　　牵缆词　293
　　晓渡望鄂州　294
　　太史公祠隔河望孤山　294

刘献廷五首

　　怀古　296

　　王昭君(二首)　297

　　咏史(三首选二)　297

孔尚任三首

　　淮上有感　299

　　北固山看大江　300

　　游平山堂　300

张　远一首

　　下建溪诸滩　302

查慎行三十四首

　　渡百里湖　304

　　寒夜次潘岷原韵　305

　　三闾祠　305

　　初入黔境,土人皆居悬岩峭壁间,缘梯上下,与猿猱无异,睹之心恻,而作是诗　306

　　黎峨道中(二首选一)　307

　　黔阳即事口号(三首选一)　307

　　中秋夜洞庭湖对月歌　308

　　雨过桐庐　309

　　青溪口号(八首选四)　310

　　三江口苦雨　310

　　五老峰观海绵歌　311

　　早过大通驿　313

　　汴梁杂诗(八首选一)　314

　　池河驿　315

从浒练出西汔(二首选一)　315

　　秦邮道中即目　316

　　初上滩　316

　　大小米滩　317

　　八月十七日,伊苏河源雪中闻雷,食顷雨霁　318

　　发清江浦(二首选一)　318

　　渡黄河　319

　　早过淇县　319

　　邺下杂咏(四首选一)　320

　　晓过鸳湖　320

　　武夷采茶词(四首选一)　321

　　舟中即目　321

　　珠江棹歌词(四首选二)　322

　　桂江舟行口号(十首选三)　323

景星杓一首

　　籴官米　324

查嗣瑮一首

　　贾太傅祠　325

纳兰性德三首

　　秣陵怀古　327

　　记征人语　327

　　填词　328

刘廷玑一首

　　劝农行　330

汤右曾一首

　　放舟至下钟山　331

16

曹　寅二首
　　古北口中秋　334
　　读洪昉思《稗畦行卷》感赠一首兼寄赵秋谷赞善　334

王丹林一首
　　白桃花次乾斋侍读韵　336

徐　兰一首
　　出关　338

赵执信九首
　　道旁碑　339
　　晓过灵石　341
　　山行杂诗四首(选一)　341
　　后纪蝗　342
　　雪晴过海上,适海市见之罘下,自亭午至晡,快睹有述,
　　　时十月十日　343
　　昭阳湖行书所见(四首选一)　345
　　望匡庐不可见　345
　　甿入城行　346
　　金陵杂感六绝句(选一)　347

屈　复一首
　　偶然作　349

汪　绎一首
　　柳枝词(四首选一)　350

沈德潜七首
　　制府来　351
　　晓经平江路　353
　　月夜渡江　354

17

过真州　355

　　吴山怀古（四首选一）　356

　　过许州　357

　　晚晴　357

朱　樟一首

　　催租行　358

庞　鸣一首

　　吴宫词　360

王　慧一首

　　冷泉亭　361

塞尔赫一首

　　白芍药　362

吴永和一首

　　虞姬　363

华　嵒一首

　　晓景　364

黄　任六首

　　西湖杂诗十四首（选五）　365

　　彭城道中　367

金　农二首

　　过小孤山　369

　　感春口号　369

黄子云一首

　　大洋　371

厉　鹗十四首

　　秋宿葛岭涵青精舍（二首选一）　372

灵隐寺月夜　372

　　晓登韬光绝顶　373

　　晓至湖上　374

　　宝应舟中月夜　375

　　渡河　375

　　富春　376

　　春寒　376

　　荆溪道中　377

　　湖楼题壁　377

　　游摄山栖霞寺,留止三宿,得诗三首(选一)　378

　　归舟江行望燕子矶作　378

　　午日淮阴城北观竞渡四首(选一)　379

　　淮城使风,暮抵扬州　379

峻　德一首

　　望潼关　381

郑　燮八首

　　扬州(四首选一)　382

　　私刑恶　383

　　绍兴　384

　　姑恶　384

　　逃荒行　386

　　还家行　388

　　题竹石画(二首)　390

严遂成五首

　　乌江项王庙　391

　　曲峪镇远眺　392

19

三垂冈　393

　　题临城公廨壁　394

　　桃花　395

马曰璐一首

　　杭州半山看桃　397

桑调元一首

　　五人墓　398

杭世骏三首

　　晚秋游莲居、报国两招提　400

　　出国门作（四首选一）　401

　　咏木棉花　401

胡天游二首

　　层城　403

　　晓行　404

刘大櫆一首

　　西山　405

吴敬梓三首

　　渡江　406

　　将往平山堂风雪不果二首　406

姚　范一首

　　山行　408

王又曾六首

　　芜湖　409

　　汉上逢诸亲故累邀泥饮　410

　　临平道中看白荷花同朱冰壑、陈渔所（二首）　411

　　秦淮绝句　411

江行杂诗　412

汪师韩一首

　　临清　413

钱　载十一首

　　蓟门口号(三首选一)　414

　　城隅　414

　　梅心驿南山行(二首选一)　415

　　过弋阳六七十里,江山胜绝,即目成歌　416

　　发灵川　417

　　岳顶夜起　418

　　后下滩歌　418

　　到家作(四首选一)　419

　　观王文简所题马士英画(二首选一)　420

　　牛头山　420

　　小店　421

朱　瑄一首

　　祖龙引　422

翁　格一首

　　暮春　423

袁　枚二十二首

　　同金十一沛恩游栖霞寺望桂林诸山　424

　　铜雀台(二首)　426

　　澶渊　428

　　荆卿里　428

　　张丽华(二首选一)　429

　　抵金陵(二首)　430

21

马嵬(四首选一) 432

再题马嵬驿(四首选一) 432

咏钱(六首选一) 433

偶然作(十三首选一) 434

陶渊明有《饮酒》二十首,余天性不饮,故反之,作《不饮酒》二十首(选一) 435

谒岳王墓(十五首选二) 436

湖上杂诗(二十首选一) 437

桐江作(四首选二) 437

行十里至黄崖,再登文殊塔观瀑 438

独秀峰 439

遣兴(二十四首选二) 439

查 礼一首

采葛行 441

邵齐焘一首

劝学一首赠黄生汉镛 442

王鸣盛五首

乌石滩 444

芦沟桥 445

夷陵远望 446

西湖葛岭有嘲 447

九江舟中 447

纪 昀三首

富春至严陵山水甚佳(四首选三) 449

王 昶六首

过昭阳湖(三首) 451

潼关　452

　　上津铺　452

　　景州　453

蒋士铨十二首

　　拟《秋怀诗》(七首选一)　454

　　岁暮到家　455

　　杭州(二首选一)　455

　　润州小泊　456

　　梅花岭吊史阁部　456

　　弄盆子　457

　　象声　459

　　鸡毛房　461

　　极目(二首选一)　462

　　驱巫　463

　　立春前一日喜雪(八首选一)　464

　　江泛(二首选一)　464

赵　翼二十三首

　　偶得十一首(选一)　465

　　晓起　467

　　过文信国祠同舫荄作(三首)　467

　　题吟芗所谱《蔡文姬归汉传奇》(四首选二)　470

　　后园居诗(六首选一)　471

　　将至朗州作　472

　　赤壁　473

　　杂题(八首选一)　473

　　渡太湖登马迹山(二首选一)　474

论诗(五首选三)　475

　　山行杂诗(七首选一)　476

　　野步　476

　　题元遗山集　476

　　渡江(二首选一)　477

　　静观二十五首(选三)　478

　　论诗　480

钱大昕二首

　　五月　482

　　村中记所见　483

敦　敏一首

　　赠曹雪芹　484

韩梦周二首

　　劚石粉　486

　　鸥鹭饥　486

姚　鼐七首

　　岁除日与子颖登日观观日出作歌　488

　　山行　490

　　出池州　491

　　南昌竹枝词(二首)　491

　　金陵晓发　492

　　岳州城上　492

褚廷璋一首

　　鬻子行　494

翁方纲七首

　　望罗浮　496

24

赵北口(二首)　497

　　韩庄闸二首　497

　　又书《元遗山集》后三诗(选二)　498

敦　诚一首

　　寄怀曹雪芹(霑)　500

钱维乔一首

　　五更渡洛水　503

崔　述一首

　　磁涧　504

汪　中二首

　　过龙江关　506

　　梅花　507

洪亮吉九首

　　朝阪行(三首选二)　508

　　宜沟行　509

　　自柏乡至磁州道中杂诗(四首选三)　510

　　天山歌　512

　　松树塘万松歌　514

　　宗忠简祠　515

吴锡麒四首

　　读放翁集　516

　　观夜潮　517

　　虎丘(三首选二)　518

黎　简四首

　　龙门滩　519

　　小园　520

短歌行　521

　　夜将半,南望书所见　521

黄景仁十五首

　　少年行　523

　　别老母　524

　　舟夜寒甚,排闷为此　524

　　太白墓　525

　　虞忠肃祠　527

　　安庆客舍　530

　　富阳　530

　　新安滩　531

　　癸巳除夕偶成(二首)　531

　　将之京师杂别(六首选一)　532

　　献县汪丞坐中观伎　533

　　都门秋思(四首选一)　536

　　圈虎行　536

　　春兴　538

孙星衍一首

　　宿江上　539

法式善一首

　　宝珠洞　541

杨芳灿一首

　　暮雨曲　542

伊秉绶一首

　　扬州(三首选一)　543

王芑孙一首

官道柳　545

宋　湘五首

河南道中书事感怀(五首选二)　546

舟中读范文正公《岳阳楼记》　547

入洞庭　548

自作(三首选一)　548

李銮宣一首

推车谣　550

孙原湘七首

牧歌　551

登白云栖绝顶　552

吴中　552

歌风台　553

蒙山　554

西陵峡　554

太湖舟中　555

王　昙三首

住谷城之明日,谨以斗酒、牛膏,合琵琶三十二弦侑祭
于西楚霸王之墓(三首)　556

焦　循二首

荒年杂诗(九首选一)　559

同年哥　560

张问陶十二首

晓行　561

芦沟　562

望太白山　562

27

入剑阁　563

雪中过正定　564

咏怀旧游十首(选二)　565

读《桃花扇》传奇偶题八绝句(选一)　567

瞿塘、巫峡　567

出峡泊宜昌府(四首选一)　568

十六夜雪中渡江　568

阳湖道中　569

阮　元四首

大龙湫歌用禁体　570

月夜过赵北口　571

雨后泛舟登汇波楼(二首)　572

舒　位七首

鲈虎行　573

读三李二杜集竟，岁暮祭之，各题一首(五首选一)　575

杨花诗　576

卧龙冈作(四首选二)　577

白苗　579

梅花岭吊史阁部　579

吴嵩梁十首

桐江(五首选一)　582

秋怀二十首(选一)　583

秋意　583

书《长恨传》后　584

鸳鸯湖避雪　584

闲居有述(二首选一)　585

郑州道中　586

　　河间旅舍题壁　586

　　病起答法时帆学士　587

　　归舟杂诗(七首选一)　587

郭　　麐四首

　　书闷　588

　　法华山望湖亭同汪、吴二子作　589

　　新晴即事(六首选一)　589

　　真州道中绝句　590

陈寿祺一首

　　过枫岭　591

陈文述九首

　　凤城春柳词(十首选六)　593

　　秋夜　595

　　夏日杂诗(七首选一)　595

　　月夜闻纺织声(三首选一)　595

陈　　均一首

　　踏车叹　597

陈　　沆十首

　　有感　598

　　九日登黄鹤楼　599

　　河南道上乐府四章　599

　　出都诗六首(选一)　601

　　灵泉寺　602

　　扬州城楼　603

　　除日抵京　604

潘德舆五首
　　射湖晚泊(四首选一)　605
　　镇江至江宁山行杂述(十二首选二)　605
　　独坐和亨甫月夜见访次日雨中口号二首(选一)　606
　　茌平述感　606

前　言

一

我国古典诗歌,源远流长。唐代诗歌的成就最高,在内容和形式两方面都得到高度的发展。宋诗有过分议论化、散文化的毛病,但在反映民族矛盾和艺术特点方面,也有新的成就。元明两代,文学的主流转向戏曲、小说,诗歌比较衰微。明末清初,出现了像顾炎武、王夫之那样具有进步的民主思想和强烈的民族思想,并且诗功也深的诗人;像钱谦益、吴伟业那样才学富足,能够转移风气的诗人,本来具备了振兴诗歌的良好条件。但清代的特定的政治背景又使它的创作成就受到了很大的限制。

清初抱有反清的民族思想的诗人,在当时民族矛盾成为主要矛盾的情况下,写了不少表现民族大义、具有爱国精神的诗篇,使清诗闪耀出战斗的光芒。但随着汉族反清武装力量的失败、消灭,清朝统治的巩固,以及思想钳制的加强,文字狱的株连,功名利禄的引诱,改变了儒林的风气等,使诗歌创作受到消极的影响。加以乾隆修《四库全书》时又搜访、销毁了许多内容"有碍"的禁书,清初不少优秀诗篇因此被消灭或得不到流传。这是清诗发展过程中的一个巨大的限制。

十八世纪以后的清朝统治下的中国,在相对安定、繁荣的同时,又日渐出现了社会的黑暗衰落和人民的反抗斗争。社会的黑暗和人民的反抗,本来可以刺激、促起诗人的奋发,但由于清朝在政治、文化上的严厉钳制,由于一些人被表面上的"盛世"之局所迷惑,诗人在正视现实、反映现实方面,还有所忌讳、回避和冲淡。他们多借模山范水、批风抹月和咏史咏物来抒写个人的闲情逸致或牢骚抑郁,尽管诗的功力和技巧都相当不错,但思想内容不免相对淡薄。清代全盛时期的诗歌,不能像唐代的杜甫、白居易等人的作品那样鲜明有力地形成一股气势磅礴的现实主义的主流,这又是清诗发展过程中的另一个巨大的限制。

尽管存在如上所述的局限,清诗惩元明之失,兼学唐宋,同时也在一定程度上反映了当时的社会生活,其成就还是超过元明两代,足以继唐宋而成为我国古典诗歌发展史上的后劲。

二

清初的诗人,如林古度、谈迁、朱之瑜、阎尔梅、傅山、黄宗羲、杜濬、方以智、钱澄之、冒襄、归庄、陈忱、顾炎武、吴嘉纪、王夫之、张煌言、黄生、魏禧、吕留良、屈大均、陈恭尹等,始终不肯出仕清朝,坚持民族气节。他们有的直接参加反清的政治、军事斗争,失败后或不忘恢复,或以身殉国;有的以死拒绝征辟,有的削发为僧或栖身海外,以避免遭受污辱和迫害;有的藏身草野或流亡江海,甘心过着艰危困苦的生活。他们志行皎然,都可以说是当时的爱国诗人。

顾炎武是清初的大学者、进步的思想家,诗学杜甫,功力极深,是当时爱国诗人中成就最高的一个。沈德潜评他:"肆力于学……无不穷极根底,韵语其余事也。然词必己出,事必精当。风霜之气,松柏之质,两者兼有。就诗品论,亦不肯作第二流人。"(《明诗别裁》)林昌彝评他:"古近体诗沉着雄厚,深得杜骨。其诗可为前明诗家之后劲,本朝诗家之开山。"认为像《海上》七律四首,"无限悲浑,故独超千古,直接老杜。"(《射鹰楼诗话》)都是切合实际的。顾诗词意坚实,无一长语,苍凉劲健,风骨极高。黄宗羲、王夫之和顾氏齐名,也是当时的大学者、大思想家,两人的民主思想,比顾氏更为激进,但诗的成就不及。黄诗较质朴;王诗瑰丽奥衍,功力亦深,但词旨比较隐僻。有人评王:"诗其余事,词旨深复,气韵沉郁,读之如观夏鼎商彝,如闻哀猿唳鹤,使人穆然神肃,翛然意远。""昔人评亭林诗,如泰华秋色;先生则衡岳之云,清湘之瑟,楚材称雄,斯冠一代矣。"(《晚晴簃诗话》)也能得其梗概。王诗以正、补《落花诗》为最有代表性。

阎尔梅、钱澄之、吴嘉纪诗的共同特点,是善于以朴素的语言反映当时的社会现实,风格接近唐代的新乐府诗派。在反映民生疾苦之外,阎尔梅又常以悲愤激烈之辞,抒发反清思想;钱澄之又常以冲淡含蓄之笔,描写田园生活。吴嘉纪终生穷困,和贫苦的农民、盐民生活在一起,滨海人民所受人祸天灾的煎熬,在他的诗篇中得到了鲜明的反映,留下了斑斑的血泪之痕。有人评他的诗:"工为严冷之词……凄逸幽奥,能变通陈迹,自为一家。"(《清史稿·文苑传》)"字字入人心腑",得"陶杜之真衣钵"。(潘德舆《养一斋诗话》)《过史公墓》、《泊船观音门十首》等,则表现他的爱国思想。

杜濬、归庄的爱国诗篇都写得相当沉痛。杜诗清郁,归诗凌丽,风格又有不同。归庄诗"不信江南百万户,锄耰只向陇头耕。"(《己丑元日》)表现了对清廷统治的高度愤懑和对人民反抗力量的充分估计,战斗性很强。生年稍后的屈大均、陈恭尹两人,崛起岭南,诗篇皆遒壮昂扬,兼具气韵声色之美。《晚晴簃诗话》评屈氏说:"诗自谪仙入,念乱忧生,盘郁哀艳;又以初遭鼎革,每多故国之悲。"评陈氏说:"少遭家国之难,间关江海,飘泊无归,忧愤之志,一形于诗。……其诗真气盘郁,激昂顿挫,在江南所作怀古及《虎丘题壁》诸作,尤倾动一时。王渔洋谓其清迥拔俗,得唐人三昧。"屈诗想象丰富,在雄健中有飞腾夭矫之势;陈诗用心细密,在盘郁中有沉浑圆美之致,这是两家诗的同中之异。以体裁论,屈诗五律最著,陈诗七律最工。

以明臣而仕清的诗人,最著名的是钱谦益、吴伟业、龚鼎孳三人,称"江左三大家"。三人中,龚诗的成就不如钱、吴;对后来影响之大,钱又不如吴。钱谦益学问渊博,文才亦高,为文纵横排奡,规模阔大。论诗反对前、后"七子"的"赝古",公安派的空疏,竟陵派的狭窄;主张"转益多师",写性情学问兼济的"有本"之诗。自盛唐、中晚唐、两宋及金朝的元好问诸大家无不学,尤得力于杜甫、李商隐、苏轼、陆游诸家。他与吴伟业都是成名于晚明的人,对明诗的转变和清诗的发展,都起了推动的作用。钱诗数典过多,又好谈禅理,不免踳驳之病;然材藻丰富,情韵亦佳,是一时大手笔。《有学集》、《投笔集》哀思明亡,寄情恢复,情辞苍郁;然大节已亏,进退失据,论者讥其"矫饰"。吴伟业诗,《四库提要》的评价相当恰切:"其少作大抵才华艳发,吐纳风流,有藻思绮合、清丽芊眠之致。及乎遭逢丧乱,阅历兴亡,激楚苍凉,风骨弥为遒上。暮年萧瑟,论者以庾信方之。其中歌行一体,尤所擅长:格律本乎四杰,而情韵为深;叙述类乎香山,而风华为胜。韵协宫商,感均顽艳,一时尤称绝调。"吴伟业近体诗稍嫌腴缛,坚苍处不及钱谦益;歌行的风调则胜过钱,后来效法他的很多,直至近代诗人所作如王闿运的《圆明园词》、樊增祥的前后《彩云曲》、杨圻的《天山曲》《檀青引》等,都和他的《圆圆曲》等七言歌行一脉相通。

三

在清朝应试、出仕,而主要生活于康熙、雍正时期的诗人,较早的有所谓"南施北宋"两家。施指施闰章,宋指宋琬。王士禛说:"康熙以来诗人,无出南施北宋之右。"施的五言诗,"温柔敦厚,一唱三叹,有风人之旨。"宋"浙江后诗颇拟放翁;五古时闯韩杜之奥。"(《池北偶谈》)沈德潜说:"南施北宋,故应抗行。就两家论之:宋以雄健磊落胜;施以温柔敦厚胜,又各自擅场。"(《清诗别裁》)施闰章诗学王孟韦柳,追求温粹冲和的风格,故最工五言律;他也写了一些反映社会现实的乐府歌行。宋琬诗学杜韩及陆游,又遭遇困厄,愤激不平,故多雄伟亢厉之音,实际上以七言诗及歌行为胜。

"南施北宋"还不是这时期的第一流的诗人。这时期的第一流的诗人,首先要推王士禛。王氏的七言近体和吴伟业的七言歌行,是清诗中最为独擅胜场和影响最大的作品。王氏论诗,推崇司空图《诗品》的"不著一字,尽得风流"之说,和严羽《沧浪诗话》的"妙悟"、"兴趣"及"羚羊挂角,无迹可求"之说,标举"神韵",理论上自成一派。创作实践也相当成功,领袖诗坛数十年。《四库提要》说:"宋诗质直,流为有韵之语录;元诗缛艳,流为对句之小词。"士禛以"清新俊逸"之才,转移清初"谈诗竞尚宋元"的风气。但又认为他"所称者盛唐,而古体惟崇王孟,上及谢朓而止","近体多近钱郎,上及李颀而止";"律以杜甫之忠厚缠绵,沉郁顿挫,则有浮声切响之异"。杨绳武为王氏写的《神道碑》则说:"公之诗笼盖百家,尽括千载,自汉魏六朝以及唐宋元明人,无不咀其精华,探其堂奥,而尤浸淫于陶孟王韦诸公,有以得其象外之象,意外之神,不雕饰而工,不锤铸而炼。极沉郁排奡之气,而弥近自然;尽镌刻绚烂之奇,而不由人力。"褒贬颇有不同。王氏处在清朝统治巩固、表面承平的时期,政治条件不容许他走杜甫的大力揭露现实、批判现实的道路,模山范水、咏古咏物等正是他最常写的题材。风格上当然不同于杜甫的"忠厚缠绵,沉郁顿挫",但他入蜀以后刻画山水的诗篇,功力亦有得于杜诗;他的诗得力最深的是王孟一派,但确实对古代大名家,都下过"咀其精华,探其堂奥"的功夫。"沉郁排奡"非所长;但"象外之象,意外之神"确有所擅,近体绝非钱起、郎士元、李颀等人所能限制。他的诗的妙处,在善于融情入景,好整以暇,惨淡经营而出之以平易,涵情绵邈而出之以纡徐;加以音节清远跌宕,意味悠然,故觉神韵卓绝。宋琬说他"绝代销魂王阮亭",赞美他独擅的一面;袁枚说他"一代正宗才力薄",则指出他的不足之处。

和王士禛齐名的朱彝尊,诗早期学八代,中期学盛唐,晚期趋于平易。《四库提要》评他:"至其中岁以还,则学问愈博,风骨愈壮,长篇险韵,出奇无穷。赵执信《谈龙录》论国朝之诗,以彝尊及士禛为大家,谓'王之才高,而学足以副之;朱之学博,而才足以运之。'及论其得失,则曰:'朱贪多,王爱好。'亦公论也。"朱诗功力不下于王,中期不乏格律工整、闳中肆外的作品;但在迈越故步、独创新貌方面,终不如王。

这时期的诗人,还有尤侗、彭孙遹、梁佩兰、宋荦、吴雯、洪昇等人,诗以疏畅和隽胜;有陈维崧、吴兆骞、田雯、张笃庆等人,诗以豪迈藻丽胜。比较著名的,又有赵执信。赵是王士禛的从甥婿,但论诗的旨趣与王不同,所著《谈龙录》,对王颇有讥贬。他于诗颇自负,求去浮靡,力追峭刻,但酝酿不深,情韵较逊,成就不及王。他的诗如《甿入城行》写农民对官府的反抗,却是很值得重视的。

可以和王士禛并称为这时期的第一流的诗人,应推查慎行。查氏得力于苏轼、陆游最深,用笔沉着,运思刻入,发扬了宋诗的艺术技巧,是清初学宋诗成就最大的一人。他的诗又讲究音节色泽,兼得唐诗的好处,没有一般宋诗缺乏情韵的毛病,他又可以说是康、雍时出入唐宋、刻意创新的成就最大的诗人。王士禛为他早年的诗集作序,即说:"以近体论,剑南奇创之才,夏重(查氏的字)或逊其雄;夏重绵至之思,剑南亦未之过,当与古人争胜毫厘。"古体"夏重丽藻络绎,宫商抗坠,往往有元遗山、陈后山风。"赵翼《瓯北诗话》更说:"故吴梅村后欲举一家列唐宋诸公之后者,实难其人。惟初白(查氏的号)才气开展,工力纯熟,鄙意欲以继诸贤之后。""初白近体诗最擅长,放翁以后,未有能继之者。当其年少气锐,从军黔楚,有江山戎马之助,故出手即沉雄踔厉,有幽并之气。中年游中州,地多胜迹,益足以发抒其才思,登临怀古,慷慨悲歌,集中此数卷为最胜。内召以后,更细意熨贴,因物赋形,无一字不稳惬。""要其功力之深,则香山、放翁后一人而已。"查氏注过苏轼诗,受苏氏的影响也大;当然,从总体上看,他的诗歌的历史地位,还不能和白、苏、陆三家相比。

四

在康熙五十九年中举,又生活到乾隆十七年的厉鹗,是继查慎行之后效法宋诗成就较高的一个诗人。厉氏诗导源谢灵运和唐代的王孟韦柳,风格与查氏不同。他著《宋诗纪事》,对宋代历史和宋诗研究很精。所作幽峭妍秀,工于炼字,五古尤胜,特别是游西湖诸作,刻琢更为精致。王昶《蒲褐山房诗话》说他的诗:"莹然而清,窅然而邃,撷宋诗之精诣而弃其疏芜。"厉诗学宋,"疏芜"较少是事实;但宋诗如陆游一派的气魄豪迈的"精诣",他是"撷取"不到的。他的诗自成一派,世称他为"浙派"的领袖。从他以后的诗人,可以算是乾隆、嘉庆朝的"盛世"的诗人。

生年早于厉鹗,但到乾隆初年才中进士的沈德潜,主要的活动是在乾隆时。他论诗注重"温柔敦厚",注重"格调",提倡汉魏盛唐。著有《说诗晬语》,又编选《古诗源》、《唐诗别裁》、《明诗别裁》、《清诗(原称"国朝诗")别裁》等集,流行于世。一时吴下诗人,奉为宗主。和崇尚宋诗的"浙派"的厉鹗比较起来,声气更盛,影响更大。他的近体诗如《金陵十首》,颇高亢雄健;古体注意反映现实,语言比较朴素,也有好的作品。但可惜大部分作品封建说教气味太浓,有的语言比较板质,厚重有余,生气不足,创作的成就较差。

乾隆时的钱载,作诗以生涩取胜,在苍劲俚质中别饶清韵。在当时学唐学宋的诗歌形成"熟调"时,他的诗别具一格,颇能使人耳目一新。陈衍《石遗室诗话》说:"有清一代,宗杜韩者,嘉道以前,惟一钱箨石侍郎而已。"钱载诗道学气亦重,反映现实少,精神实质不能和杜甫相比;陈衍所说,实际侧重钱的学韩。韩愈古诗有古奥拗硬的一面,钱氏学之,又兼学宋代的黄庭坚、陈师道、杨万里,故以涩硬为宗,以俚拙取神。技巧上有独到之处,但所走的毕竟不是坦途。《晚晴簃诗话》评:"箨石论诗,取径江西,去其粗豪,而出之以奥折。用意必深微,用笔必拗折,用字必古艳,力追险涩,绝去笔墨畦径。"推许颇甚。

在"神韵"、"格调"、宗唐、宗宋的各派诗歌流行之后,相仿相袭,清诗又逐渐形成新的"窠臼",假如不能别开格局,很快又会走向形式的僵化。这时期的诗人,能开创新格局的代表是袁枚和赵翼。袁、赵和蒋士铨,合称"乾隆三大家"。

袁枚行为倜傥不羁,反对封建道学,同时人或讥他"轻薄"。实际上,他的思想在当时是比较通达的。论事论情,务求平恕,敢于薄泥古、崇古的观念,讥讽陈腐的礼教,见识不凡。他论诗反对沈德潜的提倡"格调",以为会流于贵古贱今、尊唐抑宋的旧框框;反对王士禛的专求"神韵",以为会流于纤弱和过分"装饰"。他继承、发展杨万里和明代公安派的说法,论诗主"性灵"。所谓性灵,是要求诗歌要有写作者的真性情,要有新鲜活泼的灵感的触发,不可写得陈陈相因,没有个性,没有生气。他的作品,感情奔放,议论新颖,笔调活泼,语言明畅而且句法比较灵活多样,从内容到形式,都有一定的创新。但可惜创作态度不够严肃,不少篇章是率意之作,境界趣味不高,流为轻滑。他的作品瑕瑜参杂,但比起同是提倡性灵的公安派作家的作品,还是高出很多,因为他的才学和功力远非公安派作家所能及。

赵翼也是一个学识渊深、思想通达的学者,他的朴素唯物论和历史进化的哲学观点,在当时也是比较进步的。他论诗最强调创新,说:"诗文随世运,无日不趋新"(《论诗》),"诗文无尽境,新者辄成旧"(《删改旧诗作》),"必创前古所未有而后可以传世"(《瓯北诗话》)。他的作品,以五、七言古诗为最有特色。五古如《闲居读书》、《杂题》、《偶得》、《园居》、《山行杂诗》、《书所见》、《静观》等,抒写很多新颖独到的见解,言前人之所未言,内容可取,但有人认为偏于议论是大病。我们看来,赵翼这类诗,议论过多有缺点,可是它又不像宋代理学家的说理诗那样使人厌倦,相反的,读起来往往觉得意味深长。这是因为议论中有作者的新鲜的见解,有他的丰富的生活经验,他的洒脱真实的性格,他的庄谐杂作的风趣,他的对人生世事的合情合理而透辟的分析,并且语言浅显精醇之故。袁枚评说:"《击壤集》、《读书乐》,一经儒家说理,便有头巾气。瓯北此等诗,穿天心入月胁,说理愈精,英光愈迸露,真足为天地间另辟一境。"指出它的成功的一面;当然,赵氏这类诗,也有不少比较浅率、枯燥的,不能一概而论。他的近体诗,特别是七言律绝,颇费匠心经营,也时有新意,但一般说来,格调较"熟",创造性较少。

总之,袁枚、赵翼诗的出现,有其解放的精神,在一定程度上,打破清诗形式要重新走向僵化的格局,作出了历史的贡献。

蒋士铨和袁枚、赵翼的交谊深,作诗也主张戒蹈袭、写性情,和袁、赵有一致的地方。但他对诗的内容强调"忠孝节烈之心,温柔敦厚之旨",封建礼教气息较浓;形式上比较重骨力,不那么强调性灵,作风和袁、赵又有不同。袁枚为他的诗集作序,称其诗为"横出锐入","神锋森然";王昶《蒲褐山房诗话》评其诗:"诸体皆工,然古诗胜于近体,七古又胜于五古,苍苍莽莽,不主故常。"他的《京师乐府词十六首》,反映当时北京的都市生活,生动细致,在他的诗中为别调,但更有现实意义。

蒋氏诗的功力不下于袁、赵,但在开新方面的努力和影响,却大有不如。

除袁、赵、蒋三家外,这时期值得注意的诗人还有郑燮、黄景仁、张问陶三人。郑燮早年生活贫困,做过短期的小官,久居民间,同情人民的痛苦,所作古体如《私刑恶》、《逃荒行》、《孤儿行》、《姑恶》等,鞭挞贪官污吏的残酷,同情人民的不幸遭遇,语言朴素,描写深刻,富有现实主义精神。

黄景仁出身孤寒,奔走四方以谋生计,为县丞未补官而卒,年只三十五岁。他是一个终身穷困不得志的诗人。诗从李白、岑参、李贺诸家入手,而才调极高,融通变化,形成独具的风格。他的诗最大的特点是用情极深。无论是缠绵悱恻或是抑塞愤慨之情,都写得深入沉挚,使人回肠荡气,极受感动。其次是语言清切。他善用白描,诗中扫尽浮泛陈旧之词,语语真切;而且一种清新迥拔之气,凌然纸上。其三是音调极佳。王士禛诗在音调上独得纡徐跌宕之妙;黄景仁诗音调和内容紧密配合,悠扬激楚,也特别动人。他的诗辞清而气宕,故哀伤而不流靡,最长于抒情;但如《圈虎行》、《献县汪丞坐中观伎》等诗,又可看出他体物叙事的描摹毕肖的功夫。吴锡麒评其诗:"清窈之思,激哀于林樾;雄宕之气,鼓怒于海涛。"(《与刘松岚书》)洪亮吉评其诗:"如咽露秋虫,舞风病鹤。"(《北江诗话》)颇为近似。从整个内容看来,他的诗以写个人的凄凉的身世之感为主,给读者的影响也可能是感伤情绪为多。

张问陶诗重性灵似袁枚,规模才气不及袁,而刻意锻炼则超过;白描翻新似查慎行,学问功力不及查,而情景相生则相近。古体较浅薄;近体空灵沉郁,佳句络绎,大大丰富了这时期诗歌的意境。

生活于乾隆后期和嘉庆朝的诗人舒位、孙原湘、王昙被法式善称为"三君",有的人认为他们可继袁、赵、蒋三人,称之为"后三家"。三人中王昙的诗最粗犷,成就较差。舒位及孙原湘诗,多出入于李白、李商隐、杜牧、李贺诸家;孙诗富巧思,多丽语,然不及舒诗的才力纵横,富有奇气。比较起来,"后三家"在诗坛的地位和影响已远不及"前三家"了。

乾嘉时期,诗人辈出。才气横溢,工于咏史的,有严遂成;绝句出入中晚唐,风情卓越的有黄任;七律出入苏轼、黄庭坚,气格清迥的有姚鼐;缒幽凿险,诗中有画的,有黎简;格调秀雅,词采妍丽的,有吴锡麒;气势奔放,语多奇崛的,有洪亮吉;善用古诗笔法写近体,自具风貌的,有宋湘;工为艳体,亦擅清才的,有陈文述、吴嵩梁。这些人也是比较杰出的,可以作为这时期的诸大家的羽翼。

五

清朝到了道光、咸丰时期,政治上沿着衰落腐朽的方面发展,阶级矛盾尖锐化,外有帝国主义的侵略,内部爆发了太平天国的大规模的运动,长期停滞的中国封建社会演变而成半封建、半殖民地的社会,开始了历史的新阶段——近代史的阶段。清诗在这个阶段,一方面出现了以龚自珍、魏源为开山的具有近代民主思想色彩的诗歌;一方面出现了以祁寯藻、曾国藩为首的提倡江西派、提倡"合学人诗人之诗为一"的诗歌。较著名的作家有郑珍、何绍基、金和、黄遵宪等人,以致梁启超的《清代学术概论》认为这个时期清诗才有"元气淋漓,卓然称大家"的。

《清诗选》选录从顺康到乾嘉时期的诗歌。我们主观上在照顾代表作家风格和他的艺术成就的同时,也选录一些较有思想意义的作品。

本书为衔接人民文学出版社出版、北京大学中文系编注的《近代诗选》,故选诗止于"鸦片战争"以前,近代诗作不再选录。嘉道年间,我们选了《近代诗选》未选的陈沆、潘德舆两人的诗歌,作为两个历史阶段的过渡时期的代表。

本书初版由黄寿祺、陈祥耀主编。参加选注工作的还有钱履周、游叔有、张文潜、林新樵、陈玄荣、何云麟等同志。人民文学出版社古典文学编辑室的同志在审稿时,提供了很多宝贵的意见,对我们帮助很大。再版由陈祥耀修改、补充,陈庆元同志校阅。由于清诗数量极多,而我们眼界水平有限,加以选注时间匆促,书中存在的错漏不当之处,望读者批评、指正。

陈 祥 耀
一九八二年一月五日初版第一稿
二〇〇三年七月四日补记再版第二稿

补记:本书 1984 年初版,由陈祥耀(1922—2021)先生定稿,至今将近四十年。初版之后,陈先生进行多次修订。陈先生逝世前,将修订工作嘱托给我,大致意思是:篇目增删、文字更动均由我决定;本书署名不变。这次修订,参考了钟振振先生《小楼听雨诗刊》部分意见,在此表示感谢。修订后仍然有所不足,敬请专家和读者批评指正。

陈 庆 元
二〇二二年仲秋

林古度 二首

林古度(1580—1666),字茂之,一字那子,晚称乳山道人。福建福清人。明亡后,隐居南京以终。明万历中后期至天启间与钟惺、谭元春游,而其诗不受钟、谭局限;入清,多与遗老唱和。诗清绮婉缛。康熙三年(1664),古度携六十年来诗数千篇请王士禛删定;十年(1671),士禛选其万历三十九年(1611)之前诗二百余首为《林茂之诗选》二卷。士禛《闻林茂之先生已葬钟山》有"老尚歌朱鸟,魂应拜杜鹃"句,入清后古度有不少怆怀故国之诗,由于文网严酷,很少流传下来。

吉祥寺老梅歌[1]

古寺老梅作人语,自谓孤根值中土。皇朝雨露受恩深[2],岁岁花开供佛祖。春来观赏遍人人[3],衣冠文酒何相亲[4]。岂知一旦风光换[5],花下风吹牛马尘。香气腥膻色污染[6],花容羞辱难舒展。勿言草木遂无知,清姿肯入兵儿眼[7]?老梅老梅休怨嗟,铁干冰心守素华。当如西域红榴树,终老逢时徯汉家[8]。

[1] 本诗见魏宪《诗持二集》卷八。吉祥寺,在南京市东郊。寺后有古梅数十亩,铁干虬枝,引人观赏。此诗写在入清之后,诗人以老梅自

喻,言深受明朝雨露沾溉,虽遭易代,环境险恶,铁干冰心,仍然期待复明。

〔2〕皇朝:指明朝。

〔3〕遍人人:到处都是人。

〔4〕衣冠:穿衣戴帽,这里指文士。

〔5〕风光换:指明清易代。

〔6〕腥膻(shān 山):动物腥臭刺鼻的气味,这里用以表达作者对清政权的憎恶。

〔7〕"勿言"二句:不要说草木无知,梅花冰清玉洁,禀性不会改变。

〔8〕"当如"二句:老梅树当像西域的红榴树一样,只要有机会,最终还是会回到汉家的。譬喻作者对复明的期待。

金陵冬夜[1]

老来贫困实堪嗟[2],寒气偏归我一家。无被夜眠牵破絮,浑如孤鹤入芦花[3]。

〔1〕施闰章《贻林茂之纻帐序》:"茂之穷老金陵,《冬夜》诗云……夏又无帷帐,或遗之,则举以易米。予谓:'暑无幬,病于寒无毡,君能守之,当为作计。'处士笑曰:'愿守之以虎。'客皆绝倒。予在豫章,为寄纻帐,书绝句其上,属同志者各题一幅。"(《施愚山先生全集》)这首诗是作者入清后的作品。可见作者晚年生活十分贫困,但并没有改变他的志节和乐观、诙谐的态度。

〔2〕堪嗟:可叹。

〔3〕破絮:破棉花套。浑(hún 魂)如:简直像。

2

钱谦益 六首

钱谦益(1582—1664),字受之,号牧斋,又号蒙叟,江苏常熟人。明万历进士,官吏部侍郎,因事免职。南明福王(弘光帝)朝召为礼部尚书。南京破,降清,授礼部右侍郎。他极力排击前后七子诗的模拟因袭和钟惺、谭元春诗的纤仄诡僻,转移了当时诗歌的风气。文章纵横开阖;诗宗杜甫、中晚唐及南北宋诸大家,参稽博综,以典丽宏深见长。他在政治上丧失了气节,而降清之后,又写了不少追念明朝的诗,乾隆时他的作品曾禁止流传。有《初学集》、《有学集》、《投笔集》等。

碧云寺[1]

丹青台殿起层层,玉础雕阑取次登[2]。禁近恩波蒙葬地,内家香火傍禅灯[3]。丰碑巨刻书元宰,碧海红尘问老僧[4]。礼罢空王三叹息[5],自穿萝径挂孤藤。

[1] 碧云寺:在北京西山,建于元代。明正德年间,御马监太监于经扩建,并于寺后经营自己的墓域。后来魏忠贤又加重修,其堂皇富丽为西山诸寺之冠。寺北有大宦官的坟墓数十所。明熹宗天启元年(1621)的清明节前,作者受命往昌平州祭祀皇陵,途中写有《昌平唐刘去华故

里》,谴责唐末宦官专政:"千秋流恨成甘露,两字惊心是北司。"归途中顺路游西山,又写了这首《碧云寺》,讽刺宦官权势熏天。当时魏忠贤已开始控制朝政,弄权肆虐;而"立身要津者交结中涓(宦官),内外呼应,捷若桴鼓"。

〔2〕"丹青"二句:写碧云寺巍峨辉煌。丹青,红绿颜料。碣(xì细,旧读入声),柱下石。雕阑,雕镂花纹的阑干。取次,随便。

〔3〕"禁近"两句:原注:"西山诸寺,皆司礼大阉(yān淹)葬地香火院也。"是说西山寺院的前身都是宦官的祠堂。他们生前富贵,死后荣华。禁近,皇宫。内家,即大阉,指宦官。香火,即香火院,供奉亡灵的祠堂。司礼大阉,主管司礼监的宦官。《明史》卷七四:宦官分十二监,其中以司礼监权力最大。明末称司礼大太监为"内相",意思是居于宫禁中的宰相。

〔4〕"丰碑"二句:原注:"诸阉牌版,皆馆阁大老之文。"元宰,即馆阁大老,宰相。这句诗说从大宦官墓前的碑文出自宰相的手笔,见出宦官的势焰。碧海红尘,比喻历史变化,即"沧海桑田"。《神仙传》:"麻姑谓王方平曰:……向到蓬莱,水浅于往略半也,东海行复扬尘乎?"

〔5〕空王:指佛像,《观佛三昧经》:"过去久远,有佛出世,号曰空王。"

众香庵赠自休长老[1]

略彴缘溪一径分,千林香雪照斜曛[2]。道人不作寻花梦[3],只道漫山是白云。

〔1〕这首诗写众香庵附近梅花之盛,结两句颇有新意。《初学集》

卷五收有一组纪游诗,记述作者于崇祯元年(1628)正月十七日过熨斗柄,登茶山,历西碛、弹山,抵铜坑,还憩众香庵。以上诸地,自熨斗柄至铜坑皆在苏州西的太湖边。据此推断,众香庵应在苏州西郊区的铜坑附近。长老,对高龄和尚的尊称。

〔2〕"略彴"二句:说遍山梅花,只有架桥的溪壑处才见路径。略彴(zhuó 酌,旧读入声),独木桥。香雪,指梅花。《苏州府志》:"邓尉(山名)西行,历……熨斗柄、西碛山、弹山……出入湖山间。山人以圃为业,尤多树梅。花时一望如雪,行数十里香风不绝。"斜曛(xūn 勋),夕阳余光。

〔3〕道人:这里指众香庵中的和尚。

金陵后观棋[1](六首选一)

寂寞枯枰响泬寥,秦淮秋老咽寒潮[2]。白头灯影凉宵里,一局残棋见六朝[3]。

〔1〕作者有《观棋绝句六首为汪幼青作》,后来又写六首,故题为《金陵后观棋》。诗作于顺治四年(1647),借观棋寄寓时事之感。

〔2〕"寂寞"二句:形容在寂寞空虚中棋声冷落。枯枰(píng 平),棋局。泬寥(xuèliáo 谑聊),空旷萧条之状。秦淮,流经南京市西南的秦淮河,原为著名的歌舞繁华之地,这里用咽寒潮比喻战乱后残破衰落。

〔3〕六朝:孙吴、东晋、宋、齐、梁、陈六代均建都于南京,后人统称之为"六朝"。六朝时战乱频仍,兴亡迅速。这句诗从围棋残局的不可收拾,表示作者对南明弘光朝灭亡的感慨。

5

和盛集陶《落叶》[1]（二首选一）

秋老钟山万木稀,凋伤总属劫尘飞[2]。不知玉露凉风急,只道金陵王气非[3]。倚月素娥徒有树,履霜青女正无衣[4]。华林惨淡如沙漠,万里寒空一雁归[5]。

〔1〕盛集陶:名斯唐,明末清初安徽桐城人,寓居南京,与林古度相邻。钱谦益常与林、盛酬唱和诗,这是其中一首,作于顺治五年(1648)。借杜甫诗"玉露凋伤枫树林"抒发故国飘零之感。

〔2〕钟山:又名紫金山,在南京市东。凋伤:指树叶凋落。劫,佛教用语。佛经说,世界有成、住、坏、空四劫,其中坏劫有火、水、风三灾毁灭一切。劫尘:即劫灰,指"坏劫"的大火烧毁世界后的灰烬。《释门正统》:"汉武帝掘昆明池,得黑灰,以问东方朔,朔曰:可问西方胡道人。摩腾且至,或以问之,曰:劫灰也。"两句诗以钟山万木凋落暗喻明王朝的覆灭。

〔3〕"不知"二句:玉露,白露。金陵王气,相传金陵有"王气",故楚威王埋金镇之,见《太平御览·州郡部》。刘禹锡《西塞山怀古》:"王濬楼船下益州,金陵王气黯然收。"这里以"王气非"比喻改朝换代。这两句诗说,不知钟山万木稀是由于秋露重凉风急,还以为金陵的"王气"消失了才如此萧条。这是故作痴语,以寄寓亡国之痛。

〔4〕"倚月"二句:衬托叶落,又以暗喻两人的飘零身世。素娥,即嫦娥。《文选》:"集素娥于后庭"(谢庄《月赋》)。李周翰注:"常娥窃药奔月,月色白,故云素娥。"徒,空(副词)。树,即神话所说的月中桂树。

《酉阳杂俎》："月中有桂树,高五百丈。"履霜,语出《易经·坤卦》"履霜坚冰至"。青女,主霜雪的女神。《淮南子·天文训》："青女乃出,以降霜雪。""青女正无衣",点题"落叶"二字。

〔5〕华林:曹魏的皇家园苑,又名"芳林"。《魏志·文帝纪》注:"芳林园即今华林园,齐王芳即位改为华林。"一雁归:进一步衬托园林的冷落。这二句中借亡国后的惨淡情状,收结全诗。

读梅村宫詹艳诗有感书后[1]（四首选一）

银汉依然戒玉清,竹宫香烬露盘倾[2]。石碑含口谁能语,棋局中心自不平[3]。禊日更衣成故事,秋风纨扇又前生[4]。寒窗拥髻悲啼夜,暮雨残灯识此情[5]。

〔1〕梅村:吴伟业号。宫詹:指吴在南明弘光朝曾任东宫少詹事。他年轻时曾受到秦淮名妓卞赛的爱慕,"欲以身许",吴没敢接受。明亡后,卞改装为女道士,称玉京道人。两人离别已久,清顺治七年(1650),吴到常熟钱谦益家中访钱,钱闻卞亦适在常熟,派人邀卞来家,卞以病体憔悴,羞见吴面,吴感慨而作《琴河感旧》律诗四首,题中所谓艳诗,指此。吴诗是写与卞赛的爱情离合之事,钱氏"有感书后",则是从吴、卞两人的身世变化,抒写明清易代之悲。

〔2〕"银汉"二句:写明亡之后,卞赛怕受人注意、污辱,易服为女道士。《独异志》："秦并六国时,太白星窃织女侍儿梁玉清逃入小仙洞,十六日不出。天帝怒,命五丁搜捕太白归位。"这里以梁玉清比喻卞赛。银汉,天上银河。竹宫烧为残灰,露盘倾倒,指明亡。汉甘泉宫中有竹宫,

7

见《汉书·礼乐志》；汉武帝在建章宫建承露盘，"高二十丈，大七围，以铜为之，上有仙人承露，和玉屑饮之。"见《三辅故事》。

〔3〕"石碑"二句：谓明亡后，遗民虽心含悲痛和不平，也不能明言。石碑，乐府《读曲歌》："石阙生口中，啣碑不能语。"石阙，指碑，碑谐音指"悲"。棋局，棋指古代的"弹棋"，局指棋盘。弹棋局"中心高如覆盂"（见《梦溪笔谈》），故云"不平"。李商隐《无题》诗："莫近弹棋局，中心自不平。"

〔4〕"禊日"二句：谓明亡之后，像卞赛一类人已沦落废弃，没有进身贵幸的机会。禊（xì 细），古代消除不祥的祓祭，常在春秋二季于水滨举行。汉武帝皇后卫子夫，初为歌女，武帝于祓祭后过平阳公主家，子夫侍武帝"更衣"，遂得幸。见《汉书·外戚传》。汉成帝班婕妤失宠，作《怨歌行》以"团扇"自喻，有句云："常恐秋节至，凉飙夺炎热。弃捐箧笥中，恩情中断绝。"

〔5〕"寒窗"二句：写卞赛的怀旧悲感。题汉伶玄撰的《赵飞燕外传·自序》说玄妾樊通德讲述汉成帝时赵飞燕姐妹的故事，有"占袖顾视烛影，以手拥髻，凄然泣下。"诗用此典。

《后秋兴》之十三[1]（八首选一）

海角崖山一线斜，从今也不属中华[2]。更无鱼腹捐躯地，况有龙涎泛海槎[3]？望断关河非汉帜，吹残日月是胡笳[4]。嫦娥老大无归处，独倚银轮哭桂花[5]。

〔1〕唐杜甫有《秋兴》诗，作者多次用其题叠韵成诗，故称《后秋

兴》,见《投笔集》。此诗作者自注:"自壬寅七月至癸卯五月,讹言繁兴,鼠忧泣血,感恸而作,犹冀其言之或诬也。"壬寅即清康熙元年(1662),其前一年辛丑(1661),明永历帝朱由榔被捕于缅甸,当年被杀。本诗即咏此事。

〔2〕"海角"二句:借宋朝亡国事喻永历帝之亡。崖山,一称崖门山,在今广东省江门市新会区大海中。南宋末,张世杰奉帝昺退守于此,后为元兵追击,陆秀夫负帝昺沉于海,南宋亡。

〔3〕"更无"二句:是说清王朝不仅已统治全国,且有力控制海外。鱼腹,《楚辞·渔父》:"宁赴湘流,葬于江鱼腹中。"龙涎(xián 贤),香名,传说产于海中岛屿。槎(chá 茶),木筏,这里泛指船。

〔4〕"望断"二句:谓明王朝从此灭亡。日月,合成"明"字,指明朝。胡笳,军队中吹的一种乐器。古代称北方民族为胡,这里即指满族。

〔5〕嫦娥:月中女神,作者在此用以自比。银轮,指月。桂花,传说月中有桂树,这里暗指永历帝朱由榔,他原封桂王。

邢昉 二首

邢昉(1590—1653)，字孟贞，一字石湖，江苏高淳（今南京市辖区）人。明诸生，入清不仕。诗清真朴厚，与吴嘉纪齐名。有《石臼诗》。

白骨

水滨积人骨，往往蔽秋草。云此新战死，雪色犹暠暠[1]。见者虽叹息，一过罕伤抱。良以所遘多，泯然无复道[2]。草根及沙际，众骼莽颠倒。枫林寒未丹，江月白已早。岂无泣游魂，哀哀向青昊[3]。

[1] 暠(gǎo 搞，又读 hào 浩)暠：暠，同皓。明、白。暠暠指分明。

[2]"良以"二句：因为碰见得多，就淡漠不再说起。遘(gòu 够)，遭遇。泯(mǐn 敏)，消灭。

[3] 青昊(hào 浩)：青天。昊，原指夏天，《尔雅·释天》："夏为昊天。"也泛用指天。

丙戌五日即事[1]

吹箫荡桨事阑珊,此日秦淮烟霭间[2]。每忆少年看竞渡,便临绿水想朱颜[3]。更无屈子嗟沉汨,只有怀王怨入关[4]。三户不知人在否,莫教虚望九疑山[5]。

〔1〕丙戌为清顺治三年(1646),前一年南明弘光帝败亡;建立于福建的隆武朝军事也屡次失利,然此时尚未灭亡。南方的明宗室鲁王、桂王及其他义军也仍在进行抗清活动。五日:即夏历五月初五日端午节。诗写此时的政治形势及作者愿望。

〔2〕"吹箫"二句:指南京弘光朝已烟消云散,端午节龙舟竞渡的活动也已消沉。阑珊,衰落,消残。秦淮,南京的秦淮河。

〔3〕"每忆"二句:爱惜青春之意,"朱颜"似有影射朱明王朝意。

〔4〕"更无"二句:以无人效屈原沉汨罗江事喻殉节明臣渐少;以楚怀王入秦而死事喻南明弘光帝虽畏死却被清朝捕杀。

〔5〕"三户"二句:上句,以《史记·项羽本纪》所载楚南公"楚虽三户,亡秦必楚"的话,喻抗清军民;下句用舜"南巡狩,崩于苍梧之野,葬于江南九疑"(《史记·五帝本纪》)的典故,寄希望于南方明诸王的抗清活动能够胜利。九疑山,又名苍梧山,在湖南宁远县南。

谈　迁 二首

谈迁(1594—1658),初名以训,字仲木(后改为孺木),一字观若,浙江海宁人。明秀才。南明福王(弘光帝)朝曾入宰相高弘图的幕府。后回家乡,著述终身,在史学方面成就最大。著有《国榷》、《枣林诗集》、《北游录》、《枣林杂俎》等。

渡　江[1]

大江骇浪限东南,当日降帆有旧惭[2]。击楫空闻多慷慨,投戈毕竟为沉酣[3]。龙天浩劫余孤塔,海岳书生别旧庵[4]。闻道佛狸曾驻马,岂因佳味有黄柑[5]?

〔1〕这首诗是作者北行过京口(今江苏镇江)时作,借当地的史事慨叹南明弘光朝的灭亡。

〔2〕降帆:犹"降幡(fān 番)"。唐刘禹锡《西塞山怀古》诗咏晋朝王濬率水军攻吴,吴王孙皓投降,有"一片降幡出石头"之句,降幡,降旗。这里借以咏明福王降清。

〔3〕"击楫"二句:楫,桨。东晋祖逖统兵北伐,渡江,中流击楫而誓曰:"不能清中原而复济者,有如大江!"见《晋书·祖逖传》。投戈,放下武器投降。《旧唐书·李光颜传》:"光颜跃马入贼营大呼,贼众万余人,

皆解甲投戈请命。"沉酣,沉湎于酒色。这二句是说,南明朝虽多志士,而福王和权臣荒淫,终致灭亡。

〔4〕"龙天"二句:谓明亡清兵南下,镇江气象荒凉,人民离散,只剩孤塔。龙天,用佛经中"天、龙"等八部神的典故,以指天、人世界,见《法华经·提婆达多品》。孤塔,指镇江金山上的慈受塔。海岳,用米芾典故,他字元章,别号海岳外史,宋代著名书画家。他寓居镇江时,曾在城东结海岳庵。

〔5〕"闻道"二句:说敌人南侵,不是贪求黄柑的佳味。佛狸,南北朝魏太武帝拓跋焘的小名。宋文帝元嘉二十七年(450),魏太武帝攻宋,曾追兵到镇江,在瓜步山上建行宫,驻马事指此。又魏太武帝兵到彭城(今江苏徐州)时,曾使尚书李孝伯至城下与宋沛郡太守张畅通话,要求送黄柑,见《南史·张畅传》。

广 陵[1]

南朝旧事一芜城,故国飘零百感生[2]。柳影天涯随去辇,杨花江上变浮萍[3]。远山依旧横新黛,断岸还看散冷萤[4]。今日广陵思往事,十年前亦号承平[5]。

〔1〕广陵:又称江都,今江苏扬州。顺治二年(1645),清兵攻入扬州,屠城十日,繁华的漕运中心顿成废墟。在这首诗里,作者借咏叹古广陵史事表达对清兵大屠杀的愤慨。

〔2〕南朝:宋、齐、梁、陈四朝。芜城:即扬州故城,据说吴王夫差曾在此筑城,汉以后荒废。刘宋时鲍照作《芜城赋》,即是写扬州故城。故

13

国飘零:指河山破碎。

〔3〕"柳影"二句:天涯,远方。辇(niǎn 碾),帝王乘坐的车子。浮萍,《本草》:"浮萍,季春始生,或云杨花所生。"扬州广栽杨柳,历代诗人有不少诗歌写到扬州的杨柳。现在柳影似乎随着帝王出走的车子而消失于远方,满天飞舞的杨花似乎都变作江上的浮萍。这两句诗借写杨柳变化以表扬州的衰落。

〔4〕"远山"二句:黛,一种青黑色颜料。冷萤,萤火发冷光。《隋书·炀帝纪》:"大业十二年……五月壬午,上于景华宫征求萤火,得数斛,夜出游山,放之,光遍岩谷。"到扬州时,隋炀帝仍然是"振蜉蝣(fúyóu 浮尤)之羽,穷长夜之乐"。本诗中的"散冷萤"即指此。这两句借自然景物和历史典故抒发山川依旧而人事全非的感慨。

〔5〕十年前:指清兵屠城前。承平:太平。

项圣谟 一首

项圣谟(1597—1658),字孔彰,号易庵,又号胥山樵,浙江嘉兴人,明末清初画家。入清不仕,家贫志洁,卖画为生。有《朗云堂集》。

题自画大树[1]

风号大树中天立,日薄西山四海孤[2]。短策且随时旦暮,不堪回首望菰蒲[3]。

[1] 此诗所题画本仍存故宫博物院。诗题于画的右上角,未署年月。画面里大树一棵,顶天立地,树叶落尽,枝柯在风中盘拏,树下一老者扶杖独行。鲁迅先生曾于一九三四、一九三五年两次将此诗写成条幅赠人,但个别字词与原诗稍有出入。

[2] "风号"二句:写黄昏时狂风怒号,大树中天而立,可是四无邻侣。比喻国破家亡,环境恶劣,而自己独立不屈。

[3] "短策"二句:抒写悲愤的心情,意思是面对当时的生活境遇,有不堪回首之感,但仍要随时屈伸,继续坚强生活下去。短策,拐杖。菰蒲,水生植物,经秋即凋,用以反衬风中独立的大树。

王猷定 二首

王猷定(1598—1662)字于一,号轸石,江西南昌人。明末贡生,入清不仕,以古文著名,亦工诗,有《四照堂集》。

螺川早发[1]

月落秋山晓,城头鼓角停。长江流远梦,短棹拨残星[2]。露湿鸥衣白,天光雁字青。苍茫回首望,海岳一孤亭[3]。

〔1〕作者生前曾自刻过文,未刻诗。他死后,周亮工为其刻集。周氏康熙元年所作序文云:"惜于一之诗不多见,辑而传之,不无望于二三同志者。"所收诗不全,故此诗集中未载,录自沈德潜《清诗别裁集》。螺川:赣水在江西吉安市南流经螺子山的一段。

〔2〕"长江"二句:天刚亮上船,水上犹有星影,人也带睡意。《清诗别裁集》评云:"'大江流汉水,孤艇接残春。'渔洋赏费此度(密)诗为十字千古。三四写舟行早发,亦复入神。"

〔3〕"苍茫"二句:舟行稍远,回头一望,山水间只见一孤亭。吉安螺子山忠义祠前有正气亭,见光绪《吉安府志》。

阜城[1]

莫问祖龙辔,嵇琴亦不闻[2]。智愚千载事,今古一谿云[3]。寒鸹啼荒井,枭狐啸野坟[4]。往来多涕泪,几诵芜城文[5]?

〔1〕阜城:在今河北省。

〔2〕"莫问"二句:秦始皇与嵇康的有关史迹,已不可闻问。作者题下自注:"古沙丘,嵇叔夜曾弹琴于此。"据《史记·秦始皇本纪》:"三十有七年(公元前210年)亲巡天下,周览远方。……七月丙寅,崩于沙丘平台。"《正义》注沙丘在平乡东北,位阜城南部,相距颇远,恐非一处。祖龙,指秦始皇,《本纪》载三十七年,有人(指神人)夜持璧遮秦使者于华阴说:"今年,祖龙死。"辔(pèi 配),驾驭牲口的缰绳,此指始皇车马。嵇琴,嵇康,字叔夜,三国魏文学家,善弹琴,被杀前犹弹奏《广陵散》曲。

〔3〕"智愚"二句:感慨今古智愚等种种矛盾现象,如过眼烟云。

〔4〕鸹(guā 瓜):乌鸦别名。枭(xiāo 消):名词通"鸮",这里作形容词用,凶猛。

〔5〕芜城文:南朝宋鲍照作《芜城赋》以描写广陵(今扬州)战乱后的荒芜情况,此泛指荒芜城市。

朱之瑜 二首

朱之瑜(1600—1682),字鲁玙,别号舜水,浙江余姚人。南明弘光帝立,欲授以官职,坚辞不就,避居浙江舟山。一六四五年,清兵攻陷南京,他到日本东京借兵以图复明,未成;就留在日本讲学,定居长崎等地,对中日文化交流有贡献。他死在日本,不忘故国,遗嘱在墓碑上写"故明人朱之瑜墓"。有《朱舜水文集》。

漫兴[1]

远逐徐生迹[2],移舟住别峰。遗书搜孔壁,仙路隔秦封[3]。流水去无尽,故人何日逢?乡书经岁达,离恨转重重。

〔1〕漫兴:即兴做诗。这诗是作者到日本后怀念乡国之作。

〔2〕徐生:即徐市(音福),秦时方士。秦始皇曾派他带童男女数千人,入海求仙。见《史记·秦始皇本纪》。

〔3〕"遗书"二句:说在日本搜求中国古籍,但不能归国。孔壁,《汉书·艺文志》:"古文尚书者,出孔子壁中。"后人把"孔壁"作为出遗书的地方。日本和中国文化很早就有联系,保存了某些中国古书。秦封,秦国的封疆,借指清朝统治下的中国。

避地日本感赋[1]（二首选一）

汉土西看白日昏,伤心胡虏据中原[2]。衣冠谁有先朝制？东海翻然认故园[3]。

〔1〕避地:指明亡后作者避居日本。

〔2〕西看:由日本西望中国。胡虏:旧时士大夫对北方民族的贬称,这里指满族。

〔3〕先朝:指明朝。东海:指日本。翻然:反而。故园:故乡、故国。顺治二年(1645),清兵占领江南后,下剃发令,更换服制;而日本的"和服"倒与明代的服式相近,且"日人重之瑜……又为制明室衣冠使服之"(见《清史稿·遗逸传》)。所以作者有此感慨。

冯　班 二首

冯班(1602—1671),字定远,号钝吟,江苏常熟人。明末秀才,入清不仕。与兄舒齐名,号二冯。论诗接近其乡人钱谦益,反对竟陵派及宋严羽的理论,为赵执信所推崇,颇负盛名。诗作宗晚唐,尤标榜李商隐。有《冯定远集》等。

题友人《听雨舟》[1]

篷窗偏称挂鱼蓑,荻叶声中爱雨过[2]。莫道陆居原是屋,如今平地有风波。

〔1〕《听雨舟》是一幅画。这首诗借题画写明亡之痛。
〔2〕篷窗:船篷的窗户。偏称(chèn 趁),偏适宜于。蓑(suō 梭):蓑衣,用草或棕毛编制成的雨衣。荻(dí 笛):水边的多年生草本植物,形似芦苇,秋天开紫花。过:读平声。

朝歌旅舍[1]

乞索生涯寄食身,舟前波浪马前尘[2]。无成头白休频叹〔3〕,似我白头能几人?

〔1〕这首诗写作者虽然年老头白,一事无成,但是改朝换代,能像他这样活下来的,也没有几个人。朝歌:今河南省淇县。钱谦益《冯定远诗序》说:"其为人悠悠忽忽,不事家人生产,衣不掩骭(gàn 干,读去声,肋骨),饭不充腹,锐志讲诵,忘失衣冠……里中以为狂生,为崮愚,闻之愈益自喜。"这一段话可以帮助了解作者的性格为人。

〔2〕"乞索"二句:写作者贫困的境遇与飘泊的行踪。乞索生涯,指靠人接济衣食的生活。

〔3〕无成头白:陶渊明《荣木·序》:"总角闻道,白首无成。"休:不要。

阎尔梅 三首

阎尔梅(1603—1679),字用卿,号古古,又号白耷(dā搭)山人,江苏沛县人。明崇祯举人。弘光时曾劝史可法进军河南、山东以图恢复。后参与抗清义军活动,两度被执,皆不屈。流亡各地,晚年始归家乡。诗歌表现民族气节,并多反映人民疾苦。有《白耷山人集》。

沧州道中[1]

潞河数百里[2],家家悬柳枝[3]。言自春至夏,雨泽全未施[4]。燥土既伤禾,短苗不掩陂[5]。辘轳干以破[6],井涸园菜萎。旧米日增价,卖者尚犹夷[7]。贫者止垄头[8],怅望安所之。还视釜无烟,束腰相对饥。欲贷东西邻,邻家先我悲。且勿计终年,胡以延此时[9]?树未尽蒙灾,争走餐其皮。门外兼催租,官府严呼追。大哭无可卖,指此抱中儿。儿女况无多,卖尽将何为?下民抑何辜[10],天怒乃相罹;下民即有辜,天怒何至斯!视天非梦梦,召之者为谁[11]?呜乎!雨乎!安得及今一滂沱,救此未死之遗黎[12]!

〔1〕这首诗用通俗语言描写沧州旱灾情况。沧州:今属河北省。
〔2〕潞河:水名,即白河,南流经通县(今北京市通州区)为潞河,是

北运河的上游。

〔3〕悬柳枝:旧时迷信,把柳树的枝条折下挂着,认为可以求雨。

〔4〕"言自"二句:言,说。雨泽,雨水。本诗开头两句,写作者眼中所见;以下写农民所说的旱灾情况及作者的感想。

〔5〕陂(bēi 碑):指圩岸边的水田。

〔6〕辘轳(lùlú 鹿卢):井上汲水的转轮。

〔7〕"旧米"二句:旧米,上年收获的米。犹夷,犹豫不决,指卖者希望米价涨得再高,不肯就把米卖出。

〔8〕止垄头:立在田间。

〔9〕胡以:何以,怎么样。以上四句说灾民借贷无门,且别作年底的打算,眼前就活不下去。

〔10〕抑何辜(gū 姑):或者有什么罪。这里是反语,说人民本没有什么罪。辜,罪。

〔11〕梦(méng 萌)梦:语出《诗经·小雅·正月》:"视天梦梦。"梦梦,糊涂不明。召之者为谁:是什么人招致来的。这两句说:天既不是糊涂不明的,那么,这种灾祸从何而来呢?

〔12〕滂沱(pāngtuó 乓驼):雨下得大。遗黎:遗民,语出《诗经·大雅·荡》:"周余黎民,靡有孑遗(周朝剩下的人民再没有一个存留的了)。"这里指灾民。

绝贼臣胡谦光[1]

贼臣不自量,称予是故人。敢以书招予,冀予与同尘[2]。一笑置弗答,萧然湖水滨[3]。湖水经霜碧,树光翠初匀[4]。

23

妻子甘作苦,昏晓役舂薪[5]。国家有废兴,吾道有诎申[6]。委蛇听大命,柔气转时新[7]。生死非我虞[8],但虞辱此身。

〔1〕这一首诗写作者不计生活困苦和一身安危,拒绝仕清官吏以书招诱的心情。绝:绝交。胡谦光:张相文《白耷山人年谱》:"崇祯十七年(1644)二月,清以胡谦光摄沛县令。"阎尔梅不臣清,所以称胡为"贼臣"。

〔2〕"贼臣"四句:故人,老朋友。以书招予,用信邀请我。冀,希望。同尘,《老子》:"和其光,同其尘。"原是随和世俗之意,这里指同流合污。

〔3〕萧然:本意为萧条,这里指悠然自得。

〔4〕"湖水"二句:借湖水比喻自己的高洁。"经霜碧",是越受患难志节越坚之意。翠,绿色。匀,浓淡相和。

〔5〕作苦:辛苦操作。昏:夜。晓:昼。役舂(chōng 充)薪:从事舂米、砍柴等劳动。

〔6〕吾道:自己遵奉的道理,这里指儒家的政治、伦理观点。诎(qū 屈):屈曲,废退。申:同"伸",舒展,施行。

〔7〕"委蛇"二句:委蛇(wēiyí 威夷),随顺。大命,指天命。柔气转时新,使心气柔和含忍,以待时机的转变。

〔8〕虞(yú 余):忧虑。

采桑曲[1]

种桑人家十之九,连绿不断阴千亩[2]。年年相戒桑熟时,畏人盗桑晨暮守。前年灾水去年旱,私债官租如火锻。今春差觉风雨好[3],可惜桑田种又少。采桑女子智于男,晓雾浸鞋携笋篮[4]。幼年父母责女红,蚕事绩事兼其中[5]。桑有稚壮与瘦肥,亦有蚕饱与蚕饥。忌讳时时外意生[6],心血耗尽茧初成。织不及匹机上卖,急偿官租与私债。促织在室丝已竭,机杼西邻响不绝[7]。残岁无米贷人苦,妄意明年新丝补[8]。

〔1〕这首诗借采桑之事反映农民受私债官租的剥削之苦。
〔2〕阴:桑树连绵不断,遮得地面阴暗了。
〔3〕差觉:稍感。
〔4〕笋篮:竹篮。
〔5〕女红(gōng 工):女工,女子所做的缝纫、纺织、刺绣等事。绩事:纺织的事。
〔6〕忌讳:旧时养蚕有许多迷信忌讳的事。外意生:产生意外的事。
〔7〕促织在室:指阴历八、九月。促织,蟋蟀。《诗经·豳风·七月》写蟋蟀"八月在宇,九月在户"。机杼(zhù 住):织布的工具。
〔8〕贷人:向人借贷。妄意:指只得寄希望于明年。

商景兰 一首

商景兰(1605—1676),字媚生,浙江山阴(今绍兴市)人。明祁彪佳妻。能诗,有《东书堂合稿》。

悼亡[1]

公自垂千古,吾犹恋一生。君臣原大节,儿女亦人情。折槛生前事,遗碑死后名[2]。存亡虽异路,贞白本相成[3]。

[1] 悼亡:这是作者悼念其亡夫祁彪佳的诗,称颂祁的民族气节;写自己因抚育子女而未能随死,并以"贞白"自励。祁彪佳,字弘吉,浙江山阴人。天启进士,崇祯时官御史。南明福王朝官苏松巡抚。清兵陷南京,他绝食自沉池中而死。

[2] 折槛(jiàn 建)二句:说祁彪佳生前正直,死后为人悼念。折槛,西汉成帝时,槐里令朱云请斩安昌侯张禹。成帝怒,要杀云。御史拉他下殿,他攀住殿槛(栏杆),槛断了。后来成帝知云是直臣,把断了的槛原样保存。见《汉书·朱云传》。祁彪佳在崇祯时,因上奏疏被切责;在福王时,又论不可再设厂卫缉事官(特务太监),为马士英等排挤,称病免官。所以用朱云折槛事相比。遗碑,暗用晋羊祜镇襄阳,有德政,死后人为立碑岘山,见其碑者皆堕泪的典故。

[3] 贞:忠贞。白:清白。相成:互相配合。

江阴女子 一首

一六四五年春,清兵下江南,福王朱由崧被俘。这时,江阴县(今江苏省江阴市)典史阎应元,本已调任广东英德县主簿,因道阻留寓。清兵进逼江阴,江阴人民推新典史陈明遇为主,起兵抵抗。明遇邀应元共筹战守,固守八十一日,先后杀清兵七万五千余人。城破,清兵屠城,尸满街巷池井。后有一女子题诗城墙。见《小腆纪传·阎应元传》。

题城墙

雪胔白骨满疆场[1],万死孤忠未肯降。寄语行人休掩鼻,活人不及死人香[2]!

〔1〕 胔(zì字):腐肉。疆场:战场。
〔2〕 死人香:指死人气节高尚,可以留芳。

傅　山 四首

傅山(1607—1684),字青主,号啬庐,山西阳曲人,明秀才。明亡换道士装,隐居山西青羊山。清康熙中,被举试博学鸿词科,授内阁中书,皆不应。生平博通经史诸子之学,兼工书画。《清史稿》评其诗文:"初学昌黎(韩愈),崛强自喜,后信笔抒写,俳调俗语,皆入笔端。"(《遗逸传》一)有《霜红龛集》。

乙酉岁除八绝句[1](选一)

纵说今宵旧岁除,未应除得旧臣荼[2]。摩云即有回阳雁,寄得南枝芳信无[3]?

[1] 乙酉:明亡的第二年(1645)。岁除:年终。诗借等待雁信,表示盼望复国的佳音。

[2] 纵说:纵使说。旧臣荼(tú途):旧臣的痛苦。荼,苦。臣荼兼与旧时过年桃符上画"神荼"谐音。

[3]"摩云"二句:摩云,形容鸟高飞触云。回阳雁,雁每年秋季飞向南方,来年春季飞回北方,称为"阳鸟"。寄,指雁足传书(信)。南枝,梅树向南的枝。芳信,好消息。这两句说,高飞的雁快来了,能把南方的好消息带来吗?那时,明唐王聿键还在福州建立政权,作者希望他能恢

复中原。

秋径[1]（十首选一）

伙涉真高兴,留侯太有情[2]。篇章想不死,蜩蟪定长生[3]。剑求一人敌,杯中万虑冥。悠然篱菊老,可不咏荆卿[4]？

〔1〕这首诗作于康熙九年(1670),表现自己在明亡后的处境和抗清的心志。

〔2〕"伙涉"二句:陈胜和张良都是灭亡秦国的重要人物,借以歌颂抗清志士。伙涉,指陈胜,秦末农民起义领袖,字涉。《史记·陈涉世家》说陈涉起义称王后,他的老朋友"入宫,见殿屋帷帐"之盛,惊叹说:"伙颐！涉之为王沉沉者！（啊哟！陈涉做了陈王多么阔气呀！）"伙颐,惊叹之词。留侯,张良,战国末年韩国人,随刘邦反秦,汉初,封留侯。

〔3〕"篇章"二句:慨叹乱世文章无用。说写文章想要名垂不朽,那么枝头的蝉也会长生了。蜩(tiáo)条）,蝉。蟪,蟪蛄,蜩和蟪蛄都生命短促。《庄子·逍遥游》:"朝菌不知晦朔,蟪蛄不知春秋,此小年也。"

〔4〕"剑求"四句:陶渊明于东晋亡后,隐居田园,以酒自放,并作有《咏荆轲》诗,嗟叹荆轲剑术不精,刺秦王的奇功不成,以寄对刘宋代晋的愤慨。这四句是说,自己虽然饮酒"自放",采菊篱下,但是并没有遗忘世事,可否将易代政局之事寄托于《咏荆轲》诗之中？可不,音义同"可否"。联系全诗,可见作者是期望有陈涉、张良那样的人物起来反清复明。一人敌,指剑术。《史记·项羽本纪》:"剑一人敌,不足学;学万人敌。""杯中万虑冥",指借酒排除各种愁虑。冥,沉冥、消歇。篱菊老,陶渊明,字元亮,东晋末诗人,曾任彭泽令等职,入宋不仕。性嗜酒,好赏菊,其《饮酒十二首》

有"采菊东篱下,悠然见南山"之句。作者为避开清廷的注视,也曾故作"沉湎于酒",自称"老蘖禅"。荆卿,即荆轲,战国时人,为燕国太子丹入秦国行刺秦始皇,不遂而死。事见《史记·刺客列传》。

客盂,盂有问余于右元者,右元占韵复之,阿好过情,遂如韵自遣[1]

扬雄拟我愧非伦,况复无才撰《美新》[2]。什一懒营虚笑鬼,寻常守辱失钱神[3]。生憎褚彦兴齐国,喜道陶潜是晋人[4]。破衲黄冠犹未死,还因邻里问僧珍[5]。

[1] 客盂(yú于):在盂县(今属山西省)作客。右元:作者友人陈谧,阳曲人。占韵:做诗。阿(ē额,阴平)好过情:对所喜欢的人过分表扬。阿好:偏好。过情:超过实际情况。如韵:就是和韵。自遣:自己排遣。此诗作者自表决不事清的心志。

[2] "扬雄"二句:扬雄,字子云,西汉文学家。王莽夺取西汉政权,国号"新",他写了《剧秦美新》来赞颂。拟,比拟。非伦,不伦不类。撰(zhuàn赚),写作。

[3] "什一"二句:写自己不慕荣利。什一,求十一之利,指经商。虚,空,落空。笑鬼,《南史·刘粹传》:"(粹族弟损同郡宗人)有刘伯龙者……贫窭(jù句,穷的意思)尤甚。尝在家慨然召左右,将营什一之方,忽见一鬼在旁抚掌大笑,伯龙叹曰:'贫困固有命,乃复为鬼所笑也!'遂止。"寻常,平常时。守辱,甘过受耻辱的生活。《老子》:"知其荣,守其辱。"失钱

神,钱神也失其作用。晋鲁褒作《钱神论》以讽刺世人好财。

〔4〕"生憎"二句:借古说今,表示对降清者的厌恶和对不仕清的友人的钦赞。生憎,很憎恨。褚彦,褚渊,字彦回,六朝宋时任中书令,后参与萧道成夺取宋朝建立齐朝,任尚书令。这里因句中平仄的关系,所以简称褚彦。喜道,赞赏。陶潜,即陶渊明。

〔5〕"破衲(nà 纳)"二句:说自己愿结交同志,以破衲黄冠终其生。衲,僧人的衣服。黄冠,道士的帽。僧珍,《南史·吕僧珍传》:"宋季雅罢南康郡(不做南康太守),市宅居僧珍宅侧。僧珍问宅价,曰:'一千一百万。'怪其贵,季雅曰:'百万买宅,千万买邻。'"

青羊庵〔1〕

芟苍凿翠一庵经〔2〕,不为瞿昙作客星〔3〕。既是为山平不得,我来添尔一峰青〔4〕。

〔1〕《晚晴簃诗汇》:"傅山国变后为道士装,隐青羊山土室,即所谓霜红龛也。"据此,则青羊庵为傅山在故乡隐居的室名,后来又改名霜红龛。

〔2〕"芟(shān 山)苍"句:谓在苍翠的山林中,芟除杂草、开凿土地,以经营(修建)一座小庵。

〔3〕"不为"句:隐居不抱消极态度,不学做佛教徒。瞿昙,梵语音译,亦作乔达摩,佛教创始人释迦牟尼的姓,后常以代称佛或佛教。作客星,作陪衬之意。

〔4〕"既是"二句:山不能平,庵虽小反能为山添一峰青翠,隐寓志坚不屈。可为出川生色之意。

金人瑞 二首

金人瑞(1608—1661),原姓张,名采,字若采,后顶金人瑞名应试,又名喟,字圣叹,江苏长洲(今江苏苏州)人。明末秀才,入清后,绝意仕进。为人狂放不羁,好衡文评书,以评点《水浒传》《西厢记》等著名。顺治十八年,因"哭庙案"处斩。刘献廷为之辑《沉吟楼诗选》。

上巳日,天畅晴甚,觉《兰亭》"天朗气清"句为右军入化之笔,昭明忽然出手,岂谓年年有印板上巳耶[1]?诗以纪之(二首)

三春却是暮秋天,逸少临文写现前[2]。上巳若还如印板,至今何不永和年[3]?

逸少临文总是愁,暮春写得如清秋。少年太子无伤感,却把奇文一笔勾[4]。

〔1〕上巳:阴历三月上旬的巳日,古人在这一天会集水滨宴饮,并洗濯身体,祓除不祥,叫做"修禊(xì戏)"。魏以后定三月三日为修禊日。兰亭:指《兰亭集序》。东晋穆帝永和九年(353)三月三日,王羲之与谢安等人集会于山阴(今浙江绍兴)兰亭"修禊",会上各人作诗,并由王羲之作《兰亭集序》,序中有"是日也,天朗气清,惠风和畅"等句。右军:王羲之官至右军将军。昭明:梁昭明太子萧统,他编《文选》不选《兰亭集序》,金人瑞对此不满,发而为诗。

〔2〕逸少:王羲之字。写现前:写当前的具体情景,所以春日修禊,写了类似秋景的"天朗气清"。

〔3〕"上巳"二句:如果说每年的三月三日的景物都像印板似的一模一样,那么今天为什么不是东晋的永和年呢?

〔4〕"少年"二句:金圣叹认为萧统位高年轻,理解不了王羲之写《兰亭集序》感慨盛衰、生死的心情,所以《文选》中不选它。

吴伟业 十五首

吴伟业(1609—1672),字骏公,号梅村,江苏太仓人。明崇祯进士,官左庶子。参加过复社。弘光时,任少詹事,乞假归。清顺治十年应召,官至国子监祭酒;十三年,辞职归。诗学唐人,大抵少年所作,才华艳发,藻思清丽;老年经历丧乱,则变为激楚苍凉,尤擅歌行。其中如《圆圆曲》、《松山哀》、《永和宫词》、《听女道士卞玉京弹琴》等,皆与明末史事有关,并能反映明末政治腐败情况;《捉船行》等,则具体描绘清兵入关以后广大人民的困苦情状。有《梅村集》。

临顿儿[1]

临顿谁家儿?生小矜白皙[2]。阿爷负官钱,弃置何仓卒[3]!给我适谁家,朱门临广陌[4]。嘱侬且好住,跳弄无知识[5]。独怪临去时,摩首如怜惜。三年教歌舞,万里离亲戚[6]。绝伎逢侯王,宠异施恩泽[7]。高堂红氍毹,华灯布瑶席[8]。授以紫檀槽,吹以白玉笛[9]。文锦缝我衣,珍珠装我额。瑟瑟珊瑚枝,曲罢恣狼藉[10]。我本贫家子,邂逅遭抛掷[11]。一身被驱使,两口无消息[12]。纵赏千万金,莫救饿死骨。欢乐居他乡,骨肉诚何益[13]!

〔1〕本诗写贫家小儿被迫卖身豪门做歌舞男伎的事。临顿:地名,在江苏苏州城东。

〔2〕生小:从小。矜(jīn今):夸喜。皙(xī析):皮肤白。

〔3〕阿爷:父亲。负:欠。官钱:官家的租税。弃置:丢掉。何等,多么。仓卒(cù促):匆忙。

〔4〕绐(dài代):欺骗。适:往。朱门:红漆的门,官僚的府第。广陌:大路。

〔5〕侬(nóng农):我。好住:珍重之意。跳弄:蹦蹦跳跳。无知识:不懂事。

〔6〕亲戚:此为古义,指父母。《史记·五帝本纪》:"尧二女不敢以贵骄,事舜亲戚,甚有妇道。"

〔7〕绝伎:指绝好的歌舞技艺。宠异:异常宠爱。施恩泽:给以"恩惠"。

〔8〕"高堂"二句:主人在华灯下设宴,铺排演出。氍毹(qúyú渠余):毛织的毯。布:布置。瑶席:华美的筵席。

〔9〕授:给。紫檀槽:紫檀木做的琵琶槽(乐器上架弦的格子)。吹:指伴奏。

〔10〕瑟瑟:碧绿的宝石。恣:任意。狼藉(jí吉):纵横散乱,指糟踏。

〔11〕邂逅(xièhòu懈后):偶然。抛掷:抛弃。

〔12〕两口:指父母二人。

〔13〕"骨肉"句:说为人子而不能供养父母,对亲人没有什么益处。

捉船行〔1〕

官吏捉船为载兵,大船买脱中船行〔2〕。中船芦港且潜避,小

35

船无知唱歌去。郡符昨下吏如虎,快桨迎风急摇橹[3]。村人露肘捉头来,背似土牛耐鞭苦[4]。苦辞船小要何用?争执汹汹路人拥。前头船见不敢行,晓事篙师敛钱送[5]。船户家家坏十千,官司查点候如年[6]。发回仍索常行费,另派门摊云雇船[7]。君不见,官舫嵬峨无用处,打鼓插旗马头住[8]。

〔1〕行:乐府古诗的一种体裁。这首诗写清初官吏抓民船的种种苛扰,而以官船"插旗打鼓"、安然停泊的对比作结。

〔2〕买脱:花钱买免官差。

〔3〕郡符:清代的府与古代的郡相当。符,指文书。快桨迎风:指吏役坐以捉船的船只。

〔4〕"村人"二句:写衣不蔽体的船民被揪着头发见官,像土牛那样受鞭打。土牛,古代迎春所用的土制春牛。用鞭子捶打,叫做鞭春。《魏书·甄琛传》:"赵修小人,背似土牛,殊耐鞭杖。"

〔5〕晓事:懂事。篙(gāo 高)师:船工。敛钱:凑集钱。

〔6〕坏:破费之意。十千:一万个铜钱。候如年:听候查点,发回船夫,时久如过年。

〔7〕常行费:照常例应送官的钱。门摊:指按户摊派的额外苛税。云雇船:说是作代雇船只的费用。云,说。

〔8〕马头:码头。

鸳湖曲[1]

鸳鸯湖畔草粘天,二月春深好放船。柳叶乱飘千尺雨,桃花斜带一溪烟[2]。烟雨迷离不知处,旧堤却认门前树。树上流莺三两声,十年此地扁舟住[3]。主人爱客锦筵开[4],水阁风吹笑语来。画鼓队催桃叶伎,玉箫声出柘枝台[5]。轻靴窄袖娇妆束,脆管繁弦竞追逐[6]。云鬟子弟按霓裳,雪面参军舞鸲鹆[7]。酒尽移船曲榭西,满湖灯火醉人归。朝来别奏新翻曲,更出红妆向柳堤[8]。欢乐朝朝兼暮暮,七贵三公何足数[9]！十幅蒲帆几尺风,吹君直上长安路[10]。长安富贵玉骢骄,侍女薰香护早朝[11]。分付南湖旧花柳,好留烟月伴归桡[12]。那知转眼浮生梦,萧萧日影悲风动。中散弹琴竟未终,山公启事成何用[13]！东市朝衣一旦休,北邙抔土亦难留[14]。白杨尚作他人树,红粉知非旧日楼[15]。烽火名园窜狐兔,画阁偷窥老兵怒[16]。宁使当时没县官,不堪朝市都非故[17]！我来倚棹向湖边,烟雨台空倍惘然[18]。芳草乍疑歌扇绿,落英错认舞衣鲜。人生苦乐皆陈迹,年去年来堪痛惜。闻笛休嗟石季伦,衔杯且效陶彭泽[19]。君不见白浪掀天一叶危,收竿还怕转船迟。世人无限风波苦,输与江湖钓叟知[20]。

〔1〕鸳湖:即鸳鸯湖,在今浙江嘉兴城南,亦名南湖。这首诗通过明末佞臣吴昌时凭借权势、显赫骄横、纵情声色,但转眼成空的事,感叹富贵无常的现象。吴昌时,明末嘉兴(一作吴江)人,崇祯时,得首相周延儒之力,擢吏部文选司郎中,结交宦官,把持朝政。不久,周延儒罢职被逮入京,勒令其自杀,吴昌时处斩,籍其家。事见《明史·周延儒传》。

〔2〕"鸳鸯"四句:写鸳鸯湖的春天景色。

37

〔3〕"烟雨"四句:写寻找吴昌时的鸳湖旧居,并回忆十年前曾乘船到此。

〔4〕"主人"以下十二句描写吴昌时当年"极声伎歌舞之乐"(见徐釚《续本事诗》卷七)的生活。主人:指吴昌时。锦筵:华美丰盛的酒宴。

〔5〕画鼓队:多人成队舞蹈。桃叶:东晋王献之妾名。桃叶伎,指吴昌时的家伎。柘枝:古代舞曲名,也是舞蹈名。《词谱》谓"此舞因曲为名。用二女童,帽施金铃,抃转有声。"台:指歌舞场所。

〔6〕"轻靴"二句:出句写歌舞伎的装束,对句写各种乐器的竞奏。

〔7〕云鬟子弟:指男性旦角。云鬟,妇女的发髻。按:弹奏。霓裳:《霓裳羽衣曲》,这里借指精妙的歌舞曲。雪面参军:指涂白面的丑角。参军,唐宋时流行的参军戏中的角色。舞鸜鹆(qúyù 渠玉):一种摹拟鸜鹆(俗称八哥)鸟动作的舞蹈,东晋谢尚善为此舞,见《晋书·谢尚传》。这里借指某种舞蹈动作。

〔8〕"酒尽"四句:谓早晚游宴,穷奢极欲。榭,敞屋。别奏,另奏。新翻曲,新谱的曲子。

〔9〕"七贵"句:说吴昌时的豪华超过朝中权贵。七贵,西汉时七个以外戚身份把持朝政的家族。三公,指朝中大臣。

〔10〕"十幅"二句:写崇祯十四年吴昌时乘船进京任文选司郎中。蒲帆,指船帆。长安,借指北京。

〔11〕"长安"二句:写吴昌时入京的生活。玉骢,青白色的骏马。以玉骢骄,喻气势之盛;以侍女薰香,写生活的骄贵。应劭《汉官仪》:"(尚书郎)入值台廨中,给尚书史二人,女侍史二人……女侍执香炉烧熏从入台护衣。"

〔12〕"分付"二句:讥刺吴昌时入京后还想再回南湖纵情声色。分付,吩咐。归桡(ráo 饶),返航的船。

〔13〕"那知"四句:写形势急变,吴昌时褫去文选司郎中官职并被

38

勒令自杀。中散,嵇康,官中散大夫,被诬陷,临刑时,索琴弹奏,并说"《广陵散》于今绝矣"。事见《晋书·嵇康传》。山公,指山涛。《晋书·山涛传》:"涛再居选职,十有余年……所奏甄拔人才,各为题目(分别加以品题),时称山公启事。"

〔14〕"东市"二句:写吴昌时被杀后无葬身之地。东市朝衣,用西汉晁错穿朝衣被景帝杀于东市的典故,见《史记·吴王濞传》。北邙(máng忙)山,在洛阳北,东汉皇陵及唐宋名臣坟墓多在此。抔(póu裒)土,一捧土,指墓土。

〔15〕"白杨"二句:说吴昌时本人葬身无地,家伎一定换了新主人。唐张建封筑燕子楼以居爱妾关盼盼,张死后,关盼盼独居燕子楼十余年不嫁,后绝食而死。诗反用燕子楼的典故。

〔16〕"烽火"二句:说经过战乱,园林荒废,狐兔出没,守园老兵不许游人游览。烽火,指战乱。

〔17〕"宁使"二句:抒兴亡之慨,说园林当年被官府没收,可是如今连朝代也变换了。县官,指官府。

〔18〕烟雨台:亦名烟雨楼,在南湖中。

〔19〕"闻笛"二句:说不必像石崇听到笛声而嗟叹绿珠之死,且像陶渊明饮酒宽怀。闻笛,石崇有妓名绿珠,美艳善叹笛。孙秀索求绿珠不得,唆使赵王司马伦诛石崇。石崇与绿珠宴于楼上,武士排门入,绿珠效死于石崇,遂坠楼而死。石季伦,即石崇,字季伦,晋代的豪富。见《晋书·石崇传》。陶彭泽,即陶渊明,曾任彭泽县令,好饮酒。

〔20〕"君不见"四句:比喻宦海风波险恶,应当及早收竿转船。慨叹人们贪恋富贵,其见识还不及江湖上钓鱼老人。

圆 圆 曲[1]

鼎湖当日弃人间,破敌收京下玉关[2]。恸哭六军俱缟素,冲

39

冠一怒为红颜[3]。红颜流落非吾恋,逆贼天亡自荒宴。电扫黄巾定黑山,哭罢君亲再相见[4]。相见初经田、窦家,侯门歌舞出如花[5]。许将戚里空侯伎,等取将军油壁车[6]。家本姑苏浣花里,圆圆小字娇罗绮[7]。梦向夫差苑里游,宫娥拥入君王起[8]。前身合是采莲人,门前一片横塘水[9]。横塘双桨去如飞,何处豪家强载归[10]?此际岂知非薄命,此时惟有泪沾衣。熏天意气连宫掖,明眸皓齿无人惜。夺归永巷闭良家,教就新声倾坐客[11]。坐客飞觞红日暮,一曲哀弦向谁诉?白皙通侯最少年,拣取花枝屡回顾[12]。早携娇鸟出樊笼,待得银河几时渡[13]?恨杀军书抵死催[14],苦留后约将人误。相约恩深相见难,一朝蚁贼满长安[15]。可怜思妇楼头柳,认作天边粉絮看[16]。遍索绿珠围内第,强呼绛树出雕阑[17]。若非壮士全师胜,争得蛾眉匹马还[18]?蛾眉马上传呼进,云鬟不整惊魂定。蜡炬迎来在战场,啼妆满面残红印[19]。专征箫鼓向秦川,金牛道上车千乘。斜谷云深起画楼,散关月落开妆镜[20]。传来消息满江乡,乌桕红经十度霜[21]。教曲伎师怜尚在,浣纱女伴忆同行。旧巢共是衔泥燕,飞上枝头变凤凰。长向尊前悲老大,有人夫婿擅侯王[22]。当时只受声名累,贵戚名豪竞延致[23]。一斛珠连万斛愁,关山飘泊腰肢细[24]。错怨狂风飏落花,无边春色来天地[25]。尝闻倾国与倾城,翻使周郎受重名[26]。妻子岂应关大计?英雄无奈是多情。全家白骨成灰土,一代红妆照汗青[27]。君不见,馆娃初起鸳鸯宿,越女如花看不足。香径尘生鸟自啼,屧廊人去苔空绿[28]。换羽移宫万里愁,珠歌翠舞古梁州。为君别唱吴宫曲,汉水东南日夜流[29]!

〔1〕这是《梅村集》中最著名的一首七言歌行,讽刺吴三桂为了宠妾陈圆圆而引清兵入关的卖国行径。辞藻优美,音节和谐,讽刺辛辣而含蓄,艺术成就高。吴三桂,字长白,武举出身,明末任辽东总兵,封平西伯,驻防山海关。李自成的农民起义军攻克北京,他引清兵入关,帮助清兵击败起义军,封平西王。接着又进攻南明所据守的云贵地区,杀明永历帝。康熙十二年(1673),他举兵叛清,十七年,在衡州(今湖南衡阳)称帝,不久病死。陈圆圆,本姓邢,名沅,字畹芬,小字圆圆,苏州著名妓女。据诗意,初曾入宫,后又放出,为崇祯帝田贵妃的父亲田弘遇所得。起义军逼近北京时,被赠给吴三桂为妾。义军攻下北京,陈被俘。三桂出于私恨,遂引清兵入关,圆圆复为三桂所得,从至西南(参看陆次云《圆圆传》)。钮琇《觚剩》谓圆圆晚年出家为女道士;孙旭《吴三桂始末》则谓清兵攻入云南时自缢死。诗篇从开头到"等取将军油壁车",倒叙吴三桂借清兵与他初得陈圆圆的经过;自"家本姑苏浣花里"起到"散关月落开妆镜",顺叙圆圆的遭遇;"传来消息满江乡"十四句,一抑一扬,说圆圆的遭遇,他人看来是福,身受者却感是累;自"尝闻倾国与倾城"起到全诗结束,写作者的感想。

〔2〕"鼎湖"二句:相传黄帝铸鼎于荆山(在今河南省三门峡市灵宝市阳平镇)下,鼎成,乘龙升天。见《史记·封禅书》。后人用为帝王死去的典故。这里指明思宗在李自成起义军入北京后被迫自杀。破敌,指吴三桂引清兵击败李自成起义军。玉关,指山海关。一说,以甘肃的玉门关指代吴三桂进击起义军于陕西。

〔3〕"恸哭"二句:六军缟(gǎo 稿)素,指三桂军队为明思宗服丧。

冲冠,"怒发上冲冠(帽)",语出《史记·蔺相如列传》。这里写吴三桂发怒是为了陈圆圆。

〔4〕"红颜"四句:作者拟吴三桂的话,说举兵南下是为了报国仇家恨,不是因为陈圆圆被俘。逆贼,指李自成。荒宴,饮酒荒淫。陆次云《圆圆传》谓陈圆圆为李自成所得;刘健《庭闻录》、署名娄东梅村野史(或疑非吴伟业作)的《鹿樵纪闻》及《明史·流贼传》谓圆圆为刘宗敏所得,疑后说为近是。电扫,扫荡快如闪电。《后汉书·吴汉传》:"电扫群孽。"黄巾,东汉灵帝时,张角的农民起义军都头裹黄巾,称黄巾军;黑山,东汉末张燕领导的农民起义军,活动于河北常山一带。这里都指李自成义军。亲,吴三桂之父吴襄(亦作骧),降于李自成,自成叫他写信招降三桂,三桂引清兵入关,自成遂杀吴骧一家。

〔5〕"相见"二句:写吴三桂在外戚家见到陈圆圆。田窦、田蚡、窦婴,都是西汉初外戚,这里以田蚡暗指田弘遇。出如花,出现了陈圆圆这样如花的美女。

〔6〕"许将"二句:说田弘遇愿将陈圆圆送给吴三桂。戚里,指外戚家。空侯伎,弹箜篌的歌伎。空侯,即箜篌,古乐器名。将军,指吴三桂。油壁车,以油漆涂饰车壁的车子。

〔7〕"家本"二句:姑苏,今江苏苏州。浣花里,疑借用唐妓女薛涛居浣花溪事。小字,小名。

〔8〕"梦向"二句:写圆圆的愿望,以西施的美和她作比,暗示圆圆曾被送入皇宫。夫差,春秋时吴王夫差,其宫苑在苏州。他宠爱西施,为她筑姑苏台。

〔9〕前身:前生。合是:应是。采莲人,指西施,以比圆圆。横塘,在苏州西南。

〔10〕"横塘双桨"二句:写圆圆被豪家取去。豪家,《圆圆传》、《鹿樵纪闻》说是田贵妃父家,钮琇《觚剩》说是周后父周奎家。

〔11〕"熏天"四句:说外戚家受到明思宗的宠爱,势焰熏天;圆圆进宫,得不到皇帝爱惜,遂出宫成为其家歌妓。熏天意气,气焰冲天。连宫掖(yè夜),势通宫掖。掖,皇宫旁屋。明眸皓齿,写圆圆的美丽。永巷,宫中长巷,宫女居住的地方。良家,指外戚家。

〔12〕"白皙"二句:写吴三桂赏识圆圆。白皙,指吴三桂年纪不大,面色白。通侯,汉代列侯中的最高一等,这里指吴三桂。

〔13〕"早携"二句:写吴三桂得到陈圆圆后不能和她长久团聚。娇鸟,喻圆圆。银河几时渡,用牛郎、织女只能在每年七月七日渡银河(天河)相会的典故,说吴与陈匆匆离别,后会难期。

〔14〕军书抵死催:指明思宗命令吴三桂回山海关驻地。

〔15〕蚁贼:作者敌视农民起义军,谓其人多如蚁,故称。长安:指代明朝的都城北京。

〔16〕"可怜"二句:写圆圆被掳。思妇楼头柳,典用王昌龄《闺怨》诗:"闺中少妇不知愁,春日凝妆上翠楼。忽见陌头杨柳色,悔教夫婿觅封侯。"以喻圆圆已为吴三桂之妾。粉絮,白色的柳絮。

〔17〕"遍索"二句:谓义军在京城搜索美女。绿珠是西晋石崇家妓。内第,内宅。绛树,魏时著名歌女,见魏文帝(曹丕)《与繁钦书》。

〔18〕"若非"二句:说假如不是吴三桂全军获胜,怎能用匹马迎还圆圆呢?壮士,指三桂。争得,怎得。蛾眉,喻美女,此指圆圆。

〔19〕"蜡炬"二句:写吴三桂迎归圆圆。蜡炬,即蜡烛。魏文帝聘娶薛灵芸,未到京师数十里,烧烛之光,相继不绝。见《拾遗记》。相传吴三桂迎归圆圆,在营中结五采楼,列旌旗,箫鼓三十里。见《觚剩》。残红印,化妆的胭脂为泪痕所乱。

〔20〕"专征"四句:写顺治八年吴三桂进击义军于陕西,圆圆随行。秦川,关中平原,指陕西。金牛道,从陕西沔县入四川的古栈道。千乘(shèng胜),千辆。古代四匹马拉的兵车叫乘。斜(yē耶)谷,在陕西眉

43

县西南。散关,即大散关,在陕西宝鸡西南。

〔21〕"传来"二句:写圆圆的消息传到苏州,已是她离开后十年左右的时间了。江乡,苏州在长江边。乌桕(jiù 臼),树名,深秋时叶变红。十度霜,经霜十次,指十年。

〔22〕"教曲"六句:写圆圆的教师、姐妹们听到消息后的感想。伎(jì 技)师,教唱歌的师傅。怜尚在,为圆圆未在乱离中遭难而高兴。浣(huàn 幻)纱,用西施未入吴宫前在若耶溪浣纱的典故。王维《西施咏》:"当时浣纱伴,莫得同车归。"同行(háng 杭),同伴。

〔23〕竞延致:争着要。延致,招请。

〔24〕"一斛(hú 狐)"二句:写圆圆因受声名之累,不断飘泊,以致腰肢瘦损。传奇《梅妃传》,说唐玄宗曾"命封珍珠一斛密赐(梅)妃",妃作诗,明皇命乐工度曲,称《一斛珠》。一斛珠量,形容身价之高;万斛愁,形容愁恨之深。

〔25〕"错怨"二句:写圆圆埋怨自己的身世像飘扬的落花,但表面上看来却好如"无边春色"。

〔26〕"尝闻"二句:写本来听说美貌的女子会带给人害处,可是吴三桂却反因陈圆圆而著名。倾国倾城,原指美丽的女子能倾覆一国一城,造成祸害,后来用以形容女性极端美丽。周郎,三国时的周瑜,字公瑾,早年就为吴国名将,人称"周郎"。他懂得音乐,又娶了著名美女小乔为妻,更加有名。这里用周郎比三桂。

〔27〕"妻子"四句:正面讽刺吴三桂。说三桂全家为农民军所杀,而圆圆却成为历史人物。照汗青,照耀史册,此用为反语,兼以讽刺吴三桂行为的遗臭史册。古人在竹简上书写,先用火炙竹青使出汗(水),以便书写和防蛀,叫做"汗青"。

〔28〕"君不见"五句:用春秋时吴王夫差宠爱西施的事作陪衬。说吴王在馆娃宫与西施过着双栖不离的鸳鸯般的生活,还嫌对西施看得不

够,可是历史变化,吴王很快亡国,吴宫也早就荒废了。借喻吴三桂和陈圆圆的恩爱、富贵也不能长久。馆娃,宫名,遗址在苏州灵岩山。越女,指西施。香径,即采香径。屧(xiè泄)廊,即响屧廊。传说都系吴王为西施构筑的。

〔29〕"换羽"四句:承接上文再刺吴三桂的骄奢富贵不能长保。羽、宫都是五音之一。换羽移宫,以音调变化比喻人事变迁,这里指改朝换代。珠歌翠舞,指三桂、圆圆的生活。古梁州,三国蜀汉置梁州,治所在沔阳,晋太康中移治南郑,时吴三桂开藩在陕西南郑,故称。汉水,汉中南郑,临着汉水。诗兼用李白《江上吟》"功名富贵若长在,汉水亦应西北流"的典故。

读史杂感〔1〕(十首选二)

莫定三分计,先求五等封〔2〕。国中惟指马〔3〕,阃外尽从龙〔4〕。朝事归诸将,军需仰大农〔5〕。淮南数州地,幕府但歌钟〔6〕。

北寺谗成狱,西园贿拜官〔7〕。上书休讨贼,进爵在迎銮〔8〕。相国争开第,将军罢筑坛〔9〕。空余苏武节,流涕向长安〔10〕。

〔1〕作者的《读史杂感》,名为读史,实际上借史事以咏南明时事。这里所选两首就是讽刺南明福王(弘光帝)朝的腐败政局的。

〔2〕"莫定"二句:写南明福王朝诸臣,未定国家大计,先争自己的官爵。三分计,指诸葛亮为刘备筹划的占据荆州、益州,联孙权抗曹操,

鼎足而立,然后进而统一全国的大计(见《三国志·蜀书·诸葛亮传》)。五等封,周代诸侯封爵分公、侯、伯、子、男五等。

〔3〕国中:都城里。指马:指鹿为马。《史记·秦始皇本纪》:"赵高持鹿献于二世曰:'马也。'二世笑曰:'丞相误耶?谓鹿为马。'左右或默然,或言马以阿顺赵高……"这里引赵高事以刺福王朝的马士英、阮大铖等专擅朝政。

〔4〕阃(kǔn捆):城门的门槛。《史记·冯唐传》:"臣闻上古王者之遣将也,跪而推毂曰:阃以内者,寡人制之;阃以外者,将军制之。"阃外,指武将。从龙,指随从开国君主创立帝业。这句诗讽刺南明的大将黄得功、刘良佐、刘泽清、高杰(称为"四镇")等拥立昏庸的福王为帝,以开国功臣自居。

〔5〕"朝事"二句:说南明将领骄悍,左右朝政;侵吞赋税,却要朝廷供应军饷。《明史·刘泽清传》:"时武臣各占分地……与廷臣互分党援","各占分地,赋入不以上供,恣其所用,置封疆兵事一切不问。"军需,粮饷、器械等。仰,依赖。大农,朝廷主管财务的机关。

〔6〕淮南:淮水以南长江以北。这里指南明控制的地区,但实际上不限于淮南,淮北也有。幕府:指明清时主管一方军政的高级官员的官署,这里指福王朝的文武官僚。歌钟:说福王朝文武官员只知享乐,不顾国事。《国语·晋语》:"郑伯纳女乐二人,歌钟二肆(按:一肆即一组)。"

〔7〕"北寺"二句:写正人被诬害,贿赂公行。北寺,又称"北司",唐代宦官的官署设在皇宫之北,故称。据《明史·奸臣传》:"马士英身掌中枢,一无筹画,日以锄正人引凶党为务。时有狂僧大悲,语不类,为总督京营戎政赵之龙所捕。阮大铖欲假以诛东林及素不合者,因造十八罗汉、五十三参之目,书史可法、高宏图、姜曰广、黄道周等姓名纳大悲袖中,海内人望,无不备列,将穷治其事。"西园,东汉灵帝卖官鬻爵,所得钱财贮藏于西园。见《后汉书·灵帝纪》。《明史·奸臣传》:"时朝政浊

乱,货贿公行。大僚降贼者,贿入,辄复其官。诸白丁隶役输重赂,立跻大帅。时人为之语曰:职方贱如狗,都督满街走。"

〔8〕上书:臣下向皇帝上奏疏。休讨贼:不主张讨伐敌人。迎銮(luán峦):指迎立福王。銮,皇帝车马所用的铃。马士英、阮大铖以迎立福王得高官,马为东阁大学士,阮为兵部尚书,故曰"进爵"。

〔9〕"相国"二句:写文臣争建府第,竞尚豪华;武将不思出征。坛,号令出征的将坛。

〔10〕"空余"二句:苏武,汉武帝时中郎将,出使匈奴。匈奴逼降,苏武不屈,持汉节牧羊北海,前后共十九年,汉昭帝时始归汉。这里以苏武比左懋第。懋第,字萝石,崇祯时官户科给事中。福王立,官兵部右侍郎,奉派到北京与清廷谈判。他入京,"请祭告诸陵及改葬先帝(崇祯帝),不可,则陈太牢于旅所,哭而奠之。……顺治二年六月,闻南京失守,恸哭……至闰月十二日,与从行兵部司务陈用极、游击王一斌、都司张良佐、刘统、王廷佐俱以不降诛。"见《明史》本传。涕,泪水。长安,借指北京。

中秋看月有感

今年京口月,犹得杖藜看〔1〕。暂息干戈易,重经少壮难〔2〕。江声连戍鼓〔3〕,人影出渔竿。晚悟盈亏理,愁君白玉盘〔4〕。

〔1〕这首诗因望月而抒写易世之感。京口:今江苏镇江。杖藜:扶着手杖。
〔2〕干戈:古代兵器,这里指战争。重(chóng虫)经:再经。
〔3〕戍(shù树)鼓:军营中报更次的鼓声。

〔4〕晚:指晚年、老年。盈亏:月圆为盈,月缺为亏,这里比喻盛衰变化。君:称代月亮。白玉盘:指月圆。李白《古朗月行》:"小时不识月,呼作白玉盘。"愁君白玉盘,谓月圆将缺。

过吴江有感〔1〕

落日松陵道,堤长欲抱城〔2〕。塔盘湖势动,桥引月痕生〔3〕。市静人逃赋,江宽客避兵〔4〕。廿年交旧散,把酒叹浮名〔5〕。

〔1〕这首诗写吴江的景物及作者经过时的萧条情状。吴江:在今江苏省南部,西临太湖。

〔2〕松陵:指吴江。陈沂《南畿志》:"吴江,本吴县之松陵镇,后析置吴江县。"道:道路。堤:吴江县长堤。《大清一统志》:"长堤在吴江县东。宋庆历二年以松江风涛,漕运多败船,遂起松陵长堤,界于江湖之间。明万历十三年重筑,长八十里。"抱城,围城。

〔3〕"塔盘"二句:塔,吴江东门外方塔。《苏州府志》:"宋元祐四年,邑人姚得瑄建方塔七级。"桥,吴江城外利往桥,又名垂虹桥,俗称长桥,共八十五孔。这两句意思是说高塔盘空,倒影在湖中浮动;长桥卧波,如月华初生。引,长。

〔4〕"市静"二句:写人烟冷落,一片荒凉。

〔5〕交旧:老朋友。一说交旧散,暗指吴江遗民组织的惊隐诗社,在康熙二年因《明史》案被株连而星散,诗人吴炎、潘柽章被杀。把酒:拿着酒杯。叹浮名:感叹为虚名所累。作者因当时颇负文名,被迫仕清,故有此叹。一说浮名即官职,言入清当官出于被迫。

梅村[1]

枳篱[2]茅舍掩苍苔,乞竹分花手自栽。不好诣人贪客过[3],惯迟作答爱书来。闲窗听雨摊诗卷,独树看云上啸台[4]。桑落酒香卢桔美[5],钓船斜系草堂开。

〔1〕梅村:《镇洋县志》:"梅村,在太仓卫东,旧为明吏部郎王士祺别墅,名蒉园。祭酒吴伟业拓而新之,易今名。"这首诗一说作于崇祯十七年(1644)明亡前夕,时作者因父死居太仓守制;一说作于崇祯四年伟业中一甲二名进士回乡家居时;程穆衡《吴梅村诗集笺注》则系于清初。观后四句,似非守制时之作。
〔2〕枳(zhǐ 止)篱:枳,多刺灌木,可编篱笆。
〔3〕诣(yì 艺)人:拜访人。贪客过:欢喜客人过访。
〔4〕啸台:晋阮籍善作啸声,常登台长啸。陈留(今属河南开封)有阮籍啸台。这里泛用作登台典故。
〔5〕桑落:美酒名。卢桔:枇杷。

过淮阴有感[1](二首选一)

登高怅望八公山,琪树丹崖未可攀[2]。莫想阴符遇黄石,好将鸿宝驻朱颜[3]。浮生所欠只一死,尘世无由识九还[4]。我本淮王旧鸡犬,不随仙去落人间[5]。

〔1〕顺治十年(1653),作者被清廷征召入京,路过淮阴,借汉淮南王刘安的故事,自抒身世之感。淮阴:今江苏淮安市淮阴区。

〔2〕八公山:在安徽省淮南市八公山区,山上有刘安庙。安迷信道术,相传门客有"八公",能炼丹化金。后随刘安登山,埋金于地,白日升天(见《水经注·沘水》),山因以得名。琪树丹崖:仙境的树石,这里指八公山上的树石。

〔3〕"莫想"二句:阴符,即《阴符经》,我国古代论兵法的书。遇黄石,汉张良在下邳(今属江苏省)圯(yí怡,桥)上遇黄石公,传授《太公兵法》。见《史记·留侯世家》。将,把。鸿宝,汉淮南王刘安请宾客作的讲道术的书,见《汉书·刘向传》。驻朱颜,就是长生不老之意。

〔4〕"浮生"二句:这两句连下面二句,都是作者自叹不能随明亡而死节之意。浮生,人生,因世事浮动无定,故称。欠一死,言不能死节。语出《宋史·范质传》:"惜其欠(周)世宗一死耳!"无由,无从。九还,道家炼丹,循环九次,称"九还"。见《抱朴子》。

〔5〕淮南鸡犬:相传刘安白日升天时,留下药在院子里,鸡犬啄舐了也飞升天上。见葛洪《神仙传》。

怀古兼吊侯朝宗[1]

河洛风尘万里昏,百年心事向夷门[2]。气倾市侠收奇用,策动宫娥报旧恩[3]。多见摄衣称上客,几人刎颈送王孙[4]?死生终负侯嬴诺,欲滴椒浆泪满樽[5]。

〔1〕这首诗由咏大梁(今河南开封)史事而自伤不能实践对侯方域的诺言。侯朝宗:名方域,见本书侯方域诗选所附的小传。作者自注:"朝宗,归德人,贻书约终隐不出。余为世所逼,有负宿诺,故及之。"顺治十一年(1654),朝宗卒,诗似闻其死讯后作。

〔2〕河洛:黄河、洛水,指中原地区。风尘:指战乱。百年:一生。夷门:大梁城的东门。战国时,侯嬴隐身于夷门监者(看城门的人)。

〔3〕"气倾"二句:说侯嬴的意气能够倾倒市中侠客,鼓动他们为信陵君所用;又为信陵君策划使如姬盗兵符杀晋鄙。市侠,指朱亥。信陵君欲发兵救赵,侯嬴为他介绍市中屠者朱亥,椎杀魏将晋鄙,完成调军救赵的功业,所以说"收奇用"。宫娥,指魏王的宠妾如姬。她有杀父之仇,信陵君曾为她报复。侯嬴设策使如姬盗出魏王调兵的凭信,好让信陵君能接管晋鄙的大军。"报旧恩",即指此。

〔4〕"多见"二句:说信陵君养客很多,但真能以身效死像侯嬴的也少。摄衣称上客,"侯生(侯嬴)摄敝衣冠直上载公子上坐(坐在车中的尊位),不让,欲以观公子。公子执辔愈恭。……至家,公子引侯生坐上坐,遍赞(称誉)宾客……于是罢酒,侯生遂为公子上客。"刎(wěn吻)颈,侯嬴因年老不能随信陵君出兵,于信陵君出发时,刎颈自杀。王孙,指信陵君。以上事迹,俱见《史记·魏公子列传》。

〔5〕"死生"二句:死生,一死一生,指朝宗已死而己尚存。侯嬴,借其姓以指侯朝宗。诺(nuò懦),答应人的话,指自注中"为世所逼,有负宿(从前)诺"。椒浆,添放花椒的酒,是祭神用的,此指祭死者之酒。《楚辞·九歌·东皇太一》:"奠桂酒兮椒浆。"

临清大雪〔1〕

白头风雪上长安,裋褐疲驴帽带宽〔2〕。辜负故园梅树好,南枝开放北枝寒[3]。

〔1〕这首诗是作者上北京时在临清道中作的。表现了勉强北上的复杂心情。临清:在山东省西北部,与河北相邻。

〔2〕长安:指代北京。裋褐(shùhè 树贺):古代贫贱者所穿的粗陋衣服。疲驴:指骑着疲弱的驴子。

〔3〕"南枝"句:语本:"大庾(岭)多梅,南枝既落,北枝始开。"见《白氏六帖》。

伍员[1]

投金濑畔敢安居[2]? 覆楚亡吴数上书。手把属镂思往事,九原归去愧包胥[3]。

〔1〕这首诗写伍员(yún 云,又 yùn 韵)虽替吴国立功,但终有负他的故国(楚)。伍员:字子胥,春秋时楚国人。父奢、兄尚均为楚平王所杀。子胥逃亡到吴国,帮助吴王阖闾夺取王位,并使吴国富强起来。曾领吴国军队破楚,入郢都(今湖北荆州),鞭楚平王尸。后因谏阻吴王夫差接受越国求和,夫差怒,赐剑令他自杀。事见《史记·伍子胥列传》。

〔2〕投金濑(lài 赖):地名。《舆图记》:"投金濑,在溧阳(今属江苏省),溧女史氏饭子胥处。"《越绝书》载:子胥至吴,乞食溧阳,"见一女子击絮于濑水之中,曰:'岂可得托食乎?'女子曰:'诺。'即发箪,清其壶浆而食之。子胥食已而去,谓女子曰:'掩尔壶浆,勿令之露。'子胥行五步,还顾,女子自纵于濑水之中而死。"后来子胥想报答这位妇女之恩,可

是找不到她的家,便把金扔入当年这位妇女投水处,此地遂称"投金濑"。敢安居:怎敢逗留。

〔3〕属镂(zhǔlú 主闾):剑名。吴王用属镂剑赐伍子胥自杀,见《史记·吴世家》。九原归去:死归地下。九原,坟地。愧:意为愧见。包胥:申包胥,《史记·伍子胥传》:"员之亡(从楚国逃亡时)也,谓包胥曰:'我必覆(颠覆)楚!'包胥曰:'我必存之!'及吴兵入郢……申包胥走秦告急,求救于秦。秦不许。包胥立于秦廷,昼夜哭,七日七夜不绝声。秦哀公怜之,曰:'楚虽无道,有臣若是,可无存乎?'乃遣车五百乘救楚击吴。"

戏题仕女图[1](十二首选二)

一舸[2]

霸越亡吴计已行,论功何物赏倾城[3]?西施亦有弓藏惧,不独鸱夷变姓名[4]。

出塞[5]

玉关秋尽雁连天,碛里明驼路几千[6]!夜半李陵台上月,可能还似汉宫圆[7]?

〔1〕仕女图:以古代美女或著名妇女的身世为题材的人物画。作

者所题的这套仕女图有十二幅,每幅题一首诗。这里选出的两首是咏西施和王昭君的。

〔2〕这首诗咏西施随范蠡乘船隐居。《越绝书》载:"吴亡后,西施复归范蠡,同泛五湖而去。"舸(gě葛):船。

〔3〕霸越亡吴:春秋时,越国为吴国打败之后,越王勾践使大夫范蠡把美女西施献给吴王夫差,使夫差沉湎于酒色,不理朝政。数年后,越国一举击败吴国,逼使吴王夫差自杀。事见《吴越春秋》。倾城:指西施。

〔4〕弓藏惧:说西施也怕功成后为越王所害。弓藏,比喻功臣受害。《史记·勾践世家》载越王胜利后,"诸侯毕贺,号称霸王。范蠡遂去(离开),自齐遗大夫(文)种书曰:'飞鸟尽,良弓藏;狡兔死,走狗烹。越王为人长颈鸟喙,可与共患难,不可与共乐。子何不去?'"鸱(chī痴)夷:指范蠡。《史记·货殖列传》:"范蠡既雪会稽之耻……乃乘扁舟,浮于江湖,变名易姓,适齐,为鸱夷子皮。"

〔5〕这首诗咏王昭君。昭君,名嫱,西汉元帝时入宫为宫女,匈奴呼韩邪单于求和亲,她自请出嫁。入匈奴后,被称为宁胡阏氏(王后)。见《后汉书·南匈奴传》。

〔6〕玉关:玉门关,故址在今甘肃敦煌西北。这里泛指边塞。碛(qì弃):沙漠。明驼:善走的骆驼。《木兰辞》:"愿借明驼千里足。"路几千:指昭君由汉入匈奴路程之远。

〔7〕"夜半"二句:李陵,字少卿,武帝时,为骑都尉,率兵击匈奴,以援绝失败投降。后病死匈奴中。李陵台,《唐书·地理志》:"云中都护府燕然山有李陵台。"按:燕然山,今名杭爱山。这两句诗说王昭君下嫁匈奴,仍萦怀故国,用月怎能像"汉宫圆"婉转示意。

黄宗羲 四首

黄宗羲(1610—1695),字太冲,号黎洲,浙江余姚人。明清之际思想家、史学家。明亡,曾从鲁王朱以海抗清,入清不仕,潜心著述。他在《诗历题辞》中强调:"多读书则诗不期工而自工",作诗"但当辨其真伪"。诗重学问性情,不事雕琢,富有爱国精神。有《南雷文定》、《宋元学案》、《明儒学案》、《明夷待访录》等。

卧病旬日未已,闲书所感[1](二首选一)

此地那堪再度年?此身惭愧在灯前[2]。梦中失哭儿呼我,天末招魂鸟降筵[3]。好友多从忠节传,人情不尽绝交篇[4]。于今屈指几回死,未死犹然被病眠[5]。

〔1〕这首诗是作者抒亡国之痛及思念殉难友好之作。旬:十日。已,止。

〔2〕"此地"二句:国土沦亡,不可再在此地过日子,但此身却仍然滞留,所以惭愧。

〔3〕"梦中"二句:写梦中因悲痛而失声,被儿子呼醒。失哭,失声哭。鸟降筵,朱鸟降临祭筵上。朱鸟,南方七个星宿的总称。宋遗民谢翱登西台(在今浙江桐庐附近)哭祭文天祥,作《登西台恸哭记》,有歌辞

说:"魂朝(早)往兮何极(止于何处)?暮归来兮关塞黑。化为朱鸟兮有咮(嘴)焉(何)食?"诗用此典以表示对死节友人的怀念。

〔4〕"好友"二句:说好友大多殉难,可入史册的《忠节传》;但也有降清的,品质卑污,其情状是《绝交论》等文章描写不能完尽的。从,载入。绝交篇,汉朱穆有《绝交论》,梁刘峻作《广绝交论》,言人情险恶,交道难凭。

〔5〕屈指:屈着手指计数。被病:患病。

张司马苍水[1]

少年苦节何人似?得此全归亦称情[2]。废寺醵钱收弃骨,老生秃笔记琴声[3]。遥空摩影狂相得,群水穿礁浩未平[4]。两世雪交私不得[5],只随众口一闲评。

〔1〕这是悼念民族英雄张苍水殉难的诗。苍水,张煌言的别号,详见本书张煌言诗选所附小传。张在康熙三年(1664)被清朝杀害。司马,指张在鲁王朝任兵部尚书。

〔2〕少年苦节:苍水在顺治二年(1645),拥立鲁王以海抗清,才二十五岁。全归:全节归死,指为国殉难。《礼记·祭义》:"父母全而生之,子全而归之,可谓孝矣!不亏其体,不辱其身,可谓全矣!"称(chèng秤)情:符合心志。

〔3〕醵(jù巨)钱:集钱。醵,凑集。琴声:嵇康被司马昭杀害,临刑时,求琴弹《广陵散》,说:"《广陵散》于今绝矣。"见《晋书·嵇康传》。作者曾为苍水作墓志铭,所以用"秃笔记琴声"作喻。

〔4〕遥空摩影：对空凝想苍水的形影。狂相得：想起平时狂放的性情，彼此很相投合。群水穿礁：写苍水抗清的浩气像冲激礁石的波浪一样，将永远激励人心。

〔5〕两世雪交：作者和苍水有两代的交谊。雪交，交情像冰雪那样高洁。"冰雪之交，众裘相饰"，见柳宗元《愚溪对》。私不得：不是从私情出发。

周公谨砚[1]（四首选二）

弁阳片石出塘栖，余墨犹然积水湄[2]。一半已书亡宋事，更留一半写今时。

剩水残山字句饶，剡源仁近共推敲[3]。砚中斑驳遗民泪[4]，井底千年恨未销。

〔1〕这两首诗借周密旧砚在井中出现，抒写异代同悲的亡国之痛。周公谨：南宋爱国词人周密，号草窗。

〔2〕"弁阳"句：周密居吴兴弁山，自号"弁阳老人"，所以称他的砚为弁阳片石。塘栖：镇名，在浙江杭县（今属杭州）。水湄（méi 眉）：水边。

〔3〕剩水残山：指南宋偏安江南一隅。字句饶：指周密著《武林旧事》，多追忆南宋都城旧事。饶，丰富。剡（shàn 善）源、仁近：戴表元，字剡源；仇远，字仁近。都是周密友人，有文字交往，仇和周唱和尤密，所以说"共推敲"。推敲，斟酌字句。

〔4〕斑驳：本作颜色不纯解。这里指泪痕多，比喻亡国之恨千年不消。

杜 濬 四首

杜濬(1611—1687),字于皇,号茶村,湖北黄冈人。明末副贡。明亡不仕,隐居南京,家贫常至断炊。他的诗有悲壮苍凉的,有清新隽永的,尤工五言律。有《变雅堂遗集》。

楼雨[1]

晓雨天沾草,萧萧牧马群[2]。鼓鼙喧绝徼,部落拥将军[3]。仆病炊无术,僧悭屐不分[4]。儿童生故晚,正诵美新文[5]。

〔1〕本诗和下一首《晴》,都是写清廷统治下国内的情状,以抒亡国之痛。

〔2〕"晓雨"二句:清初曾多次圈地、改农田为牧场。萧萧,马鸣声。《诗经·小雅·车攻》:"萧萧马鸣。"

〔3〕"鼓鼙(pí 皮)"二句:写满族的骑射生活和八旗制度。鼙,军中用的小鼓。绝徼(jiào 叫),边疆。部落,指满族的社会组织,含有贬义。

〔4〕炊无术:无法煮饭。悭(qiān 千):吝啬。屐(jī 基)不分:不把雨具(木屐)借人。

〔5〕"儿童"二句:儿童生得晚,不知亡国之痛,正在读歌颂清朝的文章。美新文,见傅山《客盂……》诗注〔2〕。

晴

海角收残雨,楼前散夕阳。行吟原草泽,醉卧即沙场[1]。骑马人如戏,呼鹰俗故狂[2]。白头苏属国,只合看牛羊[3]!

〔1〕"行吟"二句:写亡国之痛。行吟,《楚辞·渔父》写战国时大诗人屈原被楚王放逐后,"游于江潭,行吟泽畔(在草泽边行走歌唱)。"醉卧,唐王翰《凉州词》:"醉卧沙场君莫笑,古来征战几人回?"

〔2〕"骑马"二句:表示对满族以骑马为戏,呼鹰射猎的生活的鄙视。

〔3〕"白头"二句:以苏武守节自励。苏属国,即苏武,汉武帝时出使匈奴被扣留。持汉节牧羊十九年,头发全白。归国后,任典属国(掌管接待少数民族事务)。

登金山寺塔[1](六首选一)

极目非无岸,沧波接大荒。人烟沙鸟白,春色岭云黄。出世登初地[2],思家傍战场。咄哉天咫尺,消息转茫茫[3]。

〔1〕这首诗是作者游镇江金山时作。塔,指山上慈寿塔。
〔2〕初地:佛教术语,意为初得真念之地,此指佛寺、佛塔。
〔3〕"咄哉"二句:咄哉,惊叹声。登金山塔,如去天咫尺,但"傍战

场"的家乡,消息茫茫。

龚宗伯座中赠优人扮虞姬绝句[1]

年少当场秋思深,座中楚客最知音[2]。八千子弟封侯去,惟有虞兮不负心[3]。

　　[1] 龚宗伯:龚鼎孳,曾任礼部尚书。《周礼·春官》载大宗伯掌祭祀典礼,故后代称礼部尚书为宗伯。优人:诗中指演戏的青年男旦。
　　[2] "年少"二句:年少,指演戏男旦。楚客,据喻文鏊《考田诗话》,演戏者为楚人,作者籍隶湖北,亦楚人。座客以"楚人演楚事",又请楚人写诗。
　　[3] "八千"二句:项羽自号西楚霸王。他为汉王刘邦所败,与爱妾虞姬作别,自作歌云:"力拔山兮气盖世,时不利兮骓不逝。骓不逝兮可奈何,虞兮虞兮奈若何!"他起义时,带"精兵八千人"。见《史记·项羽本纪》。《史记》不载虞姬之死,后人认为虞姬当殉项羽自杀;但载项羽说:"且籍(项羽名)与江东子弟八千人渡江而西,今无一人还。"此诗所咏,不尽拘泥《史记》所载,乃藉以寄托遗民心事。

方以智 一首

方以智(1611—1671),字密之,安徽桐城人。明清之际的思想家、科学家。崇祯进士,任翰林院检讨。早年以文章气节与侯方域、陈贞慧、冒襄同主盟"复社"。明亡后入寺为僧,改名大智,字无可,别名弘智、药地、浮山愚者等。他精通天文、地理、生物、医药之学,亦工诗画。有《通雅》、《物理小识》、《浮山集》、《方密之诗钞》等。

独往[1]

同伴都分手,麻鞋独入林[2]。一年三变姓,十字九椎心[3]。听惯干戈信[4],愁因风雨深。死生容易事,所痛为知音[5]!

〔1〕这首诗康熙年间作,写明亡后作者的坚贞、孤独的生活及对旧日同志的怀念。

〔2〕麻鞋:草鞋。独入林:无人偕隐之意。《世说新语·赏誉》:"豫章(谢鲲)若遇七贤,必自把臂入林。"

〔3〕三变姓:写避祸。十字:指写的作品。椎心,用手捶胸,伤心至极的样子。

〔4〕干戈信:战争的消息。

〔5〕"死生"二句:死生本是平常的事,所痛心的是失去知心的朋

友。知音,相传古代伯牙善弹琴,锺子期能知音。伯牙弹琴时,志在高山,子期一听就说:"善哉!峨峨兮若太山!"弹时志在流水,子期说:"善哉!洋洋乎若江河!"见《列子·汤问》。

高　兆 一首

高兆,字云客,号固斋,福建侯官(今福州市)人。明秀才;清初,入福建巡抚幕。著有《固斋集》。

荷兰使舶歌[1]

乙巳冬十月,铃阁日清秘[2]。抚军坐筹边[3],颇及荷兰事。幕下盛才贤,共请窥其使[4]。连骑出城隅,江声来潮濈[5]。横流蔽大舶[6],望之若山坠。千重列楼橹,五色飘幡帜[7]。飞庐环木偶,层槛含火器[8]。画革既弥缝,丹漆还涂塈[9]。叩舷同坚城,连锁足驰骑[10]。伫立望崇高,真非东南利[11]！某也亦宾客,缒藤许登跂[12]。番儿候爵室[13],探首如鬼魅。摄衣升及半,火攻炫长技[14]。烟雾横腰合,雷电交足至[15]。译使前致词,此其事大义[16]。其上容千人,方车矧并辔[17]。其人各垂手,周行若沉思。中央匿指南,枢纽得天地[18]。铁轴夹其间,凌云百丈植。七帆恒并张,八风无定吹。沓旎如网罗,坐卧引猿臂[19]。下观空洞底,委积於焉寄[20]。悬釜炽饮食,戴土滋种苁[21]。但可歌博厚,安能测深邃[22]？舶师亦国臣,逢迎慰临莅[23]。坐我卧榻旁,甀甈足明媚[24]。雕棂障玻璃,悬桁垂卤觯[25]。发筥出葡萄,洗盏注翡翠[26]。高泻成贯珠,传饮劝沾醉。银盘荐瓜蔬,风味颇浸渍[27]。岂欲倾其酿?因之穷审视。明明簪笔边,半卷有文字[28]。绘事江海迹,水道可大备。岛屿分微茫,山川入详委[29]。观图见包藏,宁惟一骄恣[30]?上马大桥头,目送增忧愒[31]。呜呼通王贡,讵可忘觊伺[32]?周防勿逡巡,公其戒将吏[33]。飓去势已形,礼义不足饵[34]。

〔1〕这首诗对荷兰使舶的情况,写得颇具体;对西人的船坚炮利,认为应加警惕,在当时是颇有意义的叙事诗。荷兰使舶(bó伯):荷兰使臣所坐的船。

〔2〕乙巳:康熙四年(1665),时作者在福建巡抚幕中。铃阁:旧指将帅或州郡长官办事的地方。这里指福建巡抚的官署。清秘:清静肃穆。

〔3〕抚军:即巡抚,清代管理一省政治、军事的地方官。筹边:筹划边疆防务。

〔4〕幕下:幕府中,指巡抚的官署。盛才贤:称颂的话,谓贤能的人才很多。窥其使:观察荷兰的来使。

〔5〕江声:闽江的水声。滰滰(péngbì 砰必):波涛汹涌声。以上八句写作者出看荷兰使船的年月地点。

〔6〕"横流"句:写船大,江面被遮蔽。

〔7〕楼橹:望楼。幡帜:旗帜。

〔8〕飞庐:《释名·释船》:"其上屋曰庐,像庐舍也。其上重屋曰飞庐,在上,故曰飞也。又在上曰爵(即"雀"字)室,于中候望之,如鸟雀之

警示也。"层槛:一层一层的栏杆。含:藏。火器,指枪炮等。

〔9〕画革:施彩画的兽皮。丹:红色;漆:黑色,合指各种颜色。涂墍(jì既):涂饰。

〔10〕叩:敲。舷:船帮。连锁:把几条这样的大船用铁锁连起来。足驰骑(jì计):可以走马。

〔11〕伫(zhù注)立:长时间站立。东南:指东南沿海省份,荷兰人有窥伺侵略的可能。自"横流蔽大舶"到此十二句,写登船前所见。

〔12〕某:作者自称。亦宾客:也作荷兰使船上的客人。缒(zhuì坠)藤:放下用藤索做的梯。跂(qǐ企):举足。这两句写登船。

〔13〕番儿:旧时对外国人的称呼,含有贬义。候:守候。爵室:见本诗注〔8〕。

〔14〕摄衣:用手提衣。火攻:指放欢迎的礼炮。炫长技:炫耀擅长的技能。

〔15〕"烟雾"二句:形容放炮的情况。

〔16〕译使:翻译人员。事大义:说放礼炮欢迎是小国对待大国的礼仪。

〔17〕"其上"二句:说船面宽,不止两马可以并行,两车也可同行无碍。方,并行。矧(shěn审),何况。并辔(pèi沛),两马并行。

〔18〕"中央"二句:说船上有指南针,可以指示航行方向。中央,当指驾驶室。匵,匣,此处作动词"藏"字解。指南,指南针。枢纽,关键,这里指掌握航行的方位(天地)。

〔19〕"铁轴"六句:写船上桅高和帆多,帆索重叠如网,操纵方便。铁轴,铁桅杆。百丈,形容高。植,立。七帆并张,指什么风向都能行驶。八风,东、西、南、北、东南、西南、东北、西北八面的风。沓施,重复布列。坐卧,指使帆的人或坐或卧。引猿臂,伸出长手臂操纵。从"其上容千人"起十二句,写舱面所见,以下写舱内。

65

〔20〕"下观"二句：写船舱巨大，用以装货。委积，积聚。《周礼·地官·遗人》："掌邦之委积。"注曰："少曰委，多曰积。"于焉，于此。

〔21〕"悬釜"二句：写船上的炊具和盆栽的植物。釜(fǔ甫)，饭锅。炽(chì赤)，热，盛。莳(shì试)，移栽植物。

〔22〕"但可"二句：说只能写出它的表面的种种设备，而深邃的内容无从推测。博厚，丰厚。

〔23〕舳师：船长。国臣：荷兰国的官员。临莅(lì利)：指参观者来到船上。莅，到。这两句以下写船长室所见。

〔24〕氍毹(qúyú渠鱼)：毛织的地毯。

〔25〕棂(líng灵)：窗格子。障：遮隔。悬桁(háng杭)：挂着的架子。卣(yǒu有)、觯(zhì志)：都是古代盛酒的器具。

〔26〕发：开。笥(sì寺)：竹箱。葡萄：葡萄酒。注：注入。翡翠：形容酒的颜色。

〔27〕荐：进。浸渍(zì自)：这里指可口。

〔28〕"明明"二句：似指谈话时旁边有人作记录。簪(zān咱，阴平)笔，古代秘书人员插笔于首，以备记事。语出《汉书·赵充国传》。

〔29〕"绘事"四句：写荷兰船上海图精密。绘事，绘画。详委，详细曲折。

〔30〕"观图"二句：从海图可看出船上人有侵略野心，何止是骄纵而已。包藏，包藏祸心，语出《左传》昭公元年。以下写离船回归。

〔31〕大桥：福州大桥，名万寿桥。目送：指离船后一直回望。

〔32〕"鸣呼"二句：荷兰人借纳贡为名，来窥探我国的虚实，难道可以忽视吗？通王贡，来向清廷纳贡。讵可，岂可。觊(jì计)伺，为了非分的目的而窥伺。

〔33〕周防：周密的防范。逡(qūn困)巡：徘徊不进，因循犹豫。公：对巡抚的称呼。其：表示请求的语气。戒：告诫。

〔34〕"飏(yáng扬)去"二句：写荷兰人来华是为了谋利，用"礼义"也不能羁縻他们。飏去，《三国志·魏志·吕布传》："饥则为用，饱则飏去。"飏，飞。饵(ěr耳)，引诱。从"呜呼通王贡"到此，以议论结束全篇。

冒 襄 二首

冒襄(1611—1693)，字辟疆，号巢民，江苏如皋人。明崇祯十五年(1642)副贡，与侯方域、方以智、陈贞慧友善，时称"四公子"。明亡不仕。诗文清丽，有《巢民诗集》、《朴巢诗选》等。

和阮亭《秋柳》诗原韵[1]（四首选二）

南浦西风合断魂，数枝清影立朱门[2]。可知春去浑无迹，忽地霜来渐有痕[3]。家世凄凉灵武殿，腰肢憔悴莫愁村[4]。曲中旧侣如相忆，急管哀筝与细论[5]。

红闺紫塞昼飞霜，顾影羞窥白玉塘[6]。近日心情惟短笛，当年花絮已空箱[7]。梦残舞榭还歌榭，泪落岐王与薛王[8]。回首三春攀折苦，错教根植善和坊[9]。

〔1〕清初诗人王士禛号阮亭，作《秋柳》七律四首（参看王士禛《秋柳》），作者依原韵和它。诗篇表面歌咏秋柳，从辞意看来，写柳与写沦落的宫廷歌舞伎是双关的，抒发对故国的哀思。

〔2〕"南浦"二句：由朱门中的柳写到水边的柳。江淹《恨赋》："送君南浦，伤如之何！"西风，秋风。合，料应。断魂，心情痛苦。数枝清影，

也指柳。立朱门,种植于朱门(红漆大门,特指富贵人家)中。

〔3〕"可知"二句:写春去秋来,白露为霜,柳树枝叶渐渐凋零,兼喻人的青春逝去。

〔4〕"家世"二句:以柳树的移植和变化喻人的身世沦落。灵武殿,即灵和殿。《南史·张绪传》:"刘悛之为益州(刺史),献弱柳数株……(宋)武帝以植于太昌灵和殿前,常赏玩咨嗟曰:'此柳风流可爱,似张绪当年。'"腰肢憔悴,指秋柳萧疏。莫愁村,语本孙魴《杨柳枝词》:"晴日万株烟一阵,闲坊兼是莫愁家。"莫愁,《唐书·乐志》:"石城(今湖北钟祥)有女子,名莫愁,善歌谣。"

〔5〕曲:坊曲。明杨慎《词品》卷二"坊曲"条:"唐制,妓女所居曰坊曲。"急管哀筝:指管弦乐器。论(lún):谈论,指用音乐来表达心事。

〔6〕"红闺"二句:写白昼飞霜,变出意外,柳树凋伤。暗指人原处"红闺",因"紫塞"变起而沦落。红闺,妇女的住房。紫塞,边城要塞。崔豹《古今注》:"秦筑长城,土色紫……一云雁门草皆色紫,故名紫塞。"羞窥,写柳色憔悴,羞对池塘照影。

〔7〕"近日"二句:短笛吹出近日衰老的心情,箱中已无旧絮,暗寓人的国破家亡之感。短笛,意本李白《春夜洛阳闻笛》:"谁家玉笛暗飞声,散入东风满洛城。此夜曲中闻折柳,何人不起故园情?"花絮,杨花柳絮。

〔8〕"梦残"二句:写歌舞梦醒,使王孙伤心落泪。榭,建于台上的房屋,泛指楼房。还,与、及。岐王,唐睿宗的第四子李范。薛王,睿宗第五子李业。比喻明末诸王。

〔9〕"回首"二句:以柳树悔居善和坊,苦于受人攀折,写歌女自慨旧时的出身。三春,指春季三个月。攀折,杜之松《柳》:"不辞攀折苦,为入管弦声。"善和坊,唐代长安城的一条街坊,歌舞伎聚居之处。

李　渔 二首

李渔(1611—1680),字笠鸿,号笠翁,浙江兰溪人。明末诸生,入清以开设书铺及卖文为生。善制曲,有传奇十种。诗亦浅显通俗。有《笠翁一家言》。

清明前一日

正当离乱世,莫说艳阳天[1]。地冷易寒食,烽多难禁烟[2]。战场花是血,驿路柳为鞭[3]。荒垅关山隔,凭谁寄纸钱[4]?

〔1〕艳阳天:指春天风日美好。
〔2〕"地冷"二句:写避乱生活。常饮食冷物,战火到处蔓延。寒食,清明前一天(一说两天)。《荆楚岁时记》:"冬节后一百五日,谓之寒食,禁火三日。"
〔3〕"战场"二句:写春日花柳在惊惶者的眼中都有惊惧之感。
〔4〕荒垅:久无人祭扫的坟墓。纸钱:祭墓时烧献的祭物。

夏寒不雨为楚人忧岁[1]

江风五月尚飕飕,疑是生寒应麦秋[2]。暑雨不多难望岁,密云虽布转增忧。四方丰歉觇三楚,两载饥寒遍九州[3]。民命久悬仓廪绝[4],问天何事苦为仇?

[1] 楚:春秋战国时楚国地区。忧岁:担忧收成不好。

[2] 飕(sōu 搜)飕:寒冷之意。麦秋:《礼记·月令》:"孟夏麦秋至。"陈澔《集说》:"秋者百谷成熟之期,于时虽夏,于麦则秋。"

[3] "四方"二句:说楚地连年灾荒,对全国都有影响。丰,丰收。歉,歉收。觇(chān 掺),看。三楚,《汉书·高帝纪》注引孟康《音义》:以江陵为南楚;吴为东楚;彭城为西楚。则西楚约今淮水以北,泗、沂水以西;南楚北起淮、汉,南包江南;东楚跨江逾淮,东至于海。是当时主要产粮区。九州,指全国。

[4] 民命久悬:人民的生命像被倒挂着一般危急。仓廪:贮藏谷物的仓库。

钱澄之 五首

钱澄之(1612—1693),字饮光,初名秉镫,字幼光,安徽桐城人。明诸生,曾参加南明的抗清活动,任桂王的翰林编修,知制诰。终身不仕清。他的诗明白生动,富有现实意义。有《藏山阁诗存》、《田间诗集》。

催粮行[1]

催完粮[2],催完粮,莫遣催粮吏下乡。吏下乡,何太急!官家刑法禁不得[3]。新来官长亦爱民,那信民家如此贫!朝廷考课催科重,乡里小民肌肤痛[4]。官久渐觉民命轻,耳熟宁闻号冤声[5]?新增有名官有限,儿女卖成早上县[6]。君不见村南大姓吏催粮,夜深公然上妇床[7]。

〔1〕这首诗写收钱粮的官吏虐害人民。
〔2〕完粮:缴纳钱粮,旧时农民缴官的田税,或折钱,或纳粮,合称"钱粮"。
〔3〕禁(jīn 金)不得:受不了。
〔4〕"新来"四句:说新官本来也想"爱民",但不知人民贫困之甚,又因朝廷以征收赋税考核地方官的成绩,所以就又催迫、鞭打百姓了。

考课,考核官吏成绩。催科,催缴租税。

〔5〕耳熟:听惯了,是"充耳不闻"之意。宁闻:哪能听进。

〔6〕"新增"二句:说苛捐杂税名目繁多,限期急迫,农民只能卖儿卖女去县里纳税。

〔7〕"君不见"二句。说官吏向村南的大姓人家催完粮,夜深时公然登床侮辱妇女。

捕匠行[1]

今年江南大造船,官捕工匠吏取钱。吏人下乡恶颜色,不道捕匠如捕贼[2]!事关军务谁敢藏?搜出斧凿同贼赃。十人捕去九人死,终朝锤斫立在水[3]。自腰以下尽生蛆,皮革乱挥不少纾[4]。官有良心无法救,掩鼻但嫌死尸臭。昨日小匠方新婚,远出宁顾结发恩[5]?昼被鞭挞夜上锁,"早卖新妇来救我"[6]!

〔1〕清初,为了扑灭郑成功抗清力量,在江南抓工匠造船。诗揭露此事带给人民的灾难。

〔2〕不道:料不到,表示惊异的意思。

〔3〕终朝:整天。锤斫(zhuó酌):锤打斧砍,指造船工作。

〔4〕皮革乱挥:用皮鞭乱打。纾(shū书):宽缓。

〔5〕小匠:年青的工匠。远出:被抓外出做工。宁:哪能。结发恩:夫妻之情。汉苏武诗:"结发为夫妇,恩爱两不疑。"

〔6〕"早卖"句:用小匠的口气写。卖掉新妇,好用钱贿赂官吏以赎身。

梅花[1]（十首选二）

何处花先放？向南三两村。未春天似梦，彻夜月无言[2]。且喜昏鸦散，毋嫌翠羽喧[3]。众芳久寂寞，赖汝照乾坤[4]。

离离压残雪，脉脉照溪滨[5]。一任夜无月，何妨天不春[6]！芳华凭俗赏，风味与谁亲[7]？只觉闭门后，徘徊似有人[8]。

〔1〕作者曾在南明桂王永历朝任职，因直言受忌，于顺治初年离职归里隐居，后又漫游各地避祸。《梅花》诗作于顺治十八年（1661）归里期间，以梅花的高洁比拟坚持气节的志士，也用以自喻。

〔2〕"未春"二句：写梅花在冬天孤村夜月中开放，写景又暗寓时机未转，身世孤寂之意。

〔3〕"且喜"二句：昏鸦、翠羽（翠鸟），一喜其散，一不嫌其喧，有褒贬之意。翠羽，《龙城录》载，隋赵师雄在罗浮林中，遇一素妆美人，"芳香袭人"，与共饮酒，有一绿衣童子歌于侧。美人为梅花神所化，童子为翠羽所化。

〔4〕"众芳"二句：以梅花的凌寒独开，寓能独撑正气的人。

〔5〕离离：繁茂的样子。脉脉：含情欲诉的样子。

〔6〕"一任"二句：指环境恶劣无损于保持高节。

〔7〕芳华：指梅花的颜色。风味：指梅花的神韵与格调。

〔8〕"只觉"二句：说闭门之后，觉得门外还有花神在徘徊。人，用《龙城录》的典故，与明高启《梅花》"雪满山中高士卧，月明林下美人来"

同一意境。

扬州[1]

水落邗沟夜泊船[2],一般风物客凄然。关门仍旧千樯塞,市井重新百货填[3]。商贾不离争利地,儿童谁识破城年?当时百万人同尽,博得孤忠史相传[4]。

[1] 这首诗是康熙十一年(1672)作者游江苏扬州时作。
[2] 邗(hán 寒)沟:亦称邗江,自扬州西北至淮安北入淮水的运河。
[3] "关门"二句:写扬州已恢复繁荣景象。
[4] "当时"二句:顺治二年(1645)清兵攻扬州,史可法坚守,城破殉难。清兵屠杀城中军民数十万,见王秀楚《扬州十日记》。史可法在南明弘光朝,以兵部尚书加大学士衔督师扬州,故称史相。

方 文 二首

方文(1612—1669),字尔止,号明农,又号嵞山,安徽桐城人。明诸生。明亡,隐居南京,与林古度等为诗友。诗善抒性情,朴素无华。有《嵞山集》。

竹枝词[1](十首选二)

侬家住在大江东[2],妾似船桅郎似篷。船桅一心在篷里,篷无定向只随风。

春水新添几尺波,泛舟小妇解吴歌[3]。笑指侬如江上月,团圆时少缺时多。

〔1〕竹枝词:本为川东民歌,唐刘禹锡曾模仿它作新词,盛行于世。后代诗人仿写竹枝词咏当地风光与男女恋情的很多。竹枝词语言通俗自然,形式都是七言绝句,但不一定严格遵守平仄黏对规则。
〔2〕侬:我。江东:长江自安徽芜湖以下的南岸地区。妾:词中女子自称。
〔3〕解:能。吴歌,江苏东南部的民歌。

周亮工 一首

周亮工(1612—1672),字元亮,号缄斋、栎园等,河南祥符(今开封)人。明崇祯十三年(1640)进士,官浙江道监察御史;入清后累官至户部右侍郎。康熙初,犯法论绞,遇赦得释。亮工为明末清初学者,工古文,喜为诗。有《赖古堂全集》。

自剑津发燕江次西溪[1]

双剑潆洄地,篮舆十万峰。云争桥上屋,水舞石边舂[2]。
破壁蹲饥虎,残僧拜废钟[3]。追呼亦肯到,何处劝为农[4]?

〔1〕剑津:福建建溪,闽江北源。其上游松溪、崇阳溪至建瓯合流为建溪。建溪南流至南平市与闽江西南源之沙溪会合。燕江:沙溪流经福建永安附近的一段。西溪:富屯溪、沙溪会合后流向南平的一段。这首诗作于作者官福建布政使时,写清初福建战乱以后南平一带荒凉凋敝的景象。
〔2〕"双剑"四句:写途经南平一带,见的是水流曲折,峰峦重叠,云雾缭绕,水碓滚动。双剑,《晋书·张华传》载雷焕为丰城令时,得太阿、龙泉二剑,一送张华,一留自佩。后张华的剑遗失,雷焕子佩剑至延平津(即剑津),所佩剑忽跃入水中,使人没水取之,不见剑,但见两龙蟠绕。

潆洄,水流曲折迂回。篮舆,竹轿,作者旅途中代步的工具。舂:以水力推动的水碓。

〔3〕"破壁"二句:极写民居、僧寺荒凉之状。

〔4〕"追呼"二句:说地方如此残破,官吏"追呼"(催缴)租税仍不稍宽减,怎能鼓励农民耕种为生呢。

归　庄 三首

归庄(1613—1673),字玄恭,号恒轩,入清后更名祚明,江苏昆山人。明秀才。与顾炎武友善,有"归奇顾怪"之称。一六四五年,清兵攻江南,他和顾炎武起兵抗清,失败后,一度亡命为僧,称普明头陀。后应万寿祺之聘,到淮阴教书,终身不仕清。其诗写家国之难,辞意酸苦;但也不乏工丽飞腾之作。所著《恒轩集》等,皆散佚。今人辑有《归庄集》。

己丑元日[1](四首选一)

四年绝域度新正[2],此夕空将两目瞪。天下兴亡凭揲策,一身进退类悬旌[3]。商君法令牛毛细,王莽征徭鱼尾赪[4]。不信江南百万户,锄櫌只向陇头耕[5]。

〔1〕这首诗表现作者相信江南人民必然会起来抗清。己丑:清顺治六年(1649)。这时,南明桂王尚在西南。元日:元旦。

〔2〕绝域:边远的地区。新正(zhēng征):元旦。

〔3〕"天下"二句:感叹明亡后不甘失败,然仍无所作为。揲(dié蝶)策,抽蓍(shī尸)草算吉凶,指卜卦。悬旌,形容飘摇不定。

〔4〕"商君"二句:说清朝法令严苛,徭役繁重,人民痛苦。商君,商

鞅。牛毛细,表示多而密。杜甫《述古》:"秦时任商鞅,法令如牛毛。"王莽,西汉末权臣,篡位后建立新朝,政治黑暗残暴。征徭(yáo 摇),租税、徭役。鱼尾赬(chēng 撑),喻人民劳苦。《诗经·周南·汝坟》:"鲂鱼赬尾。"注:"鱼劳则尾赤。"赬,赤。

〔5〕"不信"二句:不信江南百万户的人民,只会埋头耕种,不会拿起锄耰来反抗。耰(yōu 忧),古代平土农具,诗中指拿它作为武器,语本贾谊《过秦论》说秦末农民拿了"锄耰棘矜(戟柄)"起来抗秦。陇头,指田间。陇,田埂。

观田家收获[1](三首选一)

稻香秫[2]熟暮秋天,阡陌纵横万亩连。五载输粮女真国,天全我志独无田[3]。

〔1〕这首诗也作于顺治六年,抒写不愿臣服清朝的心情。
〔2〕秫(shú 赎):黏稻。崔豹《古今注》:"稻之黏者为秫。"
〔3〕五载:从顺治二年清兵占领江南到顺治六年是五个年头。输粮:纳田赋。女真国:指清朝。女真是满族的祖先。"天全"句:老天爷成全我的素志,使我没有田地不用向清朝纳粮。

落花诗[1](十二首选一)

江南春老叹红稀,树底残英高下飞[2]。燕蹴莺衔何太急!

溷多茵少竟安归[3]？阑干晓露芳条冷,池馆斜阳绿荫肥[4]。静掩蓬门独惆怅,从他芳草自菲菲[5]。

〔1〕这首诗作于清朝统治逐渐巩固的时期,作者以落花喻抗清志士,表示了不随波逐流向清朝屈服的顽强意志。

〔2〕"江南"二句:以暮春花落情况,喻志士失散和凋谢。春老,春暮。红稀,枝上的红花稀少。残英,落花。

〔3〕"燕蹴(cù 醋)"二句:隐喻在清朝控制、摧残下,志士无地容身。燕蹴,燕子蹬蹴花朵。蹴,踢。杜甫《陪诸公上白帝城头宴越公堂之作》:"燕蹴飞花落舞筵。"莺衔,莺儿叼去花瓣。常衮《咏玫瑰》:"蝶散摇轻露,莺衔入夕阳。"溷(hùn 混),粪坑。茵(yīn 因),华美的座席。《南史·范缜传》载范缜用花的"坠于茵席之上"与"落于粪溷之中",说明"贵贱虽复殊途,因果竟在何处"。作者引此典故比喻恶浊的环境多,干净的环境少。安归,何归。

〔4〕"阑干"二句:芳条冷,喻志士处境困难。绿荫肥,喻降清、仕清者得到功名利禄。

〔5〕"静掩"二句:写自己甘心隐居陋室,任降清、仕清者去争显耀。蓬门,用草编扎成的门,泛指简陋的门户。从,任。菲菲,形容茂盛。

陈 忱 一首

陈忱(1613—约1662以后),字遐心,号雁宕山樵,浙江乌程(今湖州吴兴区)人。明亡后,在苏州结"惊隐诗社",与顾炎武、归庄等为诗友。绝意仕进,以卖卜自给。所作小说《水浒后传》表现强烈的民族思想。有《雁宕诗集》,已佚,周庆云《浔溪诗征》选有他的诗。

叹 燕[1]

春归林木古兴嗟[2],燕语斜阳立浅沙。休说旧时王与谢,寻常百姓亦无家[3]。

[1] 这首诗翻用唐刘禹锡诗意,写明亡后不但旧贵衰微,连老百姓也多无家可归。

[2] "春归"句:燕子多结巢于人居,归住林木,是世乱之象,所以古人为之兴嗟。嗟,叹。《元嘉起居注》:"元嘉二十八年,魏人破南兖、徐、豫、青、冀,杀掠不可胜计,所过郡县,赤地无余。春燕归来,巢于林木。"

[3] "休说"二句:东晋谢安、王导等家族,居建康(今南京)乌衣巷。刘禹锡《金陵五题》:"朱雀桥边野草花,乌衣巷口夕阳斜。旧时王谢堂前燕,飞入寻常百姓家。"

顾炎武 十九首

顾炎武(1613—1682),初名绛,字忠清,后改名炎武,字宁人,学者称亭林先生,江苏昆山人。明末秀才,参加"复社"反宦官、权贵的斗争。清初,参加昆山、嘉定一带的人民抗清起义。失败后,周游四方,致力边防和地理的研究,不忘恢复。又坚拒参加"博学鸿词"科的考试及修《明史》,并说:"刀绳俱在,毋速我死。"表现了高度的民族气节。他学问渊博,著作影响很大。诗学杜甫,不徒袭其貌,在表现眷念故国,反映人民疾苦方面,精神实质也是一致的。沈德潜说他:"肆力于学……穷极根柢,韵语其余事也。然词必已出,事必精当,风霜之气,松柏之质,两者兼有。就诗品论,亦不肯作第二流人。"这个评价是符合实际的。有《日知录》、《天下郡国利病书》、《音学五书》、《亭林诗文集》等。

京口即事[1](二首选一)

白羽出扬州,黄旗下石头[2]。六双归雁落,千里射蛟浮[3]。河上三军合,神京一战收[4]。祖生多意气,击楫正中流[5]。

[1] 这首诗作于顺治二年(1645)。先一年,南明弘光帝即位南京,史可法以大学士出镇扬州。诗中希望弘光朝建立后能够励精图治,复土

杀敌。京口：今江苏镇江。

〔2〕"白羽"二句：写福王即位,患难出师。白羽,指军队。释法震《赠袁将军诗》："白羽三千驻,萧萧万里行。"一说,以诸葛亮"葛帕羽扇"（裴氏《语林》）指挥军事拟史可法。扬州,史可法所驻之地。黄旗,《宋书·符瑞志》："黄旗紫盖见于斗牛之间,有天子气。"下,指所在之处。石头,石头城,在南京。

〔3〕"六双"二句：六双,《史记·楚世家》："楚人有好以弱弓微缴（系在箭上的丝绳）加诸归雁之上者。顷襄王召而问之。对曰：……大王之贤,所弋（射取）非直（只）此也。见鸟六双,以王何取？何不以圣人为弓,以勇士为缴,时张（开）而射之？此六双者,可得而囊载也。"这里希望弘光朝励精图治。射蛟,《汉书·武帝纪》："元封五年,上（武帝）自出浔阳,浮江,射蛟江中,获之。"这希望复土杀敌。

〔4〕"河上"二句：喻军势浩大,可一战而胜。神京,指北京。

〔5〕"祖生"二句：借祖逖比史可法。祖生,即祖逖,字士雅,晋元帝时为奋威将军,兴师北伐,渡江,中流击楫,立誓要恢复中原。一说,时作者应诏将赴南京,经京口,此以自喻。

秋山[1]（二首）

秋山复秋山,秋雨连山殷[2]。昨日战江口,今日战山边[3]。已闻右甄溃,复见左拒残[4]。旌旗埋地中,梯冲舞城端[5]。一朝长平败,伏尸遍冈峦[6]。胡装三百舸,舸舸好红颜。吴口拥橐驼,鸣笳入燕关[7]。昔时郲鄢人,犹在城南间[8]。

秋山复秋水,秋花红未已。秋风吹山冈,磷火来城市[9]。天狗下巫门,白虹属军垒[10]。可怜壮哉县,一旦生荆杞[11]。归元贤大夫,断脰良家子[12]。楚人固焚糜,庶几歆旧祀。勾践栖山中,国人能致死[13]。叹息思古人,存亡自今始[14]。

〔1〕这两首诗也作于顺治二年。是年五月,清兵陷南京。七月,苏州、昆山等地相继沦陷。江阴、嘉定、松江等地人民奋起反抗,遭到清兵的屠杀与掠夺,极其惨烈。诗篇即反映当时清军进展之速,屠戮之惨,和人民斗争的壮烈。

〔2〕"秋雨"句:旧注引《明史·侯峒曾传》:峒曾据嘉定抗清,"七月三日,大雨,城隅崩,架巨木支之,明日雨益甚,城大崩。"殷(yān 烟),红(此字与下文血战有关)。

〔3〕"昨日"二句:这二句及后四句写清军进展迅速和义军的失败。江口,长江口。指陈明遇等在江阴抗清失败,见《明史·侯峒曾传》。山边,旧注谓指金山(在今上海市金山区东南海中)山边。指吴淞总兵吴志葵等在金山抗清失败,见《明史·沈犹龙传》。

〔4〕"已闻"二句:右甄,右翼,长阵叫做甄。左拒,左翼,方阵叫做拒。旧注引《明史·侯峒曾传附朱集璜传》,指王佐才、朱集璜等在昆山抗清失败。

〔5〕"旌旗"二句:作者原注云:《汉书·李陵传》:"于是尽斩旌旗及珍宝埋地中。"这里写义军决心与城共存亡。梯,云梯;冲,冲车,都是攻城的武器。《后汉书·公孙瓒传》:"梯冲舞吾城上。"这里写攻城战况。

〔6〕"一朝"二句:写清兵的屠杀。长平,战国时赵国的邑名,故城在今山西高平市西北。秦昭襄王十七年,秦将白起大败赵兵于长平,坑

赵卒四十万人。清兵攻下江南诸城,屠杀至惨,如江阴屠城、嘉定三屠等。

〔7〕"胡装"四句:写清兵的掳掠,并将俘获的人、物运向北方。胡装,一本作"北去"。《嘉定屠城纪略》:"七月初六日,李成栋拘集民船,装载金帛子女及牛马羊豕等物三百余艘往娄东(今江苏太仓)。"吴口,吴地的人民。《晋书·慕容垂载记》:"使送吴口千人。"橐(tuó陀)驼,骆驼。鸣笳,吹胡笳。燕关,燕地的关塞,指北方。

〔8〕"昔时"二句:作者原注:"《战国策》:'雍门司马谓齐王曰:"鄢(yān 烟)郢(yǐng 影)大夫不欲为秦(不肯臣服于秦)而集于城南下者以百数。"'"意思是土地虽被清兵占领,但不愿投降的人还很多。鄢,战国郑都;郢,战国楚都。

〔9〕磷火:动物骨骼中含有磷的化学元素,能发淡绿色微光,旧时称为鬼火。

〔10〕"天狗"二句:写清兵破城。天狗,陨星的一种。《史记·天官书》:"天狗状如大奔星,有声,其下止地类狗;所堕及,望之如火光炎炎冲天。"下,落。巫门,苏州城门名。这句以灾星降于苏州喻清军破苏州。白虹,兵象。属,连。

〔11〕"可怜"二句:壮哉县,指地方富庶(语本《史记·陈平世家》)。江阴、嘉定、昆山等县都是富庶的地方,自遭兵乱,荆杞丛生,几成废墟。

〔12〕"归元"二句:写义军作战的牺牲。归元,指断头。断脰(dòu 豆),断颈。脰,颈。贤大夫,好官吏。良家子,好百姓。

〔13〕"楚人"四句:用史迹赞颂江南人民的抗清决心。麇(jūn 军),春秋时楚国地(在今湖南岳阳东南)。歆,享受祭祀。《左传》定公五年:"吴师居麇,(楚)子期将焚之(以火攻吴师)。子西曰:'父兄暴骨焉,不能收,焚之,不可!'子期曰:'国亡矣!死者若有知也,可以歆旧祀,岂惮

焚之?'焚之而又战,吴师败。"不惜焚烧敌人占据的失地以求胜利。栖山中,春秋时越王勾践被吴国打败,栖于会稽山中,卧薪尝胆,生聚教训,终赖国人的力量灭吴报仇。能致死,敢出死力。

〔14〕"叹息"二句:结束全诗,说反清的民气旺盛,从今开始,存亡继绝,还有希望。

海上〔1〕(四首)

日入空山海气侵〔2〕,秋光千里自登临。十年天地干戈老,四海苍生吊哭深〔3〕。水涌神山来白鸟,云浮仙阙见黄金〔4〕。此中何处无人世,只恐难酬烈士心〔5〕。

满地关河一望哀,彻天烽火照胥台〔6〕。名王白马江东去,故国降幡海上来〔7〕。秦望云空阳鸟散,冶山天远朔风回〔8〕。楼船见说军容盛,左次犹虚授钺才〔9〕。

南营乍浦北南沙,终古提封属汉家〔10〕。万里风烟通日本,一军旗鼓向天涯〔11〕。楼船已奉征蛮敕,博望空乘泛海槎〔12〕。愁绝王师看不到,寒涛东起日西斜〔13〕。

长看白日下芜城,又见孤云海上生〔14〕。感慨河山追失计,艰难戎马发深情〔15〕。埋轮拗镞周千亩,蔓草枯杨汉二京〔16〕。今日大梁非旧国,夷门愁杀老侯嬴〔17〕。

〔1〕《海上》四首是一组史诗,作于顺治三年(丙戌年,1646)秋间,叙述乙酉、丙戌两年的东南大事。乙酉(1645)六月,南明福王(弘光帝)朱由崧、潞王朱常淓相继降清;鲁王朱以海在浙江绍兴监国,而黄道周等于福州拥立唐王朱聿键为帝,改元隆武,遥授作者兵部职方司之职。丙戌年春,将赴闽中,以母丧未葬,不果行;六月,清兵渡钱塘江,鲁王弃绍兴,由江门入海,其时唐王犹驻延平(今福建南平)。入秋,作者乡居登山望海,感慨而作此诗,对明王室既哀其衰败、嗟其失计,又望其恢复,交织着忧国忧民的沉郁心情。前人对这一组诗评价很高,认为可拟于杜甫的《秋兴》八首。

〔2〕这首诗有感于鲁王遁海而作(依黄节说)。

〔3〕"十年"二句:自崇祯初年,清兵即入关,干戈不息,百姓涂炭;以后又有农民起义军与明军的战争,故诗中云云。十年,系约举成数。苍生,人民。老,久。吊哭,一本作"痛哭"。

〔4〕"水涌"二句:写望海时的想象。白鸟,一本作"白鹤"。神山、仙阙,借喻海上抗清根据地。黄金,《史记·封禅书》:"此三神山(方丈、蓬莱、瀛洲)者,其传在渤海中……诸神仙及不死之药在焉。其物禽兽尽白,黄金银为宫阙。"

〔5〕"此中"二句:疑指海上弹丸之地,恐难作为抗清根据地,以符遗民的愿望。黄节注引《南疆逸史》:"鲁王之出海也,富平将军张名振弃石浦,以舟车扈(随从)王至舟山,黄斌卿不纳。"以为指张名振被拒事。酬,偿。黄斌卿,莆田人,舟山守将。烈士,壮怀激烈之士。

〔6〕这首诗概括叙述南明诸王或降或遁,但作者把希望寄托在福建的唐王身上。首二句:总领全诗,大意说登临四望,河山易帜,疮痍满目,时事堪忧。胥台,即姑苏台。《苏州府志》:"姑苏台,在胥门外,一名胥台。"按乙酉六月初七日,清兵破苏州。

〔7〕"名王"二句:谓清兵南下,南明海陆上人臣都有投降的。名王、白马,指清军统帅。名王,异族之王,见《汉书·宣帝纪》;白马,用《隋书·五行志》梁将侯景叛梁,乘白马破丹阳的典故。降幡,见谈迁《渡江》注〔2〕。

〔8〕"秦望"二句:写鲁王在绍兴已败散,唐王远在福建。秦望,绍兴山名,相传秦始皇登此山望海。阳鸟,鸿雁一类的候鸟,比喻鲁王朝的官员。据《南疆逸史》,乙酉"闰六月,兵部尚书张同纪等奉鲁王监国,移驻绍兴";第二年(丙戌)六月,清兵攻下绍兴,鲁王浮海逃往舟山群岛。冶山,在福州城东北,相传欧冶子在此炼钢铸剑而得名。朔风,北风,比喻清兵。

〔9〕"楼船"二句:意思是听说福建军容甚盛,但军中尚乏统帅的人才。楼船,指唐王部下郑鸿逵等所率领的水师。"楼船"句一本作"遥闻一下亲征诏"。左次,指军中。《易经·师卦》有"师左次,无咎"的话。授钺才,指统帅的人才。《南疆逸史》:"乙酉八月丁酉,唐王以郑鸿逵为御营左先锋,出浙江;郑彩为御营右先锋,出江西。驾幸西郊,行授钺礼。"可能作者认为郑彩未必可以依赖。

〔10〕这首诗反对向日本乞师,以为恢复的希望应寄托在唐王身上。首两句从明代防倭的史事引起全诗。乍浦,在浙江平湖市东南。南沙,在上海崇明区南。《明史·兵志》:"嘉靖廿三年,时倭寇纵掠杭、嘉、苏、松,南京御史屠仲律言五事,其守海口云:守鳖子门乍峡(即乍浦),使不得近杭、嘉。"《读史方舆纪要》也载南沙驻有守御官军营。终古,从古以来。提封,国土。《汉书·刑法志》:"提封万井",李奇注:"提,举也,举四封之内也。"

〔11〕"万里"二句:通日本,指鲁王派遣冯京第等赴日本乞师。向天涯,原注:"去年,诚国公刘孔昭自福山入海口(福山在江苏常熟市北四十里,临长江;海口,即崇明海口)。"刘孔昭,"崇祯时出督南京操江。

89

福王之立,与马士英、阮大铖比(相勾结),后航海不知所终"(见《明史》卷一二八)。

〔12〕"楼船"二句:说唐王的部队已受命抗清复国,渡日乞师徒劳无益。敕,帝王的诏书。博望,汉代张骞,封博望侯,相传他曾乘槎寻求河源。事见《汉书·张骞传》。槎,船。这里以张骞事比拟赴日乞师。

〔13〕"愁绝"二句:写作者盼望恢复之师的迫切心情。王师,指唐王的军队。据《南略》记载,郑鸿逵、郑彩各领兵数千,号称数万,"出关百里,馕饷不行,逗留月余。内催二将檄如雨,乃不得已,逾关行四五百里。"

〔14〕这首诗总结前三章,写作者对时局的感慨。"长看"二句:写国破家亡后的惨淡景象。作者此时避乱于常熟语濂泾,芜城也可能特指扬州,说西望日落扬州,它是史可法殉国处;东望云生海上,海上是鲁王漂泊处。抚今追昔,倍增感慨。

〔15〕"感慨"二句:写以往用兵多失策,造成艰难局面。追,追思。戎马,指战争。

〔16〕"埋轮"二句:感慨以往战争失利,南北两京相继失陷。埋轮、拗镞都指战败。《楚辞·九歌》:"埋两轮兮絷四马。"《尉缭子》:"拗矢折矛。"千亩,地名,在今山西介休市。《史记·周本纪》:"宣王三十九年战于千亩,王师败绩于姜氏之戎。"

〔17〕"今日"二句:写改朝换代,自己虽存忠义之心,但无从救国的感慨。大梁,今河南开封,战国时魏国的国都。夷门、侯嬴,见吴伟业《怀古兼吊侯朝宗》注。作者以侯嬴自比,以大梁指中原之地。他在文中,多次主张恢复之计在于进击中原。一说,指开封推官陈潜夫向福王陈进兵河南之策,不受接纳。

塞下曲[1]（二首选一）

赵信城边雪化尘,纥干山下雀呼春[2]。即今三月莺花满,长作江南梦里人[3]。

　　[1] 塞下曲:汉乐府"横吹曲辞"中有《出塞》、《入塞》,反映边塞征战之事。到唐代,诗人始题为《塞上曲》、《塞下曲》。这首《塞下曲》作于顺治四年(1647),系追悼明代守边将士而作。
　　[2] "赵信"二句:说朔北春来,冰雪融化,雀儿欢跃。赵信城,故城在漠北寘(tián 田)颜山(今蒙古人民共和国境内)。纥(hé 合)干山,在山西大同市东。《五代史·寇彦卿传》记当地谣谚:"纥干山头冻死雀,何不飞去生处乐?"
　　[3] 莺花满:丘迟《与陈伯之书》:"暮春三月,江南草长,杂花生树,群莺乱飞。"梦里人:本陈陶《陇西行》:"可怜无定河边骨,犹是深闺梦里人。"

精卫[1]

万事有不平,尔何空自苦?长将一寸身,衔木到终古[2]。我愿平东海,身沉心不改。大海无平期,我心无绝时。呜呼!君不见西山衔木众鸟多,鹊来燕去自成窠[3]。

〔1〕精卫:鸟名。《山海经·北山经》:"发鸠之山,有鸟状如乌,文首(头上毛有花纹),白喙(白嘴),赤足,名曰精卫。常衔西山之木,以湮(沉)于东海。"此诗作于顺治四年,当时清军在南方顺利推进,各地南明势力纷纷失败。诗中表现在不利的形势下,作者恢复故国的决心始终不变。

〔2〕尔:指精卫。终古:永远。以上四句是问精卫;以下四句是精卫的答辞。

〔3〕窠:鸟窝。《玉篇》:"在穴曰窠,在树曰巢。"这二句以燕、鹊衔木自营窠巢,讽刺当时自图安乐富贵的降清、仕清的人。

偶来[1]

偶来湖上已三秋,便可栖迟老一丘[2]。赤米白盐犹自足,青山绿水故何求[3]?柴车向夕逢元亮,款段乘春遇少游[4]。鸟兽同群终不忍,辙环非是为身谋[5]。

〔1〕此诗作于顺治五年(1648),其时清兵在两广、四川、福建等地遭到挫折,作者在隐居三年后,思出游交结志士,写以抒志。

〔2〕"偶来"二句:说到太湖地区已三年了,似乎可以在此终老。湖,指太湖。栖迟,游息。《诗经·陈风·衡门》:"衡门(横门)之下,可以栖迟。"老一丘,《汉书·叙传》:"渔钓于一壑,则万物不奸(犯)其志;栖迟于一丘,则天下不易其乐。"

〔3〕"赤米"二句:写湖上淡泊的生活。作者原注:《南齐书·周颙传》:"卫将军王俭谓颙曰:'卿(您)山中何食?'颙曰:'赤米白盐,绿葵

紫蓼。'"故,本来。

〔4〕"柴车"二句:写隐居时的交游。元亮,晋陶渊明的字。江淹《拟陶潜诗》:"日暮巾柴车。"向夕,傍晚。款段,马缓行。少游,后汉马援的从弟,他对马援说:"士生一世,但取衣食裁足,乘下泽车,御款段马,乡里称善人足矣。"(见《后汉书·马援传》)

〔5〕"鸟兽"二句:表示不愿独善其身,隐居终老;出外环游,是为了恢复事业。《论语·微子》:"鸟兽不可与同群,吾非斯人之徒与而谁与?"辙环,"辙环天下"(见韩愈《进学解》),坐车环行天下之意。为身谋,于邵《为崔仆射陈情表》:"不为身谋,同奖王室。"

榜人曲[1](二首)

侬家住在江洲,两桨如飞自由[2]。金兵一到北岸,踏车金山三周[3]。

真州[4]城子自坚,京口长江无恙。舣舟夜近江南,恐有南朝丞相[5]。

〔1〕榜人曲:撑船船夫的歌。此诗作于顺治七年(1650),借南宋史事,用船夫的口气,表现江南人民抗清的思想。

〔2〕江洲:江边洲渚之地。

〔3〕"金兵"二句:作者自注:"《宋史·虞允文传》:临江按试,命战士踏车船中流上下,三周金山,回转如飞。"在虞允文指挥下,宋朝水师曾在金山周围演习踏车船准备抗击金兵。金山,在今江苏镇江西北。

〔4〕真州:今江苏仪征。

〔5〕"恐有"句:作者自注:文相国(文天祥)《指南录》:"敌船满江,百姓皆无一舟可问。……余元庆遇其故旧,为敌管船。密叩之,许以承宣使、银千两。其人曰:'吾为宋朝救得一丞相回,建大功业,何以钱为?'但求批帖,为他日趋承之证。因授以批帖,仍强委之白金。义人哉!吾无此一遭遇,已矣!"舣(yǐ蚁)舟:泊船。宋恭帝德祐元年(1275)文天祥出使元军被扣留,自京口(镇江)逃奔真州,为管船人所救。按史可法在扬州殉国之后,民间传说他未死;并且有不少人借他的名义号召人民继续抗清。所以作者用文天祥逃归的事表示希望史可法还在人间。

流转[1]

流转吴会间[2],何地为吾土?登高望九州,凭陵尽戎虏[3]!寒潮荡落日,杂遝鱼虾舞[4]。饥乌晚未栖,弦月阴犹吐[5]。晨上北固楼[6],慨然泪如雨。稍稍去鬓毛,改容作商贾。却念五年来,守此良辛苦[7]。畏途穷水陆,仇雠在门户[8]。故乡不可宿,飘然去其宇[9]。往往历山泽[10],又不避城府。丈夫志四方,一节亦奚取[11]?毋为小人资,委肉投饿虎[12]。浩然思中原,誓言向江浒[13]。功名会有时,杖策追光武[14]。

〔1〕流转:流离转徙之意。这首诗作于顺治七年(1650)。题目一作《剪发》。张穆《亭林年谱》:"时怨家有欲倾陷之者,乃变衣冠,伪作商贾,游金坛,登顾龙山,再至镇江,登北固楼,已复至嘉兴。"诗即写此。

〔2〕吴会(guì 刽):秦时置会稽郡,楚汉之际又分为吴、会稽二郡,治今江苏南部及浙江省之地。

〔3〕九州:指全国。凭陵:倚仗势力以相侵害。戎虏,指清人。

〔4〕杂遝(tà 踏):众多杂乱的样子。鱼虾:比喻清军。

〔5〕"饥乌"二句:上句比喻自己辗转江浙之间,不遑栖息;下句比喻复明还有一线希望。阴,月光,古人称月为"太阴"。

〔6〕北固楼:在今江苏镇江北固山。

〔7〕"却念"二句:张穆《亭林年谱》注:"先生自乙酉(顺治二年)以后,展转江浙之境,于今五年。"守此,指不肯剪发易服。

〔8〕畏途:险阻的道路,指清朝统治下的艰险环境。仇雠:指注〔1〕所说的怨家。

〔9〕去:离开。宇:家屋。

〔10〕"往往"二句:写在流徙中经山历水,混迹城市。泽,积水地。

〔11〕"一节"句:不拘泥于一些小节(指剪发易服装)。奚,何。

〔12〕小人:鄙下的人。资:利用。委肉:语出《史记·张耳、陈余列传》:"如以肉委饿虎,何益?"委,弃。

〔13〕浩然:《孟子·公孙丑》:"予然后浩然有归志。"浒(hǔ 虎):水边。作者决心北游中原,是从此时开始的。

〔14〕"杖策"句:希望能追随汉光武帝那样的君主,以复兴明朝。《后汉书·邓禹传》:"(邓禹)及闻光武安集河北,即杖策北渡,追及于邺。"杖策,拿着马鞭。光武,即刘秀,东汉开国的皇帝。

酬朱监纪四辅[1]

十载江南事已非,与君辛苦各生归[2]。愁看京口三军溃,痛

95

说扬州十日围[3]。碧血未消今战垒,白头相见旧征衣。东京朱祜年犹少,莫向尊前叹式微[4]。

〔1〕这首诗写亡国之痛,并勉励朱四辅不要意志消沉。朱四辅:宝应人,字监纪,明末秀才。著有《铁轮集》、《拥万楼诗文集》等(均见《宝应县志》)。此诗作于顺治十年(1653)。明亡至此已十年了。
〔2〕生归:活着回来。
〔3〕"愁看"二句:指南明弘光朝败亡,扬州被清兵屠城。
〔4〕"东京"二句:以东汉朱祜比朱四辅,鼓励他建功立业。东京,后汉定都洛阳,称东京。朱祜,曾充光武帝的护军,随军征伐,屡立奇功。拜建武大将军,封鬲侯。《后汉书》有传。尊,酒杯。式微,衰落。《诗·邶风·式微》:"式微式微!胡不归?"

赋得秋柳[1]

昔日金枝间白花,只今摇落向天涯[2]。条空不系长征马,叶少难藏觅宿鸦[3]。老去桓公重出塞,罢官陶令乍归家[4]。先皇玉座灵和殿,泪洒西风日又斜[5]。

〔1〕这首诗作于顺治十四年(1657)。这时清廷势力已及全国,明朝诸王只剩下桂王在云南了。作者借秋柳寄托故国之思。赋得:自南朝梁简文帝以"赋得桥"、"赋得舞鹤"、"赋得蔷薇"等为题吟诗之后,后代诗人也有仿之命题的。赋得秋柳,就是"吟秋柳"之意。
〔2〕"昔日"二句:以秋柳摇落天涯,喻桂王远处西南边境。金枝,

李白《古风》:"杨柳黄金枝。"白花,杨花柳絮。

〔3〕"条空"二句:比喻明王室的衰败,聚集不起抗清力量。系马,李白《广陵赠别》:"系马垂杨下。"藏鸦,古乐府《杨叛儿》:"暂出白门前,杨柳可藏乌。"

〔4〕"老去"二句:用杨柳典故,比喻时局和身世的变化。桓公,东晋时的桓温。《晋书·桓温传》:"(温)北伐经金城,见少为琅琊时所种柳皆已十围,慨然曰:'木犹如此,人何以堪?'攀枝执条,泫然流涕。"陶令,陶渊明,曾任彭泽县令,辞官归隐后,写《五柳先生传》以自喻。乍,刚刚,初。

〔5〕"先皇"二句:借宋武帝赏柳事,抒写对明思宗的怀念。灵和殿,宋武帝曾在灵和殿前赏柳,见冒襄《和阮亭〈秋柳〉诗原韵》(四首选二)注〔4〕。李商隐《垂柳》:"肠断灵和殿,先皇玉座空。"

永平[1]

流落天涯意自如,孤踪终与世情疏。冯欢原不曾弹铗,关令安能强著书[2]?榆塞晚花重发后,滦河秋雁独飞初[3]。从兹一览神州去,万里徜徉兴有余[4]。

〔1〕永平:旧府名,府治在今河北卢龙县。顺治十五年(1658),作者由山东经北京至永平。这首诗写自己的情操。

〔2〕"冯欢"二句:说自己无求于人,也不能为他人所勉强。冯欢,《战国策》作冯谖(xuān宣),因贫困投孟尝君为门客,不受重视,曾三次弹铗(jiá荚)作歌,孟尝君听到后,改善了他的待遇。铗,剑柄。关令,守关官吏。老子(李聃)出关(相传为函谷关),关令尹喜请他著书,"于是

97

老子乃著书上下篇,言道德之意五千言而去"(见《史记·老庄申韩列传》)。当时有人要作者修《永平府志》,作者辞不就。见文集《营平二州史事序》。

〔3〕榆塞:永平东北边有古榆关及山海关。晚花重发:写景,或兼寓对复明的希望。滦(luán峦)河:永平是滦河流域之地。秋雁独飞:写景,兼以自喻。

〔4〕"从兹"二句:从此将遍游祖国大地,任意往来。从兹,从此。神州,古代称中国为赤县神州。见《史记·孟子荀卿列传》。

一 雁[1]

一雁渡汾河[2],河边积雪多。水枯清涧曲,风落介山阿[3]。塞上愁书信,人间畏网罗[4]。覆车方有粟,饮啄意如何[5]?

〔1〕这首诗作于康熙元年(1662)。作者自河北游山西,至大同之浑源,渡汾河,至平阳。诗以雁自比,并以"覆车得粟"的鸟雀刺明臣仕清者。

〔2〕汾河:即汾水,在山西境内。

〔3〕介山阿(ē屙):介山,在今山西介休市。山阿,山的边曲处。《楚辞·九歌·山鬼》:"若有人兮山之阿。"

〔4〕"塞上"二句:以雁的传书为难和畏罗网以比自己的处境。

〔5〕"覆车"二句:指斥因国难而获利的人不足道。《桂阳先贤书赞》:"成𦮼,郴人,能达鸟鸣。与众人俱坐,闻雀鸣而笑曰:'东南𦮼(运)粟,车覆,雀相呼往食之。'遣视果然。"杜甫《孤雁》:"孤雁不饮啄。"

又酬傅处士次韵[1]（二首选一）

愁听关塞遍吹笳，不见中原有战车[2]。三户已亡熊绎国，一成犹启少康家[3]。苍龙日暮还行雨，老树春深更著花[4]。待得汉廷明诏近，五湖同见钓鱼槎[5]。

〔1〕这首诗作于康熙二年（1663），时作者游山西太原。诗中表现期待民族重兴，以及自己的积极斗争的精神。酬：答。傅处士：即傅山，见本书傅山诗选简介。次韵：依对方原诗的韵脚及其次序和作。

〔2〕"愁听"二句：吹笳，指清兵吹的号角。战车，即军车。当时清朝已统一全国（除台湾外），战事基本上止息。

〔3〕"三户"二句：说只要民心尚在，兴复仍有希望。三户，"楚虽三户，亡秦必楚"，见《史记·项羽本纪》。熊绎，楚武王名。一成，土地方十里为"成"。少康，夏朝中兴的国君，传说他"有田一成，有众一旅"，终能恢复夏朝。见《左传》哀公元年。

〔4〕"苍龙"二句：表示自己虽年老而志气不衰。旧传龙能兴云降雨，故说"苍龙行雨"。

〔5〕"待得"二句：是说恢复故国，自己才能优游五湖。明诏，指明宗室复国诏书。五湖，古代指太湖及其附近相通的四湖。见《史记·河渠书》的《索隐》及《吴越春秋》的韦昭注。句中暗用范蠡复兴越国后，功成身退去游五湖的典故。

井中《心史》歌有序[1]

　　崇祯十一年冬,苏州府城中承天寺以久旱浚井,得一函。其外曰:《大宋铁函经》,锢之再重[2]。中有书一卷,名曰《心史》,称"大宋孤臣郑思肖百拜封"。思肖,号所南,宋之遗民,有闻于志乘者[3]。其藏书之日,为德祐九年,宋已亡矣,而犹日夜望陈丞相、张少保统海外之兵,以复大宋三百年之土宇,而驱胡元于漠北[4]。至于痛哭流涕而祷之天地,盟之大神,谓"气化转移,必有一日变夷而为夏者[5]"。于是郡中之人见者无不稽首惊诧;而巡按都院张公国维刻之以传,又为所南立祠堂,藏其函祠中。未几而遭国难,一如德祐末年之事。呜呼悲矣!其书传至北方者少,而变故之后,又多讳而不出。不见此书三十余年,而今复睹之富平朱氏[6]。昔此书初出,太仓守钱君肃乐赋诗二章,昆山归生庄和之八章。及浙东之陷,张公走归东阳,赴池中死;钱公遁之海外,卒于琅琦山;归生更名祚明,为人尤慷慨激烈,亦终穷饿以殁。独余不才,浮沉于世,悲年运之日远,值禁网之愈密,而见贤思齐,独立不惧,故作此歌,以发挥其事云尔[7]。

　　有宋遗臣郑思肖,痛哭胡元移九庙[8]。独力难将汉鼎扶,孤忠欲向湘累吊[9]。著书一卷称《心史》，万古此心心此理[10]。千寻幽井置铁函，百拜丹心今未死[11]。胡虏从来无百年，得逢圣祖再开天[12]。黄河已清人不待，沉沉水府留光彩[13]。忽见奇书出此间，又惊胡骑满江山[14]。天知世道将反覆，故出此书示臣鹄[15]。三十余年再见之，同心同调复同时。陆公已向崖门死，信国捐躯赴燕市[16]。昔日吟诗吊故人，幽篁落木愁山鬼[17]。呜呼！蒲、黄之辈何其多[18]，所南见此当如何！

[1]《心史》：书名，郑思肖著。思肖，宋末福建连江县人。宋亡，隐居苏州，改名思肖（宋代皇帝姓赵，肖字代"赵"），字忆翁，号所南、木穴国人、三外野人，皆表示不忘宋室。平居坐必南向，常向南痛哭。闻北语，必掩耳疾走，有高度的民族气节。作者此诗作于康熙十七年（1678），居陕西。借《心史》的发现经过抒发其思念故国的感情。

[2] 崇祯十一年：公元一六三八年。崇祯，明思宗年号（1627—1644）。浚（jùn 俊）井：淘井。函：匣子。锢之再重：封闭两重。

[3] 有闻于志乘（shèng 胜）：地方志上有记载。

[4] 德祐：南宋恭帝年号（1275—1276）。陈丞相：陈宜中，字与叔，南宋端宗时左丞相。兵败，逃往占城（在今越南南部），死于该地。张少保：张世杰，端宗、帝昺时，任枢密副使、少保等官。与元将张弘范在广东海上决战，兵败突围，遇台风覆舟死。漠北：指蒙古一带元人原来居住地。

[5] 盟之大神：向神立盟誓。气化转移：指国运转变。变夷为夏：指驱元复宋。

[6] 稽首：磕头。张国维：字九一，号玉笥，崇祯时官右佥都御史，鲁

王时官兵部尚书、大学士。督师江上抗清,兵败,投水死。朱氏:指朱树滋,陕西富平人,明亡不仕。

〔7〕钱君肃乐:钱肃乐,字希声,崇祯时官刑部员外郎。鲁王时官东阁大学士兼吏部尚书。兵败,死于福建闽江口的琅琦岛。归庄,见本书归庄诗选简介。禁网:严密的法令,如文字狱等。见贤思齐:看到贤人想向他看齐,语出《论语·里仁》。云尔:句末助词,表"如此"之意。

〔8〕有宋:指宋朝。有,国号前助词。移九庙:指宋亡。九庙,皇帝的宗庙。

〔9〕汉鼎:指汉族的政权。相传夏禹时铸九鼎,三代时奉鼎为传国之宝。湘累(léi雷):指投湘水而死的爱国诗人屈原。扬雄《反离骚》:"钦吊楚之湘累。"旧注:"不以罪死曰累。"

〔10〕"万古"句:万古以来,"人同此心,心同此理。"

〔11〕寻:八尺。丹心:赤心。文天祥《过零丁洋》:"人生自古谁无死,留取丹心照汗青。"

〔12〕胡虏:指元人。无百年:指统治中国不超过百年。圣祖:指明太祖朱元璋。再开天:重见天日。

〔13〕"黄河"二句:说郑思肖不及见天下光复,但所著《心史》仍留在井中发出光辉。《左传》襄公八年:"俟(待)河之清,人寿几何?"黄河水清,古人以为是太平之兆。

〔14〕"又惊"句:指清兵入关。

〔15〕示臣鹄(gǔ谷):指示做人臣的标准。《礼记·射义》:"为人臣者,以为臣鹄。"鹄,射箭的靶子,引申为目标、标准。

〔16〕陆公:陆秀夫,字君实,宋恭帝时任礼部侍郎。临安沦陷,恭帝被俘。他与文天祥等拥立端宗,端宗死,拥立帝昺,任左丞相。在崖山(今广东江门市新会区南大海中)兵败,背负帝昺投海死。信国:文天祥,字履善,一字宋瑞,号文山,恭帝时任右丞相。帝昺祥兴元年

(1278),封信国公,在五岭坡(今广东海丰县北)兵败被俘。次年,被送至大都(今北京),坚贞不屈。至元十九年(1283)在大都就义。燕市:指大都。

〔17〕吟诗吊故人:指为张国维、钱肃乐、归庄等人之死而悲愤。幽篁落木:《楚辞·九歌·山鬼》有"余处幽篁兮终不见天","风飒飒兮木萧萧"之句。愁山鬼:为吊死者而悲痛之意。

〔18〕"蒲黄"句:比拟世多降清求荣的人。蒲,蒲寿庚,宋末任提举市舶;黄,黄万石,任江西制置使,皆降元。

曹　溶 二首

曹溶(1613—1685),字秋岳,号倦圃,浙江秀水(今嘉兴)人。明崇祯进士,考选御史。入清,任户部侍郎、广东右布政使、山西按察副使等官,丁忧后不再仕。以词作著名,亦工诗,有《静惕堂诗集》。

初还故里有感[1]（五首选一）

北郭经行处,炊烟暮欲斜。乾坤容短棹,草木送悲笳[2]。万死酬归志,诸亲慰丧家[3]。随人问闲事,仿佛类天涯。

〔1〕这首诗入清后自京师乘船归里作,写故乡经战乱后的情况。
〔2〕"乾坤"二句:自幸能乘船南返,但国内战事未息,仍有军笳声。
〔3〕万死:经历很多危险。丧家:家庭在乱中受破坏。

怀朱锡鬯[1]

驰道垂杨夹绮楼,频年仙仗五陵游[2]。双蛾莫道承恩易,画出春风满镜愁[3]。

〔1〕朱锡鬯,即朱彝尊,见本书作者简介。朱氏先世为明朝仕宦之家,曾祖父国祚做过大学士,他入清时才十六岁。年轻时曾参加过反清的秘密活动,失败后游幕他乡以避祸,不肯应试出仕。康熙十八年被荐举应博学鸿词试,入选,授翰林院检讨,自此在北京居官职。这一年,作者已辞官家居,也受荐举,以年老辞不赴鸿博试。朱曹两人是同乡,交情颇密。作者知朱彝尊仕清后心情未必愉快,用比兴手法,写此诗以寄怀念之意。

〔2〕"驰道"二句:以年轻美女"频年"在京城随从富贵人家驰逐游玩,喻朱彝尊以才人在京居官,为朝廷侍从。绮楼,指美女所居。仙仗,神仙般的华贵仪仗。五陵,汉代长安附近埋葬汉初五位皇帝的陵墓之地,为京城游览区。此指代清朝都城。

〔3〕"双蛾"二句:以美女不能真实受恩宠,总带愁恨,喻朱彝尊才学虽佳,仕清非其素愿,又不容易真正受朝廷宠信,心事自属难言。双蛾,一双美丽的蛾眉,指美女。

宋 琬 四首

宋琬(1614—1673),字玉叔,号荔裳,山东莱阳人。顺治四年(1647)进士,顺治十八年(1661)任浙江按察使时,因于七起义事下狱,释放后长期闲居,晚年又任四川按察使。其诗学杜、韩、陆游,颇多豪宕感激之辞。与施闰章齐名,称"南施北宋"。有《安雅堂集》。

渔家词[1]

南阳之南峄山北[2],男子不耕女不织。伐芦作屋沮洳间,天遣鱼虾为稼穑[3]。少妇能操舴艋舟,生儿酷似鸬鹚黑[4]。今秋无雨湖水涸,大鱼干死鲦鳅弱。估客不来贱若泥,租吏到门势欲缚。烹鱼酌酒幸无怒,泣向前村卖网罟[5]!

〔1〕这首诗写山东南阳湖附近渔民的艰苦生活。

〔2〕南阳:旧邑名,今山东邹城市,西边有南阳湖。峄(yì亦)山:在邹城市南部。

〔3〕"伐芦"二句:说沼泽地区的人民以捕鱼虾为生。沮洳(jùrù巨入),卑湿地带。稼穑(sè色),指农业劳动。

〔4〕"少妇"二句:当地妇女能驾船,孩子能泅水。舴艋(zéměng则猛)舟:小船。鸬鹚(lúcí卢词),俗名"鱼鹰",羽毛色黑。

〔5〕烹鱼酹酒:煮鱼沽酒招待催租吏,见受虐之深。罟(gǔ古):网的一种。

同欧阳令饮凤凰山下[1]

茅茨深处隔烟霞[2],鸡犬寥寥有数家。寄语武陵仙吏道,莫将征税及桃花[3]。

〔1〕这首诗顺治十一年(1654)作者与同谷(今甘肃成县)姓欧阳的县令同游县东南的凤凰山作,感农村萧条,农民生活痛苦,希望当官的不要苛征租税。
〔2〕茅茨(cí词):茅屋。
〔3〕"寄语"二句:用陶渊明《桃花源记》的典故。记中说"晋太元中,武陵(郡治在今湖南常德市)人捕鱼为业。缘溪行,忘路之远近,忽逢桃花林",从"林尽水源"边的山中"小口",进入一从秦传至晋时的农民避世隐居的境地。诗借桃花源指偏僻农村。仙吏,借指官吏。

狱中对月[1]

疏星耿耿逼人寒,清漏丁丁画角残[2]。客泪久从愁外尽,月明犹许醉中看。栖乌绕树冰霜苦,哀雁横天关塞难[3]。料得故园今夜梦,随风应已到长安[4]。

〔1〕顺治末年,山东登州(治蓬莱,辖莱阳、文登等县)于七起义。有人诬告作者与于七同谋,被捕入京,系狱三年。这首诗是在狱中作的。

〔2〕耿耿:明亮的样子。漏:我国古代滴水计时的器具。丁丁:漏声。画角:上有绘饰的军中号角。

〔3〕"栖乌"二句:即景抒情,以栖乌绕树、哀雁横空比喻自己被羁囚不能归家。绕树,曹操《短歌行》:"月明星稀,乌鹊南飞,绕树三匝,何枝可依?"关塞难,杜甫《宿府》:"风尘荏苒音书绝,关塞萧条行路难。"

〔4〕"料得"二句:故园,指作者的家乡山东莱阳。诗写思念妻子,料想妻子也在思念他。长安,借指北京。

江上阻风[1]

睡起无聊倚舵楼,瞿塘西望路悠悠[2]。长江巨浪征人泪,一夜西风共白头[3]。

〔1〕康熙十一年(1672),作者官四川按察使。这首诗可能作于赴任途中。

〔2〕瞿塘西望:即西望瞿塘。瞿塘,长江三峡之一,是三峡最险处。悠悠:遥远的样子。

〔3〕"长江"二句:说下泪征人的头发和浪花同样变白。征人,行旅者。

龚鼎孳 六首

龚鼎孳(1615—1673),字孝升,号芝麓,安徽合肥人。明崇祯进士,官兵科给事中。李自成入京,授直指使。降清后,累官礼部尚书。其诗以婉丽为宗,又善为萧瑟感慨之辞,与吴伟业、钱谦益齐名,成就不如吴、钱。有《定山堂集》。

如农将返真州,以诗见贻,和答二首[1](选一)

天涯羁鸟共晨风,送客愁多较送穷[2]。黄叶梦寒如塞北,黑头人在愧江东[3]。九关豺虎今何往?一别河山事不同[4]。执手小桥君记否?几年衰草暮云中[5]。

〔1〕如农:姜垓,字如农,官礼部给事中,因言事忤旨被遣戍。在赴戍途中,李自成攻下北京。明亡,姜垓改僧装,卜居江苏。真州:今江苏仪征。诗作于顺治四年(1647)之后,因送别明朝的同僚而曲折地写自己仕清后的心情。

〔2〕"天涯"二句:写送别之愁。作者以羁鸟自喻,以晨风喻姜垓。羁(jī鸡)鸟,比喻作客他乡的人。陶潜《归田园居》:"羁鸟恋旧林,池鱼思故渊。"晨风,鸟名,即鹯。《乐府诗集》有《晨风行》,题解引《益都耆旧

传》,谓后汉杨终自伤被罪充边,乃作《晨风》之诗以抒其愤。送穷,唐韩愈有《送穷文》,以写其牢骚不平之感。

〔3〕"黄叶"二句:写清兵入关,自愧失节。黑头,江总,字总持,历仕梁、陈、隋三朝,在梁时,遇侯景之乱,流寓会稽,时尚少年,故杜甫《晚行口号》诗,有"远愧梁江总,还家尚黑头"之句。愧江东,《史记·项羽本纪》载项羽兵败时,乌江亭长请他渡江,以图再举。他回答说:"且籍(羽)与江东子弟八千人渡江而西,今无一人还。纵江东父兄怜而王我,我何面目见之?纵彼不言。籍独不愧于心乎!"

〔4〕"九关"二句:说当年别后,河山易帜,明朝朝廷上的恶势力也都星散。九关豺虎,比喻朝廷上的恶势力。《楚辞·招魂》:"虎豹九关,啄害下人些。"作者在姜埰被罪时,曾三次上书救助。

〔5〕"执手"二句:回忆姜埰被遣戍时作者在桥边送别,以及别后的世变。执手,握手告别。

游七星岩[1]（四首选一）

高城春霭动群峦,斗气平惊积翠干[2]。菡萏浮天青七叶,龙螭蹴铁劲千盘[3]。斜飞珠阁苍林拥,细拂云帘碧乳寒[4]。花月炎蒸偏五岭,乍来阴洞逼秋看[5]。

〔1〕七星岩:在广东肇庆星湖中,七峰拔起,是著名风景区。其中一峰有石洞,空旷透光,可容数百人。洞中有各种形状的岩石,有小溪,可行船。岩上有斗魁台,是唐初的建筑物。岩下沥湖环绕,碧波荡漾。顺治十三年(1656),作者奉使广东,这是纪游诗之一。

〔2〕"高城"二句：写七星岩在春霭中，树木葱茏，像北斗为积翠所侵一样。高城，指高要县城，当时肇庆府治在此。春霭，春天的雾气。斗，北斗星座，指七星岩，传说七星岩是北斗七星化成的。康海星《七星岩》诗："天坠北斗精，人间书景福。岩石骈七峰，漠漠太古色"，即用此一传说。平惊，平白地惊觉。积翠，久积的苍翠，形容山色。干，侵犯。

〔3〕"菡萏(hándàn 含淡)"二句：说七星岩在湖中好像浮天荷花的七片翠叶，山势盘折形状好像龙螭。菡萏，荷花。螭(chī 痴)，传说中没有角的龙。蹴(cù 醋)，踢。蹴铁，形容强劲。千盘，形容山势的曲折盘旋。

〔4〕"斜飞"二句：上句写山上的楼阁高耸于树林之中，如斜飞一样；下句写云间泉水下流，状如珠帘，清冷如碧乳。

〔5〕"花月"二句：写广东春天气候即炎热，但到了七星岩的洞中却感觉阴凉如秋。花月，指春景。五岭，在广东与江西、湖南交界的大庾、骑田、都庞、萌诸、越城等岭；这里指广东省。阴洞，指七星岩中的大石洞。逼秋看，看来近于秋天。看(kān 堪)，叶韵读平声。

晓发万安口号[1]（八首选二）

侧舵欹篷险峨多，青天安稳羡鱼簑[2]。嵯峨紫阁黄扉里，可有惊滩枕上过[3]？

急流喷沫斗雷霆[4]，险过江平响亦停。任说波涛千万迭，能移孤嶂插天青[5]？

111

〔1〕这两首诗是作者奉使广东,途经江西时写的,即景抒情,实际上反映了当时士大夫思想中的普遍矛盾。万安:今江西万安县。口号(hāo 蒿),又称"口占",随口吟成。

〔2〕"侧舵"二句:由自己旅途之险,羡慕江边蓝天下安稳垂钓的渔人。

〔3〕"嵯峨(cuóé 矬鹅)"二句:既说京城里身居高位的显官不了解惊滩骇浪之险,又兼写宦场险恶,变幻无常。紫阁黄扉,泛指京城大官所居官署。

〔4〕沫:浪花水沫。斗雷霆:形容浪涛冲激声。

〔5〕"任说"二句:说任凭波涛汹涌,岂能移动那直插云霄的山峰。

上巳将过金陵〔1〕(四首选二)

蟂矶一棹水云宽,采石晴峰涌翠盘〔2〕。天气殊佳芳禊会,海风吹客到长干〔3〕。

倚槛春风玉树飘,空江铁锁野烟消〔4〕。兴怀无限兰亭感,流水青山送六朝〔5〕。

〔1〕这两首诗是作者由广东北返途经金陵(南京)时作,第二首后两句为王士禛所赞赏。上巳:阴历三月初三日。

〔2〕蟂(xiāo 消)矶:地名,在安徽芜湖西部大江中。山上有"灵泽夫人庙",传说是祀三国时刘备之妻孙夫人的。采石:采石矶,在安徽当涂西北,一峰突出江中。

〔3〕"天气"二句：写在上巳修禊时节的好天气中，顺风到达南京。长干，古代南京里巷名。

〔4〕"倚槛"二句：写金陵史迹。槛，栏杆。玉树，陈后主建都金陵，曾作《玉树后庭花》曲，其辞有"玉树后庭花，花开不复久"之句，时人以为亡国之音。空江铁锁，晋武帝命王濬伐吴，吴以铁锁链锁江截之。王濬作大炬烧断铁锁，遂入金陵。吴主孙皓投降，吴亡。刘禹锡《西塞山怀古》诗："王濬楼船下益州，金陵王气黯然收。千寻铁锁沉江底，一片降幡出石头。"

〔5〕"兴怀"二句：由王羲之的《兰亭集序》联想到兴亡之感。兰亭感，王于晋永和九年（353）作《兰亭集序》，写古今人哀乐之情，说："后之视今，亦犹今之视昔……虽世殊事异，所以兴怀，其致一也。"六朝，见钱谦益《金陵后观棋》（六首选一）注〔3〕。

余 怀 二首

余怀(1616—1695),字澹心,又字无怀,号曼翁,福建莆田人。生于明末,寓居南京,入清不仕,以著《板桥杂记》著名。诗笔隽丽,有《味外轩文稿》、《研山堂集》。

雨花台[1]

雨花台上草青青,落日犹衔木末亭[2]。一线长江三里寺,千年鹤唳九秋萤[3]。

〔1〕雨花台:在南京市南,相传梁武帝时云光法师讲经于此,天女散花坠落如雨,故名。
〔2〕木末亭:雨花台亭名。
〔3〕"一线"二句:以"三里寺"写南京佛寺多,消耗民力;以"千年鹤唳"、"九秋萤",写南京长期有战乱之事及荒凉之景。

金陵杂感

六朝佳丽晚烟浮,擘阮弹筝上酒楼[1]。小扇画鸾乘雾去,轻帆带雨入江流[2]。山中梦冷依弘景,湖畔歌残倚莫愁[3]。吴殿金钗梁院鼓,杨花燕子共悠悠[4]。

　　[1]"六朝"二句:诗中金陵指南京,为孙吴、东晋、宋、齐、梁、陈"六朝"建都之地。擘阮弹筝:擘,拨。阮、筝,皆乐器。阮为古琵琶之一种,相传西晋时阮咸善弹此器,因而得名。诗写六朝"佳丽"之地的南京,在明亡之后,仍多耽于玩乐的士女,他们在傍晚之际,带着乐器上酒楼弹奏。佳丽,谢朓《入朝曲》:"江南佳丽地,金陵帝王州。"
　　[2]"小扇"二句:在雾雨中仍有人执"画鸾"之扇,乘小船入江游玩。
　　[3]"山中"二句:写隐者与著名歌女的历史故迹。陶弘景,南朝宋梁间秣陵(今南京)人,好道术,隐居南京东面句容的句曲山(茅山),号华阳真人。湖,指莫愁湖。据传,莫愁湖在三山门(今南京水西门)外,昔有妓卢莫愁家此,故名。
　　[4]"吴殿"二句:指六朝吴殿中的美人与梁宫中的鼓乐,都已消歇;只有杨花、燕子的飘荡、活动,还存留"悠悠"往迹,引人深思。以此抒发古今兴衰变化的感慨。金钗,女性头上饰物,指代美女。

邓汉仪 一首

邓汉仪(1617—1689),字孝威,江苏泰州人。康熙十八年,试博学鸿词科,官中书舍人。其诗风调近中晚唐。有《淮阴集》、《过岭集》、《被征集》等。

题息夫人庙[1]

楚宫慵扫黛眉新,只自无言对暮春[2]。千古艰难惟一死,伤心岂独息夫人[3]!

〔1〕息夫人庙:息夫人,即息妫,春秋时息侯之妻。楚灭息,息妫被俘入楚宫。庙在湖北汉阳县北桃花洞,称"桃花夫人庙"。唐杜牧《题桃花夫人庙》诗:"细腰宫里露桃新,脉脉无言几度春?至竟息亡缘底事,可怜金谷坠楼人!"本诗即次其韵。

〔2〕"楚宫"二句:写息夫人国亡入楚的生活。慵,懒。黛,用于画眉的青黑色颜料。无言,《左传》庄公十四年:"楚子遂灭息,以息妫归,生堵敖及成王焉,未言。楚子问之,对曰:'吾一妇人而事二夫,纵弗(不)能死,其又奚(何)言?'"

〔3〕"千古"二句:借息夫人事感叹贪生怕死者多,死节不易。

侯方域 三首

侯方域(1618—1655),字朝宗,河南商丘人。明诸生,复社成员,曾以书斥责阉党阮大铖。入清后,应河南乡试,中副榜,过三年,即抑郁而死。其文富有气势,诗亦多感慨时事。有《壮悔堂文集》、《四忆堂诗集》。

冬日湖上[1](二首)

又到西湖上,新愁不易支。桥通今日路,花忆去年时。白眼何辞醉,青春未可期[2]。无心凭短棹,日暮过东篱[3]。

何事凭新赏,翻来起暮愁[4]。一年垂欲尽[5],万里此长游。废弃谙杯酒,行藏倚钓舟[6]。沧浪雪色好[7],更上望湖楼。

〔1〕崇祯十六年(1643),左良玉部队将自九江趋南京。阮大铖诬陷作者与左相勾结,作者因避居宜兴等地。明年,阮在南明福王朝当权,作者仍避居苏杭一带,冬游杭州西湖,作此以抒悲愤。
〔2〕"白眼"二句:说自己被排挤,仍有醉乡可寄托,而国事日非,恢复无望。白眼,表示厌恶或鄙视。《晋书·阮籍传》:"籍能为青白眼,见礼俗之士,以白眼对之。"

〔3〕凭短棹:指泛小船。凭,依。东篱:晋陶渊明归隐后,作《饮酒》诗,有"采菊东篱下,悠然见南山"之句。

〔4〕"何事"二句:说为什么凭借游湖这新的赏心之事,反而勾起暮愁。翻,反而。

〔5〕垂:将近。

〔6〕"废弃"二句:写不得志的生活。被废弃不用,只能借酒浇愁或过游钓生活。谙(ān 安),熟悉,常接触之意。行藏,《论语·述而》:"用之则行,舍之则藏。"指行止、生涯。

〔7〕沧浪(láng 郎):青苍色,指湖山带雪。

估客乐[1]

襄阳大估泊江渚,夜登我舟为款语[2]。估欲过关榷税烦[3],官即放船吏不许。往来吴越八九年,昔衣锦纫今白纻[4]。羞过公子沙棠舟,不携珍错携鸡黍[5]。家故有妇高楼居,近闻楼下鸣机杼[6]。海内财尽为两多,官多吏多茫无绪。我言估乐估自疑,我不告估估不知。明星欲落言不尽,蹉跎与估痛饮时[7]。估听一事意转平,估不出钱佐水衡。田夫总为开河死,估更乘舟河上行[8]。

〔1〕这首诗用南朝乐府西曲歌《估客乐》的旧题名,写在苛捐杂税的压榨下,商人生活也大不如前;而对比之下,农民则更陷于悲惨的境地。估客:商人。

〔2〕襄阳:在今湖北省。渚(zhǔ 主):水边地。款语:诚恳地谈心。

〔3〕榷(què确)税:征收税款。烦:繁多。

〔4〕衣(yì意):作动词用,穿。锦纨(wán丸):贵重的丝织品。纻(zhù注):麻布。

〔5〕羞:惭愧。公子:指作者。沙棠舟:指华贵的船。李白《江上吟》:"木兰之枻沙棠舟。"珍错:山珍海错,珍贵的食物。黍(shǔ暑):黏性小米,也叫黄米。

〔6〕"家故"二句:说本来估客的妻子身居高楼,现在要下楼织布了。故,本来。机杼(zhù助),织布机。

〔7〕明星欲落:指天快亮的时候。蹉跎(cuōtuó搓驼):把时间耽误过去。

〔8〕"估听"以下四句:作者告诉估客,你不必出钱帮助朝廷治水,还能乘船做生意,而农夫却被抓去开河而死。水衡,掌管皇家财物的库藏。见《汉书·宣帝纪》注。此用指收治水税钱的机构。

119

吴嘉纪 六首

吴嘉纪(1618—1684),字宾贤,号野人,江苏泰州东淘(今东台)人。年轻时,曾习举业,入清不应试,终生不仕,隐居家乡,生活穷困。他的诗多反映人民的痛苦,表现民族感情,富有现实意义;风格清新朴素,工为危苦严冷之辞。有《陋轩诗集》。

绝句[1]

白头灶户低草房[2],六月煎盐烈火旁。走出门前炎日里,偷闲一刻是乘凉[3]。

〔1〕 这首诗写烧盐工人的生活和劳动的悲惨。
〔2〕 灶户:以海水煎盐的工人。低草房:灶户居处。
〔3〕 "走出"二句:在炎日里站着片刻,就算是"偷闲"、"乘凉",深刻地写出工人夏天在灶旁烧盐的困苦。

风潮行[1]

辛丑七月十六夜,夜半飓风声怒号[2]。天地震动万物乱,大风吹起三丈潮。茅屋飞翻风卷去,男妇哭泣无栖处。潮头骤到似山摧,牵儿负女惊寻路。四野沸腾那有路?雨洒月黑蛟龙[3]怒。避潮墩作波底泥,范公堤上游鱼度[4]。悲哉东海煮盐人,尔辈家家足苦辛。频年多雨盐难煮,寒宿草中饥食土。壮者流离去故乡,灰场蒿满池无卤[5]。招徕初蒙官长恩,稍有遗民归旧樊[6]。海波忽促余生去,几千万人归九原[7]。极目黯然烟火绝,啾啾妖鸟叫黄昏[8]。

〔1〕这首诗写清顺治末年江苏南通、泰县沿海一带水灾的惨状。自顺治末到雍正初六十多年间,江苏海滨多次发生海水漫溢的水灾。

〔2〕辛丑:顺治十八年(1661)。七月十六:阴历七月十六日是大潮期。飓(jù 具)风:夏秋之交的大风,即台风。

〔3〕蛟龙:传说中以为能兴风雨、发洪水的动物。

〔4〕避潮墩(dūn 敦):疑即江苏泰县的"虎墩",据《泰州志》说是范仲淹所筑的。范公堤:即蜿蜒于兴化、泰县、海安诸县海边的捍海堰,长数百里。堤为唐李承式创建,宋开宝年间王文祐增修,后崩塌,天圣中范仲淹监西溪盐仓时重新修筑。自有此堤后,沿海农业、盐业有一定的发展。游鱼度:水溢鱼游堤上。

〔5〕流离:流落、逃散。去:离开。灰场:灶户煎盐弃灰的场所。灰场长满蒿草,说明已久不煎盐了。卤(lǔ 鲁):浓缩的咸液。

〔6〕招徕(lài 赖):招之使来。蒙:受。遗民:指灾后残留的人民。旧樊:指旧居。

〔7〕"海波"二句:写海水涨溢,死亡者之多。归九原,指死亡。

〔8〕黯然:形容悲伤之状。啾啾(jiū):形容凄厉惨烈的鸟声。

121

朝雨下[1]

朝雨下,田中水深没禾稼,饥禽聒聒啼桑柘[2]。暮下雨,富儿漉酒聚俦侣[3],酒厚只愁身醉死。雨不休,暑天天与富家秋,檐溜淙淙凉四座,座中轻薄已披裘[4]。雨益大,贫家未夕关门卧,前日昨日三日饿,至今门外无人过。

〔1〕这首诗分朝雨、暮雨、雨不休、雨益大四段,用对比手法写久雨中贫富人家的不同生活。
〔2〕聒聒(guō 郭):声音嘈杂。柘(zhè 蔗):落叶灌木,叶可饲蚕。
〔3〕漉(lù 鹿)酒:滤酒。俦(chóu 愁)侣:伴侣。
〔4〕秋:凉爽的秋天。檐溜:屋檐流下的雨水。轻薄:轻薄的人。裘:皮衣。

泊船观音门[1](十首选二)

鼓鼙声飒飒,道路色凄凄[2]。盘髻妇驰马,横刀兵捉鸡[3]。山城常罢市,帝里已成畦[4]。黄屋光辉瓦[5],纷纷碎入泥。

寒潮看又落,渐渐见山根。拾蚌涧沙软,打鱼江水浑。饥民春满路,米店昼关门。吾亦糊吾口,愁来只自言[6]。

〔1〕这两首诗写清兵南征后南京的残破情况。观音门:明初所建南京十六外城门之一。

〔2〕"鼓鼙"二句:写战鼓声不断,行人惊慌之状。

〔3〕"盘髻"二句:上句写满族妇女能骑马;下句写清兵劫掠人民财物。

〔4〕帝里:指南京,明初曾建都于此。成畦(qí 其):变成田地。

〔5〕黄屋:帝王的宫殿。

〔6〕"吾亦"二句:我也为生活而挣扎,有忧愁只能自叹而已。

冬日田家[1]（四首选一）

残叶一村虚,卧犬冷不吠。带梦启柴荆[2],落月满肩背。地荒寒气早,禾黍连冰刈[3]。里胥复在门,从来不宽贷。老弱汗与力,输入胥囊内。囊满里胥行,室里饥人在。

〔1〕这首诗写荒年歉收,农民仅有的一些收获被里胥逼收罄尽的惨状。

〔2〕启:开。柴荆:用柴或草做的门。

〔3〕刈(yì 义):割。

施闰章 八首

施闰章(1619—1683),字尚白,号愚山,安徽宣城人。顺治六年进士,官江西布政司参议,分守湖西道。康熙十八年(1679),试博学鸿词科,擢翰林侍读。他的诗学韦应物、柳宗元,工于五言,与宋琬齐名,有"南施北宋"之称。沈德潜评说:"宋以雄健磊落胜,施以温柔敦厚胜"(《清诗别裁集》)。有《学余堂集》。

牵船夫行[1]

十八滩头石齿齿,百丈青绳可怜子[2]。赤脚短衣半在腰,裹饭寒吞掬江水[3]。北来铁骑尽乘船,滩峻船从石窟穿。鸡猪牛酒不论数,连樯动索千夫牵[4]。县官惧罪急如火,预点民夫向江坐[5]。拘留古庙等羁囚,兵来不来饥杀我[6]。沿江沙石多崩峭,引臂如猿争叫啸[7]。秋冬水涩春涨湍,渚穴蛟龙岸虎豹[8]。伐鼓鸣铙画船飞,阳侯起立江娥笑[9]。不辞辛苦为君行,梃促鞭驱半死生[10]。君看死者仆江侧,火伴何人敢哭声[11]!自从伏波下南粤[12],蛮江多少人流血?绳牵不断肠断绝,流水无情亦呜咽。

〔1〕这首诗写被清兵征去牵船的民夫的悲惨遭遇。

〔2〕十八滩:赣江在万安、赣州之间,有滩十八个,称"十八滩"。齿齿:石块排列如齿。韩愈《柳州罗池庙碑》:"白石齿齿。"百丈青绳:指纤绳。可怜子:可怜的人。

〔3〕掬(jū鞠):双手捧取。

〔4〕连樯(qiáng墙):船只多,桅杆相连。动:动辄。

〔5〕预点:预先征集。

〔6〕等羁囚:同囚犯一样。兵来不来:要来的兵却不即来。

〔7〕"引臂"句:写伸臂牵船、辛苦呼唤的情状。

〔8〕水涩:水少河浅。涨湍(tuān团,阴平):水涨流急。穴,作动词用,藏。

〔9〕"伐鼓"二句:牵船夫用力牵挽,画船在鼓乐声中行驶如飞,声势歆动水神。阳侯,水神。江娥,江中女神。

〔10〕"不辞"二句:写牵船夫在棍子皮鞭的驱迫下辛苦牵船,死亡过半。君,指清兵。梃,木棍。

〔11〕仆:向前跌倒。火伴:同"伙伴"。敢哭声:哪敢发出哭声。

〔12〕"自从"句:伏波,后汉马援称"伏波将军",他曾奉命南征。南粤,广东、广西等地。此句用马援南征事,比喻清兵进攻在广西、云南的明桂王。

燕子矶[1]

绝壁寒云外,孤亭落照间。六朝流水急,终古白鸥闲。树暗江城雨,天青吴楚山[2]。矶头谁把钓?向夕未知还[3]。

〔1〕这首诗是登燕子矶的即景抒情之作。燕子矶:在南京市北观

音门外,俯临大江,形如燕子。

〔2〕"六朝"四句:写时移世迁,江山不改。六朝,见钱谦益《金陵后观棋》(六首选一)注〔3〕。吴,指江苏一带。楚,指湖北一带。

〔3〕向夕:傍晚。

雪中望岱岳[1]

碧海烟归尽,晴峰雪半残[2]。冰泉悬众壑,云路郁千盘。影落齐燕白,光连天地寒[3]。秦碑凌绝壁,杖策好谁看[4]?

〔1〕岱岳:泰山,又称"东岳",在山东省泰安。这首诗写望岱岳所见雪景。

〔2〕"碧海"二句:写雪晴。

〔3〕"影落"二句:写泰山积雪的阔大气象。齐,山东省。燕,河北省。

〔4〕秦碑:《史记·秦始皇本纪》:"二十八年,始皇东行郡县……乃遂上泰山,立石封祠祀。"凌:立于……上。绝壁:陡峭的山崖。杖策:拄杖。

江月[1]

十月晴江月,微风夜未寒。依人光不定,照影思无端[2]。少壮随波去,关河行路难[3]。平生素心友[4],莫共此时看。

〔1〕这首诗写江中见月的情景,第三联用意较深。
〔2〕光不定:写月光在江水中摇动。无端:指月影无故引人生愁。
〔3〕"少壮"二句:联系自己的生活经验,感慨少壮的光阴像流水一去不返,人生的旅程艰险难走。行路难,乐府"杂曲歌辞"有《行路难》一题,据《乐府解题》说是"备言世路艰难以及离别悲伤之意"。
〔4〕素心:心地坦白。陶渊明《移居》:"闻多素心人,乐与数晨夕。"

泊樵舍[1]

涨减水逾急,秋阴未夕昏[2]。乱山成野戍[3],黄叶自江村。带雨疏星见,回风绝岸喧[4]。经过多战舰,茅屋几家存?

〔1〕这首诗写战乱中江村的荒凉景象。
〔2〕未夕昏:未到傍晚,天就昏暗。
〔3〕野戍:野外驻兵的地方。
〔4〕绝岸:高崖。喧:喧哗,指回风激起的浪涛声。

钱塘观潮

海色雨中开,涛飞江上台。声驱千骑疾,气卷万山来。绝岸愁倾覆,轻舟故溯洄[1]。鸱夷有遗恨[2],终古使人哀。

〔1〕这首诗写作者观看杭州湾钱塘江潮水的情况,自第二句起皆写潮水气势,"轻舟"句乃写弄潮儿乘轻舟来回弄潮的技能。

〔2〕"鸱夷"句:写春秋时伍子胥的传说。子胥名员,本楚人,避难投奔吴国,为吴王阖闾立功。吴王夫差时,子胥谏王勿接受越王勾践的和议,激怒夫差,赐剑使自到。《史记·伍子胥列传》载子胥死后,吴王"乃取子胥尸,盛以鸱夷革,浮之江中。"《异录记》说子胥魂怒,驱水为钱塘江的江潮,"常乘素车白马,在潮头之中"。鸱夷,皮革囊,此处用以指代伍子胥。

薛子寿见示免官后诗,感而有作[1]

"虎豹真慈物",斯言泪满衣[2]。全生犹过望[3],多难始知非。黄叶连江下,孤帆冒雨归。布袍安稳着[4],长掩故山扉。

〔1〕薛子寿:未详。诗写仕途险恶。

〔2〕"虎豹"二句:作者自注:"起句用薛语。"意思是看到薛子寿说吃人的虎豹是慈悲动物的感慨,不由泪流满衣。

〔3〕全生:保全生命。过望:出于望外。

〔4〕"布袍"句:作者自注:"薛脱系(被拘得释),即以布袍(作平民)终身。"

至南旺[1]

客倦南来路,河分向北流。明朝望乡泪,流不到江头。

〔1〕这诗写客程和河流方向相反,望乡之泪也流不到故乡江头。南旺:旧县名,在山东省西南部,其地今析入梁山、嘉祥两县。

尤 侗 三首

尤侗(1618—1704),字同人,更字展成,号悔庵,又号西堂,江苏长洲(今苏州)人。顺治拔贡,授永平推官。康熙十八年(1679),试博学鸿词科,授翰林院检讨,参加修《明史》三年,告归。沈德潜评他:"少时专尚才情,诗近温、李;归田以后,仿白乐天。"(《清诗别裁集》)有《西堂全集》。

煮粥行[1]

去年散米数千人,今年煮粥才数百;去年领米有完衣,今年啜粥见皮骨;去年人壮今年老,去年人众今年少[2]。爷娘饿死葬荒郊,妻儿卖去辽阳道[3]。小人原有数亩田,前岁尽被豪强圈[4]。身与庄头为客作,里长尚索人丁钱[5]。庄头水涝[6]家亦苦,驱逐佣工出门户。今朝有粥且充饥,那得年年靠官府?商量欲向异乡投,携男抱女充车牛[7]。纵然跋涉经千里,恐是逃人不肯收[8]。

〔1〕这首诗写清初的"圈地"带给人民的痛苦。
〔2〕"去年"六句:写灾民在一年中死去很多,活的人境况也不如前。完衣,完好的衣服。啜(chuò 绰),喝。

〔3〕辽阳道:今辽宁省有辽阳市,此则泛指东北关外。

〔4〕圈:指圈地,满族的一种土地制度,清初多次在关内推行。用政治强制手段,大规模围占汉人田地,以设置皇庄、王庄及八旗官兵庄田,安插迁来旗人。

〔5〕庄头:清代为八旗贵族管理庄田和佃户的经理人,本身就是地主或二地主。为客作:作庄头的庄客(雇工)。里长:清代乡村中基层的官吏。人丁钱:人头税。

〔6〕涝(lào 酪):雨水过多水涨淹没田地的灾害。

〔7〕充车牛:充当拉车的牛。

〔8〕跋涉:跋山涉水。恐是逃人:恐怕被误认为"逃人"。逃人,清朝统治者在入关前就有追捕"逃人"的法令;入关以后,把防止"包衣"(满族奴仆)外逃扩大到被迫"投充"作农奴的汉人,订了《督捕则例》,严惩"逃人"和窝藏者。不肯收:不敢收容。

题韩蕲王庙[1]

忠武勋名百战回,西湖跨蹇且衔杯[2]。英雄气短莫须有,明哲保身归去来[3]。夜月灵旗摇铁瓮,秋风石马上琴台[4]。千年遗庙还香火,杜宇冬青正可哀[5]。

〔1〕这是凭吊南宋将领韩世忠庙的诗。韩蕲(qí 其)王:南宋名将韩世忠,字良臣,宋高宗时任浙西制置使,曾在黄天荡(今江苏南京东北)、大仪(今江苏扬州西北)两处大败金兵,后因反对和议,为秦桧谗害,被迫引退。孝宗时,追封蕲王,谥忠武。庙在镇江。《镇江府志》:

131

"旌忠庙,在通吴门外,以祀宋韩蕲王世忠。"

〔2〕蹇(jiǎn简):毛驴。《宋史·韩世忠传》载,世忠引退后,"自此杜门谢客,绝口不言兵,时跨驴携酒,从一二奚童,纵游西湖以自乐。"

〔3〕"英雄"二句:写韩世忠引退的原因。气短,壮志消沉。莫须有,宋代口语,意思是"也许有",是秦桧陷害岳飞时的话。"(岳飞)狱之将上,韩世忠不平,诣桧诘其实。桧曰:'飞子云与张宪书虽不明,其事体莫须有。'世忠曰:'莫须有三字何以服天下?'"见《宋史·岳飞传》。明哲保身,语出《诗经·大雅·烝民》:"既明且哲,以保其身。"归去来,指辞官归隐。晋陶渊明辞官时,作《归去来辞》,以述己志。

〔4〕"夜月"二句:写韩世忠英气长存。灵旗,汉武帝伐南越,祷太乙神,作灵旗,上画日月七星等。铁瓮,古镇江县城。《镇江府志》:"吴大帝所筑,内外甃以甓,号铁瓮城。"按《宋史·韩世忠传》记载,南宋初年,金兀术南侵,退兵时欲从镇江北渡,韩世忠率水师在镇江江面断其归路,以少敌众,相持数十日。琴台,在苏州灵岩山西北绝顶。韩世忠墓在灵岩山西,靠近琴台(见《苏州府志》)。

〔5〕"千年"二句:说韩世忠庙仍受人崇祀,而南宋的皇陵却早被发掘。杜宇,鸟名,即杜鹃。传说杜鹃乃古代蜀国国王杜宇的魂魄所化(见《华阳国志·蜀志》)。这里以杜宇比拟南宋皇帝。冬青,树名。元代杨琏真伽发掘赵宋诸皇陵,义士唐珏收遗骸重新埋藏,且植冬青树于其上。见陶宗仪《辍耕录》。

闻鹧鸪[1]

鹧鸪声里夕阳西,陌上征人首尽低[2]。遍地关山行不得,为谁辛苦尽情啼?

〔1〕鹧鸪:鸟名,它的叫声像说"行不得也哥哥!"古人常借此鸟叫声以表惜别之意。这诗故反旧意,说道路险恶。

〔2〕征人:在外作客的人。首尽低:听了鹧鸪叫声,心里难受而低头。

纪映淮 二首

纪映淮,字阿男,江苏上元(今南京市)人。纪映钟之妹,嫁莒州杜李。能诗,有《真冷堂词》。王士禛《秦淮杂诗》有"栖鸦流水空萧瑟,不见题诗纪阿男"之句。

咏秋柳[1]

栖鸦流水点秋光,爱此萧疏树几行[2]。不与行人绾离别,赋成谢女雪飞香[3]。

[1] 这首诗写秋柳,而转入春天的柳絮,写法特别,似用以自表洁白心情,因作者丈夫遇难早逝,她终身守寡抚孤,以贞节著名。
[2] 点:点缀。萧疏:稀疏。
[3] 绾:系住。谢女:东晋谢道韫以"柳絮因风起"形容雪花飞舞,为其叔父谢安所赞赏。见《世说新语·言语》。雪飞香:指柳絮洁白。

村居

李花一孤村,流水数间屋。夕阳不见人,牯牛麦中宿[1]。

[1] 牯(gǔ古)牛:公牛。

柳如是 一首

柳如是(1618—1664),本姓杨,名爱,后改姓名为柳是,以字如是行。明末秦淮名妓,通文墨,能诗词。崇祯十四年(1641),归钱谦益为侧室,称河东君。钱卒后因"家难"自缢死。有《湖上草》、《河东君集》。

西湖[1](八首选一)

垂杨小苑绣帘东,莺阁残枝蝶趁风。大抵西泠寒食路,桃花得气美人中[2]。

〔1〕此诗崇祯十二年(1639)作者游西湖时作,收入《湖上草》。
〔2〕"大抵"二句:以联想之笔写出桃花盛开与美人来游的相映、相得情景,成为被人赞赏的佳句。

申涵光 二首

申涵光(1620—1677),字孚孟,一字和孟,号凫盟,河北永年人。顺治贡生。因父殉国难,杜门奉母,不出仕。诗学杜甫及高、岑、王、孟,晚年不多作。有《聪山诗集》。

春雪歌[1]

北风昨夜吹林莽,雪片朝飞大如掌[2]。南园老梅冻不开,饥乌啄落苍苔上。破屋寒多午未餐,拥衾对雪空长叹[3]。去岁雨频禾烂死,冰消委巷生波澜[4]。吴楚井干江底坼,北方翻作蛟龙宅[5]。豪客椎牛昼杀人,弯弓笑入长安陌。长安画阁压甖瓵,猎罢高悬金仆姑。歌声入夜华灯暖,不信人间有饿夫[6]。

〔1〕这首诗写春雪中北京的贫民和权贵的不同生活。
〔2〕林莽:草木丛生。"雪片"句:形容大雪。
〔3〕午未餐:中午时还没吃到饭。拥衾(qīn 亲):拥被。叹:叶韵读平声。
〔4〕频:频繁,多次。委巷:小巷。
〔5〕"吴楚"二句:写南旱北涝。吴楚,古代吴、楚两国地,即今湖

南、湖北、江西、江苏等省地区。坼(chè彻),裂开。蛟龙宅,水灾使陆地变成蛟龙栖息的水泽。

〔6〕"豪客"六句:写北京满洲贵族声色犬马,视人命为儿戏的奢侈糜烂生活。椎牛,杀牛。长安,借指北京。金仆姑,箭名,见《左传》庄公十一年。

泛舟明湖[1]

女墙倒影下寒空,树杪飞桥度远虹[2]。历下人家十万户,秋来都在雁声中[3]。

〔1〕这是一首写景纪游诗。明湖:大明湖,在山东济南市,是名胜之地。
〔2〕女墙:亦名"女垣",城上短墙。下寒空:群雁落脚大明湖。远虹:形容桥长。
〔3〕历下:济南的旧称。这两句说,数十万户的济南人家,竟能享受秋天的江湖野趣。

王夫之 四首

　　王夫之(1619—1692),字而农,号姜斋,湖南衡阳人。明崇祯举人,曾从桂王抗清。失败后,窜身岩洞,其后筑土室于湘西石船山,闭门著述,学者称船山先生。他博通经史,著作甚富,为明末清初著名学者和思想家。文章气节,与顾炎武、黄宗羲鼎足而三。其诗用意深,使事多,造语奇而晦,家国之痛,生死不忘。有《船山遗书》。

读《指南集》[1](二首)

绛节生须抱璧还,降笺谁捧尺封闲[2]？沧波淮海东流水,风雨扬州北固山[3]。鹃血春啼悲蜀鸟,鸡鸣夜乱度秦关[4]。琼花堂上三生路,已滴燕台颈血殷[5]。

扬州不死空坑死,出使皋亭事未央[6]。鸣鸠春催三月雨,丹枫秋忍一林霜[7]。砺门鹤唳留朱序,文水鱼书待武阳[8]。沧海金椎终寂寞,汗青犹在泪衣裳[9]。

　　[1] 这两首诗作于顺治十二年(1655),歌咏文天祥《指南集》中所记的艰苦遭遇和他所表现的坚贞气节。《指南集》:宋文天祥所作《指南录》和《指南后录》的合称。前者是一二七六年正月至二月文天祥奉使

元军被扣留及南归所作的诗;后者是一二七九年至一二八二年他从广东被俘及在燕京系狱三年所作的诗。文天祥,见顾炎武《井中〈心史〉歌有序》注〔16〕。

〔2〕"绛(jiàng匠)节"二句:写文天祥奉使元军的决心,以及国事为投降者所误。绛节,古时使者所持的凭信。"汉节纯赤",见《汉书·刘屈氂传》。抱璧还,用战国时蔺相如完璧归赵的典故。降笺,降书。尺封,古时信笺长一尺,叫尺书;信是要封口的,所以说尺封。天祥被元军扣留,宋宰相吴坚、贾余庆等就向元军献降表,这是德祐二年(1276)的事。

〔3〕"沧波"二句:写南宋风雨飘摇的危局以及文天祥被押送北行。淮海,即淮河,是当时宋金交界处。北固山,在江苏镇江北面,天祥北行,过京口,渡瓜洲。

〔4〕"鹃血"二句:写天祥对宋朝皇帝的忠诚和自元营逃归的危苦。蜀鸟,杜鹃。《成都记》:"杜宇(古代蜀主)死,其魂化为鸟,名曰杜鹃。"白居易《琵琶行》:"杜鹃啼血猿哀鸣。"鸡鸣度关,齐孟尝君出使秦国被留,他买通秦王左右而逃出。过函谷关,关门未开。孟尝君的门客装鸡叫,远近的鸡闻声也叫了。关吏以为天亮就开关门,孟尝君一行得以出关,见《史记·孟尝君列传》。这里用指文天祥和他的随从杜浒等设计,半夜从京口偷越元人警戒,乘船逃往真州。

〔5〕"琼花"二句:说文天祥在扬州路上早就准备以死殉国,已有燕京就义的决心。琼花堂亦名琼花台,在扬州城东蕃厘观,借指扬州。三生路,多次死中获救。《指南录后序》说:"扬州城下,进退不由,殆例送死;坐桂公塘土围中,骑数千过其门,几落贼手死;后趋高邮,迷失道,几陷死。"燕台,指燕京(今北京),战国时燕昭王在此筑黄金台,故名。殷(yān烟),赤黑色。

〔6〕"扬州"二句:说文天祥自皋亭之难后,又历扬州、空坑之难。

空坑死,景炎二年(1277)八月兵败,文天祥奔至空坑(今江西兴国),元兵追及,全家被俘,独他得脱。皋亭,山名,离临安(今杭州)三十里,元兵驻地,文天祥奉使到那里议和。

〔7〕"鸣鹈"二句:写南宋政权风雨飘摇,而文天祥爱国之志忠贞不拔。鹈,即杜鹃。屈原《离骚》:"恐啼鹈之先鸣兮,使夫百草为之不芳。"

〔8〕"碙门"二句:写宋室虽亡,文天祥羁囚大都(今北京),仍不忘故国,写诗作文,鼓励抗元义士。碙(gāng 刚)门,即碙州,在今广东吴川市,南宋末年,陆秀夫等拥立帝昺,在此建行都,后兵败迁崖山。鹤唳(lì 厉),鹤叫声。这里似兼用两典。西晋陆机在河桥(今河南孟州市)战败,被司马颖所杀,临死感叹说"华亭(今上海市松江区,陆机故乡)鹤唳,岂可闻乎"。又朱序,是东晋襄阳守将,城陷降苻秦。淝水之战开始,秦兵稍退,他在秦阵后大呼:"秦兵败了!"秦兵闻而大垮,闻"风声鹤唳"皆惊,他乘机回晋。文水,在今江西吉水县,用指文天祥的故乡。鱼书,指代书信。古诗:"呼童烹鲤鱼,中有尺素书。"武阳,秦武阳,战国时燕国勇士,曾随从荆轲入秦行刺秦王。见《战国策·燕策》。

〔9〕"沧海"二句:写宋亡后无人起来恢复,读文天祥的著作令人悲痛下泪。沧海金椎,张良在秦灭韩之后,东见沧海君,得力士,以大铁锥在博浪沙(今河南原阳县南)击秦始皇,误中副车。见《史记·留侯世家》。汗青,史书,这里指《指南集》。

正落花诗[1](十首选一)

弱羽殷勤亢谷风,息肩迟暮委墙东[2]。销魂万里生前果,化血三年死后功[3]。香老但邀南国颂,青留长伴小山丛[4]。

堂堂背我随余子,微许知音一叶桐[5]。

〔1〕作者所写《正落花诗》、《补落花诗》等,皆借咏落花以抒亡国之痛。本题及下面一题均附有序文,从略。

〔2〕"弱羽"二句:以落花在风中飞舞比喻自己奔走抗清;以花委弃墙东比喻自己晚年隐居。弱羽,飞翔力薄的鸟,借比落花。亢(kàng抗),同抗。谷风,东风。《诗经·邶风·谷风》:"习习谷风,以阴以雨。"苏轼《次韵答子由》:"平生弱羽寄冲风。"息肩,放下担子。迟暮,晚年。委,弃。墙东,《后汉书·逸民传》:"避世墙东王君公。"

〔3〕"销魂"二句:表示抗清之志,生死不渝。销魂万里,比喻作者参加抗清活动时,曾流离转徙于湖南、广东、广西等地。化血,《庄子·外物》:"苌弘死于蜀,周人藏其血,三年化而为碧。"

〔4〕"香老"二句:以花落而果树仍然香青,自喻志节不衰。香老,指花落结果。南国颂,屈原作《橘颂》,有"受命不迁,生南国兮"之句。小山丛,汉淮南小山《招隐士》:"桂树丛生兮山之幽。"

〔5〕"堂堂"二句:春去秋来,桐叶知秋飘零,是落花之知音。借以慨叹知音之无多。堂堂,公然不客气之意,薛能《春日使府寓怀诗》:"青春背我堂堂去。"余子,平庸的人。《后汉书·祢衡传》:"余子碌碌,不足道也。"

补落花诗(九首选一)

记得开时事已非,迷香逞艳炫春肥[1]。尽情扑翅欺蝴蝶,塞耳当头叫姊归[2]。桃李畦争分咫尺,松杉云冷避芳菲[3]。

留春不稳销尘土,今日空沾客子衣[4]。

〔1〕"记得"二句:比喻南明诸王立国时形势已非,而弘光朝的福王昏庸,沉醉声色,以为小朝廷可以偷安。

〔2〕"尽情"二句:以春花招引蝴蝶,塞耳不闻鹃鸣,比喻福王朝马士英、阮大铖等勾结邪佞,倾陷正直之士,并堵塞言路。姊归,即子规,杜鹃鸟。

〔3〕"桃李"二句:以桃李争畦、松杉远避,比喻小朝廷诸臣争权夺利,正直之士只得洁身引退。如福王朝有马、阮排斥正人,桂王朝也有"吴党"、"楚党"之争。

〔4〕"留春"二句:春光留不住,落花化为尘土,空使客子落泪,比喻南明王朝终归灭亡,空使遗民悲痛。

吴 绮 一首

吴绮(1619—1694),字园次,号听翁,人称红豆词人,江都(今江苏扬州)人。顺治拔贡,官兵部员外郎、湖州知府。以骈文著称,亦工诗,有《林蕙堂集》。

入门[1]

入门休讶泪还垂,一载飘零尽敛眉[2]。险道不堪过后想,别颜偏向见时悲。人间那得无愁客,春去难为不恨时。携手花前共惆怅,此情唯有月明知。

〔1〕这首诗写外出一年后归家,对着妻子同带愁恨的情景。
〔2〕敛眉:蹙紧眉毛,形容忧愁。

张煌言 一首

张煌言(1620—1664),字玄著,号苍水,浙江鄞县(今宁波市鄞州区)人。明崇祯举人。弘光元年(1645),与钱肃乐等起兵抗清,奉鲁王监国,据守浙东山地和沿海一带,官至权兵部尚书。鲁王政权覆灭,他又派人与荆襄十三家农民军联系抗清。至康熙三年(1664),因见大势已去,遂解散义师,隐居南田的悬岙岛(今浙江象山南)。不久,被俘就义于杭州。有《张苍水集》。

甲辰八月辞故里[1](二首选一)

国亡家破欲何之?西子湖头有我师[2]。日月双悬于氏墓,乾坤半壁岳家祠[3]。惭将素手分三席,敢为丹心借一枝[4]!他日素车东浙路,怒涛岂必属鸱夷[5]?

〔1〕甲辰:清康熙三年(1664)。故里:作者的家乡浙江鄞县。《清史稿·张煌言传》:"浙江总督赵廷臣……与提督张杰谋致煌言,得煌言故部曲,使为僧普陀伺煌言,知踪迹。夜半,引兵攀岭入,执煌言……"作者被捕后解送杭州,甲辰七月十七日入定海,廿三日到鄞县。八月离鄞县与亲友诀别时作此诗,表现了大义凛然、视死如归的英雄气概。

〔2〕何之:何往。西子湖:杭州西湖。有我师:有我可效法的人,指

岳飞、于谦。

〔3〕"日月"二句:说西湖有于谦和岳飞的坟墓。日月双悬,说于谦的功绩像日月一样光辉。于谦,字廷益,明英宗时任兵部左侍郎。蒙古瓦剌部入侵,包围土木堡,英宗被俘,于谦拥立景帝,力主抵抗,击退瓦剌军。次年,瓦剌不得已议和,英宗复位,谦以"谋逆"罪被杀。事见《明史·于谦传》。乾坤半壁,说岳飞英勇抗金,才使南宋保存下长江流域以南的国土。

〔4〕"惭将"二句:自谦语。意为自己没有功绩,怎敢仅仅因忠贞的缘故,在西湖和于、岳平分"三席"之地。素手,白手、空手。丹心,指殉国的决心。

〔5〕"他日"二句:说将来的八月浙江潮,就不仅为伍子胥一人而怒涌。意思是自己也将魂随潮水,以抒冤愤。鸱夷,皮革制的囊,指代伍子胥,见施闰章《钱塘观潮》注〔2〕。

孙枝蔚 一首

孙枝蔚(1620—1687),字豹人,号溉堂,陕西三原人,世为富商。明末,散家财募兵与李自成起义军为敌,败走扬州,闭门读书,遂以诗名。康熙十八年(1679),举博学鸿词,年老不能应试,特旨授中书舍人。有《溉堂集》。

陆放翁砚歌为毕载积题[1]

道士湫边日将落[2],渔人网重心最乐。不闻拨剌转堪疑,到手且看石厚薄[3]。相逢未少读书人,得钱胜卖三尺鳞[4]。携砚归来赠毕卓,瓮头大叫惊四邻[5]。老友如从剑南至,上镌心太平庵字[6]。放翁不止是诗人,酒罢凄凉南宋事。挥毫意气凌千秋,冬天不惧寒无裘[7]。《晓叹》一篇情具见,后人展诵泪长流[8]。此石相随到西蜀,洗涤坐临江水绿。只今湮沉几百年,却与渔家换斗粟。古来得失何事无,金铜仙人来魏都[9]。塞马楚弓那足问,船中书画聊自娱[10]。世间正贵丰城剑[11],笑君癖爱江底砚。可怜情性与时违,夜夜名流满高宴。何人把玩最嘘欷,白发西京老布衣[12]。

〔1〕陆放翁:南宋爱国诗人陆游,字务观,号放翁,其诗文充满着对南宋朝廷偷安的愤慨,表现了收复中原失地的强烈愿望。毕载积:毕际有,字载积,山东淄川(今淄博市辖区)人。这首诗作于康熙三年(1664),通过写陆放翁石砚的发现,曲折地反映对明朝灭亡的感慨。

〔2〕道士洑(fú伏):地名,在湖北大冶市东九十里。

〔3〕"不闻"二句:渔人举网没听到有鱼儿跃动的声音,心里生疑,出水后才知捞到石砚。拨剌(là 辣),鱼跃动声。石,指石砚。

〔4〕"相逢"二句:渔人认为把砚卖给读书人,得钱会超过卖大鱼。三尺鳞,指大鱼。

〔5〕"携砚"二句:买砚人将砚赠送毕载积,载积大为惊喜。毕卓,西晋末年名士,为人旷达,好酒。作者以毕卓比毕载积。瓮头,指酒瓮边。

〔6〕老友:毕载积把砚看成老友。剑南:这里指四川省。心太平庵:宋孝宗淳熙四年(1177),陆游取《黄庭经》语,给自己在成都的居室起名为"心太平庵"(见《剑南诗稿》卷八《心太平庵》诗自注)。

〔7〕"挥毫"二句:陆游诗表现这种内容的颇多,如《岁暮贫甚戏书》:"阿堵元知不受呼,忍贫闭户亦良图。曲身得火才微直,槁面持杯只暂朱。食案阑干堆苜蓿,褐衣颠倒著天吴。谁知未减粗豪在,落笔犹能赋两都。"

〔8〕《晓叹》:陆游的一首七言古诗,淳熙元年(1174)在蜀州通判任上作,愤慨河山沦陷,写出"安得扬鞭出散关,下令一变旌旗色"的愿望。

〔9〕金铜仙人:汉武帝曾于长安建章宫造神明台,上铸铜人托盘承露。魏明帝景初元年(237)拆卸铜人,从长安移往洛阳。唐李贺有《金铜仙人辞汉歌》。

〔10〕"塞马"二句:说成败得失,不值得一提,还是放船中流欣赏书画以自娱。是作者故作旷达以抒亡国之痛。塞马,《淮南子·人间训》:

"近塞上之人有善术者,马无故亡而入胡,人皆吊之,其父曰:'此何遽不能为福乎?'居数月,其马将胡骏马而归。"楚弓,《说苑·至公》:"楚共王出猎而遗其弓,左右请求之。共王曰:'止!楚人遗弓,楚人得之,又何求焉?'"船中书画,宋代米芾曾载书画于江淮船上以自娱,世称"米家书画船"。黄庭坚《戏赠米元章》:"沧江静夜虹贯月,定是米家书画船。"

〔11〕丰城剑:雷焕望见天空斗、牛两星宿之间常有紫气,认为是"宝剑之精上彻于天",地点应在豫章郡丰城。尚书张华乃派雷焕为丰城县令,雷焕到任后发掘得宝剑两口,即太阿、龙泉。事见《晋书·张华传》。这里以丰城剑喻世人重武功。

〔12〕嘘欷:叹息。西京老布衣,作者自称,他家乡靠近长安。

毛先舒 一首

毛先舒(1622—1688),字稚黄,浙江钱塘(今杭州)人,明末秀才,入清不仕。精音韵之学,也能诗,为"西泠十子"之一。有《思古堂集》。

吴宫词[1]

苏台月冷夜乌栖,饮罢吴王醉似泥[2]。别有深思酬不得,向君歌舞背君啼[3]。

〔1〕这首诗就西施入吴的故事传说而设想其内心的矛盾。西施,见吴伟业《戏题仕女图》(十二首选二)注〔3〕。

〔2〕苏台:即姑苏台,亦称胥台,故址在今苏州市西南的胥山上,吴王阖闾创建,夫差扩建增筑。《述异记》:"台横广五里,三年乃成。"相传台上有春宵宫,夫差在此宫中与宫嫔彻夜饮酒作乐。夜乌栖:李白《乌栖曲》:"姑苏台上乌栖时,吴王宫里醉西施。"

〔3〕"别有"二句:写西施既负有越国遣派迷惑吴王的使命,又受吴王夫差宠爱之恩,内心矛盾,所以向着吴王歌舞,又背着他而啼哭。别有,另有。

黄 生 一首

黄生(1622—1696),字扶孟,号白山,安徽歙县人。明秀才,入清不仕。以研究杜甫诗著名。有《杜诗说》、《一木堂诗稿》。

筑堤谣[1]

挑土筑堤堤欲高,卷柳下桩桩欲牢[2]。公差持梃旁岸立:"官府命我督汝曹[3]。""公差请勿怒!役夫敢一语:官家费金钱,役夫抱空肚。肚饥手慢杵力微,瘦躯那复受棰楚[4]?"破衣当风不掩胫,死便埋着堤下土。堤工告成万命残,护堤使者仍加官。

〔1〕清代治河工程十分腐败,大量经费均被经办人侵吞。这首诗即写筑堤民工的痛苦。

〔2〕"卷柳"句:把柳条和土石卷在一起,称埽(sào 臊,读第四声),用以堵口。

〔3〕梃:棍。旁岸:靠岸旁。汝曹:汝辈,你们。

〔4〕杵(chǔ 楚):夯土筑堤的木棒。棰(chuí 垂)楚:鞭打人的用具。

毛奇龄 一首

毛奇龄(1623—1716),字大可,号秋晴,学者称西河先生,浙江萧山(今杭州市辖区)人。康熙十八年应博学鸿词试,官翰林院检讨。以治经学著名,诗文著作亦富。有《西河合集》。

赠柳生[1]

流落人间柳敬亭,消除豪气鬓星星[2]。江南多少前朝事,说与人间不忍听[3]。

〔1〕柳生:即柳敬亭,明末人。本姓曹名逢春,避仇流落江湖,改姓名。善说书,曾入左良玉幕府当清客。良玉败,说书江湖。为人豪爽任侠,颇受清初名士的推重。
〔2〕鬓星星:两鬓斑白。谢灵运《游南亭》诗:"星星白发垂。"
〔3〕"江南"二句:指南明亡国前后的遗事。

顾祖禹 一首

顾祖禹(1624—1680),字景范,江苏无锡人。隐居不仕,与魏禧交谊甚笃。长于舆地之学,著《读史方舆纪要》,并参加编辑《清一统志》。有《宛溪集》,已失传。

甲辰九日感怀[1]

萧飒西风动客愁,停尊无处漫登楼[2]。赭衣天地骊山道,白袷亲朋易水秋[3]。征雁南飞无故国,啼猿北望有神州[4]。茱萸黄菊寻常事,此日催人易白头[5]。

[1] 甲辰:清康熙三年(1664)。那年七月,抗清志士张煌言被执至杭州,九月七日就义。本诗即为张煌言死难而作,见郭则沄《十朝诗乘》。九日:阴历九月九日,重阳节。

[2] 停尊无处:无处停杯,即"重九"日无处登高(山)饮酒之意。漫:随意。

[3] "赭(zhě者)衣"二句:用秦的暴政比喻清的暴政,用荆轲刺秦王比喻张煌言的抗清。赭衣天地,比喻罪人满天下。赭衣,古代罪犯穿赤色衣服。骊山,在陕西省。秦始皇发罪人筑骊山阁道,"赭衣塞路",见《汉书·刑法志》。袷(jiá夹,阳平),夹衣。燕太子丹派荆轲刺秦王,

送行的人都穿戴白衣冠到易水饯别。

〔4〕"征雁"二句:指南明已无寸土,而悲痛的人民仍不忘故国。啼猿,用杜甫《秋兴》八首"听猿实下三声泪"和"每依北斗望京华"两句意。

〔5〕"茱萸"二句:说"重阳"节本是平常的事;今年因为张煌言死难,使人倍增伤感,容易头白。茱萸、黄菊,《西京杂记》:"汉武帝宫人贾佩兰,九月九日佩茱萸,食蓬饵,饮菊花酒,云令人长寿。"

魏 禧 一首

魏禧(1624—1681),字叔子,一字冰叔,号裕斋,江西宁都人。明秀才。明亡后,与兄际瑞、弟礼隐居翠微山,筑室号"易堂",授徒提倡古文,有"宁都三魏"之称,又与彭士望等称"易堂九子",而以禧之文名为最著。康熙十八年,诏举博学鸿词,不应。其诗苍古质朴,亦有风致。有《魏叔子集》。

登雨花台[1]

生平四十老柴荆,此日麻鞋拜故京[2]。谁使山河全破碎?可堪翦伐到园陵[3]!牛羊践履多新草,冠盖雍容半旧卿[4]。歌泣不成天已暮,悲风日夜起江声。

〔1〕雨花台:在今南京市南。这首诗也是感叹易世之痛的。

〔2〕老柴荆:老于茅屋。麻鞋:表示野人野服。杜甫《述怀》:"麻鞋见天子,衣袖露两肘。"故京:指南京,明成祖迁都北京。

〔3〕"可堪"句:痛心明朝皇帝陵墓的树木也遭翦伐。翦伐,采伐树木。园陵,指南京钟山的明太祖朱元璋墓。

〔4〕"牛羊"二句:写明朝的皇陵荒废,而投降仕清的官僚却恬不知耻。牛羊践履,刘长卿《登吴城歌》:"牛羊践兮牧竖歌,野无人兮秋草绿。"冠盖,官僚们的冠服车盖。雍容,华贵的样子。

汪 琬 六首

汪琬(1624—1691),字苕文,号钝翁,又号尧峰,江苏长洲(今苏州)人。顺治十二年(1655)进士。康熙十八年(1679)应博学鸿词试,授翰林院编修。长于古文;诗宗宋人,时有俊语。有《钝翁类稿》。

玉钩斜[1]

月观凄凉罗歌舞,三千艳质埋荒楚[2]。宝钿罗帔半随身,踏作吴公台下土[3]。春江如故锦帆非,露叶风条积渐稀[4]。萧娘行雨知何处,惟见横塘蛱蝶飞[5]。

[1] 这首诗咏扬州的古迹,是作者诗篇中以风韵取胜的作品。玉钩斜:又称"宫人斜",遗址在今江苏扬州市西北。《广陵志》:"府治西北有玉钩斜,隋炀帝葬宫人处。"

[2] "月观"二句:说月观凄凉,曾罗歌舞,当年的歌女早已埋在荆棘丛中了。月观,在扬州城北。《扬州府志》:"宋徐谌之为南兖州刺史,以广陵城北多陂津,水物丰盛,乃建风亭、月观、吹台、琴台,竹木繁茂,花药成行。"罗歌舞,《拾遗记》:"隋大业十年,炀帝至江都,选殿脚女吴绛仙等,使给事月观,帝常月夜幸之。"艳质,指宫女。荒楚,泛指杂树野草。楚,丛生的有刺灌木,即牡荆。

〔3〕"宝钿(diàn 店)"二句:写隋朝宫女的遭遇。钿,形如花朵的首饰。罗帔(pèi 配),丝织的披肩。吴公台,在扬州城西北。刘宋沈庆之所筑,陈朝吴明彻又增筑之,故称。

〔4〕"春江"二句:写江山如旧,隋炀帝的锦帆故事已成历史,所栽杨柳亦多老死。锦帆,李商隐《隋宫》:"春风举国裁宫锦,半作障泥半作帆。"露叶风条,指隋堤所栽的杨柳。

〔5〕"萧娘"二句:说萧后的风流也已成陈迹。萧娘,当指隋炀帝的萧后,隋亡后被突厥所虏,唐太宗灭突厥,入唐宫。行雨,宋玉《高唐赋》叙述楚王游高唐,梦巫山神女来侍寝。神女自谓:"旦为行云,暮为行雨。"横塘,以横塘为名的地有多处。崔颢《长干行》:"君家何处住?妾住在横塘。"

官军行[1]

乱飞沙禽吠村狗,官军夜逾谷城口[2]。大船小船争避行,长年吞声复摇手[3]。锦袍绣箙月中明,牛肉粗肥挏乳清[4]。胡琴搊遍伊凉曲,尽是冰车铁马声[5]。

〔1〕这诗写清兵的势焰和扰民。
〔2〕逾:经过。谷城:古县名,今山东东阿,靠近黄河。
〔3〕长年:船上梢公。吞声:把话忍住不敢讲。
〔4〕"锦袍"二句:写船上官军的服装和饮乳食肉的习俗。箙(fú 服),古代盛弓箭的器具。挏(dòng 洞)乳,经乳酸发酵的马乳。《汉书·百官公卿表》:"武帝太初元年,更名家马曰挏马。"注:"主乳马,取其汁

捝(搅拌)治之,味酢,可饮。"

〔5〕"胡琴"二句:写官军弹唱的是塞外乐曲。搊(chōu抽),弹奏乐器。伊凉曲,伊州(在今新疆)曲与凉州(在今甘肃)曲。《唐书·礼乐志》:"天宝乐曲皆以边地名,若凉州、甘州、伊州之类。"这里借指我国北方少数民族的乐曲。

计甫草至寓斋[1](二首选一)

门巷何萧索!惟君步屣频[2]。青云几故旧,白首尚风尘[3]。身受才名误,文从患难真。耦耕知未遂[4],相顾倍伤神。

〔1〕这首诗写出仕清廷的矛盾心情,以悔"才名误"自叹。计甫草:计东,字甫草,汪琬的弟子。参看计东诗选简介。寓斋:住处的书房。

〔2〕"门巷"二句:说自己门巷萧条,只有计东常相过从。步屣(xiè谢):穿屣而行,指行踪。屣,木底鞋,泛指鞋履。

〔3〕"青云"二句:说你我没有多少处在高位的故友,现在年老还奔走于风尘世路之中。青云,这里有"高位"之意,指有实权的大官。《三国志·魏志·荀攸、贾诩传赞》:"张子房青云之士,非陈平比也。"

〔4〕耦(ǒu偶)耕:我国古代的一种耕作法:两人各执一耜(sì四),并肩而耕。《论语·微子》:"长沮、桀溺耦而耕。"长沮与桀溺是隐士,这里用"耦耕"表示企求隐居不仕的生活。

寄赠吴门故人[1]

遥羡风流顾恺之,爱翻新曲复残棋[2]。家临绿水长洲苑,人在青山短簿祠[3]。芳草渐逢归燕后,落花已过浴蚕时[4]。一春不得陪游赏,苦恨蹉跎满鬓丝[5]。

〔1〕这首诗感叹不能追随顾苓的隐逸生活,和上一首诗所写的矛盾心情相近。吴门:今江苏苏州。故人:老朋友,指顾苓。苓,字云美,苏州人,明亡隐居不仕。

〔2〕顾恺之:东晋时无锡人。博学有才气,尤善绘画。时称恺之有三绝:才绝、画绝、痴绝。见《晋书》本传。这里以顾恺之比顾苓。翻新曲:谱制新乐曲。元稹《连昌宫词》:"李謩擫笛傍宫墙,偷得新翻数般曲。"复残棋:下棋老手在棋枰上棋子散乱后,能再摆出原来棋局。

〔3〕"家临"二句:写顾苓居地的名胜。长洲苑,在苏州西南,春秋时吴王阖闾游猎处。短簿祠:《吴郡志》:"短簿祠在虎丘云岩寺。寺本晋东亭献穆公王珣及其弟珉之宅,珣居桓温征西府时号'短主簿',俗因以名其祠。"

〔4〕"芳草"二句:写季节景物。浴蚕,《农政全书》:"二月十二日浴蚕,以菜花、野菜花、韭花、桃花、白豆花揉之水中而浴之。"

〔5〕蹉跎:白费时间。丝:借指白发。

连遇大风,舟行甚迟,
戏为二绝[1](选一)

怊怅篙师色似灰,数重雪浪竞欢豗[2]。老夫别有惊心处,新自风波宦海回[3]。

〔1〕这首诗写舟行遇风的感想,和自己仕途的失意联系起来。

〔2〕怊(chāo 超)怅:悲伤、紧张的样子。篙师:船工。欢豗(huī 挥):喧腾作响。

〔3〕老夫:老年男子,作者自称。宦海:喻官场。

月下演东坡语[1](二首选一)

自入秋来景物新,拖筇放脚任天真[2]。江山风月无常主,但是闲人即主人[3]。

〔1〕东坡语:指苏轼《前赤壁赋》所说的:"天地之间,物各有主,苟非吾之所有,虽一毫而莫取。惟江上之清风,与山间之明月,耳得之而为声,目遇之而成色,取之无禁,用之不竭。"演东坡语,即发挥苏轼上述的思想。

〔2〕筇(qióng 穷):竹制手杖。天真:这里指不受拘束的真性情。杜甫《寄李白》:"剧谈怜野逸,嗜酒见天真。"

〔3〕"但是"句:意思是只要有空闲去欣赏江山、风月,便是它的主人。

计 东 二首

计东(1624—1675),字甫草,号改亭,江苏吴江(今苏州市辖区)人,寄居浙江嘉兴。顺治十四年(1657)举人,旋被黜。诗颇倜傥跌宕。有《改亭诗集》。

宣府逢立秋[1]

秋气吾所爱,边城太早寒。披裘三伏惯[2],拥被五更残。风自长城落,天连大漠宽[3]。摩霄羡鹰隼,健翮尔飞抟[4]。

〔1〕这首诗写宣化地区的早寒气候和开阔境界。宣府:今河北宣化。

〔2〕三伏:每年夏至后第三个庚日起,每十天一"伏",这期间是一年中最热的季节。

〔3〕长城:宣府在长城边。大漠:指长城外的沙漠。

〔4〕摩霄:飞上高空。摩,迫近。鹰隼:都是鸷鸟,能高飞。翮(hé核):原为鸟羽的茎,引申指鸟翼。抟(tuán团):凭风力向上直飞。

邺城吊谢茂秦山人[1]

邺中怀古正秋风,词赋深惭谢氏工[2]。生欲移家辞白雪,殁随疑冢对青枫。诸王礼数何尝绝?七子交期竟不终[3]!自是贵游无远识,布衣未必感飘蓬[4]。

〔1〕邺城:今河北省临漳县。谢茂秦:谢榛,字茂秦,号四溟山人。明代诗人,终身不仕,死后葬于临漳。山人:指隐士。《清史稿·文苑传》载,计东"纵游四方,所至交其豪杰。过邺城,寻明诗人谢榛葬处,得之南门外二十里,为修墓立石,请有司禁樵牧。"

〔2〕"邺中"二句:在凭吊谢榛墓时自谦创作的成就不如谢榛。工,功夫细。

〔3〕"生欲"四句:述谢榛生平。《明史·谢榛传》:"李攀龙、王世贞辈结诗社,榛为长,攀龙次之。及攀龙名大炽,榛与论生平,颇相镌责,攀龙遂贻书绝交。世贞辈右攀龙,力相排挤,削其名于七子之列。然榛游道日广,秦、晋诸王争延致,大河南北皆称谢榛先生。"辞白雪,指谢榛后来不愿和李攀龙接近,白雪楼是李攀龙的书室名。疑冢,陶宗仪《辍耕录》:"曹操疑冢七十二,在漳河上。"七子,明中叶诗坛上的"后七子":李攀龙、王世贞、谢榛、宗臣、梁有誉、徐中行、吴国伦。

〔4〕"自是"二句:说李攀龙、王世贞排挤谢榛,无损于谢的享盛名;谢榛素性豪迈,对自己的飘泊生活未必会有所感慨。贵游,贵人,指李攀龙、王世贞。布衣,平民,指谢榛。

蒋　超 一首

蒋超(1625—1673),字虎臣,江苏金坛(今常州市辖区)人。顺治四年(1647)进士,官翰林院编修。晚年游蜀,卒于峨眉山僧寺。有《绥庵诗稿》。

金陵旧院[1]

锦绣歌残翠黛尘,楼台已尽曲池湮[2]。荒园一种瓢儿菜,独占秦淮旧日春[3]。

[1] 这首诗从旧院写金陵的变化,以小见大,富有情韵。旧院:金陵(南京)妓院所在地。《板桥杂记》:"旧院,人称曲中,前门对武定桥,后门在沙库街。妓家鳞次比屋而居,屋宇清洁,花木萧疏。"

[2] "锦绣"二句:写当年繁华的旧院,已成一片废墟。翠黛,妇女画眉,借指美女。尘,成尘。曲池,园林中曲折围绕的水池。湮(yān烟),填塞埋没。

[3] "荒园"二句:写秦淮春色,只剩菜圃。瓢儿菜,一种叶子似瓢的蔬菜。秦淮,秦淮河。

许　虬 一首

许虬(1625—1662),字竹隐,长洲(今江苏苏州)人。顺治十五年(1658)进士,官至永州知府。有《万山楼诗集》。

折杨柳歌[1](十首选一)

居辽四十年,生儿十岁许[2]。偶听故乡音,问爷此何语。

〔1〕折杨柳:汉横吹曲名。《乐府诗集》:"《唐书·乐志》曰:梁乐府有胡吹歌云:上马不捉鞭,反拗杨柳枝。下马吹横笛,愁杀行客儿。此歌辞元出北国,即鼓角横吹曲《折杨柳》是也。"

〔2〕辽:指辽东。许,约计的数量。按此诗非作者亲历之事,拟南人谪戍北方或久居辽东者之辞。

潘 高 一首

潘高(1625—1678?),字孟升,号鹤江,江苏金坛(今常州市辖区)人。布衣不仕。王士禛称其五言诗"清真古淡"(《渔洋诗话》)。有《南村诗稿》。

秦淮晓渡[1]

潮长波平岸,乌啼月满街。一声孤棹响,残梦落清淮[2]。

〔1〕此诗据沈德潜《清诗别裁集》录,别本题目文字有异。秦淮,南京秦淮河。
〔2〕清淮:指秦淮河。

陆次云 五首

陆次云,字云士,浙江钱塘(今杭州)人。拔贡生。康熙十八年(1679)举博学鸿词,报罢。后官郏县及江阴知县。有《澄江集》。

出门[1](二首)

堂上有慈亲,身外无昆季[2]。承欢赖妻贤,委之以为弟[3]。弱女方四龄,初知离别意。恐其牵袂啼,深伤游子绪[4]。乘彼睡未醒,温存加絮被。拜母不能言,揖妻交重寄[5]。此际心若摧,出门方陨涕[6]。

回首望家山,渐远山渐低。倾听岸傍语,乡音已渐稀。放舟入大河,烟水无端倪[7]。偶逢相识人,遥呼心依依。无如交行舟,倏忽已远离[8]。

[1] 这两首诗写离别家人和出门登舟后的情况,情景颇真挚。
[2] 慈亲:母亲。昆季:兄弟。
[3] 承欢:侍奉长辈使他们欢喜。委:托。
[4] 袂(mèi妹):衣袖。绪:心绪。
[5] 揖:两手合拱,古时对平辈行的礼。交重寄:交托重任。

〔6〕陨(yǔn允)涕:落泪。

〔7〕端倪:头绪,在这里作"边际"解。

〔8〕无如:无奈。交行舟:来往船只交错而过。倏(shū抒)忽:一眨眼间。

登岱[1]

得过三观下,因上岱宗颠[2]。海吸长河远[3],天包大地圆。五更先见日,九点半升烟[4]。孰谓方隅广?回环睥睨前[5]。

〔1〕这首诗写登泰山顶所见的开阔境界。岱:泰山,古称五岳之首,为四岳所宗,故称"岱宗"。

〔2〕过:读平声。三观(guàn贯):泰山上的秦观、吴观、周观。见《泰山记》。颠:山顶,指日观峰。

〔3〕河:黄河。

〔4〕九点:九州。李贺《梦天》:"遥望齐州九点烟。"元张养浩《登泰山》诗也有"万古齐州烟九点,五更沧海日三竿"句。

〔5〕孰谓:谁说。方隅:疆域。睥睨(pìnì僻腻)前:指眼前。睥睨,斜着眼看。结二句暗用《孟子·尽心》"孔子登泰山而小天下"语意。

疑冢[1]

疑冢累累漳水头,如山七十二高邱。正平只有坟三尺,千古

167

高眠鹦鹉洲[2]。

〔1〕传说曹操死后,在漳水边筑七十二疑冢。
〔2〕"正平"二句:用祢衡的坟墓成为鹦鹉洲上的古迹作比,讽刺曹操。正平,祢衡,字正平。《后汉书·祢衡传》:"(衡)有才辩,而尚气刚傲,好矫时慢物。""(曹)操欲见之,而衡素相轻疾,自称狂病,不肯往。"操怒,召衡为鼓史(鼓手),衡借击鼓辱操。后操借江夏太守黄祖之手杀衡。鹦鹉洲,在今湖北武汉汉阳区西南长江中,渐被江水冲没。

咏史[1]

儒冠儒服委邱墟,文采风流化土苴[2]。尚有陆生坑不尽,留他马上说诗书[3]。

〔1〕这首诗讽刺秦始皇的焚书坑儒。
〔2〕"儒冠"二句:秦始皇三十四年,下令焚天下诗书,"所不去者医药、卜筮、种树之书"。三十五年,坑杀儒生四百六十余人。见《史记·秦始皇本纪》。文采风流,指诗书。土苴(jū居),泥土和枯草。
〔3〕"尚有"二句:陆生,指陆贾,汉高祖谋士,著有《新语》。《史记·陆贾列传》载他在汉高祖面前称说《诗》、《书》、高帝骂他:"乃公(你老子)居马上而得之,安事《诗》、《书》?"陆生回答:"居马上得之,宁可以马上治之乎?"

陈维崧 四首

陈维崧(1625—1682),字其年,号迦陵,江苏宜兴人。明末秀才。康熙十八年(1679)试博学鸿词,授翰林院检讨,参加修《明史》。他的作品以词及骈文为最著,诗亦豪放纵横,富于才气。有《湖海楼全集》。

忆贵池吴师[1](二首选一)

当代论兵会,何人可擅场[2]?刘琨归朔北,孙策入丹阳[3]。一诺轻车骑,千言破混茫[4]。灵旗如仿佛,毅魄想飞扬[5]。

〔1〕贵池吴师:吴应箕,字次尾,安徽贵池(今池州市辖区)人。工诗文,为"复社"领袖。明亡起兵抗清,后兵败被俘,不屈就义。作者是他的学生,故称吴师。

〔2〕论兵会:讲论兵法之际。会,际会。擅场:压倒全场。

〔3〕"刘琨"二句:赞美吴应箕用兵之才如刘琨、孙策。刘琨,字越石,西晋末年都督并州诸军事,坚守并州数年。归朔北,归北方,指守并州事。孙策,字伯符,汉末以兵定江东之地,封吴侯,是三国的吴国创业人。入丹阳,指策入据江东。丹阳,汉郡名,郡治在今安徽宣城。

〔4〕"一诺"二句:说吴应箕重然诺,有才辩。《论语·颜渊》:"子路

(孔子学生仲由之字)无宿诺。"《论语·公冶长》载子路自述其志是:"愿车马,衣轻裘,与朋友共,敝之而无憾。"混茫,水流阔大的样子。这里指疑难的问题。

〔5〕"灵旗"二句:说吴应箕英灵长在。灵旗,《汉书·礼乐志·郊祀歌》:"招摇灵旗,九夷宾将。"毅魄,英魂。

晓发中牟[1]

马前残月在,人语是中牟。往事空官渡[2],西风入郑州。角繁乡梦断,霜警客心愁[3]。野店扉犹掩,村醪何处求[4]?

〔1〕中牟:河南中牟县,在郑州与开封之间。

〔2〕官渡:在中牟东北,曹操曾在此大败袁绍军,即著名的"官渡之战"。句中的"往事"即指此。

〔3〕"角繁"二句:写羁旅思亲。《礼记·祭义》:"霜露既降,君子履之,必有凄怆之心,非其寒之谓也。"郑玄注:"感时念亲也。"角繁,号角声不绝。

〔4〕"野店"二句:说天色尚早,野店未开门,无处沽酒。扉(fēi非),门。村醪(láo劳),乡村自酿的酒。

怀州岁暮感怀[1](四首选一)

黛色凭栏指顾收[2],太行斜压郡西头。城连沁水喧河北,雪积云中暗泽州[3]。落落可怜边塞客,栖栖还作稻粱谋[4]。何当快马嘶风去,老作三关万里游[5]?

〔1〕怀州:今河南沁阳市。太行山从河南省济源市起,经沁阳市西蜿蜒向北,入山西晋城市。诗人北望太行山色,遥想晋北风光,思作万里之游。
〔2〕黛色:郁郁苍苍的山色。指顾:手指目顾。
〔3〕沁水:发源于山西沁源县北,东南流经沁阳市,至武陟县,南折汇入黄河。河北:沁水在黄河以北。云中:今山西大同市。泽州:今山西晋城市。
〔4〕落落:与世不合。左思《咏史》:"落落穷巷士。"栖栖:匆匆忙忙。《论语·宪问》:"微生亩谓孔子曰:'丘何为是栖栖者与?无乃为佞乎?'"稻粱谋:为谋生奔波。
〔5〕何当:怎能(表示愿望)。三关:山西省的雁门、宁武、偏头合称三关。诗中泛指晋北地区。

二日雪不止[1]

新年雪压客年雪,昨日风吹今日风[2]。謇声只欲发人屋,骇势若遭飓满空[3]。田夫龟手拾马矢,邻媪猬缩眠牛宫[4]。安得普天免冻馁,白头蹇拙甘送穷[5]。

〔1〕这首诗写严寒中人民的穷困生活。二日:指阴历正月初二日。
〔2〕"新年"二句:说年前的大雪和新正的雪相压,昨日的风和今日

的风连着相吹。客年,去年。

〔3〕豗(huī 灰)声:喧闹声,指狂风呼啸。只欲:直要。发:掀起。扬满空:大雪被风吹得漫天转扬。

〔4〕"田夫"二句:说农民雪天拾马粪生火取暖,老年妇女冻得缩在简陋的屋里,不能出门。龟(jūn 均)手:手冻裂。龟,同"皲"。猬缩:像刺猬那样蜷成一团。牛宫:牛棚。《越绝书》:"故吴所畜牛、羊、豕、鸡也,名曰牛宫。"

〔5〕"安得"二句:说只要天下人免受饥冻,自己甘受穷困。蹇(jiǎn 简),命运不佳。送穷,唐韩愈有《送穷文》。

费　密 一首

费密(1625—1701),字此度,号燕峰,新繁(今属四川成都市新都区)人。早年弃家为道士,后流寓江苏泰州,以教书为生。有《燕峰诗钞》。

朝天峡[1]

一过朝天峡,巴山断入秦[2]。大江流汉水,孤艇接残春[3]。暮色愁过客,风光惑榜人[4]。明年在何处？杯酒慰艰辛。

〔1〕这首诗是作者自家乡四川往陕西,写途中风光之作,"大江"二句,曾传诵一时。朝天峡:在今四川广元市北。

〔2〕巴山:大巴山脉,为四川、汉中两盆地的界山。断入秦:指巴山分隔秦、蜀。秦,指今陕西省。

〔3〕"大江"二句:就诗意看,作者当循嘉陵江乘舟北上,过朝天峡后将转入汉水,时已暮春。

〔4〕榜(bàng磅)人:操船的人。

叶　燮 二首

叶燮(1627—1703),字星期,号已畦,江苏吴江(今苏州市辖区)人。康熙九年(1670)进士,官宝应县知县。因忤上司落职归,遨游四方,晚年居吴县横山,学者称横山先生。所作《原诗》,是清代著名的诗论。诗近宋人,有《已畦诗文集》。

客发苕溪[1]

客心如水水如愁,容易归舟趁疾流。忽讶船窗送吴语,故山月已挂船头。

〔1〕客发:由客地出发。苕溪:水名,流经浙江吴兴(今湖州市辖区),因此就作吴兴的代称。这诗写归舟行速,闻吴语才知家乡已近。此诗据沈德潜《清诗别裁集》,本集题目"客"字作"夜",第三句文字亦有异。

京口作[1]

朔风动地大江鸣,犹说南徐北府兵[2]。铁锁几人筹异代,布衣终古悔成名[3]。江山无限渔樵计,木叶频惊关塞情[4]。试上高楼凭四望,不禁泪下愧平生。

〔1〕京口:今江苏镇江。这首诗咏镇江史事,言外似有感于南明的灭亡。

〔2〕"朔风"二句:说北风浪涌,仍有当年战争气氛。南徐,即镇江,东晋在此设置南徐州。东晋士兵多镇江、扬州一带人。《晋书·郗超传》:"时(郗)愔在北府,徐州人多劲悍,桓温云:'京口酒可饮,兵可用',深不欲愔居之。"又《刘牢之传》:"谢幼度北镇广陵时,苻坚方盛,幼度多募劲勇,牢之与何谦等应选。幼度以牢之统精锐,百战百胜,号北府兵。"

〔3〕"铁锁"二句:似感慨南明的覆亡,自己不得已出仕于清。《晋书·王濬传》:"吴人于江碛要害之处,并以铁锁横截之。"目的是阻拦晋军顺流东下。王濬派人在木筏上起大火炉,烧熔铁锁,迅速攻入建业,吴亡。

〔4〕渔樵计:指隐居的打算。关塞情:本指羁旅之情,这里似含有兴亡之感。

丁 炜 一首

丁炜(1627—1697),字瞻汝,号雁水,福建晋江人。秀才,顺治十二年(1655)授漳平教谕,累官至湖北按察使。诗和婉,近中晚唐。有《问山诗集》。

新淦舟行[1]

城下空江向北流,虔州西上正悠悠[2]。柳边过雨鹭窥网,花外夕阳人倚楼。渔笛数声愁欲剧,篷窗孤枕梦偏幽[3]。一川烟景频来往,每对青山忆旧游。

〔1〕新淦(gàn赣):今江西新干县。诗用清丽之笔写新淦春景。
〔2〕虔州:治所在赣县(今江西赣州市辖区)。
〔3〕篷窗:船窗。

姜宸英 一首

姜宸英(1628—1699),字西溟,号湛园,浙江慈溪人。康熙三十六年(1697)进士,官翰林院编修。清初以古文著名,亦工诗。有《苇间诗集》。

惜花

一年强半是春愁,浅白深红付乱流。剩有垂杨吹不断,丝丝绾恨上高楼[1]。

〔1〕"剩有"二句:谓春花已落,而垂杨尚在风中飘荡。

吕留良 五首

吕留良(1629—1683),原名光伦,字用晦,号晚村,浙江石门(今属桐乡市)人。明亡后,散家财结客,图谋恢复。顺治十年被迫应试为秀才,后以拒绝复试被革。以后家居授徒,又拒应博学鸿词科的荐举。晚年削发为僧,名耐可。生平著作对清廷多所讥刺。死后为曾静的文字狱所株连,毁墓戮尸,文集亦被禁毁,但民间仍有留传。有《晚村先生集》、《东庄吟稿》。

乱后过嘉兴三首[1]

兹地三年别,浑如未识时。路穿台榭础,井汲髑髅泥[2]。生面频惊看,乡音易受欺[3]。烽烟一怅望,洒泪独题诗。

雪片降书下,嘉禾独出师[4]。儒生方略短,市子弄兵痴[5]。砲裂砖摧屋,门争路压尸[6]。缒城遗老入[7],此地死方宜。

间有生还者,无从问故宫。残魂明夜火[8],老眼湿秋风。粉黛青苔里[9],亲朋白骨中。新来邻里别,只说破城功[10]。

〔1〕这三首诗写嘉兴被清兵屠城后的残破和作者的感慨。乱后:

指城陷以后。清顺治二年(1645)闰六月,嘉兴(在今浙江省)被清兵攻陷。

〔2〕"路穿"二句:写一片废墟。台,高而平的建筑物。榭,台上房屋。髑髅(dúlóu独楼),死人头骨。

〔3〕"生面"二句:说幸存者见面时,不由得互相惊嗟;讲家乡话容易被外来人欺负,表示原来的居民遗留很少了。

〔4〕嘉禾:即嘉兴。独出师:指嘉兴秀才郑宗彝起兵抗清。

〔5〕"儒生"二句:说当时抗清者都不知用兵。方略短,策略不高明。

〔6〕门争:争夺城门。

〔7〕"缒(zhuì坠)城"句:作者自注:"城将陷,徐虞求(曾任明吏部尚书,时已退休)先生独缒城入,死之。徐讳石麒,字宝谟。"

〔8〕夜火:指磷火。

〔9〕粉黛:原是妇女的化妆品,这里指代妇女。青苔里:埋在青苔中。

〔10〕新来邻里:破城后移入的人,指旗人。别:异样,心肠不一样。

次韵黄九烟民部《思古堂诗》[1](五首选一)

跃马谁当据要津?骑牛何处问真人[2]?闭门甲子书亡国,阖户丁男坐不臣[3]。黚卒敢争萑豆食,髡钳未许漆涂身[4]。纵然不死冰霜下,到底难回漠北春[5]!

〔1〕这首诗抒写易世的悲愤。九烟:黄周星,字景虞,一字九烟,明

亡后,变姓名为黄人,字略似,侨居浙江湖州,年七十,自沉于河死。有《九烟先生遗集》。民部:即户部,九烟曾任户部主事。

〔2〕"跃马"二句:写明亡恢复无望,没有人能像公孙述割据一方,像汉光武起兵复汉。跃马,左思《蜀都赋》:"公孙(公孙述,王莽末年在成都称帝)跃马而称帝。"要津,在此处指形胜之地。骑牛,后汉光武帝刘秀初起兵时,尚骑牛。真人,白水真人,当时人对刘秀的称呼。均见《后汉书·光武帝纪》。

〔3〕"闭门"二句:表示不愿仕清的决心。甲子,《宋书·隐逸传》:"陶潜所著文章,皆题年月:义熙(晋安帝年号)以前,则书晋氏年号;自永初(宋武帝刘裕年号)以后,唯云甲子而已。"阖户,全家。丁男,成丁的男子。坐,坐罪。不臣,不对清称臣。

〔4〕"黥(qíng情)卒"二句:说亡国当奴隶,生活艰苦是意料中事,但甘愿削发为僧,也不受剃发结辫的污辱。黥卒,即黥徒,指执役的罪犯。莝(cuò错)豆,喂马饲料。《史记·范雎传》:"而坐须贾于堂下,置莝豆其前,令两黥徒夹而马饲之。"髡(kūn昆)钳,古代刑法,拔掉头发叫"髡",以铁束头叫"钳"。后代鄙称和尚为"髡"。当时满族男子的发式是剃掉前面一半,后面一半结辫。此指清初下剃发令,规定全国都用满族发式。漆涂身,指受污辱。《战国策·秦策》:"箕子、接舆,漆身而为厉,被发而为狂。"

〔5〕"纵然"二句:比喻纵使不死于清廷的镇压,也终究不能完成恢复事业了。冰霜,比压力。漠北春,比河山光复,重见生机。漠北,沙漠北部,指北方。

耦耕诗(十首选一)

只有南阳好耦耕,休持妄想与天争[1]。古人不死吾犹在,秋气无情物亦生^[2]。募乞买山真戏语,零丁誓墓即求名^[3]。身将隐矣文焉用,不得其平也莫鸣^[4]。

〔1〕"只有"二句:这组诗作于康熙初年,作者感到抗清形势不利,萌生隐居待时之思。耦耕,两人并耕,此泛指隐居务农。南阳,诸葛亮《出师表》:"臣本布衣,躬耕于南阳。"与天争,指在不利形势下勉强斗争。

〔2〕"古人"二句:谓古代圣贤精神不死,我活着仍将效法古人;天地无情(喻政治形势险恶),万物(喻抗清志士)仍有生存途径。

〔3〕"募乞"二句:谓有些人标榜隐居不仕,并非真心,实为求名。募乞,求钱。买山,买山隐居。戏语,非真心话。《世说新语·排调》:"支道林因人就深公买印山,深公答曰:'未闻巢、由买山而隐。'"唐顾况《送李山人还玉溪》诗:"幽人独欠买山钱。"零丁,犹伶仃,孤独貌。誓墓,东晋王羲之与王述不协,羲之为会稽内史,后述检察会稽郡,"羲之深耻之,遂称病去郡,于父母墓前自誓",有《誓墓文》传后,见《晋书》本传。

〔4〕"身将"二句:真要隐居,就不必用文字宣扬;有什么"不平"之事,也不用鸣放出之。韩愈《送孟东野序》:"大凡物不得其平则鸣。"这里反用其意,有悲痛难鸣之慨。

梁佩兰 五首

梁佩兰(1630—1705),字芝五,号药亭,广东南海(今佛山市辖区)人。康熙二十七年(1688)进士,官翰林院庶吉士。与屈大均、陈恭尹合称"岭南三大家"。有《六莹堂集》。

养马行并序[1]

庚寅冬,耿、尚二王入粤[2],广州城居民流离窜徙于乡。城内外三十里,所有庐舍坟墓,悉令官军筑厩养马。梁子见而哀焉,作《养马行》。

贤王爱马如爱人,人与马并分王仁[3]。王乐养马忘苦辛,供给王马王之民。马日龁水草百斤[4],大麦小麦十斗匀,小豆大豆驿递频[5],马夜龁豆仍数巡[6]。马肥王喜王不嗔,马瘦王怒王扑人。东山教场地广阔,筑厩养马凡千群[7]。北城马厩先鬼坟[8],马厩养马王官军。城南马厩近大海,马爱饮水海水清。西关马厩在城下,城下放马马散行。城下空地多草生,马头食草马尾横。王谕"养马要得马性情,马来自边塞马不轻。人有齿马,服以上刑[9]。"白马王络以珠勒,黑马王络以紫缨,紫骝马以桃花名,斑马缀玉缫[10],红马缀金铃。王日数马,点养马丁。一马不见,王心不宁。百姓乞为王马,王不应[11]。

〔1〕这首诗写耿继茂、尚可喜养马祸民的事。沈德潜评云:"以赞颂之笔,写讽刺之情","是独开生面之作。"(《清诗别裁集》)

〔2〕庚寅冬:清顺治七年(1650)冬,清兵下广州。耿、尚二王:耿继茂,明降将耿仲明之子,袭父爵封靖南王;尚可喜,明末官副总兵,降清后封平南王。吴三桂叛清时,他的儿子尚之信响应,他忧急而死。

〔3〕分王仁:分享王的仁政。"王仁"及"贤王",皆讽刺之辞。

〔4〕龁(hé合):咬,吃。

〔5〕驿递频:驿站忙于运送。

〔6〕数(shuò朔)巡:多次。

〔7〕教场:军队的操场。凡:共。

〔8〕先鬼坟:从前是坟墓。

〔9〕谕:告谕,命令。齿马:谏说养马之事。一说,《礼记·曲礼》:"齿路马者诛。"谓计算国君马匹的年齿(岁数)要处刑,此用其典。

〔10〕缀:系挂。玉缫(zǎo早):玉的饰物。

〔11〕应:读平声,答应。

采茶歌[1]

采茶女,女何许[2]?对河村,隔村住。门有田,水相注。大兄种瓜,小弟种豆,小妹正学语。女采茶,独与母。独与母,提篮采茶出,提篮采茶归。朝提篮出,暮提篮归。茶叶青,茶叶碧,茶叶黄,茶叶黑。茶变色,日变易,女知之,母教识[3]。采茶女,知茶天:谷雨后,清明前[4]。风日美,茶香起;风日阴,茶香沉。采茶还制茶,制茶如惜花:纤甲挑雀舌,小水浇云牙[5],焙火候火性,炙日畏日华[6]。采茶女,虽采茶,洁白皙,如在家。麻者衣,布者服,乌者发,玉者足。道上郎,立道旁。采茶女,避茶树。终日采茶不嫌苦,百年采茶不嫌老。于今县官催夫帖又下[7],嫁郎作夫不如寡。

〔1〕这首诗以古乐府风调写采茶女一家的劳动生活。结尾一转,乃反映官府征调伕役,破坏人民生活幸福的苛政。既富乐府民歌的韵味,又能深刻揭露黑暗现实。《广东通志》载广州附近"珠江之南有茶树者三十三村",诗当以这一带地方为写作背景。

〔2〕何许:何处,住在哪里。

〔3〕"茶叶青"八句:写茶叶颜色由青变到黑,是由嫩变到老的过程,采茶女有这种辨别的知识,是由她母亲教导的。

〔4〕谷雨、清明:采茶节候。

〔5〕雀舌、云牙:皆细嫩茶叶。

〔6〕焙(bèi 倍):用微火烘烤茶叶。炙(zhì 至)日:用太阳晒茶叶。日华:日光。

〔7〕催夫:催促派人服伕役,夫作"伕"用。

阁夜[1]

百寻古阁郡城东[2],帘卷前山一角风。哀壑有光星在底,明河无影月凌空[3]。群生静息鸿蒙里,秋气森归耳目中[4]。不是夜深能独醒,海门谁见日初红[5]?

〔1〕阁夜:这首诗写在阁夜不眠的所见所感。
〔2〕百寻:指古阁位置甚高。寻,古称七尺或八尺为一寻。郡城:指广州。
〔3〕哀壑有光:指水中反映星光。明河:银河。
〔4〕群生:各种生物。鸿蒙:指昏暗的大气。森:阴冷之状。
〔5〕海门:海口,通海之处。

粤曲[1](二首)

春风试上粤王台[2],锦绣山河四面开。今古兴亡犹在眼,大江潮去复潮来。

琵琶洲头洲水清[3],琵琶洲尾洲水平。一声欸乃一声桨[4],共唱渔歌对月明。

〔1〕粤曲:模拟广东民歌之作。
〔2〕粤王台:在广州。粤,亦作"越"。《羊城古钞》:"越王台在越秀山上,汉赵佗(南越王)建,为三月三日修禊之处。南汉(五代时)刘䶮叠石为道,名曰'呼銮',旁栽甘菊芙蓉,与群臣游宴,故亦名曰'游台'。"
〔3〕琵琶洲:《羊城古钞》:"(城东南三十里)江中有洲突起,高十余丈。上有三阜(山岗),形似琵琶。"
〔4〕欸(ǎi 矮)乃:划船时歌唱声。

朱彝尊 十五首

朱彝尊(1629—1709),字锡鬯,号竹垞,浙江秀水(今嘉兴)人。康熙十八年(1679),应博学鸿词试,官翰林院检讨。他博通经史,擅长诗词古文。诗与王士禛齐名,笔力雅健;然前后诗格较杂,独创不如王。赵执信评云:"王才美于朱,而学足以济之;朱学博于王,而才足以举之。"(《谈龙录》)有《经义考》、《曝书亭集》等。

马草行[1]

阴风萧萧边马鸣,健儿十万来空城。角声呜呜满街道,县官张灯征马草。阶前野老七十余,身上鞭扑无完肤[2]。里胥扬声出官署[3],未明已到田家去。横行叫骂呼盘飧,阑牢四顾搜鸡豚[4]。归来输官仍不足,挥金夜就倡楼宿[5]。

[1] 这首诗作于顺治四年(1647),写官吏横征暴敛的扰民情况。
[2] 阶前野老:被拘囚的老年农民。无完肤:遍体鳞伤。
[3] 里胥:差役。扬声:大声说话,得意扬扬的样子。
[4] 盘飧(sūn 孙):盘中装的饭菜。阑牢:关牲畜的栏栅。豚(tún 屯):猪。
[5] "归来"二句:说里胥把掠夺来的财物放肆挥霍。倡楼,妓院。

度大庾岭〔1〕

雄关直上岭云孤,驿路梅花岁月徂〔2〕。丞相祠堂虚寂寞,越王城阙总荒芜〔3〕。自来北至无鸿雁,从此南飞有鹧鸪〔4〕。乡国不堪重伫望〔5〕,乱山落日满长途。

〔1〕这首诗作于顺治十三年(1656),作者应广东高要县知县杨雍建之聘赴广东,诗写途经大庾岭的怀古思乡之情。大庾岭:在广东省南雄市北,是江西入广东的通道。

〔2〕雄关:指大庾岭上的梅关。《读史方舆纪要》:"(梅关)雄杰险固,为南北之襟要。……有驿路在石壁间,相传唐开元中张九龄所凿;宋嘉祐中,复修广之。旧时岭上多梅,故庾岭亦曰梅岭,关曰梅关,今梅废而关名如故。"驿(yì 义)路:古代的交通大道;沿途置驿站,供递送公文的人或来往官员暂住或换马。岁月徂(cú 殂):指年代长久。徂,往。

〔3〕"丞相"二句:上句写眼前所见的张九龄祠的寥落,下句写想象中的赵佗都城的荒废。《一统志》:"张文献祠在大庾岭云封寺前,祀唐宰相张九龄。"又"赵佗城在广州府城西二十七里,即佗都城也。"赵佗,汉初封南越王。

〔4〕"自来"二句:写大庾岭阻隔南北,南去禽鸟也和中原不同。鸿雁,《广舆记·衡阳》:"回雁峰,在衡州府城南,雁至衡阳则不过,遇春而回。或曰峰势如雁之回,故名。"鹧鸪,《南越志》:"鹧鸪,其名自呼,飞必南向,虽东西回翔,然开翅之始,必先南翥。"

〔5〕重(chóng 虫):再。伫(zhù 住)望:站立而望。

东官书所见[1]

浦树重重暗,郊扉户户关。长年摇橹至,少妇采珠还[2]。金齿屐一尺,素馨花两鬟[3]。摸鱼歌未阕[4],凉月出云间。

〔1〕东官:又写作"东莞(guǎn管)",即今广东省辖市。顺治十四年(1657),作者曾往东莞访其舅查继培,诗作于此时,写当地的采珠妇女的生活。

〔2〕长(zhǎng掌)年:船工。采珠:潜海捞取珠母贝割珍珠。

〔3〕"金齿"二句:描写采珠妇女的健美。金齿屐,一种有齿的木底鞋,可践泥泞。李白《浣纱石上女》:"一双金齿屐,两足白如霜。"素馨花,花名,香气浓郁,产于闽粤。梁朝张隐《素馨》诗:"细花穿弱缕,盘向绿云鬟。"

〔4〕摸鱼歌:指当地民歌。《广东杂记》:"粤俗好歌,其歌之长调者如唐人连昌宫词、琵琶行等,至数百千言……名曰摸鱼歌。"未阕:未完。

云中至日[1]

去岁山川缙云岭,今年雨雪白登台[2]。可怜日至长为客,何意天涯数举杯[3]!城晚角声通雁塞,关寒马色上龙堆[4]。故园望断江村里,愁说梅花细细开[5]。

〔1〕云中:今山西大同市。康熙三年(1664),作者往谒山西按察副使曹溶,在大同的万物同春亭居住。至日:兼指夏至与冬至。这首诗写冬至日在云中过节的观感。

〔2〕缙云:县名,在今浙江省。康熙二年,作者曾在永康、丽水、缙云等县游历。白登:山名,在今山西大同市东,山上有台,即白登台。

〔3〕何意:何曾想到。天涯:远方。数(shuò朔):屡次。

〔4〕"城晚"二句:写云中景物萧瑟,和下二句思乡之情相衬。雁塞,雁门关,长城著名关口之一,在今山西代县。马色,马的形色,色,指马的视觉感受。温庭筠《塞寒行》:"白龙堆下千蹄马。"龙堆,亦称白龙堆,新疆南路的戈壁滩沙漠,此泛指塞外沙漠之地。

〔5〕"故园"二句:点客中思乡之情。故园,故乡。望断,看不到。愁说,指怕提起故乡风物。细细开,语本杜甫《江畔独步寻花七绝句》:"嫩蕊商量细细开。"

观猎〔1〕

白狼堆近雪嵯峨〔2〕,风卷黄云入塞多。尽道打围春更好,夕阳飞骑兔毛河〔3〕。

〔1〕这首诗作于康熙四年(1665),时作者在山西,常纵马游览晋北地区。诗写初春观猎的豪情逸兴。

〔2〕白狼堆:在山西应县西北。嵯峨:这里用于形容雪大。

〔3〕打围:打猎。兔毛河:在晋西北右玉、左云县境,源出山西朔州市平鲁区南。

晚次崞县[1]

百战楼烦地,三春尚朔风[2]。雪飞寒食后[3],城闭夕阳中。行役身将老[4],艰难岁不同。流移嗟雁户[5],生计各西东。

〔1〕这首诗作于康熙四年(1665)春,写北方春寒中的荒凉情状。次:停留。崞(guō 郭)县:今山西原平市崞阳镇。

〔2〕楼烦:春秋时北狄国,战国时为赵武灵王所灭,其地在今山西省西北部。三春:春季的三个月。朔风:北风。

〔3〕寒食:见李渔《清明前一日》注〔2〕。

〔4〕行役:原指外出服公役,这里称旅途作客。

〔5〕雁户:唐代称流移无定的民户为"雁户"。刘禹锡《洛中送崔司业》:"洛苑鱼书至,江村雁户归。"

来青轩[1]

天书稠叠此山亭,往事犹传翠辇经[2]。莫倚危栏频北望,十三陵树几曾青[3]?

〔1〕这首诗作于康熙十年(1671)。来青轩:在北京西山香山寺内。据《帝京景物略》,明世宗游香山寺时,说西山一带,香山独有秀色,后来神宗遂将寺中一处轩名题为"来青"。

〔2〕"天书"二句:谓寺中有许多明朝皇帝的题字,他们常乘车来游此地。天书,指皇帝题字,据《燕都游览志》,香山寺的"来青"、"郁秀"、"清雅"、"望都亭"四处匾额皆明朝皇帝所题。稠叠,谓多。翠辇,皇帝乘坐的车。

〔3〕"莫倚"二句:说靠着来青轩的栏杆,却看不到"十三陵"上的"青"色,有感叹明亡帝陵草木变色之意。危,指高。十三陵,在北京昌平区天寿山下,明朝有十三位皇帝的陵墓建筑于此。

鸳鸯湖棹歌[1](一百首选五)

樯燕樯乌绕楫师,树头树底挽船丝[2]。村边处处围桑叶,水上家家养鸭儿[3]。

穆湖莲叶小于钱,卧柳虽多不碍船[4]。两岸新苗才过雨,夕阳沟水响溪田。

西水驿前津鼓声,原田角角野鸡鸣[5]。苔心菜甲桃花里,未到天明棹入城[6]。

屋上鸠鸣谷雨开[7],横塘游女荡船回。桃花落后蚕齐浴,竹笋抽时燕便来[8]。

秋水寻常没钓矶,秋林随意敞柴扉[9]。八月田中黄雀啄,九月田中黄雀肥。

〔1〕这组诗作于康熙十三年(1674),仿民歌以写嘉兴风物之美。鸳鸯湖:一名南湖,在浙江嘉兴南三里。棹歌:一边划船一边唱的歌,属民间歌谣体。

〔2〕樯燕樯乌:停在桅杆上的燕子和乌鸦。楫师:撑船的人。船丝:系船的绳索。

〔3〕"村边"二句:写水乡富庶。

〔4〕穆湖:也叫穆溪,在嘉兴东北。卧柳:水边的柳树,枝干偃卧水上。

〔5〕西水驿:在嘉兴西。津鼓:渡船要开行时鸣鼓为信号。津,渡口。原田:大片的田。角(gǔ古)角:雉叫声。野鸡:雉。

〔6〕苔(tái台)心:油菜的花柱。菜甲:菜的嫩叶。桃花里:嘉兴乡间地名,其地民多种菜。棹入城:用船载进城。棹,作动词用。

〔7〕鸠鸣:预示晴天。《埤雅》:"鸠,阴则屏其妇,晴则呼之。"谷雨:暮春一个节气名。开:雨后天开朗。

〔8〕蚕子快出生时,用温水洗一下,可以催它生得快,叫做"浴蚕"。燕来时,竹生笋叫做"燕竹",见《嘉兴府志》。所以嘉兴人把早生的笋叫做"燕来"。

〔9〕钓矶:钓鱼的石滩。矶,水中或水边的石块。

常山山行[1]

常山至玉山,相去百里许[2]。山行十人九商贾。肩舆步担走不休[3],四月温风汗如雨。劝君何不安坐湖口船,船容万斛稳昼眠[4]? 答云此间苦亦乐,且免关吏横索钱[5]。

〔1〕这首诗是康熙三十七年(1698)作者偕查慎行入闽游历,途经常山时有感于税卡扰民而作。常山:在浙江省西南部。

〔2〕玉山:由浙江入江西必经之地,在江西省东北部。李翱《南来录》:"自常山至玉山,八十里陆道,谓之玉山岭。"百里许:大约百里。

〔3〕"肩舆(yú余)"句:写路上行人之多。肩舆,轿子。

〔4〕湖口:在江西九江市附近,是鄱阳湖与长江衔接处。万斛船:可载万斛的大船。斛,古代以十斗为一斛,南宋末改为五斗。稳昼眠:白昼可安稳地睡眠。

〔5〕关吏:关卡上的税吏。横(hèng恒,读去声):蛮横,强暴。

延平晚宿[1]

两两浮桥趁浦斜,居人分占白鸥沙[2]。瓜瓤豆荚迎船卖,只欠南乡泽泻花[3]。

〔1〕延平:今福建省南平市延平区,市区在闽江边。康熙三十七年(1698)夏,作者由江西经分水关入闽到崇安,然后沿建溪坐船到南平。诗写延平风物。

〔2〕浦:《风土记》:"大水有小口别通曰浦。"白鸥沙:指水鸟翔集的水滨沙洲。

〔3〕"瓜瓤(ráng穰)"二句:作者自注:"建阳产泽泻花,可啖,昨过

未买。南乡,桥名。"泽泻,植物名,生长于沼泽地,夏开白花,根茎可入药。建阳,县名,在福建北部。

酬洪昇[1]

金台酒座擘红笺,云散星离又十年[2]。海内诗家洪玉父,禁中乐府柳屯田[3]。梧桐夜雨词凄绝,薏苡明珠谤偶然[4]。白发相逢岂容易?津头且缆下河船[5]。

〔1〕酬:答。洪昇:见洪昇诗选简介。王士禛《香祖笔记》:"洪昇昉思,余门人,以诗有名京师。遭家难,流离穷困,归杭年五十余矣。"洪于康熙二十八年(1689)佟皇后丧服期内在京寓演唱《长生殿》传奇,被弹劾,革去太学生籍,从此离开北京。这首诗是作者酬答洪昇赠诗,表示推重与安慰,时在康熙四十年(1701)。

〔2〕"金台"二句:写从北京分别后已历十年。金台,战国时燕昭王筑黄金台,其后遂为燕京八景之一,这里用以泛指北京。擘(bāi 掰)红笺,指题诗写字。云散星离,比喻分别。

〔3〕"海内"二句:以宋朝诗人洪炎与词人柳永比拟洪昇。洪炎,字玉父,黄庭坚的外甥,负文名,有《西渡集》。禁中乐府,原指汉代采诗配乐的官署,又指这个官署所采来的诗;这里指柳永的词。柳永官屯田员外郎,他的词流传广泛,曾传入禁中。

〔4〕梧桐夜雨:《长生殿》中的情节,写唐玄宗对杨贵妃的思念。薏苡(yìyǐ 意以)明珠:以马援受谮比喻洪昇因《长生殿》下狱事。薏苡,多年生草本植物,果仁叫薏米。《后汉书·马援传》:"马援从交趾回,见薏

苡实大,欲以为种,载一车回。时人以为南土珍怪,权贵皆望之。及卒,有上书谮之者,以为前所载还皆明珠。"

〔5〕津头:渡口。缆:原指拴船用的绳索,此作动词。

钱 曾 一首

钱曾(1629—1701),字遵王,江苏常熟人。钱谦益族孙,注《初学》、《有学》二集。能诗,谦益选其诗入《吾炙集》。有《今吾集》、《笔云集》等。

秋夜宿破山寺绝句[1](十二首选一)

空庭月白树阴多,崖石巉岩似钵罗[2]。莫取琉璃笼眼界,举头争忍见山河[3]?

〔1〕破山寺:即破山兴福寺,在江苏常熟虞山北麓。据钱谦益跋语,此诗作于丙申年,即清顺治十三年(1656),南明永历十年。时南明政权局促于西南一隅,全国基本上已归清有,所以结句说"举头争忍见山河"。

〔2〕巉(chán 蝉)岩:高峻。钵罗:梵语"优钵罗"之省文,义为莲花。

〔3〕琉璃笼眼:《楞严经》:"彼人当以琉璃笼眼,当见山河,见琉璃不(否)?"琉璃,玻璃。争忍:怎忍。

董以宁 二首

董以宁(1629—1669),字文友,号宛斋,江苏武进(今常州市辖区)人。诸生。能诗文,亦工填词。有《正谊堂诗集》。

渡淮[1]

黄河经北徙,千里背淮流[2]。远树烟中暝,荒城天际浮[3]。人归二三月,南去一孤舟。何处王孙钓[4],伤心古渡头!

〔1〕这首诗起四句写淮河和黄河分流后的情景,后四句写旅途之感。

〔2〕"黄河"二句:黄河下游历史上常决口,迁徙不定;清咸丰六年(1856),又夺大清河由山东利津县入海,完全和淮河分开了。

〔3〕"荒城"句:沈德潜《清诗别裁集》评:"读'荒城天际浮'五字,为淮人伤心,今更堤高于城矣。"

〔4〕王孙钓:《史记·淮阴侯列传》:"信钓于城(淮阴)下,诸母漂。有一母见信饥,饭信。信喜谓漂母曰:'吾必有以重报母。'母怒曰:'大丈夫不能自食,吾哀王孙而进食,岂望报乎?'"

闺怨[1]

流苏空系合欢床,夫婿长征妾断肠[2]。留得当时临别泪,经年不忍浣衣裳。

〔1〕闺怨:古典诗歌中的一种题目,描写妇女的思念、哀怨之情。这首诗结联写情颇深婉。

〔2〕流苏:下垂穗子,用作装饰品。合欢床:指夫妇结婚用的床。长征:远行。妾:古代妇女的谦称。

屈大均 十二首

屈大均(1630—1696),初名邵龙,字翁山,广东番禺(今广州市辖区)人。明秀才。清兵入广州前后,曾参加抗清队伍作战。失败后削发为僧,不久还俗,更今名。工诗,为"岭南三大家"之一。平生足迹遍南北,诗慷慨有奇气,表现了爱国思想和对人民疾苦的关心。有《翁山诗外》等。

秣陵[1]

牛首开天阙,龙岗抱帝宫[2]。六朝春草里,万井落花中[3]。访旧乌衣少,听歌玉树空[4]。如何亡国恨,尽在大江东[5]!

〔1〕这首诗通过南京怀古,抒发对明亡的感慨。秣陵:今南京市,秦朝称为秣陵。

〔2〕"牛首"二句:写南京形胜。牛首,又名牛头山,在南京市南,双峰东西对峙,状如皇宫前两旁的阙楼,又称天阙。龙岗:指钟山。相传诸葛亮曾论南京的地形说:"钟阜龙蟠,石头虎踞,真帝王之宅。"(见《六朝事迹》)

〔3〕"六朝"二句:写城市残破。六朝,见钱谦益《金陵后观棋》(六首选一)注〔3〕。万井,形容都会中户口多。相传古制八家为一井。春

草里、落花中,表示城市残破。

〔4〕"访旧"二句:写人事凋零。乌衣,东晋以及南朝时聚居于南京乌衣巷的王谢诸名门大族。《六朝事迹》:"乌衣巷,王导、纪瞻宅皆在此。"这里借指明代的遗民。玉树,指陈后主的《玉树后庭花》。《隋书·五行志》:"祯明初,后主作新歌,辞甚哀怨,令后宫美人习而歌之,其辞曰:玉树后庭花,花开不复久。"

〔5〕"如何"二句:联系古今,点明亡国之恨。大江,长江。

云州秋望[1]

白草黄羊外,空闻觱篥哀[2]。遥寻苏武庙,不上李陵台[3]。风助群鹰击,云随万马来。关前无数柳,一夜落龙堆[4]。

〔1〕这首诗写云州秋色,从对历史人物评价中表现自己的心志。云州:唐州名,治所在云中(今山西大同)。

〔2〕白草:西北地区的一种草名。黄羊:亦称"蒙古羚",产于内蒙古、甘肃等地,无角,色如獐鹿。《唐书·回鹘传》:"黠戛斯,古坚昆国也。其兽有野马……黄羊。"觱篥(bì 必立):以竹为管,以芦为首,有九孔,汉代由西域传入内地。白草、黄羊,写边塞荒凉;闻觱篥而哀,已露故国之思。

〔3〕苏武:见杜濬《晴》注〔3〕。李陵台:见吴伟业《戏题仕女图》(十二首选二)注〔7〕。这两句追慕坚贞不屈的苏武,鄙视投降匈奴的李陵,借以表示反清的志向。

〔4〕龙堆:见朱彝尊《云中至日》注〔4〕。这里泛指北方沙漠地带。

塞上曲[1]（六首选二）

亭障三边接[2]，风沙万古愁。可怜辽海月，不作汉时秋[3]。
白草连天尽，黄河倒日流[4]。受降城上望，空忆冠军侯[5]。

太行天下脊，万里翠微寒[6]。日月相摩荡，龙蛇此郁盘[7]。
云横三晋暗，水落九河干[8]。亘古飞狐险，凭谁封一丸[9]。

〔1〕这两首诗描写华北形势，也寄托了易世的感慨。当作于顺治十五年（1658）作者第一次北游山海关内外之际。

〔2〕亭障：边塞上的堡垒与军事哨所。王褒《渡河北》："常山临代郡，亭障绕黄河。"三边：指榆林、宁夏、甘肃三镇。

〔3〕"可怜"二句：用唐王昌龄《从军行》"秦时明月汉时关"诗意。辽海，指辽东。汉时，借指明朝。

〔4〕倒（dào 到）日流，太阳经天，由东往西；黄河入海，由西往东，所以说"倒日流"。

〔5〕"受降"二句：慨叹明朝没有将领抵御清军。受降城，汉时筑，在今内蒙古巴彦淖尔市狼山西北，这里借指山海关。冠军侯，西汉霍去病，曾两次领兵大败匈奴，后又与卫青共同击败匈奴主力，积功封冠军侯。事见《史记·卫将军骠骑列传》。

〔6〕太行：太行山，绵亘于河北、山西两省的交界。翠微：形容山色苍翠。

〔7〕"日月"二句：形容山势高峻，上与日月摩擦激荡。山岭盘郁、

起伏如龙蛇。

〔8〕"云横"二句:描写太行山之大,说山上起云,古"三晋"地区就不见阳光;山中水位下降,黄河下游的许多支流都干枯了。三晋,赵、魏、韩本为晋国的贵族,后来瓜分晋国,史称"三晋",今山西及河北、河南的部分地区。九河,古代黄河自孟津(今河南孟州南)向北流,分为许多支流,统称九河。

〔9〕"亘古"二句:自古以来飞狐口就是天险,可是谁可以守住它呢?亘古,从古以来。飞狐,飞狐口,今名北口峪,又称四十里黑风洞,在今河北省蔚县东南六十里,太行八陉之一,形势险要。封一丸,比喻以极少兵力守住关口。东汉隗嚣的部将王元劝隗背叛汉朝,说:"元请以一丸泥,为大王东封函谷关。"见《后汉书·隗嚣传》。

鲁连台[1]

一笑无秦帝,飘然向海东[2]。谁能排大难,不屑计奇功?古戍三秋雁,高台万木风。从来天下士,只在布衣中。

〔1〕这首诗赞美鲁仲连的品节,反映了作者反抗强暴的思想。鲁连台:鲁连,即鲁仲连,战国时齐人,不仕。游赵国时,秦兵围赵。他力折魏将新垣衍请赵国尊秦为帝的主张。秦将知道了,退兵五十里。适魏信陵君带兵救赵,秦兵遂解围而去。赵相平原君要送千金酬谢,他笑着说:"所贵于天下之士者,为人排患释难解纷乱而无所取也。即有取者,是商贾之事也。""遂辞平原君而去,终身不复见。"见《史记·鲁仲连列传》。古聊城东侧有鲁连台,高七丈。

〔2〕"一笑"二句:谓鲁仲连一笑,使秦王不能成帝业,功成不居。

无,虚,帝业为虚之意。

塞上感怀

未有英雄羽化期,茫茫一剑报恩迟[1]。天寒射猎龙沙[2]苦,日暮笙歌塞女悲。太白秋高空入月,黄河春暖又流澌[3]。鬓边一片天山雪,莫遣高楼少妇知[4]。

〔1〕"未有"二句:说志效英雄,未有功成退隐之期,持剑要报国恩,迟迟未能实现。羽化:道家称修道成仙之语,此引申指退隐为出世之人。

〔2〕龙沙:泛指边塞风沙之地。

〔3〕"太白"二句:古人以星象觇兵事,谓太白星入月,将有大将被杀,此指要抵抗清军的愿望落空。澌(sī 斯),冰块解冻流动。

〔4〕天山:新疆境内的天山山脉,此泛指边疆高山。少妇:指作者妻子。作者于康熙元年(1662)还俗,五年(1666)在山西代州(今代县)与明故臣王壮猷之女华姜结为夫妻。

通州望海[1]

狼山秋草满,鱼海暮云黄[2]。日月相吞吐,乾坤自混茫[3]。乘槎无汉使,鞭石有秦皇[4]。万里扶桑客[5],何时返故乡?

〔1〕这首诗作于顺治年间,起四句突出望海壮观;后四句抒情,透

露故国之思。通州:今江苏南通市。

〔2〕狼山:在南通市南长江边。鱼海:即古之休屠泽、白亭海。在今内蒙古阿拉善右旗境。这里借指东海。

〔3〕"日月"二句:写大海一望无际的空阔、壮观气象。

〔4〕"乘槎"二句:说明室覆亡,人民处于清廷的严酷统治下。汉张骞出使过乌孙,相传他曾乘槎寻求河源。见《汉书·张骞传》。无汉使,表示明亡。鞭石,《三齐略记》:"始皇作石桥,欲渡海看日出处。时有神人能驱石下海。石去不速,神辄鞭之,皆流血,至今悉赤。"

〔5〕扶桑客:指明末清初出走日本的抗清志士如朱舜水等。扶桑,日本。

民谣[1](十首选四)

白金乃人肉,黄金乃人膏[2]。使君非豺虎,为政何腥臊[3]!

珠皆泪所成,不必鲛人泣[4]。三斛买蛮娥,余以求大邑[5]。

初捕金五千,再捕金一万。金尽鬻妻孥[6],以为使君饭。

金为莲叶珠,珠多叶倾复。使君勿爱金,莲根自蠹蠹[7]。

〔1〕这是用民歌体抨击贪官的诗。
〔2〕白金:银子。膏:脂肪。
〔3〕使君:汉以后对州郡长官的尊称,这里指地方官。何腥臊:为什

么如此带血腥气味。喻官府的贪婪残酷。

〔4〕鲛人:神话中的人鱼。《述异记》:"南海中有鲛人室,水居如鱼,不废机织。其眼能泣,则出珠。"

〔5〕蛮娥:指南方的美女。求大邑:求当人口众多、物产富庶的大州府的官员。

〔6〕鬻(yù育):卖掉。妻孥(nú奴):妻子儿女。

〔7〕这一首纯用比喻:说金子如莲叶上的水珠,水珠多了莲叶就会倾覆;为政清廉,根基才能稳固。

雷女织葛歌[1]

雷女采葛,缉作黄丝[2]。东家为绤,西家为絺[3]。夫寒衣葛布,妇饥食葛乳[4]。得钱虽则多,不足偿租赋。一日织一尺,十指徒苦辛。只以肥商贾,无能养一身!

〔1〕雷女:广东雷州半岛的妇女。葛:多年生草本植物,纤维可织夏布。诗写织葛妇女的辛酸生活。

〔2〕缉:析麻葛的纤维为缕。

〔3〕绤(xì戏):粗葛布。絺(chī痴):细葛布。

〔4〕葛乳:葛根捣碎取汁,可提制淀粉。

陈恭尹 十一首

陈恭尹(1631—1700),字元孝,号半峰,晚号独漉子,广东顺德(今佛山市辖区)人。父邦彦,抗清殉难。恭尹继父志,不肯事清,弃家远游,晚年居广州。其诗蕴藉圆美,多反映亡国之痛与人民疾苦,怀古诸作尤为知名。有《独漉堂集》。

崖门谒三忠祠[1]

山木萧萧风更吹,两崖波浪至今悲。一声望帝啼荒殿,十载愁人拜古祠[2]。海水有门分上下,江山无地限华夷[3]。停舟我亦艰难日,畏向苍苔读旧碑。

[1] 这是通过凭吊"三忠"抒发亡国之痛的诗。崖门:即崖门山,在广东新会县(今江门市新会区)南海中。三忠:指文天祥、陆秀夫、张世杰,皆南宋末抗元名臣。见顾炎武《井中〈心史〉歌》及王夫之《读〈指南集〉》注。

[2] 望帝:指杜鹃。愁人:作者自指。

[3] "海水"二句:说海港入口处尚有上、下海门之别;国土被占领,则无法分别华、夷界限。

虎丘题壁[1]

虎迹苍茫霸业沉[2],古时山色尚阴阴。半楼月影千家笛,万里天涯一夜砧[3]。南国干戈征士泪,西风刀剪美人心。市中亦有吹篪客,乞食吴门秋又深[4]。

[1]《吴越春秋》:"(吴王)阖闾冢在阊门外,葬三日而有白虎踞其上,故曰虎丘。"虎丘在今苏州市,为风景名胜之一。诗以婉转之笔,写当时南方尚有战争。

[2]霸业沉:指吴王夫差创立霸主的事业早已消亡。

[3]砧:指捣衣声。古代妇女常在秋天捣新布,以备缝制寒衣。

[4]"市中"二句:《史记·范雎传》:"(伍子胥)鼓腹吹篪,乞食于吴市(今苏州)。"诗中以伍子胥比喻自己的弃家远游。篪(chí池),竹制管乐器。

感怀十七首[1](选二)

海滨何遥遥!遥遥三千里。一里一千家,家家生荆杞。空房乳狐兔,荒沼游蛇虺[2]。居人去何之[3]?散作他乡鬼。新鬼无人葬,旧鬼无人祀。相逢尽一哭,万事今如此。国家启封疆,尺地千弧矢[4]。人民古所贵,弃之若泥滓。大风断松根,小风落松子。松根尚不惜,松子亦何有[5]?

往者不可追,来者不可期[6]。俯首为今人,举体无一宜[7]。有目厌兵革,有耳闻号啼,有腹饱糠覈,有足履祸枢[8]。赤舌有如火,更以焚其躯[9]。

[1] 为了防止郑成功和沿海人民结合抗清,顺治十三年(1656)清朝下了迁界令,勒令离海五十里内居民迁徙内地,不许商船、渔船下海。居民房屋及不能运走的器物,全部焚烧。误入禁界的,立斩不赦。广东、福建、浙江三省沿海居民,受难严重。第一首是写迁界后沿海的萧条情况;第二首泛写当时人民处境的艰难。

[2] "一里"四句:说家家户户,荆棘丛生,空房池沼成了狐兔蛇虺的巢穴。乳,作动词用,指繁殖。虺(huǐ 毁):毒蛇。

[3] 何之:何往。

[4] "国家"二句:说国家开疆拓地,即使尺土寸地,亦得来不易。弧矢,弓箭,指代武力。

[5] "松根"二句:比喻土地尚且不爱惜,何况人民。有:读 yǐ,叶韵。

[6] 期:期待,希望。

[7] "俯首"二句:意思是今天做人,一无是处。下文历举苦难。

[8] 兵革:兵甲,指战事。覈(hé 合):麦糠。祸枢:祸机。

[9] "赤舌"二句:说话多禁忌,动辄遭祸。扬雄《太玄经》:"赤舌烧城。"这里即祸从口出之意。

邺中[1]

山河百战鼎终分,叹息漳南日暮云[2]。乱世奸雄空复尔,一家词赋最怜君[3]。铜台未散吹笙伎,石马先传出水文[4]。七十二坟秋草遍,更无人吊汉将军[5]!

〔1〕这首诗是凭吊邺城的咏史诗。邺中:即邺城,今河北临漳,曹操封地。

〔2〕"山河"二句:写曹操生前身经百战,形成魏蜀吴三国鼎立之势,死后墓地荒凉。漳,指漳河。

〔3〕"乱世"二句:说曹操的谋略不值得一说,而他的文学才能,在曹氏父子中最特出。乱世奸雄,《三国志》注引孙盛《异同杂语》:"(曹操)尝问许子将(劭):'我何如人?'子将不答。固问之,子将曰:'子治世之能臣,乱世之奸雄。'太祖(曹操)大笑。"空复尔,徒然如此。一家词赋,曹操和他的儿子曹丕、曹植,都是建安文学的代表作家。怜,爱。

〔4〕"铜台"二句:说曹魏灭亡之速。铜台,铜雀台,故址在临漳西南古邺城的西北隅,建安十五年(210)曹操筑。《乐府诗集》相和歌辞引《邺都故事》:曹操遗命把自己的遗体葬在邺之西岗,要妾伎住在铜雀台上早晚供食,每月初一、十五在灵帐前奏乐唱歌。石马,《魏氏春秋》载魏明帝青龙三年,"张掖郡删丹县金山元川溢涌",浮出石龟石马等物,有字曰"大纣曹金但取之",是"司马氏革运(取代曹魏)之征"。

〔5〕七十二坟:见计东《邺城吊谢茂秦山人》注〔3〕。汉将军:曹操《让县自明本志令》说自己在汉末,"征为都尉,迁典军校尉,意遂更欲为国家讨贼立功,欲望封侯作征西将军,然后题墓道言'汉故征西将军曹侯之墓',此其志也。"

隋宫[1]

谷洛通淮日夜流,渚荷宫树不胜秋[2]。十年士女河边骨,一笑君王镜里头[3]。月下虹霓生水殿,天中弦管在迷楼[4]。繁华往事邗沟外,风起杨花无那愁[5]!

〔1〕这首诗咏隋炀帝的荒淫亡国。隋宫:指在扬州的隋炀帝行宫。

〔2〕"谷洛"二句:写河流依旧,而隋宫荒废。谷洛通淮,《隋书·炀帝纪》:"自(洛阳)西苑引谷洛水达于(黄)河,自板渚(河南汜水南)引河通于淮。"谷水、洛水都在河南省境内。渚(zhǔ主):水中小洲。

〔3〕"十年"二句:写炀帝在位十三年中,行暴政,搞得天下大乱,尤其是开运河、造龙舟,人民因服劳役而死的很多;最后他自知生命难保,一天照着镜子向萧后说:"好头颅谁当斫之?"

〔4〕"月下"二句:写炀帝在扬州的奢侈、游乐。虹霓,指水中的灯影像天上的彩虹。水殿,炀帝游扬州的龙舟,高四层,上层设正殿、内殿,东西朝堂。迷楼,相传炀帝在扬州造"迷楼","千门万户……工巧之极,自古无有也……人误入者,虽终日不能出。"

〔5〕邗(hán寒)沟:古运河名。春秋时,吴王夫差开运河于江淮间,道经邗城,故名。又名邗江。隋炀帝大业元年(605),发役夫十余万,重开邗沟,自扬州直达淮安。杨花:双关写法,写隋堤杨花,又暗指炀帝之姓。无那:无奈。

读秦纪[1]

谤声易弭怨难除[2],秦法虽严亦甚疏。夜半桥边呼孺子,人间犹有未烧书[3]。

〔1〕这首诗抨击秦始皇的暴政,当有借古讽时之意。纪:《史记·秦始皇本纪》。

〔2〕弭(mǐ米):止、息。

〔3〕"夜半"二句:汉张良秦末在下邳(今江苏邳州)桥上,见一老人掉了鞋,要张良拾取,并给他穿上,张良都照做了。老人说:"孺子(小伙子)可教矣!"约张良在桥上再见,老人给他一本《太公兵法》,说:"读此则为王者师(做帝王的老师)矣。"见《史记·留侯世家》。

村居即事(五首选二)

丝丝寒雨湿飞尘,草绿平田不是春。伏犊山中虽有虎,农夫争避带刀人〔1〕。

才生文字即风波,鬼哭虽然吏亦歌〔2〕。三尺龙泉方寸印,不知谁较杀人多〔3〕?

〔1〕这首诗前两句写田地荒芜;后两句说农民为了避兵,只好逃往有虎的深山。带刀人,指兵。

〔2〕这首诗感慨文官舞文弄墨以杀人,其祸不下于武将。《淮南子·本经训》:"昔者仓颉作书造文字,天雨粟,鬼夜哭。"

〔3〕"三尺"二句:说不知武将和文臣,谁对人民为害多。龙泉,古时宝剑名。

木棉花歌[1]

粤江二月三月来,千树万树朱花开[2]。有如尧射十日出沧海,更似魏宫万炬环高台[3]。覆之如铃仰如爵,赤瓣熊熊星有角[4]。浓须大面好英雄,壮气高冠何落落[5]!后出棠榴枉有名,同时桃杏惭轻薄。祝融炎帝司南土,此花无乃群芳主[6]?巢鸟须生丹凤雏,落花拟化珊瑚树[7]。岁岁年年五岭间,北人无路望朱颜。愿为飞絮衣天下,不道边风朔雪寒。

〔1〕这首诗歌颂木棉花,暗寓对南明的怀念。木棉树:常绿乔木。花红;种子有毛,色白质软,可制被褥。

〔2〕粤江:珠江,在广东省内。朱花:红花。

〔3〕"有如"二句:形容木棉花盛开。《淮南子·本经训》:"尧之时,十日并出,焦禾稼,杀草木,而民无所食。"尧乃使羿"上射十日"。王嘉《拾遗记》载魏文帝迎接美人薛灵芸,未至京师数十里,沿途高烛之光,相继不绝。又筑土高台,基高三十丈,列烛于台下,而名为烛台。炬,烛。

〔4〕"覆之"二句:花覆着像铃,仰着像爵,光彩像星芒。爵,酒器。熊熊,火红的颜色。角,指星光四射之状。

〔5〕"浓须"二句:以人比花。落落,磊落不凡之意。

〔6〕"祝融"二句:总结上文的刻画。说因为祝融、炎帝是南方之神,所以木棉花能够超过棠榴桃杏,领袖群芳。祝融,传说中的火神,见《汉书·五行志》。炎帝,或谓即神农氏,传说以火德王。据"五行"说,南方属火,所以说"司南土"。毋乃,莫不是。

〔7〕"巢鸟"二句:希望木棉树上能生丹凤雏,木棉落花能化为红珊瑚,暗寓希望南明政权后继有人,它的光焰不致泯灭。丹凤,传说凤鸟出于丹穴之山,故称丹凤;丹色红,暗指姓朱的人。珊瑚,海中腔肠动物珊瑚虫所分泌的石灰质骨骼,形如树枝,可作装饰品,红色的较珍贵。

别后寄方蒙章、陶苦子,兼柬何不偕、梁药亭、吴山带、黄葵村,定邮诗之约〔1〕

曲江千载下,作者未全湮。笔墨无生气,光芒愧昔人〔2〕。谁能师日月,可以喻清新〔3〕。大海波澜在,骊珠自不贫〔4〕。

〔1〕方蒙章:名殿元,番禺(今广州市辖区)人。陶苦子:名璜,后改名窳,番禺人。何不偕:名绛,籍贯未详。梁药亭:名佩兰,见本书作者小传。吴山带:名韦,南海(今佛山市辖区)人。黄葵村:名河澄,新会(今江门市辖区)人。柬:寄信。邮诗:通诗。

〔2〕"曲江"四句:谓自唐张九龄以后,岭南诗人不断,但作品的"生气"、"光芒"有愧于"昔人"。曲江,唐张九龄,字子寿,曲江(今广东韶关市辖区)人,玄宗时宰相,政治家兼诗人,有《曲江集》。湮,埋没。

〔3〕"谁能"二句:谓诗歌创作能"师法自然",不搬弄书本陈言,便可得到"清新"之境。师,效法。日月,指代大自然。喻,理解,通达。这两句言外似又含有劝诸人重视保持民族气节,以诗启发入清人民之意。"日月",暗藏"明"字。"清",暗指清朝。语意双关,含蓄委婉。

〔4〕"大海"二句:谓诗能"师法自然",便可汲取大海波澜,开拓宏

阔境界,得到妙谛。广东近海,故承上联联系及此。骊珠,指得宝,喻得好诗。不贫,不会贫乏。《庄子·列御寇》说骊龙颔下有明珠,为难以求得的宝物。

李因笃 二首

李因笃(1632—1692),字天生,一字孔德,陕西富平人。康熙中,试博学鸿词科,官翰林院检讨,旋即告归。他的诗崇尚朴厚,不堆砌词藻。有《受祺堂集》。

边上[1]

萧关城堞望中分,鹿苑干戈道上闻[2]。野霁卷芦吹白日[3],霜清驱马下黄云。征西尽撤三千戍,镇朔遥归十万军[4]。谁抱遗弓攀鹤表?赐冠空满鹓鹅群[5]。

〔1〕这首诗写明朝为了镇压李自成的农民起义军,撤去北方边防,使清兵得以长驱直入,终致亡国。

〔2〕萧关:在宁夏固原市东南。鹿苑:在山西大同市北。按明代所谓"九边",大同、固原均在内。

〔3〕卷芦:卷芦叶做芦笳,这里指军中号角。

〔4〕"征西"二句:撤去三千戍守要地,调回北方十万边防军西征。

〔5〕"谁抱"二句:讽刺明朝臣僚少有忠于故朝的。遗弓,指皇帝死亡。《史记·封禅书》载黄帝铸鼎荆山,骑龙上天,百姓抱其遗弓而号。鹤表,《续搜神记》:"辽东城门有华表柱,忽有一鹤集,徘徊空中,言曰:

'有鸟有鸟丁令威,去家千岁今来归,城郭如故人民非。何不学仙夫? 空伴冢累累!'"鵕鸃(jùnyí 俊宜),鸟名,其羽可做冠饰。汉代侍中戴鵕鸃冠。这里指高官。

望岳[1]

太华三峰列峻屏,晴霄飞翠下空溟[2]。晓云东抱关河紫,秋色西来天地青[3]。玉女盆中寒落黛[4],仙人掌上接明星。乱余林壑饶遗客,缥缈幽栖赋采苓[5]。

〔1〕岳:指西岳华山。

〔2〕太华:即华山。三峰:华山东面的莲花峰,西面的仙人掌,南面的落雁峰。峻屏:高峻的屏风。空溟:天空。

〔3〕"晓云"二句:写华山气势。化用杜甫《秋兴》"东来紫气满函关"、王维《送邢桂州》"潮来天地青"诗意。

〔4〕玉女盆:《集仙录》:"明星玉女者,居华山,服玉浆,白日升天。玉女祠前有石臼,号曰'玉女洗头盆',其中水色碧绿澄澈。"

〔5〕"乱余"二句:说山多遗民、隐者。饶,多。采苓,苓,甘草。《诗经·唐风·采苓》:"采苓采苓,首阳之颠。"

彭孙遹 三首

彭孙遹(1631—1700),字骏孙,号羡门,浙江海盐人。顺治十六年(1659)进士,康熙十八年(1679),试博学鸿词科,官吏部侍郎,充经筵讲官。诗工整和谐,以五、七言律为长,近于唐代的刘长卿。有《松桂堂集》。

景州[1]

城上风高飐白沙,行人徙倚听悲笳[2]。北连紫塞三千里,南接青齐十万家[3]。暝色一行迷去骑,天寒数点没残鸦。年来随计燕山道,几度经过感岁华[4]。

〔1〕景州:今河北省南部的景州市,是当时南北交通的要道。诗写进京应试的道途艰辛。

〔2〕飐(zhǎn 展):风吹物动,这里指大风扬尘。徙倚:徘徊。《楚辞·哀时命》:"独徙倚而仿佯。"

〔3〕紫塞:见冒襄《和阮亭〈秋柳〉诗原韵》(四首选二)注〔6〕。青:青州;齐:齐州,即济南周围各县。

〔4〕"年来"二句:说自己因会试进京,多次经过这里,感到岁月不待人。随计,汉代的荐举制度,由地方官推荐人才,随同每年向朝廷报告

财政收支的官吏进京应试。明清时因称赴京应进士试为"随计"或"上计"。燕山,在河北省。

彭蠡夜泊[1]

清浅宫亭水[2],溅溅百道流。残春风送客,终夜月随舟。野水沉葭苇,遥天挂斗牛[3]。相依有鸥鹭,任意宿汀洲[4]。

〔1〕彭蠡:江西省鄱阳湖。

〔2〕宫亭:《寰宇记》:"波阳湖南当南昌界者曰宫亭湖。"波阳,即鄱阳。

〔3〕"野水"二句:写春水涨的湖景。葭(jiā 家),《本草纲目·草部》:"毛苌诗疏云:苇之初生曰葭,未秀曰芦,长成曰苇。"按波阳湖中有浅滩,《饶州志》:"每春涨,则与鄱江相连,水缩则黄茅白苇,旷如平野。"斗牛,斗宿、牛宿都有六颗星,这里泛指天上星光。

〔4〕"相依"二句:即景抒情。李商隐《太仓箴》:"海翁忘机,鸥故不飞。"

秋日登滕王阁[1]

客路逢秋思易伤,江天烟景正苍凉。依然极浦生秋水,终古寒潮送夕阳[2]。高士几回亭草绿?梅仙一去岭云荒[3]。临风不见南来雁,书札何由达豫章[4]?

〔1〕这首诗是登滕王阁的写景和咏古之作,点化贴切自然。滕王阁:在江西南昌市西,唐高祖李渊之子滕王元婴所建。

〔2〕"依然"二句:化用唐王勃《滕王阁序》:"落霞与孤鹜齐飞,秋水共长天一色","雁阵惊寒,声断衡阳之浦"等句,说明古今景物不变。极浦,远处水滨。终古,永久。

〔3〕"高士"二句:咏当地史迹。高士,指东汉时南昌人徐稚,字孺子,为太守陈蕃所敬重。高士亭,指孺子亭,在南昌的东湖。几回庭草绿,言历时已久。梅仙,汉代梅福,为南昌尉。王莽专政,他弃官变姓名,为吴门卒,不知所终,人传其为仙。《后汉书》有传。岭云荒,言遗迹荒杳。

〔4〕"临风"二句:写盼望得到北方亲友的书信。豫章,汉高祖置豫章郡,郡治在南昌。

219

吴兆骞 六首

吴兆骞(1631—1684),字汉槎,江苏吴江(今苏州市辖区)人。顺治十四年(1657)举人。以科场案流放宁古塔(今黑龙江宁安)二十余年,后经纳兰明珠营救,乃得放还。少年时所作诗,典雅工丽;谪戍后多写塞外风光,开拓新的境界,饶豪放之气。有《秋笳集》。

出关[1]

边楼回望削嶙峋,笮篗喧喧驿骑尘[2]。敢望余生还故国,独怜多难累衰亲[3]。云阴不散黄龙雪,柳色初开紫塞春[4]。姜女石前频驻马,傍关犹是汉家人[5]。

〔1〕顺治十二年(1655),作者被科场舞弊案牵连,遣戍宁古塔。这首诗写谪戍途中出山海关时的心情。

〔2〕"边楼"二句:写出关。边楼,指山海关城楼。削,陡立。嶙峋(línxún 邻旬),高峻的样子。笮篗,又写作"髯栗"。见屈大均《云州秋望》注[2]。驿骑(jì 计),驿站的马匹。

〔3〕"敢望"二句:写谪戍感想。敢望,怎么敢想。故国,故乡。衰亲,衰老的父母。

〔4〕"云阴"二句:写关内关外气候悬殊。黄龙,黄龙府,治所在今

吉林农安县。一说指黄龙城,故址在今辽宁朝阳县。紫塞,见冒襄《和阮亭〈秋柳〉诗原韵》(四首选二)注〔6〕。

〔5〕"姜女"二句:写留恋不愿远离中原之情。自注:"关前有孟姜女望夫石。"

次沙河寨[1]

客程殊未已[2],复此驻行装。世事怜今日,人情怯异乡。月临边草白,天入海云黄。莫恨关山远,来朝是乐浪[3]。

〔1〕次:客中暂住。沙河寨:在辽宁省北镇市与沈阳市之间。
〔2〕殊未已:还很远。
〔3〕乐浪(lèlāng 勒啷):汉武帝时设乐浪郡。这里是以乐浪之名为自己的愁苦解嘲。

城楼晓望

哑哑乌啼起戍楼,朅来登望事堪愁[1]。山横雁碛皆东下,江划龙荒尽北流。金甲日凝千帐晓,画旗风急六台秋[2]。征夫绝塞踪难定,肠断尊前玉腕骝[3]。

〔1〕戍(shù 恕)楼:边防城堡。朅(qiè 怯)来:去来。司马相如《大人赋》:"回车朅来兮,绝道不周。"

〔2〕"山横"四句：写登城所见。雁碛(qì气)，北方沙漠之地。梅尧臣《送马司谏使北》诗："雁碛犹知道路艰。"江，当指松花江。划(chǎn产)，削。龙荒，指东北荒原。《汉书·叙传下》："龙荒幕朔(沙漠以北)，莫不来庭(朝贡)。"金甲日凝，阳光照耀战士的甲衣。六台，清代盛京(今辽宁、吉林部分地区)地名以台称的，有清水台、救兵台、东江台、牛心台、杨家台等。

〔3〕"征夫"二句：写自己在塞外行踪不定，因此把酒看马，不禁悲从中来。玉腕骝，名马。杜甫《玉腕骝》："闻说荆南马，尚书玉腕骝。"

夜行

惊沙莽莽飚风飘，赤烧连天夜气遥〔1〕。雪岭三更人尚猎，冰河四月冻初消〔2〕。客同属国思传雁，地是阴山学射雕〔3〕。忽忆吴趋歌吹地，杨花楼阁玉骢骄〔4〕。

〔1〕惊沙莽莽：形容风沙暗天。飚(biāo标)：狂风怒卷。赤烧(读去声)，烧荒草的野火。李端《茂陵山行》："古道黄花落，平芜赤烧生。"

〔2〕雪岭、冰河：写山雪河冰。冻初消：冰开始融化。黑龙江南部一般在阴历清明节前后化冰开江。

〔3〕"客同"二句：写羁旅生活，想以前不及学习骑射。属国，指苏武，他出使匈奴十九年，归国任典属国。《汉书·苏武传》载，匈奴扣留苏武，谎说苏武已死；汉武帝也假说在上林苑射雁，雁脚上有苏武书信，以此向匈奴讨回苏武。阴山：在内蒙古自治区中部，当地人民长于骑射。

〔4〕"忽忆"二句：写思乡之情，意思是江南这时正是春游时节。吴

趋,崔豹《古今注》:"《吴趋行》,吴人以歌其地。"玉璁(cōng匆)骄,形容骤马驰骋春郊。

长白山[1]

长白雄东北,嵯峨俯塞州[2]。迥临沧海曙,独峙大荒秋[3]。白雪横千嶂,青天泻二流[4]。登封如可作,应待翠华游[5]。

〔1〕这首诗写长白山的雄伟高峻。长白山:在辽宁、吉林两省东部,高峰终年积雪。

〔2〕嵯峨:高峻。塞州:边塞的府州。

〔3〕"迥(jiǒng炯)临"二句:上句虚写,想象长白山可以远望大海日出;下句实写,写长白山雄伟地耸立在大荒原上。

〔4〕二流:指从长白山上东西奔流而下的泉水形成两道江河。

〔5〕"登封"二句:说封禅的制度如恢复,皇帝该会到这里来。登封,古代帝王登高山祭天的迷信活动。翠华,皇帝的仪仗,借指皇帝。

混同江[1]

混同江水白山来,千里奔流昼夜雷[2]。襟带北庭穿碛下,动摇东极蹴天回[3]。部余石砮雄风在[4],地是金源霸业开[5]。欲问头鱼高宴处,萧条遗堞暮潮哀[6]。

〔1〕这首诗写混同江的奔流形势及女真族的史事。混同江:指松花江会合黑龙江后到乌苏里江口一段河流。松花江发源于长白山,故起句云:"混同江水白山来"。

〔2〕"千里"句:写江水日夜奔腾,响声如雷。

〔3〕"襟带"二句:写混同江容纳诸水东流。襟带,比喻枢纽、总汇之意。王勃《滕王阁序》:"襟三江而带五湖。"北庭,北方边庭,这里指混同江流域的广大地区。穿碛下,指水暗中穿流于沙漠地下。东极,东方极边之地,《吴都赋》:"出乎大荒之中,行乎东极之外。"蹴天,形容江水汹涌、白浪滔天之势。杜甫《江涨》:"大声吹地转,高浪蹴天浮。"

〔4〕"部余"句:指当地部族还保存着古代的雄风。石砮(nǔ 努),石头打制的箭镞。东北古有肃慎部族,在周时曾进贡"楛(hù 户)矢石砮"(见《国语·鲁语》)。据说女真族就是古肃慎族的后代。

〔5〕金源:金国的别称。《金史·地理志》:"上京路……金之旧土也。国言金曰'安出虎',以安出虎水源于此,故名金源。建国之号,盖出于此。"霸业:指女真族金太祖阿骨打因在混同江边和辽的天祚帝发生衅隙,终于取得对辽战争的胜利。

〔6〕"欲问"二句:辽天庆二年,辽天祚帝"幸混同江钓鱼。界外生女直(真)酋长在千里内者,以故事(旧例)皆来朝。适遇头鱼宴,酒半酣,上临轩命诸酋次第起舞,独阿骨打辞以不能,谕之再三,终不从。"回去后,阿骨打即起兵反,不久辽亡。见《辽史·天祚皇帝本纪》。堞(dié 碟),城上的矮墙。

恽　格 二首

恽格(1633—1690),字寿平,后以字行,更字正叔,号南田,江苏武进(今常州市辖区)人。善画花卉山水,为清代著名画家。亦工诗,有《南田诗钞》。

同李非夏《湖山晚眺》[1]（四首选一）

春愁正满落花天,不见王孙又几年[2]。添得湖山今日泪,玉箫吹断鹧鸪烟[3]。

〔1〕同:与人同作一题诗或依韵和诗。李非夏:即清初诗人李因笃。这首诗写伤春怀人,当有所隐喻。

〔2〕落花天:暮春时节。王孙:《楚辞·招隐士》:"王孙游兮不归,春草生兮萋萋。"

〔3〕吹断:即吹散,吹破。鹧鸪烟:疑为竹枝燃起的炊烟。明胡奎《柬知县陈善方》:"暑雨清炎瘴,秋禾满大田。红收鹦鹉粒,青爇鹧鸪烟。"鹧鸪戏于丛竹,故称 。

寄虞山王石谷[1]

东望停云结暮愁,千林黄叶剑门秋[2]。最怜霜月怀人夜,鸿雁声中独倚楼。

〔1〕虞山:在江苏常熟市,这里作常熟的代称。王石谷,名翚(huī灰),清代著名山水画家。这诗写对王的思慕之情。

〔2〕停云:晋陶渊明作《停云》诗,自序:"思亲友也。"剑门:虞山的名胜。

王士禛 三十三首

王士禛(1634—1711),字贻上,号阮亭,又号渔洋山人,山东新城(今桓台)人。顺治十五年(1658)进士,累官至刑部尚书。他作诗推崇唐人,尤宗王、孟、韦、柳,衔华佩实,重风度而不尚秾缛,雍容澄淡,神韵卓绝,七言绝句尤为擅场。转移一时风气,成为"神韵"派的代表作家。有《带经堂全集》。诗又选编为《渔洋山人精华录》,本书所选,据《精华录》。

初春济南作[1]

山郡逢春复乍晴,陂塘分出几泉清[2]?郭边万户皆临水,雪后千峰半入城[3]。

〔1〕这首诗作于顺治十二年(1655)。写山东济南"一城山色半城湖"的景象。

〔2〕陂(bēi碑)塘:池塘。陂,池塘的岸。

〔3〕"郭边"二句:济南城中有大明湖,千佛山在城南郊,山色倒映湖中,所以说"半入城"。

春不雨[1]

西亭石竹新作芽,游丝已罥樱桃花[2]。鸣鸠乳燕春欲晚,杖藜时复话田家[3]。田家父老向我说:"谷雨久过三月节。春田龟坼苗不滋,犹赖立春三日雪[4]。"我闻此语重叹息,瘠土年年事耕织。暮闻穷巷叱牛归,晓见公家催赋入。去年旸雨幸无愆,稍稍三农获晏食[5]。春来谷贱复伤农,不见饥乌啄余粒。即今土亢不可耕,布谷飞飞朝暮鸣[6]。舂荴作饭藜作羹,吁嗟荆益方用兵[7]。

〔1〕这首诗作于顺治十四年(1657)。是年自春至夏,北方三月不雨,诗即写此事。

〔2〕石竹:植物名,高一二尺,丛生有节,叶狭成披针形。游丝:春天晴日空中飞扬的虫丝。罥(juàn绢):黏挂。

〔3〕乳燕:燕子初生。杖藜(lí离):拄杖走路。

〔4〕谷雨:阴历三月的一个节气。龟坼(chè彻):田地因旱龟裂。滋:生长。

〔5〕旸雨无愆(qiān千):晴雨及时。三农:平地、山、泽三种地方的农民。见《周礼·太宰》郑玄注。获晏食:能够吃上晚饭。

〔6〕土亢:土块坚硬。布谷:鸟名,鸣声如呼"割麦插禾",故名。

〔7〕舂:捣碎。荴(fú扶):野菜,秋日茎梢抽穗长尺余,果实似粟而小。藜羹:用"灰菜"作汤。荆,今湖南、湖北;益:今四川。时清兵正自荆、益准备进攻云南李定国等部。

秋柳[1]（四首）

秋来何处最销魂？残照西风白下门[2]。他日差池春燕影，只今憔悴晚烟痕[3]。愁生陌上黄骢曲，梦远江南乌夜村[4]。莫听临风三弄笛，玉关哀怨总难论[5]。

娟娟凉露欲为霜，万缕千条拂玉塘[6]。浦里青荷中妇镜，江干黄竹女儿箱[7]。空怜板渚隋堤水，不见琅琊大道王[8]。若过洛阳风景地，含情重问永丰坊[9]。

东风作絮糁春衣，太息萧条景物非[10]。扶荔宫中花事尽，灵和殿里昔人稀[11]。相逢南雁皆愁侣，好语西乌莫夜飞[12]。往日风流问枚叔，梁园回首素心违[13]。

桃根桃叶镇相怜，眺尽平芜欲化烟[14]。秋色向人犹旖旎，春闺曾与致缠绵[15]。新愁帝子悲今日，旧事公孙忆往年[16]。记否青门珠络鼓，松枝相映夕阳边[17]。

〔1〕作者《菜根堂诗集序》："顺治丁酉（1657）秋，予客济南。时正秋赋，诸名士云集明湖，一日会饮水面亭。亭下杨柳十余株，披拂水际，绰约近人，叶始微黄，乍染秋色，若有摇落之态。予怅然有感，赋诗四章。"这四首诗在当时流传甚广，和者甚众。有人认为是为南明福王宫中

歌伎亡国后流落济南者而作,见高丙谋《秋柳诗释》;有人认为是写南明亡国之事,见李兆元《渔洋山人秋柳诗旧笺》;有人认为是凭吊明朝的济南王的,见张之洞《济南杂诗》自注。看来表面是借咏柳写歌伎,实质是以感叹南明福王朝之事为主。

〔2〕"秋来"二句:以问答形式写南京秋柳最使人感伤。李白《忆秦娥》有"西风残照,汉家城阙",《杨叛儿》有"何许最关人?乌啼白门柳"之句,为诗意所本。白下,白下城,故址在今南京市西北。南明福王朝建都南京。

〔3〕"他日"二句:写春日燕子在柳丝中穿翔,秋来柳枝在晚风中摇荡,以表国事盛衰变化。差池,参差不齐。《诗经·邶风·燕燕》:"燕燕于飞,差(cī疵)池其羽。"沈约《阳春曲》:"杨柳垂地燕差池。"

〔4〕"愁生"二句:也写兴衰之感。黄骢曲,《乐府杂录》:"黄骢叠,(唐)太宗定中原所乘马,征辽马毙,上叹息,命乐工撰此曲。"用黄骢写柳,本李白《广陵赠别》"系马垂杨下"句意。乌夜村,古乐府《杨叛儿》:"杨柳可藏乌。"徐夔注:海盐南三里有乌夜村,晋穆帝后生地。唐太宗事为盛世,晋穆帝事为衰世。

〔5〕"莫听"二句:用有关杨柳的典故,以写别离、飘泊之恨。唐王维《送元二使安西》:"渭城朝雨浥轻尘,客舍青青柳色新,劝君更尽一杯酒,西出阳关无故人。"后人唱作送别之歌,至"阳关"句反复歌唱,称为"阳关三叠"。唐王之涣《凉州词》:"羌笛何须怨杨柳,春风不度玉门关。"玉关,玉门关,在今甘肃敦煌西南,阳关在其南。三弄笛,又用《世说新语·任诞》桓伊吹笛三弄典。此二句写人,也可涵蕴国事。

〔6〕"娟娟"二句:写秋柳仍在飘拂。娟娟,轻美,形容露水。《诗经·秦风·蒹葭》:"蒹葭苍苍,白露为霜。"万缕千条,刘禹锡《杨柳枝词》:"千条金缕万条丝。"玉塘,池塘的美称,状其洁白。

〔7〕"浦里"二句:以"青荷"、"黄竹"衬托秋柳自青变黄,并以青荷

可以为镜,黄竹可以为箱,伤杨柳之无用。青荷,何良俊《世说补》:"江从简少时有文情,作《采荷讽》以刺何敬容曰:'欲持荷作柱,荷弱不胜梁。欲持荷作镜,荷暗本无光。'"中妇,介乎"大妇"(长媳)与"小妇"中间的媳妇。陈后主《三妇艳》:"中妇照妆台。"黄竹,古乐府《黄竹子歌》:"江边黄竹子,堪作女儿箱。"

〔8〕"空怜"二句:谓昔人种柳之地,不但风景不常,人事更是全非。板渚隋堤水,《隋书》载隋炀帝自板渚引黄河水通淮河,河边广植杨柳,后人称为隋堤。板渚,在今河南荥阳。琅琊大道王,古乐府《琅琊王歌》:"琅琊复琅琊,琅琊大道王。"《世说新语·言语》:"桓公(东晋桓温)北征,经金城(属今南京)见前为琅琊(太守)时种柳,皆已十围,慨然曰:'木犹如此,人何以堪!'攀枝执条,泫然流泪。"

〔9〕"若过"二句:经过洛阳,对杨柳更有不堪回首之事。永丰坊,在河南洛阳。白居易《柳枝词》:"一树春风千万枝,嫩于金色软于丝。永丰西角荒园里,尽日无人属阿谁?"福王朱由崧在南明称帝,年号弘光,其世袭藩地在洛阳,由崧父福王常洵,在李自成军攻入洛阳时被杀。这两句点出洛阳,影射福王事颇分明。

〔10〕"东风"二句:再写春秋杨柳盛衰,以喻人事。上句写春柳。糁(sǎn 伞),黏附,指柳絮飞扑人衣。下句写秋柳,故曰"萧条"。

〔11〕"扶荔"二句:以历史上帝王宫殿中所种花柳成为陈迹,喻南明国事之非。扶荔宫,汉武帝宫殿名。据《三辅黄图》载,武帝元鼎六年破南越王,于上林苑中起扶荔宫,以植所得奇草异木。灵和殿,南朝齐宫殿名。《南史·张绪传》:"刘悛之为益州,献蜀柳数株,枝条甚长,状若丝缕……武帝以植于太昌灵和殿前,常玩赏咨嗟曰:'此杨柳风流可爱,似张绪当年。'"

〔12〕"相逢"二句:用雁乌关联杨柳,以喻人事。上句喻南明遗民都带愁恨;下句喻清朝形势已巩固,遗民莫再想做秘密反抗的事。西乌

231

夜飞,南朝歌曲名。《古今乐录》:"《西乌夜飞》者,宋元徽五年,荆州刺史沈攸之所作也。攸之举兵发荆州,东下。未败之前,思归京师,所以歌。"与"举兵"事有关。夜飞,指秘密活动。

〔13〕"往日"二句:以杨柳"风流"非昔,喻怀恋旧事,已大与"素心"违背了。汉枚乘,字叔,曾为梁孝王宾客,居住过他的梁园(亦称梁苑)。梁孝王曾在梁园忘忧馆,集诸名士作赋,枚乘作《柳赋》。风流,指《柳赋》写柳的可爱姿态。素心,平日心愿。

〔14〕"桃根"二句:谓无论桃花、杨柳,逢秋一样零落。晋王献之有爱妾名桃叶,姑妹名桃根,献之送别两人,作《桃叶歌》,有云:"桃叶复桃叶,桃树连桃根。相怜两乐事,独使我殷勤。"诗借用这个典故,以桃根、桃叶总指桃花。镇相怜,谓桃柳联系密切,总会相爱相怜。镇,总是。平芜,平旷的原野。化烟,形容衰落的样子。

〔15〕"秋色"二句:谓秋柳虽衰,犹存"旖旎"之姿;它在春天,曾博得闺中妇女的"缠绵"关爱之情,仍作盛衰对比。旖旎(yǐnǐ 倚你),柔美貌,王粲《柳赋》:"览兹树之丰茂,纷旖旎以修长。"春闺,暗用王昌龄诗作典故。王昌龄《闺怨》:"闺中少妇不知愁,春日凝妆上翠楼。忽见陌头杨柳色,悔教夫婿觅封侯。"

〔16〕"新愁"二句:再用帝王家关涉杨柳的典故喻指时事。上句谓"今日"之事固然可"悲",下句谓"往年"之事也多迷离曲折。帝子,指魏文帝曹丕,他作的《柳赋》的《序》文称:"昔建安五年,上(指魏武帝曹操)与袁绍战于官渡,是时余始植斯柳。自彼迄今,十有五载矣。……感物伤怀,乃作斯赋。"公孙,指汉宣帝,他是汉武帝戾太子的孙子,藏匿民间。昭帝无子,乃辗转继承皇位。《汉书·眭弘传》:"孝昭元凤三年……上林苑中大柳树断枯卧地,亦自立生。有虫食树叶成文字曰:公孙病已立。"这是继承帝位的谶语。病已,宣帝小名。

〔17〕"记否"二句:以柳松相映的典故作余波,结束咏柳。青门,秦

汉时长安城门名,借指帝都承平时事。珠络鼓,以珠宝装饰的鼓。古乐府《杨叛儿》:"七宝珠络鼓,教郎拍复拍。黄牛细犊儿,杨柳映松柏。"

息斋夜宿即事怀故园[1]

夜来微雨歇,河汉在西堂[2]。萤火出深碧,池荷闻暗香[3]。开窗邻竹树,高枕忆沧浪[4]。此夕南枝鸟,无因到故乡[5]。

〔1〕这首诗作于顺治十五年(1658)。第二联以善写夏天雨后夜景著名。息斋,徐喈凤斋名。
〔2〕河汉:银河。
〔3〕深碧:形容池水。暗香:昏暗中所闻幽香。
〔4〕沧浪(láng郎):这里指代济南大明湖,那里有沧浪亭,并盛产荷花。
〔5〕"此夕"二句:写怀乡。南枝鸟,《古诗十九首》:"胡马依北风,越鸟巢南枝。相去日已远,衣带日已缓。浮云蔽白日,游子不顾反。"无因,无从。

高邮雨泊[1]

寒雨秦邮夜泊船,南湖新涨水连天[2]。风流不见秦淮海,寂寞人间五百年[3]。

〔1〕这首诗作于顺治十七年(1660),作者赴扬州任推官,因泊舟高邮联想到秦观,表现了对秦的仰慕之情。高邮:市名,在今江苏省。

〔2〕秦邮:即高邮。据祝穆《方舆胜览》:"高邮,一名秦邮,秦因高邮置邮传为高邮亭。"南湖:指高邮南部的武安湖、渌洋湖等。

〔3〕秦淮海:北宋著名词人秦观,字少游,号淮海居士,高邮人。五百年:秦观死年,距作诗时共五百多年。

余澹心寄《金陵咏怀古迹》却寄二首〔1〕(选一)

千古秦淮水,东流绕旧京〔2〕。江南戎马后,愁杀庾兰成〔3〕!

〔1〕这诗作于顺治十七年。余澹心:余怀,字澹心,见本书余怀诗选作者简介。却寄:余寄《金陵怀古》诗给作者,此为回答之作。

〔2〕旧京:指金陵,明故都。

〔3〕"愁杀"句:以庾信比拟余怀,同情他诗中表达的故国之思。庾信,字子山,小字兰成。初仕梁,出使西魏,被留。魏亡,又仕北周,官至骠骑大将军,开府仪同三司,但经常不忘乡国之思,梁亡后,作《哀江南赋》,很著名。

江上〔1〕

吴头楚尾路如何〔2〕?烟雨秋深暗白波。晚趁寒潮渡江去,满林黄叶雁声多。

〔1〕这首诗作于顺治十七年,写秋深渡江景色。
〔2〕吴头楚尾:指春秋时吴、楚两国国境邻接之处,在今江西省北部。见《方舆胜览》。诗似泛指长江下游。

晓雨后登燕子矶绝顶作〔1〕

岷涛万里望中收,振策危矶最上头〔2〕。吴楚青苍分极浦,江山平远入新秋。永嘉南渡人皆尽,建业西风水自流〔3〕。洒泪重悲天堑险,浴凫飞燕满汀洲〔4〕。

〔1〕这首诗作于顺治十七年,上四句写登矶所见,下四句写吊古之情。燕子矶:见施闰章《燕子矶》注〔1〕。
〔2〕岷涛:古以岷江为长江源头,指代长江。振策:拄杖。
〔3〕永嘉南渡:指西晋灭亡,元帝渡江建东晋。此处借指弘光朝。建业:三国时吴国建都今南京,称为建业。水自流:慨叹旧迹消失,惟流水依然。
〔4〕"洒泪"二句:说天险难恃,古今如一。兴亡事过,汀洲中唯见凫燕乱飞,使人悲慨。天堑(qiàn 倩),天然的壕沟。《南史·孔范传》:"长江天堑,古来限隔南北,虏军(隋兵)岂能飞渡?"凫(fú 符),俗名野鸭。汀洲,水中、水边陆地。

登金山[1]（二首）

振衣直上江天阁,怀古仍登海岳楼[2]。三楚风涛杯底合,九江云物坐中收[3]。石簰落照翻孤影,玉带山门访旧游[4]。我醉吟诗最高顶,蛟龙惊起暮潮秋。

三山缥缈望如何?有客褰裳俯逝波[5]。绝顶高秋盘鹳鹤,大江白日踏鼋鼍[6]。泠泠钟梵云间出,历历帆樯槛外过[7]。京口由来开府地,不堪东望尚干戈[8]。

〔1〕这两首诗作于顺治十七年,作者在扬州任内,写登金山所见兼怀古。金山:在江苏镇江市西北长江畔。

〔2〕江天阁:即观音阁,在金山顶上。清初改金山寺为江天寺,故名。海岳楼:《京江志》:"海岳楼,宋米芾居此,在府城东。"

〔3〕"三楚"二句:写远望长江。三楚,见李渔《夏寒不雨为楚人忧岁》注〔3〕。杯底合,好像汇合于酒席之下。九江,指长江在江苏、安徽、江西等地的主流与支流。

〔4〕"石簰"二句:写江山名胜。石簰(pái排),《镇江府志》:"三石山,一名笔架山。东曰巧石,虽大水不没,曰石排山,亦曰石簰。"翻孤影,山影在落照中翻动于水上。玉带山门,王世贞《苏长公外纪》载苏轼游金山寺,与寺中主持了元谈禅,了元请轼解所系玉带,呼侍者云:"收此玉带,永镇山门。"

〔5〕"三山"二句:说自己登上远望缥缈的三山。三山,指金山、焦

山、北固山,均在镇江。缥缈,隐约不明。客,作者自谓。褰(qiān牵)裳,揭起衣服。俯逝波,俯视江流。

〔6〕"绝顶"二句:写高空飞鸟及江中水族。高秋,秋高气爽。盘,回旋。鹳(guàn贯),鸟名,似鹤。踏,用苏轼《润州金山寺》"僧依玉槛光中住,人踏金鳌背上行"句意。鼋(yuán元),大鳖。鼍(tuó驼),鳄鱼的一种。《名胜志》:"金山滩濑下多鼋鼍窟宅。"

〔7〕"泠(líng零)泠"二句:写钟声、帆影。泠泠,声音清越。钟梵,指佛寺的钟声与诵经声。历历,分明可数。槛(jiàn鉴),围栏。

〔8〕"京口"二句:联想时事。由来,从来。开府地,指军事重镇。尚干戈,指郑成功反抗清廷,进攻镇江。

瓜洲渡江[1](二首)

昨上京江北固楼[2],微茫风日见瓜洲。层层远树浮青荠,叶叶轻帆起白鸥[3]。

扬子桥[4]头鸡未鸣,瓜洲城外日东生。风波不惮西津渡,一见金焦双眼明[5]。

〔1〕这二首诗作于顺治十七年,写远望瓜洲及由瓜洲渡江的情景。瓜洲:在今江苏镇江市长江北岸。

〔2〕北固楼:在镇江北固山上。

〔3〕"层层"二句:形容远树如荠(jì记),轻帆似鸥。荠,菜名。薛道衡《敬酬杨仆射山斋独坐》:"遥原树若荠。"

237

〔4〕扬子桥:在扬州市南。

〔5〕西津渡:在瓜洲对岸。金、焦:金山、焦山。双眼明:喜见之意。

秦淮杂诗十四首[1](选二)

青溪水木最清华,王谢乌衣六代夸[2]。不奈更寻江总宅,寒烟已失段侯家[3]。

新歌细字写冰纨,小部君王带笑看[4]。千载秦淮呜咽水,不应仍恨孔都官[5]。

〔1〕《秦淮杂诗》作于顺治十八年(1661)。所选二首是咏史的。

〔2〕青溪:三国时,吴在建业城凿东渠,名青溪,发源于今南京钟山西南,经市区流入秦淮河。王谢乌衣:见陈忱《叹燕》诗注〔3〕。六代:六朝。

〔3〕"不奈"二句:说段侯家已在寒烟中消失,江总宅更难寻访了。不奈,不耐。奈,通"耐"。江总宅,在青溪北。段侯家,张淳颐《六朝事迹》:"江令宅,在秦淮,今段大夫约之宅即其故第也。"王安石《招约之职方并示达甫书记》:"昔时江总宅,近在清溪曲。……故人晚得此,心事付草木。"

〔4〕"新歌"二句:作者自注:"弘光时,阮司马(阮大铖)以吴绫作朱丝阑(红线行格)书《燕子笺》诸剧进宫中。"小部,唐玄宗时梨园乐部之一。见乐史《太真外传》。

〔5〕"千载"二句:说秦淮流水呜咽悲愤,应该恨阮大铖的误国,不

宜再恨陈朝的孔范了。孔都官,孔范,做过都官尚书。他和江总都是陈后主的狎客,常在宫中纵饮作乐,以此误国。

大风渡江[1](三首选二)

凿翠流丹杳霭间,银涛雪浪急潺湲[2]。布帆十尺如飞鸟,卧看金陵两岸山。

红襟双燕掠波轻[3],夹岸飞花细浪生。南北船过不得语,风帆一霎剪江行。

〔1〕诗作于顺治十八年,写大风中渡江的轻快。
〔2〕凿翠流丹:形容掩映在山崖林木中的壮丽建筑。杜甫《九成宫》:"凿翠开户牖。"王勃《滕王阁序》:"飞阁流丹,下临无际。"杳霭:烟云缥渺。潺湲:(chányuán 蝉园):水声。
〔3〕红襟:燕子红色的颔毛。

真州绝句[1](五首选三)

晓上江楼最上层,去帆婀娜意难胜[2]。白沙亭下潮千尺,直送离心到秣陵[3]。

江干多是钓人居[4],柳陌菱塘一带疏。好是日斜风定后,半江红树卖鲈鱼。

江乡春事最堪怜,寒食清明欲禁烟[5]。残月晓风仙掌路,何人为吊柳屯田[6]。

〔1〕《真州绝句》作于康熙元年(1662)。"好是"一联脍炙人口,"江淮间多写为画图"(见《渔洋诗话》)。真州:今江苏仪征。

〔2〕婀娜(ēnuó 屙挪):轻盈柔美的样子,这里形容船帆的飘动摇摆。难胜(读平声):难堪。

〔3〕白沙亭:在仪征白沙洲上。秣陵:今江苏南京。

〔4〕江干:江边。

〔5〕春事:春景。堪怜:可爱。寒食:清明前一日。相传晋文公为悼念介之推于是日抱树烧死,故禁烟寒食。

〔6〕"残月"二句:自注:"柳耆卿墓在城西仙人掌。"柳永,字耆卿,北宋词家,官屯田员外郎。他的《雨霖铃》词有"今宵酒醒何处?杨柳岸晓风残月"之句。柳永墓地,历来记载不一。

南将军庙行[1]

范阳战鼓如轰雷,东都已破潼关开[2]。山东大半为贼守,常山平原安在哉[3]?睢阳独遏江淮势,义激诸军动天地[4]。时危战苦阵云深,裂眦不见官军至[5]。谁欤健者南将军,包胥一哭通风云。抽矢誓雠已慷慨,拔剑堕指忠轮囷[6]。贺兰未灭将军死,呜呼南八真男子[7]！中丞侍郎同日亡,碧血斑斓照青史[8]。淮山峨峨淮水深,庙门遥对青枫林。行人下马拜秋色,一曲淋铃万古心[9]。

〔1〕这首诗作于康熙三年(1664),歌颂南霁云的忠烈。南将军庙:作者自注:"在泗州(今安徽泗县)南公霁云乞师处。"

〔2〕"范阳"二句:说安禄山起兵范阳,迅速攻下洛阳、潼关。范阳,治所在蓟县(今天津市蓟州区)。天宝十四载(755)十一月,安禄山在这里举兵叛唐。东都,唐的东都洛阳,天宝十四载十二月,被安禄山占领;潼关在今陕西省,是唐都城长安的主要屏障,至德元载(756)六月陷落。

〔3〕"山东"二句:写安禄山兵力所至,山东地区多被占领。山东,指崤山或华山以东地区。为贼守,被安禄山攻占。常山,今河北正定,至德元载陷落,太守颜杲卿壮烈死难。平原,今山东德州市陵城区,太守颜真卿坚守。后真卿被召入朝,平原失陷。

〔4〕"睢阳"二句:说张巡、许远等坚守睢阳郡(今河南商丘市睢阳区),作为江淮屏障,忠义之气,足以激励军心。

〔5〕"时危"二句:说苦战盼不到援兵。裂眦(zì自),决眼盼望之意。

〔6〕"谁欤"四句:以春秋申包胥向秦国乞师救楚,比拟南霁云向贺兰进明求援时的坚贞不拔。《新唐书·张巡传》:"巡遣霁云如(往)临淮告急……(贺兰进明)爱霁云壮士,欲留之,为大飨作乐。霁云泣曰:'昨去睢阳时,将士不粒食(食米)已弥月。今大夫兵不出,而广设声乐,义不忍独享,虽食弗下咽。今主将之令不达,霁云请置一指以示信,以报中丞(张巡)也。'因拔佩刀断指,一座皆惊,为出涕,卒不食去。将出城,抽箭射佛寺浮图(塔),著其上砖半箭,曰:'吾归破贼,必灭贺兰,此矢所以志也!'"誓雠,发誓报仇。轮囷,盘结,用以形容南霁云的忠肝义胆。

〔7〕"贺兰"二句:赞美南霁云的死节。南八,《新唐书·张巡传》:"睢阳陷,尹子琦以刃胁降巡,不屈。又降霁云,未应。巡呼曰:'南八!男儿死耳,不可为不义屈!'云笑曰:'欲将以有为也。公知我者,敢不死?'亦不肯降。乃与姚訚、雷万春等二十六人遇害。"南霁云排行第八,唐人惯用排行称呼人,所以张巡呼南霁云为南八。

〔8〕"中丞"二句:写南霁云与张巡等同日牺牲,光照史册。中丞、侍郎,睢阳守城时,唐朝加封张巡为御史中丞,姚訚为吏部侍郎。碧血,见王夫之《正落花诗》(十首选一)注〔3〕。

〔9〕"行人"二句:写作者瞻庙时的感慨。淋铃,雨淋铃,曲调名。《太真外传》说唐玄宗在安史之乱时逃奔四川,于斜谷口雨中闻驿道上铃声而作。这里借喻兴亡之感。

雨中度故关[1]

危栈飞流万仞山[2],戍楼遥指暮云间。西风忽送潇潇雨,满路槐花出故关。

〔1〕康熙十一年(1672),作者出典四川乡试,得诗颇多,编为《蜀道集》。这首诗是赴蜀时途经故关之作。故关,在今河北井陉县西,即井陉关。

〔2〕危栈:山路险绝之处,架木为路,以通行人,叫做栈道。万仞:形容山高。

潼关[1]

潼津直上势嵯峨,天险初从百二过[2]。两戒中分蟠太华,孤城北折走黄河[3]。复隍几见熊罴守,弃甲空传犀兕多[4]。汉阙唐陵尽禾黍,雁门司马恨如何[5]?

〔1〕这首诗前四句写潼关形势,后四句咏叹史事。潼关:见《南将军庙行》注〔2〕。

〔2〕潼津:潼关。津,关津。百二:《史记·高祖本纪》:"秦,形胜之国,带河山之险,县(悬)隔千里,持戟百万,秦得百二焉。"谓秦地险要,其军队可以二敌百;一说是力量可倍于百万。潼关是秦的要塞,故以"百二"称之。

〔3〕"两戒"二句:写潼关雄踞华山山脉,下临黄河,形势险要。两戒,据李淳风《法象志》:古时以太华山将天下山水分为南北两戒。戒,即"界"。蟠,盘曲而伏。太华,即华山,古称西岳,在陕西华阴市。北折,郦道元《水经注》:"黄河自龙门南下,至潼关折而东流。"

〔4〕"复隍(huáng皇)"二句:意为潼关虽险,历史上能固守的人不多。复隍,《易经·泰卦》:"城复于隍。"隍,无水的护城壕。熊罴(pí皮),指将士。弃甲,指战败。《左传》宣公二年载,宋国华元被俘逃归后,人们讥刺他,他回答说:"牛则有皮,犀兕(sì寺)尚多,弃甲则那?"犀兕(古称雌的犀牛为兕),皮可以制甲。

〔5〕"汉阙"二句:总结汉、唐、明亡国之事。汉唐建都长安。阙,皇宫门楼;陵,皇帝坟墓。尽禾黍,《诗经·王风·黍离》,写周旧都宗庙、

243

宫殿平为田地,遍种黍稷。雁门司马,指明末的孙传庭,代州振武卫(今山西代县。代县旧称雁门)人。崇祯十五年,以兵部右侍郎督师陕西,抗击李自成的农民起义军。十六年升兵部尚书。他主张固守潼关,因朝廷催迫出战。农民军攻破潼关,战死。传见《明史》卷二六二。司马,兵部尚书的古称。

龙门阁[1]

众山如连鳌,突兀上龙背[2]。鳞鬣中怒张,风雨昼晦昧。出爪作之而,神奇始何代[3]?乱水趋嘉陵,波涛势交汇。万壑争一门,雷霆走其内[4]。直跨背上行,四顾气什倍[5]。夕阳下岷峨,天彭光破碎[6]。咫尺剑门关,益州此绝塞[7]。子阳昔跃马,妖梦成佁儗[8]。区区王与孟,泥首终一概[9]。李特亦雄儿,僭窃竟何在[10]?

〔1〕这首诗是康熙十一年(1672)途经龙门阁时写的。先写龙门阁的险峻形势,再以史事说明天险的不足据。龙门阁:在龙门山上。据李吉甫《元和郡县志》:"龙门山在利州绵谷县(今四川广元)东北八十二里。"

〔2〕"众山"二句:写阁下山势。连鳌(áo 熬),形容山势绵连。突兀,高耸特出貌。龙背,作者《蜀道驿程记》说,龙门阁即"龙洞背","两山夹峙,一山如狞龙奋脊,横跨两山之间。下有洞,如重城。"

〔3〕"鳞鬣"四句:以水上鳌龙写山色的神奇,意为中峰是鱼龙的鳍,四旁的山仿佛鱼龙的爪牙须髯。之而,《周礼·考工记·梓人》:"深

其爪,出其目,作其鳞之而。"

〔4〕"乱水"四句:写山下水势。嘉陵,江名,为长江上游支流,在四川省东部。争一门,争一个出口。杜甫《长江》:"众水会涪万,瞿塘争一门。"雷霆走其内,指龙门阁下洞中的冲击水声。

〔5〕"直跨"二句:写登阁。下四句接写阁上远望。

〔6〕"夕阳"二句:说夕阳为岷峨所遮,天彭山的光影便显得破碎,语本杜甫《同诸公登慈恩寺塔》"秦山忽破碎"。岷,岷山,在四川北部。峨,峨眉山,在四川峨眉山市西南。天彭,天彭山,在四川彭州市。

〔7〕"咫尺"二句:说近处的剑门关是四川的要塞。咫尺,指距离极近。剑门关,在今四川剑阁县东北。益州,指今四川省。绝塞,边塞。

〔8〕"子阳"二句:写后汉公孙述称帝被杀事。跃马,左思《蜀都赋》:"公孙跃马而称帝。"公孙述,字子阳,汉王莽时为导江卒正(蜀郡太守),后据益州称帝。汉光武建武十二年(36)兵败被杀。妖梦,范晔《后汉书·公孙述传》:"述梦有人语之曰:'八厶子系,十二为期'……遂自立为天子。"怡儗(此音 tài'ài 态碍),妄想。

〔9〕"区区"二句:写前蜀与后蜀亡国之事。区区,不足道。王,五代时前蜀王衍,为后唐李存勖所灭。孟,五代时后蜀孟昶。宋太祖乾德三年(965)降宋。泥首,指叩头乞降。陆倕《石阙铭》:"凶渠泥首。"

〔10〕"李特"二句:写李特起兵失败。李特,西晋末蜀地流民,曾击败晋广汉太守辛冉和益州刺史罗尚,攻占广汉,进围成都。太安二年(303)攻取成都小城,建年号建初。罗尚遣使诈降,乘机偷袭,特败死。事见《晋书·后蜀载记》。僭(jiàn荐)窃,旧史称越分自立为帝。

嘉阳登舟[1]

青衣江水碧鳞鳞,夹岸山容索笑新[2]。怅望三峨九秋色^[3],飘零万里一归人。亭台处处余金粉,城郭家家绕绿蘋^[4]。信宿嘉州如旧识,荔支楼好对江津^[5]。

〔1〕诗作于康熙十一年(1672),写舟上所见嘉州山色城市之美。嘉阳:江名,亦称阳山江,在嘉州(今四川乐山)。

〔2〕青衣江:即平羌江,源出四川省芦山县,流至乐山市入岷江。鳞鳞:形容水波像层层的鱼鳞。山容:指峨眉山的景色。索笑:取笑、引笑。杜甫《沙头》:"巡檐索共梅花笑。"

〔3〕三峨:指峨眉山。峨眉山脉自岷山分出,有大峨、中峨、小峨三山。九秋:指秋季的九十天。

〔4〕"亭台"二句:写嘉州城市繁荣,风景秀丽。金粉,形容繁华绮丽。

〔5〕信宿:过一夜叫宿,再宿叫信。荔支楼:在嘉州,见《舆地纪胜》。江津,江水渡口。

晚登夔府东城楼望八阵图^[1]

永安宫殿莽榛芜,炎汉存亡六尺孤^[2]。城上风云犹护蜀,江间波浪失吞吴。鱼龙夜偃三巴路,蛇鸟秋悬八阵图^[3]。搔首桓公凭吊处,猿声落日满夔巫^[4]。

〔1〕这是登夔州城楼凭吊八阵图的诗,作于康熙十一年(1672)。夔府:夔州,治今四川奉节县。八阵图:据《寰宇记》,"八阵图在奉节县西南七里"。《荆州图记》:"永安宫南一里,渚下平碛上,有孔明八阵图。

聚细石为之,各高五尺,广十围,历然棋布,纵横相当,中间相去九尺,正中开南北巷,悉广五尺,凡六十四聚。或为人散乱,及为夏水所没,冬时水退,复依然如故。"

〔2〕"永安"二句:公元二二二年,蜀汉先主刘备率兵伐吴,败归白帝城。次年,病死永安宫。临死以辅助遗孤(刘禅)之事付托诸葛亮。莽榛芜,草木丛生,一片荒芜。炎汉,汉朝自认为得"火德"而兴,故称炎汉。六尺孤,指诸葛亮所辅助的后主刘禅,他即位时,年十七岁。

〔3〕"城上"四句:用古人凭吊诸葛亮和八阵图的诗句,写蜀汉伐吴的失策和八阵图的遗迹。李商隐《筹笔驿》"风云长为护储胥",歌颂诸葛亮的治军;杜甫《八阵图》"江流石不转,遗恨失吞吴",说蜀汉不宜伐吴。波浪、鱼龙,运用杜甫在夔州写的《秋兴》"江间波浪兼天涌"、"鱼龙寂寞秋江冷"诗意;蛇鸟,八阵图阵名,意为八阵图遗迹,仍能使江流偃息。

〔4〕"搔首"二句:吊古兴悲。搔首,心绪烦乱或有所思考时的动作。桓公,桓温。《晋书·桓温传》载桓温征蜀过八阵图遗址,叹曰:"此常山蛇阵也。"巫,今四川巫山县。

江上看晚霞〔1〕(三首选一)

彭泽县前风倒吹,三朝休怨峭帆迟〔2〕。余霞散绮澄江练,满眼青山小谢诗〔3〕。

〔1〕这首诗作于康熙二十四年(1685)。
〔2〕"彭泽"二句:写遇大风,船停三天不得开行。彭泽县,在江西北部、长江南岸。峭帆,张帆。

〔3〕"余霞"二句：谢朓，南朝齐诗人，字玄晖，后人以与南朝宋诗人谢灵运对举，称之为"小谢"。谢朓《晚登三山还望京邑》："余霞散成绮，澄江净如练。"《游东田》："不对芳春酒，还望青山郭。"诗并化用其意。

蛾矶灵泽夫人祠[1]

霸气江东久寂寥，永安宫殿莽萧萧[2]。都将家国无穷恨，分付浔阳上下潮[3]。

〔1〕这首诗作于康熙二十四年（1685），同情刘备妻孙夫人的遭遇。蛾矶，见龚鼎孳《上巳将过金陵》（四首选二）注〔2〕。灵泽夫人，刘备妻孙夫人。

〔2〕"霸气"二句：写蜀汉、孙吴先后亡国。江东，吴国所在地。永安宫，蜀汉行宫，在白帝城。

〔3〕"都将"二句：孙权本与刘备联合对抗曹操，故以妹嫁备；后蜀、吴交恶相攻，孙夫人自沉于蛾矶，所以说"家国无穷恨"。分付，交代。

清流阁[1]

潇潇寒雨渡清流，苦竹云阴特地愁[2]。回首南唐风景尽，青山无数绕滁州[3]。

〔1〕这首诗作于康熙二十四年（1685），后二句吊古与写景结合起

来,意境加深。清流阁:一作清流关,在滁州(在今安徽)城西南二十里,地势险峻。

〔2〕潇潇:小雨貌。渡:经过。特地:特别。

〔3〕"回首"二句:滁州在五代时是南唐辖地。北周时赵匡胤曾带兵在清流关下打败南唐的十五万大军。滁州四面环山,欧阳修《醉翁亭记》有"环滁皆山也"之句。

嘉陵江上忆家^[1]

自入秦关岁月迟,栈云陇树苦相思^[2]。嘉陵驿路三千里,处处春山叫画眉^[3]。

〔1〕这首诗作于康熙三十五年(1696),写久客秦蜀,舟行嘉陵江上的思乡之情。

〔2〕秦关:秦地(指今陕西省)的关城。栈云:四川栈道边的云气。陇:指甘肃陇山一带。岁月迟:时光久。

〔3〕画眉:鸟名。蕃殖于北方,冬季到南方,春来又回北方。

送张杞园待诏之广陵^[1](二首选一)

茱萸湾上夕阳楼^[2],梦里时时访旧游。少日题诗无恙否?绿杨城郭是扬州^[3]。

〔1〕本题第一首结句是"小别扬州四十年",可见诗作于康熙四十三年(1704)前后。张杞园:名贞,当时官翰林院孔目,所以借古官名待诏称他。广陵:即扬州。

〔2〕茱萸湾:在扬州东北,运河的支流经过处。

〔3〕"少日"二句:作者年青时任扬州推官,曾填《浣溪纱》词,有"绿杨城郭是扬州"之句。无恙,完好。

曹贞吉 二首

曹贞吉(1634—1698),字升六,号实庵,山东安丘人。康熙三年(1664)进士,官礼部郎中。兼工诗词,有《珂雪集》等。

宣城苦雨[1]

积雨疏林动客思,宛溪春尽绿杨垂[2]。朝来归思浓如酒,怕上鳌峰听子规[3]。

〔1〕宣城:旧郡名,治所在今安徽宣城市。
〔2〕宛溪:源出宣城东南的峄山。
〔3〕鳌峰:宣城陵阳山峰名。子规:杜鹃鸟的别称,其叫声为"不如归去",范仲淹《越上闻子规》:"春山无限好,犹道不如归。"

渡潍水吊淮阴侯[1]

闻道韩王坝[2],遗踪尚可求。桥横残照里,雪压大河流[3]。断岸余衰草,寒风上敝裘[4]。雄图今不见,匹马独淹留。

〔1〕潍水:发源山东沂水县箕山,东北流经诸城、安丘、昌邑诸地入海。淮阴侯:汉高祖功臣韩信,曾助高祖破赵取齐,击败项羽,受封过齐王、楚王,又降为淮阴侯,后被吕后所杀。

〔2〕"闻道"句:汉三年,韩信奉汉高祖命击齐,楚将龙且率大军救齐。两军夹潍水对峙列阵。信使人为沙囊万余个,壅水上流,佯败引龙且追击。龙且部队渡水,信决破沙囊,水大至,龙且军败被杀,齐王田广出走,遂破齐。见《史记·淮阴侯列传》。韩王坝,当即传说中韩信部队列阵的堤坝。

〔3〕大河:潍水亦称潍河。

〔4〕敝裘:坏旧的衣裘,作者所穿。此及下文"匹马",皆作者自写渡水情景。

释宗渭 一首

释宗渭,字绀池,号芥山,江苏华亭(今上海市松江区)人。曾从宋琬、尤侗学诗,是清初诗僧。有《绀池小草》。

横塘夜泊[1]

偶为看山出,孤舟向晚停。野梅含水白,渔火逗烟青[2]。寒屿融残雪,春潭浴乱星[3]。何人吹铁笛,清响破空冥[4]?

〔1〕横塘:见汪琬《玉钩斜》注〔5〕,这诗当指苏州的横塘。中二联写横塘景物颇细。

〔2〕逗:招引。

〔3〕屿:小岛。浴:形容星光倒映在潭水中摇动。

〔4〕铁笛:铁制的笛管。朱熹《铁笛亭诗序》:"侍郎胡明仲尝与武夷山隐者刘君兼道游,刘善吹铁笛,有穿云裂石之声。"空冥:天空。

宋　荦 三首

宋荦(1634—1713),字牧仲,号漫堂,又号西陂,别号绵津山人,河南商丘人。以大臣子列侍卫,后官至江苏巡抚、吏部尚书。他推崇宋诗,尤好苏轼。有《绵津山人诗集》。

邯郸道上[1]

邯郸道上起秋声,古木荒祠野潦清[2]。多少往来名利客,满身尘土拜卢生[3]。

〔1〕邯郸:古都邑名,古代黄河北岸商业中心,地处交通要冲,故址在今河北省邯郸市西南。诗慨叹邯郸途上旅客为名利奔波。
〔2〕潦(lǎo 老):雨后地面积水。
〔3〕卢生:唐传奇《枕中记》记开元七年(719),道士吕翁在邯郸客店中,遇少年卢生叹息不得志,乃取囊中枕给他睡。卢生梦做大官,享尽富贵。觉后,见主人蒸黍未熟,而一场富贵已空。拜卢生:似指拜卢生荒祠。

荻港避风[1](二首选一)

春风小市卖河豚,薄暮津亭水气昏[2]。不住江涛崩荻岸,俄惊山月照松门。渔樵有泪游兵过,钟磬无声古庙存。明发扬舲更东下[3],杜鹃啼处几家村?

〔1〕荻港:地名,在今安徽铜陵市。诗写战乱后的荒凉情状。
〔2〕河豚:鱼名,味美有毒。津亭:渡口的亭子。
〔3〕明发:天明。扬舲:开船。舲(líng 灵),有窗的小船,这里泛指船。

海上杂诗[1](三首选一)

杰阁从前代[2],平看碧海流。千年留碣石,一发辨登州[3]。潮送斜阳落,风传绝塞秋。倚阑聊咏志,俊鹘下荒洲[4]。

〔1〕这首诗写秋天在山海关眺海的景象,结联抒情。
〔2〕杰阁:据作者自注指山海关城楼。从前代:建自前朝。
〔3〕碣(jié 节)石:在今河北昌黎县渤海边。一说古代山名,北魏时已沉没。秦始皇曾登碣石山,勒铭自颂功德。一发:形容眺望远处所看到的细微影子。苏轼《澄迈驿通潮阁》诗:"青山一发是中原。"登州:今山东烟台市蓬莱区。
〔4〕俊:同"骏"。鹘(hú 胡):鹰一类的鸟,也叫做隼。这二句把"咏志"和"俊鹘"联写,表示想慕奋发高飞之意。

田 雯 二首

田雯(1635—1704),字紫纶,一字纶霞,晚号蒙斋,山东德州人。康熙三年(1664)进士,官至户部侍郎。有《古欢堂集》。

移居诗

东野家具少于车[1],学打僧包何为家[2]。一捆乱书十瓦钵,奚奴负走如奔麚[3]。小巷逼塞通破寺,邻人指说来官衙[4]。自操箕帚扫土锉[5],糊窗吹纸西风斜。雨淋屋塌堆瓦砾,墙脚残立山姜花[6]。日暮天寒验霜讯,匝飞秃树啼老鸦[7]。短檠无油月相照[8],二更三更城鼓挝。鱼目鳏鳏瞠不睡,直从万古寻羲娲[9]。

〔1〕东野:唐代诗人孟郊字。孟郊《借车》诗:"借车载家具,家具少于车。"

〔2〕"学打"句:迁居只打简单包裹,像僧人出门一样,根本不算搬家。

〔3〕奚奴:旧时仆役之称。麚(jiā 嘉):牡鹿。

〔4〕来官衙:从官衙搬来。

〔5〕土锉(cuò 错):瓦锅,杜甫《闻斛斯六官未归》诗:"荆扉深蔓

草,土锉冷疏烟。"句中似指土锅灶。

〔6〕山姜花:《南方草木状》:"山姜花……于叶间吐花作穗如麦粒,软红色。"田雯深爱此花,故号山姜。

〔7〕匝飞:绕着飞。

〔8〕短檠(qíng擎):短架灯。檠,灯架。

〔9〕"鱼目"二句:谓居室简陋,夜深不睡,人却在探究远古问题,忘贫好学之意。鳏(guān关)鳏,鱼目不闭貌。瞠(chēng撑),眼瞪开。羲娲,伏羲、女娲,传说中的上古君主。寻羲娲指探究羲、娲时代的历史问题。

河内县[1]

筼筜丛绿菜花稠[2],溪上人家架小楼。一路春风清化镇,酒帘药圃是怀州[3]。

〔1〕河内县:今河南沁阳,古代为怀州治所。

〔2〕筼筜(yúnhuáng匀皇):竹林。

〔3〕清化镇:在沁阳东,作者由东往西,经清化镇。酒帘药圃:路旁所见,很多酒店药圃,成为怀州特色。

姚文焱 一首

姚文焱(yàn 焰),字彦昭,安徽桐城人。康熙八年(1669)举人。官长洲教谕,有《超玉轩诗集》。

赤壁[1]

天空木落石崔嵬,怀古凭轩倦眼开[2]。山势欲奔吞浪住,江光不断抱城来。英雄气尽三分业,词客名高两赋才[3]。只有文章传胜地,箫声鹤梦总尘埃[4]。

〔1〕赤壁:东汉建安十三年(208),孙权与刘备联军败曹操于赤壁,形成后来魏、蜀、吴三国鼎立之势。

〔2〕崔嵬(wéi 违):犹"嵯峨",高貌。轩:窗。

〔3〕"英雄"二句:写赤壁史事。词客,指苏轼。两赋,苏轼贬黄州时,作有前、后《赤壁赋》。《前赤壁赋》写曹操"方其破荆州,下江陵,顺流而下,舳舻千里,旌旗蔽空,横槊赋诗,固一世之雄也,而今安在哉?"即"英雄气尽"所本。按:苏轼所游赤壁,系黄冈市赤鼻矶,非嘉鱼县赤壁之战处。

〔4〕"只有"二句:写苏轼赤壁之游,也已成历史,只有赋文流传不朽。箫声,《前赤壁赋》写"客有吹洞箫者……其声呜呜然,如怨如慕,如

泣如诉,余音袅袅,不绝如缕。"鹤梦,《后赤壁赋》写游至夜半,有一"玄裳缟衣"的"孤鹤""横江东来"。后来作者入睡,梦一道士,问他赤壁之游如何。作者始知道士就是孤鹤所化。

赵 俞 二首

赵俞(1636—1713),字文饶,号蒙泉,江苏嘉定(今上海市辖区)人。康熙二十七年(1688)进士,官定陶知县。有《绀寒亭诗》。

督亢陂[1]

提剑荆轲勇绝伦,浪将七尺殉强秦[2]。燕仇未报韩仇复,状貌原来似妇人[3]。

[1] 这首诗咏荆轲,以张良对比,认为勇力不如智谋。督亢(kàng抗):古地名,在今河北省涿州市东,跨涿州、固安、新城等地界。中有陂泽,周五十余里,支渠四通,富灌溉之利。战国时为燕国著名富饶地带。荆轲入秦行刺,以献督亢地图为名。

[2] "提剑"二句:说荆轲虽勇,却白白地牺牲于秦国。提剑,陶渊明《咏荆轲》:"君子死知己,提剑出燕京。"浪,滥,随便。七尺,人身的代称。

[3] "燕仇"二句:说荆轲行刺失败,燕国之仇没报成;而张良辅助汉高祖刘邦起兵,终于灭秦,报了韩国之仇。张良,战国韩人。《史记·留侯世家》说他"状貌如妇人好女"。

闻鹧鸪[1]

月照霜华石磴危,钩辀苦怨客归迟[2]。故乡亦是惊魂地,只恐山禽尚未知。

〔1〕闻鹧鸪:见尤侗同题诗注〔1〕。此诗说故乡也是归不得的"惊魂"之地,用意翻进一层。

〔2〕石磴(dèng 邓):石头台阶。钩辀(zhōu 舟):鹧鸪叫声。韩愈《杏花》诗:"鹧鸪钩辀猿叫歇。"又鹧鸪叫声像"行不得也哥哥"、"快快归家",所以说"苦怨客归迟"。

徐　釚 一首

徐釚(qiú 求)(1636—1709)，字电发，号拙存，又号虹亭，江苏吴江(今苏州市辖区)人。康熙十八年(1679)试博学鸿词科，授翰林院检讨。能诗画，诗以"绵丽幽深"著。有《南州草堂集》。

晓发京口[1]

溯洄泱漭忽闻鸡，风饱江帆叶叶齐[2]。瓜步晓钟寒雨歇，楚天浓树湿烟迷[3]。已从击楫悲荒垒，更想沉舟听鼓鼙。回首瓮城山色远，惊涛犹在海门西[4]。

〔1〕这首诗写江行景色。京口，镇江。
〔2〕"溯洄"二句：写侵晨发舟，顺风上行。溯洄，逆水行舟。泱漭，形容水流阔大。
〔3〕"瓜步"二句：至瓜步始闻晓钟，写舟行之速。瓜步，镇名，在江苏南京六合区东南，距镇江约一百里。楚天，泛指长江中游之地。
〔4〕"击楫"四句：怀古抒情，写兴亡之感。击楫，用东晋祖逖渡江中流击楫典。沉舟，用楚项羽渡河沉舟破釜典。当指清军下江南事。瓮城，即铁瓮城，指镇江。海门，镇江焦山东北有二岛对峙，谓之"海门"，见《畿辅志》。

邵长蘅 四首

邵长蘅(1637—1704),字子湘,号青门山人,江苏武进(今常州市辖区)人。秀才,授州同知不就。曾客宋荦幕,终其身未居官。他以古文著名;诗由唐入宋,宋荦《井梧集序》称其"格高气厚"。有《青门集》。

雨后登惠山最高顶[1]

雨歇翠微深,山光媚新霁[2]。拄策凌清晨,松杉吐仍翳[3]。扪萝已数盘,缘磴方屡憩[4]。平芜鸟去没,远浦树如荠[5]。绝顶惊银涛,始觉具区大[6]。两洮浮日月,三州萦衣带[7]。森漭极无垠,遥天与波逝[8]。群峰散凫鸭,泛泛烟波际[9]。平生怀壮观,兴惬兹游最[10]。下方隐招提,钟声破苍霭[11]。

〔1〕这首诗写雨后登惠山以望太湖,前六句写登山,以下写望远。惠山:在江苏无锡市西郊,周约二十公里,以泉水著名。

〔2〕翠微:青翠的山色。霁(jì寄):雨止天晴。

〔3〕拄(zhǔ主)策:扶着拐杖。凌:冒犯,迎着。吐仍翳(yì意):半显半隐。翳,遮蔽。

〔4〕扪萝:攀着藤萝。扪,抚摸。憩(qì气):休息。

〔5〕平芜:原野。树如荠:见王士禛《瓜洲渡江》(二首)注〔3〕。

〔6〕具区:太湖的别名。

〔7〕两沤(ōu欧):日月出没,像浮在湖上的两个水泡。沤,水泡。三州:指太湖附近的三个州郡:苏州,治所在今江苏苏州;湖州,治所在今浙江湖州吴兴区;常州,治所在今江苏常州。萦衣带:像衣带环绕。

〔8〕"淼(miǎo渺)㳽"二句:写湖面宽广,水天相接。淼㳽,水势盛大的样子。垠(yín银),边界。

〔9〕"群峰"二句:写湖中群峰像在水上浮游的凫鸭一样。

〔10〕惬(qiè怯):满足。

〔11〕下方:山下。招提:梵语,本作拓提,义为寺院。霭:云气。

登吴城望湖亭〔1〕

波阳湖合赣江流,倚槛江湖望转幽〔2〕。湖势北摇匡岳动,江声西拥豫章浮〔3〕。鱼龙昼啸千艘雨,日月晴悬一镜秋〔4〕。回首战争曾此地,荻花萧瑟隐渔舟〔5〕。

〔1〕这首诗写鄱阳湖的阔大和声势。吴城:山名,在江西鄱阳湖西岸,上有望湖亭。

〔2〕波阳湖:即鄱阳湖,在江西省北部。赣江:东源贡水,出武夷山;西源章水,出大庾岭,在赣州市汇合后经星子县蛟塘东入鄱阳湖。槛:栏杆。

〔3〕"湖势"二句:分写鄱阳湖和赣江,说湖势像能摇动匡岳、江流

能漂浮豫章一样。匡岳,即庐山,一名匡山,在鄱阳湖滨。豫章,郡治在今江西省南昌市。

〔4〕"鱼龙"二句:上句写阴雨时景色,下句写晴朗时景色。千艘(sōu搜),形容船多。

〔5〕荻花萧瑟:白居易《琵琶行》:"枫叶荻花秋瑟瑟。"隐渔舟:渔舟遮隐于荻花中。

题冀渭公所藏
杨忠愍梅花诗卷有序[1]

渭公大父梅轩,故官比部郎[2]。忠愍颂系时,先生倾身橐饘[3]。忠愍高其谊[4],为作此卷。同时周旋诏狱,霸州王继津、太仓王元美及应生最著[5]。先生事世鲜知者[6]。康熙丙辰,渭公来吴阊[7],出卷示余,盖百二十余年物矣。展卷肃然,敬题其后。

黯淡缃绨墨影寒,那能展卷不汍澜[8]?当关虎豹糜躯易,畏路风波仗友难[9]。溅血九原仍化碧,批鳞一疏独留丹[10]。文山诗句眉山笔,古瘦清香再拜看[11]。

〔1〕冀渭公及其祖父梅轩之名未详。据《杨忠愍全集·跋冀梅轩留题〈朱子语录〉后》,梅轩在杨继盛下狱时,曾做过一个月的狱官。杨

忠愍:杨继盛,字仲芳,号椒山,嘉靖时官兵部员外郎,因弹劾权相严嵩被构陷下狱,受尽酷刑,在狱三年,被杀,追谥忠愍。

〔2〕大父:祖父。故官比部郎:曾当过比部郎的官。比部,刑部。

〔3〕颂(róng容)系:这里借指被逮入狱。倾身橐饘(tuózhān驼沾):尽力照顾衣食。语出《左传》僖公二十八年:"甯子职纳橐饘焉。"

〔4〕高其谊:敬重他的义气。

〔5〕周旋:照顾援助的意思。诏狱:皇帝命令审讯的案件,也指关押这种案件犯人的监牢。王继津:名璘,官兵部员外郎。杨继盛下狱,王给他送汤药,把女儿许配给杨的儿子。王元美名世贞,官至刑部尚书,曾为杨继盛送汤药到狱里,并代杨妻起草奏疏,杨死后又备棺收敛。应生:应明德,字养虚,官刑部主事,他照顾杨继盛在狱里的汤药和饮食。

〔6〕先生:指冀梅轩。鲜知:少知。

〔7〕康熙丙辰:康熙十五年(1676)。吴阊:指苏州。苏州有阊门。

〔8〕"黯淡"二句:写见画卷而流泪。缃绨(tí题),裱字画所用的丝织品,此指画卷。汍(wán丸)澜,流泪的样子。

〔9〕"当关"二句:说奸臣当道,倾身犯难容易,而在祸患中依靠朋友就难了。言外有赞美冀渭公奋身仗义意。当关虎豹,喻权臣,指严嵩。《楚辞·招魂》:"虎豹九关,啄害下人些。"畏路,即畏途,危险可怕的道路。《庄子·达生》:"夫畏途者,十杀一人,则父子兄弟相戒也。"

〔10〕"溅血"二句:写杨继盛的死难及气节。九原,指墓地。批鳞,比喻向皇帝强谏。《韩非子·说难》:"(龙)喉下有逆鳞径尺,若有人婴(触犯)之者,则必杀之。人主亦有逆鳞,说者能无婴人主之逆鳞,则几(近)矣。"疏,指杨继盛弹劾严嵩十大罪状的奏折。丹,丹心。

〔11〕"文山"二句:写卷上题字,诗笔像出于文山、眉山一类人物。文山,宋文天祥的号。眉山,指宋代苏轼,他是眉山人。古瘦清香,作者自注:"忠愍有'古瘦清香原太始'之句。"再拜,表示尊敬。看,读平声。

津门官舍话旧[1]

对床通夕话,官舍一灯红。十年存殁泪[2],并入雨声中。

〔1〕津门:天津市的别称。官舍:衙门。
〔2〕存殁泪:感念生者流离、死者堪悲的眼泪。

张笃庆 二首

张笃庆(约 1638—1716),字历友,号厚斋,山东淄川(今淄博市辖区)人。康熙拔贡。其诗工整遒健。有《昆仑山房集》。

明季咏史百一诗[1]（一百零一首选一）

羽书百道起黄尘,一马临江入紫宸[2]。国耻不言教战士,时危亟欲选才人[3]。空余跋扈桓宣武,岂有勤王温太真[4]?燕雀处堂朝夕计,延秋门外走跧跧[5]。

〔1〕《明季咏史》是作者著名的咏明末史事的组诗,这一首写南明弘光朝君昏臣暗,以致灭亡。"百一诗",效三国魏应璩诗题。

〔2〕羽书:古代军事文书,表示要迅速传递的,上插羽毛,也称"羽檄"。一马:原指东晋元帝渡江嗣位,这里指南明福王在南京称帝。紫宸(chén 辰):皇帝所居的地方。

〔3〕"国耻"二句:福王登帝位,不明耻教战,救亡图存,却下命选江浙一带美女。亟,急。才人,古代皇帝后宫女官名。

〔4〕"空余"二句:写武将专横跋扈,不恤国难。跋扈(hù 沪),骄傲专横。桓宣武,东晋权臣桓温谥宣武。他与燕战败后,谋废晋废帝自立。勤王:朝廷有危难,起兵救援。温太真:温峤,字太真,东晋江州刺史。苏

峻作乱,他约陶侃共同起兵勤王。

〔5〕"燕雀"二句:指弘光小朝廷毫无远虑,最后以逃亡告终。燕雀处堂,比巢居堂上的燕雀,自以为安,到火烧房屋时,才知大祸临头。见《孔丛子》。延秋,唐长安宫门名,这里指代南京城门。走踆踆(cūn 村):指逃跑。

勘灾吏[1]

火云何烈烈,千里无寸苗。狂飙暗白昼,赤日缠山腰。一解[2]无食昔所叹,忧旱多辛艰。愿言告令尹,为我达上官。二解[3]令尹一何恚:"父老不解事。催租令如雷,昨日黄符至。三解六诏虽已平,万里饷戍兵。恐触上官怒,告哀终何成?"四解[4]父老前致辞:"十室九不炊。逃亡无家别,辛苦五流离。"五解[5]黾勉报旱灾,小字达中丞。曰遣邻邑吏,勘灾到荒城。六解[6]亦不闻省郊,亦不闻履亩。张皇饬厨传,殷勤接酒杯。七解[7]"亦知上官意,塞责来相过。"客吏顾主吏:"此事当云何?"八解"旦夕徼天泽,雨露将在兹。良苗竞怀新,下吏翻成欺。"九解"为我谢父老,努力鬻汝田。办租奉公上,皇天当见怜。"十解[8]

〔1〕勘灾吏:调查灾情的官吏。这首诗反映官场应付故事,视救灾为儿戏的腐败现象。

〔2〕一解:写旱灾。狂飙(biāo 标),狂风。解,表示诗的段落,等于

269

章,这是乐府诗所用体式之一。

〔3〕二解:人民希望官府将灾情报告上级。令尹,县令。

〔4〕三解、四解:县令回答不能报告灾情的原因。恚(huì惠),恼怒。黄符,皇帝的诏令。六诏,唐时西南少数民族,称王为"诏",有六部,其地在今四川、云南交界处。这里"平六诏",指平定云南叛清的吴三桂部。饷,作动词用,供给军饷。戍卒,边防军。

〔5〕五解:写父老再求县官。炊,烧饭。无家别,借用杜甫诗篇名,指灾民家庭早已离散。五流离,逃亡飘零。五流,原指五种流放罪刑。《尚书·舜典》:"五流有宅。"

〔6〕六解:写县令勉强用私人信向巡抚报告灾情,巡抚派邻县官吏前来勘灾。黾(mǐn敏)勉,本是"努力"的意思,这里作"勉强"解。小字,指不用官府正式公文。中丞,清代巡抚的代称。曰,指中丞的答复。

〔7〕七解:写勘灾吏到县城后的作为。省郊,到郊外考查。履亩,脚踏地亩考察。张皇,匆忙紧张。饬,命令。厨传(zhuàn篆),饮食居宿。

〔8〕八解至十解:写勘灾官吏(客吏)与地方官吏(主吏)的对答。主吏说天可能要下雨,报告灾情后要承担欺骗上级的责任;客吏要他转告农民,卖田交租。旦夕,早晚来到之意。徼,侥幸。天泽,指下雨。怀新,得雨后禾苗抽新芽。陶渊明《癸卯岁始春怀古田舍》:"良苗亦怀新。"

王 抃 一首

王抃(1635—1699),字虹友,号汲园,江苏太仓人。布衣,诗效吴伟业,为"太仓十子"之一。有《芦中集》。

谒伍相祠[1]

萧条古堞树栖乌,载拜祠门落日孤[2]。报父有心终覆楚,杀身无计可存吴[3]。英雄忠孝留天壤,山水苍凉失霸图[4]。回首荒台麋鹿地,属镂遗恨满姑苏[5]。

〔1〕伍相:即伍子胥。事详《史记·伍子胥列传》。其祠庙在苏州。
〔2〕堞:城上短墙。载拜:再拜。
〔3〕"报父"二句:颂扬伍子胥"忠孝"的事迹。子胥父伍奢,以直谏为楚平王所杀;其兄伍尚亦被杀。子胥为了报父兄之仇,乃率吴军破楚郢都,鞭平王尸。后伍子胥劝吴王拒绝越国求和并停止伐齐。吴王受太宰嚭进谗,怀疑子胥不忠,以剑赐之死。子胥临死说:"抉吾眼悬吴东门之上,以观越寇之入灭吴也。"吴果为越所亡。
〔4〕天壤:天地。"山水"句:说苏州为吴故都,山水苍凉,已失去霸气。
〔5〕荒台:指姑苏台,在苏州姑苏山上,吴王阖闾所筑。《史记·淮

南王安传》载,子胥谏吴王,说政荒国亡,将见"麋鹿游姑苏之台"。属镂遗恨:见吴伟业《伍员》注〔3〕。

李　符 二首

李符(1639—1689),字分虎,号桃乡,浙江秀水(今嘉兴)人。布衣未仕,客游四方,康熙二十八年卒于福州。工词,诗亦清空有致,有《香草居集》。

滇南春词[1](十二首选二)

青楼大道绿杨多,中有红颜似素娥[2]。不学秦筝和赵瑟[3],尊前只唱采茶歌。

滇南正月如三月,李花桃花开满城。待到花朝花尽落,未逢上巳叶全生[4]。

〔1〕这两首诗是作者游云南时作,写出当地民歌、气候的特点。滇:云南简称。

〔2〕素娥:月中女神名嫦娥,月色白,又称素娥。谢庄《月赋》:"集素蛾于后庭。"

〔3〕秦筝赵瑟:秦人善弹筝,赵人善鼓瑟,古代常称之。李斯《谏逐客书》:"夫击瓮、叩缶、弹筝、搏髀,而歌呼呜呜快耳者,真秦之声也。"《史记·廉颇蔺相如列传》:"赵王鼓瑟",张正见诗:"赵姬未鼓瑟,齐客

罢吹筝。"谢朓《三日侍华光殿曲水宴代人应诏》:"秦筝赵瑟,殷勤促柱。"

〔4〕花朝、上巳:旧俗以农历二月十五日为百花生日,亦称花朝;以三月上旬的巳日为上巳,后以三月初三为上巳,不限巳日。

蒲松龄 一首

蒲松龄(1640—1715),字留仙,一字剑臣,号柳泉,山东淄川(今淄博市辖区)人。康熙岁贡,教读为生。所作以小说集《聊斋志异》最著名。诗亦朴素能白描。有《聊斋文集》、《聊斋诗集》。

青石关[1]

身在瓮盎[2]中,仰看飞鸟度。南山北山雪,千株万株树。但见山中人,不见山中路。樵者指以柯,扪萝自兹去[3]。勾曲上云霄[4],马蹄无稳步。忽然闻犬吠,烟火数家聚。挽辔眺来处[5],茫茫积翠雾。

〔1〕青石关:在山东淄博市南,两山壁立,连亘数里。诗写山路的险峻。

〔2〕瓮盎(àng 昂,去声):皆盛物陶器。盎,腹大口小。

〔3〕"樵者"二句:写问路时樵夫指示路径的情况。柯,斧柄。扪萝,攀藤附萝。

〔4〕勾曲:山路弯曲。

〔5〕挽辔:停住马。辔(pèi 佩),马缰绳。

吴之振 四首

吴之振(1640—1717),字孟举,浙江石门(今桐乡市辖镇)人,康熙贡生,荐补中书科中书,未赴。以与吕留良合编《宋诗钞》著名。有《黄叶村庄诗集》。

初出黄河口效诚斋体[1]

逆风扑面帆仍挂,捩柁当头船倒行[2]。兀坐篷窗浑不解,青山送我似相迎[3]。

〔1〕诚斋体:南宋诗人杨万里号诚斋,其白描诗自成一体。
〔2〕捩(liè列)柁:转动船柁。
〔3〕"兀坐"二句:逆风扑帆,船常倒退,故后面相送的青山,又似从前面来迎接。兀坐,端坐。

论诗偶成[1](十二首选一)

夺胎换骨义难羁,诗到苏黄语益奇[2]。一鸟不鸣翻旧案,前人定笑后人痴[3]。

〔1〕这首诗批评王安石改换前人诗句的错失。

〔2〕夺胎换骨:宋黄庭坚论作诗的一种主张。释惠洪《冷斋夜话》:"山谷(黄庭坚)曰:'诗意无穷,而人之才有限;以有限之才追无穷之意,虽渊明、少陵不得工也。然不易其意而造其语,谓之换骨法;窥入其意而形容之,谓之夺胎法。'"苏、黄:苏轼、黄庭坚。

〔3〕"一鸟"二句:梁朝王籍《入若邪溪诗》:"蝉噪林逾静,鸟鸣山更幽。"王安石《钟山即事》诗:"茅檐相对坐终日,一鸟不鸣山更幽。"作者原注:"'鸟鸣山更幽',语意高妙。'一鸟不鸣山更幽',便无味矣。"

叠韵送叶星期岁暮还山〔1〕

空山鸾啸激清音〔2〕,壑断云连咫尺寻。老去贫交难聚首,眼前生客怕输心。长镵劚处霜苗短〔3〕,柔橹声中落叶深。万顷菰芦堆碧海〔4〕,星星渔火入香林。

〔1〕叶星期:即叶燮,见本书叶燮诗选作者简介。

〔2〕"空山"句:似以啸"清音"的鸾鸟喻高士或诗人。鸾,传说中凤凰一类的鸟。

〔3〕长镵(chán 馋):镵,古代的一种犁头。装上弯曲的长柄,用以掘土,叫长镵。杜甫《乾元中寓居同谷县作歌七首》:"长镵长镵白木柄,我生托子以为命。"劚(zhú 竹):大锄,引申为掘。

〔4〕菰(gū 姑):多年生水生宿根草本植物。茎即俗称"茭白",果称菰米或雕胡米。

处州杂言八首[1]（选一）

城里荒山城外溪,可怜今剩几残黎[2]。十三年遇兵戈扰,八丈波同石柱齐[3]。官舍夜深曾过虎,人家日午不闻鸡[4]。招徕半是闽中客,代种春田雨一犁[5]。

〔1〕处州:旧府名,治所在括苍(今浙江丽水)。康熙二十七年(1688),作者知处州,此诗作于次年,描写当地的荒凉情况。

〔2〕残黎:残留的民众;疲敝的民众。

〔3〕"十三"二句:写处州一带十几年都有战争,又遇大水灾。作者自注:"南明山(在处州)石柱,高八丈,(康熙)廿五年水与之齐。"

〔4〕不闻鸡:无人养鸡。

〔5〕"招徕(lái 来)"二句:处州战后农民少,只好招福建农民来代耕。徕,同"来"。闽,福建简称。

吴　雯 一首

吴雯(1644—1704),字天章,号莲洋,山西蒲县人。秀才。其诗清新秀拔,颇为当时名流所激赏。有《莲洋集》。

明妃[1]

不把黄金买画工,进身羞与自媒同[2]。始知绝代佳人意,即有千秋国士风[3]。环珮几曾归夜月？琵琶惟许托宾鸿[4]。天心特为留青冢[5],春草年年似汉宫。

[1] 这首诗赞扬明妃的品格,而同情其遭遇。明妃即王嫱,字昭君。

[2] "不把"二句:相传汉元帝曾叫画工画后宫宫人像。宫人都向画工行贿,只明妃不行贿,被画工画丑了,以致遭嫁匈奴。明妃临去匈奴时,元帝召见,发现她的美丽是后宫第一,遂案治画工而杀之。见《西京杂记》。自媒,为自己说好话,以求取容于人。

[3] "始知"二句:以明妃比国士。绝代佳人,指明妃。国士,一国中杰出的人士。

[4] "环珮"二句:化用杜甫《咏怀古迹》"画图省识春风面,环珮空归月夜魂。千载琵琶作胡语,分明怨恨曲中论"诗意。托宾鸿,思乡之情只能寄托南飞的鸿雁。

〔5〕青冢:明妃墓在今内蒙古自治区呼和浩特市南。相传塞上草白,独明妃墓地上草色常青,故名。见《太平寰宇记》。

孟亮揆 一首

孟亮揆,字绎来,长洲(今江苏苏州)人。康熙九年(1670)进士,官翰林侍讲。

于忠肃墓[1]

曾从青史吊孤忠,今见荒丘岳墓东[2]。冤血九原应化碧,阴磷千载自沉红[3]。有君已定还銮策,不杀难邀复辟功[4]。意欲岂殊三字狱,英雄遗恨总相同[5]。

[1] 于忠肃:于谦谥忠肃,墓在杭州西湖。

[2] 青史:史书。孤忠:指于谦。岳墓:南宋名将岳飞之墓。

[3] "冤血"二句:说于谦含冤被杀,英灵不死。血化碧,见王夫之《正落花诗》(十首选一)注[3]。阴磷:传说中的"鬼火"。

[4] "有君"句:景帝既立,瓦剌要送回明英宗。朝议未定,于谦力主迎驾。英宗复辟后,石亨、徐有贞等执于谦下狱,"诬谦等与黄玹构邪议,更立东宫,又与太监王诚、舒良、张永、王勤等谋迎立襄王子。""奏上,英宗尚犹豫曰:'于谦实有功。'有贞进曰:'不杀于谦,此举为无名。'帝意遂决。"见《明史·于谦传》。

[5] "意欲"二句:感慨于谦与岳飞被诬陷而死,遗恨相同。意欲,

《明史纪事本末》:"有贞嗾言官以迎立外藩议劾王文,且诬谦下狱。所司勘之无验。……有贞曰:'虽无显迹,意有之。'法司萧维桢等阿亨辈,乃以'意欲'二字成狱。"三字狱,指秦桧以"莫须有"三字的罪名杀害岳飞。

王鸿绪 一首

王鸿绪(1645—1723),字季友,号俨斋,华亭张堰镇(今属上海市金山区)人。康熙十二年(1673)进士,官至工部尚书,尝为《明史》总裁。有《横云山人集》。

夜[1]

霜风瑟瑟动窗纱,故国音书旅雁赊[2]。永夜闻砧难入梦[3],他乡见月易思家。干戈且喜人无恙,蒲柳应怜鬓有华[4]。独愧圣朝容弃物,未辞簪绂问桑麻[5]。

[1] 这首诗写秋夜思家之情,语言清秀工稳,可代表作者风格。
[2] 瑟瑟:秋风声。故国:指故乡。赊:远,渺茫。
[3] 永夜:长夜。闻砧:闻砧声而思家。砧,捣衣石。
[4] "蒲柳"句:自叹早衰如蒲柳,鬓边已有花白的头发。《晋书·顾悦之传》:"松柏之姿,经霜犹茂;蒲柳常质,望秋先零(落)。"
[5] 圣朝:对朝廷称颂之词。弃物:废物,自称无用于世。未辞簪绂(zānfú 糌幅):未能辞官。簪绂,官员的服饰,借指官。问桑麻:指归田。

洪　昇 七首

洪昇(1645—1704),字昉思,号稗畦,浙江钱塘(今杭州)人。国子监生。先后从王士禛、施闰章学诗。是著名传奇《长生殿》的作者。康熙二十八年(1689),佟皇后丧服期内,在北京寓中演出此剧,遭受革职下狱的处分。同案牵连的赵执信、查慎行等并被革职。归里后,生活潦倒。年六十,坠水而死。有《稗畦集》。

京东杂感[1]（十首选二）

胜国[2]巡游地,孤城有废宫。周垣[3]春草外,园殿夕阳中。狐撋沙翻雪,鸱蹲树啸风[4]。唯余旧村落,鸡犬似新丰[5]。

雾隐前山烧[6],林开小市灯。软沙平受月,春水细流冰。远望穷高下,孤怀感废兴。白头遗老在,指点十三陵[7]。

〔1〕京东:北京东郊。作者出生于明亡之后,但这两首诗凭吊明朝帝陵,感慨颇深。

〔2〕胜国:前一朝代为后一朝代所胜,故称前朝为"胜国"或"胜朝",这里指明朝。

〔3〕周垣:围墙。

〔4〕"狐揩(hú 胡)"二句:写陵园的荒凉景象。狐揩,狐狸掘穴。《国语·吴语》:"狐埋之而狐揩之。"揩,掘土。鸱(chī 蚩):鸱鸮,猫头鹰。

〔5〕"唯余"二句:说只有陵园附近的农家如旧。新丰,故城在今陕西西安临潼区东北。汉高祖刘邦做皇帝后,因其父想东归沛县丰邑故里,乃在长安附近建筑一城,街道房屋都照丰邑的样子,名曰"新丰"。

〔6〕烧(shào 哨):山上烧的野火。

〔7〕遗老:前一朝代的臣民,不肯归顺新朝的,称遗老。十三陵:在北京市昌平区天寿山南,明朝自成祖以下十三个皇帝陵墓的统称。

衢州杂感[1](十首选二)

荒村野老暮相逢,为说今年洚水[2]冲。一夜波涛如溃海,万山风雨出飞龙。支崖不见孤撑石,卧壑曾闻倒拔松。听罢踟蹰堕双泪,可能入告免租庸[3]?

城荒孤树立云根,水退清溪露石痕。鼓角秋风寒似塞[4],牛羊落日废如村。漂零自分儒生贱,干谒方知长吏尊[5]。那得为农成独往,瓦盆盛酒[6]对儿孙?

〔1〕这两首诗写衢州水灾及自己经过的感受。衢州:在今浙江。

〔2〕洚(jiàng 匠)水:大水。

〔3〕入告:臣下向朝廷报告。租庸:唐初曾实行租庸调的税法。这里指赋税。

〔4〕寒似塞:荒凉冷落得像边塞。

〔5〕自分(fèn份):自己估量。干谒:请求帮助。干,求。谒,拜见。

〔6〕瓦盆盛(chéng成)酒:杜甫《少年行》:"莫笑田家老瓦盆,自从盛酒长儿孙。"盛,装。

田家雨望〔1〕

惆怅立荒蹊〔2〕,山寒云渐低。草风疏飒飒,竹雨冷凄凄。鸡鹜争余粒,鸬鹚睨浅溪〔3〕。催科当岁歉,忍更迫穷黎〔4〕!

〔1〕这首诗写农村荒年景象。

〔2〕蹊(xī西):小路。

〔3〕鹜(wù务):鸭子。鸬鹚:水鸟,能捕食鱼类。睨(nì逆)浅溪:谓溪浅鱼少,久立以窥伺。睨,斜视。

〔4〕岁歉:荒年。穷黎:穷困的老百姓。黎,黎民,老百姓。

喜雨〔1〕

半岁伤枯旱,郊原一雨新。麦芽争出土,花气欲排春〔2〕。旋涨南陂水〔3〕,初消北地尘。明朝减米价,先慰绝粮人。

〔1〕这首诗写久旱得雨,希望米价下降,减少"绝粮"者的困难。

〔2〕排春:争春。

〔3〕旋:旧读去声,不久。陂(bēi 碑):池塘。

钓 台[1]

逃却高名远俗尘,披裘泽畔独垂纶[2]。千秋一个刘文叔,记得微时有故人[3]。

〔1〕钓台:在浙江省桐庐县富春江滨,有东西二台,东台传为东汉严光隐居垂钓处。

〔2〕"逃却"二句:《后汉书·逸民传》:"严光字子陵,少有高名,与光武同游学。及光武即位,隐身不见。帝思其贤,乃令以物色访之。后齐国上言:'有一男子,披羊裘钓泽中。'"光武派人往请,三反而后至。共叙旧情,曾与同卧。光终不肯出仕,仍回富春。俗尘,指世俗之事,即趋求名利。

〔3〕"千秋"二句:说自古以来,只有刘秀在当了皇帝后,还记得微贱时的老朋友。刘文叔,东汉光武帝刘秀,字文叔。

潘 耒 四首

潘耒(1646—1708),字次耕,号稼堂,晚号止止居士,江苏吴江人。康熙十八年(1679)试博学鸿词科,官翰林院检讨。诗笔雅健畅达,以议论胜。有《遂初堂集》。

华峰顶[1]

昆仑之脉从天来,散作岳镇千琼瑰。帝怒东南势倾削,特耸一柱名天台[2]。天台环周五百里,金翅擘翼龙分胎。峰峦一一插霄汉,涧瀑处处奔虹雷[3]。华顶最高透天顶,万八千丈青崔嵬。乘云驭风或可上,我忽到之亦神哉[4]。游氛豁尽日当午,洞视八表无纤埃。南溟东海白一杯,括苍雁宕青数堆[5]。千峰簇簇莲花开,中峰端严一莲台。华藏世界宛如此,醯鸡不识良可哀[6]。渺茫夸阆苑,荒忽求蓬莱,何如天台灵异在人境,劫火不到无三灾[7]!神泉自流,琪树不栽,弥山药草,满谷丹材[8]。应真显隐混樵牧,飞仙游戏同婴孩[9]。羲之乏灵骨,太白非仙才,已住神山却归去,空余石屋寒苍苔[10]。我已梦觉墙根槐,安能更逐鱼龙豗?径须习定栖峰顶,饱看桑田三百回[11]。

〔1〕华峰顶:即华顶山,为天台山的最高峰,在浙江天台县东北,多悬崖、峭壁、飞瀑等名胜,以石梁瀑布最为著名。《天台县志》说:华峰顶"旧传高一万八千丈,周围一百里。少晴多晦,夏犹积雪。中有洞,石色光明。登绝顶降魔塔,东望沧海,弥漫无际,号望海尖,可观日之出入。下瞰众山,如龙虎蟠踞、旗鼓布列之状,草木薰郁,殆非人世。"

〔2〕"昆仑"四句:说昆仑山脉从天降下,分散成各地的大山;上帝感到东南地势低,所以特意耸立一座天台山。这是用想象之辞,先写天台山的地位。岳,指五岳。镇,一方的主山。琼瑰,似玉的美石,这里指山。帝,天帝。倾削,地势斜低。李白《梦游天姥吟留别》:"天台四万八千丈,对此欲倒东南倾。"

〔3〕"天台"四句:写天台山面积广大,峰峦高耸,山脉蜿蜒,涧瀑奔流。金翅,佛教传说的金鸟。擘,分开。霄汉,高空。虹雷,形容山涧瀑布状如彩虹,声如轰雷。

〔4〕"华顶"四句:写华峰顶之高及作者登峰。崔巍,高貌。乘云驭风,驾驭着云和风。

〔5〕八表:八方之外,指远方。南溟:南方的大海。白一杯:一杯酒。括苍、雁宕,两座山名,都在浙江省。

〔6〕"千峰"四句:华峰顶本因周围峰如莲瓣,中峰突出如莲台而得名,诗即描摹其状。莲台,佛家语,即佛坐的莲花台座。华藏世界,佛家语,指所谓三千大千世界。醯(xī希)鸡,即蠛蠓,这里指凡人。

〔7〕"渺茫"四句:阆苑、蓬莱虚无飘渺,哪里比得上天台山既有灵异,又活生生的在真实的人境之中。阆苑,传说中的神仙住处。荒忽,同"恍惚"。蓬莱,传说中的神山。劫火、三灾,佛教认为世界经历若干万年毁灭一次,重新再开始,这样一期叫做"一劫"。一劫包括成、住、坏、空四个时期。到"坏劫"时,有水、火、风三灾出现,世界归于毁灭。

〔8〕琪树:玉树,宝树。弥山:满山。丹材:道家炼丹的材料,即

丹砂。

〔9〕"应真"二句:想象神仙在山中出没。应真,佛家语,即阿罗汉。显隐,出现。混樵牧,和采柴、放牧的人混在一起。

〔10〕羲之:晋代书法家王羲之。太白:唐代诗人李白。诗谓这两人既登此山,却不能久居。相传峰上有王羲之墨池、李白书堂。

〔11〕"我已"四句:写自己已看破世事,应该长住峰上。梦觉墙根槐,唐李公佐《南柯太守传》写淳于棼醉后梦至槐安国,被招为驸马,醒后发现槐安国原来就是墙根槐树上的蚂蚁窝。鱼龙豗,指世俗扰攘竞争。径须,直须。习定,佛家语,学习坐禅入定。桑田,沧海桑田,比喻世事的大变化。典出《神仙传》:"(麻姑)已见东海三为桑田。"

广武〔1〕

盖世英雄项与刘,曹奸马谲实堪羞〔2〕。阮生一掬西风泪,不为前朝楚汉流〔3〕。

〔1〕广武:故址在今河南荥阳东北广武山上。有东、西二城,相距约二百步,中隔广武涧。楚、汉相争时,刘邦屯西城,项羽屯东城,互相对峙。

〔2〕"盖世"二句:说项羽、刘邦都是"盖世英雄",而曹操、司马懿则用奸谲权诈手段得天下,相比之下,实堪羞愧。

〔3〕"阮生"二句:说阮籍轻视曹操、司马懿相继篡夺,不是为楚、汉之争而流泪。阮生,阮籍,字嗣宗。《魏氏春秋》:"(籍)尝登广武,观楚、汉战处,乃叹曰:'时无英才,使竖子成名乎!'"

羊城杂咏[1]（十首选一）

崖山尚住宋遗民，文陆当年事苦辛[2]。穷海不春犹正朔，孤航无主自君臣[3]。忠魂郁作潮头怒，浩气蒸成蜃阙新[4]。异代流风多感激，草间时有纳肝人[5]。

〔1〕羊城：广州别名五羊城的简称。诗是凭吊南宋灭亡史事。

〔2〕崖山：南宋抗金的最后据点。见钱谦益《〈后秋兴〉之十三》（八首选一）注〔2〕。文、陆：文天祥、陆秀夫，见顾炎武《井中〈心史〉歌有序》注〔16〕。

〔3〕"穷海"二句：写文天祥等人在崖山船上支撑危局，维持宋朝的年号和君臣关系。正（zhēng 征）朔：指历法，引申为年号。

〔4〕"忠魂"二句：写文、陆等人忠贞的精神不死，羊城市貌焕新。蜃（shèn 慎）阙，即海市蜃楼。光线经不同密度的空气层，发生显著折射时，把远处景物显示在空中或地面的奇异幻景，常发生在海边和沙漠地区，此以指羊城。

〔5〕"异代"二句：说文、陆的事迹一直激励着后人。流风，遗风。草间，即草野，乡间。纳肝人，指效忠旧君的人。《韩诗外传》："狄人逐卫懿公于荥泽，见杀，尽食其肉，独舍其肝。宏演使还，哭毕，因自出其肝，纳懿公之肝。齐桓公闻之，曰：宏演可谓忠臣矣。"

金山[1]

万古标形胜，中江一柱尊[2]。水分天作堑，地坼海为门[3]。

钟磬来波面,蛟龙聚塔根[4]。蕲王血战处,坠马有惊魂[5]。

〔1〕金山:在江苏镇江。这首诗也是写金山形胜及怀古之作。

〔2〕标:标举,指称。一柱尊:形容金山在江中孤耸特立的状态。

〔3〕天作埏:见王士禛《晓雨后登燕子矶绝顶作》注〔4〕。海为门:见徐釚《晓发京口》注〔4〕。

〔4〕"钟磬"二句:上句写金山寺院的钟磬声从水面传来;下句写金山塔下江水之深。

〔5〕"蕲王"二句:蕲王,指韩世忠。宋高宗建炎三年(1129),金兀术侵宋,世忠邀击之,相持于黄天荡四十八日。《宋史·韩世忠传》载:"初,世忠谓:'敌必登金山庙观我虚实。'乃遣兵百人伏庙中,百人伏岸浒(水边)。约:闻鼓声,岸兵先入,庙兵合击之。金人果五骑闯入。庙兵喜,先鼓而出,仅得二人,逸(逃跑)其三;有绛袍玉带既坠(坠马)而复驰者,乃兀术也。"

王又旦 三首

王又旦(1636—1687),字幼华,号黄湄,陕西郃(今作合)阳人。顺治十五年(1658)进士,官户科给事中。王士禛序其诗,谓由豪放而趋于"渊泫澄深"。有《黄湄诗选》。

牵缆词[1]

昴毕西横夜犹暗,官船催夫牵锦缆[2]。石尤风[3]高霜满河,欲行未行徒蹉跎。天明前村鸡下树,五里八里已为多。橐中糇粮[4]早已尽,前途尚远饥如何!生来不合水边住,负担欲问山中路。山家奉令猎黄罴,正是昨宵牵缆时[5]。

[1] 这首诗写官船强征民伕拉纤的情况。缆,拉纤用的绳索。

[2] 昴(mǎo卯)毕:二十八宿中西方七星的两个星名。昴、毕二星西横,天还未亮。夫:民伕,即被征来牵缆的沿河居民。

[3] 石尤风:也作"石邮风",逆风。

[4] 糇(hóu侯)粮:干粮。

[5] "山家"二句:住在水乡的牵缆夫要想挈家(负担)避向深山,但山中居民也困于打猎的徭役。

晓渡望鄂州[1]

晓雾压城头,苍茫古鄂州。风烟盘赤壁,波浪下黄牛[2]。星动连江锁,旌高隔岸楼[3]。由来征战地,不忍向东流。

〔1〕这首诗写鄂州的形势,结联感慨该地多经历战争。鄂州:治所在今武汉市。

〔2〕"风烟"二句:写遥望赤壁风烟,想象江水自黄牛峡流下。赤壁,在今湖北赤壁市西北,东汉建安十三年(208),孙权与刘备联军败曹操军于此。黄牛,即黄牛峡,亦称黄牛山,在湖北省宜昌市西,长江北岸。

〔3〕"星动"二句:说晨星影里,水波起伏,仿佛连江的锁链晃动,对岸城楼上旌旗高扬。连江锁,借用三国时吴人防江的典故,见龚鼎孳《上巳将过金陵》(四首选二)注〔4〕。

太史公祠隔河望孤山[1]

绝巘[2]连云出,秋风隔水多。韩原[3]中缺处,山翠压黄河。

〔1〕太史公祠:太史公,即司马迁,字子长,《史记》作者。曾任太史令。陕西韩城市南二十里有他的祠庙。河:黄河。孤山:在山西临猗县,与韩城隔河相对。

〔2〕绝巘(yǎn 演):高山。

〔3〕韩原:古地名,《左传》僖公十五年载,秦、晋两国战于韩原,即此。在今韩城市东南。一说在今山西省芮城县。

刘献廷 五首

刘献廷(1648—1695),字君贤,号继庄,别号广阳子,顺天府大兴(今北京市辖区)人。布衣不仕,好治经世之学,兼通天文、史地、农田水利各门。诗豪放有奇气。有《广阳诗集》。

怀古[1]

古之兵皆农,农富兵亦强。古之士皆农,农朴士亦良。兵农一以分,甲胄无余粮[2]。士农一以分,耒耜无文章[3]。分之则两伤,合之则一理。请语当涂人[4]:治乱从此始。

〔1〕这首诗强调"兵农合一""士农合一",为"耒耜无文章"抱不平,思想在当时比较进步。

〔2〕"甲胄"句:指兵士不生产粮食。甲胄,亦作"介胄",指代兵士。

〔3〕"耒耜(lěisì 垒四)"句:农民没有文化。耒耜,古代的翻土工具,指代农民。文章,这里指文化。

〔4〕请语(yù 遇):请告诉。当涂人:执政者。

王昭君[1]（二首）

六奇已出陈平计,五饵曾闻贾谊言[2]。敢惜妾身归异国,汉家长策在和番[3]。

汉主曾闻杀画师,画师何足定妍蚩[4]？宫中多少如花女,不嫁单于君不知[5]。

　　[1]这两首诗借王昭君的口吻讽刺汉朝以和亲为安邦的长策,以及控诉宫女制度的不合理。
　　[2]"六奇"二句:《史记·陈丞相世家》载,刘邦攻韩王信于代,"至平城,为匈奴所围,七日不得食。高帝用陈平奇计,使单于阏氏(匈奴王后),围以得开。高帝既出,其计秘,世莫得闻。"又载,陈平"凡六出奇计,辄益邑(增加封地),凡六益封。"贾谊,西汉政论家。文帝时为博士,曾提出用盛服、丰食、声色、美宅和礼遇等五种诱饵以制服匈奴。
　　[3]"敢惜"二句:敢,岂敢。妾,王昭君自称。长策,高妙的计策。和番,与番族(指匈奴)结和。
　　[4]杀画师:见吴雯《明妃》注[2]。妍蚩(chī痴):美丑。
　　[5]单于(chányú 蝉愚):古代匈奴王的称号。

咏史（三首选二）

朝横而夕纵,志本在温饱。弊裘先自愧,何论妻与嫂[1]？

297

匕首西入秦,生死在眉睫[2]。秦政非齐桓,如何欲生劫[3]?

〔1〕"朝横"四句:苏秦,字季子,战国时纵横家的代表人物。他曾以"连横"(主张六国联合事秦)游说秦惠王,惠王不用。苏秦金尽裘弊回家,"状有愧色","妻不下紝(不下织布机迎接),嫂不为炊(煮饭),父母不与言"。后来,他改用"合纵"(主张六国联合抗秦)说赵王,大得信任,挂了六国相印回家,妻和嫂曲意奉承,向他谢罪。他感叹说:"人生在世,势位富厚,盖可忽乎哉!"(见《战国策·秦策》)这里讥刺苏秦朝主连横夕主合纵,目的只求个人温饱。他自己先有势利之心,何怪妻与嫂的势利呢?论,在这里读平声。

〔2〕"匕首"二句:写行刺的危险,死生决定在顷刻间。匕首,荆轲入秦前,燕太子丹为他买一把短刀,用药焠炼,杀人见血立死。在眉睫,形容急迫的情况。

〔3〕"秦政"二句:说秦始皇狡诈残暴,和齐桓公不一样,不能生劫。秦政,秦始皇名政。齐桓,齐、鲁会于柯(在今山东阳谷县东北),曹沫在会上用匕首威胁齐桓公归还鲁地,齐桓公答应了。会后,桓公欲背约,管仲劝他践约以昭信,桓公从之。生劫,用暴力威胁对方承担义务。荆轲刺秦王失败,腿被砍断,坐在地上说:"事所以不成者,乃欲以生劫耳。"(见《史记·刺客列传》)

孔尚任 三首

孔尚任(1648—1718),字季重,号东塘,又号云亭山人,山东曲阜人。康熙间,由监生授国子监博士,官户部员外郎。以所作《桃花扇》传奇著名,诗格苍秀。有《孔尚任集》。

淮上有感[1]

皇华亭下使臣舟,冠盖逢迎羡壮游[2]。箫鼓欲沉淮市月,帆樯直蔽海门秋[3]。九重图画筹难定,七邑耕桑户未收[4]。为向琼筵诸水部:金尊倒尽可消愁[5]?

[1] 这首诗是康熙二十五年(1686)作者随工部侍郎孙在丰到扬州办理疏浚淮河海口工程时作的,写治河功效未见,而使者却受奉迎和酒食征逐。淮上:淮河边上。

[2] "皇华"二句:写地方官奉迎治河使者。皇华亭,即接官亭。《诗经·小雅·皇皇者华》是写使臣之诗,故得名。冠盖,指代官吏。

[3] "箫鼓"二句:上句写城市箫鼓喧闹;下句写河中船只之多。海门,海港入口处。

[4] "九重"二句:上句写治水方略,朝臣争论不定;下句写灾区失收。九重,指朝廷。《楚辞·九辩》:"君之门九重。"图画,计划。七邑,

指淮河下流诸县。户未收,农户因水灾没有收成。

〔5〕"为问"二句:抨击治河官吏的腐败。琼筵,美好的宴席。水部,古官名,管津梁、沟洫、舟车、灌溉等事,这里指治水的官吏。金尊,金杯。

北固山看大江〔1〕

孤城铁瓮四山围,绝顶高秋坐落晖〔2〕。眼见长江趋大海,青天却似向西飞〔3〕。

〔1〕这首诗写在镇江北固山上看长江东流之状,构思颇新奇。
〔2〕铁瓮:镇江城的别名。坐落晖:坐在夕阳中。落晖:夕阳。
〔3〕"青天"句:江水东流,水面反映的天空好像向西飞去。

游平山堂〔1〕

庆历遗堂见旧颜,晴空栏槛俯邗关〔2〕。密疏堤上千丝柳,深浅江南一带山〔3〕。文酒犹传居士意,烟花总待使君闲〔4〕。行吟记取松林路,每度春风放艇还〔5〕。

〔1〕这首诗是作者出随治淮时在扬州游平山堂时作的。平山堂:宋仁宗庆历八年(1048)欧阳修出知扬州时所建。《舆地纪胜》:"(堂)在州西北大明寺侧,负堂而望,江南诸山,拱列檐下,故名。"清康熙时曾

修建。

〔2〕晴空栏槛:欧阳修《朝中措》词:"平山栏槛倚晴空,山色有无中。"邗(hán 寒)关:指扬州城。春秋时吴王夫差开凿邗沟,筑邗城,在扬州蜀冈上,邗关即邗城。

〔3〕"深浅"句:欧阳修在皇祐元年(1049)《与韩忠献书》说:"平山堂占胜蜀冈,江南诸山,一目千里。"

〔4〕"文酒"二句:沈括《平山堂记》说欧阳修在平山堂为文酒之会,"时引客过之,皆天下豪隽有名之士。"居士,欧阳修号六一居士。使君,欧阳修官扬州知州,等于汉代的刺史。

〔5〕"行吟"二句:也用欧阳修《朝中措》"手种堂前垂柳,别来几度春风"词意,写游览之事。

张　远 一首

张远(1648—1722)，字超然，福建侯官(今福州市)人。康熙三十八年(1699)举人，官云南禄丰知县。有《无闷堂集》。

下建溪诸滩[1]

无诸拓闽疆，山川贾余霸[2]。乱石斗雷霆[3]，终古不可罢。轻帆一鸟疾，砑湃千转下[4]。前舟欻然没[5]，初见各惊诧。须臾出白浪，回旋去如射。生命倚柁师，与石争一罅。在险魂屡飞，过后舌频咋。造物产湖海，至此穷变化[6]。若匪众盘涡，闽溪高可泻[7]。仙霞插霄汉，天险此其亚。所以纵横徒，一丸每凭借[8]。吾闻天下雄，以德不以诈。闽中如井底，未足供叱咤[9]。安得常治平，弦歌出桑柘[10]。

〔1〕这首诗写从建溪南下的观感。建溪：闽江北源，在福建省北部。由南浦溪、崇阳溪、松溪合流而成。南流至南平市附近与富屯溪、沙溪汇合为闽江。溪上有很多石滩，形势险恶。

〔2〕"无诸"二句：说闽地原为无诸所开拓，至今江山尚留霸气。无诸，驺无诸，秦汉时为闽粤王。闽，福建别称。贾(gǔ古)，显示之意。

〔3〕雷霆：指水石冲激声。

〔4〕"轻帆"二句:写自上游转折下行,船行如飞。砰湃,水声。

〔5〕欻(xū需):忽然。

〔6〕"造物"二句:说自然界多江湖海泽,而这里水势却极惊险变化之能事。

〔7〕匪:同"非",不是。盘涡:指滩水曲折。闽溪:闽江,在今福建省,上游合建溪、沙溪后,东流至闽侯入海。

〔8〕仙霞:岭名。在福建、浙江交界处。亚:其次。纵横徒:指割据一方的人。一丸:用一丸泥塞住险关,极言地险可守。《汉书·隗嚣传》:"臣请以一丸泥为大王东封函谷关。"

〔9〕"闽中"二句:意为闽地偏僻,不能作争夺天下的凭借。叱咤(chìzhà赤乍),怒喝声。《史记·淮阴侯列传》:"项王喑呜叱咤,千人皆废。"

〔10〕"安得"二句:哪得天下常太平,弦歌的声音可以从农村的桑柘中传出。弦歌,诵诗、读书的声音。柘(zhè蔗),树名,叶可饲蚕。

303

查慎行 三十四首

查慎行(1650—1727),初名嗣琏,字夏重,后改今名,字悔余,号初白,浙江海宁人。康熙四十二年(1703)进士,官翰林院编修。诗宗宋人,刻画工细,意境清新,为清代一大家。少年从军黔、滇,中年遍览河南北胜迹,故集中多登临怀古之作。有《敬业堂集》、《苏诗补注》等。

渡百里湖[1]

湖面宽千顷,湖流浅半篙。远帆如不动,原树竞相高[2]。岁已占秋旱,民犹望雨膏[3]。涸鳞如可活,吾敢畏波涛[4]?

〔1〕百里湖:在今湖北汉川、仙桃之间。这首诗作于康熙十八年(1679),写天旱水涸时渡湖的情况。

〔2〕"远帆"二句:写由于水浅,船行迟缓,岸上的树更显高大。

〔3〕占:预测。雨膏:即"膏雨",滋润土壤的雨水。《诗·曹风·下泉》:"芃芃黍苗,阴雨膏之。"

〔4〕涸(hé 河)鳞:即"涸鲋",典出《庄子·外物》。以寓言写处在涸辙中的鲋鱼(小鱼),待升斗之水以求活。这里以涸鳞暗喻处在旱灾中的农民。畏波涛:畏旅途风波之苦。

寒夜次潘岷原韵[1]

一片西风作楚声,卧闻落叶打窗鸣。不知十月江寒重,陡觉三更布被轻。霜压啼乌惊月上,夜骄饥鼠阚[2]灯明。还家梦绕江湖阔,薄醉醒来句忽成。

〔1〕这首诗也是康熙十八年在湖北旅途中作,写寒夜在客馆中的情景。

〔2〕阚(kàn瞰):俯视,窥看。

三闾祠[1]

平远江山极目回,古祠漠漠[2]背城开。莫嫌举世无知己,未有庸人不忌才[3]。放逐肯消亡国恨?岁时犹动楚人哀[4]!湘兰沅芷年年绿,想见吟魂自往来[5]。

〔1〕这首诗是康熙十九年(1680)途经湖南凭吊屈原祠而作。三闾祠:屈原曾官三闾大夫,祠在今湖南汨罗市。

〔2〕漠漠:荒凉寂寞的样子。

〔3〕"莫嫌"二句:说屈原的不遇于世,是因为庸人的妒忌。这是古今同慨的事。《离骚》:"国无人莫我知兮,又何怀乎故都!既莫足与为美政兮,吾将从彭咸之所居。"庸人,指当时妒忌屈原的上官大夫、令尹子

兰等。

〔4〕亡国恨:楚国灭亡在屈原死后。但屈原生前秦兵即攻破楚国郢都,屈原作有《哀郢》。楚人:后代居住楚地的人。哀:指对屈原的同情和崇祀。

〔5〕湘兰沅芷:湘水、沅水,皆在今湖南省。兰、芷,芳草名,屈原用以比善人及自比。吟魂:诗人的灵魂。《楚辞·九歌·湘夫人》:"沅有芷兮澧有兰,思公子兮未敢言。"

初入黔境,土人皆居悬岩峭壁间,缘梯上下,与猿猱无异,睹之心恻,而作是诗[1]

巢居风俗故依然,石穴高当万木颠[2]。几地流移还有伴? 旧时井灶断无烟[3]。余生兵革逃难稳,绝塞田畴瘠可怜[4]。好报长官蠲赋敛,猕猿家室久如悬[5]。

〔1〕这首诗作于康熙十九年(1680),写吴三桂叛变后,作者随清军进入贵州所见当地人民的困苦生活。黔(qián钤):贵州省的简称。缘:攀援。

〔2〕"巢居"二句:说人民依旧像上古时代一样,巢居穴处。当,在。颠,顶。

〔3〕流移:流离移徙。井:古时八家为井,引申为乡里、家室。

〔4〕余生:经过战乱,侥倖活下来。兵革:指战争。瘠:土质硗薄。

〔5〕蠲(juān捐):减免。猕(mí弥)猿:比喻穴居的人民。家室久

如悬:家里一无所有。室如悬磬,语出《国语·鲁语》。

黎峨道中[1](二首选一)

青红颜色裹头妆,尺布缝裙称膝长[2]。仡佬打牙初嫁女,花苗跳月便随郎[3]。

　　[1] 这首诗作于康熙十九年(1680),描写在黎峨道中所见的当地民俗。黎,黎县,即今云南省华宁县。峨,峨山县,属云南省。
　　[2] "尺布"句:用一尺宽幅的布缝制的短裙,下沿与膝盖齐平。称(chèn 趁),适合,相配。
　　[3] 仡佬(gēlǎo 割老):我国少数民族之一。散居贵州、广西及云南等省。旧分花仡佬、红仡佬、打牙仡佬等种。跳月:我国西南苗、彝等族的一种风俗。田雯《黔书》:"每岁孟春,苗之男女,相率跳月。男吹笙于前以为导,女振铃以应之。"

黔阳即事口号[1](三首选一)

帐有炊烟戍有楼,山无林木水无舟[2]。王瓜入市家家病,箐雨经梅日日秋[3]。苗妇短裙多赤脚,獽僮尺布惯蒙头[4]。兵荒满眼图谁绘?卉服先教递速邮[5]。

　　[1] 这首诗作于康熙二十年(1681),写当时贵州人民的生活。黔

阳:这里指贵州省,不是指湖南省的县名。即事:以眼前事物为题材的诗。口号:犹口占,信口吟成,最初见于梁简文帝《仰和卫尉新渝侯巡城口号》。

〔2〕"帐有"二句:写兵灾后荒凉景象,山光秃秃的,水里无船只,只有兵营里有烧饭的烟。

〔3〕"王瓜"二句:点明写诗时间是四月份,人民生活困难,梅雨时节,天气寒冷如秋。王瓜,《礼记·月令》:"孟夏之月,王瓜生,苦菜秀。"梅,指黄梅季节。

〔4〕僰(bó帛)僮:僰族人民。僰,西南少数民族之一。蒙头:包头。

〔5〕"兵荒"二句:说兵灾严重,先把情况迅速上报。图谁绘,古代常把人民的苦难绘成图画上报朝廷,如"流民图"。这里是说无人关心人民的生活。卉服,结草为服。《书经·禹贡》:"岛夷卉服。"

中秋夜洞庭湖对月歌〔1〕

长风霾云莽千里,云气蓬蓬天冒水〔2〕。风收云散波乍平,倒转青天作湖底〔3〕。初看落日沉波红,素月欲升天敛容。舟人回首尽东望,吞吐故在冯夷宫〔4〕。须臾忽自波心上,镜面横开十余丈。月光浸水水浸天,一派空明互回荡〔5〕。此时骊龙潜最深,目炫不得衔珠吟。巨鱼无知作腾踔,鳞甲一动千黄金〔6〕。人间此境知难必,快意翻从偶然得。遥闻渔父唱歌来,始觉中秋是今夕〔7〕。

〔1〕这首诗是康熙二十一年(1682)作者自贵州归家,途经洞庭湖

作,写中秋夜在湖中观月的情景。洞庭湖:在湖南省北部、长江南岸。

〔2〕"长风"二句:写初游时气候不佳。霾(mái埋)云,云色阴暗。莽,无涯际貌。蓬蓬:升起貌。

〔3〕"风收"二句:写天气忽变,风收云散,湖平映天。乍,刚,初。

〔4〕"初看"四句:写落日沉波,明月初上。敛容,正容。冯(píng平)夷,传说中的水神。

〔5〕"须臾"四句:写月上中天,光照湖上的气象。

〔6〕"此时"四句:写月明时湖中鱼龙活动情状。骊(lí离)龙,黑龙。衔珠,传说骊龙额下有珠,见《庄子·列御寇》。腾踔(chuō戳),跳跃。千黄金,指巨鱼跃动后水波映月之色。

〔7〕"人间"四句:总结游兴,并点明时在中秋。

雨过桐庐[1]

江势西来弯复弯,乍惊风物异乡关[2]。百家小聚还成县,三面无城却倚山。帆影依依枫叶外,滩声汩汩碓床间[3]。雨簑烟笠严陵近,惭愧清流照客颜[4]。

〔1〕这首诗是康熙二十二年(1683)作者自家乡赴江西幕,途经桐庐时作,写景颇生动。桐庐:县名,在今浙江杭州市西南、钱塘江沿岸。

〔2〕风物:景物。乡关:家乡。

〔3〕依依:轻柔貌。汩(gǔ古)汩:水流声。碓(duì对)床:水碓。

〔4〕严陵:东汉严光隐居钓鱼处,见洪昇《钓台》注〔1〕。说自己外出求禄,故面对钓台边的清流而感到惭愧。

青溪口号[1]（八首选四）

溪女不画眉,爱听画眉鸟。夹岸一声啼,晓山青未了。

来船桅竿高,去船橹声好。上水厌滩多,下水惜滩少[2]。

渔家小儿女,见郎娇不避。日莫并舟归,鸬鹚方晒翅[3]。

桥坏筰[4]系绳,水浅牛可跨。牛背度溪人,须眉绿如画。

〔1〕这几首诗与前诗为同时旅途中作,写青溪人民生活,富有民歌风味。青溪:旧县名,今浙江淳安。

〔2〕"上水"二句:上水滩多则船行困难,下水滩少则船行太急,故云。

〔3〕莫:同"暮"。鸬鹚:鱼鹰,善潜水捕食鱼类。

〔4〕筰(zuó 昨):竹索。

三江口苦雨[1]

那刹矶头雨杀风,千樯烟气湿蒙蒙[2]。楚天低压平芜外,何处青山认皖公[3]?

〔1〕这首诗是康熙三十一年(1692)作者重游江西经安徽时作。写烟雨迷蒙,看不清皖公山色为憾。三江口:在安徽桐城东南枞阳河边。

〔2〕那刹矶:在三江口附近。千樯(qiáng 墙):形容船多。樯,船桅。

〔3〕楚天:泛指江南的天。平芜:平旷的原野。皖公:山名,在安徽省潜山市西。

五老峰观海绵歌〔1〕

峭帆昔上波阳船,我与五老曾周旋。两尘相隔骨不仙,蹉跎负约十四年〔2〕。近来稍知厌世缠,筋力大不如从前。扶行须杖坐要篗,绝境敢与人争先〔3〕?山神手握造化权,走入南极分炎躔。鞭羊欲从后者鞭,假以半日登高缘〔4〕。风清气爽秋景妍,芙蓉十丈开娟娟。长江带沙黄可怜,湖光净洗颜色鲜。背负碧落盖地圆,尺吴寸楚飞鸟边〔5〕。初看白缕生栖贤,树杪薄冒兜罗绵〔6〕。移时腾涌覆八埏,四傍六幕一气连〔7〕。滔滔滚滚浩浩然,浑沌何处分坤乾〔8〕?近身扁石履一拳,性命危寄不测渊〔9〕。阳乌翅扑光倏穿,饥蛟倒吸无留涎〔10〕。以山还山川自川,五老依旧排苍巅〔11〕。来如幅巾裹华颠,去如解衣袒两肩〔12〕。酒星明明飞上天,人间那得留青莲?此时此景幻莫传,顷刻变灭随云烟〔13〕。

〔1〕这首诗也是康熙三十一年(1692)游江西时作,描写五老峰云气的变化。五老峰:在庐山东南部,五峰耸立,突兀雄伟,云烟飘渺,变化

311

万千,为庐山胜景之一。海绵:譬喻云海。

〔2〕"峭帆"四句:写十四年前曾舟过五老峰,未能登临。峭帆,高帆。波阳湖,即鄱阳湖,在江西庐山东南。周旋,交往、应酬。两尘相隔,"韦子威师事丁约。一日辞去,谓子威曰:'郎君得道,尚隔两尘。'"见《事类合璧》。一尘,犹一世,《太平广记·神仙》:"儒谓之世,释谓之劫,道谓之尘。"

〔3〕"近来"四句:写这次摆脱事务游山,但筋力衰退,要扶杖坐轿。厌世缠,厌弃世事缠身。箯(biān鞭),竹轿。

〔4〕"山神"四句:写山神给予半天登览的机会。造化权,创造一切的能力。走入南极,谓山在南方。我国古代有星名"南极老人",见《史记·天官书》,这里可能用"南极"暗示五老峰。分炎躔,分野是南方的星次。躔(chán缠),天体运行。鞭羊,比喻山神对"学道"落后的人加以鞭策。《庄子·达生》:"善养生者,若牧羊然,视其后者而鞭之。"

〔5〕"风清"六句:写云海未生时登山所见。芙蓉,莲花。《尹喜内传》:"真人游时,各各坐莲花之上,一花辄径十丈。"娟娟,美好貌。湖,鄱阳湖。碧落,碧空,青天。盖地圆,形容天盖地之状。尺吴寸楚,以远近的视差形容吴楚之地在飞鸟旁边像只有尺寸般大小。

〔6〕"初看"二句:写云初起时的情景。自此以下各句皆写云海变幻之状。白缕,白线,这里以状云气。栖贤,庐山五老峰下有栖贤谷,唐李渤隐居于此,故名。罥(juàn绢),挂。兜罗绵,木棉的一种,见《本草纲目》及《翻译名义集》,这里指云。

〔7〕移时:不久。八埏(yán延):八方边际。四傍:四面。六幕:上下四方。

〔8〕滔滔、滚滚、浩浩:原形容水势盛大,这里转喻云气弥漫。浑沌:亦作"混沌",古人想象世界形成以前大气模糊一团的状态。坤乾:即"乾坤",天地。

〔9〕"近身"二句:写四面皆云,身体好像站在一拳大的小石上,下临险不可测的深渊。

〔10〕"阳乌"二句:写云隙中射出阳光,云气忽然消失。阳乌翅扑,指太阳光线。阳乌,指太阳。倏(shū 叔),疾速。饥蛟倒吸,比喻云气全消,好像海水被饥饿的蛟龙吸去一样,点滴不留。涎(xián 闲),唾沫,口水。

〔11〕"以山"二句:写日照云散,不再有障蔽,山川各还其本来面目,五老峰依旧排列耸立。

〔12〕"来如"二句:比喻云来时五老峰像裹上头巾,云散时如人脱去衣服,袒露两肩。幅巾,古代男子用绢一幅来束头发。袒,露出。

〔13〕"酒星"四句:写五老峰云烟变灭迅速,像以前曾游此地的酒星李白飞上天一样,挽留不得。酒星,指唐代大诗人李白。他好饮酒,故以"酒星"目之。他号青莲居士。

早过大通驿〔1〕

夙雾〔2〕才醒后,朝阳未吐间。翠烟遥辨市,红树忽移湾。风软一江水,云轻九子山〔3〕。画家浓淡意,斟酌在荆关〔4〕。

〔1〕这首诗是康熙三十一年(1692)作者离江西归家途经安徽作。写晓雾、初日中的山水景色。大通驿:在今安徽铜陵市大通河边。

〔2〕夙雾:早上的雾气。

〔3〕九子山:在安徽省池州市境内,上有九峰如莲花,亦称九华山。

〔4〕荆关:荆,后梁荆浩,字浩然;关,关仝,荆浩的学生。两人皆善画山水。

汴梁杂诗[1]（八首选一）

梁宋遗墟指汴京,纷纷代禅事何轻[2]！也知光义难为弟,不及朱三尚有兄[3]。将帅权倾皆易姓[4],英雄时至忽成名。千秋疑案陈桥驿,一着黄袍遂罢兵[5]。

〔1〕这首诗是康熙三十四年（1695）作者游河南时作,咏宋初史事。汴梁:今河南开封。战国时为魏都大梁,唐在此置汴州,金、元以后合称为汴梁。宋太祖赵匡胤,后周时任殿前都检点,周世宗死后取得帝位,建立宋朝。

〔2〕"梁宋"二句:五代时,朝代篡夺频仍,都托"禅让"为名。其中梁、晋、汉、周与北宋皆都汴,时人称为汴京。遗墟,留下的废址、故地。代禅（shàn 善）,以君位让人,如古代传说中尧、舜、禹"禅让"之事。

〔3〕"也知"二句:说宋太宗夺取其兄帝位,不如朱温之兄能明大义。光义,宋太宗,原名匡义,后改光义。相传宋太祖生病,他入宫探视,侍候的人遥闻烛影下有斧声,遂传出太祖病逝的消息,因而有篡弑之嫌（见《续资治通鉴长编》）。朱三,朱温,唐末参加黄巢起义军,后叛变降唐封为梁王,天祐四年（907）代唐称帝,史称后梁。《五代史·梁书》列传第二载,朱温的哥哥朱全昱,酒醉时曾骂朱温说:"朱三！汝砀山一民……何故灭他李家（唐朝）三百年社稷,称王称朕？"

〔4〕"将帅"句:五代时开国国君,如梁太祖朱温、晋高祖石敬瑭、汉高祖刘知远、周太祖郭威等,都是担任前朝将帅而夺取帝位的。易姓,指改朝改代,皇帝换异姓人,宋太祖也是灭后周自立。

〔5〕"千秋"二句:暗示陈桥兵变是宋太祖布置发动的。周世宗死,子恭帝继立,年才七岁。第二年元旦,忽传"北汉、契丹入寇",赵匡胤奉命率兵抵御,到了陈桥驿(今开封东北),军士哗变,以黄袍加在他的身上,拥护他做皇帝,遂退兵回朝,接受周恭帝的"禅让",赵匡胤即位后,遂传"契丹与北汉军皆遁"。见《宋史·太祖本纪》。

池河驿[1]

古驿通桥水一湾,数家烟火出榛菅[2]。人过濠上初逢雁,地近滁州饱看山[3]。小店青帘[4]疏雨后,遥村红树夕阳间。跨鞍便作匆匆去,谁信孤踪是倦还?

〔1〕这首诗是康熙三十四年(1695)作者游河南归途经安徽时作。池河驿:在今安徽定远县东池河南岸。

〔2〕榛菅(zhēnjiān 针尖):丛生草木。榛,灌木。菅,多年生草本,一名菅茅。

〔3〕濠上:濠水之滨。濠水,在安徽凤阳县境内。滁州:见王士禛《清流阁》注〔1〕。

〔4〕青帘:旧时酒店的青布招子。

从洴练出西氿[1](二首选一)

到此无风也自凉,绕身四面是湖光。舟人遥指宜兴县,孤塔对船如笋长。

〔1〕这首诗作于康熙三十五年(1696)。洴练:在今江苏宜兴市西;东边的西溪,亦名西氿(土音读"九")。见《宜兴荆谿县新志》。

秦邮道中即目[1]

不知淫潦啮城根[2],但看泥沙记水痕。去郭几家犹傍柳,边淮一带已无村[3]。长堤冻裂功难就,浊浪侵南势易奔[4]。贱买河鱼还废箸,此中多少未招魂[5]。

〔1〕这首诗也作于康熙三十五年(1696),写高邮水患。秦邮:见王士禛《高邮雨泊》注〔2〕。

〔2〕淫潦(lǎo 老):久雨后地面积水。这里指大水。啮(niè 聂):咬,引申为侵蚀。

〔3〕去郭:离城。边淮:淮河边上。

〔4〕"长堤"二句:写河堤没有修好,水患仍存。

〔5〕废箸:吃不下。废,停止,放下。箸,筷子。未招魂:指被水灾淹死的老百姓。

初上滩[1]

建溪之恶恶无比,狠石高低势随水[2]。竹篙如铁船似纸,曲折蜂窠犬牙里[3]。南浦迢迢六百里,大滩小滩从此始[4]。黄河亦可滥觞耳,不到水穷行不止[5]。

〔1〕这首诗是康熙三十七年(1698)作者游闽,自福州北返,沿闽江上滩时作。从古田县的水口起至浦城,"计程几六百里",险滩"以三百计"(《读史方舆纪要》)。上滩:当指从水口上滩。

〔2〕建溪:见张远《下建溪诸滩》注[1]。恶:滩势险恶。狠石:险恶的滩石。

〔3〕"竹篙"二句:写在惊险的江水中船行的情况。竹篙如铁,形容撑船很费力。船似纸,形容船行危险。蜂窠(kē棵):形容险滩礁石篙眼密密麻麻。犬牙:形容滩石交错乱状。

〔4〕南浦:溪名,在今福建省。发源浦城县西北渔梁山,南流至建瓯市合崇阳溪名为建溪。迢(tiáo条)迢:远貌。此:当指水口。

〔5〕"黄河"二句:说即使路险,也有决心走完。滥觞,本谓江河发源之处水流浅小,仅能浮起酒杯,后以比喻事物的开始。

大小米滩[1]

掀波成山石作底,风平石出波淼淼[2]。秋天一碧雨新洗,大滩小滩如撒米[3]。

〔1〕这首诗是游闽北返经建瓯时作。大小米滩:福建建瓯市潭溪中有大米滩、小米滩。

〔2〕"掀波"二句:前句写风浪时的情况,后句写风平浪静的情况。

瀰(mǐ米)瀰,水满貌。

〔3〕"秋天"二句:写秋天雨后的滩景。

八月十七日,伊苏河源雪中闻雷,食顷雨霁[1]

云黑初防挟雨来,俄看黍谷散寒灰[2]。千峰雪作漫天雾,万帐风兼动地雷[3]。红树一番残叶尽,碧空依旧夕阳开[4]。眼前变幻真奇绝,天果难将管见推[5]。

〔1〕这首诗是康熙四十四年(1705)作者随从皇帝往承德避暑山庄时作。伊苏河:即伊逊河,滦河支流,在承德西边。食顷而霁:吃一顿光景就放晴。

〔2〕俄:不久。黍谷:在今北京密云区西南,这里泛指山区。刘向《别录》:"燕有黍谷,美而寒,不生五谷,邹子居之,吹律而通暖气。"散寒灰:比喻下雪。

〔3〕"千峰"二句:写大风扬雪,兼闻雷声。

〔4〕"红树"二句:写红叶一时被风吹尽,不久天上又是夕阳高照。

〔5〕"眼前"二句:从眼前反常的气象悟到自然界复杂的情况是狭隘的见闻所难推知的。管见,从竹管中所窥见的。《后汉书·章帝纪》:"区区管窥,岂能照一隅哉?"

发清江浦[1](二首选一)

南来步步远风霾,川路晨征一倍佳[2]。竹箬蒲帆浑不用,橹声如雁下长淮[3]。

〔1〕这首诗是康熙四十五年(1706)作者请假南归途中作,写归家愉快的心情。发:出发,启程。清江浦:今江苏淮安市清江浦区,在江苏省北部、大运河沿岸。
〔2〕远风霾(mái 埋):远离北方风沙之地。川路:水路。晨征:早晨上路。
〔3〕竹签(niàn 念):一名"百丈",挽舟的竹索。蒲帆:船帆。浑:全。长淮:即淮河。

渡黄河[1]

地势豁中州[2],黄河掌上流。岸低沙易涸,天远树全浮。梁宋回头失,徐淮极目收[3]。身轻往来便,自叹不如鸥。

〔1〕这首诗是康熙四十七年(1708)作者假满回京,途经河南渡黄河作。第二联写黄河情状,贴切雄浑。
〔2〕豁:开拓。中州:指今河南省。
〔3〕梁宋:梁,指河南开封;宋,指河南商丘。徐淮:指今江苏北部的淮河及徐州一带。

早过淇县[1]

高登桥下水汤汤,朝涉河边露气凉[2]。行过淇园[3]天未晓,一痕残月杏花香。

〔1〕这首诗也是康熙四十七年(1708)作者回京经河南时作,晓月杏花,写景如画。淇县:今河南省淇县。
〔2〕"高登"二句:作者自注:"高登桥、朝涉河,皆在城南。"汤(shāng商)汤,大水急流貌。
〔3〕淇园:在河南省淇县西北,以产竹著名。见《述异记》。

邺下杂咏[1](四首选一)

一赋何当敌两京[2],也知土木费经营。浊漳确是无情物,流尽繁华只此声[3]。

〔1〕这首诗是康熙四十七年(1708)经河南入河北时作。邺(yè业):古都邑名,在今河北省临漳县西南。春秋齐桓公开始筑城,战国魏文侯都此。曹操为魏王,十六国的后赵、前燕,北朝的东魏、北齐,皆定都于此。
〔2〕一赋:指晋左思所作描写邺都的《魏都赋》。何当:此指"合当"。敌:匹敌,相当。《两京》:指后汉张衡所作的《两京赋》,写汉朝的东京洛阳和西京长安。
〔3〕浊漳:指漳河,在河北、河南两省边境,有清漳河、浊漳河两源。流尽繁华:指几经盛衰变化。

晓过鸳湖[1]

晓风催我挂帆行,绿涨春芜[2]岸欲平。长水塘南三日雨,菜花香过秀州城[3]。

〔1〕这首诗作于康熙五十三年(1714),写出鸳湖特色,富有风韵。鸳湖:即鸳鸯湖,见朱彝尊《鸳鸯湖棹歌》(一百首选五)注〔1〕。
〔2〕春芜:春天的平芜之地。
〔3〕长水塘:在嘉兴城南六里,塘水发源杭州、海宁诸山,入嘉兴汇为鸳鸯湖。秀州:五代石晋时置,宋因之,治所在今浙江嘉兴。

武夷采茶词[1](四首选一)

荔支花落别南乡,龙眼花开过建阳[2]。行近澜沧东渡口,满山晴日焙茶香[3]。

〔1〕这首诗是康熙五十四年(1715)作者重游福建时作。武夷:山名,在今福建武夷山市西北,有"九曲"诸胜,特产有"武夷岩茶"。
〔2〕荔支、龙眼:皆果树名。南乡:泛指福建南部。建阳:旧县名,在福建省西北部,今为南平市辖区。
〔3〕澜沧:亦名兰汤渡,在武夷山"一曲"三姑石下。焙(bèi 倍):用微火烘烤。

舟中即目[1]

屋角菜花黄映篱,桥边柳色绿摇丝。分明寒食江南路,剩欠

321

桃花三两枝[2]。

[1] 这首诗是康熙五十六年(1717)作者游广东时作,写广州和江南景物的异同。即目:写眼前的景物。
[2] 寒食:见李渔《清明前一日》注[2]。剩欠:只少。

珠江棹歌词[1]（四首选二）

一生活计水边多[2],不唱樵歌唱棹歌。疍子裹头长泛宅,珠娘赤脚自凌波[3]。

生男不娶城中妇,生女不招田舍郎[4]。两两鸳鸯同水宿,聘钱几口是槟榔[5]。

[1] 这两首诗是康熙五十七年(1718)在广东时作,写船民生活。珠江:旧称粤江,我国南方大河,以在广州市内一段的江中旧有海珠石,故名。棹歌:船夫之歌。
[2] 活计:生计,谋生的手段。
[3] 疍(dàn 旦)子:疍族(居住两广及福建的少数民族)男人。裹头:用布包头。泛宅:长期住在船上。珠娘:古时闽、粤一带称女孩为"珠娘",亦泛指青年女子。见《述异记》。凌波:形容赤脚珠娘驾舟水上体态轻逸。
[4] "生男"二句:指船上居民不和陆上居民通婚。
[5] "两两"二句:似比喻疍家婚姻一说即合,不用财礼。槟榔是粤

人喜食之物。几口槟榔,吃几口槟榔,意指谈吐之间。

桂江舟行口号[1]（十首选三）

漓江江色绿于油[2],百折千回到海休。多事天公三日雨,一条罗带变黄流[3]。

雾雨蒙蒙霁景稀,人编蕉叶作蓑衣[4]。橹摇渔父唱歌去,牛背牧童浮水归。

戍旗相傍有人家[5],水退依然就浅沙。二月芳菲春已盛,满滩芦菔自开花[6]。

〔1〕这组诗是康熙五十七年(1718)游广西时作,所选三首写漓江景色及江边人民生活。桂江:西江支流,在广西壮族自治区东北部。

〔2〕漓江:桂江上游。

〔3〕"多事"二句:写因多雨而漓江变成浊流。罗带,语出韩愈《送桂州严大夫》"江作青罗带,山如碧玉簪"。

〔4〕霁景稀:天晴时少。蓑(suō 梭)衣:用草或棕毛制成的雨衣。

〔5〕戍旗:指边防营垒或城堡上的旗子。相傍:附近。

〔6〕芳菲:花草美盛芬芳。芦菔(fú 服):萝卜。

景星杓 一首

景星杓(1652—1720),字亭北,号菊公,浙江仁和(今杭州)人。少任侠,布衣。有《拗堂诗集》。

籴官米[1]

鸡鸣风凄凄,饿夫悲语妻:侵星籴官米,归来鸡还栖[2]。此去夕不返,应恐魂来归。不见邻家老,头裂缘鞭笞。又闻寡妇儿,践成足下齑[3]。始贪官米贱可食,何知浥烂掺糠秕[4]!况复临险阻,畏若虎穴跻。还期相守分[5]饿死,何复就尔官仓为?

〔1〕籴(dí 笛)官米:古代遇荒年时,官府开仓平价粜米,而灾民很少能得到实际利益,诗即写其事。

〔2〕"侵星"二句:天不亮去买官府平价米,黄昏鸡回窝时才能回家。鸡还栖,鸡已归宿,指天晚。

〔3〕"践成"句:小孩被人踩死。齑(ní 泥),肉酱。

〔4〕"始贪"二句:说官米价虽低,但霉烂掺水掺杂,不能食用。浥(yì 邑),湿润。秕(bǐ 比),米粒不实的谷子。

〔5〕分:读去声,守分,甘愿。

查嗣瑮 一首

查嗣瑮(1653—1734),字德尹,号查浦,浙江海宁人。查慎行之弟。康熙三十九年(1700)进士,官翰林院编修,升侍讲。以弟嗣庭案株连受谪遣,卒于戍所。有《查浦诗钞》。

贾太傅祠[1]

陈书痛比秦庭哭,作赋情同楚奏哀[2]。已遣长沙忧不返,如何宣室召空回[3]?身逢明主犹嗟命,天夺中年亦忌才[4]。此日题诗还下拜,也如君吊屈原来。

〔1〕这首诗凭吊长沙贾谊祠,兼寓自己身世之感。贾太傅:指西汉贾谊,见刘献廷《王昭君》(二首)注〔2〕。

〔2〕"陈书"二句:陈书,贾谊曾向汉文帝上《陈政事疏》,痛陈"可为痛哭者一,可为流涕者二,可为长太息者六"等事。秦庭哭,指申包胥事,见吴伟业《伍员》注〔3〕。作赋:贾谊贬长沙后,作《吊屈原赋》、《鹏鸟赋》等。楚奏,楚辞,指屈原的《离骚》等作品。

〔3〕"已遣"二句:《史记·贾生列传》,贾谊谪居长沙,"长沙卑湿,自以寿不得长,伤悼之"。在长沙四年多,汉文帝召他回朝,在宣室(汉未央宫正室)接见他,但又不获重用。

〔4〕"身逢"二句：明主，指汉文帝。犹嗟命，还要感叹命运不好。意同王勃《滕王阁序》："屈贾谊于长沙，非无圣主。"天夺中年，指贾谊死时年三十三。

纳兰性德 三首

纳兰性德(1655—1685),原名成德,字容若,号楞伽山人,满洲正黄旗人。康熙十五年(1676)进士,官一等侍卫。清初著名词人,亦能诗。有《饮水词》、《通志堂集》。

秣陵怀古[1]

山色江声共寂寥,十三陵树晚萧萧[2]。中原事业如江左,芳草何须怨六朝[3]?

〔1〕这首诗一反当时一般怀古的格调,原因是作者为满洲人,所以认为清朝取代明朝是理所当然的。秣陵:今南京。
〔2〕"山色"二句:写明朝的灭亡。明初建都南京,明太祖陵墓在此;后迁都北京,有十三陵。
〔3〕中原:指北京的明朝。江左:指南明福王朝。六朝,见钱谦益《金陵后观棋》(六首选一)注〔3〕。

记征人语[1]

列幕平沙夜寂寥,楚云燕月两迢迢[2]。征人自是无归梦,却枕兜鍪卧听潮[3]。

〔1〕征人语:出征军人的谈话。这首诗表现征人久戍不归之怨。
〔2〕楚:指湖南湖北等地;燕:指河北省。两迢迢:两边隔得远。
〔3〕枕:作动词用,头靠着。兜鍪(móu谋):头盔。

填词[1]

诗亡词乃兴,比兴此焉托[2]。往往欢娱工,不如忧患作[3]。冬郎一生极憔悴,判与三闾共醒醉。美人香草可怜春,凤蜡红巾无限泪[4]。芒鞋心事杜陵知,祇今惟赏杜陵诗[5]。古人且失风人旨,何怪俗眼轻填词[6]。诗源远过诗律近,拟古乐府特加润[7]。不见句法参差三百篇,已自换头兼换韵[8]。

〔1〕这首古诗是作者的论词之作,认为词继承了《诗经》的比兴手法,不容轻视。
〔2〕"诗亡"二句:说诗衰落了,词接着发展起来,传统的比兴手法寄托于词中。
〔3〕"往往"二句:本于韩愈《荆潭唱和诗序》:"夫和平之音淡薄,而愁思之声要妙;欢愉之辞难工,而穷苦之辞易好也。"
〔4〕"冬郎"四句:认为韩偓诗中的美人香草,春花秋月,同于屈原《楚辞》,亦多寄托,以比词中这类旖旎之词。韩偓,字致尧,小字冬郎。唐昭宗时,官翰林学士,朱温篡唐,韩偓逃依闽王王审知。有《韩内翰

集》、《香奁集》。后代评论家认为他的诗艳丽柔婉近词。判,同"拚"。三闾,三闾大夫,指屈原。醒醉,语本《楚辞·卜居》:"众人皆醉我独醒。"凤蜡红巾,据《南唐纪事》,韩偓死后,人发现他的箱子里面藏着当年唐昭宗赐予的烧残的龙凤烛百余条,金缕红巾百余幅,"蜡泪尚新,巾香尚郁"。

〔5〕"芒鞋"二句:说杜甫诗具有深挚的忠君爱国的感情,后人不能尽知其意,何况韩偓的诗。芒鞋心事,至德二年(757),杜甫逃出安庆绪所盘踞的长安,往凤翔朝见唐肃宗,所作《述怀》诗有"麻鞋见天子,衣袖露两肘"之句。杜陵,杜甫自称"杜陵布衣"。

〔6〕"古人"二句:说古人尚且会失去对诗人运用比兴手法的用意的理解,更莫怪世俗轻视填词了。风人,指诗人,《诗经》的作品有风、雅、颂三种体裁。

〔7〕"诗源"二句:说词的渊源比近体的格律诗久远,是对古乐府的模仿、变化而创造出来的,但形式、音律更加婉丽绵密。

〔8〕"不见"二句:说《诗经》有许多篇句法参差不齐,而且换头换韵,词也是如此,可见词和《诗经》也有渊源关系。三百篇,指《诗经》。换头,词分上下片的,下片开头句法字数和上片不同,叫做换头。换韵,一首诗或一首词不止押一个韵部的字。

刘廷玑 一首

刘廷玑(1655—1714以后),字玉衡,号在园,汉军镶红旗人。康熙间,由荫生累官江西按察使。有《葛庄诗钞》。

劝农行[1]

劝农劝农使君[2]行,从者如云拥出城。未闻一语及民生,但言桥圮[3]路不平。未知何以惠编氓,却怪壶浆不远迎[4]。东村淡泊胥吏争,西村更贫难支撑[5]。使君已博劝农名,惟愿及早回双旌[6]。不来劝农农亦耕,勿劳再劝鸡犬惊。

〔1〕劝农:唐宋都有"劝农使"。明清时府县长官春日巡行乡间,也叫"劝农"。这首诗揭露地方官奉行"劝农"故事,骚扰农民,弄得鸡犬不宁。

〔2〕使君:汉代对郡守的尊称,这里指知府。

〔3〕圮(pǐ痞):倒塌。

〔4〕"未知"二句:说官吏不知为人民办事,却怪人民欢迎不热烈。编氓,古时人民都编列户籍,所以叫编氓。壶浆,《孟子·梁惠王》:"箪食壶浆以迎王师。"

〔5〕淡泊:这里指农民供应的酒食简陋。支撑:指负担不了。

〔6〕五马双旌,是古代太守出门的仪仗。

汤右曾 一首

汤右曾(1656—1722),字西厓,浙江仁和(今杭州)人。康熙二十七年(1688)进士,官翰林院掌院学士、吏部右侍郎,有《怀清堂集》。

放舟至下钟山[1]

空蒙一片云满湖,西南风起吹樯乌。渊渊且止发船鼓,秀绝下钟山色无[2]。褰裳直上捷猿狖,乐哉一幅寒林图[3]。绝顶飘飘目四豁,左右江湖渺空阔。烟波尽处洲渚微,仿佛扶桑见穷发[4]。天旋地转不少留,回看星气忽已周[5]。扁舟岁晚梦吴越,匡庐五老空船头[6]。衔舻如山万商集,使者缨旌骑吹入。行人扰扰竞锥刀,落日悠悠下城邑[7]。前临巨石纷盘陀,仰看绝壁青嵯峨[8]。玲珑窈窕万窍出,安得沸泪生流波?风声水声奈尔何,只今埋没尘沙多。无弦之琴张素壁,岁久抑郁恐不和[9]。一歌如扣镡,再歌哀知音[10]。洞庭木脱水深深,天高月白风入林[11]。或鼓或考声钦钦,岭猿江雁同夜吟。潜蛟出听老龙泣,渔父沧浪知此心[12]。

〔1〕这首诗写游下钟山的情景及感想。下钟山:江西湖口县附近

有石钟山,分两座,在城南的叫上钟山,在城北的叫下钟山。下钟山陡壁临长江,山多罅穴,水石相击,声如洪钟。

〔2〕"空蒙"四句:写因见山色秀丽而停舟。樯乌,桅杆上测验风向的风信鸡,亦称"五两"。渊渊,鼓声。且止发船鼓,暂停开船之意,古代长江船以击鼓为开行信号。

〔3〕"褰(qiān 牵)裳"二句:写登山。褰裳,揭起衣服。狖(yòu 又),黑色长尾猿。

〔4〕"绝顶"四句:写山上望远之状。扶桑,神话中日所出处的神树,见《十洲记》;后来又以称日本国,见《南史·东夷传》。穷发,《庄子·逍遥游》:"穷发之北,有冥海者,天池也。"成玄英疏谓穷发指"草木不生"的不毛之地。

〔5〕"天旋"二句:写时间过得快,一年将满。天旋地转,指日月运行。星气已周,谓季节变化,一年将满。星气,星象,黄帝使臾区占星气,见《史记·历书》的《索隐》。

〔6〕"扁舟"二句:写想念其它游踪。梦吴越,指游吴越胜地。李白《梦游天姥吟留别》:"我欲因之梦吴越。"匡庐,即庐山,在江西省北部,相传殷、周时有匡姓兄弟结庐隐此得名。五老,庐山上的五老峰。空船头,只在船头看望,但不得登览。

〔7〕"衔舻(lú 卢)"四句:写山下江中商船、官船云集的热闹情况。衔舻,船只相接。使者句,写官吏骑马带鼓吹到江边上船。缨旌,指官吏的冠戴和旗帜。吹,读去声,指笙竽等乐器。竞锥刀,争利。《左传》昭公六年:"锥刀之末(比喻微小利益),将尽争之。"

〔8〕"前临"二句:写山势。巨石,苏轼《石钟山记》:"将入港口,有大石当中流,可坐百人。"又说:"乘小舟至绝壁下,大石侧立千尺。"盘陀,石不平貌。嵯峨,高峻。

〔9〕"玲珑"六句:写尘沙埋没,石钟山的穴罅已多失去旧时的响

声。玲珑窈窕,指山洞罅的通透深幽。窈,洞穴。泜汨(zhìgǔ至骨),水声。嵇康《琴赋》:"泜汨澎湃。"苏轼《石钟山记》说"山下皆石穴罅,不知其浅深。微波入焉,涵澹澎湃,而为此(钟声)也。"作者写诗时情况已不同,说沙多声少,并怕将来所谓"石钟"会变成挂在石壁上的"无弦琴",岁久"抑郁"而声音"不和"了。无弦琴,萧统《陶渊明传》:"蓄无弦琴一张。"张,挂。素,白。

〔10〕"一歌"二句:写"钟石"发出的声音。扣,敲打。镡(xín心,阳平),剑鼻,剑柄上端与剑身连接处两旁的突出部分。

〔11〕"洞庭"二句:写秋天夜景。《楚辞·九歌·湘夫人》:"洞庭波兮木叶下。"

〔12〕"或考"四句:再写"钟石"发出的声音。考,敲。钦钦,形容钟声。潜蛟句,苏轼《前赤壁赋》写客人吹洞箫,声音所感,能够"舞幽壑之潜蛟,泣孤舟之嫠妇(寡妇)"。渔父句,说在清波上的渔父,能领会石钟山水声的意味。苏轼《石钟山记》写士大夫多不能亲闻其声,"而渔工水师虽知而不能言"。

曹　寅 二首

曹寅(1658—1712),字子清,号荔轩,又号楝亭,祖籍辽阳(今属辽宁省),一说丰润(今河北唐山市辖区),后隶满洲正白旗包衣。官至通政使,管理江宁织造,兼巡视两淮盐政。诗出入白居易、苏轼,有《楝亭诗钞》。

古北口中秋[1]

山苍水白卧牛城[2],三尺黄旗万马鸣。半夜檀州看秋月,河山表里更分明[3]。

〔1〕古北口:在今北京市密云区,是长城上的关口。
〔2〕卧牛城:当指古北口城。
〔3〕檀州:密云是檀州故治(按,一作"澶州",误)。河山表里:写形势险要,语本《左传》僖公二十八年:"表里山河。"

读洪昉思《稗畦行卷》感赠一首兼寄赵秋谷赞善[1]

惆怅江关白发生,断云零雁各凄清[2]。称心岁月荒唐过,垂老文章恐惧成[3]。礼法谁尝轻阮籍？穷愁天欲厚虞卿[4]。纵横捭阖人间世,只此能消万古情[5]。

〔1〕洪昉思:即洪昇;赵秋谷,即赵执信。见两人诗选简介。这首诗作于《长生殿》案发生十多年之后,大概因洪昇把他的诗集《稗畦集》稿本送给作者,所以表示致意和慰勉。行卷:宋程大昌《演繁露》卷七《唐人行卷》:"唐人举进士,必行卷者,为缄轴,录其所著文,以献主司也。"这里指《稗畦集》稿本。

〔2〕"惆怅"二句:曹寅当时在南京任江宁织造,年纪已超过四十,所以如此说;亦指洪昇《长生殿》案发之后,十多年间穷困失意。江关,指南京。断云零雁,即孤云、孤雁,喻孤独凄凉。

〔3〕"称心"二句:评论洪昇其人其诗:惬意的时光在放荡中度过,晚岁的作品在恐惧中写成。

〔4〕"礼法"二句:用阮籍、虞卿作比,慰勉洪昇,以为他的挫折,也未尝不是上天要成全其著作事业的厚意。阮籍,字嗣宗,三国魏著名诗人,以纵酒谈玄,蔑视礼法著称。虞卿,战国赵孝成王上卿,离赵后在穷愁中著书。《史记·虞卿列传》:"虞卿非穷愁,亦不能著书自见于世。"

〔5〕"纵横"二句:意思是世事变化无常,只有著作可以遣愁。纵横捭阖(bǎihé 摆合),战国时策士游说诸侯的政治主张和方法,也作反复机诈的手段解释。能消万古情,语本李白《将进酒》"与尔同销万古愁"。

335

王丹林 一首

王丹林(1659—1709),字赤抒,浙江钱塘(今杭州)人。康熙朝官中书舍人,《清诗别裁集》谓其诗品在杜牧、温庭筠之间。有《野航诗集》。

白桃花次乾斋侍读韵[1]

相逢不信武陵村,合是孤峰旧托根[2]。流水有情空蘸影,春风无色最销魂[3]。开当玉洞谁知路?吹落银墙不见痕[4]。多恐赚他双舞燕,误猜梨院绕重门[5]。

〔1〕这首诗咏白桃花,着重刻画"白"字。乾斋,指陈元龙,海宁人。侍读:翰林院侍读。

〔2〕"相逢"二句:写白桃花仿佛梅花。武陵村,东晋陶渊明《桃花源记》中的世外人境。孤峰,指杭州西湖的孤山,多梅树。

〔3〕"流水"二句:流水徒然映见白桃花的倩影,白桃花仿佛是素面美人,不施粉黛颜色,最令人销魂。空,徒然,枉然。春风,春风面之省文。杜甫《咏怀古迹》五首其三"咏王昭君":"画图省识春风面"。前句暗中反用"落花有意,流水无情"之意;后句暗用唐崔护《游城南》"去年今日此门中,人面桃花相映红。人面不知(一作"只今")何处去,桃花依旧笑春风"诗意。

〔4〕"开当"二句:玉洞、银墙都是白色,白桃花无论开还是落,都不易辨认。玉洞,《桃花源记》写武陵渔人离开桃花源后,重寻其地,"遂迷不复得路"。这里暗用其典,说白桃花假使开在武陵洞口,更会使人迷不知路。

〔5〕"多恐"二句:说白桃花怕被燕子误认为梨花。赚(zuàn 攥),欺骗,这里是引起错认之意。

徐 兰 一首

徐兰(约1660—约1730)字芬若,号芝仙,江苏常熟人。康熙二十年(1681)左右,入京为国子监生。后为清宗室安郡王幕僚,康熙三十五年(1696)随安郡王出塞,由居庸关至归化城。雍正初,又随年羹尧征青海。有《出塞诗》。

出关[1]

凭山俯海古边州,旆[2]影风翻见戍楼。马后桃花马前雪,出关争得不回头[3]?

〔1〕这首《出塞诗》原题作《出居庸关》,首二句作"将军此去必封侯,士卒何心肯逗留?"一说系陈玉齐作(陈亦常熟人,有《情味集》)的。现俱从《清诗别裁集》。
〔2〕旆(pèi 配):旗。
〔3〕"马后"二句:马后是关内景物,马前是关外景物,两者不同,怎叫人不回头留恋关内呢?争,同"怎"。

赵执信 九首

赵执信(1662—1744),字伸符,号秋谷,山东益都(今淄博市博山区)人。康熙十八年进士,授翰林院编修,官至右赞善。佟皇后丧服期内在洪昇处观演《长生殿》被革职。他是王士禛的甥婿,初颇相引重,后来论诗反对王的崇尚神韵,所作以思路巉刻为主。有《饴山堂集》。

道旁碑[1]

道旁碑石何累累,十里五里行相追。细观文字未磨灭,其词如出一手为。盛称长吏有惠政,遗爱[2]想像千秋垂。就中文字极琐细,龃龉不顾识者嗤[3]。征输早毕盗终获,黉宫既葺城堞随[4]。先圣且为要名具,下此黎庶吁可悲[5]！居人过者聊借问,姓名恍惚云不知[6]。往者于我本无恩,去后遣我如何思？去者不思来者怒,后车恐蹈前车危[7]。深山凿石秋雨滑,耕时牛力劳挽推[8]。里社合钱乞作记,兔园老叟颐指挥[9]。请看碑石俱砖甓,身及妻子无完衣[10]。但愿太行山上石,化为滹沱水中泥。不然道旁隙地正无限,那得年年常立碑[11]！

〔1〕道旁碑：封建时代为卸职的地方官立碑歌颂"功德"，叫"去思碑"。本诗揭露这种事件的虚伪。

〔2〕遗爱：指官员留下的"德政"。《晋书·乐广传》："然每去职，遗爱为人所思也。"

〔3〕龃龉（jǔyǔ 举宇）：牙齿参差不齐，引申为自相矛盾。嗤（chī 痴）：讥笑。

〔4〕"征输"二句：写碑中歌颂功德的内容。征输早毕，意为在官时年丰政和，租税都能提前收完。盗终获，说善捕治盗贼。黉（hóng 洪）宫，学宫，封建时代的府、州、县学。葺（qì 器），修建。城堞随，接着就修理城墙。

〔5〕"先圣"二句：说孔子尚且被当作邀取名誉的工具，以下的人民更不必说了。黉宫祀孔子，所以这样说。先圣，指孔子。要，同"邀"。黎庶，老百姓。

〔6〕"居人"二句：作者向路边的当地居民询问，却连碑上姓名都恍恍惚惚不知道。以下都是当地居民的话。

〔7〕"往者"四句：说官员在位时对人民本无恩德，去后也无从思念；可是不立去思碑，新官就要发怒，因为他害怕离职后同样受冷落。后车，《汉书·贾谊传》："前车覆，后车诫。"

〔8〕"深山"二句：在深山开凿碑石，秋雨路滑，要用正在耕种的牛去运输。

〔9〕"里社"二句：乡里中凑钱请人写碑文，由浅陋的人执笔。兔园，《五代史·刘岳传》："兔园策者，乡校田夫牧子之所诵也。"兔园老叟，指只读兔园册子的老年人。颐指挥，嘴不讲话，只动颊示意。颐，面颊。

〔10〕"请看"二句：说石碑还盖着碑亭，而百姓穷困得衣不蔽体。砖甃（zhòu 宙），指用砖砌成的碑亭。

〔11〕"但愿"四句:这四句十分痛切。意思是希望石头都化成泥土,否则石碑还得一年年立下去。太行山,横跨山西、河北、河南等省的大山。滹(hū 乎)沱,河名,源出山西,流至天津入海。

晓过灵石[1]

晓色熹微岭上横[2],望中云物转凄清。林收宿雾初通日,山挟回风尽入城。客路远随残月没,乡心半向早寒生。惊鸦满眼苍烟里,愁绝戍楼横吹声[3]。

〔1〕灵石:县名,在今山西省。
〔2〕熹微:天色微明。
〔3〕横吹声:指笛声。

山行杂诗四首(选一)

岭路盘盘行欲迷,晚来霜霰忽凄凄[1]。林间风过犹兼叶,涧底寒轻已作泥。马足蹙时疑地尽[2],溪云多处觉天低。倦游莫讶惊心数[3],岁暮空山鸟乱啼。

〔1〕盘盘:山路层层盘旋。霰(xiàn 线):雪珠。
〔2〕蹙(cù 促):缩步不前。
〔3〕倦游:指生活飘泊不得志。数(shuò 朔):多次。

后纪蝗[1]

蝗去还复来,飞飞十日不得息。青天无风亦簸扬,赤地有土皆涌溢[2]。山间晓夕相招呼,白发黄头缀行出[3]。拚将妇子死前身,夺取螣螟口中食[4]。长竿缚衣五色新,蝗落如山不畏人。但觉齿牙挟急雨,空悲禾稼失连云[5]。东家田多西家少,打扑不如东家早。岂知灾至两难凭,高原且尽油油草。传闻北飞将入海,形势苍黄那可待[6]?又闻吴楚沴气同,常恐东道由兹通[7]。蝗乎蝗乎且莫殚我谷,告尔善地栖尔族[8]:一为催科大吏堂,一为长安贵人屋。

〔1〕本诗写蝗灾,末四句表示对达官贵人的痛恶。作者先有一首《纪蝗》诗,故此诗冠以"后"字。

〔2〕簸(bǒ 跛)扬:指蝗虫在空中群飞之状。涌溢:指蝗虫由土中冒出。

〔3〕白发、黄头:指老人。缀行(háng 杭):相随而行。

〔4〕"拚将"二句:说老人拚死要从蝗虫口中夺回粮食,以求免致妇(妻)子饿死。螣(tè 特)螟,害稻之虫,这里指蝗虫。《诗经·小雅·大田》:"去其螟螣。"

〔5〕"但觉"二句:写蝗虫吃庄稼的快速。

〔6〕苍黄:即仓皇,急迫。

〔7〕沴(lì 厉)气:恶气。古人认为蝗灾由天地间沴气所生。吴楚:指我国东南省份。东道由兹通:说南方的蝗虫北飞时也怕经过山东。

兹,此。

〔8〕殚(dān 丹):尽,指吃尽。栖尔族:你们栖息之处。

雪晴过海上,适海市见之罘下,
自亭午至晡,快睹有述,时十月十日〔1〕

今晨雪乍晴,寒日升扶桑〔2〕。出门邀河伯,东向同眂洋〔3〕。昨日之罘山,紫翠点水如鸳鸯。未至二三里,见人欲飞翔。坐来忽复不相识,回峰叠嶂皆摧藏。赫然烟霭中,城郭连帆樯〔4〕。疑是秦楼船,归来阅千霜。又疑瑶宫与贝阙。神山倒影沧流长。飞仙骖虎豹,晃漾凌波光〔5〕。招招不得语,目极天苍黄〔6〕。同游竞指是海市,对之使我神扬扬。岁序闭冰雪,鱼龙走颠僵。非时出瑰丽,此遇超寻常〔7〕。当年苏夫子,雄词自炫惊海王〔8〕。惭予本凡才,未敢纵笔相颉颃〔9〕。不请亦得睹,失喜〔10〕欲发狂。巨川细流两无拒,信知大海真难量〔11〕。准拟还家诧乡党〔12〕,讵肯此地辞杯觞。天穷人厄总莫问,微尘大地俱荒唐〔13〕。客散境变灭,半山还夕阳。醉归却听暮潮上,浩浩天风吹面凉。

〔1〕这首诗康熙三十四年在山东福山作。海市,由于光线折射,陆上景物反射到海面上空所形成的现象,往往出现城市、楼台等景物,世称海市或海市蜃楼。之罘(fú 浮),福山对面海岛上的山名,今在山东烟台市辖区内。亭午,正午。晡(bū 逋),具体指申时(下午三至五时),日过

午后也可称晡,此用后义。

〔2〕扶桑:传说中的神木,生东海日出处。《淮南子·天文训》:"日出于旸谷,浴于咸池,拂于扶桑,是谓晨明。"

〔3〕河伯:河神,见《庄子·秋水》。盯(wàng旺):同"望"。

〔4〕"坐来"四句:海市出现,原来之罘山上的峰嶂皆不见,出现城市接帆樯的景象。摧藏,挫抑,此处作隐藏用。赫然,明显。樯(qiáng墙),船上挂帆桅杆。

〔5〕"疑是"六句:对海市的想象。秦楼船,秦始皇派遣徐市带人入海求仙所乘的大船,见《史记·秦始皇本纪》。船上有楼的大船,称楼船。阅,经过。千霜,经历千次寒霜,指千年。瑶宫贝阙,神仙所居的宫阙。瑶,美玉,装饰仙宫。贝,紫贝,装饰宫门(阙)。骖(cān参)虎豹,用虎豹驾车,古代称车前两侧驾车的马为骖。晃漾,水光摇动。凌波光,驾在水波上。

〔6〕招招:招手,《诗经·邶风·匏有苦叶》:"招招舟子。"苍黄:忽青忽黄,迅速多变,孔稚圭《北山移文》:"苍黄翻覆。"

〔7〕"岁序"四句:冬天一般不出现海市。瑰丽,美丽,指海市。寻常,平常。

〔8〕"当年"二句:苏轼《登州海市》诗序:"予闻登州(治所在今山东烟台蓬莱区,毗连福山)海市旧矣。父老云:尝出于春夏,今岁晚不复见矣。予到官五日而去(离开),以不见为恨,祷于海神广德王之庙,明日见焉,乃作此诗。"苏夫子,苏轼。雄词,指《登州海市》诗。炫,炫示。

〔9〕颉颃(xiéháng协杭):比高低,抗衡。《诗经·邶风·燕燕》:"燕燕于飞,颉之颃之。"《传》:"飞而上曰颉,飞而下曰颃。"后引申为高低意。

〔10〕失喜:喜悦不能自制,杜甫《远游》:"似闻胡骑走,失喜向京华。"

〔11〕"巨川"二句:以大海并容大小水流喻它有一样对待大(指苏轼)小(自指)人物的度量。

〔12〕诧乡党:使乡人惊诧,即向之夸耀意。

〔13〕"天穷"二句:穷困的事可以不问,分别世界事物的大小也是"荒唐"。感慨自己因看《长生殿》演出被削职的困厄,欣慰海神看人不分大小穷达。天穷,上天使人穷困,苏轼《登州海市》:"率然有请不我拒,信我人厄非天穷。"微尘大地,《首楞严经》:"粗为大地,细为微尘。"

昭阳湖行书所见[1]（四首选一）

屋角参差漏晚晖,黄头闲缉绿蓑衣[2]。倦来枕石无人唤,鹅鸭成群解自归[3]。

〔1〕昭阳湖:也叫微山湖,在江苏沛县与山东滕州之间。

〔2〕晚晖:夕阳。黄头:老年人。此或指渔民,《汉书·邓通传》"黄头郎",颜师古注谓指撑船者。缉:编织。

〔3〕枕石:头靠着石头睡。解:懂得。

望匡庐不可见[1]

香炉烟散半湖云,舟人荷陂[2]水又分。却羡沙头双白鹭,潜随明月过匡君。

〔1〕这首诗写舟行鄱阳湖,因云多看不见庐山。匡庐及下文匡君:皆指代庐山,见汤右曾《放舟至下钟山》注〔6〕。

〔2〕香炉:庐山峰名。荷陂:地名。

甿入城行[1]

村甿终岁不入城,入城怕逢县令行。行逢县令犹自可,莫见当衙据案坐[2]。但闻坐处已惊魂,何事喧轰来向村?银铛杻械从青盖,狼顾狐嗥怖杀人!鞭笞榜掠惨不止,老幼家家血相视[3]。官私计尽生路无,不如却就城中死!一呼万应齐挥拳,胥隶奔散如飞烟。可怜县令窜何处?眼望高城不敢前[4]。城中大官临广堂,颇知县令出赈荒。门外甿声忽鼎沸,急传温语无张皇。城中酒浓馎饦好,人人给钱买醉饱[5]。醉饱争趋县令衙,撤扉毁阁如风扫。县令深宵匍匐归,奴颜囚首销凶威。诘朝甿去城中定,大官咨嗟顾县令[6]。

〔1〕这首诗作于康熙六十年(1721)。写苏州农民不堪官府的迫害,结队入城,砸坏县衙门,表现了农民的反抗精神。甿(méng 盟):这里指农民。

〔2〕"村甿"四句:写农民平时怕见到县令,特别是怕见到他高坐公堂。据案坐,对着公案坐堂。

〔3〕"但闻"六句:写县令下乡迫害农民。银铛,拘人的铁链。杻(niǔ扭)械,手铐脚镣。从,跟随。青盖,青色车盖,此指县令轿前的伞。

狼顾狐嗥,形容恶相凶声。狼走路时常回头看,故称"狼顾"。榜(bēng崩)掠,拷打。《史记·李斯列传》:"榜掠千余。"血相视,相视都被鞭打流血。

〔4〕"官私"六句:写农民起而反抗,吏役逃跑,县令也窜匿不敢回城。胥隶,吏役。

〔5〕"城中"六句:写大官安坐城中,以为县官下乡救灾,听到人声喧哗,才知出事,急忙用好话安慰农民,并发钱给买酒食。赈荒,救济灾民。鼎沸,形容声势大,如锅水沸滚。《汉书·霍光传》:"群下鼎沸。"温语,温和的语言。张皇,惊慌。馎饦(bótuō博托),饼,指面食。

〔6〕"醉饱"六句:写农民吃饱后再去捣毁县衙门,及县令深夜逃归的情况。扉,门板。阁,指房屋。奴颜囚首,形容狼狈相。诘朝,明天。咨嗟,叹息。顾,看。

金陵杂感六绝句[1](选一)

深宫《燕子》弄歌喉,粉墨尚书作部头[2]。瞥眼君臣成院本,输他叔宝最风流[3]。

〔1〕这首诗咏南明史事。

〔2〕"深宫"二句:南明弘光朝,阮大铖任兵部尚书,以所作传奇《燕子笺》进呈,在宫中排演。粉墨,粉墨登场,演出。尚书,指阮大铖。作部头,作菊部(戏曲)班头。宋高宗时,宫中有菊夫人,善歌舞,妙音律,为韶仙院之冠,人称"菊部头"。见《齐东野语》。

〔3〕瞥眼:转眼。成院本:成为戏剧中的人物。指清代孔尚任的《桃花扇》传奇,就是写弘光朝人物的。院本,金代"行院"演剧所用的脚

本。后来泛指短剧、杂剧或传奇。输他:比不上。叔宝:陈叔宝,南朝陈后主,以荒淫亡国。

屈 复 一首

屈复(1668—1745),字见心,号金粟,晚号悔翁,陕西蒲城人。康熙秀才,弃家漫游四方。荐举博学鸿词,不应试。著有《楚辞新注》、《玉溪生诗意》及诗集《弱水集》等。

偶然作[1]

百金买骏马,千金买美人,万金买高爵,何处买青春?

〔1〕此诗入选《清诗别裁集》。沈德潜评:"欲觉晨钟。但恐买骏马、买美人、买高爵者俱不闻耳。"

汪 绎 一首

汪绎(1671—1706年左右),字玉轮,号东山,江苏常熟人。康熙三十九年(1700)进士,授翰林院修撰。为诗"蕴藉含蓄"(《晚晴簃诗话》),有《秋影楼诗》。

柳枝词[1](四首选一)

一种风流得自持,水村天与好腰支[2]。月残风晓无穷意[3],说与桃花总不知。

〔1〕柳枝词:汉乐府有《折杨柳》曲,刘禹锡、白居易有《杨柳枝》诗,李涉有《柳枝》诗,皆七言绝句。这首诗以"月残风晓"事写柳,似有寄托。

〔2〕好腰支:形容飘荡的柳条。

〔3〕"月残"句:宋柳永《雨霖铃》词:"今宵酒醒何处?杨柳岸,晓风残月。此去经年,应是良辰好景虚设。便纵有千种风情,更与何人说?"诗意本之。

沈德潜 七首

沈德潜(1673—1769),字碻士,号归愚,江苏长洲(今苏州市)人。乾隆四年(1739)进士,官至礼部侍郎加尚书衔。论诗倡"格调"说,古体宗汉魏,近体宗盛唐,以"温柔敦厚"为尚。所选《古诗源》、《唐诗别裁》、《明诗别裁》、《清诗别裁》等集,影响颇大。有《沈归愚诗文全集》。

制府来[1]

客述制府始末甚详,因成乐府四解,志往事、儆后来也[2]。

制府来,势炎赫。上者罪监司,下者罪二千石[3]。属吏驱使如牛羊,千里辇重来奔忙,鞠跽上寿登公堂[4]。制府赐颜色,属吏贴席眠[5]。破得百家产,博得制府欢。制府之乐千万年。一解 扬旌旗,麾三军,制府航海靖海氛。声名所到,步步生风云[6]。居者阖户,行者侧足[7]。但称制府来,小儿不敢哭。军中队队唱凯还,内实百货装楼船。文武郊迎,次且不得近前[8]。制府之乐千万年。二解 制府第,神仙宅。夜光锦,披墙壁。明月珠,饰履舄[9]。猫儿睛、鸦鹘石,儿童戏弄当路掷[10]。平头奴子珊瑚鞭,妖姬日夕舞绮筵[11]。赏赐百万黄金钱,天长地久雨露偏[12]。制府之乐千万年。三解 太阳照,冰山倾。黄纸收制府[13],片刻不得暂停。辎车一两[14],千里无人送迎。妇女戟手詈,童稚呼其名[15]。爰书定在旦夕,求为厮养,厮养不可得[16]。盘水加剑请室间[17],从前荣盛如云烟。制府之乐千万年。四解

〔1〕这首诗揭露康熙时两江总督噶礼居官时的作威作福、贪婪奢侈及其下场。制府:清代尊称总督为"制府"或"制台"。

〔2〕解:见张笃庆《勘灾吏》注〔2〕。儆(jǐng景):警戒。

〔3〕罪:责罪。监司:指布政使(藩台)、按察使(臬台)等。二千石:汉太守的俸禄是二千石,后为知府的代称。

〔4〕属吏:下属的官吏。辇(niǎn碾)重:辇重金,送厚礼。鞠跽(jì忌):鞠躬跪拜。

〔5〕赐颜色:给好脸色。贴席眠:指放心。

〔6〕麾(huī挥):指挥。靖海氛:平定海上的盗乱。生风云比喻声势大。

〔7〕阖(hé河)户:关门。侧足:因害怕不敢正立。

〔8〕郊迎:地方官在郊界上迎接,是隆重的礼节。次且:即趑趄(zījū资苴),足要向前而不敢前的样子。韩愈《送李愿归盘谷序》:"足将进而趑趄,口将言而嗫嚅。"

〔9〕舃(xì戏):鞋。

〔10〕猫儿睛、鸦鹘(hú狐)石:都是宝石的名称。

〔11〕"平头"二句:说裹着头巾的奴仆手执珊瑚做装饰的马鞭;漂亮的歌女日夜在丰盛的宴会上歌舞。

352

〔12〕雨露偏:说皇帝给制府的恩惠特别多。雨露,指恩泽。

〔13〕黄纸:皇帝的诏书用黄纸。收:收捕。

〔14〕轺(yáo遥)车:轻车。两:同"辆"。

〔15〕戟手詈(lì利):以手指着怒骂。《左传》哀公十六年:"公戟其手曰:必断而足。"童稚:小孩。与前"小儿不敢哭"相应。

〔16〕爰书:定罪的判决书。厮养:奴隶。

〔17〕"盘水"句:说制府下狱。请室,请罪之室,即牢狱。古代大臣有罪,"则白冠牦缨,盘水加剑,造请室而请罪。"见《汉书·贾谊传》。盘水,象征执法公平;加剑,表示有罪当自刭。康熙五十三年(1714)噶礼下狱,诏令自尽。

晓经平江路[1]

晓经平江路,相遇逃亡民。非人亦非鬼,匍匐泥涂间。老翁拄竹杖,老妻相牵攀。病妇布裹头,双足亦不缠[2]。儿女盛竹筐,其父担道边。行李芦叶席,坐卧无冬春。十十与五五,邻里兼姻亲[3]。问从何方来?云是衢州[4]人。比年遭大水,畎亩连通津。秋成乏籽粒,正课不得完。天高官长酷,已令骨髓干。苟能免征求,岂辞行路难?去住总一死,宁作他乡魂[5]。闻之黯然悲,此邦亦无年[6]。昨者罹水灾,蔀屋少炊烟[7]。强梁肆攫夺,礼让徒云云[8]。今岁滋多雨,复恐伤平田[9]。公门贵仁恕,扑挟岂所先[10]?勿使怀乡民,胥[11]效轻转迁。此意竟谁陈?气结不能言[12]。

〔1〕这首诗写衢州连年遭受水灾,官府不予救济,反而逼勒赋税,人民不得不逃亡他乡的痛苦。平江路:宋置平江府,元改为路,明清改为苏州府,辖今苏州、常熟、昆山、上海嘉定区等地。

〔2〕"双足"句:我国旧时妇女有缠足的陋习,这里指逃荒妇女有的赤足而行。

〔3〕"十十"二句:谓灾民拖亲带邻,成群结队。

〔4〕衢州:在浙江,当时辖有衢县、常山、江山、开化四县。

〔5〕"比(bì庇)年"十句:以灾民的口吻诉说当地连年水灾,田地被淹,颗粒无收,无法缴纳赋税,而官府仍无情榨取;为了躲避官府的追逼,只有逃亡他乡,一样是死,还是死在他乡好。比年,连年。畎(quǎn犬)亩,田地。正课,赋税。天高,比喻控诉无门。

〔6〕此邦:指平江路。无年:收成不好。

〔7〕昨者:去年。罹(lí厘):遭受。蔀(bù部)屋:穷人住的草房。

〔8〕"强梁"二句:说江南原为礼义之邦,但因荒年,也多强掠暴取。肆,任意。攫夺,掠夺。徒云云,空口说说而已。

〔9〕滋:加。平田:平原上的田地。

〔10〕公门:古代对官府的称呼。贵仁恕:以仁爱、宽恕为贵。扑挟(chì斥):鞭打。

〔11〕胥:都。

〔12〕谁陈:向谁说,无处陈说之意。气结:悲伤的样子。

月夜渡江[1]

万里金波照眼明,布帆十幅破空行[2]。微茫欲没三山影,浩荡还流六代声[3]。水底鱼龙惊静夜,天边牛斗转深更[4]。

长风瞬息过京口,楚尾吴头无限情[5]。

〔1〕这首诗写月夜渡长江的情景。
〔2〕"万里"二句:说明月满江,船行如在天上,即"春水船如天上坐"(杜甫《小寒食舟中作》)的意思。金波,月光。
〔3〕"微茫"二句:写视觉和听觉。说夜色下镇江的三山(金山、焦山、北固山)景象模糊;而江声浩荡,不改今古。六代,即六朝。
〔4〕牛斗转深更:指夜深。
〔5〕"长风"二句:写舟行迅速及作者的心情。京口,即镇江。长风,乘长风破万里浪,见《宋书·宗悫传》。楚尾吴头,见王士禛《江上》注〔2〕。

过真州[1]

扬州西去真州路,万树垂杨绕岸栽。野店酒香帆尽落,寒塘渔散鹭初回。晓风残月屯田墓,零露浮云魏帝台[2]。此夕临江动离思,白沙亭[3]畔笛声哀。

〔1〕真州:今江苏仪征。
〔2〕"晓风"二句:写真州古迹。屯田墓,宋代词人柳永墓。魏帝台,真州城北六里有城子山,相传魏文帝曹丕曾在山上筑东巡台(一作乐游台)。
〔3〕白沙亭:在真州。

吴山怀古[1]（四首选一）

夫差曾报阖闾仇,宋室南迁事竟休[2]。和议有人增岁币,偏安无诏复神州[3]。中朝已洒苌弘血,塞北空闻杜宇愁[4]。莫上凤凰山顶望,冬青谁认旧陵邱[5]？

〔1〕这首诗是登吴山而有感于南宋偏安之事。吴山：俗称城隍山，为杭州名胜之一。

〔2〕"夫差"二句：春秋时吴王阖闾与越王勾践作战，败于檇李（今浙江嘉兴市），伤趾而死。后来阖闾之子夫差打败越国，报檇李之仇。宋靖康二年（1127），金人南侵，俘虏钦宗、徽宗北去，高宗南奔定都临安（今杭州市），史称南宋。这二句说夫差能为阖闾报仇，而宋室南迁之后却衰落不振。

〔3〕岁币：南宋绍兴十二年（1142），宋金和议成，划定淮河中流为界，宋向金每年纳银二十五万两，绢二十五万匹。偏安：指南宋偏安江南。神州：指中国。

〔4〕苌弘血：见王夫之《正落花诗》（十首选一）注〔3〕，喻抗金将领岳飞等被杀。杜宇愁：见王夫之《读〈指南集〉》（二首）注〔4〕，指被俘的徽宗和钦宗。

〔5〕凤凰山：在杭州西湖南边，为南宋宫廷所在。冬青，指南宋皇帝陵墓被掘事，见尤侗《题韩蕲王庙》注〔5〕。

过许州[1]

到处陂塘决决流,垂杨百里罨平畴[2]。行人便觉须眉绿,一路蝉声过许州。

〔1〕许州:今河南省许昌市。
〔2〕决决:流水声。卢纶《山店》:"登登山路行时尽,决决溪泉到处闻。"罨(yǎn 掩):掩覆。畴:田亩。

晚晴

云开逗[1]夕阳,水落穿浅土。时见叱牛翁,一犁带残雨。

〔1〕逗:引,在这里是透射出来的意思。

朱　樟 一首

朱樟,字亦纯,一字鹿田,号慕樵,浙江钱塘(今杭州)人。康熙三十八年(1699)举人,官山西泽州知府。有《观树堂集》。

催租行

催租吏,不出村,手持官票夜捉人[1]。今年官粮去年欠,不待二麦田头春[2]。衙鼓三声上堂坐,又发雷签急于火[3]。新粮半待旧粮催,前差未去后差来。男呻女吟百无计,数钱先偿草鞋费[4]。剜肉徒充隶蠹肥,医疮岂为农夫计[5]！谁怜禾黍被风吹,秋粒无收官不知。官不知,谁与说？短袖贫儿仰天泣:不求按亩蠲荒田,只望缓征勾县帖。春来雨水皆及时,青桑吐叶无附枝。蚕山落茧车有丝,不怕官府堆钱迟[6]。东邻白头妪起早,黄口小儿啼不饱。无钱能买爪牙威,七十老翁拿过卯[7]。

〔1〕官票:官府捉人的拘票。即下文的"县帖"。
〔2〕"今年"二句:意为不待麦熟,就催缴去年拖欠的赋税。二麦,大、小麦。
〔3〕雷签:作者自注:新例"发风火雷签追",指特急的拘票。

〔4〕草鞋费:旧时胥吏下乡催租,向老百姓勒索陋规,名为跑路的草鞋费。

〔5〕"剜肉"二句:唐聂夷中《伤田家》:"二月卖新丝,五月粜新谷。医得眼前疮,剜(wān 弯)却心头肉。"剜,割。蠹,蛀虫。

〔6〕"不求"六句:用农民的口吻,表示并不企求官府踏勘荒田,减免租税,只希望暂缓催征。今春雨水及时,蚕丝有望,等到有丝织布,就有钱交租,官府也不用怕堆钱不快了。

〔7〕爪牙威:指催租吏役的凶暴。拿:指拘捕。过卯:作者自注:"杭州比粮(催缴钱粮)日,谓之过卯。"

庞 鸣 一首

庞鸣,字逵公,江苏嘉定(今上海市嘉定区)人。康熙间诗人,诗从沈德潜《清诗别裁集》录出。

吴宫词[1]

屧廊移得苎萝春,沉醉君王夜宴频[2]。台畔卧薪[3]台上舞,可知同是不眠人。

〔1〕这首诗咏春秋史事,说吴王和越王同是长夜不眠,但一为谋求复国,一为沉酣宴乐。吴宫:故址在今苏州灵岩山。

〔2〕"屧廊"二句:说吴王夫差得到越国所献的美女西施,日夜荒淫宴乐。屧廊,见吴伟业《圆圆曲》注〔28〕。苎萝春,苎萝山的春色,指西施。《苏州图经》:"苎萝山在今浙江诸暨县南五里,西施所居也。"沉醉,《述异记》:"夫差筑姑苏之台,为长夜之饮。"

〔3〕卧薪:指越王勾践卧薪尝胆以复国。

王　慧 一首

王慧,字兰韫,江苏太仓人,常熟秀才朱方耒之妻。诗曾为王士禛所赏识,有《凝翠楼集》。

冷泉亭[1]

泉声檐槛外,林壑杳然深。人世热何处?我来清到心。松林藏日色,潭底卧峰阴[2]。一自乐天记[3],山光寒至今。

〔1〕冷泉亭:在今浙江杭州灵隐寺前、飞来峰下,是杭州名胜之一。这首诗在写景之外,着重刻画"冷"字意。

〔2〕"潭底"句:形容潭水映着山峰的倒影。

〔3〕乐天记:乐天,唐代诗人白居易的字。白居易有《冷泉亭记》,是他任杭州刺史时所作。

塞尔赫 一首

塞尔赫(1677—1747),字栗庵,一字晓亭,清宗室。封奉国将军,官兵部侍郎。其诗"气格清旷,风度谐婉"(《晚晴簃诗话》)。有《晓亭诗抄》。

白芍药[1]

珠帘入夜卷琼钩,谢女怀香倚玉楼[2]。风暖月明娇欲堕,依稀残梦在扬州[3]。

〔1〕这首诗以拟人化手法写白芍药。芍(sháo 勺)药:多年生草本,花像牡丹。
〔2〕琼钩:挂帘的玉钩。谢女:李贺《牡丹种曲》:"檀郎谢女眠何处。"这里活用以咏芍药。
〔3〕扬州:宋刘攽《芍药谱序》:"天下名花,洛阳牡丹,广陵(扬州)芍药,为相侔埒。"

吴永和 一首

吴永和,字文璧,江苏武进(今常州市辖区)人,董玉苍之妻。《清诗别裁集》录其诗。

虞姬[1]

大王真英雄,姬亦奇女子。惜哉太史公,不纪美人死[2]!

〔1〕这首诗出于女作家之手,故对虞姬事同情特深。《史记·项羽本纪》写项羽被刘邦围困垓下(在今安徽灵璧东南)时,虞姬随从军中,项羽突围前作歌:"力拔山兮气盖世,时不利兮骓不逝。骓不逝兮可奈何,虞兮虞兮奈若何!"

〔2〕"惜哉"二句:太史公,指《史记》作者司马迁。《史记》在项羽兵败后没有写虞姬的下落。唐张守节《史记正义》引《楚汉春秋》载虞姬和项羽的歌:"汉兵已略地,四方楚歌声。大王意气尽,贱妾何聊生。"当为伪作。

华　嵒 一首

华嵒(1682—1756),字秋岳,一字德嵩,号新罗山人。福建上杭人,侨寓扬州、杭州。以画著名,也能诗。有《离垢集》。

晓景

晓月淡长空,新岚[1]浮远树。数峰青不齐,乱插云深处。

〔1〕岚(lán 蓝):山气。

黄 任 六首

黄任(1683—1768),字莘田,号十砚老人,福建永福(今永泰)人。康熙四十一年(1702)举人,官广东四会知县。诗古体出入白、苏;绝句效法温、李,极为袁枚所推服。有《秋江集》、《香草斋诗钞》。

西湖杂诗十四首[1](选五)

珍重游人入画图,楼台绣错与茵铺[2]。宋家万里中原土,博得钱塘十顷湖[3]。

画罗纨扇总如云,细草新泥簇蝶裙[4]。孤愤何关儿女事,踏青争上岳王坟[5]!

鱼羹宋嫂六桥无,原是樊楼旧酒垆[6]。宣索可怜停玉食,官家和泪话东都[7]。

梅花亦作黍离看,野水荒坟绕一湾[8]。肠断黄金台下客,更传天语到孤山[9]。

珠襦玉匣出昭陵,杜宇斜阳不可听[10]。千树桃花万条柳,六桥无地种冬青[11]。

〔1〕这五首写杭州西湖景物兼咏南宋史事,寄慨颇深,亦饶风韵。

〔2〕"珍重"二句:写西湖楼台景物之美,人游其中,如入画图。绣错,如锦绣交错。茵铺,如铺地毯。茵,毯子。《湖山胜概》:"堤(西湖苏堤)间桃柳,芳草铺茵。"

〔3〕"宋家"二句:刺南宋统治者丢弃万里中原,而沉醉、玩乐于"十顷"之地的西湖。

〔4〕"画罗"二句:写游人众多,服饰华丽。画罗,织有花纹的罗衣。纨扇,罗纨制的扇子。簇蝶裙,织有蝴蝶的裙子。

〔5〕"孤愤"二句:说"儿女"们本不关心宋代岳飞被害之事,而春游时争着去凭吊他的坟墓。踏青,春游。岳王坟,岳飞死后曾追封鄂王,其墓在杭州栖霞岭。

〔6〕"鱼羹"二句:北宋时汴京酒店的宋五嫂,善做鱼羹;随宋室南渡到杭州。见周密《武林旧事》。六桥,西湖上的映波、锁澜、望山、压堤、东浦、跨江六座桥。樊楼,宋时汴京著名酒店,见《东京梦华录》。

〔7〕"宣索"二句:《武林旧事》载宋高宗为太上皇时,出游西湖,曾宣召宋五嫂,念她年老,赐以钱绢。宣索,宫廷向民间购买物品。玉食,帝王的食品。《尚书·洪范》"唯辟(国君)玉食。"官家,指皇帝。东都,北宋以汴京(今河南开封)为东都。

〔8〕"梅花"二句:写孤山林逋墓地的荒凉。林逋,字君复,号和靖,宋时隐居西湖孤山,多种梅,不娶,有"梅妻鹤子"之称。黍离,《诗经·王风·黍离》是西周亡后,东周大夫经故都感慨以前宫殿成为平地,种上庄稼(禾黍)的事。离,离,颗粒下垂貌。

〔9〕"肠断"二句:宋恭帝被元人俘虏到北京,从臣汪元量南归,带

回他的诗:"寄语林和靖,梅花几度开?黄金台下客,应是不归来。"见陶宗仪《辍耕录》。天语,指宋恭帝诗。

〔10〕"珠襦"二句:写南宋在绍兴的皇陵被元杨琏真伽挖掘。珠襦玉匣,指皇陵中的殉葬物。《西京杂记》:"汉帝送死,皆珠襦玉匣。"出昭陵,从皇帝墓中挖出。昭陵,唐太宗陵墓名,指代宋朝帝陵。杜宇,暗用古蜀帝杜宇死后魂化为杜鹃的典故,参看王夫之《读〈指南集〉》(二首)注〔4〕。

〔11〕"千树"二句:写西湖虽美,而宋亡堪悲。种冬青,宋帝陵被挖后,义士唐珏拾遗骸重新埋葬,并在其上种冬青树,见尤侗《题韩蕲王墓》注〔5〕。此诗总结宋亡的历史教训,以为绮靡的社会风尚消磨民众家国情怀、社会责任感和民族意志,这样,离国家的危亡就不远了。

彭城道中〔1〕

天子依然归故乡,大风歌罢转苍茫〔2〕。当时何不怜功狗,留取韩彭守四方〔3〕?

〔1〕这首诗认为刘邦的《大风歌》是悲凉之作,嘲笑刘邦杀戮功臣的错误。彭城:今江苏徐州,是楚汉战争中项羽的都城。刘邦故乡沛县丰邑(今江苏丰县)和彭城邻近。

〔2〕"天子"二句:汉十二年(公元前195),刘邦回到故乡,置酒招待父老子弟,自为歌:"大风起兮云飞扬,威加海内兮归故乡,安得猛士兮守四方!"世称《大风歌》。苍茫,旷远迷茫的样子。

〔3〕"当时"二句:指责刘邦杀戮功臣。功狗,《史记·萧相国世家》

载刘邦封功臣时说:"夫猎,追杀兽兔者,狗也;而发踪指示兽处者,人也。今诸君徒能得走兽耳,功狗也;至如萧何,发踪指示,功人也。"韩、彭:淮阴侯韩信、梁王彭越,都以阴谋叛乱的罪名被杀。

金 农 二首

金农(1687—1763),字寿门,号冬心,又号昔邪居士、心出家庵粥饭僧,浙江钱塘人。乾隆元年举博学鸿词,不赴。工书画,自言诗好李商隐、陆龟蒙。有《冬心集》。

过小孤山[1]

古县萧条对岸开,大江行色榜人催[2]。水风多处轻抬眼,浮出青山似覆杯。

〔1〕小孤山:俗名髻山,亦称小姑山。
〔2〕古县:小孤山在长江中,北岸为安徽宿州,南为江西彭泽县。大江:指长江。行色:旅途景况。榜人:摇船的人。

感春口号[1]

春光门外半惊过,杏靥桃绯可奈何[2]!莫怪撩衣懒轻出,满山荆棘较花多[3]。

〔1〕这首诗借写景表与世不合之意。

〔2〕"春光"二句:说心怀惊惧,门外桃李盛开都难欣赏。靥(yè页),脸上酒窝。绯,红色。可奈何,怎对付。

〔3〕"莫怪"二句:说不出门是因为山多荆棘。

黄子云 一首

黄子云(1691—1754),字士龙,江苏昆山人,后迁吴县(今苏州吴中区)。布衣。初期诗近中晚唐,后宗杜甫,工五七律。有《野鸿诗的》、《长吟阁诗集》。

大洋[1]

不觉舟如叶,随风入窅冥[2]。潮来天宇白,日照海门[3]青。孤屿遥相认,危樯觉有灵。中流抚身世,万里一浮萍[4]。

[1] 这首诗是作者随从清朝册封使者入琉球时所作,写大海的空阔、壮观。大洋:指东海。
[2] 窅(yǎo 咬)冥:深远的样子,形容大海。
[3] 海门:海口,河流入海处。
[4] "中流"二句:说身行万里,自顾身世像浮萍漂泊。

厉 鹗 十四首

厉鹗(1692—1752),字太鸿,浙江钱塘(今杭州)人。康熙五十九年(1720)举人,乾隆元年(1736)举博学鸿词,报罢。诗取法陶潜、谢灵运及王(维)、孟(浩然)、韦(应物)、柳(宗元),尤精治宋诗,所作妍炼幽隽,自成一家,尤以五言古为工。有《樊榭山房集》、《宋诗纪事》。

秋宿葛岭涵青精舍[1](二首选一)

书灯佛火影清凉,夜半层楼看海光。蕉飐暗廊虫吊月,无人知是半闲堂[2]。

〔1〕这首诗作于康熙五十三年(1714)。葛岭:在杭州西湖北、栖霞岭东,相传是晋葛洪炼丹之所。精舍:佛堂。
〔2〕"蕉飐(zhǎn 展)"二句:说如此凄凉的境界,谁知道这里曾经是奢靡繁华的半闲堂。飐,摇动。虫吊月,秋虫在月下鸣叫,仿佛是哀吊。半闲堂,贾似道所建堂名。贾似道,字师宪,南宋理宗、度宗时权相,曾赐第西湖葛岭,筑半闲堂、多宝阁,聚敛珍宝器物。传见《宋史》卷四四七。

灵隐寺月夜[1]

夜寒香界[2]白,涧曲寺门通。月在众峰顶,泉流乱叶中。一灯群动息,孤磬四天空〔3〕。归路畏逢虎,况闻岩下风。

〔1〕灵隐寺:在杭州西湖。附近有飞来峰、冷泉亭诸名胜。
〔2〕香界:指佛寺。《维摩诘经·香积品》:"有国名众香,佛号香积。其界一切,皆以香作楼阁。经行香地,苑园皆香。"
〔3〕"一灯"二句:写除了寺里的长明灯和僧人的夜诵之外,一切都归于沉寂。群动息,陶渊明《饮酒》:"日入群动息。"孤磬,指僧人夜里诵佛经的击磬声。四天,指四禅天。佛教所谓色界诸天。唐沈佺期《从幸香山寺应制》:"岭上楼台千地起,城中钟鼓四天闻。"

晓登韬光绝顶〔1〕

入山已三日,登顿遂真赏〔2〕。霜磴滑难践,阴若曦乍晃。穿漏深竹光,冷翠引孤往〔3〕。冥搜灭众闻,百泉同一响〔4〕。蔽谷境尽幽,跻颠瞩始爽〔5〕。小阁俯江湖,目极但莽苍〔6〕。坐深香出院,青霭落池上〔7〕。永怀白侍郎,愿言脱尘鞅〔8〕。

〔1〕这首诗表现了作者五言诗炼字、炼句的风格。韬光:寺名,在杭州灵隐山上,唐代僧人韬光居此。绝顶:最高顶。
〔2〕"入山"二句:说进山已经三天,登临韬光绝顶后,才真正领略山色之美,领起全诗。登顿,登临。
〔3〕"霜磴"四句:写侵晨出发登山。经霜的石级滑润难走,山路阴暗,光线稀疏地透过茂密的竹丛,独自一人沿着竹林中的小路攀登。曦乍晃,太阳初升。冷翠,指竹竿。

〔4〕"冥搜"二句:写山间寂静,只有泉声盈耳。冥搜,暗中摸索,形容第一次登山时道路不明的情况。

〔5〕"蔽谷"二句:写从山谷登上山顶,眼界突然开阔。跻颠,登上山顶。

〔6〕"小阁"二句:暗写绝顶高出一切,极目无阻。苍,读上声。

〔7〕"坐深"二句:写在绝顶逗留到晚,应"遂真赏"。坐深,久坐。青霭,这里指暮霭。

〔8〕白侍郎:唐代诗人白居易,曾任刑部侍郎。他在杭州刺史任内,与僧韬光有诗唱和。言:助词,无义。脱尘鞅:摆脱世事。

晓至湖上〔1〕

出郭晓色微,临水人意静。水上寒雾生,弥漫与天永〔2〕。折苇动有声,遥山淡无影。稍见初日开,三两列舴艋〔3〕。安得学野凫,泛泛逐清景〔4〕。

〔1〕这首诗写晓雾中的杭州西湖。

〔2〕与天永:和天相接。

〔3〕舴艋(zéměng 则猛):小船。张志和《渔歌子》:"两两三三舴艋舟。"

〔4〕"安得"二句:《楚辞·卜居》:"将泛泛若水中之凫乎,与波上下偷以全吾躯乎?"泛泛,浮游的样子。

宝应舟中月夜[1]

芦根渺渺望无涯,雁落圆沙几点排? 明月堕烟霜着水,行人今夜宿清淮[2]。

〔1〕这首诗是康熙五十八年(1719)作者北游时,月夜舟行淮河之作。宝应:在今江苏省,大运河纵贯境内。
〔2〕清淮:指淮河。

渡河[1]

北来始作泛槎游,晚色苍苍望里收[2]。一线黄流奔禹甸,两涯残雪接徐州[3]。古今沉璧知无限,天地浮萍各自谋[4]。明日轻装又驴背,风前惭愧白沙鸥[5]。

〔1〕这首诗也是康熙五十八年北游时作,写渡黄河时的雪景和感想。河:黄河。
〔2〕泛槎(chá 茶):泛舟。槎,竹木编成的筏。
〔3〕黄流:指黄河。禹甸:夏禹治理的疆域,指中国。徐州:今属江苏省。
〔4〕"古今"二句:历史上黄河经常决口改道,古代常以玉璧沉到河里祭奠河神,以祈安流。如《史记·河渠书》记汉武帝曾"沉白马、玉璧

于河"。上句写沉璧之无补于事。下句感慨人处天地间如浮萍流转,各人都为自己的事而营谋、奔走。

〔5〕"明日"二句:说明天又将要舍舟骑驴而奔波,看见沙滩闲卧的白鸥,自觉惭愧。

富春[1]

富春县前江势奔,危楼[2]如画俯山根。林林人影向沙市,叶叶风帆下海门[3]。秋入遥空无寸翳,旱经焦土有千村[4]。田家正堕忧时泪,安得新酤倒瓦盆[5]?

〔1〕这首诗写富春景色虽好,但遇秋旱,农民愁苦。富春:今浙江杭州富阳区,富春江流经此县。

〔2〕危楼:高楼。

〔3〕林林:众多的样子。沙市:沙头的集市。

〔4〕"秋入"二句:说秋来天旱,空中没有一丝浮云,村落中禾苗已经枯焦。翳(yì意),遮蔽。

〔5〕新酤(gū沽):新酒。瓦盆:盛酒陶器。杜甫《少年行》:"莫笑田家老瓦盆,自从盛酒长儿孙。"

春寒[1]

漫脱春衣浣酒红[2],江南二月最多风。梨花雪后酴醾雪,人在重帘浅梦中[3]。

〔1〕这首诗是雍正元年(1723)作者家居时作,以白花比雪,以浅梦刻画春寒,用笔幽细。
〔2〕漫脱春衣:酒后燥热,暂脱春衣。
〔3〕"梨花"二句:梨花和酴醾(túmí 途迷)花色白似雪。酴醾开花在暮春,见出是年春寒的反常。重帘浅梦,帘幕重重,但魂梦轻浅,指天寒睡梦不稳。

荆溪道中[1]

如画云岚西复西,梁溪几折入荆溪[2]?舟师失道隔烟问,山鸟畏人穿竹啼。

〔1〕这首诗也用幽细之笔写舟行水乡的情景。荆溪:水名,在江苏宜兴。
〔2〕梁溪:水名,在江苏无锡。

湖楼题壁[1]

水落山寒处,盈盈记踏青[2]。朱栏今已朽,何况倚栏人!

〔1〕这是乾隆七年(1742)作者悼念他的亡妾朱满娘的诗,结二句

377

自欧阳瞻《太原道上》"高城已不见,何况城中人"化出。

〔2〕"盈盈"句:回忆朱满娘生前春游的仪态。盈盈,轻盈美好的样子。

游摄山栖霞寺,留止三宿,得诗三首[1](选一)

初为栖霞宿,孤月似留客。徘徊出东峰,已觉林际白。共坐疏松阴,满地横画格[2]。山深风早寒,诸天去咫尺[3]。倚杖闻微钟,瘦影写岩石[4]。默数清景最,迥与下界隔[5]。长啸猿鸟惊,今夕是何夕?

〔1〕这首诗作于乾隆八年(1743),写栖霞夜景。摄山:亦名栖霞山,在南京市东北,上有栖霞寺。
〔2〕画格:写月光从松林下照,影如画格。
〔3〕诸天:佛经有"欲界"六天等说法,这里即指天空。去咫(zhǐ止)尺:距离很近。咫,八寸。
〔4〕"瘦影"句:说月光下自己影子落在岩上,如摹如写。
〔5〕"默数"二句:说山居远隔尘世,静思生平游历所到,应以此游为最好的情景。

归舟江行望燕子矶作[1]

石势浑如掠水飞,渔罾绝壁挂清晖[2]。俯江亭上何人坐,看我扁舟望翠微[3]。

〔1〕这首诗写舟中望燕子矶,却从矶上的人望自己方面写来,用笔曲折。燕子矶:见施闰章《燕子矶》注〔1〕。
〔2〕"石势"二句:写燕子矶临江,像燕子掠水而飞。绝壁上的渔网沐浴在阳光中。罾(zēng增),网。
〔3〕俯江亭:燕子矶上的亭子。翠微:山色,这里指山。

午日淮阴城北观竞渡四首[1](选一)

此日家家唤艇行,一湾野水是新城[2]。无人更说防淮事,烟柳风蒲到处生。

〔1〕这首诗对人们不注意淮河水患而热心竞渡,发出浩叹。午日:端午节。淮阴:旧县名,今江苏省淮安市淮阴区。竞渡:赛龙船。《荆楚岁时记》:"屈原以五月五日投汨罗,故武陵(今湖南常德市)以此日作竞渡以招之。"
〔2〕新城:作者自注:"淮南新城为明福藩(福王)时筑。"

淮城使风,暮抵扬州[1]

西风作意送行舟,帆饱清淮碧玉流[2]。三百里程消一日,芦花吹雪到邗沟[3]。

〔1〕这首诗作于乾隆十三年(1748)。淮城:今江苏淮安。使风:乘风驶船。

〔2〕"帆饱"句:帆饱受西风而速行。碧玉流,形容水清。

〔3〕雪:指风中飞舞的芦花。邗(hán寒)沟:春秋时吴国于邗江筑城穿沟,以通江淮,今淮安至扬州的运河河道,即古邗沟。

峻 德 一首

峻德,姓纳兰氏,字克明,号慎斋,满洲旗人。岁贡生,乾隆元年(1736)举博学鸿词。有《云镌藏稿》《使秦集》。

望潼关

立马风陵望汉关,三峰高出白云间[1]。西来一曲昆仑水,划断中条太华山[2]。

[1] 风陵:即风陵渡,在山西省芮城市西南,为黄河渡口。汉关:指潼关。三峰:指华山三峰。
[2] "西来"二句:黄河经风陵渡折而东流。中条山在山西永济市东南黄河东岸;太华山在陕西华阴市南黄河西岸,两山隔河对峙。昆仑水,指黄河。旧说河出昆仑山,见《尔雅·释水》。

郑　燮 八首

郑燮（1693—1766），字克柔，号板桥，江苏兴化人。乾隆元年（1736）进士，官山东范县、潍县知县。因岁饥为民请赈，忤大吏，以病乞归，寄居扬州，卖画度日。工画兰竹，书法以隶楷行三体相参，别成一格。诗近白居易、陆游，以白描胜。有《板桥全集》。

扬州[1]（四首选一）

画舫乘春破晓烟，满城丝管拂榆钱[2]。千家养女先教曲，十里栽花算种田。雨过隋堤原不湿，风吹红袖欲登仙[3]。词人久已伤头白，酒暖香温倍悄然[4]。

〔1〕扬州是乾隆时盐官盐商聚集之地，商业发达，官商生活穷奢极侈，多歌楼妓馆。诗对此表示感慨。

〔2〕画舫：装饰华丽的游船。拂榆钱：借喻挥金如土。榆钱，榆树的果实，形似钱而小，色白成串，故名。

〔3〕隋堤：隋炀帝开运河，沿河筑堤种柳，称为隋堤。红袖：指妇女。

〔4〕悄然：静默无声。

私刑恶[1]

自魏忠贤拷掠群贤,淫刑百出[2],其遗毒犹在人间。胥吏以惨掠取钱,官长或不知也。仁人君子,有至痛焉。

官刑不敌私刑恶,掾吏搏人如豕搏。斩筋抉髓剔毛发,督盗搜赃例苛虐[3]。吼声突地无人色,忽漫无声四肢直。游魂荡漾不得死,宛转回苏天地黑[4]。本因冻馁迫为非,又值奸刁取自肥。一丝一粒尽搜索,但凭皮骨当严威[5]。累累妻女小儿童,拘囚系械网一空。牵累无辜十七八,夜来锁得邻家翁。邻家老翁年七十,白梃长椎敲更急[6]。雷霆收声怯吏威,云昏雨黑苍天泣[7]。

〔1〕私刑:相对官刑而言,指不合法的刑罚。

〔2〕魏忠贤:明末宦官,熹宗时,任司礼秉笔太监,兼掌东厂(特务机关)。把持朝政,结私党,兴大狱。淫刑:过分的刑罚。

〔3〕"官刑"四句:总写私刑残暴。掾(yuàn院)吏,官府属员的通称。豕搏,搏豕的倒文,说打人如打猪狗。督盗搜赃,古代捕获盗贼后要向犯人家搜索赃物。

〔4〕"吼声"四句:写犯人受刑的惨酷。

〔5〕"本因"四句:说犯人本因冻饿所逼而犯法,却被吏役借搜赃搜索尽家中物品,只剩下他们的身体承当残酷的刑罚。严威,指酷刑。

383

〔6〕"累累"六句:说一案拘捕的人,十分之七八是无辜受牵连的。用妻女儿童、邻家翁说明牵累之广。

〔7〕"雷霆"二句:总结全诗,说私刑的残酷,连上天也为之害怕、悲痛。

绍兴[1]

丞相纷纷诏敕多,绍兴天子只酣歌[2]。金人欲送徽钦返,其奈中原不要何[3]!

〔1〕绍兴:宋高宗赵构的年号(1131—1162)。高宗为徽宗之子,钦宗之弟。徽、钦二帝被俘后,他逃到江南即皇帝位。

〔2〕"丞相"二句:说高宗只知享乐,朝政由秦桧操纵。丞相,指秦桧,字会之,高宗朝宰相,执政十九年,力主和议,陷害抗金将领岳飞等,为人民所痛恨。句中以诏令多由秦桧发出表示他的专权。

〔3〕"金人"二句:抨击南宋朝廷早已不想恢复中原。因为徽、钦二帝回来,高宗就不能享乐,秦桧也不能专政。

姑恶[1]

古诗云:"姑恶姑恶,姑不恶,妾命薄。"可谓忠厚之至,得《三百篇》遗意矣[2]。然而为姑者,岂有悛悔哉?因复作一篇,极形其状,以为激励焉。

小妇年十二,辞家事翁姑。未知伉俪情,以哥呼阿夫。两小各羞态,欲言先嗫嚅[3]。翁令处闺阁,织作新流苏。姑令杂作苦,持刀入中厨[4]。切肉不成块,磊块登盘簠。作羹不成味,酸辣无别殊[5]。析薪纤手破,执热十指枯[6]。翁曰"是幼小,教导当徐徐。"姑曰"幼不教,长大谁管拘?恃其桀傲性,将欺颓老躯;恃其骄纵资,吾儿将伏蒲[7]。"今日肆詈辱,明日鞭挞俱[8]。五日无完衣,十日无完肤。吞声向暗壁,啾唧微叹吁[9]。姑云是诅咒,执杖持刀锯[10]。"汝肉尚可切,颇肥未为癯;汝头尚有发,薙尽为秋壶。与汝不同生,汝活吾命殂[11]。"鸠盘老形貌,努目真凶屠[12]。阿夫略顾视,便嗔羞耻无;阿翁略劝慰,便嗔昏老奴;邻舍略探问,便嗔何与渠[13]。嗟哉贫家女,何不投江湖?江湖饱鱼鳖,免受此毒荼。嗟哉天听卑,岂不闻怨呼!人间为小妇,沉痛结冤诬。饱食偿一刀,愿作牛马猪[14]。岂无父母来?洗泪饰欢娱;岂无兄弟问,忍痛称姑劬。疤痕掩破襟,秃发云病疏。一言及姑恶,生命无须臾[15]。

〔1〕这首诗写童养媳遭受凶恶婆婆虐待的悲惨。

〔2〕古诗云:见苏轼《禽言五首》。原注:"姑恶,水鸟也。俗云,妇以姑害死,故其声云。"忠厚:《礼记·经解》:"温柔敦厚,诗教也。"三百篇:指《诗经》。

〔3〕"小妇"六句:写童养媳初到婆家时的天真情况。小妇,指诗中的童养媳。事,侍奉。翁姑,古代妇女称丈夫的父母为翁姑。伉俪(kàng lì抗丽),夫妻。嗫嚅(nièrú聂如),话说不出口的样子。

〔4〕"翁令"四句:说公公(翁)叫她到房里做针线活,婆婆(姑)叫她做各种力不胜任的劳动。闺阁,闺房。流苏,编织的丝穗。中厨,厨房中。

〔5〕"切肉"四句:写童养媳年幼不善于做菜。磊块,把肉切得不方正的样子。簠(fǔ府),盛食物的方形器具,此处叶韵读平声。

〔6〕析薪:劈柴。纤:细弱。执热:炊火煮饭。枯:烫焦。

〔7〕管拘:管束。桀傲:也作"桀骜",暴戾不驯。资:品质。伏蒲:低首屈服的意思。

〔8〕肆:肆意,恣意。詈(lì利):辱骂。鞭挞俱:鞭打并施。

〔9〕"吞声"二句:向暗壁小声叹气,不敢哭。

〔10〕铻(wú吾):铧。一说,锟铻,古剑名。

〔11〕薅(hāo蒿):拔。秋壶:葫芦。殂(cú徂):死。

〔12〕"鸠盘"二句:写婆婆的凶相。鸠盘,鸠盘荼,恶鬼名,常用以喻丑妇。努:同"怒"。凶屠:凶恶的屠夫。

〔13〕"阿夫"六句:写婆婆歧视童养媳,不准旁人接触、劝解。嗔(chēn琛),怒喝。何与渠,和他无关。渠,他。

〔14〕"嗟哉"十句:写童养媳求死不得,无处呼诉。荼,苦。天听卑,上天会听到低下人的呼叫。《史记·宋家家》:"天高听卑。"

〔15〕"岂无"八句:写童养媳不敢向其父母兄弟诉说受虐待的情况,反要装欢颜掩饰,说婆婆劳苦。劬(qú渠),辛劳。病疏,因病而稀少。须臾,片刻。

逃荒行[1]

十日卖一儿,五日卖一妇。来日剩一身,茫茫即长路[2]。长路迂以远,关山杂豺虎。天荒虎不饥,奸人伺岩阻。豺狼白昼出,诸村乱击鼓[3]。嗟予皮发焦,骨断折腰膂。见人目光瞠,得食咽还吐[4]。不堪充虎饥,虎亦弃不取。道旁有遗婴,怜拾置担釜。卖尽自家儿,反为他人抚。路妇有同伴,怜而与之乳[5]。咽咽怀中声,咿咿口中语。似欲呼耶娘,言笑令人楚[6]。千里山海关,万里辽阳戍。严城啮夜星,村灯照秋浒[7]。长桥浮水面,风号浪偏怒。欲渡不敢撄,桥滑足无屦。前牵复后曳,一跌不复举[8]。过桥歇古庙,聒耳闻乡语。妇女叙亲姻,男儿说门户。欢言夜不眠,似欲忘愁苦[9]。未明复起行,霞光影踽踽。边墙渐以南,黄沙浩无宇[10]。或云薛白衣,征辽从此去;或云隋炀皇,高丽拜雄武。初到若凤经,艰辛更谈古[11]。幸遇新主人,瓯脱与眠处。长犁开古碛,春田耕细雨。字牧马牛羊,斜阳各量数[12]。身安心转悲,天南渺何许?万事不可言,临风泪如注[13]。

[1] 这首诗写关内饥民卖妻鬻子、逃荒关外的痛苦情状;中间插以卖尽自己儿子又拾抚他人子的事件,更表现了劳动人民心地的善良。

[2] 茫茫:对前途茫无把握的样子。即:就。

[3] 奸:求。伺:侦候。岩阻:山岩阻蔽处。击鼓:打鼓驱豺狼。

[4] "嗟予"四句:写饥民身体的残弱。膂(lǚ 屡),背脊骨。

[5] "道旁"六句:写拾养道旁遗婴的情况。置担釜,放在担上锅内。乳,喂奶。

[6] "咽咽"四句:写婴儿情状。咽(yē 耶)咽,吃乳声。咿(yī 伊)

387

呷,学语声。耶,同"爷"。楚,痛心。

〔7〕"千里"四句:写逃往关外。山海关,在河北秦皇岛市,长城东边起点。辽阳戍,泛指东北边地。辽阳,府名,治所在今辽宁辽阳市。严城,险要的关城。啮(niè 聂),咬,这里表"吞没"之意。浒(hǔ 虎),水边。

〔8〕"长桥"六句:写寒风中渡大桥的艰难。撄,接触。屦(jù 句),鞋。曳,拉引。举,起。

〔9〕"过桥"六句:写夜宿古庙,共话乡情。门户,祖先家族,说以认亲。

〔10〕"未明"四句:写天明再上向北的长路。踽(jǔ 举)踽,独行貌。边墙渐以南,山海关城墙渐渐远落在南方。浩无宇,广大无边。

〔11〕"或云"六句:写在路上谈辽阳的故事传说。薛白衣,薛仁贵,唐太宗时应募从征辽东,身着白衣,持戟带两弓作战,所向披靡。隋炀皇,即隋炀帝,曾多次征辽东,侵高丽。高丽,即高句丽,古国名。夙经,曾经经过。

〔12〕"幸遇"六句:写饥民在关外为"新主人"耕牧。瓯脱,旧指边疆少数民族居住的小土屋。与居处(chǔ 楚),给居住。碛(qì 泣),沙地。字,养。量数,指点算马牛羊。

〔13〕"身安"四句:写想念南方家乡。渺何许,渺茫在何处。注,像雨水倾注。

还家行[1]

死者葬沙漠,生者还旧乡。遥闻齐鲁郊,谷黍等人长。目营青岱去,足辞辽海霜。拜坟一痛哭,永别无相望。春秋社燕雁,封泪远寄将[2]。归来何所有? 兀然空四墙。井蛙跳我灶,狐狸踞我床。驱狐窒鼯鼠,扫径开堂皇。湿泥涂四壁,嫩草覆新黄。桃花知我至,屋角舒红芳;旧燕喜我归,呢喃话空梁。蒲塘春水暖,飞出双鸳鸯[3]。念我故妻子,羁卖东南庄。圣恩许赎归,携钱负橐囊[4]。其妻闻夫至,且喜且徬徨。大义归故夫,新夫非不良。摘下乳下儿,抽刃割我肠[5]。其儿知永绝,抱颈索阿娘。堕地几翻覆,泪面涂泥浆[6]。上堂辞姑舅,姑舅泪浪浪。赠我菱花镜,遗我泥金箱。赐我旧簪珥,包并罗衣裳。好好作家去,永永无相忘[7]。后夫年正少,惭惨难禁当。潜身匿邻舍,背树倚夕阳。其妻径以去,绕陇过林塘。后夫携儿归,独夜卧空房。儿啼父不寐,灯短夜何长[8]。

〔1〕这首诗写一个逃荒者由辽东回到山东故乡,修整残破的故居,赎回故妻;而故妻和她后夫一家又经历辛酸的离别,凄恻动人。

〔2〕"死者"十句:写逃荒者离开辽东的情况。死者,指同去逃荒的亲友。齐鲁,春秋时齐、鲁二国辖地,都在今山东。谷黍等人长,说庄稼长得好。青岱,青州和岱岳(泰山),亦在山东。辽海,今辽宁省东部海边。望,叶韵读平声。社,春社、秋社,古代春秋两个节日。燕雁皆候鸟,燕春社来秋社去,雁秋社来春社去。寄将,把思念死者的眼泪寄燕雁带往辽东死者坟上。

〔3〕"归来"十四句:写逃荒者归故乡修整残破屋宇后的情况。兀然,形容墙壁陡立。空,空无所有。窒,堵塞。鼯(wú吾)鼠,大飞鼠。堂皇,指屋宇。"室无四壁曰皇",见《汉书·胡建传》"列坐堂皇上"注。新黄,新黄土。呢喃,燕语声。

389

〔4〕"念我"四句:写逃荒者带钱去赎故妻。故妻,旧妻。羁卖,典卖留住。圣恩,指皇帝的"恩惠"。负,背着。橐囊,袋子。

〔5〕"其妻"六句:写故妻闻逃荒者来赎她,想到又要和后夫及幼子离别的矛盾心情。

〔6〕"其儿"四句:写故妻幼子不忍其母离开的情况。

〔7〕"上堂"八句:写故妻和其后夫的父母告别的情况。舅,丈夫的父亲。浪(láng郎)浪,泪流不止貌。菱花镜,背后铸有菱藻等图案的铜镜。遗(wèi未),送。泥金,用金粉描画。簪珥(zāněr糌耳),妇女首饰。作家,当家过日子。忘,叶韵读平声。

〔8〕"后夫"十句:写后夫见其妻离去的悲痛,和他晚上闻幼子啼哭而不能入睡。匿,藏。径以去,一直走去,不忍和后夫告别。

题竹石画[1](二首)

咬定青山不放松,立根原在破岩中。千磨万击还坚劲,任尔东西南北风。

竹枝石块两相宜,群卉群芳尽弃之。春夏秋时全不变,雪中风味更清奇。

〔1〕这是作者题他自作的竹石画的两首诗,分题在两个画幅中。第一首原题《竹石》;第二首是整理本《郑板桥集》的补遗诗,原来无题。诗借歌颂竹子的耐风耐寒和立根于青山破岩之中,以寄托自己的生活和道德的理想。

严遂成 五首

严遂成(1694—?),字崧瞻,号海珊,乌程(今浙江湖州吴兴区)人。雍正二年(1724)进士,乾隆元年举博学鸿词,未试,丁忧归。后官云南嵩明州知州。诗以咏史为工,七言律尤畅达豪健,善于议论。有《海珊诗钞》等。

乌江项王庙[1]

云旗庙貌拜行人,功罪千秋问鬼神[2]。剑舞鸿门能赦汉,船沉巨鹿竟亡秦[3]。范增一去无谋主,韩信原来是逐臣[4]。江上楚歌最哀怨,招魂不独为灵均[5]。

〔1〕这首诗赞美项羽的气度、战功,而叹息他不能用人,表示了哀悼之情。乌江:在今安徽和县东北。

〔2〕"云旗"二句:说项羽的功罪是非评论不一,而他的庙宇却为后人崇祀。云旗,象征神灵。《楚辞·离骚》:"载云旗之逶迤。"庙貌,庙宇。《公羊传》桓公三年:"纳于太庙。"何休注:"庙之为言貌也,思想仪貌而事之。"

〔3〕"剑舞"二句:写项羽的气度和战功。剑舞鸿门,秦二世三年(前207),项羽与刘邦会于鸿门(今陕西西安临潼区东)。项羽堂弟项庄

在宴会上舞剑,欲刺刘邦,项羽意思不忍,使刘邦得以离席脱身。船沉巨鹿,秦二世三年,秦兵围巨鹿(今河北平乡西南),项羽率兵救援,兵渡漳河时,破釜(饭锅)沉舟,持三日粮,作决死战斗的准备,终于打破秦的主力军。

〔4〕"范增"二句:说项羽不善用人。范增,项羽主要谋士,尊为亚父。他劝项羽杀刘邦,项羽不从。刘邦施行反间计,项羽削他的权力,范增忿而离去。韩信,原为项羽部将,常为项羽献策,羽不能用。后逃归刘邦,与刘邦合兵垓下,消灭项羽。

〔5〕"江上"二句:说楚歌的哀怨,不独为了招屈原之魂,也为了哀吊项羽。楚歌,战国时楚地之歌。招魂,《楚辞》有《招魂》篇,一说是宋玉招屈原的生魂之作。

曲峪镇远眺[1]

地近边秋杀气生,朔风猎猎马悲鸣[2]。雕盘大漠寒无影[3],冰裂长河夜有声。白草衰如征发短,黄沙积与阵云平[4]。洗兵一雨红灯湿,羊角鱿鱼堠火明[5]。

〔1〕这首诗写曲峪镇所见壮阔、肃杀的气象,笔力饱满。曲峪镇:在今山西省河曲县。《读史方舆纪要》:"(河曲城)又有曲峪等处为滨河要冲,边外正对陕西焦家坪等处,直接青草湾。"作者自注:"时西陲方用兵。"

〔2〕朔风:北风。猎猎:风声。

〔3〕雕盘大漠:雕,鹰一类的猛禽。盘,盘旋。大漠,沙漠。

〔4〕白草:产于北方关外的一种草,干时呈白色。王维《使至塞上》:"白草连天野火烧。"征发:指征人的头发。阵云:云叠起如兵阵。《湘中记》:"衡阳遥望如阵云。"

〔5〕洗兵:《说苑》:"武王伐纣,风霁而乘以大雨,散宜生谏曰:此非妖欤?王曰:非也,天洗兵也。"红灯湿,作者自注:"前明边堠挂红灯其上,以鱿(zhěn 枕)鱼皮为之,胶以羊角,雨湿不坏。"

三垂冈〔1〕

英雄立马起沙陀,奈此朱梁跋扈何〔2〕!只手难扶唐社稷,连城且拥晋山河〔3〕。风云帐下奇儿在,鼓角灯前老泪多〔4〕。萧瑟三垂冈畔路,至今人唱《百年歌》。

〔1〕这首诗是过三垂冈有感于李克用事而作的怀古诗。三垂冈:亦称三垂山,在今山西长治市潞城区西。

〔2〕"英雄"二句:说李克用是沙陀族的英雄,反对朱温篡唐。英雄,指李克用,沙陀人。父原名朱邪赤心,帮助唐朝镇压庞勋起义有功,赐姓名为李国昌。黄巢起义,李克用率沙陀军帮助唐朝镇压起义军,攻入长安,封晋王。与朱温因争夺割据地盘而长期作战。事迹见《五代史·唐武皇纪》。沙陀,西突厥的别部,居新疆天山北路,唐德宗时,朱邪赤心率族人内附。朱梁,朱温夺取唐朝的政权后,建国号为梁。跋扈(hù户),专横不听指挥。

〔3〕"只手"二句:说李克用独力无法扶持唐朝,抵制朱温夺取帝位,只能保持自己的驻地。社稷,指代国家、朝廷。晋山河,指李克用据

有的今山西一带地方。

〔4〕"风云"二句:《新五代史·唐庄宗纪》:"初,克用破孟方立于邢州,还军上党,置酒三垂冈,伶人奏《百年歌》,至于衰老之际,声辞甚悲,坐上皆凄怆。时存勖在侧,方五岁,克用慨然捋须,指而笑曰:'吾行老矣,此奇儿也。后二十年,其能代我战于此乎?'"克用死后,存勖继立为王。公元九〇七年,又败梁军于上党,过三垂冈,感叹说:"此先王置酒处也。"

题临城公廨壁[1]

车马所不到,山墙带女萝[2]。逼城河力大,吊古鬼雄多[3]。
吏向衙前散,官于枕上过[4]。爽亭碑尚在,剔藓一摩挲[5]。

〔1〕临城:县名,在今河北省西南部,城临泜河。公廨(xiè谢):官署,衙门。

〔2〕带:指依附。女萝:地衣类植物,即松萝。

〔3〕"吊古"句:作者原注:"陈余战殁于此。"陈余,秦末与张耳等定赵地,后与张耳分裂,自立为代王。汉三年(前204),兵败,被韩信、张耳斩杀于泜水上。事迹见《史记·张耳陈余列传》。

〔4〕"吏向"二句:谓地僻公事少,吏早散衙,官常得伏枕而睡。

〔5〕"爽亭"二句:原注:"县郭有普利寺,宋徽宗驻跸赐额,命蔡京书'爽亭'二字碑。"摩挲,抚摩。

桃花[1]

砑光熨帽绛罗襦,烂漫东风态绝殊[2]。息国不言偏结子,文君中酒乍当垆[3]。怪他去后花如许,记得来时路也无[4]?若到沩山应悟道,红霞红雨总迷途[5]。

[1] 这首诗以暗用典故的隐喻手法刻画桃花。

[2] "砑(yà 迓)光"二句:用砑光帽、绛罗襦比喻春天桃花的光艳。砑光,用石碾磨纸、布、皮革等物使发光。唐玄宗时,"汝阳国进戴砑光帽打曲",见《开天遗事》。绛(jiàng 匠)罗襦(rú 儒),赤色罗布短衣。烂漫,色彩鲜明。

[3] "息国"二句:用古代美女比喻桃花。春秋时楚文王听说息妫貌美,灭了息国,抢夺息妫为夫人。息夫人在楚宫生了两个儿子,但不愿与楚王说话。见《左传》庄二十四年。息夫人也称桃花夫人。文君,卓文君,汉代司马相如的妻子,曾在临邛卖酒,相如自着犊鼻裈(短裤)洗涤酒器,使文君"当垆"(卖酒)。见《汉书·司马相如传》。中(zhòng 仲)酒,喝醉了酒,表示面色红晕。《西京杂记》载文君"眉色如远山,脸际常若芙蓉"。

[4] "怪他"二句:也用两个桃花的典故。唐刘禹锡《元和十年自朗州召至京,戏赠看花诸君子》诗:"紫陌红尘拂面来,无人不道看花回。玄都观里桃千树,尽是刘郎去后栽。"陶渊明《桃花源记》写渔人再访桃花源时,已迷不得路。

[5] "若到"二句:唐末五代时僧人志勤至湖南沩(wéi 围)山从灵祐

禅师学道,曾作偈(jì寄)语云:"三十年来寻剑客,几回落叶又抽枝。自从一见桃花后,直到如今更不疑。"见《景德传灯录》。红雨,李贺《将进酒》:"桃花乱落如红雨。"

马曰璐 一首

马曰璐(1701—1761),字佩兮,号半槎,安徽祁门人,家居扬州。国子监生,候选知州。与兄曰琯同以诗名,乾隆元年并荐举博学鸿词,均不就。有《南斋集》。

杭州半山看桃[1]

山光焰焰映明霞,燕子低飞掠酒家。红影[2]倒溪流不去,始知春水恋桃花。

〔1〕半山:在杭州艮山门外东北郊区。
〔2〕红影:桃花的倒影。

桑调元 一首

桑调元(1695—1771),字伊佐,号弢甫,浙江钱塘(今杭州)人。雍正十一年(1732)进士,官工部主事。辞官后曾主讲九江、嘉兴等地书院。有《桑弢甫诗集》、《五岳诗集》。

五人墓[1]

吴下无斯墓,要离冢亦孤[2]。义声嘘侠烈,悲吊有屠沽[3]。阘冗朝廷党,峥嵘里巷夫[4]。田横岛中士,足敌五人无[5]?

〔1〕五人墓:五人为苏州市民颜佩韦、杨念如、马杰、沈扬、周文元。明天启中,宦官魏忠贤擅权,杀害善良。当魏党派人到苏州逮捕周顺昌时,激起市民暴动,上述五人被杀。后来苏州人以魏忠贤废祠做他们的葬地。见张溥《五人墓碑记》。这首诗歌颂"五人"的死难。

〔2〕"吴下"二句:说苏州若无五人墓,要离冢也未免孤寂了,意指"五人"与要离都富侠义精神。吴下,苏州。要离,春秋时刺客,曾为吴公子光刺杀吴王僚之子庆忌未遂,伏剑自杀。墓在苏州。

〔3〕"义声"二句:说五人义烈之声流传,并为苏州市民所哀吊。嘘(xū虚),指赞叹。屠沽,指市民。屠,屠户。沽,卖酒浆的。

〔4〕"阘(tà榻)冗"二句:说朝廷上魏忠贤阉党是卑鄙的,而平民中却有像"五人"这样的高尚人物。阘冗,卑贱、龌龊的意思。峥嵘,高尚。里巷夫,指平民。

〔5〕"田横"二句:说田横岛中的义士,未必能比得上"五人"。田横,本齐国贵族,楚汉相争时曾自立为王。汉朝建立,他与部属五百人逃入海岛中。汉高祖派人招他,他与二客同赴。离洛阳三十里,因耻于臣汉,遂自杀。二客葬田横后亦自杀,五百人在海岛中闻讯也都自杀。

杭世骏 三首

杭世骏(1695—1772),字大宗,号堇浦,仁和(今浙江杭州)人。雍正二年举人,乾隆元年(1736)试博学鸿词,授编修,改监察御史,以言事切直罢归。晚年主讲粤秀、扬州书院。生平精治史学,著有《诸史然疑》、《三国志补注》等。诗在浙人中与厉鹗同时齐名,成就不及厉,于疏淡中见工致。有《道古堂诗文集》。

晚秋游莲居、报国两招提[1]

秋深淡疑夕,幽兴任所选。野色迹鸟飞[2],翠影逐人转。缘溪径石桥,散策入僧院[3]。出林清磬圆[4],到水凉云变。洗钵鱼不惊,坐树叶屡颤[5]。不辞竹风吹,时得花雨溅。了知佛香清,矧恋乡土善[6]。视荫惜遽归,境过意频眷[7]。

〔1〕莲居、报国:寺名,旧址在今杭州市东旧庆春门附近。招提:梵语,寺院的异名。这首诗着力用幽秀之笔写景。

〔2〕"野色"句:随着飞鸟的踪迹去看野色。

〔3〕径:经过。散策:扶策(手杖)散步。

〔4〕磬(qìng庆):和尚敲的铜铁铸的钵状物。圆:声音清圆。

〔5〕坐树:坐在树下。颤(chàn忏):摇动。

〔6〕了:明白。矧(shěn审):况且。
〔7〕遽(jù巨):急,仓猝。频眷:频频眷恋(不断留恋)。

出国门作[1](四首选一)

尘涨都亭失翠微,一行风柳扑人飞[2]。蝶将晒午先垂翅,荷为延秋早褪衣[3]。七载旧游程可数,卅年壮志事全违[4]。穷檐肯负名山业,史稿还堪证昔非[5]。

〔1〕国门:即都门,指北京。这首诗写作者罢官出京时的心情。
〔2〕"尘涨"二句:写离京上路,表示离开尘雾涨天的京城并非不幸。涨,弥漫。都亭,都城行人歇息处。风柳,在风中吹拂的柳树。
〔3〕褪(tùn屯,去声)衣:这里作脱掉花瓣解。
〔4〕七载:作者于乾隆元年(1736)授翰林院编修,至八年(1743)因主张"朝廷用人,宜泯满汉之见",忤旨罢归,计七年。程:旅程。事全违:指青年以来的志愿未能顺遂。
〔5〕"穷檐"二句:表示家居也要继续从事史学著作。穷檐,穷人的住屋。肯,岂,怎肯。名山业,指著作。司马迁《史记·自序》:"藏之名山。"证昔非,考订旧史的遗误。

咏木棉花[1]

目极牂舸水乱流,低枝踠地入端州[2]。最怜三月东风急,一

401

路吹红上驿楼〔3〕。

〔1〕木棉:常绿乔木,产南方,花红色,结实长形,种子生长毛如棉。

〔2〕"目极"二句:写广东一带河流多,木棉树茂密。牂牁(zāngkē脏柯),古郡名,这里指广东地区。踠(wǎn宛)地,屈曲接地。端州,古州名,治所在高要(今广东肇庆)。

〔3〕吹红:风吹木棉树上的红花。驿楼:驿站的楼房。

胡天游 二首

胡天游(1696—1758),一名骙,字云持,又字稚威,浙江山阴(今绍兴)人。雍正时副贡;乾隆元年(1736)举博学鸿词,以病未终试。曾客游河北、山西等地。工骈文;《晚晴簃诗话》称其诗:"古体取径韩孟,以窥杜陵之奥;近体七律导源玉谿,思力风骨俱胜"。有《石笥山房集》。

层城[1]

欲倚层城俯八垓[2],手挼云雨转璇魁[3]。终疑上帝难容谏,便恐神仙亦妒才。世界古来惟一粟,昆明夜半又飞灰[4]。思量惟有人间乐,醉看貂蝉向大槐[5]。

〔1〕层城:《淮南子·地形训》说昆仑山有层城九重,分三级:下层叫樊桐,中层叫玄圃,上层叫层城,为太帝所居,上有不死之树。本指神仙世界,此隐喻朝廷。

〔2〕俯八垓:俯视八方。八垓(gāi 该),八方的界限,任公叔《通天台赋》:"八垓可接于尺步,万象无逃于寸眸。"

〔3〕"手挼"句:言居高位作用、势力之大,能支配云雨、星辰。挼(nuó 挪),揉搓。璇魁,古称北斗七星第一至第四星为魁星,其中第四星

名璇玑。

〔4〕"世界"二句：上句形容世界渺小，下句形容灾难不断。昆明飞灰，指汉武帝挖昆明池所见劫灰，见《高僧传·竺法兰》。韩偓《乱后春日途经野塘》："眼看朝市成陵谷，始信昆明有劫灰。"

〔5〕"思量"句：肯定居民间才有真乐，鄙视争夺功名利禄之事。唐李公佐《南柯太守传》写淳于棼梦入槐安国，为南柯太守三十年，享受富贵。醒后见宅前大槐树下有一大蚁穴，即梦中大槐安国；南枝有一小蚁穴，即梦中南柯郡。貂蝉，古代官吏冠上的饰物，也用以指代高官。《后汉书·舆服志》："武冠，一曰武弁大冠，诸武官冠之。侍中、中常侍加黄金为铛，附蝉为文，貂尾为饰。"

晓行

梦阑莺唤穆陵西，驿吏催时雨拂衣[1]。行客落花心事别，无端俱趁晓风飞。

〔1〕阑：残尽。穆陵：关名，故址在今山东临朐东南大岘山上。

刘大櫆 一首

刘大櫆(1698—1779),字才甫,号海峰,安徽桐城人。雍正七年副贡生,乾隆元年(1736)举博学鸿词,不见录。后官黟县教谕。他是桐城派古文家,上承方苞,下开姚鼐。诗格颇清苍豪畅。有《海峰集》。

西山[1]

西山过雨染朝岚,千尺平冈百顷潭。啼鸟数声深树里,屏风十幅写江南[2]。

〔1〕西山:在北京西郊。
〔2〕"屏风"句:言西山春景如江南。

吴敬梓 三首

吴敬梓(1701—1754),字敏轩,号文木先生等,安徽全椒人。诸生。著名长篇小说《儒林外史》的作者。早年生活豪放,轻财好施。雍正十三年(1735),安徽巡抚举他应"博学鸿词"试,不赴。移居南京,生活贫困。后客游扬州卒。诗格秀洁。有《文木山房集》。

渡江

呼妇鸠声水一涯,鱼唵犹恐尚风霾[1]。痴儿不识波涛险,笑指船如水靸鞋[2]。

〔1〕"呼妇"二句:写天气阴晴不定。呼妇,见朱彝尊《鸳鸯湖棹歌》(一百首选五)注〔7〕。鱼唵(yǎn 掩,诗中读平声),鱼口露出水面吸气,常出现在天快下雨时。风霾(mái 埋),大风雨。

〔2〕靸(tā 他,旧读入声):穿鞋时倒压后跟拖着走。

将往平山堂风雪不果二首[1]

平山堂畔白云平,文藻偏能系客情[2]。不似迷楼罗绮尽,只今惟有暮鸦声[3]。

空怀迁客擅才华,不见雕栏共绛纱[4]。却忆故山风雪里,摧残手植老梅花[5]。

[1] 这两首诗是作者客扬州时,因风雪所阻未能游平山堂,抒仰慕欧阳修之情。平山堂:见孔尚任《游平山堂》注[1]。

[2] "文藻"句:说平山堂的佳话为游客所仰慕。客,指代作者本人。

[3] "不似"二句:说平山堂历久不废,而隋炀帝在扬州建筑的奢华的迷楼已无遗迹可寻。

[4] "空怀"二句:写未能登临平山堂的遗憾。迁客,贬官降职的人,指欧阳修。雕栏、绛纱,指平山堂的设置。

[5] "却忆"二句:写风雪中思念故乡。时作者迁居南京,全椒的故宅已为他人所有。

姚 范 一首

姚范(1702—1771),字南菁,号姜坞,安徽桐城人。乾隆七年(1742)进士,官翰林院编修、三礼馆纂修。有《援鹑堂集》。

山行

百道飞泉喷雨珠,春风窈窕绿蘼芜[1]。山田水满秧针出,一路斜阳听鹧鸪。

〔1〕窈窕:美好的样子。绿:作动词用,使绿。蘼芜:香草名。

王又曾 六首

王又曾(1706—1762),字受铭,号縠原,浙江秀水(今嘉兴)人。乾隆十九年(1754)进士,官刑部主事。诗格隽爽,后人推为"浙西六家"之一。有《丁辛老屋集》。

芜湖[1]

白雁黄云落照横,江山无恙慰经行。潮头暗啮王敦墓,岚气晴飞谢尚城[2]。画鹢宫袍虚古月,宝鞭骏马只残营[3]。酒酣不尽兴亡感,忍听当年咏史声[4]。

[1] 这首诗咏芜湖史迹,抒兴亡之感。芜湖:在今安徽省。

[2] 啮(niè聂):潮水冲蚀,像被咬啮。王敦:字处仲,东晋元帝时任大将军、荆州牧。因被猜忌,起兵攻入首都建康(今江苏南京),后回屯武昌。相传他的墓在芜湖东北。谢尚城:谢尚,字仁祖,东晋穆帝时为豫州刺史。曾在芜湖东部筑城,后人称为谢公城。

[3] 画鹢:画船。传说唐代诗人李白曾"着宫锦袍,游采石江中,傲然自得,旁若无人,因醉入水中捉月而死"。见《唐摭言》。李白病死当涂,当涂在芜湖北部,故提到李白的传说。宝鞭骏马:王敦屯兵芜湖,晋明帝曾骑骏马,化装到他军营附近察看军情,被王敦部下发觉,以兵追

捕。明帝逃跑时,将七宝鞭留给路旁一个卖食品的老妇人,说:"后面有追兵来,把这条鞭给他们看。"追兵到,军士传观鞭子,明帝因得脱身。见《晋书·明帝纪》。残营:指王敦军营故址。

〔4〕"忍听"句:谢尚为豫州刺史时,月夜游江,闻袁宏在舟中吟咏所作《咏史诗》,遂迎接宏,与之谈论,并引为参军。见《晋书·袁宏传》。

汉上逢诸亲故累邀泥饮[1]

明灯高馆拍声催,大阮招邀小陆陪[2]。难得异乡逢密戚,可能良夜不深杯[3]?江连清汉分还合,人过中年乐亦哀[4]。珍重天涯老兄弟,淮南米贱[5]好归来。

〔1〕这首诗写客中逢亲友招饮,抒仕宦奔波不如家居团聚之情。泥饮:烂饮、痛饮之意。李白《襄阳歌》:"笑杀山公醉似泥。"

〔2〕拍声:奏乐拍板的声音。大阮,魏末晋初的文学家阮籍与兄子阮咸同著名于时,人称大小阮,后来用大小阮以称人叔侄。小陆,西晋文学家陆云与其兄陆机,人称二陆。

〔3〕密戚:亲密的戚友。可能:怎能。不深杯:不满杯喝酒。

〔4〕"江连"句:用汉水在武汉地区流入长江事比喻亲戚聚合。人过中年:晋谢安说:"中年以来,伤于哀乐。"见《晋书·王羲之传》。

〔5〕淮南米贱:语出杜甫《解闷十二首》:"为问淮南米贵贱,老夫乘兴欲东游。"淮南,唐淮南道,今湖北东部及江苏、安徽一带皆其地。

临平道中看白荷花同朱冰鋆、陈渔所[1]（二首）

船窗六扇拓银纱[2],倚桨风前正落霞。依约前滩凉月晒,但闻花气不看花[3]。

皋亭来往省年时,香饮连筒醉不辞[4]。莫怪花容浑似雪,看花人亦鬓成丝。

〔1〕这两首诗用烘托手法咏白荷花。临平：地名,在今浙江杭州市东北临平山东南五里。同：与人同作。朱冰鋆,名令昭。陈渔所,未详。
〔2〕"船窗"句：六扇用银纱（白纱）装起来的窗子打开着。拓,开。
〔3〕"依约"二句：说白荷成片,如月光照水,浑然一白,只闻花气,不见花色。依约,依稀,隐约。
〔4〕皋亭：山名,在杭州市东北。省：记忆。年时：往年时候,即往时。香筒：即"碧筒杯",盛酒器。段成式《酉阳杂俎》卷七《酒食》："魏正始中,郑公悫……取大莲叶置砚格上,盛酒二升,以簪刺叶,令与柄通,屈茎上轮囷如象鼻,传噏之,名为'碧筒杯'。"

秦淮绝句[1]

纨扇桃花细字明,黑头江令见须惊[2]。琼枝玉树根长在,触著东风会却生[3]。

〔1〕秦淮:南京秦淮河,孔尚任《桃花扇》的故事发生在这里。
〔2〕"纨扇"二句:孔尚任作《桃花扇》传奇,以明末复社文人侯方域与秦淮名妓李香君爱情故事为线索,反映南明弘光朝政权的腐败及灭亡。剧中写李香君因拒绝权贵田仰的迫娶而以首触壁,血溅与侯方域定情的诗扇,杨文骢(龙友)把血迹点染画成桃花。纨扇桃花,指此。细字明,指刷本写得分明。江令,即南朝江总,见龚鼎孳《如农将返真州,以诗见贻,和答二首》(选一)注〔3〕。以写宫廷诗著称。
〔3〕"琼枝"二句:意谓明朝虽已履灭,秦淮韵事源远流长,未能根绝,只要有合时的机会,还会重新出现。琼枝玉树,喻男女欢爱。柳永《尉迟杯》(宠佳丽):"绸缪凤枕鸳被。深深处、琼枝玉树相倚。"却生,再生。

江行杂诗

江上丈人空复期,芦花如雪覆晴漪[1]。江波流尽千年事,明月白鸥都不知。

〔1〕"江上"句:《吕氏春秋》载伍员入吴时,无法渡江,遇到一个撑船老人,帮助他渡江。伍员解千金剑予之,不受。丈人,老年人。空复期:徒然等待,意谓如今已无像江上丈人那样不爱金钱爵禄、救人危困的义士,让我失望。

汪师韩 一首

汪师韩(1707—?),字抒怀,号韩门,浙江钱塘(今杭州)人。雍正十一年(1733)进士,翰林编修,充湖南学政。有《上湖纪岁诗编》、《诗学纂闻》。

临清[1]

曲涯秋寺塔孤撑,影惑东西送客行。冷雨乍飞帆欲湿,冥濛烟柳接临清。

〔1〕临清:见吴伟业《临清大雪》注〔1〕。

钱 载 十一首

钱载(1708—1793),字坤一,号萚石,又号匏尊,晚号万松居士,浙江秀水(今嘉兴)人。乾隆十七年(1752)进士,官礼部侍郎。其诗瘦硬苍劲学韩愈,近体俚质中别饶清韵似杨万里,嘉道以前,自树一帜。有《萚石斋诗文集》。

葑门口号[1](三首选一)

灭渡桥[2]回柳映塘,南风吹郭不胜香。湖田半种紫芒稻,麦笠时遮青苎娘[3]。

〔1〕这首诗是乾隆五年(1740)作者出仕前作,写苏州城郊的夏景。葑(fēng封)门:苏州城东门。
〔2〕灭渡桥:在苏州葑门外,又名接渡桥。
〔3〕青苎娘:穿青色的苎麻夏布衣的妇女。

城隅[1]

城隅南去独西东,畦菜墙桑取径通[2]。老妪古祠杯珓火,群儿高阜纸鸢风[3]。晚来芳草欲争绿,晴杀[4]杏花难久红。得半好春闲里过,浊醪能醉与谁同[5]?

〔1〕这首诗写嘉兴城近郊的春景。

〔2〕"城隅"二句:城外的大路是往南的,我却独自在它东西的菜田民居间散步。

〔3〕"老妪(yù 玉)"二句:写民间活动。老妇人在古庙中烧香求神,儿童在高冈上放风筝。杯珓(jiào 较),用竹或木两片掷于地,观其俯仰,以占吉凶。纸鸢(yuān 渊),风筝。

〔4〕晴杀:晴得很。杀,同"煞",很,过甚。

〔5〕得半:一半。醪(láo 劳):酒。

梅心驿南山行[1](二首选一)

坞里秋田穲稏平[2],田分涧水逐人行。一行白鹭干于雪,落向松梢正晚晴[3]。

〔1〕这首诗是乾隆十二年(1747)作者游安徽时作。梅心驿:安徽舒城的一个驿站。

〔2〕坞:边高中凹的地方。穲稏(bà yà 罢亚):稻名,这里形容禾苗茂密。

〔3〕"一行"二句:写白鹭群飞如雪,落在松树上。杜甫《遣闷戏呈路十九曹长》:"白鹭群飞大剧干。"

过弋阳六七十里，
江山胜绝，即目成歌[1]

龟峰三十二可凌，灵山七十二最矜。篷窗兀坐疑似增，但送远近秋崚嶒[2]。一峰转江江碧澄，峰峰插江以为恒。一峰如城砖甓层，如台如笔还如鹰。牛卧狮搏龙矫腾，青霞千里纵横凝[3]。一溪落江桥隐藤，溪来峰阴百折曾。一矶砥江老模棱，涛痕四蚀如环绠[4]。崖悬壁削立一僧，其居篁竹松鬖鬖。僧立观水风不兴，水色苍玉光寒冰[5]。又峰压虚冰玉承，影浸百艓渔收罾。轻篙短桨妇女能，得鱼归去挥之肱[6]。阻流安碓滩声鹰，稻堆屋山高及陵[7]。此沙可宿无缴矰，草堂盍面峰间塍，远招近揖皆我朋[8]。一林红树清霜凭，一行白鹭凉烟胜[9]。

〔1〕这首诗是乾隆十二年（1747）作者游江西时作，写弋阳附近的江山之胜、鱼米之富，艰涩中见清新，表现其诗的风格。弋阳：在今江西东北部信江北岸。即目：眼前所见。

〔2〕"龟峰"四句：写在船上初见龟峰和灵山。龟峰，即龟峰山，在弋阳县南，有三十二峰，中峰如龟。凌，上登。灵山，在江西上饶西北，有七十二峰。矜，矜持，庄重的样子。兀坐，端坐。疑似增，怀疑山峰的数量超过记载。秋崚嶒（léngcéng 楞层），秋色中的高山。崚嶒，高峻。

〔3〕"一峰"六句：写山峰的各种形态。转江，指山峰突出江中，使江流转折。恒，常态。砖甓（pì 僻）层，层层砖块堆成。甓，砖的别名。

〔4〕"一溪"四句:写山下溪流和溪边石矶。来峰阴,从山的北面流过来,水的南边、山的北边叫阴。百折曾,曾经百折千回。砥(dǐ抵)江,受江水磨洗。老模棱,形容石矶年久棱角模糊。如环绠(gēng耕),形容矶上水蚀的痕迹像大绳环绕。绠,粗索。

〔5〕"崖悬"四句:写溪边有一座山峰像站在悬崖峭壁上的僧人,峰下松竹繁茂,潭水澄碧如冰。篁(huáng皇),竹林。髼鬙(péngsēng朋僧),须发长而乱的样子。兴,起。

〔6〕"又峰"四句:写又有一座山峰倒映水上,水中渔舟众多,妇女能够撑船捕鱼。冰玉,指溪水。艓(dié碟),小船。罾(zēng憎),用竹竿或木棍做支架的方形渔网。挥之肱(gōng工),挥手。肱,手臂由肘至腕的部分。《诗经·小雅·无羊》:"麾(挥)之以肱。"

〔7〕"阻流"二句:写阻水安设石碓,溪边稻堆很高。譍(yīng英),呼应。

〔8〕"此沙"三句:留恋弋阳的风光,以为可以在此定居。无缴矰(zhuózēng酌增),比喻没有世途风波。缴矰,系有丝绳的射鸟箭。盍(hé核),何不。面,面对。塍(chéng成),田间土埂。

〔9〕"一林"二句:再写景。凭,附着。凉烟胜(shēng生),经受得住凉烟。

发灵川[1]

晓来风瑟瑟,郭外月溶溶[2]。前问始安岭,回怜独秀峰[3]。漓江清自急,桂树碧犹浓[4]。百里遂千里,山乡不我从[5]。

〔1〕这首诗是乾隆二十四年(1759)作者游广西时作。灵川:县名,

在今广西桂林市。

〔2〕瑟瑟:风声。溶溶:月光荡漾的样子。

〔3〕始安岭:亦名越城岭,在灵川县东北部的兴安县。独秀峰:即独秀山,在桂林市北,著名风景区。

〔4〕漓江:发源广西兴安县阳海山,西南流经桂林后称桂江。桂树:桂林的树。

〔5〕"百里"二句:走了百里地,离开灵川,就要走向千里长途,可是沿途山乡,不会随我北去。

岳顶夜起[1]

清清天半气,夜清气更清。床下有万壑,屋上惟空声。出看云而云,铁瓦露滴惊。滚滚照烛断,霏霏穿窗行[2]。仰瞻如浸月,漾漾含微明[3]。此时岳麓[4]村,人家鸡未鸣。

〔1〕这首诗是乾隆二十四年作者游湖南时作,描写衡山顶上的早云。岳,指今湖南境内的南岳衡山。

〔2〕"滚滚"二句:写云气流动。霏霏,云气盛的样子。

〔3〕"仰瞻"二句:写云中月色模糊隐约的样子。

〔4〕麓(lù 鹿):山脚下。

后下滩歌[1]

一船去,一船来,滩阔水宽船两开[2]。上滩船,浮若凫[3];

下滩船,飞若梭;船子快意各不歌。浙江之滩本平易,多船少船乃相异,顷者云难姑且置[4]。船头远山眉翠低,船尾钩月摇玻璃[5]。来船今夜泊何处?我船明日到兰溪[6]。

〔1〕这首诗是乾隆三十九年作者自江西北归时作,写船只沿衢江下行的轻快。
〔2〕两开:船只两面相对开行。
〔3〕浮若凫(fú 符):指船行平稳而缓慢。凫,俗名"野鸭"。
〔4〕"顷者"句:过去说的行船艰难,这时暂且放下。顷者,不久之前。
〔5〕眉翠低:远山势低,状如青绿色的眉毛。玻璃:形容水色明亮。
〔6〕兰溪:今兰溪市,在浙江中部。

到家作[1](四首选一)

久失东墙绿萼梅,西墙双桂一风摧[2]。儿时我母教儿地,母若知儿望母来。三十四年何限罪[3],百千万念不如灰。曝檐破袄犹藏箧,明日焚黄只益哀[4]。

〔1〕这首诗是乾隆三十九年作者自江西回京,途经浙江故乡时作,写对亡母的怀念。
〔2〕"久失"二句:写故居树木的变化。绿萼梅,梅花的一种,花白而跗蒂纯绿,故名。
〔3〕三十四年:作者的母亲朱氏死于乾隆六年(1741),距作诗时前后三十四年。何限罪:自言辜负母亲的教育和期望,负罪很深。

〔4〕"曝檐"二句:过去在屋檐下曝日取暖时所穿的破袄,现在还藏在箱子里,以见母亲抚育的艰难,所以更增怀念之情。箧(qiè 怯),小箱。焚黄,封建时代,品官把皇帝封赠其先人的诰文,用黄纸缮写,焚烧祭告,叫做焚黄。《水东日记》:"焚黄之礼,行于墓次,盖自宋世已然。"

观王文简所题马士英画[1](二首选一)

王师南下不多年,司理扬州句为传[2]。落尽春灯飞却燕,江山如画画依然[3]。

〔1〕王文简:王士禛的谥号,详见王士禛诗选简介。马士英:南明弘光朝任东阁大学士,起用阉党阮大铖,弄权纳贿,南京陷落后被清兵捕杀。他能画,故有画卷流传。

〔2〕王师:指清兵。司理:王士禛在顺治十六年任扬州推官(别称司理,掌管一州刑狱),有《马士英画》诗:"秦淮往事已如斯,断素流传自阿谁?比似南朝诸狎客,何如江令擘笺时!"

〔3〕"落尽"句:用阮大铖事写弘光朝的覆亡。阮大铖以排演所作《燕子笺》、《春灯谜》诸传奇,献媚弘光帝。

牛头山[1]

牛头山见北村低,隐隐炊烟叫午鸡。安石榴[2]花红玛瑙,嘉陵江水碧玻璃。

〔1〕这首诗是乾隆四十五年（1780）作者奉命祭陕西、四川山岳时在四川作。牛头山：一名华林山，在今四川三台县西南二里。

〔2〕安石榴：相传石榴是汉时张骞从西域的安息国传来，故名安石榴。

小店〔1〕

小店青帘又夕阳，儿童竿木也逢场〔2〕。丁丁弦响村风急，灼灼桃开水岸香〔3〕。富厚易传苏季子，是非难管蔡中郎〔4〕。不成买醉欣然坐，摇鼓冬冬自卖糖。

〔1〕这首诗写村市酒店前的各种活动。

〔2〕青帘（lián廉）：酒店门口挂的青布幌子。郑谷《旅寓洛南村舍》诗："青帘认酒家。"竿木：拿竿木作杂耍。逢场："逢场作戏"的省略语。"竿木随身，逢场作戏"，见《传灯录》。

〔3〕丁（zhēng争）丁：象声词，形容琴弦响声。灼（zhuó酌）灼：鲜明貌。《诗经·周南·桃夭》："桃之夭夭，灼灼其华。"

〔4〕"富厚"二句：说演唱苏秦、蔡邕的故事。苏秦，见刘献廷《咏史》（三首选二）注〔1〕。蔡邕，字伯喈，汉末人。官中郎将，故称蔡中郎。后来民间有蔡伯喈、赵五娘的传说。宋陆游《小舟游近村》："斜阳古柳赵家庄，负鼓盲翁正作场。身后是非谁管得，满村听说蔡中郎。"即指出传说与史实不同。《琵琶记》中所写蔡邕入赘牛太师家遗弃赵五娘的事，是作者高明托古刺时而作，内容也与蔡邕生平行事不合。

朱 瑄 一首

朱瑄(约1766年前后在世),字枢臣,江苏吴县(今苏州吴中区)人。乾隆间诗人。诗从《清诗别裁集》录出。

祖龙引[1]

徐市楼船竟不还,祖龙旋已葬骊山[2]。琼田倘致长生草,眼见诸侯尽入关[3]。

〔1〕祖龙:指秦始皇。《史记·秦始皇本纪》载,始皇三十六年秋,使者从关东夜过华阴平舒道,有人持璧遮使者说:"今年祖龙死。"第二年秦始皇死。引:诗体的一种。

〔2〕"徐市(fú福)"二句:说秦始皇派徐市入海求仙,自己不久即死。徐市,秦时方士,上书始皇言海中有三神山,仙人居之,始皇乃派他入海求仙。旋,不久。骊山,在陕西西安临潼区东南,始皇陵墓在此。

〔3〕"琼田"二句:说秦始皇假如求得仙草,就会亲见亡国之事。琼田,《十洲记》:"东海有不死之草生琼田中。"诸侯尽入关,指秦二世元年(公元前209年)陈胜、吴广起义后,刘邦、项羽及六国诸侯的后人,纷纷起兵响应;汉元年(前206年)十月,刘邦率军攻入函谷关,秦王子婴降,遂亡秦。

翁 格 一首

翁格,字去非,江苏吴县(今苏州吴中区)人。乾隆时秀才。诗从《清诗别裁集》录出。

暮春[1]

莫怨春归早,花余几点红。留将根蒂在,岁岁有东风。

〔1〕这首诗说花落根在,年年春风吹到时都可再发,不必生哀怨之情。

袁 枚 二十二首

袁枚(1716—1798)，字子才，号简斋、随园老人，浙江钱塘(今杭州)人。乾隆四年(1739)进士，授翰林院庶吉士。出知江宁(今属南京市)等县。年四十，即辞官，居住于江宁小仓山之随园。为诗主性灵，善白描，自成一格，影响颇大。有《小仓山房诗文集》、《随园诗话》等。

同金十一沛恩游栖霞寺望桂林诸山[1]

奇山不入中原界，走入穷边才逞怪。桂林天小青山大，山山都立青天外[2]。我来六月游栖霞，天风拂面吹霜花。一轮白日忽不见，高空都被芙蓉遮[3]。山腰有洞五里许，秉火直入冲乌鸦。怪石成形千百种，见人欲动争谽谺。万古不知风雨色，一群仙鼠依为家[4]。出穴登高望众山，茫茫云海坠眼前[5]。疑是盘古死后不肯化，头目手足骨节相钩连[6]。又疑女娲氏一日七十有二变[7]，青红隐现坠云烟。蚩尤喷妖雾，尸罗袒右肩[8]。猛士植竿发，鬼母戏青莲[9]。我知混沌以前乾坤毁，水沙激荡风轮颠。山川人物熔在一炉内，精灵腾踔有万千，彼此游戏相爱怜。忽然刚风一吹化为石，清气既散浊气坚。至今欲活不得,欲去不能,只得奇形诡状蹲人间。不然造化纵有千手眼,亦难一一施雕镌。而况唐突真宰岂无罪,何以耿耿群飞欲刺天[10]?金台公子酌我酒,听我狂言呼"否否"。更指奇峰印证之,出入白云乱招手。几阵南风吹落日,骑马同归醉兀兀[11]。我本天涯万里人,愁心忽挂西斜月。

〔1〕 这首诗是乾隆元年(1736)作者游广西时作,以丰富的想象描写桂林群山的姿态。栖霞:山名,在广西桂林城外。山腰有寺,寺后为洞,均以栖霞名。

〔2〕 "奇山"四句:总论桂林诸山的特点。

〔3〕 "我来"四句:写栖霞山。芙蓉,形容山峰如莲花。

〔4〕 "山腰"六句:写栖霞洞石形怪异,蝙蝠满洞。谽谺(hānxiā 憨虾),山谷张开的样子。这里用来形容怪石好似张牙咧嘴。仙鼠,蝙蝠。《方言》八:"蝙蝠,自关而东或谓之仙鼠。"

〔5〕 "出穴"二句:总写出栖霞洞之后,远望群山的状态。

〔6〕 盘古:盘古氏,神话中开天辟地的人物。《述异记》:"盘古氏之死也,头为四岳,目为日月,脂膏为江海,毛发为草木。"

〔7〕 女娲氏:神话传说她曾炼石补天。《楚辞·天问》王逸注:"女娲人头蛇身,一日七十化。"有,同"又"。

〔8〕 蚩尤:传说蚩尤曾与黄帝战于涿鹿(在今河北省)之野,蚩尤作大雾,黄帝作指南车破之。见虞喜《志林》。尸罗:传说沐胥国有术士名尸罗,"善眩惑之术,喷水为氛雾,暗数里间。"见《拾遗记》。

〔9〕 猛士:汉张衡《西京赋》:"育、获之俦……植发如竿。"育是夏育,获是乌获,都是古代传说中的勇士。鬼母:《述异记》:"南海小虞山

中有鬼母,能产天地鬼。一产十鬼,朝产之,暮食之。"

〔10〕"我知"十四句:作者想象桂林山石奇景是天地开辟前精灵所化。混沌,徐整《三五历纪》:"天地混沌如鸡子,盘古生其中。万八千岁,天地开辟,阳清为天,阴浊为地,盘古在其中。"风轮,佛教名词。《楼炭经》:"地深九亿万里,第四是地轮,第五水轮,第六风轮。"腾踔(chuō 戳),跳荡。刚风,亦作罡(gāng 冈)风,道家语,高空的风。唐突,冲犯。真宰,指天。《庄子·齐物论》:"若有真宰而特不得其朕。"群飞刺天:韩愈《祭柳宗元文》:"一斥不复,群飞刺天。"这里是说山势像要冲天的样子。

〔11〕金台公子:指贵公子。当时广西巡抚名金𨱑,疑金沛恩是其子,所以用"金台公子"称他。醉兀兀:苏轼《辛丑十一月十九日,既与子由别于郑州西门之外,马上赋诗一篇寄之》:"不饮胡为醉兀兀?"兀兀,形容喝醉了昏昏沉沉的样子。

铜雀台[1](二首)

停车欲访魏王宫,铜雀荒凉片瓦空[2]。生对河山常感慨,死犹歌舞是英雄[3]。君王气尽高台酒,儿女春残甲帐风[4]。七十五来神恍惚,西陵可与茂陵同[5]?

殿上归来履几双?三分天下更分香[6]。一家乐府商声老,八尺灯帷邺水凉[7]。疑冢尚存兵法意[8],招魂只用美人妆。传心曾许诸姬嫁,老去将军话竟忘[9]。

〔1〕这两首诗是乾隆元年作者赴京应试途中凭吊铜雀台遗迹而作。铜雀台:故址在今河北临漳县西南,曹操所建。

〔2〕魏王:曹操在汉末封号。片瓦空:片瓦无存。

〔3〕"生对"二句:概括曹操一生。曹操《让县自明本志令》说:"设使国家无有孤,不知当几人称帝,几人称王。或者人见孤强盛,又性不信天命之事,恐私心相评,言有不逊之志,妄相忖度,每用耿耿!"《短歌行》:"慨当以慷,忧思难忘。……明明如月,何时可掇?忧从中来,不可断绝。"临死时《遗令》说:"吾婢妾与伎人皆勤苦,使着铜雀台,善待之。于台上安六尺床,施繐帐,朝晡上脯糒之属,月旦十五日,自朝至午,辄向帐中作伎乐。"

〔4〕"君王"二句:上句当指曹操《短歌行》"对酒当歌,人生几何?譬如朝露,去日苦多"的感慨;下句即写死后姬妾在铜雀台设帷帐以祀之事。儿女,指姬妾。甲帐,《汉武故事》:"杂错天下珍宝为甲帐,其次为乙帐。甲以居神,乙以自居。"

〔5〕"七十"二句:曹操死后,作七十二疑冢,见计东《邺城吊谢茂秦山人》注〔3〕。"五"字当作"二"字。神恍惚,谓使人恍惚迷糊,不能认出真冢。西陵,曹操陵墓名,在今河北临漳县。茂陵,汉武帝墓名,在今陕西兴平市东北。《汉武故事》:"常所幸御(武帝亲近的妃妾),葬毕悉居茂陵园。"

〔6〕"殿上"二句:曹操《遗令》:"(曹操死后)余香可分与诸夫人,不命祭。诸舍中无所为,可学作组履(丝绣的鞋)卖也。"三分天下,谓曹魏统一北方,与蜀汉、孙吴三国鼎立。

〔7〕"一家"句:曹操及其子曹丕、曹植,都是著名的乐府诗的作家。商声,古代五音之一。邺(yè业)水:在今河北临漳,为春秋邺城地。

〔8〕"疑冢"句:谓曹操生平善用兵,死后筑疑冢,犹兵法贵诈之意。

〔9〕"传心"二句:曹操《让县自明本志令》说他"常以语妻妾","愿

427

我万年之后,汝曹(你们)皆当出嫁"。但他临死前的《遗令》却要姬妾居铜雀台。

澶渊[1]

路出澶河水最清,当年照影见东征。满朝白面[2]三迁议,一角黄旗万岁声。金币无多民已困,燕云不取祸终生[3]。行人立马秋风里,懊恼孱王早罢兵[4]。

〔1〕这首诗也是乾隆元年(1736)赴京途中作。澶渊:水名,在今河南省濮阳县西南。宋真宗时,契丹兵南下,宋朝震动,群臣多主张迁都,只有寇準提出由真宗亲征。真宗到澶渊,军民大呼"万岁",契丹兵气沮,结盟而退。诗即指此事。

〔2〕白面:指书生。"欲伐国而与白面书生谋之,事何由济?"见《宋书·沈庆之传》。

〔3〕"金币"二句:指责宋朝军事的软弱。金币,澶渊之役,宋军小胜,真宗与契丹结盟妥协,每年输银二十万两、绢二十万匹给契丹。燕云,概括幽、蓟、云等十六州,在今河北、山西一带。五代时,晋高祖石敬瑭把这一带地区割给契丹,宋初未能收复,遂造成积弱之势。

〔4〕孱(chán 蝉)王:孱弱的国君,语见《史记·张耳陈余列传》。句中指宋真宗。

荆卿里[1]

水边歌罢酒千行,生戴吾头入虎狼[2]。力尽自堪酬太子,魂归何忍见田光[3]？英雄祖饯当年泪，过客衣冠此日霜[4]。匕首无灵公莫笑，乱山终古刺咸阳[5]。

〔1〕这首诗也是作于应试北游时。荆卿，即荆轲。荆轲故里，相传在今河南淇县。又今河北易县西，旧有荆轲城，相传燕太子丹设馆招待荆轲于此。此诗与《黄金台》作于同时，似指荆轲城。

〔2〕水边：指燕太子丹与宾客送荆轲入秦行刺，至易水（在今河北省）而别。生戴吾头：指荆轲决死入秦。柳宗元《段太尉逸事状》："吾戴吾头来矣。"虎狼：《史记·屈原列传》："秦，虎狼之国。"

〔3〕"力尽"二句：说荆轲刺秦王未成而殉身，足以报答燕太子丹；但死后将不忍见对自己期望殷切的田光。田光，燕国人，介绍荆轲给太子丹，并自杀以表示不泄露谋刺机密，以激励荆轲的决心。见《史记·荆轲传》。

〔4〕"英雄"二句：说荆轲的气概为古今景仰。《史记·荆轲传》写燕太子丹及知刺秦事的宾客都穿戴白衣冠送荆轲到易水上，"既祖，取道，高渐离击筑，荆轲和而歌，为变徵（zhǐ止）之声，士皆垂泪涕泣。"祖饯，饯行。霜，指代白色。

〔5〕匕首无灵：指荆轲用匕首刺秦王不中。乱山刺咸阳，谓山亦替荆轲抱恨，故势如刺向秦都。

张丽华[1]（二首选一）

结绮楼边花怨春，青溪栅上月伤神[2]。可怜褒姐逢君子，都是《周南》传里人[3]。

429

〔1〕这首诗认为陈朝的灭亡,不能诿罪于张丽华。张丽华:南朝陈后主宠幸的贵妃。隋军破陈,入建康(今江苏南京市)台城,后主和她一起避入井中,被俘杀。事详《南史·后妃传》。

〔2〕"结绮"句:陈后主在光昭殿前起临春、结绮、望仙三阁,备极华丽。后主自居临春阁,张丽华居结绮阁,龚、孔二贵嫔居望仙阁。青溪:在今南京市东部,旧时自玄武湖流通秦淮河。隋军杀张丽华于此。

〔3〕"可怜"二句:意思是褒姒、妲己如碰到好的国君,也会成为《周南》诗传中所赞美的有德后妃。褒姒,周幽王后;妲己,商纣王妃。相传她们是使商、西周灭亡的祸首。《周南》,《诗经》十五国风之一。传,指《毛诗故训传》,把《诗经·周南》开头的《关雎》等诗篇,解释为赞美"后妃之德"的诗。

抵金陵〔1〕(二首)

黄金埋老变烟霞,一片长江六帝家〔2〕。天意两回南渡马〔3〕,秋痕满地故宫花。荆襄形胜上游远,辇毂规模大道斜〔4〕。我是荒伧来吊古,手挥羽扇问年华〔5〕。

登临不尽古今情,无数青山入郡城〔6〕。才子合从三楚谪,美人愁向六朝生〔7〕。身非氏族难为客〔8〕,地有皇都易得名。八尺阑干多少恨,新亭秋老月空明〔9〕。

〔1〕乾隆七年(1742),袁枚翰林散馆考试落选,外放溧水(今江苏省南京市辖区)县令。溧水时属江宁府,为古金陵(今江苏南京市)地。

这两首诗是到达金陵时作,抒发他的失意心情。

〔2〕"黄金"二句:凭吊史迹。金陵,楚威王初置金陵邑,相传因地有"王气",埋金镇之。见《太平御览·州郡部》。又《金陵地记》:"秦始皇时,有望云气者曰:'金陵有天子气。'乃埋金玉、杂宝于钟山,凿秦淮以断其脉,因名曰秣陵。"庾阐《扬都赋》注:"(晋)元皇帝未渡江之年,望气者云:'蒋山(钟山)上有紫云,时时晨见。'"六帝家,三国吴、东晋、南朝的宋、齐、梁、陈六个朝代,都建都于金陵。

〔3〕两回南渡马:指晋元帝及宋高宗渡江入建康事。

〔4〕"荆襄"二句:写金陵的形胜。荆襄,说荆州、襄阳是金陵的上游屏障。辇(niǎn 捻)毂规模,京师规模。辇毂,指帝王所乘车,京都为帝王辇毂所在之地。大道斜,卢照邻《长安古意》:"长安大道连狭斜。"狭斜,指娼妓家等冶游之地。

〔5〕荒伧(cāng 沧):僻陋粗俗的人。年华:年光,这里指时光的流逝。

〔6〕郡城:金陵南朝齐时为南琅琊郡治所。

〔7〕"才子"二句:吊古伤今。三楚,秦、汉时分战国楚地为三楚。《汉书·高帝纪》注引孟康《音义》:旧名江陵为南楚,吴为东楚,彭城为西楚。谪(zhé 哲),贬官。古代屈原、贾谊等著名辞赋家皆贬居三楚之地。六朝时偏安江南,朝代屡更,美女常在丧乱或亡国时受祸(如张丽华)。

〔8〕"身非"二句:东晋时,社会地位以门阀决定。北方王、谢等世家大族南迁金陵一带,门第最高。

〔9〕新亭:旧址在今南京市南。东晋时,北方南渡人士常在新亭饮宴,周颢(yǐ 蚁)曾在席上感叹:"风景不殊,正自有山河之异。"与会者相对流泪。丞相王导说:"当共勠力(效力)王室,克复神州,何至作楚囚相对(像囚犯相对而哭)!"后人称为"新亭对泣。"见《世说新语·言语》。

431

马嵬[1]（四首选一）

莫唱当年《长恨歌》，人间亦自有银河[2]。石壕村里夫妻别，泪比长生殿上多[3]。

〔1〕乾隆十七年（1752），作者赴陕西候补任官，这首诗作于陕西。马嵬：马嵬坡，在陕西兴平市西二十五里。天宝十四载（755），安禄山叛变，唐玄宗从长安逃往四川，走到马嵬坡，护卫的士兵杀死杨国忠，并要求将杨贵妃处死，玄宗命她自尽。

〔2〕《长恨歌》：白居易诗篇名，写唐玄宗和杨贵妃的爱情故事，流传广泛。诗说民间夫妻的生离死别的悲惨超过帝王。银河：传说牛郎、织女两星为银河分隔，每年只能会合一次。

〔3〕"石壕"二句：承前二句，举出实例。石壕村，在河南陕县（今三门峡市陕州区）东南七十里。唐杜甫有《石壕吏》，写村民在安禄山之乱中因官吏征兵征役，迫得夫妻惨别的情况。长生殿，旧址在陕西骊山华清宫内。《长恨歌》："七月七夕长生殿，夜半无人私语时。在天愿作比翼鸟，在地愿为连理枝。"

再题马嵬驿[1]（四首选一）

不须铃曲怨秋声，何必仙山海上行[2]？只要姚崇还作相，君王妃子共长生[3]。

〔1〕这首诗也是乾隆十七年(1752)在陕西作,以为安史之乱责任不在杨贵妃。

〔2〕"不须"二句:说唐玄宗对杨贵妃死后的怀念不足称道。《明皇杂录》说:"明皇既幸蜀,西南行,初入斜谷,属(碰到)霖雨涉旬,于栈道雨中闻铃音,隔山相应。上(玄宗)既悼念贵妃,采其声为《雨淋铃曲》以寄恨焉。"《长恨歌》述玄宗回长安后,请方士上下四方寻觅杨贵妃:"忽闻海上有仙山,山在虚无缥缈间。楼阁玲珑五云起,其中绰约多仙子。中有一人字太真,雪肤花貌参差是。"

〔3〕姚崇:本名元崇,曾改名元之,玄宗开元年间名宰相,与宋璟齐名,人称"姚、宋"。

咏钱[1]（六首选一）

人生薪水寻常事,动辄烦君我亦愁[2]。解用何尝非俊物,不谈未必定清流[3]。空劳姹女千回数,屡见铜山一夕休[4]。拟把婆心向天奏,九州添设富民侯[5]。

〔1〕这诗作于乾隆二十二年(1757),说钱是生活所必需,希望全国都能富裕起来。

〔2〕"人生"二句:说即使人们生活中的薪(柴)水小事,也离不开钱。君,指钱。

〔3〕"解用"二句:说钱如用得适宜,未尝不是好东西;而表面上瞧不起钱的,也未必是君子。俊物,指钱。不谈,《世说新语·箴规》记西

晋王衍"常嫉(厌恶)其妇贪浊,口未尝言钱字。妇欲试之,令婢以钱绕床,不得行。夷甫(王衍)晨起,见钱阁(阻隔)行,呼婢曰:'举却阿堵物(拿开这些东西)。'"而其人专权无能,被石勒俘虏后劝石勒称帝以求苟活。

〔4〕"空劳"二句:说积聚钱财无餍,适足以自害。东汉灵帝刘宏母永乐太后好敛财,京城有童谣说:"车班班,入河间,河间姹(chà 诧)女工数钱。"见《后汉书·五行志》。姹女,指灵帝母后。数(shǔ 暑),计算。铜山,汉文帝曾赐宠臣邓通铜山(在今四川荣县北),让他自铸钱。景帝时,通家财被抄没,穷饿而死。见《史记·佞幸列传》。

〔5〕婆心:仁慈的心肠。九州:指中国。《尚书·禹贡》分中国为九州。富民侯:封爵名,见《汉书·车千秋传》。

偶然作[1](十三首选一)

颜回无宣尼,一瓢何足算[2]?宰相三十年,虽庸有列传[3]。君子爱其名,名权非我擅[4]。但看十七史,逊我者大半[5]。

〔1〕这首诗作于乾隆二十二年(1757),说名声的流传有其偶然性,想做君子的人应该自重自爱。

〔2〕"颜回"二句:说颜回不遇孔子,虽穷困也未必著名。颜回,孔子最赞赏的学生,以德行和好学著称。宣尼,即孔子,名丘,字仲尼,汉平帝时追谥(shì 示)为宣尼公。一瓢,《论语·雍也》:"子曰:'贤哉回也!一箪(dān 丹,盛饭竹器)食,一瓢饮,在陋巷。人不堪其忧,回也不改其乐。贤哉回也!'"

〔3〕"宰相"二句:说做了三十年宰相,虽平庸也会载入史书。《史

记》为历史人物作传记,称列传,后世仿之。

〔4〕"君子"二句:说君子应当自爱其名,但名声传不传却不是本人所能决定的。

〔5〕十七史:指《史记》、《汉书》、《后汉书》、《三国志》、《晋书》、《宋书》、《南齐书》、《梁书》、《陈书》、《后魏书》、《北齐书》、《周书》、《隋书》、《北史》、《南史》、《唐书》、《五代史》十七部纪传体史书。逊(xùn迅):不如。

陶渊明有《饮酒》二十首,余天性不饮,故反之,作《不饮酒》二十首〔1〕(选一)

古来功名人,三皇与五帝〔2〕。所以名赫赫〔3〕,比我先出世。我已让一先,何劳复多事?平生行自然,无心学仁义〔4〕。婚嫁不视历,营葬不择地〔5〕。人皆为我危,而我偏福利。想作混沌〔6〕人,阴阳亦相避。灌花时雨来,弹琴山月至。天地亦偶然,往往如吾意。

〔1〕这首诗作于乾隆二十四年(1759),反映作者"行自然"、轻迷信的思想。陶渊明:东晋诗人。

〔2〕三皇:说法多种,唐司马贞《补三皇本纪》称为天皇、地皇、人皇。五帝:说法也有多种,《史记·五帝本纪》以黄帝、颛顼(zhuānxū 专需)、帝喾(kù 酷)、唐尧、虞舜为五帝。

〔3〕赫赫:显著。

〔4〕"无心"句:明、清理学家高谈儒家的"仁义"之说,片面地强调"伸天理、抑人欲",袁枚反对这种思想。

〔5〕视历:查历本选择吉日。择地:选择吉地,即迷信"风水"之说。

〔6〕混沌:这里指不讲"阴阳二气"之说。

谒岳王墓^{〔1〕}(十五首选二)

岁岁君臣拜诏书,南朝可谓有人无〔2〕。看烧石勒求和币,司马家儿是丈夫〔3〕。

华表凌霄〔4〕落照迟,一朝孤愤万年知。梨花寒食烧香女,纤手都来折桧枝〔5〕。

〔1〕这两首诗颂扬岳飞,指斥南宋朝廷君臣昏庸。岳王墓:杭州西湖的岳飞墓。

〔2〕"岁岁"二句:宋高宗绍兴十一年岳飞被杀。次年二月,高宗即奉表称臣于金,称"世世子孙,谨守臣节,每年皇帝生辰并正旦,遣使称贺不绝。""伏望上国早降誓诏,庶使敝邑永有凭焉。"见《续资治通鉴》卷一二五。

〔3〕"看烧"二句:东晋在历史上以孱弱著称,作者认为较之南宋,晋成帝仍应称丈夫。成帝咸和八年(333)正月,"赵主(石)勒遣使来修好,诏焚其币。"见《资治通鉴》卷九五。币,这里作礼物解。

〔4〕华表凌霄:指岳坟上的华表高耸。

〔5〕"梨花"二句:说杭城妇女春日烧香扫墓时,都折取岳坟前的桧

枝,表示对秦桧陷害岳飞的痛恨。

湖上杂诗[1](二十首选一)

凤岭高登演武台,排衙石上大风来[2]。钱王英武康王弱,一样江山两样才[3]。

〔1〕这首诗是乾隆四十四年(1779)游杭州时作,写五代的吴越王钱镠(liú 留)和宋高宗赵构同建都杭州,但人才大不一样。

〔2〕凤岭:即凤凰山,在杭州市西南。演武台:凤凰山南宋时有内校场,是禁军演武之地。排衙石:凤凰山上有石笋,排列如卫士拱立之状,钱镠称它为排衙石,刻诗石上。

〔3〕钱王:钱镠,五代时建立吴越国,都杭州。康王:南宋高宗赵构,即位前封康王。

桐江作[1](四首选二)

桐江春水绿如油,两岸青山送客舟。明秀渐多奇险少,分明山色近杭州。

久别天台[2]路已迷,眼前尚觉白云低。诗人用笔求逋峭,何不看山到浙西[3]?

〔1〕这两首诗是乾隆四十七年(1782)作者游浙江时作,写浙江山水的不同风貌。桐江:钱塘江中流自建德至桐庐一段的别称。

〔2〕天台:浙江省的名山。

〔3〕逋(bū捕,读阴平)峭:山势倾斜曲折的样子,这里指文字峭拔。

行十里至黄崖,
再登文殊塔观瀑[1]

黄崖天上生,对面作浪起。我头不敢昂,诚恐浪压己。岂知下望深,青天反作底[2]。山外有山立,山内有山倚。颇类人衣裳,幅幅有表里。忽然暴雨来,人天一起洗。避登千寻塔[3],正对一条水。瀑布从高看,匹练[4]更长矣。始知开先寺,相离咫尺耳[5]。只为绝巘遮,纡行十余里[6]。

〔1〕这首诗是乾隆四十九年(1784)作者游庐山时作。黄崖:庐山地名,有文殊塔及开先寺等名胜。

〔2〕"岂知"二句:形容崖下有水,窅冥不见底。

〔3〕千寻:形容高。古代长度,八尺为寻。塔:指文殊塔。

〔4〕匹练:形容瀑布。唐徐凝《庐山瀑布》:"千古长如白练飞,一条界破青山色。"

〔5〕咫尺:形容距离很近。周尺八寸叫做"咫"。

〔6〕绝巘(yǎn掩):高峻的山峰。巘,山峰。纡行:绕路走。

独秀峰[1]

来龙去脉绝无有,突然一峰插南斗[2]。桂林山水奇八九,独秀峰尤冠其首[3]。三百六级登其巅,一城烟水来眼前。青山尚且直如弦[4],人生孤立何伤焉?

〔1〕这首诗是乾隆四十九年(1784)作者重游桂林时作,生动地勾勒出独秀峰的奇特。独秀峰:在广西桂林市中心,孤峰挺秀。
〔2〕"来龙"二句:说桂林诸山多奇峰突起,不见来龙去脉;而独秀峰又是一峰高插天南。南斗,星宿名,指南方。
〔3〕奇八九:十之八九是奇特的。冠其首:高居第一位。
〔4〕直如弦:汉桓帝时童谣:"直如弦,死道边;曲如钩,反封侯。"这里形容峰势峭直。

遣兴[1](二十四首选二)

爱好由来下笔难,一诗千改始心安。阿婆还似初笄女,头未梳成不许看[2]。

但肯寻诗便有诗,灵犀一点[3]是吾师。夕阳芳草寻常物,解用[4]多为绝妙词。

〔1〕这两首诗作于乾隆五十六年(1791),表现作者写诗的态度和见解。

〔2〕"阿婆"二句:比喻老年写诗还似少时用心。初笄(jī 基),古代女子成年称及笄,这里是刚成年的意思。头未梳成,比喻诗未改定。

〔3〕灵犀一点:作者论诗重"性灵",此即指性灵。旧说犀牛角中有白纹如线,直通两头。见《汉书·西域传赞》颜师古注。唐李商隐《无题》诗:"心有灵犀一点通。"

〔4〕解用:懂得用,会用。

查 礼 一首

查礼(1716—1783),又名学礼,字恂叔,号俭堂,一号铁桥,河北宛平(在今北京市)人。乾隆时试博学鸿词,落选,累官至湖南巡抚,未赴任卒。有《铜鼓书堂遗稿》。

采葛行[1]

山头种葛葛叶长,山花落水溪流黄。乌髻红衫脚不袜[2],蛮家少女脸如月。手里钩刀一尺横,截来纤葛春云轻。为郎作丝为郎织,衣成净比秋霜色。秋霜色,春云姿。吴绫蜀锦知多少,不及罗浮葛称时[3]。

〔1〕广东以产葛布著名,唐李贺有《罗浮山人与葛篇》颂扬葛布之美。这首诗写当地妇女生产葛布的情景。

〔2〕脚不袜:脚不穿袜子。

〔3〕吴绫:江苏一带所产的丝织品。蜀锦:四川所产的锦缎。罗浮:广东东南部山名,主山在今广州增城区东。称时:合时。称,读去声。

邵齐焘 一首

邵齐焘(1718—1769),字荀慈,号叔㢈,江苏昭文(今常熟)人,乾隆七年(1742)进士,官翰林编修。后主讲常州龙城书院,黄景仁、洪亮吉曾在院受学。生平以骈文著,诗亦醇雅,有《玉芝堂集》。

劝学一首赠黄生汉镛[1]

生身为一士,千载悲不遇。所藉观诗书,聊以永其趣[2]。群经富奇辞,历史贯时务。九流及百家,一一精理寓[3]。遍窥而尽知,十年等闲度[4]。文采既以成,穷通我无顾[5]。大炉铸群材,往往有错忤[6]。旷览古今事,万变皆备具。而我生其间,细比蝼蚁数。得失亦区区[7],何事成忿怒?家贫士之常,学贫士所虑。愿子养疴暇,时复御缃素[8]。博闻既可尚,平心亦有助。努力年少时,白日不留驻。

〔1〕这首诗作于乾隆三十二年(1767)作者主讲龙城书院时。黄汉镛,即黄景仁,见本书作者简介,这一年他十九岁,前年十七岁时已进秀才,但幼丧父,家境极穷困。诗劝景仁继续努力广求学问,不要为穷困而愁苦消沉。

〔2〕永其趣:长期有高尚情趣。

〔3〕"九流"二句：上面两句讲经史书的作用，这两句讲"诸子百家"之学的作用。九流，《汉书·艺文志》介绍诸子学派，分为十家，每家起句都有"某家者流"一句，而总结说："诸子十家，其可观者，九家而已。"十家为儒、道、阴阳、法、名、墨、纵横、杂、农、小说，去小说家成九家，亦称九流。寓，依托。

〔4〕等闲：本有随便意，这里指容易。度：度过。

〔5〕"文采"二句：文学修养好，不必顾虑穷困、通达问题。

〔6〕"大炉"二句：大自然生才，往往造成错逆，不能一一使人感到公平合理。大炉，指代大自然。忤，逆。

〔7〕区区：细小，《左传》襄公十七年："宋国区区。"

〔8〕疴(kē柯)：病。御：驾驭，这里指接触、运用。缃素：浅黄色的细绢，古时多用以包书，故称书卷为缃素。

王鸣盛 五首

王鸣盛(1722—1798),字凤喈,号礼堂,又号西庄,江苏嘉定(今上海市辖区)人。乾隆十九年(1754)进士,授翰林院编修,礼部侍郎。精治史学,著有《十七史商榷》。诗兼学唐、宋,"博雅安详"(《晚晴簃诗话》)。有《西沚居士集》。

乌石滩[1]

滩声欲驱山,山势欲束滩。水石本无情,相触因成喧。悠扬止复作,决决还潺潺[2]。静听恍有会,仙籁非人间[3]。梵呗流寒空,风松响层峦[4]。有时急瀑来,一泻云涛翻。不知水何猛,磨得石尽圆?磊磊错鹅卵,其色黄朱殷[5]。或作大篆文,或作古锦斑[6]。篙师与水斗,舳舻溯惊湍[7]。石滑不受篙,尺寸进转难。平生敛退心,苇间每延缘[8]。好语慰篙师,且让邻舟先。

〔1〕乌石滩:在今浙江建德市乌石山下。

〔2〕悠扬:声音曼长而高扬。作:起来。决决、潺(chán 蝉)潺:都是流水声。

〔3〕恍(huǎng 谎)有会:恍如有所领会。仙籁(lài 赖):犹《庄子·

齐物论》所谓"天籁"。人间:人间音乐,犹《齐物论》所谓"人籁"。

〔4〕"梵呗(fànbài 饭败)"二句:形容上文所谓"仙籁"。梵呗,佛教所唱的赞偈。以上十句写滩声。

〔5〕磊磊:石多的样子。错:错杂。鹅卵:形如鹅卵的小石子。殷(yān 烟):暗红色。

〔6〕大篆(zhuàn 撰):汉字字体的一种,通行于周代,区别于秦代的"小篆"。斑:斑斓,颜色错杂灿烂。以上八句写溪水的急湍和溪石的奇幻。

〔7〕舽艚(tóngcáo 同曹):指船。舽,木船;艚,小船,见《玉篇》。溯(sù 诉):逆流而上。惊湍(tuān 团,读阴平):急流。

〔8〕"苇间"句:《庄子·渔父》:渔父"乃刺船而去,延缘苇间。"延缘,顺着次序行进。

芦沟桥[1]

卧虹终古枕桑干,泱瀁浑河走急湍[2]。马邑风烟通一线,太行紫翠压千盘[3]。唤人喔喔荒鸡[4]早,照影苍苍晓色寒。沙际闲鸥应笑我,又听铃铎送征鞍[5]。

〔1〕这首诗写晓过芦沟桥的情景。芦沟桥:在北京广安门西十八公里,跨越永定河上。初建于金大定二十九年(1189),屡经修建。旧时为出入北京的交通要道之一。

〔2〕"卧虹"二句:写桥的形势。卧虹,桥影状如长虹卧水。终古,永久。枕,作动词用,指卧。桑干,河名,源出山西省北部管涔山,在河北

445

怀来县境同洋河会合,称为永定河。泱(yāng 央)漭,水大的样子。浑河,芦沟河在元、明以后的别称。

〔3〕"马邑"二句:写桥上望远之景。马邑,秦县名,在今山西朔州。通一线,指过芦沟桥西通山西。太行,山名,在山西高原与河北平原间;北京西郊的西山,属太行山脉。盘,山势盘屈。

〔4〕荒鸡:夜鸣不时的鸡。《晋书·祖逖传》:"中夜闻荒鸡鸣。"

〔5〕"沙际"二句:为奔波道路自我解嘲。闲鸥,郑元祐《月夜怀十五友》诗:"诗盟从此负闲鸥。"

夷陵远望[1]

古戍标荆塞,危城见蜀津[2]。云移三峡暮,江接百蛮春[3]。行役何时已?音书总未真。登楼欲有赋,感激独伤神[4]。

〔1〕这首诗起联写夷陵的方位,次联写远望;后两联抒情。夷陵:战国楚邑名,在今湖北宜昌市。

〔2〕古戍(shù 恕):古代驻军城堡。标荆塞:标明是楚国的关塞。荆,楚国别名。蜀津:指长江,长江自四川流入湖北,经宜昌。

〔3〕三峡:在四川东部、宜昌西部的瞿塘峡、巫峡、西陵峡。百蛮:指南方各地。

〔4〕"登楼"二句:东汉末年,王粲避乱荆州(今湖北江陵),感慨时事和身世,作《登楼赋》。感激,感慨、激动。

西湖葛岭有嘲[1]

忙里能闲号半闲,相公胸次本来宽[2]。襄、樊失守成何事?不抵秋虫胜负看[3]。

〔1〕这是游葛岭嘲笑贾似道的诗,参看厉鹗《秋宿葛岭涵青精舍》(二首选一)诗注。

〔2〕"相公"句:以贾似道命名他居处为半闲堂,讽刺他不把国家大事放在心上。相公,指贾。胸次,胸中。

〔3〕"襄樊"二句:宋度宗时,元军包围襄阳、樊城(皆在今湖北省)数年,贾似道隐匿军情,仍与群妾、宾客在葛岭斗蟋蟀取乐,致两地皆失守。成何事,算不了什么事。不抵,比不上。秋虫,指蟋蟀。看,叶韵,读平声。

九江舟中[1]

渺渺浔阳烟树齐,萧萧溢浦雁行低[2]。长江九派东流去[3],何事孤舟独向西?

〔1〕这首诗写舟中见江水东流,感叹自己的奔波道路。

〔2〕浔阳:亦作寻阳,唐郡名,治所在今九江。溢浦:即溢江,今名龙开河。

〔3〕九派:《汉书·地理志》注引应劭语:"江自庐江、寻阳分为九。"唐皇甫冉《送李录事赴饶州》诗:"江至浔阳九派分。"

纪　昀 三首

纪昀(1724—1805),字晓岚,一字春帆,号石云,直隶献县(今属河北省)人。乾隆十九年(1754)进士,官至礼部尚书、协办大学士。学问渊博,曾任《四库全书》馆总纂,删定该书总目提要。有《纪文达公遗集》。

富春至严陵山水甚佳[1]（四首选三）

沿江无数好山迎,才出杭州眼便明。两岸蒙蒙空翠合,琉璃镜里一帆行[2]。

浓似春云淡似烟,参差绿到大江边。斜阳流水推篷坐,翠色随人欲上船。

烟水萧疏总画图,若非米老定倪迂[3]。何须更说江山好,破屋荒林亦自殊。

〔1〕这三首诗着重写富春一带春来山色青翠、水明如镜,连破屋荒林,亦具画意。富春:浙江县名,今为杭州市富春区。严陵:山名,在浙江桐庐县西,参看洪昇《钓台》注〔1〕。

〔2〕琉璃:玻璃,这里形容水色清。

〔3〕"若非"句:说景物和米芾、倪瓒的画图相近。米老,指米芾,宋代书画家,与其子友仁都善画山水,自成一派,号为米家山。倪迂,明代画家倪瓒的绰号,亦善画山水。

王　昶 六首

王昶(1725—1806),字德甫,号兰泉,江苏青浦(今上海市辖区)人。乾隆十九年(1754)进士,曾任陕西按察使、云南布政使等,官至刑部侍郎。他搜集交游相识者的作品,成《湖海诗传》一书,是清代著名的诗歌总集之一。诗"兼宗杜韩苏陆"(《晚晴簃诗话》),以典雅自矜。有《春融堂集》。

过昭阳湖[1](三首)

长堤老柳作花飞,人在湖船试夹衣。夜雨平添三尺水,钓师正喜鳜鱼肥[2]。

湖山重叠淡于烟,斜掩篷窗自在眠。风外谁惊清梦断,数声渔唱夕阳天。

蕹丝芦叶绿茸茸,蟹簖鹅阑几曲通[3]?未到故乡先一笑,分明清景似吴淞[4]。

〔1〕昭阳湖:即微山湖,在江苏徐州市以北、山东济南市以南。诗写晚春湖上之景。

〔2〕鳜(guì桂)鱼肥:唐张志和《渔歌子》词:"桃花流水鳜鱼肥。"

〔3〕蘋(pín贫)丝:蘋草丝。蘋草,亦名赖草。茸(róng绒)茸:柔密丛生的样子。籪(duàn断):插在河流中拦捕鱼蟹的苇栅或竹栅。阑:围栏。曲:指港汊。

〔4〕吴淞:江名,俗名苏州河。自江苏太湖东流,经作者家乡青浦等地,至上海合黄浦江入海,江口叫吴淞口。

潼关

鹑首星芒照九垓,规模百二自秦开[1]。关山苍莽争天险,文武飞腾出将才。日软旌旗横戍逻,云连城堞抱烽台[2]。登高立马休凭吊,看取三峰翠色来[3]。

〔1〕"鹑(chún淳)首"二句:写潼关的方位和建关之始。鹑首,星名,古代以配秦的分野,见《周礼·保章氏》郑玄注。潼关战国时属秦地。九垓(gāi该),指中国。百二:见王士禛《潼关》注〔2〕,形容秦地(今陕西省一带)地势、关隘的险要,如杜甫《诸将》诗:"休道秦关百二重。"

〔2〕戍逻(读去声):军队驻守、巡逻之地。烽台:烽火台。

〔3〕"登高"二句:意思是今日国内统一安定,潼关形胜已失去作用,还是欣赏华山翠色好。三峰,指华山的三峰。

上津铺[1]

处处枫林叫画眉,薄寒正是中人时[2]。江山莽苍同秦栈,烟树萧条入楚辞[3]。石濑忽鸣波似雪[4],秋云渐合雨如丝。须添欸乃孤舟里,荡桨声中唱竹枝[5]。

〔1〕上津铺:疑即上津堡,在今湖北十堰。

〔2〕"处处"二句:写深秋景色。画眉,鸟名,形如山雀,鸣声宛转。中(zhòng 众)人:侵袭人。宋玉《九辩》:"薄寒之中人。"

〔3〕秦栈:指从陕西通往四川的栈道。楚辞:战国时楚国的诗赋。宋玉《九辩》:"悲哉秋之为气也,草木零落而变衰。"

〔4〕石濑(lài 赖):涧水。波似雪:指溅起的浪花。

〔5〕欸乃:见梁佩兰《粤曲》(二首)注〔4〕。竹枝:指巴渝(四川东部)一带的民间《竹枝词》。

景 州[1]

浓阴如幄护窗纱[2],犹有荼蘼半架花。却忆去冬[3]风起夜,茅檐雪片大于鸦。

〔1〕景州:见彭孙遹《景州》注〔1〕。

〔2〕幄(wò 握):篷帐。

〔3〕去冬:指乾隆五十三年(1788)冬天,因此诗作于乾隆五十四年作者自江西回北京时。

蒋士铨 十二首

蒋士铨(1725—1785),字心余,号苕生,江西铅山人。乾隆二十二年(1757)进士,官翰林院编修。后主讲绍兴蕺山书院。诗与袁枚、赵翼齐名,称"乾隆三大家"。他虽然推崇袁、赵的"性灵"说,但所作却受黄庭坚的影响,讲究骨力。袁枚序其诗,以为:"摇笔措意,横出锐入,凡境为之一空。"王昶《蒲褐山房诗话》评:"苍苍莽莽,不主故常。"有《忠雅堂集》。

拟《秋怀诗》[1](七首选一)

文字何以寿[2]?身后无虚名。元气[3]结纸上,留此真性情。读书确有得,落笔当孤行[4]。数语立坚壁,寸铁排天兵[5]。苟非不朽物,谁复输精诚[6]?入隐出以显,卓荦[7]为光明。庶几[8]待来者,神采千年生。

〔1〕这首诗是乾隆十一年(1746)作者家居时作,反映作者的文学见解。南朝宋谢惠连有《秋怀》诗。

〔2〕寿:长存不朽。

〔3〕元气:自然之气,这里指文章的生气。

〔4〕孤行:有独创性。

〔5〕"数语"二句:意思是文字必须精炼,以少胜多。坚壁,坚固的壁垒。

〔6〕"苟非"二句:说如果文字不是能传世不朽,就没有人肯为它费精神了。《左传》襄公二十四年:"太上有立德,其次有立功,其次有立言,此之谓不朽。"

〔7〕卓荦(luò 洛):出类拔萃。

〔8〕庶几:也许可以。

岁暮到家〔1〕

爱子心无尽,归家喜及辰〔2〕。寒衣针线密〔3〕,家信墨痕新。见面怜清瘦,呼儿问苦辛。低徊愧人子,不敢叹风尘〔4〕。

〔1〕这首诗是乾隆十一年(1746)作者回家时作,写母亲对他的关切。

〔2〕及辰:及时,指于年底前赶到。

〔3〕"寒衣"句:唐孟郊《游子吟》:"慈母手中线,游子身上衣。临行密密缝,意恐迟迟归。谁言寸草心,报得三春晖?"

〔4〕"不敢"句:不敢在母亲面前感叹风尘之苦。

杭州〔1〕(二首选一)

桥影条条压水悬,凤山门〔2〕外带城偏。一肩书剑残冬路,犹检寒衣索税钱。

〔1〕这首诗作于乾隆十二年(1747),反映了当时关卡的扰民。
〔2〕凤山门:杭州城门之一。

润州小泊〔1〕

孤城浪打朔风骄,铁瓮阴阴锁丽谯〔2〕。微雨夜沽京口酒,大江横截广陵潮〔3〕。船胶涸水帆俱落,人击层冰冻未消〔4〕。小泊不妨侵晓去,海门寒日射金焦〔5〕。

〔1〕这首诗是乾隆十二年(1747)作者游江苏时作。润州:州治在今江苏镇江市。
〔2〕朔风:北风。铁瓮:镇江城的别名。丽谯(qiáo 樵):城楼。
〔3〕京口:镇江。广陵潮:广陵,今江苏扬州市。古人常于阴历八月十五日在此地观看长江潮水。见汉枚乘《七发》。
〔4〕"船胶"二句:写冬天水涸,加以冰冻,船行困难,因此夜间暂时停泊。
〔5〕侵晓:破晓,天初亮。海门:见徐钪《晓发京口》注〔4〕。金、焦:镇江江中二山名。

梅花岭吊史阁部〔1〕

号令难安四镇强,甘同马革自沉湘〔2〕。生无君相兴南国,死有衣冠葬北邙[3]。碧血自封[4]心更赤,梅花人拜土俱香。九原若遇左忠毅,相向留都哭战场[5]。

〔1〕这首诗是乾隆十三年(1748)作者游扬州时作,歌颂史可法的忠贞,哀挽明朝的灭亡。梅花岭:在江苏扬州市旧广储门外。史阁部:即史可法,南明时官大学士(内阁大臣),督师扬州。清兵南下,他孤军作战,城破死难,遗体没有找到,后用他的衣冠袍笏葬于梅花岭上,称为衣冠冢。

〔2〕"号令"二句:说史可法无法控制"四镇"之兵,国亡立志殉难。四镇,明福王时分江北为四镇,以黄得功、刘良佐、刘泽清、高杰四人将兵驻守。他们不服从军令,自相攻战。甘同马革,说史可法誓死抗敌。《后汉书·马援传》:"男儿要当死于边野,以马革裹尸还耳。"自沉湘,传说史可法最后投水自尽,所以用屈原因楚都为秦所破,愤而自沉于汨罗江作比。

〔3〕"生无"二句:指福王昏乱,其大臣马士英、阮大铖等又朋比为奸。北邙:在河南洛阳市东北,后汉王侯公卿多葬此地。这里借指梅花岭。

〔4〕碧血自封:指史可法甘心死难。碧血,见王夫之《正落花诗》(十首选一)注〔3〕。

〔5〕九原:地下。左忠毅:即左光斗,字遗直,明天启时任左金都御史,因反对魏忠贤而遭迫害,死于狱中。史可法是他的门生。见方苞《左忠毅公逸事》。留都:即南京。明成祖迁都北京,称南京为留都。

弄盆子[1]

先掷一盆当空起,再持一竿拄[2]盆底。竿头盆转如旋床,持竿之人目上视。竿竿衔尾次第续[3],忽直忽弯随所使。露盘端正向天承,莲叶偏翻任风倚[4]。竿人举止飘惊鸿[5],疾行缓步仍从容。乃知持竿若把笔,收撒顿挫皆中锋[6]。有时作势令盆滚,竿欲离盆盆自稳。暗里抽竿盆不知,仍剩一竿相播引[7]。以竿植地足挽之,双手合掌不肯持。回眸视盆尚旋转,宛若天龙献钵随禅师[8]。须臾竿绕肩左右,优昙乱开珠四走[9]。旁人惊恐彼失笑,盆乃完全竿脱手。吁嗟乎!尔作游民身手利,何不从师舞剑器[10]?不见飞仙肉身名沈光,军中共拜王铁枪[11]。

〔1〕这首诗是乾隆二十五年(1760)作者任翰林院编修时所作《京师乐府词十六首》之一,写杂耍艺人的弄盆技术。

〔2〕拄(zhǔ 主):撑住。

〔3〕"竿竿"句:指艺人手中所持不止一竿,用上述的方法一一添加。

〔4〕"露盘"二句:承上文形容"忽直忽弯"的样子。说挺直时如汉武帝柏梁台上捧承露盘的铜人;弯曲时如荷叶随风翻动。

〔5〕飘惊鸿:像惊鸿飞动那样敏捷。曹植《洛神赋》:"翩若惊鸿,婉若游龙。"

〔6〕中锋:书法正竖笔画下端用力收尖处叫锋,正中运笔不以偏侧取势叫中锋。

〔7〕"有时"四句:似写让盆自行翻滚,只用一竿拨动。

〔8〕"以竿"四句:似写竿植地上,人坐或卧着用足夹持转动它。天龙献钵,西域僧涉,十六国前秦时入长安。时天旱,为前秦王苻坚求雨,念咒使龙"下钵"于中天,即降雨。见《晋书·僧涉传》。

〔9〕"优昙(tán谈)"二句:形容竹竿承盆迅速地绕肩而转的形状,像优昙花乱开、珠子四走一样。优昙,即优昙钵,梵语指青莲花。

〔10〕游民:流动求生的人。剑器:舞名,这里指剑。

〔11〕"不见"二句:希望弄盆者学好武术,能做沈光、王彦章一类人。沈光,字总持,隋炀帝部将。少骁勇轻捷,时号"肉飞仙"。见《隋书·沈光传》。王彦章,字贤明,五代时梁将,骁勇善战,人号"王铁枪"。见《五代史·王彦章传》。

象声[1]

帷五尺广七尺长,其高六尺角四方。植竿为柱布作墙,周遭着地无隙窗[2]。一人外立一中藏,藏者屏息[3]立者神扬扬。呼客围座钱入囊,各各侧耳头低昂[4]。帷中隐隐发虚籁,正如萍末风起才悠飏[5]。须臾音响递变灭,人物鸟兽之声一一来相将[6]。儿女喁喁昵衾枕,主客刺刺喧壶觞[7]。乡邻诟詈杂鸡狗,市肆嘲谑兼驰骧[8]。方言竞作各问答,众口嘈聒无碍妨。语入妙时却停止,事当急处偏回翔[9]。众心未厌钱乱掷[10],残局请终势更张。雷轰炮击陆浑火,万人惊喊举国皆奔狂[11]。此时听者股栗欲伏地[12],不知帷中一人摇唇鼓掌吐吞击拍闲耶忙?可怜绕帷之客用耳不用目,涂说道听亡何乡[13]。颠风忽缩土囊口,寂然六幕垂苍苍[14]。反舌无声笑耳食,巧言惑众真如簧[15]。

〔1〕这首诗也是《京师乐府词十六首》之一。象声:口技之一,是艺

人在布幕内做各种声音的表演。

〔2〕周遭:周围。以上四句写"象声"表演场所的布置。

〔3〕屏(bǐng丙)息:原意是暂停呼吸,这里指寂不作声。屏,停止。

〔4〕"各各"句:写听众侧耳伸头注意听。以上四句写观众付钱静听表演。以下十八句写表演的具体情况。

〔5〕虚籁:指风声。萍末风起:宋玉《风赋》:"夫风生于地,起于青萍之末。"

〔6〕相将:相随。

〔7〕"儿女"二句:比喻声音有时像人们在枕上细语,有时又像主客在酒席上喧嚷。唲(yú俞)唲,低声说话。衾,被。刺刺,说个不休。

〔8〕诟詈(gòulì 垢荔):责骂。市肆:街市上的商店。嘲谑(xuè血):嘲戏。驰骧:马奔跑。

〔9〕回翔:本指鸟飞盘旋不下,此处说故意绕圈子。

〔10〕厌:同"餍",满足。

〔11〕"雷轰"二句:形容帷中发出大火燃烧、万人惊喊的声音。雷轰炮击,形容声音大。陆浑火,陆浑,地名,在今河南嵩县。韩愈有《和皇甫湜陆浑山火诗》。

〔12〕股栗:腿发抖。

〔13〕亡(wú无)何乡:不是实在的地方。亡,同"无"。《庄子·逍遥游》:"何不树之于无何有之乡,广漠之野?"

〔14〕"颠风"二句:说声响到高潮时突然寂灭,只剩布帷低垂,形容听众从惊异中恢复过来。颠风,狂风。土囊口,洞穴。宋玉《风赋》:"(风)盛怒于土囊之口。"

〔15〕"反舌"二句:说象声的技艺如不亲见亲闻,难以令人相信。反舌,《礼记·月令》:"仲夏之月,反舌无声。"郑玄注:"反舌,百舌鸟。"《太平御览》卷九二三引《风土记》:"糜信难曰:案《纬书》,反舌,虾蟆

也……则郑君得过乎？乔凤答曰：虾蟆五月中始得水，当聒人耳，何云无声？是知虾蟆非反舌鸟。"耳食，听到传闻即信以为真。《史记·六国表序》："此与耳食无异。"巧言，《诗经·小雅·巧言》："巧言如簧。"

鸡毛房[1]

冰天雪地风如虎，裸而泣者无处所[2]。黄昏万语乞三钱，鸡毛房中买一眠[3]。牛宫豕栅略相似，禾秆黍秸谁与致[4]？鸡毛作茵厚铺地，还用鸡毛织成被。纵横枕藉[5]鼾齁满，秽气薰蒸人气暖。安神同梦比闺房，挟纩帷毡过燠馆[6]。腹背生羽不可翱，向风脱落肌粟高。天明出街寒虫号，自恨不如鸡有毛[7]。呼嗟乎！今夜三钱乞不得，明日官来布"恩德"，柳木棺中长寝息[8]。

〔1〕这首诗也是《京师乐府词十六首》之一。鸡毛房：贮鸡毛以供乞丐等穷苦人冷天住宿的客店房子，是当时北京特有的生活现象之一。

〔2〕"裸而"句：裸体无衣的穷人哭泣无处归宿。

〔3〕"黄昏"二句：黄昏时向人说千万句好话，乞讨了三枚铜钱作寄宿费，在鸡毛房过夜。

〔4〕"牛宫"二句：说鸡毛房同牛圈猪栏相似，但无禾秆麦秸。

〔5〕枕藉：相枕而卧。

〔6〕"安神"二句：说"秽气蒸人"的鸡毛窝，穷人认为它比得上闺房，超过了燠馆。同梦，本谓夫妇同寝，《诗经·齐风·鸡鸣》："甘与子同梦。"挟纩（kuàng 矿），穿丝绵衣。《左传》宣公十三年："三军之士，皆

461

如挟纩。"纩,丝绵。帷毡,围着毡帐。燠(yù 郁)馆,暖室。唐朝宰相裴度在洛阳的家里有燠馆、凉台。见《唐书·裴度传》。

〔7〕"腹背"四句:说鸡毛房穷人自叹生不如鸡。寒虫号,《辍耕录》:"五台山有鸟,名寒号虫,四足有肉翅,不能飞。当盛暑,文采绚烂,乃自鸣曰:凤凰不如我。比深冬严寒,毛脱如鷇,遂自鸣曰:得过且过。"

〔8〕"明日"二句:指冻死,让官府收埋。布"恩德",指施棺。

极目[1](二首选一)

江山奇胜总偏安,天堑茫茫固守难[2]。史册事随春梦过,皖公青入酒杯间[3]。

〔1〕这首诗是乾隆三十年(1765)作者自南京回江西途经安徽作,写远望长江及皖公山,有感于南唐亡国之事。极目:远望之意。

〔2〕"江山"二句:感慨历代偏安江南的统治者,想依靠长江以固守领土,都做不到。天堑(qiàn欠),《南史·孔范传》:"长江天堑,古来限隔,虏军岂能飞度?"

〔3〕"史册"二句:皖公,山名,在今安徽安庆市东、潜山市西,最高峰叫天柱山。陆游《南唐书》卷十七,载南唐中主李璟割让江北之地给北宋后迁都,"龙舟至赵屯,举酒望皖公山曰:'好青峭数峰,不知何名?'(李)家明前对曰:'此舒州皖公山也。'因献诗曰:'皖公山纵好,不落御筋中。'"诗用此典,写南唐亡国已成过去的事,而皖公山色苍翠如故。

驱巫[1]

巫觋纷纷行鬼教,可怜不遇西门豹[2]。呵神叱鬼啼复笑,病者惊疑医莫效。东邻夜半击巫鼓,扰我酣眠魂梦苦。披衣踏月登邻堂,妻孥含泣翁卧床。老巫摇头作神语,手持龙角咒白虎[3]。狰狞丑怪神数层,杂以淫哇真可憎[4]!木鸢金帖隐旗帜,高爇本命符牌灯[5]。我裂神像付一炬,脚践余灰折弓弩。吹灯骂巫巫疾走,宾客循墙皆舌吐。巫神巫鬼纷窜逐,明晨病者起食粥。胡生[6]为作驱巫诗,三日传诵城乡知。前闻太守[7]召巫召己魂,鼓乐送巫归庙门。吁嗟乎!"妖由人兴"胡不闻[8]?

〔1〕这首诗作于乾隆三十年(1765)作者家居铅山时,反映了反对迷信巫觋的思想。

〔2〕巫觋(xí习):古代以歌舞降神为职业的人,男称觋,女称巫。行鬼教:进行迷信鬼神的活动。西门豹:战国时魏人。做邺令时,巫伪造"河伯娶妇"的事,害人以谋利。西门豹把巫投到河里,为民除害。见褚少孙《史记·滑稽列传》补文。

〔3〕龙角:迷信活动用物。白虎:古代迷信传说中的凶神,说人犯了他就有疾病灾难,所以病家要咒他。

〔4〕淫哇:放荡的歌曲,此指胡言乱唱。

〔5〕木鸢金帖:也是迷信用物。爇(ruò弱):点燃。本命符牌灯:由巫把病者生辰写在牌上,画了符,点灯供养。

463

〔6〕胡生:姓胡的书生。
〔7〕太守:知府。
〔8〕妖由人兴:言一切妖异变怪的事,都是人们自己做弄出来的。语见《左传》庄公十四年。

立春前一日喜雪[1](八首选一)

滕六真惭气力偏,漫夸祥瑞酒尊前[2]。关心万姓无衣者,安得求他化作棉?

〔1〕这首诗是乾隆三十三年(1768)作者在绍兴蕺山书院作,盼望雪花变成棉花,表现了对穷人的同情。
〔2〕滕六:神话传说中的雪神名字。《幽怪录》:"滕六降雪,巽二起风。"祥瑞:民间有"瑞雪兆丰年"的说法。

江泛[1](二首选一)

二百里江光,群山绕建康[2]。滔滔随眼白,荡荡接天黄[3]。战骨多沉海,芦花又戴霜。六朝先后灭,何处说兴亡!

〔1〕这是乾隆三十三年(1768)作者自绍兴蕺山书院回南京时作。
〔2〕建康:今江苏南京市,三国吴建都时称为建业,晋时改名建康。
〔3〕"滔滔"二句:形容江宽水大。滔滔,水流滚滚的样子。荡荡,空阔的样子。

赵　翼 二十三首

赵翼（1727—1814），字云崧，一字耘松，号瓯北，江苏阳湖（今常州）人。乾隆二十六年（1761）进士，授翰林院编修。官贵西兵备道。旋辞官家居，主讲扬州安定书院。所著《廿二史劄记》、《陔余丛考》，为史学及考据学名著。诗主推陈出新，自写性情，多议论，善为谐谑之词。有《瓯北诗集》，后改选为《瓯北诗钞》（本书选录，据《诗钞》）。

偶得十一首[1]（选一）

文人逞才气，往往好论兵。及夫事权属，鲜见成功名[2]。古来称儒将，惟有一孔明[3]。寥寥千载后，虞雍王文成[4]。此外白面徒，漫诩韬略精[5]。河桥二十万，惜哉陆士衡[6]。深源令仆材，声名丧北征[7]。房琯陈陶斜，车战旋摧崩[8]。忠如张魏国，五路败富平[9]。由来非所习，奴织婢学耕[10]。如何纸上谈，辄欲见施行[11]？君看云台上[12]，何曾有书生？

[1] 这首诗历举史实，指出不切实际、迂腐论兵的读书人无不失败。
[2]"及夫"二句：说到了真正掌握兵权，却很少能建立功业。

鲜,少。

〔3〕儒将:文人出身的将领。孔明:诸葛亮,字孔明。

〔4〕寥寥:稀少。虞雍:虞允文,字彬甫,南宋高宗时以中书舍人参谋军事,在采石矶督战,大破金兵。孝宗时封雍国公。王文成:王守仁,字伯安,明朝著名理学家,曾平定宁王宸濠的叛乱。官至南京兵部尚书,卒谥文成。

〔5〕白面徒:即白面书生,见袁枚《澶渊》注〔2〕。诩(xǔ许):自夸。韬(tāo滔)略:用兵的谋略。《六韬》是古代的兵书。

〔6〕"河桥"二句:河桥,在今河南洛阳孟津区西,晋杜预所筑。陆机,字士衡,西晋文学家。成都王司马颖讨长沙王司马乂,以机为后将军、河北大都督,统军二十万,列队自朝歌至河桥。及战,大败。

〔7〕"深源"二句:殷浩,字深源,东晋穆帝永和年间,任扬州刺史。年轻时有美名,时人"伺其出处,以卜江左兴亡。"后统军北伐,在许昌附近为前秦所败。次年,在山桑(今安徽蒙城县北)遭姚襄伏击,又大败。桓温曾说:"浩有德有言,向使作令仆,足以仪刑百揆,朝廷用违其才耳。"令仆,指中书令、尚书令、仆射,相当于宰相的高职。

〔8〕"房琯(guǎn管)"二句:房琯,字次律,天宝之乱,随玄宗赴蜀,肃宗立,参决机要,自请将兵讨伐安、史,至陈涛斜(在今陕西咸阳东)遇敌,用春秋战法,列车为营,马步兵夹之。敌纵火焚车,大败,死者四万人。

〔9〕"忠如"二句:张浚,字德远,宋徽宗时进士,高宗时力主抗金,率刘锡、孙渥、刘锜、赵哲、吴玠五路之兵以抗金兀术,在富平(今属陕西省)战败。后封魏国公。

〔10〕奴织婢学耕:《南史·沈庆之传》:"为国譬如家,耕当问奴,织当问婢。"句中谓其相反。

〔11〕纸上谈:纸上谈兵,空言不切实际。见施行:付之实施。

〔12〕云台:汉时台名,在洛阳宫中。汉明帝追念东汉初年功臣,乃画邓禹、马成、吴汉等二十八将于云台;以后又增加王常、李通等人,共三十二人。

晓起[1]

茅店荒鸡叫可憎,起来半醒半懵腾[2]。分明一段劳人画,马啮残刍鼠瞰灯[3]。

〔1〕这首诗写村市旅店中的简陋。
〔2〕茅店:茅草盖顶的小客店。荒鸡:夜里不按时啼叫的鸡。温庭筠《商山早行》:"鸡声茅店月。"懵(méng 萌)腾:迷糊。
〔3〕"分明"二句:说当时情景仿佛画卷中的一段。劳人,劳碌的人。《诗经·小雅·巷伯》:"骄人好好,劳人草草。"刍(chú 除):喂牲畜的草。瞰(kàn 看,去声):窥看。

过文信国祠同舫荪作[1](三首)

须眉正气凛千秋[2],丞相祠堂久尚留。南渡河山难复楚,北来俘虏岂朝周[3]?出师未捷悲移鼎,视死如归笑射钩[4]。何事黄冠樽俎语,平添野史污名流[5]?

三百年来养士恩,故应末造泽犹存[6]。半生声伎勤王散,一代科名死事尊[7]。满地白翎人换世,空山朱嘴客招魂[8]。笑他北去留承旨,也是南朝一状元[9]。

战罢空坑力不支,拚将赤族殉时危[10]。死坚狱吏囚三载,生享门人祭一卮[11]。血碧肯污新赠谥,汗青终照旧题诗[12]。如何一本梅花发,分半南枝半北枝[13]!

〔1〕这三首诗是乾隆二十四年(1759)作者在北京凭吊文信国祠作。文信国:即文天祥,于南宋帝昺时封信国公。舫菴(ān庵):即贺季真,是作者在京同僚。

〔2〕须眉正气:喻文天祥在狱中作《正气歌》,抒写尽忠义、树气节的思想。

〔3〕"南渡"二句:说南宋虽亡,文天祥誓不屈服。复楚,春秋时,伍员(子胥)逃离楚国时,"谓申包胥曰:'我必覆楚国(向楚王复仇)。'申包胥曰:'勉之!子能覆之,我必能兴(复兴)之。'"(《左传》定公四年)北来,文天祥被张弘范押送北方,在路上绝食八天不死。到大都(今北京),元世祖要他投降,又不屈。朝周,箕子曾谏纣王勿行暴政,被囚禁。周武王灭商后,"乃封箕子于朝鲜而不臣也。其后箕子朝周,过故殷虚(商故都),感宫室毁坏,生禾黍……乃作《麦秀》之诗以歌咏之。"(《史记·宋微子世家》)

〔4〕出师:杜甫《蜀相》:"出师未捷身先死,长使英雄泪满襟。"移鼎:指改朝换代。《后汉书·孔融传》:"移鼎之迹,事隔于人存。"视死如归:文天祥在大都,"从容伏质(就刑),就死如归。"(《宋史》本传)射钩:管仲初事公子纠,曾射中齐桓公的衣带钩。后"齐桓公置射钩(放弃射钩的仇怨)而使管仲相。"见《左传》僖公十二年。

〔5〕"何事"二句:《宋史·文天祥传》载元世祖使王绩翁劝天祥降。"天祥曰:'国亡,吾分一死矣。倘缘宽假,得以黄冠(当道士)归故乡,他日以方外(出家人)备顾问可也。……'"樽俎,借代为人出谋议,即指备顾问的话。作者认为《宋史》不可信。

〔6〕"三百"二句:《文天祥传》载天祥说:"国家养育臣庶三百余年,一旦有急,征天下兵,无一人一骑入关者。吾深恨于此,故不自量力,而以身殉之。"末造,末代。泽,恩泽。

〔7〕"半生"二句:《文天祥传》:"天祥性豪华,平生自奉甚厚,声伎满前,至是痛自贬损,尽以家资为军费。"又:"宋三百年取士之科,莫盛于进士;进士之科,莫盛于抡魁(选拔魁首,即进士第一名)。自天祥死,世之好为高论者,谓科目不足以得伟人,岂其然乎?"勤王:为王事尽力。

〔8〕"满地"二句:说改朝换代,宋遗民怀念文天祥。白翎(líng灵),箭尾的白羽。《辍耕录》:"白翎雀生于乌桓朔漠之间,雌雄和鸣,自得其乐。世皇(元世祖)命伶人顾德闰制曲以名之。"元末张宪《白翎雀》:"白翎雀,乐极哀。节妇死,忠臣摧,八十一年生草莱。"元至元十八年,文天祥部属谢翱作《登西台恸哭记》,歌辞说:"魂(天祥灵魂)朝往兮何极?暮归来兮关塞黑。化为朱鸟兮有咮(zhòu咒,鸟嘴)焉食?"

〔9〕"笑他"二句:留梦炎,宋理宗淳祐四年(1244)举进士第一,曾任枢密院都承旨。后降元。状元,进士殿试一甲第一名。文天祥、留梦炎两人都是状元。

〔10〕"战罢"二句:景炎四年(1278),元李恒军攻文天祥部于兴国(今属江西省),战于方石岭。天祥战败,至空坑,军溃,妻子被执。赤族,一族尽空。

〔11〕"死坚"二句:指文天祥在大都被囚禁三年多;他的门人王炎午作《生祭文丞相》文,后人附刊于天祥所著《文山集》。

〔12〕"血碧"二句:说文天祥慷慨就义,实现了他《过零丁洋》诗"人

469

生自古谁无死,留取丹心照汗青"的话,哪里稀罕元朝的赠谥。新赠谥,文天祥就义后,元世祖赐谥忠武。

〔13〕"如何"二句:《白孔六帖》:"大庾岭上梅花,南枝已落,北枝方开。"文天祥弟文璧,守惠州,城陷降元。这两句借梅花南北枝不同作比喻。

题吟芗所谱《蔡文姬归汉传奇》[1]（四首选二）

也似苏卿入塞秋,黄沙漠漠带毡裘[2]。诸君莫论红颜污,他是男儿此女流[3]。

琵琶马上忍重弹?家国俱摧两泪潸[4]。经过明妃青冢路,转怜生入玉门关[5]。

〔1〕蔡文姬:即蔡琰,蔡邕女,东汉著名女诗人。初嫁卫仲道,夫亡,归住母家。汉末大乱,为董卓部下所虏,没归南匈奴左贤王。在匈奴中居住十二年,生二子。曹操念蔡邕无后,用金璧把她赎归,再嫁董祀。《后汉书》有传,并载她的《悲愤诗》二首。又有《胡笳十八拍》,相传也是她的作品。吟芗:即张塽,官内阁中书,所作《蔡文姬归汉传奇》,未见传本。

〔2〕"也似"二句:说文姬归汉,也像苏武从边塞回朝时的情景。苏武,字子卿,见杜濬《晴》注〔3〕。漠漠:密布的样子。毡裘:用兽毛制成的衣服。《胡笳十八拍》:"毡裘为裳兮,骨肉震惊。"

〔3〕"诸君"二句:意思是不要认为蔡文姬入匈奴改嫁是失节受污辱,她和苏武男女性别不同,不能相比。

〔4〕琵琶:四弦乐器。《释名》:"琵琶,本于胡中马上所鼓(弹奏)也。推手前曰琵,引却曰琶,因以为名。"摧:摧破。潸(shān 山):流泪的样子。

〔5〕明妃青冢:见吴伟业《戏题仕女图》(十二首选二)及吴雯《明妃》诗注。玉门关:故址在今甘肃敦煌西北。《后汉书·班超传》:"臣不敢望到酒泉郡,但愿生入玉门关。"

后园居诗[1](六首选一)

有客忽叩门,来送润笔[2]需。乞我作墓志,要我工为谀[3]。言政必龚黄,言学必程朱[4]。吾聊以为戏,如其意所须。补缀[5]成一篇,居然君子徒。核诸其素行,十钧无一铢[6]。其文倘传后,谁复知贤愚?或且引为据,竟入史册摹[7]。乃知青史上,大半亦属诬[8]。

〔1〕这首诗以"墓志铭"多虚美,进而认为史书所载亦多不实之辞。

〔2〕润笔:请人作书画、诗文的酬劳金,这里指写墓志的酬金。

〔3〕墓志:文体的一种,放在墓中,记载死者生平事迹。谀:奉承赞美的话。

〔4〕龚黄:龚遂、黄霸,汉代"良吏"。程朱:程颢、程颐兄弟和朱熹,宋代理学家。

〔5〕补缀:拼凑。

〔6〕"核诸"二句:考察他平素的行为,与文章所写相差很远。钧、铢,都是古代衡量单位。三十斤为钧,二十四铢为两。

〔7〕摹:摹写,指写入史册。

〔8〕诬:不实之词。

将至朗州作[1]

滇黔天为山所械[2],万山围在青天外。今朝眼界豁然开,出得山来天始大。经年坐守深山幽,岂知山乃尽朗州[3]。万山送我却私笑,此人去竟不回头。独嫌山尽水复壮,前途又狎稽天浪[4]。洞庭湖阔汉江深,一叶扁舟两枝桨。已遍天南万里行,归途翻更切心旌[5]。山平水软江南路,屈指还须一月程。

〔1〕这诗是乾隆三十七年(1772)作者辞贵西兵备道回江南途中作,反映了从云贵高原进入长江中下游平原的情况。朗州:隋唐时州名,州治在今湖南常德市。

〔2〕滇黔:云南省和贵州省的简称。本句写其山多。械:束住。

〔3〕尽朗州:到朗州完尽。

〔4〕狎(xiá 狭):亲近。稽天:至天。《庄子·逍遥游》:"大浸稽天而不溺。"

〔5〕切心旌(jīng 晶):指乡思急切。心旌,心神不定如摇旗。《战国策·楚策》:"心摇摇如悬旌。"

赤壁[1]

依然形胜扼荆襄[2],赤壁山前故垒长。乌鹊南飞无魏地,大江东去有周郎[3]。千秋人物三分国[4],一片山河百战场。今日经过已陈迹,月明渔父唱沧浪[5]。

〔1〕这首诗凭吊三国赤壁之战的遗迹。
〔2〕扼:控制。荆、襄:荆州和襄阳,皆在今湖北境内。
〔3〕"乌鹊"二句:说赤壁之战使曹魏失去进军江南的机会,而周瑜得以传名后世。曹操《短歌行》:"月明星稀,乌鹊南飞。绕树三匝,无枝可依。"苏轼《念奴娇·赤壁怀古》:"大江东去,浪淘尽、千古风流人物。故垒西边,人道是、三国周郎赤壁。"
〔4〕"千秋"句:说三国时期,人才辈出。
〔5〕"今日"二句:说如今天下统一,往日战场,只有渔父在清波中唱歌。过,读平声。陈迹,旧迹。沧浪(láng郎),水色青。古有《沧浪歌》,见《孟子·离娄》,这里活用其名。

杂题[1](八首选一)

每夕见明月,我已与熟悉。问月可识我?月谓不记忆。茫茫此世界,众生奚啻亿[2]?除是大英豪,或稍为目拭[3]。有如公等辈,未见露奇特。若欲一一认,安得许[4]眼力?神龙[5]行空中,蝼蚁对之揖。礼数虽则多,未必遂鉴及[6]。

〔1〕这首诗以风趣之笔写人识月而月却不识人。
〔2〕众生:指众人。奚啻(chì 翅)亿:何止上亿人。
〔3〕目拭(shì 式):即拭目,揩着眼睛看。
〔4〕许:如许,这样。
〔5〕神龙:《楚国先贤传》:"神龙朝发于昆仑之墟,暮宿于孟诸,超腾云汉之表,婉转四渎之里。"
〔6〕鉴及:看到。

渡太湖登马迹山[1](二首选一)

元气混茫间,雄观上碧屃[2]。无边天作岸,有力浪攻山。
村暗杨梅树,津开苦竹湾[3]。离家才廿里,垂老始跻攀[4]。

〔1〕太湖:在江苏南部,是我国第三大淡水湖。马迹山:在太湖中,周围一百二十里。
〔2〕"元气"二句:上句形容湖大,下句形容山高。元气,这里指水气。混茫,不分明。屃,通"巘",山高的样子。
〔3〕"村暗"二句:太湖盛产杨梅,产于马迹山的八角杨梅最有名。暗,形容树密。苦竹湾,太湖旁水港。
〔4〕"离家"二句:马迹山在常州武进区南太湖中,颇近作者家乡,而他到老才去登览。跻攀,登攀。

论诗[1]（五首选三）

满眼生机转化钧[2]，天工人巧日争新。预支五百年新意，到了千年又觉陈[3]。

李杜[4]诗篇万口传，至今已觉不新鲜。江山代有才人出，各领风骚[5]数百年。

只眼须凭自主张，纷纷艺苑漫雌黄[6]。矮人看戏[7]何曾见，都是随人说短长。

〔1〕这三首诗表现作者反对模古、主张创新的文学观点。
〔2〕化钧：大自然的创造、变化作用。化，造化，即大自然。钧，陶匠所用的转轮。
〔3〕预支：预先得到。陈：旧。
〔4〕李杜：指唐代大诗人李白和杜甫。
〔5〕风骚：《诗经》有《国风》，《楚辞》有《离骚》，这里泛指诗歌。
〔6〕艺苑：文坛。雌黄：鸡冠石制的颜料，古人用以涂改书上的错字。引申为窜改或品评之义。《颜氏家训·勉学篇》："观天下书未遍，不得妄下雌黄。"
〔7〕矮人看戏：《朱子语类》："如矮子看戏相似，见人道好，他也道好。"

山行杂诗[1]（七首选一）

山云才滃[2]起,顷刻雨点飘。乃知云变雨,不必到层霄。只在百丈间,即化甘澍膏[3]。君看云薄处,曦影如隔绡[4]。自是此雨上,仍有赤日高。

　　[1] 这诗是乾隆五十三年(1788)作者自福建回浙江写山行所见的组诗之一,表现了对自然界的细致观察和思考。
　　[2] 滃(wěng 翁,上声):云气四起的样子。
　　[3] 澍(shù 树):时雨。膏:作动词用,指润泽万物。
　　[4] 曦(xī 西):阳光。绡(xiāo 消):生丝的织物。

野步

峭寒催换木棉裘[1],倚杖郊原作近游。最是秋风管闲事,红他枫叶白人头。

　　[1] 峭寒:突然寒冷。徐积《杨柳枝》:"清明前后峭寒时。"

题元遗山集[1]

身阅兴亡浩劫空,两朝文献一衰翁[2]。无官未害餐周粟,有史深愁失楚弓[3]。行殿幽兰悲夜火,故都乔木泣秋风[4]。国家不幸诗家幸,赋到沧桑句便工[5]。

〔1〕这首诗是作者读元好问著作后写其评价和感想。元遗山:即元好问,字裕之,号遗山,祖系出自鲜卑族拓跋魏。金宣宗兴定进士,官至尚书右司员外郎。金亡不仕,筑野史亭,在其中记录金朝史料,至百余万言,已失传。诗文皆工,诗风格刚健,尤为一代大家。有《遗山集》,又编录金诗为《中州集》。

〔2〕"身阅"二句:说元好问身经易代之痛,他的著作是金元两朝的文献。

〔3〕"无官"二句:谓元好问不做元朝官,因担心史料失坠而著书,无损名节。周粟,伯夷、叔齐,殷末人。周武王灭殷,他们隐于首阳山,采薇蕨而食,不食周粟,后饿死。见《史记·伯夷列传》。失楚弓,《孔子家语·好生》:"楚恭王出游,亡(遗失)乌嘷之弓,左右请求之。王曰:'已之。楚人失弓,楚人得之,又何求之?'"

〔4〕"行殿"二句:写元氏对金亡之痛。幽兰,金行都汴京轩名,汴京陷被焚。赵翼《汴京杂诗》写金亡事:"幽兰轩已火光红。"乔木,古代建国时皆树木立社,国祚长则都城社木高大。元好问《壬辰十二月车驾东狩后即事五首》:"乔木他年怀故国。"

〔5〕"国家"二句:赞叹《遗山集》的成就,申述诗"穷而后工"之说。沧桑,沧海桑田,譬喻国家兴亡或世事变化。典出《神仙传》。

渡江[1](二首选一)

又指瓜洲[2]渡,轻舟狎暮涛。江山长不老,名利两空劳。稍喜张帆稳,宁夸击楫豪[3]？前途有兰若,一访远公高[4]。

〔1〕这首诗是嘉庆二年(1797)作者游扬州渡长江时作。
〔2〕瓜洲:在今江苏镇江市长江北岸。
〔3〕宁夸:岂夸。击楫:晋祖逖渡江时,"中流击楫而誓曰:'祖逖不能清中原而复济(渡)者,有如大江!'"见《晋书·祖逖传》。后代用为表示志节慷慨的典故。
〔4〕兰若(rě惹):梵语阿兰若的简称,即佛寺。远公:慧远,东晋著名僧人,居庐山东林寺,结"白莲社",著有《法性论》。这里指"高旻寺如鉴和尚",见作者自注。

静观二十五首[1]（选三）

谓气从理出,众口同一辞[2]。理从何处来？非虚悬两仪[3]。有气斯心知,有知斯是非[4]。是非方是理,而气已生之。岂非气在先,早为理之基？况或理所无,而为物所有。有知变无知,连理木不朽；无知变有知,老枫或成叟[5]。试问此何理？磅礴出气厚[6]。为语诸腐儒,陈言[7]未可守。

人没水则死,鱼乃生于水。人埋土则闭,虫乃穴于地[8]。可知芸生饶[9],各自路一条。大气所磅礴,水土无不包。在水水气盛,在土土气旺。物从此气生,即以此气养。迁地弗能良,受性固各爽[10]。但观种类殊,弥觉化育广[11]。

两间[12]无用物,莫若红紫花。食不如橡栗,衣不如纻麻。偏能令人爱,宴赏穷豪奢[13]。诗词亦复然,意蕊[14]抽萌芽。说理非经籍,记事非史家。乃世之才人,嗜之如奇葩。不惜刳肺肝,琢磨到无瑕[15]。一语极工巧,万口相咨嗟[16]。是知花与诗,同出天精华。平添大块[17]景,默动人情夸。虽无济于用,亦弗纳于邪[18]。花花年年开,诗亦代代加。

〔1〕《静观》是作者写他静中观察事物的体会的组诗。这里所选的三首:第一首,不同意理学家"理在气先"的提法;第二首,论生物生活的复杂性;第三首,论诗的作用,表现了作者的哲学思想和文学见解。

〔2〕"谓气"二句:理学家提倡"理在气先"的学说,如朱熹说:"有是理便有是气,但理是本。""太极生阴阳,理生气也。"(《朱子语类》)这种思想,自宋至清都占统治地位。明末清初的思想家如王夫之,反对这种思想,主张"理在气中"(《张子正蒙注》),"无其器则无其道"(《周易外传》),也就是主张"气在理先",赵翼也反对"气从理出"的说法。气,指物质;理,指精神。

〔3〕"理从"二句:说理从气来,阴阳之气不是空虚的。两仪,古代指天地或阳、阴二气。《易·系辞上》:"是故有太极,是生两仪。"

〔4〕"有气"二句:有了气(物质),才有知觉,有知觉才能辨别是非。斯,承接连词。则,于是。

〔5〕"有知"四句:承前理无物有之说,但所举例子亦凭记载,并不确切。连理木,两棵树的枝条连生在一起,如《搜神记》载春秋时宋康王认为韩凭妻何氏貌美,欲夺之,何氏投于台下而死,"宿昔之间,便有大梓木生于二冢之端,旬日而大盈抱。屈体相就,根交于下,枝错于上。"贡师

泰《葛烈女庙》:"湘妃江边泪斑竹,韩凭冢上连理木。"老枫成叟,《述异记》:"南海中有枫树鬼,木之老者为人形,亦呼为灵枫,盖瘤瘿也。至今越巫有得之者,以雕刻鬼神,可致灵异。"又《谭子化书》:"老枫化为羽人。"

〔6〕"磅礴(pángbó 旁帛)"句:说广泛的万物出(产生)自深厚的气。磅礴,广大。后一首的"磅礴"作动词用,指广泛产生。

〔7〕陈言:陈旧的话。

〔8〕"人没"四句:比较人与其他生物的不同。没,沉没。闭,气塞,断气而死。穴,穴居。

〔9〕芸(yún 云)生饶:众生(各种有生命的动物)很多。芸,芸芸,众多的样子。《老子》:"夫物芸芸,各复归其根。"饶,富饶,这里指数量多。

〔10〕"迁地"二句:说物各有本性,改变环境就不能生存。语本《周礼·冬官·考工记》:"迁乎其地而弗能为良。"弗,不。爽,差异。

〔11〕弥:愈加。化育:化生和养育,指大自然生长万物。语本《礼记·中庸》:"赞天地之化育。"

〔12〕两间:天地之间。

〔13〕"偏能"二句:说花卉无用,但获人爱赏。穷,极尽。

〔14〕意蕊:思维构成的"花朵",指文艺思维和文艺作品。

〔15〕鈌(shù 树):雕刻。瑕:玉上的赤色斑点,玉的疵病。

〔16〕咨(zī 资)嗟:赞叹。

〔17〕大块:大地。《庄子·大宗师》:"夫大块载我以形。"

〔18〕济于用:对实用有益。纳于邪:纳入邪(不正)途。

论诗[1]

词客争新角[2]短长,迭开风气递登场。自身已有初中晚,安得千秋尚汉唐[3]?

[1] 这首诗批判崇古、泥古的创作思想,认为文学是进化的。
[2] 角:竞争。
[3] "自身"二句:说一个人本身已有初、中、晚期之分,怎能在千年之后还专崇、模仿汉、唐呢? 古人将唐诗的发展分为初、盛、中、晚四期,如元杨士弘的《唐音》、明高棅的《唐诗品汇》。

钱大昕 二首

钱大昕(1728—1804),字晓徵,号辛楣,又号竹汀,江苏嘉定(今上海市辖区)人。乾隆十九年(1754)进士,授翰林院编修。官至少詹事。后主讲钟山、紫阳等书院。他是清代研究经史、文字、音韵有成就的学者,著述甚多。诗文有《潜研堂诗文集》。

五月[1]

五月秧针绿,兼旬雨泽稀。瓯窭干欲坼,布谷暮空飞[2]。米价频年长,田园生计非。老农占甲子,辛苦候荆扉[3]。

[1] 这首诗写夏季干旱,农民盼雨的急切。
[2] 瓯窭(lóu楼):高地。坼:田土起裂痕。空飞:说布谷鸟飞着唤"布谷",但天旱秧插不下去。
[3] "老农"二句:说老农焦急地在门外候看天气,期望下雨。占,《方言》:"占,视也,凡相候谓之占。"甲子,指天。《汉书·律历志》:"历数三统,天以甲子,地以甲辰,人以甲申。"

村中记所见[1]

小小茅檐曲曲篱,墙欹聊借石头搘[2]。日高编箔烘烟叶,雨歇携枷打豆萁[3]。香稻已催千顷割,残荷犹见一枝垂。由来气候山村别,试补豳风《七月》诗[4]。

[1] 这首诗写山村简陋,农产物和气候都与平原不同。

[2] 搘(zhī 支):支撑。

[3] 箔(bó 帛):竹席。枷(jiā 加):连枷,用以脱粒的农具。

[4] "试补"句:补写《七月》诗所没有写到的。《七月》,《诗经·豳风》中篇名,写周代劳动人民一年四季的劳动情况。

敦　敏 一首

敦敏(1729—1796?),姓爱新觉罗,字子明,满洲人。与弟敦诚同入右翼宗学,结识曹雪芹。曾在锦州做过税务官,又做过右翼宗学总管等职。有《懋斋诗钞》。

赠曹雪芹[1]

碧水青山曲径遐,薜萝门巷足烟霞[2]。寻诗人去留僧舍,卖画钱来付酒家[3]。燕市哭歌悲遇合,秦淮风月忆繁华[4]。新愁旧恨知多少,一醉酕醄白眼斜[5]。

〔1〕这首诗一作《赠芹圃》,写《红楼梦》作者曹雪芹的生活和性格。据说可能作于乾隆二十六年(1761)。

〔2〕"碧水"二句:写曹的居处。遐,远。薜萝门巷,指村居。足烟霞,喻景色美好。

〔3〕"寻诗"二句:写曹雪芹的生活。留僧舍,题诗僧寺。

〔4〕"燕市"二句:写曹雪芹的失意。燕市,指北京,时曹流落在北京。悲遇合,遭遇不幸。秦淮风月,曹的先代任江宁织造,家居南京(秦淮河畔),过着繁华的生活,如今已成回忆中的旧梦。

〔5〕"一醉"句:写曹雪芹鄙视世俗的性格。酕醄(máotáo 毛陶),大

醉的样子。白眼,《晋书·阮籍传》:"籍又能为青白眼,见礼俗之士,以白眼对之。"

韩梦周 二首

韩梦周(1729—1798),字公复,号理堂,山东潍县(今潍坊)人。乾隆二十二年(1757)进士,官安徽来安县知县。有《理堂集》。

劚石粉[1]

三日不食眼花黑,七日不食四体直。安知泥土不得餐,且携长铲劚山石。东舍老翁西舍娘,劚取石粉更无粮。饥来便就山中吃,石粉为饭泉为浆。道旁过者泪如麻,可怜石粉满家家。木皮糠覈尔何物,致使枵腹拚泥沙[2]!

〔1〕这首诗反映了灾民以石粉充饥的悲惨生活。劚(zhú 竹):斫,这里作挖掘解。
〔2〕"木皮"二句:说灾民连最粗劣的食物都没有,只有拼死吃石粉了。木皮糠覈(hé 合),树木粗糠,常为灾民充饥的食物。尔何物,这里有连木皮糠覈也珍贵的意思。枵腹,空着肚子,即饥饿。

鸥鹭饥[1]

鸥鹭呼其群,飞飞满稻畦。饥时食鱼虾,饱时戏流澌[2]。去年鸥来水拍岸,今年鸥来田无泥,东飞西飞无所栖。不如去他乡,可以疗我饥。鸥鹭饥,去有时,身有翅翎能高飞。嗟我灾黎将安归[3]!

〔1〕这首诗写连年水灾,水鸟都饥饿无食,衬出灾民的生活更不堪闻问。
〔2〕流澌(sī 斯):流水。
〔3〕灾黎:灾民。安归:何归。

姚 鼐 七首

姚鼐(1732—1815),字姬传,一字梦谷,安徽桐城人。乾隆二十八年(1763)进士,官至刑部郎中,记名御史。历主江宁、扬州等地书院,凡四十年。曾受业于刘大櫆,为桐城派主要散文作家。所选《古文辞类纂》,流传颇广。诗以清雅为宗,风格亦近其文。有《惜抱轩集》。

岁除日与子颖登日观观日出作歌[1]

泰山到海五百里,日观东看直一指[2]。万峰海上碧沉沉,象伏龙蹲呼不起[3]。夜半云海浮岩空,雪山灭没空云中[4]。参旗正拂天门西,云汉却跨沧海东[5]。海隅云光一线动,山如舞袖招长风[6]。使君长髯真虬龙,我亦鹤骨撑青穹[7]。天风飘飘拂东向,拄杖探出扶桑红[8]。地底金轮几及丈,海右天鸡才一唱[9]。不知万顷冯夷宫,并作红光上天上[10]。使君昔者大峨眉,坚冰磴滑乘如脂。攀空极险才到顶,夜看日出尝如斯。其下蒙蒙万青岭,中道江水而东之。孤臣羁迹自叹息,中原有路归无时[11]。此生忽忽俄在此,故人偕君良共喜。天以昌君画与诗,又使分符泰山址[12]。男儿自负乔岳身,胸有大海光明暾。即今同立岱宗顶,岂复犹如世上人[13]?大地川原纷四下,中天日月环双循。山海微茫一卷石,云烟变灭千朝昏。驭气终超万物表,东岱西峨何复论[14]!

〔1〕这首诗作于乾隆三十九年十二月(公历进入1775年)。岁除:一年的最后一天。子颖:姓朱,名孝纯,山东历城(今济南市辖区)人,泰安知府。日观:即日观峰。作者另有散文《登泰山记》。

〔2〕泰山:五岳之一,称为东岳,也叫岱山、岱宗,在今山东泰安市北,有日观峰、南天门等名胜古迹。直一指:形容距离近,像只隔一指。

〔3〕象伏龙蹲:形容山的状态。

〔4〕"夜半"二句:作者《登泰山记》:"大风扬积雪击面,亭东自足下皆云漫。"灭没,隐藏淹没。

〔5〕"参旗"二句:写天将明时的星象。参旗,即参宿,位于西方。拂,摩,指升起。云汉,银河。以上一段写登山及所见的群峰和云雪。

〔6〕"海隅"二句:写初见日出之光。海隅,海边。云光,指大海水天交接处的云雾在拂晓时受太阳光反射所发出的光亮。《登泰山记》:"极天云一线异色,须臾成五彩。日上正赤如丹,下有红光,动摇承之。或曰:此东海也。"长风,大风。

〔7〕使君:指泰安知府朱子颖。虬(qiú求)龙:形容须髯蜷曲。鹤骨:形容人瘦削。撑:支撑之意。青穹(qióng穷):天。

〔8〕探出扶桑红:看到太阳的红光。扶桑,传说的一种神木,太阳从这里升起。见《山海经》。

〔9〕"地底"二句:写鸡初鸣时,从地底升起直径几乎一丈的太阳。

489

金轮,指太阳。海右,指大陆。右,西边。天鸡,传说东南方桃都山树上有天鸡,每天清早阳光初照树上,天鸡就叫起来,天下的鸡也跟着叫,于是天亮了。见《述异记》。

〔10〕冯(píng凭)夷宫:水神冯夷住的宫室,此处用大海比喻云海。"并作"句:在泰山看云海日出,上下通红一片,有如看海上日出一般。以上一段写看到日出的情景。

〔11〕"使君昔者"以下八句:写朱子颖以前在四川峨眉山夜观日出,以及他的仕宦不得意。坚冰磴滑,结冰的石级滑。乘,登。如脂,形容路滑。尝如斯,曾经看到像今天这种情况。江水,指大渡河。孤臣,孤立不得志的臣子,指朱子颖。羁迹,羁旅的足迹,指长久羁留他方。中原,泛指黄河流域地区。

〔12〕"此生"四句:说朱调到山东,和老朋友在一起,又有利于发挥他的诗画才能,应该高兴。

〔13〕"男儿"四句:说男儿应胸怀大志,超脱世俗的观念。乔岳身,立身正直像高山。暾(tūn吞),初出的太阳。

〔14〕"大地"六句:似写空间之大,时间之久,个人遭遇,事物变化,相对而言是渺小的,思想应该驾驭万物,在万物之上。纷四下,纷纷四布。环双循,指日月按各自的轨道运行。一卷(quán权)石,形容石小如一个拳头。卷,同"拳"。峨,峨眉山。

山行

布谷飞飞劝早耕,春锄[1]扑扑趁春晴。千层石树通行路,一带山田放水声。

〔1〕春锄:即白鹭。皮日休《夏首病愈因招鲁望》:"一声拨谷桑柘晚,数点春锄烟雨微。"

出池州[1]

桃花雾绕碧溪头,春水才通杨叶洲[2]。四面青山花万点,缓风摇橹出池州。

〔1〕池州:州治在今安徽池州市贵池区。
〔2〕杨叶洲:在池州贵池区西北江中。

南昌竹枝词[1](二首)

南昌南去尽山溪,白石清沙不见泥。一到波阳风浪里,行人那更出江西[2]?

城边江内出新洲,南北弯弯客缆舟。莫上滕王阁上望[3],青天无地断江流。

〔1〕南昌:今江西南昌市。
〔2〕波阳:鄱阳湖,见查慎行《五老峰观海绵歌》注〔2〕。
〔3〕滕王阁:见彭孙遹《秋日登滕王阁》注〔1〕。

金陵晓发

湖海茫茫晓未分,风烟漠漠棹还闻[1]。连宵雪压横江水,半壁山腾建业云[2]。春气卧龙将跋浪,寒天断雁不成群[3]。乘潮鼓楫离淮口,击剑悲歌下海濆[4]。

〔1〕"湖海"二句:写发船时天还未破晓,周围茫茫一片,只能听到行船声。

〔2〕"连宵"二句:写江上景物。横江在安徽和县东南,金陵上游,以风波险恶著称。李白《横江词》:"人道横江好,侬道横江恶。一风三日吹倒山,白浪高于瓦官阁。"这里说风浪被连宵的雪压住了。半壁山,在湖北阳新县,这里指江南一带山岭。建业,南京的别名。

〔3〕"春气"二句:写出行的时间。当在冬暮春初。春天长江水涨,所以说"将跋浪"。

〔4〕淮口:这里指秦淮河口。击剑悲歌,指岁暮行旅的感慨。濆(fén 坟),水边。

岳州城上[1]

高接云霄下石矶,城头终日敞清晖[2]。孤篷落照同千里,白水青天各四围[3]。山自衡阳皆北向,雁过江外更南飞[4]。人间好景湘波[5]上,却照新生白发归。

〔1〕岳州:府名,治所在巴陵(今湖南岳阳市),城临洞庭湖。

〔2〕"高接"二句:写岳州城高峻,下临石矶。敞,作动词用,亮着。

〔3〕"孤筇"二句:写登城观感,叹自己羁旅的落寞。孤筇,独自一个人拄杖登城。落照,傍晚的太阳。

〔4〕衡阳:在今湖南省,南岳衡山在其北。雁过:衡山上有回雁峰,相传北雁南飞,不过此峰,遇春而回。

〔5〕湘波:湘江的水波。岳阳在湘江之旁,故云。

褚廷璋 一首

褚廷璋(1728—1797),字左莪,号筠心,江苏长洲(今苏州)人。乾隆二十八年(1763)进士,官翰林院侍讲学士。诗初学高启,后学元、白。有《筠心书屋诗钞》。

鬻子行[1]

百钱鬻一男,千钱鬻一女。十十与五五,道路自俦侣[2]。牵衣或顿足,大者三尺许[3]。其小尤伶仃,未断怀中乳[4]。父母谓子女:"鬻汝亦痛汝。割肉与他人,岂不创深巨[5]?"父母谓子女:"鬻汝亦爱汝。鬻汝豪家奴,顾盼得所主[6]。远鬻去里闬,浩荡脱拘圄[7]。鬻汝以生离,不鬻以死聚。苟能全性命,恨不插毛羽[8]。"萧条悲秋风,野旷日不煦[9]。河桥永诀别,泪眼血如缕。寡妇与鳏夫,饥寒独延伫[10]。

[1] 这首诗写穷人为生活所迫,卖儿鬻女的惨状。鬻(yù 玉):卖。
[2] 自俦侣:自成伴侣,指成群结队。
[3] 牵衣、顿足:写父母、子女痛哭诀别的情状。三尺许:小孩子长三尺左右。许,表约数的词。
[4] 伶仃:孤独可怜。未断怀中乳:幼小未断奶。

〔5〕创深巨:《世说新语·纰漏》:"创巨者其日久,痛甚者其愈迟。"后来有"创巨痛深"的成语。

〔6〕"豪家奴"二句:说把你卖到有钱人家当奴隶,转眼可得到主人的照顾。

〔7〕"远鬻"二句:说卖到外地去,能像脱离牢狱一样远走高飞。里闬(hàn 汗),里门,指乡里。浩荡,形容空阔,圄(yǔ 宇),囹圄,牢狱。

〔8〕插毛羽:即插翅高飞的意思。

〔9〕煦(xù 绪):和暖。

〔10〕"寡妇"二句:说寡妇、鳏夫,无儿女可卖,只能在饥寒中待死。死掉丈夫的妇女叫寡妇,死掉妻子的男人叫鳏(guān 关)夫。延伫(zhù 住),久立等待。

翁方纲 七首

翁方纲(1733—1818),字正三,号覃溪,又号苏斋,直隶大兴(今北京市辖区)人。乾隆十七年(1752)进士,授翰林院编修。官至内阁学士。以治经学及金石学著名。论诗提倡"肌理"说,主张诗以学问为根底,要内容质实而形式雅丽。但所作喜杂考据,又多题咏金石字画,形象性较差。有《复初斋集》等。

望罗浮[1]

只有蒙蒙意[2],人家与钓矶。寺门钟乍起,樵客径犹非[3]。四百层泉落,三千丈翠飞。与谁参画理[4],半面尽斜晖。

〔1〕罗浮:见查礼《采葛行》注〔3〕。这首诗写望中的罗浮,上六句写烟霭迷蒙,泉水飞溅;结写有半面斜阳,明暗不一。
〔2〕蒙蒙:模糊不明。
〔3〕径犹非:(在迷蒙中)小路还辨不出来。
〔4〕参:验证推求。

赵北口[1]（二首）

瀛鄚之间半烟水[2]，村间如画接渔船。记从鸿浗溪头望[3]，诗思蒙蒙三十年。

蟹籪湾湾罫布棋，霜空老柳照横漪[4]。枯萍折苇萧寥意，转胜浓云蘸翠时[5]。

〔1〕赵北口：在今河北任丘市北五十里。地当白洋淀的东口。诗写作者三十年中前后经过该地的不同景色。

〔2〕瀛：州名，治所在今河北河间市。鄚（mào 帽）：古地名，在今河北任丘市境，赵北口的南边。半烟水：赵北口一带淀泊很多，故称。

〔3〕鸿浗（kòu 寇）：也叫浗水。发源于山西浑源县翠屏山，流入河北，称唐河。流经白洋淀赵北口，下游为大清河，汇入海河。

〔4〕"蟹籪（duàn 断）"二句：说每条港湾都有蟹籪，将水面分割如围棋棋盘一般的方格；霜天下秋柳萧疏，映照在泛着涟漪的水面上。籪，插在河流中拦捕鱼蟹的苇栅或竹栅。罫（guǎi 拐），围棋盘的格子。霜空，秋冬的晴空。漪（yī 医），水波纹。

〔5〕"枯萍"二句：写此次所见枯萍断苇的秋色，胜过往日所见水中倒映浓绿的春色。萧寥意，冷落稀疏的感觉。蘸（zhàn 站）：倒映水中。

韩庄闸二首[1]

秋浸空明月一湾，数椽茅店枕江关。微山湖水如磨镜，照出江南江北山[2]。

门外居然万里流,人家一带似维舟[3]。山光湖色相吞吐,并作浓云拥渡头。

〔1〕韩庄:在山东峄县(今枣庄市峄城区)西南六十里,靠近微山湖,有水闸。

〔2〕"秋浸"四句:写秋水明净如镜,月亮、房屋、山都倒映在水面。数椽(chuán船),言屋小。椽,放在檩条上架着屋顶的木条。微山湖,即昭阳湖,见赵执信《昭阳湖行书所见》(四首选一)注〔1〕。

〔3〕"门外"二句:写韩庄闸的人家都在运河边,仿佛系在河岸的船只。万里流,指运河。维,系。

又书《元遗山集》后三诗[1](选二)

程学盛南苏学北,陆元二老脉谁传[2]?绍熙正际明昌日,南北相望二十年[3]。

江左休夸病邺中,撑霆裂月许谁同[4]?金源南宋分疆后,天放奇葩角两雄[5]。

〔1〕金朝诗人元好问,字裕之,号遗山,有《遗山集》。参看赵翼《题元遗山集》注〔1〕。

〔2〕"程学"二句:说北宋程颢、程颐的理学盛于南宋,苏轼的诗风,

却盛行于北方金朝;陆游与元好问的诗派传继于谁呢?

〔3〕"绍熙"二句:作者原注:"遗山生于明昌元年庚戌,正放翁提举武夷冲祐观时,二先生竟算同时未相见耳。"按明昌为金章宗年号,元年即公元1190年,宋光宗绍熙元年。元好问卒年为公元1257年,即宋理宗宝祐五年,金亡后二十三年。放翁,宋诗人陆游号,他生于公元1125年,卒于1210年(一说1209年),提举武夷山冲祐观在绍熙二年(1191)。两人同时在世二十年。

〔4〕"江左"二句:宋人不能轻视金朝的诗人,元好问诗气势雄伟,有"撑霆裂月"之概。江左,江东,指南宋主要统治地区。病,以为有毛病,轻视之意。邺中,指河北临漳、河南安阳一带古代邺郡之地。蒙古侵金后,金迁都河南开封,邻近邺地。

〔5〕金源:指金国,见吴兆骞《混同江》诗注〔5〕。奇葩(pā 趴):奇花,与下文"两雄",都指陆游与元好问,说两人诗歌成就,可相角逐。元好问《论诗三十首》论建安诗人有"曹(植)刘(桢)坐啸虎生风,四海无人角两雄"之句。

敦　诚 一首

敦诚(1734—1791),姓爱新觉罗,字敬亭,号松堂,满洲人,敦敏之弟。乾隆二十二年(1757),管理喜峰口松亭关税务。罢职后又任宗人府笔帖式、太庙献爵等官。有《四松堂集》、《鹪鹩庵笔麈》等。

寄怀曹雪芹（霑）[1]

少陵昔赠曹将军,曾曰魏武之子孙[2]。君又无乃将军后,于今环堵蓬蒿屯[3]。扬州旧梦久已觉,且着临邛犊鼻裈[4]。爱君诗笔有奇气,直追昌谷披篱樊[5]。当时虎门数晨夕,西窗剪烛风雨昏。接䍦倒著容君傲,高谈雄辩虱手扪[6]。感时思君不相见,蓟门落日松亭樽[7]。劝君莫弹食客铗,劝君莫叩富儿门。残杯冷炙有德色,不如著书黄叶村[8]。

〔1〕这首诗当作于乾隆二十二年(1757)。曹雪芹:名霑,见敦敏《赠曹雪芹》诗及注。

〔2〕少陵:唐代诗人杜甫。曹将军:唐代画家曹霸,曾官左武卫将军,玄宗末年获罪,削籍为庶人。杜甫作《丹青引》赠他说:"将军魏武之子孙,于今为庶为清门。"魏武:魏武帝曹操。

〔3〕无乃:岂不是,恐怕是。将军后:曹霸的后代。环堵:四面的墙

壁。屯:聚集。

〔4〕"扬州"二句:说曹雪芹家庭破落,生活贫困。作者自注:"雪芹随其先祖寅织造之任。"扬州梦,杜牧《遣怀》:"十年一觉扬州梦。"临邛(qióng穷),地名,在今四川邛崃市一带。犊鼻裈(kūn昆),形状像牛鼻子的短裤。《汉书·司马相如传》写司马相如与其妻卓文君在临邛卖酒,"文君当垆,相如身自着犊鼻裈,与庸保杂作,涤器于市中"。

〔5〕"直追"句:说曹雪芹奇警的诗风接近李贺。昌谷,唐代诗人李贺,字长吉,昌谷(今河南宜阳)人。披篱樊,打开篱笆,进入室中,即登堂入室之意。作者《挽曹雪芹》诗也有"牛鬼遗文悲李贺"的说法。

〔6〕"当时"四句:回忆与曹雪芹朝夕相处时情况和曹的谈吐、风度。虎门,《周礼·地官·师氏》"居虎门之左"注:"虎门,路寝门也,门外画虎焉。"这里指清王朝的宗学。敦诚曾在右翼宗学读书,据说曹雪芹曾在宗学任职。西窗剪烛,李商隐《夜雨寄北》诗:"何当共剪西窗烛,却话巴山夜雨时。"接䍦(lí离),古代的一种头巾。《晋书·山简传》,山简镇守襄阳时,出游醉归,有儿童歌曰:"山公出何许?往至高阳池。日暮倒载归,酩酊无所知。复能骑骏马,倒著白接䍦。"高谈,《晋书·王猛传》:"桓温入关,猛被褐而诣之。一面谈当世之事,扪虱而言,旁若无人。"

〔7〕"感时"二句:写对曹雪芹的怀念。作者自注:"时余在喜峰口。"蓟门落日,指曹雪芹所在的北京。蓟门,即蓟丘,故址在今北京德胜门西北。松亭,古关名,故址在今河北宽城县的西南,喜峰口(长城的重要关口,在今河北迁西县北)的北边。

〔8〕"劝君"四句:劝曹雪芹不要受权贵的屈辱,宁可离开京城,到乡村著书。食客铗(jiá夹,阳平),用《战国策·齐策》冯谖为孟尝君门下客,三次弹铗而歌的典故。富儿门,杜甫《奉赠韦左丞丈二十二韵》:"朝叩富儿门,暮随肥马尘。残杯与冷炙,到处潜悲辛。"德色,因给人恩

501

惠而显露出骄矜的脸色。黄叶村,苏轼《书李世南所画秋景》:"扁舟一棹归何处？家在江南黄叶村。"

钱维乔 一首

钱维乔(1739—1806),字树参,号竹初,江苏武进(今常州市辖区)人。乾隆二十七年(1752)举人,官浙江鄞县知县。有《竹初诗钞》。

五更渡洛水[1]

翠羽明珰梦未真,寒皋空有水粼粼[2]。马头一片将残月,曾照黄初作赋人[3]。

[1] 这首诗是渡洛水时怀想曹植作《洛神赋》而写的。洛水:源出陕西,流经河南,入黄河。

[2] "翠羽"二句:说洛神之事,似真似幻。翠羽明珰,指洛神。曹植《洛神赋》:"或采明珠,或拾翠羽。无微情以效爱兮,献江南之明珰。"寒皋,荒寒的水边高地。《洛神赋》:"尔乃税驾乎蘅皋。"粼粼:形容水的清澈。

[3] "马头"二句:暗用李白《把酒问月》"今月曾经照古人"意。黄初作赋人,指曹植,字子建,曹操第三子,有《曹子建集》。《洛神赋序》:"黄初(魏文帝曹丕年号)三年(223),余朝京师,还济洛川。古人有言:斯水之神,名曰宓妃。感宋玉对楚王神女之事,遂作斯赋。"

崔 述 一首

崔述(1740—1816),字武承,号东壁,直隶大名(今属河北省)人。乾隆二十八年(1763)举人,官福建罗源、上杭知县。长于考据,著《考信录》。诗文有《无闻集》、《知非集》等。

磁涧[1]

际晓发洛阳,亭午出磁涧[2]。水流砂石间,青山失两岸。突兀摩云霓[3],一径自中断。诘屈随山行,十步不相见。入谷天忽小,上坂山复乱。迤逦循水涯,倏忽登天半。山合疑无路,将近势复变。忽闻重霄[4]中,人声若相唤。仰见穴处民[5],午烟起炊爨。群羊如蚤虱,蠕蠕略可辨[6]。极目惬幽情[7],登临遂忘倦。更欲凌绝顶,乘风扣河汉[8]。

〔1〕这首诗写从磁涧曲折登山的情景。磁涧:镇名,在河南新安县东三十里,镇临涧水。
〔2〕际晓:天刚亮的时候。洛阳:今河南洛阳市。亭午:正午。
〔3〕"突兀"句:形容山势高峻。摩,接触。
〔4〕重霄:高空。
〔5〕穴处民:指住在窑洞中的人。

〔6〕"群羊"二句:形容群羊远看很小,像蠕动的跳蚤和虱子。蠕(rú 如)蠕,虫动的样子。

〔7〕惬(qiè 怯):满足,适合。幽情:寻幽探胜的心情。

〔8〕凌:登上。杜甫《望岳》:"会当凌绝顶,一览众山小。"河汉:天河。

汪 中 二首

汪中(1744—1794),字容甫,江苏江都(今扬州市辖区)人。乾隆四十二年(1777)拔贡。著名的经、子学家。文学魏晋,以高雅博赡胜;诗亦朴茂。有《述学》内外篇、《容甫先生遗诗》等。

过龙江关[1]

井邑千家夹岸喧,浮桥列楫[2]望关门。鱼盐近市商人喜,鼓吹临江榷吏尊[3]。春水蛟龙浮旧窟,夕阳乌雀下荒村。华衣掾史须眉老,会计雄心长子孙[4]。

〔1〕龙江关:在南京市西兴中门外。明清时设户部钞关于此,专管粟帛杂用的税收。

〔2〕楫:船桨,这里指船。

〔3〕鼓吹(读去声):指官员的仪仗。榷(què 却)吏:收税官吏。

〔4〕"华衣"二句:写老年税吏衣服华贵,野心很大,还想捞一笔钱去长养子孙。掾(yuàn 院)史,即掾吏,见郑燮《私刑恶》注〔3〕。会计,计算钱财。

梅花[1]

孤馆寒梅发,春风款款来[2]。故园花落尽,江上一枝开。

[1] 这是在客地见梅花而怀念故乡的诗,写两地花开迟早不同。
[2] 款款:徐缓的样子。

洪亮吉 九首

洪亮吉(1746—1809),字稚存,号北江,江苏阳湖(今常州)人。乾隆五十五年(1790)进士,授翰林院编修,旋督学贵州。嘉庆初,以批评朝政,流放伊犁(在今新疆维吾尔自治区),不久赦还。精通经史及音韵、训诂之学。骈文清新婉雅;亦工诗。有《洪北江全集》。

朝阪行[1](三首选二)

三门当黄河,门半以土窒[2]。惟开城西门,日夕车马出。居民防害愿筑堤,万钱鬻石兼运泥[3]。君不见河流已退催租急,堆土若山堤未立。

昨传黄流增,驿到八百里[4]。官方早坐衙,失色推案起[5]。白须吏人前执裾,官今勿惊安众愚[6]。君不见官无一言吏会意,日午传呼县门闭[7]。

〔1〕这两首诗写地方官吏腐败,平时不筑堤,在水患时不筹一策,闭城自保。朝阪:今陕西大荔县朝邑镇。
〔2〕"三门"二句:写朝邑城四门三门临河,都用土堵塞。窒,堵塞。
〔3〕鬻:买。

〔4〕"驿到"句:清代驿站传递最紧急的公文,一天要赶行八百里。

〔5〕"官方"二句:写县官闻水涨而惊慌失色。推案起,离开公案起立,表示惊慌状态。

〔6〕"白须"二句:写老吏劝阻县官,封锁消息,以蒙蔽人民。裾(jū居),衣后襟。

〔7〕县门闭:把城门关起来防水。

宜沟行[1]

宜沟驿中逢节使[2],三日马蹄声不止。冲途[3]驿马苦不多,役尽民马兼民骡。民骑不给官家食,更要一骑增一卒[4]。马行三里力不支,马病乃把民夫笞。长须压后尤无忌,急选官骡访官伎[5]。民田要雨官要晴,一日正好兼程行。车前舆夫私叹息,曾与此官居间壁。官前应试苦力疲,百钱得驴诧若飞[6]。君不见人生贵贱难如一,不是蹇驴[7]偏有力。

〔1〕这首诗写官员往来驿路的扰民,用官员居官前后举措的不同作讽刺。宜沟:镇名,在河南汤阴县南。

〔2〕节使:持节的使者,泛指古代朝廷派到地方执行使命的大官。

〔3〕冲途:交通要道。冲,要冲。

〔4〕"民骑(jì计)"二句:写征用民间马匹,饲料和马伕还要由人民负担。卒,指马伕。

〔5〕长须:长须奴,指官员的仆人。压后:跟在后面。官伎:官妓。

〔6〕"车前"四句：借舆夫揭露节使未当官前的情况。舆夫，轿夫。居间(jiàn 涧)壁，邻居。应试，应考。诧若飞，赞叹驴子走得飞快。

〔7〕蹇(jiǎn 剪)驴：驽劣的驴子。

自柏乡至磁州道中杂诗〔1〕（四首选三）

一日行两驿，所苦乏昏晓〔2〕。十日历数州，尤愁值僵殍〔3〕。眼中过百井，生计殊草草〔4〕。闾邑虽高盈，欢颜抑何少〔5〕？日斜杨柳外，一一闭门早。驿亭依北郭，路断垣亦倒。吏辞供亿困，愍此山县小。僮仆有人心，宵餐不能饱〔6〕。

十里一驿楼，三里一堡房。途皆列五轨〔7〕，杨柳疏成行。持较江以南，地力殊太荒。行者色苦饥，居者无余粮。冈原何高低，土脉〔8〕郁不良。洺水既已微，滏流原汤汤。欲著水利书，俾行清浊漳〔9〕。越俎倘代谋，何人宦兹乡〔10〕？

北风连晨来，节气已冬月。荒山野烧红，补此炊烟缺〔11〕。人家林木外，气象何凛冽！饥来聊饮水，干糇〔12〕苦时绝。诚知年岁歉，生理亦殊拙〔13〕。道逢驼背叟，引与话清切。辛苦无他言，惟祈一冬雪。

〔1〕这一组诗是乾隆五十七年（1792）作者赴贵州在河北途中作，写沿途居民生活的困难。柏乡：县名，在河北省。磁州：今河北磁县。

〔2〕乏昏晓:无昼无夜,即昼夜赶路的意思。

〔3〕值僵殍(piǎo瞟):遇到饿死的人。

〔4〕井:古制八家为井,引申为村镇。草草:穷困、忧劳。《诗经·小雅·巷伯》:"劳人草草。"

〔5〕"闉邑"二句:县城虽然高大,但居民面多愁苦之状。

〔6〕"吏辞"四句:驿吏说供应困难,希望怜悯这山城小县;随行的僮仆也知民间困苦,晚上不敢吃饱。供亿,供给。愍(mǐn敏),怜悯。

〔7〕五轨:五辆车可并行的大路。

〔8〕土脉:即土壤,地气。

〔9〕"洺水"四句:作者从柏乡到磁州的途中所设想的水利方案。意思是洺水已逐渐干涸,而滏水流量仍大,如果疏通清、浊漳河,这里的水利可以改善。洺(míng名)水,也称洺河,源出河北武安,北流入滏水。滏(fǔ斧)流,指滏水,亦即滏阳河,源出磁县滏山,为漳水支流。汤(shāng商)汤,水流浩大。《诗经·卫风·氓》:"淇水汤汤。""俾行"句:使清、浊的漳河能够流行。俾,使得。漳河,在河北南部,上流有清、浊二源,磁县在它的北面。

〔10〕"越俎"二句:意为自己有这计划,但不知当地官吏能不能实行。越俎,不是本分应做的事而去代做。《庄子·逍遥游》:"庖人(厨工)虽不治庖,尸祝(管祭祀的)不越樽俎(祭器)而代之矣。"宦兹乡,在这里做官。

〔11〕"野烧(读去声)"二句:说山上烧着野火,但居民却少能烧饭升起炊烟。

〔12〕干糗(qiǔ求,上声):干粮。

〔13〕歉:庄稼收成不好。生理:生计。

511

天山歌[1]

地脉至此断,天山已包天。日月何处栖?总挂青松巅[2]。穷冬棱棱朔风裂,雪复包山没山骨[3]。峰形积古谁得窥?上有鸿蒙万年雪[4]。天山之石绿如玉,雪与石光皆染绿。半空石坠冰忽开,对面居然落飞瀑。青松冈头鼠陆梁[5],一一竞欲餐天光。沿林弱雉飞不起,经月饱唼松花香。人行山口雪没踪,山腹久已藏春风。始知灵境迥然异,气候顿与三霄通[6]。我谓长城不须筑,此险天教限沙漠[7]。山南山北尔许长,瀚海黄河兹起伏[8]。他时逐客倘得还,置冢亦像祁连山[9]。控弦纵逊票骑霍,投笔或似扶风班[10]。别家近已忘年载,日出沧溟倘家在[11]。连峰偶一望东南,云气蒙蒙生腹背。九州我昔履险夷,五岳顶上都标题。南条北条等闲耳,太乙太室输此奇[12]。君不见奇钟塞外天奚取[13]?风力吹人猛飞举。一峰缺处补一云,人欲出山云不许。

〔1〕嘉庆四年(1799),作者上书"极陈时政",以翰林无言事之责,获罪落职,发戍伊犁。八月,从北京起程,次年二月,抵伊犁将军治所惠远城(在今新疆霍城县)。此诗即作于遣戍途中。天山:又名雪山,横贯新疆中部。

〔2〕"地脉"四句:形容天山之大,天地至此像到了尽头;山峰高峻,日月像栖挂在天山的松树上。

〔3〕"穷冬"二句:说冬天天山被雪封盖。穷冬,深冬。棱棱,形容严寒袭人。朔风,北风。

〔4〕窥:观看。鸿蒙:古人认为天地开辟之前的元气。

〔5〕陆梁:跳跃的样子。

〔6〕灵境:神仙居住的境界。迥(jiǒng窘)然异:完全不同。三霄:三天,道家所谓仙境。这里说天山盆地气候温和,与他处不同,似仙境。

〔7〕"我谓"二句:说天山是天然屏障,长城可以不筑。

〔8〕尔许:如许。瀚海,又称戈壁,即沙漠。此指新疆境内的塔克拉玛干沙漠和古尔班通古特沙漠。黄河:源出青海,但传说:"河有二源,一出葱岭,一出于阗。"见《汉书·西域传》。葱岭、于阗皆在新疆。

〔9〕逐客:被贬谪的人,这里是作者自称。倘:假使。冢:坟墓。祁连山:即天山。匈奴称天为祁连。《汉书·霍去病传》:"为冢像祁连山。"

〔10〕控弦:挽弓,此指打仗。票骑霍:指霍去病,西汉时曾多次击败匈奴,官拜骠骑将军。投笔:即投笔从戎,比喻弃文就武。扶风班,班超,东汉扶风(在今陕西省)人,家境贫困,在官府做抄写工作,曾掷笔长叹说:大丈夫应当立功异域,哪能老在笔砚之间讨生活呢?明帝时,出使西域三十一年,来往五十余国,封定远侯。

〔11〕"日出"句:说东海日出之处,或者是家乡的所在。沧溟,大海。

〔12〕"九州"四句:说遍游国内名山,都不如天山高峻雄奇。险夷,偏义复词,指险。五岳,即东岳泰山、西岳华山、南岳衡山、北岳恒山和中岳嵩山。标题:指题诗作文。南条、北条,据马融、王肃《尚书·禹贡》注:南条山脉,当指今巴彦克拉山以东长江北岸的大雪山、岷山、大巴山,直到大别山,长江南岸的大娄山,直到衡山、庐山等一系列山脉;北条山脉,当指今黄河北面的阴山、黄土高原、吕梁山直到太行山、恒山、燕山等

一系列山脉。等闲,平常。太乙,又作太白山,在今陕西眉县东南。太室,即嵩山,在今河南登封市北。

〔13〕钟:即钟灵毓秀之意。奚:何。

松树塘万松歌[1]

千峰万峰同一峰,峰尽削立无蒙茸[2]。千松万松同一松,干悉直上无回容[3]。一峰云青一峰白,青尚笼烟白凝雪。一松梢红一松墨,墨欲成霖赤迎日[4]。无峰无松松必奇,无松无云云必飞。峰势南北松东西,松影向背云高低。有时一峰承一屋,屋下一松仍覆谷[5]。天光云光四时绿,风声泉声一隅足[6]。我疑黄河瀚海地脉通,何以戈壁千里非青葱?不尔地脉贡润合作天山松,松干怪底一一直透星辰宫[7]。好奇狂客忽至此,大笑一呼忘九死[8]。看峰前行马蹄驶,欲到青松尽头止。

〔1〕这首诗也是嘉庆四年(1799)遣戍伊犁途中作,写松树塘附近山峰、松树之奇。松树塘:新疆天山下一处长有水草,可供放牧的地方。

〔2〕蒙茸:即蒙茏,草木茂盛的样子。

〔3〕无回容:没有曲折。

〔4〕墨:黑色。成霖:形容松荫如下雨前的黑云。

〔5〕承:托着。覆:遮盖。

〔6〕一隅足:一个角落足够多。

〔7〕"我疑"四句:作者认为黄河与沙漠地脉相通,但为什么沙漠没

有水草,大概是地下的水泽全部供给了天山的松树,所以松干挺直,直接天宫。地脉,这里指地下水。不尔,不然。怪底,怪不得。星辰宫,指天。

〔8〕九死:十分危险的境地,这里指自己在贬谪中身处危境。

宗忠简祠〔1〕

六百年来气不磨,江干遗庙郁嵯峨〔2〕。迎门九派东归海〔3〕,卧榻三呼北渡河。梦里铜驼余涕泪,望中铁骑敢经过〔4〕?刘琨祖逖应同传〔5〕,未了忠心尚枕戈。

〔1〕宗忠简:即宗泽,字汝霖。靖康元年(1126),他募集义勇,抗击金兵。高宗立,任东京(今河南开封)留守,联络两河义军,用岳飞为将,屡败金兵。他的抗金大计为投降派所阻,忧愤成疾,临死犹连呼渡河者三。卒谥忠简。祠在江苏镇江。

〔2〕六百年:宗泽生于宋仁宗嘉祐四年,距作者的时代,约为六百年。郁嵯峨:形容祠宇巍然高大。

〔3〕九派:指长江下游支流多。

〔4〕铜驼:《晋书·索靖传》:"靖有先识远量,知天下将乱,指洛阳宫门铜驼叹曰:'会见汝在荆棘中!'"相承以指国家破灭之意。铁骑(读去声):指金兵。宗泽为东京留守,金人惮泽威望,呼为宗爷爷,不敢复犯东京。

〔5〕"刘琨"句:说宗泽有志恢复中原失地,像晋朝的刘琨、祖逖一样,有资格把传记编在一起。刘琨,见陈维崧《忆贵池吴师》(二首选一)注〔3〕。祖逖,见谈迁《渡江》注〔3〕。

515

吴锡麒 四首

吴锡麒(1746—1818)字圣徵,号榖人,浙江钱塘(今杭州)人。乾隆四十年(1775)进士,授翰林院编修。官国子监祭酒。擅长骈文,诗亦隽秀。有《有正味斋集》。

读放翁集[1]

铁马金戈梦不成,熏炉茗碗寄余情[2]。苏黄以外无其匹,梁益之间老此生[3]。击贼未忘垂钓日,临终如唱渡河声[4]。长吟直与精灵接,千亿梅花坐月明[5]。

[1] 放翁,即陆游。见孙枝蔚《陆放翁砚歌为毕载积题》注[1]。
[2] "铁马"二句:写陆游从军收复失地的壮志未酬,闲居后,只得寄情于熏炉、茗碗。铁马、金戈,陆游诗中常提到希望能参加金戈、铁马的战斗行列,恢复失地,但都不能如愿,只成梦想。如"夜阑卧听风吹雨,铁马冰河入梦来"(《十一月四日夜风雨大作》)等句。熏炉、茗碗,陆游诗中也有"汤嫩雪涛翻茗碗,火温香篝上衣簝"(《遣兴四首》)等句。茗,茶。
[3] "苏黄"二句:赞美陆游的诗才在宋代除苏轼、黄庭坚之外,无人能并比;惋惜他闲处梁益。梁,梁州;益,益州。陆游从乾道六年

(1170)至淳熙五年(1178),在四川、陕西任地方官和帅府幕僚近十年,有"客游梁益半吾生"(《四鼓出嘉会门赴南郊斋宫》)之句。

〔4〕"击贼"二句:说陆游家居和临终都不忘国难。家居诗如《冬夜泛舟有怀山南戎幕》:"钓船东去掠池塘,船窄篷低露葧香。……谁信梁州当日事,铁衣寒枕绿沉枪。"又《忆昔》:"忆昔梁州夜枕戈,东归如此壮心何。……今日扁舟钓烟水,当时重铠渡冰河。"临终,用宗泽死时三呼渡河的典故。陆游临终《示儿》诗:"王师北定中原日,家祭无忘告乃翁。"

〔5〕"长吟"二句:写作者对陆游的倾慕,仿佛间精神相接。精灵,英灵之意。千亿梅花,陆游《梅花绝句》:"何方可化身千亿,一树梅花一放翁?"

观夜潮[1]

高楼极目大江宽,为待潮生夜倚阑。隔岸忽沉灯数点,如山涌到雪千盘[2]。鱼龙卷地秋风壮,星斗摇天海气寒[3]。明月渐低声已歇,一枝塔影卧微澜[4]。

〔1〕潮:指浙江的钱塘江潮。潮势极为湍急悍猛,其来如万马奔腾,阴历八月十八日潮势尤大。诗从候潮、潮至写到潮退。

〔2〕忽沉:指灯光为潮水所掩。雪千盘:指潮水的浪涛。

〔3〕"鱼龙"二句:写潮至时势像鱼龙卷地、摇撼霄汉。

〔4〕声已歇:潮水过后江上重归寂寞。塔:指钱塘江边月轮山上的六和塔。

虎丘[1]（三首选二）

虎气消沉鹤市荒,东风容易客回肠[2]。真娘墓上年年柳[3],画了春愁画夕阳。

水阁家家风幔开,画栏曲折粉塘回[4]。冶香轻似落花过,快橹瞥如飞燕来[5]。

〔1〕虎丘:见陈恭尹《虎丘题壁》注〔1〕。诗第一首吊古,第二首写景。

〔2〕虎气:相传春秋时吴王阖闾葬于虎丘,坟上金精之气化作白虎。鹤市:《吴越春秋》载,阖闾女曰胜玉,自杀。"阖闾痛之,葬于国西阊门外。""乃舞白鹤于吴市中,令民随而观之,使男女与鹤俱入羡门,因发机以掩之。又取土,洼其地为湖,号女坟湖。"回肠:感伤之意。

〔3〕真娘墓:范摅《云溪友议》:"真娘者,吴国之佳人也,死葬吴宫之侧。行客感其华丽,竞为诗题其墓树。"

〔4〕水阁:傍水的楼阁。风幔:张挂在屋内挡风的帐幕。粉塘:白色的堤岸。回:环绕。

〔5〕冶香:浓烈的香味。瞥(piē 撇,阴平):瞥眼,指很快地从眼前闪过。

黎 简 四首

黎简(1748—1799),字简民,一字未裁,号二樵,广东顺德(今佛山市辖区)人。乾隆拔贡。工书画,诗亦著名。王昶评其诗:"峻拔清峭,刻意新颖。"(《蒲褐山房诗话》)有《五百四峰草堂诗文钞》。

龙门滩[1]

西江几千里,有力使倒流[2]。狞石张厥角,直欲砺我舟[3]。竹缆如枯藤,袅袅山上头[4]。失势倘一落,万钧亦浮沤[5]。浔州两江水,其北导柳州[6]。上逼铜鼓滩,下握相思洲[7]。龙门在其中,神物居其幽。往往一夕泊,晓不辨马牛[8]。龙堂洞壑夜,瑶天风雨秋[9]。嘤[10]予屡经历,不为风波愁。肃然慎前途,毋为二人忧[11]。

〔1〕龙门滩:在广西桂平黔江上。这首诗写其奇险之状。

〔2〕"西江"二句:写龙门滩形势险峻,有力使下游的西江流水为之倒流。西江,广西的浔江流至梧州和桂江合流,称为西江,它在龙门滩的下游。

〔3〕狞石:奇形怪状的石头。厥(jué决)角:其角,指石头的棱角。砺:磨。

〔4〕竹缆:牵船竹绳。袅(niǎo 鸟)袅:细弱摇动的样子。

〔5〕失势:这里指失去系船的力量,即竹缆断了。万钧:形容极重的物体。钧,三十斤。浮沤(ōu 鸥):水泡,指容易破碎。

〔6〕浔州:府名,治所在今广西桂平。两江水:指浔州的郁江和黔江。其北:指黔江北源从柳州导出。柳州:府名,治所在今广西柳州市。

〔7〕铜鼓滩:在黔江上。握:这里是掌握、控制的意思。相思洲:也在黔江上。

〔8〕神物:怪异的东西。幽:僻静的地方。不辨马牛:指往往一夕水涨岸阔,不辨物状。《庄子·秋水》:"秋水时至,百川灌河,泾流之大,两涘渚崖之间,不辨牛马。"此用其典。

〔9〕龙堂:传说中龙神所居的殿堂,这里指龙门滩中。瑶天:瑶地的天空,这里指桂平大瑶山一带瑶族居民区。

〔10〕繄(yì 易):助词,无义。

〔11〕二人:指父母。《诗经·小雅·小宛》:"明发不寐,有怀二人。"朱熹注:"二人,父母也。"

小 园 〔1〕

水影动深树,山光窥短墙。秋村黄叶满,一半入斜阳。幽竹如人静,寒花为我芳。小园宜小立,新月似新霜。

〔1〕这首诗写秋天在小园所见村景,从傍晚写到新月初升。

短歌行[1]

岁华殂落[2]心百忧,北风吹日西海头。死人待欲梦相语,我自不睡魂魄阻[3]。魂兮倘自乡里来,应有凄凉告娇女[4]。他时绪梦为耶说[5],断肠更胜吾梦汝。呜呼!三十八年年岁残,今年实欲无心肝[6]。

〔1〕这首诗作于乾隆四十九年(1784)冬,这年四月二十一日,作者妻子梁氏病亡,诗写悼亡之情。短歌行:乐府相和歌平调曲的曲名。
〔2〕岁华殂落:时光逝去,像草木的花叶凋落一样,这里指年底。
〔3〕死人:指亡妻。不睡:指伤心不能入睡。魂魄阻:魂魄不能在梦中相逢。
〔4〕乡里来:时作者客寓广东,故想象亡妻灵魂远自家乡来。告娇女:托梦给女儿。作者有两个女儿,妻亡时大女儿才六岁。
〔5〕绪梦:理出梦中头绪,即回忆梦中情况。耶:同"爷",作者自指。
〔6〕三十八年:这年作者三十八岁。实欲无心肝:形容伤心之至。

夜将半,南望书所见[1]

乍冷初冬密云黑,忽惊万丈曙霞红[2]。远知何处中宵火,低拜前头北海风[3]。五岭三年千里内,多时十室九家空[4]。

已怜泪眼啼饥尽,更使无归作转蓬[5]。

〔1〕这首诗作于乾隆五十二年(1787),作者客寓广东佛山,写所见火灾。

〔2〕万丈曙霞红:比喻火光。

〔3〕"远知"二句:《后汉书·儒林传》:"时县连年火灾,(刘昆)向火叩头,多能降雨止风。"诗暗用此典。北海风,自北面来的海风。这时在冬天,故称北风。

〔4〕"五岭"二句:写两广地区三年来遭受种种灾患,早已十室九空。五岭,见龚鼎孳《游七星岩》(四首选一)注〔5〕。

〔5〕转蓬:蓬草随风飘转,比喻人民受火灾后要流离飘泊。

黄景仁 十五首

黄景仁(1749—1783),字汉镛,一字仲则,江苏武进(今常州市辖区)人。乾隆三十年(1765)秀才。曾游安徽学政朱筠之幕。乾隆四十一年(1776),高宗东巡召试,列二等,授武英殿签书官。后纳资为县丞,未补官而卒。生平怀才不遇,生活穷困。诗多写牢愁抑塞之情,富倜傥不羁之气,语意清新沉挚,感染力强。洪亮吉评云:"如咽露秋虫,舞风病鹤。"(《北江诗话》)有《两当轩集》。

少年行[1]

男儿作健[2]向沙场,自爱登台不望乡。太白高高天尺五[3],宝刀明月共辉光。

[1] 这首诗表现从军少年的豪情。少年行:乐府杂曲歌辞旧题。
[2] 作健:鼓起勇气。乐府歌辞《企喻歌》:"男儿欲作健。"
[3] "太白"句:言意气之盛,如离天很近。太白,山名,在陕西眉县东南。"武功太白,去天三百。"此言山高;"城南韦杜,去天尺五。"此言豪门势大。均见《三秦记》。诗活用此二义。

别老母[1]

搴帏别母河梁去[2],白发愁看泪眼枯。惨惨柴门风雪夜,此时有子不如无[3]。

〔1〕这首诗是乾隆三十六年(1771)作者将离家赴安徽,写和老母告别的沉痛心情。

〔2〕搴(qiān牵)帏:掀开帘帏。河梁:李陵《与苏武诗》:"携手上河梁,游子暮何之?"后因用为送别地的通称。梁,桥梁。

〔3〕"此时"句:有子不能赡养,又增离别之痛,故说"不如无"。

舟夜寒甚,排闷为此[1]

春江异风候,今昔变炎凉[2]。袍少故人脱,棉余慈母装[3]。寒醒五更酒,浓压一篷霜。此际惟珍重,谁怜在异乡?

〔1〕这首诗是乾隆三十六年(1771)作者客游安徽途中作。排闷:排除烦闷。

〔2〕风候:气候。变炎凉:气候变化,和下句联看,似兼指人情冷暖。

〔3〕"袍少"二句:说客中感到交情淡薄,只有母恩深重。《史记·范雎列传》载范雎为秦相,魏须贾使秦,雎穿便服见他。贾怜其衣薄身寒,脱绨袍为赠。范雎说"绨袍恋恋,犹有故人之意",因释旧怨。慈母

装,用孟郊《游子吟》"慈母手中线,游子身上衣"意。

太白墓[1]

束发读君诗,今来展君墓[2]。清风江上洒然来,我欲因之寄微慕[3]。呜呼!有才如君不免死,我固知君死非死。长星落地三千年,此是昆明劫灰耳[4]。高冠岌岌佩陆离,纵横击剑胸中奇[5]。陶熔屈宋入大雅,挥洒日月成瑰词[6]。当时有君无着处,即今遗躅犹相思[7]。醒时兀兀醉千首,应是鸿蒙借君手[8]。乾坤无事入怀抱,只有求仙与饮酒[9]。一生低首惟宣城,墓门正对青山青[10]。风流辉映今犹昔,更有灞桥驴背客。此间地下真可观,怪底江山总生色[11]。江山终古明月里,醉魄沉沉呼不起。锦袍画舫寂无人,隐隐歌声绕江水[12]。残膏剩粉洒六合,犹作人间万余子[13]。与君同时杜拾遗,窆石却在潇湘湄[14]。我昔南行曾访之,衡云惨惨通九疑[15]。即论身后归骨地,俨与诗境同分驰。终嫌此老太愤激,我所师者非公谁[16]?人生百年要行乐,一日千杯苦不足。笑看樵牧语斜阳,死当埋我兹山麓[17]。

〔1〕这首诗是乾隆三十六年(1771)作者在太平(治今安徽当涂)知府沈业富署中作客时作,抒写对李白傲岸不羁之情的仰慕。太白:唐代伟大诗人李白,墓在当涂县青山西北麓。

〔2〕束发:男孩成童的时候。展:省,看望。

525

〔3〕因之:凭借着它(清风)。微慕:微薄的仰慕之情。

〔4〕"长星"二句:说李白是天上星辰降生,历劫返归天上。李阳冰《草堂集序》说李白降生之夕,"长庚入梦,故生而名白,以太白字之"。长庚,即太白星。昆明劫灰,指李白墓。《高僧传》:"昔汉武穿昆明池底,得黑灰,问东方朔,朔曰:'可问西域胡人。'后竺法兰既至,众人追以问之。兰云:'世界终尽,劫火洞烧,此灰是也。'"以上一段写拜墓。

〔5〕"高冠"二句:赞美李白,和战国时的伟大诗人屈原作比。屈原《离骚》:"高余冠之岌岌兮,长余佩之陆离。"岌岌,高的样子。佩,佩带的玉饰。陆离,光彩美盛的样子。击剑,李白《与韩荆州书》自述:"十五好击剑,遍干诸侯";"虽长不满七尺,而心雄万夫"。

〔6〕"陶熔"二句:写李白的才华和志趣,要把屈原、宋玉的成就陶铸熔化,以发扬大雅的诗歌传统。大雅,《诗经》的一种体裁。李白《古风》:"大雅久不作,吾衰竟谁陈?"挥洒,挥笔洒墨,指作诗。

〔7〕着处:安置的地方。遗躅(zhú 竹):遗迹。

〔8〕"醒时"二句:说李白诗篇都成于醉后,诗才高捷,像大自然借给他妙手一样。兀兀,勤勉不息的样子。醉千首,杜甫《饮中八仙歌》:"李白斗酒诗百篇。"鸿蒙,指大自然。

〔9〕"乾坤"二句:说天地间除饮酒、求仙两事外,别的都不放在心上。乾坤,天地。以上一段写李白的创作才能和性格。

〔10〕"一生"二句:说李白墓对谢朓所居的青山。低首,拜服,倾倒。谢宣城,指南朝齐诗人谢朓,字玄晖,曾任宣城(治今安徽宣城)太守。谢朓曾在青山住过,李白仰慕谢朓,诗中常提到他。所以王士禛《论诗绝句》也说李白"一生低首谢宣城"。

〔11〕"风流"四句:说谢朓、李白的流风余韵至今为人景仰,何况附近还有贾岛的墓地,这里地下的人才盛多,无怪江山如此出色。驴背客,指唐代诗人贾岛,字阆仙,墓在当涂县南。灞桥,唐长安东边灞水上桥

名。"贾岛赴举至京(长安),骑驴赋诗"。见《唐诗纪事》。怪底,这里是难怪之意。

〔12〕"锦袍"二句:相传"李白着宫锦袍,游采石江中,傲然自得,旁若无人。因醉,入水中捉月而死"。见《唐摭言》。

〔13〕"残膏"二句:说李白留传下来的作品遍布天下,犹能作育成千上万的诗人。残膏剩粉,《新唐书·杜甫传》:"残膏剩馥(香),沾丐后人多矣。"洒六合,沾洒天地间。作,振起。以上一段再就墓前感触,抒写对李白的仰慕。

〔14〕"与君"二句:杜拾遗,指杜甫。他在唐肃宗至德二载(757)曾做过左拾遗。窆(biǎn 贬)石,古代埋葬时用来导引棺材下隧的石头。这里代指杜甫的葬地。潇湘湄,相传杜甫死于耒阳,所以湘江东边的耒阳县有杜甫墓。实际上杜甫死后,停棺湖南岳阳,后来他的孙子把他移葬河南偃师首阳山下。

〔15〕衡云:湖南衡山之云。九疑:山名,在今湖南宁远县南。这二句写耒阳杜甫墓的惨淡景象。

〔16〕此老:指杜甫。公:指李白。

〔17〕以上一段就所见李、杜墓地的不同情况,联想到李、杜的不同性格和创作风格,再申对李白的仰慕。

虞忠肃祠[1]

毡帐如云甲光黑,饮马完颜至江北[2]。六州连弃两淮墟,半壁江东死灰色[3]。雍公仓卒来犒师,零星三五残兵随。勤王一呼草间集,督军不来来亦迟[4]。万八千人同一泣,卓然

527

大阵如山立[5]。海陵走死贼臣诛,顺昌以来无此捷[6]。降旗斫倒十丈长,六飞安稳回建康[7]。此时长驱有八可,以筯画地言琅琅[8]。不可与言言不必,肯复中原岂今日[9]?五路烽烟百战平,三巴门户崇朝失[10]。即今青史尚余悲,即今战处留荒祠。寒芦半没杨林口[11],白浪犹冲采石矶。江淮制置亦人杰,下流观望何无策[12]!再造居然赖此人,不是儒生敢轻敌[13]。肃爽须眉一代雄,谁令遗骨老蚕丛[14]。招魂纵有归来日,应在吴山第一峰[15]。

〔1〕这首诗歌颂虞允文采石矶之战的功绩,是乾隆三十六年客安徽学政朱筠幕中时作。虞忠肃,即虞允文,祠在安徽当涂牛渚山下的采石矶。

〔2〕"毡帐"二句:绍兴三十一年(1161)九月,金完颜亮南侵,宋淮东刘锜、淮西王权,相继战败。十一月,亮率大军至采石矶。毡帐,古代北方游牧民族居住的帐幕。饮(yìn 印)马,用为胡骑临江的代词。"胡马饮江水",见《宋书·臧质传》。

〔3〕"六州"二句:指金兵攻破庐州(治今安徽合肥)、和州(治今安徽和县)等六州,淮东、淮西陷落,南宋半壁江山,岌岌可危。

〔4〕"雍公"四句:《宋史·虞允文传》:"命允文往芜湖,趣(促)(李)显忠交(王)权军,且犒师采石。……至采石,权已去,显忠未来。敌骑充斥,我师三五星散,解鞍束甲坐道旁,皆权败兵也。允文谓坐待显忠则误国事,遂立招诸将,勉以忠义。"仓卒(cù 促),匆促。犒师,用酒食劳军。勤王,为朝廷效力。草间,指散伏草间的败兵。督军,指李显忠。

〔5〕"万八千人"二句:《虞允文传》:"时敌兵实四十万,马倍之;宋军才一万八千。允文乃令诸将列大阵不动。"

〔6〕"海陵"二句：说采石之战是顺昌战役后又一次大捷。海陵，完颜亮死后被降封为海陵王，他在采石败后为其部下所杀。贼臣，指梁汉臣，曾劝完颜亮渡江南侵，兵败后为完颜亮所斩。顺昌，宋府名，府治在今安徽阜阳市。绍兴十年（1140）金兵围顺昌，为宋将刘锜所败。

〔7〕"降旗"二句：谓采石之捷，使宋室免于投降。斫，砍。六飞，指皇帝车驾。《虞允文传》载采石之捷后，"明年正月，上（高宗）至建康。"又载金兵在江北，"植绛旗二，绣旗二。"诗中"降旗"疑为"绛旗"之误。

〔8〕"此时"二句：《虞允文传》："允文入对，言今日有八可战。上问及弃地，允文以笏画地，陈其利害。"笏（hù 户），古代朝臣上朝所带的手板。

〔9〕"不可"二句：说宋高宗是不可和他论恢复之事的人，他如果有决心恢复中原，也不用等到今日了。

〔10〕"五路"二句：《虞允文传》："允文至蜀，与大将吴璘议经略中原。璘进取凤翔，复巩州。金治兵争陕西新复州郡，蜀士欲弃之，允文持不可。孝宗受禅，朝臣有言西事者，谓官军进讨，东不可过宝鸡，北不可过德顺；且欲用忠义人守新复州郡，官军退守蜀口。允文争之不得，吴璘遂归河池。……允文再上疏，大略言：恢复莫先于陕西，陕西五路新复州县，又系于德顺之存亡，一旦弃之，则窥蜀之路愈多。"诗句指此。三巴门户，即指陕西新复州郡。三巴，指蜀。崇朝，这里作"一朝"解释。

〔11〕杨林口：即杨林渡，在安徽和县东。采石矶之战，虞允文派水军堵截住杨林口。《通鉴地理通释》："和州东二十里，有西采石，其下为杨林渡。"

〔12〕"江淮"二句：指刘锜的观望退却。完颜亮南侵时，刘锜为江淮浙西制置使，节制诸路军马，引兵退守扬州。

〔13〕"再造"二句：再造，指把国家从危难中拯救出来。此人、儒生，指虞允文。

〔14〕"肃爽"二句:肃爽须眉,气宇轩昂的意思。令,使。蚕丛,古代传说中蜀王的名字,这里指四川。虞允文前后在四川很久,一度入朝拜相,其后又出为四川宣抚使,并死在四川。

〔15〕吴山:在今杭州。完颜亮南侵,准备攻进南宋都城后,要在吴山上题"立马吴山第一峰"诗句。这两句说虞允文战功高,忠心耿耿,魂魄归来,也不忘故都。

安庆客舍[1]

月斜东壁影虚龛,枕簟清秋梦正酣[2]。一样梦醒听络纬[3],今宵江北昨江南。

〔1〕安庆:今安徽安庆市。诗写虫声如旧,而行踪已易的作客之感。
〔2〕影虚龛:影,作动词用,映照。龛(kān 刊),寺塔下小室或安置佛像的木橱。这里是泛指小室。簟(diàn 电):竹席。
〔3〕络纬:虫名,即莎鸡,一般叫做络丝娘。

富阳[1]

晓天曈曈江漠漠,估帆四开估客乐[2]。樟亭[3]饮来酒未消,已在富春城下泊。潮来直浸城根平,城门昼开闻市声。人居此间亦何好?水光山色餐不了。沙头愁杀捕鱼人,捕得鱼多卖钱少。

〔1〕富阳:在今浙江省。
〔2〕曈(tóng 童)曈:太阳初出的样子。漠漠:空阔。估客:商人。
〔3〕樟亭:地名,在杭州附近。

新安滩[1]

一滩复一滩,一滩高一丈。三百六十滩,新安在天上。

〔1〕浙江自桐庐以上,一直到安徽歙浦,皆名新安江,中有滩三百六十。江西万安的《上滩谚》:"一滩高一丈,南安在天上。"疑即此诗所本。

癸巳除夕偶成[1](二首)

千家笑语漏迟迟,忧患潜从物外知[2]。悄立市桥人不识,一星如月看多时。

年年此夕费吟呻,儿女灯前窃笑频[3]。汝辈何知吾自悔,枉抛心力作诗人[4]。

〔1〕这两首诗是乾隆三十八年(1773)癸巳作者自安徽归里后作,写除夕中的寂寞、抑郁心情;结句不是真正的"自悔",是愤激语。

〔2〕漏:即漏壶,古代计时的仪器。迟迟:指时间慢慢流逝。潜:暗暗地。物外知:从时间流逝、外物变迁中感觉出来。

〔3〕吟呻:咏诵的声音,指作诗。窃:私自,暗中。频:屡次。

〔4〕枉抛:空费。

将之京师杂别[1](六首选一)

翩与归鸿共北征,登山临水黯愁生[2]。江南草长莺飞日[3],游子离邦去里情。五夜壮心悲伏枥,百年左计负躬耕[4]。自嫌诗少幽燕气[5],故作冰天跃马行。

〔1〕这首诗是乾隆四十年(1775)作者将往北京与亲友告别的杂诗之一,结联表示北行有助于自己诗格向豪壮处发展。

〔2〕"翩与"句:翩然和回归北方的鸿雁共同北行。征,行。登山临水:宋玉《九辩》:"登山临水兮送将归。"

〔3〕"江南"句:丘迟《与陈伯之书》:"暮春三月,江南草长,杂花生树,群莺乱飞。"

〔4〕"五夜"二句:说为了壮志未酬而有此行,但终负归隐躬耕之计。五夜,五更,指通宵。伏枥(lì力),曹操《步出夏门行》诗:"老骥伏枥,志在千里。烈士暮年,壮心未已。"枥,马槽。百年,一生。左计,下策。负,辜负。躬耕,亲自从事农业劳动。诸葛亮《出师表》:"臣本布衣,躬耕南阳。"

〔5〕幽燕气:指北方慷慨悲歌之气。韩愈《送董邵南序》:"燕赵古称多慷慨悲歌之土。"幽,古幽州地,今辽宁一部分及河北地区。燕,古燕

国境,在今河北。

献县汪丞坐中观伎[1]

主人怜客困行李,开觞命奏婆猴伎[2]。一人锐头颇有髯,唤到筵前屹山峙[3]。顉颐解奏偃师歌,敛气忽喷尸罗水[4]。吞刀吐火无不为,运石转丸惟所使。上客都忘叶作冠,寒天倏有莲生指[5]。坐令棐几湘帘旁,若有万怪来回皇[6]。人心狡诡何不有,尔为此伎真堂堂[7]!此时四坐群错愕,主人劝醉客将作[8]。忽然阶下趋奚奴,瞥见中庭飞彩索[9]。少焉有女颜如花,款闼循墙来绰约[10]。结束腰躯瘦可怜,翻身便作缘竿乐[11]。初凝微睇搴高纼[12],欲上不上如未能。失势一落忽千丈,翩然复向空中腾。下有一髯挝画鼓,枨枨节应竿头舞[13]。蓦若惊鸢堕水来,轻疑飞燕从风举[14]。腹旋跟挂态出奇,踏摇安息歌愈苦[15]。吁嗟世路愁险艰,尔更履索何宽然!鼓声一歇倏堕地,疾[16]于投石轻于烟。依然娟好一女子,不闻兰气吁风前[17]。我闻西京盛百戏[18],此虽杂乐犹古意。石虎休夸马伎书,杜陵雅爱公孙器[19]。螭鹄鱼龙亦偶成,戏耳何必荡心气[20]。狂来径欲作拍张[21],我无一伎争其长。十年挟瑟侯门下,竟日驱车官道旁[22]。笑语主人更觞客,明朝此际孤灯驿[23]。

〔1〕这首诗是乾隆四十年(1775)作者赴京途经献县作,写杂技艺

人的表演技术。献县：在今河北省。丞：县丞，县令的副职。伎：同"技"，耍杂技。

〔2〕行李：此处用作"行旅"。奏：表演。婆猴伎：杂技。《拾遗记》："成王即政七年，有扶娄国，其人善机巧。于时乐府皆传此伎，俗谓之婆罗伎，即扶娄之音讹也。"

〔3〕锐头：尖头。髯（rán然）：胡须。屹（yì役）山峙：形容其人高大。

〔4〕偃师：人名。《列子·汤问》："周穆王时，有巧工名偃师者，为木偶，灵动如生人。钦其颐，则歌合律。"钦（qīn钦）：动。敛气：收气。尸罗：见袁枚《同金十一沛恩游栖霞寺望桂林诸山》注〔8〕。

〔5〕"吞刀"四句：描写杂技表演的内容。叶作冠，《幽明录》："安开者，安成之俗巫也，善于幻术。时王凝之为江州，伺王当行，阳为王刷头，簪荷叶为帽与王著，当时亦不觉帽之有异。到座之后，荷叶乃见，举座惊骇，王不知。"

〔6〕坐令：致使。棐（fěi匪）几：用棐木做的几子。湘帘：用湘竹做的帘子。来回皇：出没不定。《后汉书·西羌传论》："谋夫回遑，猛士疑虑。"

〔7〕堂堂：高强之意。

〔8〕错愕：惊愕。作：起。

〔9〕奚奴：奴仆，这里指作奴仆打扮的耍杂技人。奚，"奴"的同义词。瞥（piē撇）见：闪眼而见。彩索：染色的绳子。

〔10〕少焉：片刻。款闼（tà挞）：叩门。循墙：沿墙边走。绰约：柔美的样子。

〔11〕结束：装束。缘竿乐：爬竿的杂耍。

〔12〕睇（dì递）：斜视。搴高絚（gēng耕）：用手攀着高横的绳索。《通考·乐考》："梁三朝伎，谓之高絚，或曰戏绳，今谓之踏索焉。"絚，粗

534

绳索。

〔13〕一髯:一个长胡须的人。挝(zhuā抓):打鼓。枨(chéng 成)枨:本指弦索声,此指鼓声。节应:节拍呼应、配合。

〔14〕蓦(mò莫):突然,这里有迅捷的意思。鸢(yuān 冤):老鹰。举:起飞。

〔15〕跟挂:脚跟挂在绳上。踏摇:踏摇娘,唐舞曲名。安息:十六国后赵石虎时乐名,见《邺中记》。

〔16〕疾:快。

〔17〕娟(juān捐):秀丽。兰气:吹气如兰,形容女子呼出的气息。吁(xū需):通嘘,呼吸。

〔18〕西京:西汉都城长安。百戏:汉张衡《西京赋》描写长安的"角抵戏",亦称"百戏",就是耍杂技。

〔19〕石虎:字季龙,后赵的国君。马伎书:《邺中记》:"石虎衣(装扮)伎儿作猕猴之形,走马上,或在胁,或在马头,或在马尾。马走如故,名为猿骑。"又《晋书·石季龙载记》载石虎"常以女骑一千为卤簿……(虎)游于戏马观,观上安诏书五色纸,在木凤之口,鹿卢回转,状若飞翔焉。"杜陵:指杜甫。雅爱:很爱。公孙器:杜甫有《观公孙大娘弟子舞剑器行》赞美公孙大娘及其弟子的舞技。

〔20〕螭(chī痴)鹄鱼龙:指幻术表演的内容。戏耳:游戏而已。荡:震动。

〔21〕拍张:一种武戏。《南史·王敬则传》:"善拍张",宋帝"使跳刀,接无不中"。

〔22〕挟瑟侯门:自叹多年在贵人门下作客。梁简文帝《率尔为咏》:"挟瑟曾游赵。"竟日,整天。

〔23〕"笑语"二句:请主人再举酒劝客,明日此时,我已在孤灯照影的驿站了。

都门秋思[1]（四首选一）

五剧车声隐若雷,北邙惟见冢千堆[2]。夕阳劝客登楼去,山色将[3]秋绕郭来。寒甚更无修竹倚,愁多思买白杨栽[4]。全家都在风声里,九月衣裳未剪裁。

〔1〕这首诗作于乾隆四十二年(1777),这一年作者的家眷搬住北京,诗写其贫困、孤寂之愁。都门:指北京。

〔2〕五剧:四通八达的热闹街市。卢照邻《长安古意》:"南陌北堂连北里,五剧三条控三市。"隐:隐隐,车声。北邙:本洛阳山名,多陵墓。这里指坟地。

〔3〕将:带。

〔4〕"寒甚"二句:写飘泊天涯的愁思。杜甫《佳人》:"天寒翠袖薄,日暮倚修竹。"白杨,《古诗十九首》:"白杨多悲风,萧萧愁杀人。"

圈虎行[1]

都门岁首陈百技,鱼龙怪兽罕不备[2]。何物市上游手儿,役使山君作儿戏[3]？初昇虎圈来广场,倾城观者如堵墙[4]。四围立栅牵虎出,毛拳耳戢气不扬[5]。先撩虎须虎犹帖,以棓卓地虎人立[6]。人呼虎吼声如雷,牙爪丛中奋身入[7]。虎口呀开大如斗,人转从容探以手。更脱头颅抵虎口,以头饲虎虎不受,虎舌舐人如舐㝉[8]。忽按虎脊叱使行,虎便逡巡绕阑走。翻身踽地蹴冻尘,浑身抖开花锦茵[9]。盘回舞势学胡旋[10],似张虎威实媚人。少焉仰卧若佯死,投之以肉霍然起。观者一笑争酾钱[11],人既得钱虎摇尾。仍驱入圈负以趋,此间乐亦忘山居。依人虎任人颐使,伴虎人皆虎唾余[12]。我观此状意消沮,嗟尔斑奴亦何苦[13]!不能决蹯尔不智,不能破槛尔不武[14]。此曹一生衣食汝,彼岂有力如中黄,复似梁鸳能喜怒[15]?汝得残餐究奚补!伥鬼羞颜亦更主[16]。旧山同伴倘相逢,笑尔行藏不如鼠。

〔1〕这首诗是乾隆四十五年(1780)作,因在北京观看虎戏,而有感于那些失身降志,甘心受人摆布并以"媚人"者的可悲。

〔2〕岁首:年初。陈百技:表演各种技、戏。陈,陈列。鱼龙怪兽:幻术表演。《汉书·西域传赞》:"极曼衍鱼龙角抵之戏,以观视之。"

〔3〕何物:哪儿来的,表惊叹意。山君:老虎。虎为山中百兽之长,故称山君。

〔4〕舁(yú余):抬。圈(juàn倦):关鸟兽的栏栅。倾城:空城,满城。堵墙:围墙。

〔5〕"毛拳"句:毛卷耳垂、萎靡不振的样子。拳:卷曲。戢:收敛。

〔6〕撩(liáo僚):挑弄。帖:帖服。棓(bàng棒):同"棒"。卓:直立。人立:作人站立的姿态。

〔7〕奋身入:耍虎戏的人奋身和虎相戏。

〔8〕如舐㝉(gòu垢):像舔它所喂养的小虎。㝉,乳养。

〔9〕蹴冻尘:指虎脚踢冰冻的地面。花锦茵:染色的锦毯,比喻老虎的皮毛。

〔10〕盘回:旋转。胡旋(xuàn 泫):舞名,亦称踏球戏。见《乐府杂录》。

〔11〕醵(jù 距)钱:集钱,指投钱。

〔12〕颐使:口不说话,只动颐(颔下)示意。唾(tuò 拓)余:吃老虎吃剩的,指靠虎为生。一说指耍戏者是老虎所没有吃掉的。唾,口水。

〔13〕消沮:消沉,沮丧。嗟尔:可叹汝。斑奴:指虎。

〔14〕决蹯(fán 凡):裂脚。蹯,兽的脚掌。《战国策·赵策》:"人有置系蹄者而得虎,虎怒,决蹯而去。虎之情,非不爱其蹯也,然不以环寸之蹯,害七尺之躯者,权也。"槛:栏栅。不武:不勇敢。

〔15〕此曹:此辈,指耍虎戏的人。衣食汝:衣食都靠你。中黄:古代传说中的力士,能搏虎,见《尸子》。梁鸯:周宣王的牧正(管畜牧的官吏),善驯养禽兽,见《列子》。能喜怒:能控制野兽的喜怒。

〔16〕奚补:何补,何用。伥(chāng 昌)鬼:古时迷信传说,被老虎吃掉的人,鬼魂替老虎作前导,更吃他人,叫做"虎伥"。

春兴

夜来风雨梦难成,是处溪头听卖饧[1]。怪底桃花半零落,江村明日是清明。

〔1〕是处:到处。听:读去声。饧(xíng 形):饴糖。《荆楚岁时记》:"寒食造饧。"

孙星衍 一首

孙星衍(1753—1818),字伯渊,号渊如,江苏阳湖(今常州)人。乾隆五十二年(1787)进士,授翰林院编修,历官山东督粮道、布政使。告病辞官归,主讲泰州安定、绍兴蕺山书院。早年有诗名,后专治经史、文字、音训、校勘之学。有《芳茂山人诗录》。

宿江上[1]

朝行空江中,暮宿空江里。江头一痕山,日入化烟水[2]。波心月出天荡摇,欲上不上知天高[3]。游鱼吹沙作飞雨,露气逼树分秋毫[4]。橹声咿哑[5]若惊雁,人语冲寒不能辨。横洲镫影红万条,接舵水纹明一线[6]。渔歌入梦心四飞,忽复梦断歌声微。舟人摇客梦中去,魂在寒江醉吟处[7]。

[1] 这首诗是作者青年时代的作品,大约作于乾隆四十年(1775)前后。诗写江上的夜景,层次井然,意象新颖。

[2] "江头"二句:写暮色四合,江头山形渐次模糊,而隐入苍茫的江面雾气中。

[3] "波心"二句:分别写水中与天上的月亮。说月轮倒映波心,天影在水中摇荡;新月初升,欲上而未到上空,由此可知天空之高。

〔4〕"游鱼"二句:说游鱼喋喋,仿佛雨打江面;江边秋露凝树,暮霭收敛,月色格外皎洁。吹沙,《尔雅》"鲨鮀"注:"今吹沙也。"疏:"鱼狭而小,尝张口吹沙,故曰吹沙。"

〔5〕咿哑(yā鸦):桨声。韩偓《南浦》诗:"两桨咿哑过花坞。"

〔6〕"横洲"二句:说水滨的灯火照入江中,像万条红光在荡漾;船舵接水之处,水面起了一道明亮的水脊。

〔7〕"渔歌"四句:前二句写在隐约的渔歌声中,自己思绪无定,朦朦胧胧地睡去;后二句写船儿轻轻摇晃,好似要把乘船人摇入梦乡。

法式善 一首

法式善(1753—1813),字开文,号吋帆,又号梧门,蒙古族人,乾隆四十五年(1780)进士,官至侍讲学士。诗学王孟韦柳,工五言,王昶评云:"质而不癯,清而能绮。"(《蒲褐山房诗话》)有《存素堂集》。

宝珠洞[1]

行到翠微顶,翠微全在下[2]。峭壁不洗濯,孤青自淡冶[3]。山声石上来,暮色天际写[4]。土灶燃松柴,放出烟一把。

[1] 宝珠洞:在北京西郊翠微山,为山中名胜之一。诗以闲淡的笔调写洞前景物。

[2] 翠微:上句指山,下句指山色。

[3] 淡冶:绿意不浓。"春山淡冶而如笑",见《画品》评郭熙所画山。

[4] 写:同"泻"。

杨芳灿 一首

杨芳灿(1754—1816),字才叔,号蓉裳,江苏金匮(今无锡)人。乾隆四十二年(1777)拔贡生,官灵州知府、户部员外郎。工诗词,法式善称"其诗错采镂金,惊才绝艳"(《梧门诗话》)。有《芙蓉山馆诗稿》。

暮雨曲

湿云如梦柳毵毵[1],花落莺啼酒半酣。独倚阑干听暮雨,吴娘水调满江南[2]。

〔1〕毵(sān 三)毵:细长貌,孟浩然《高阳池》:"绿岸毵毵杨柳垂"。
〔2〕"独倚"二句:白居易《寄殷协律》:"吴娘暮雨萧萧曲,自别江南更不闻。"自注:"江南吴二娘曲词云:暮雨萧萧郎不归。"句中化用其意。水调,曲调名,《才调集》:"(杜牧《扬州诗》)谁家唱水调,明月满扬州。"注:"炀帝开汴渠成,自作《水调》。"唐商调曲有《水调》多种,此指萧二娘所唱曲词。

伊秉绶 一首

伊秉绶(1754—1815),字组似,号墨卿,福建宁化人。乾隆五十四年(1789)进士,官广东惠州、江苏扬州知府。工隶书。有《留春草堂诗钞》。

扬州[1]（三首选一）

扬州绿杨郭[2],十室九歌舞。舟荡邯郸倡,市列洛阳贾[3]。岂知郭外民,避荒饱风雨。浊沟藜藿慕,高门酒肉腐[4]。老不如凫翁,幼不如童羖。凫翁畅春波,童羖习草土[5]。居民咸我知,客民亦我与。思欲绘图献,博济病自古[6]。感此不能食,长叹究何补!

〔1〕这首诗是作者在扬州知府任内作,感叹自己不能救济郊区的贫民。

〔2〕绿杨郭:扬州多杨柳。参看王士禛《送张杞园待诏之广陵》(二首选一)。

〔3〕"舟荡"二句:扬州是当时商业中心,城内多妓院,为官僚豪商的冶游场所。邯郸倡,古乐府有"上有双樽酒,作使邯郸倡"之句。

〔4〕"浊沟"二句:说穷人连充饥的野菜都得不到,而豪富家中酒肉

臭腐。浊沟,指居住在贫民窟的人民。

〔5〕"老不"四句:写贫民生活老的不如水鸟,幼的不如羊羔;水鸟还可畅游春水,羊羔还有草可吃。凫,水鸟。羖(gǔ古),黑色的公羊。

〔6〕"居民"四句:意思是自己做地方官,对当地人和客籍人都同样看待,想把贫民苦难的情况向上级报告,但使人民生活普遍好起来的愿望从来都办不到。绘图献,用宋郑侠绘"流民图"献给宋神宗的典故。博济,《论语·雍也》:"博施济众,尧舜其犹病诸。"病,难。

王芑孙 一首

王芑孙(1755—1817),字念丰,号惕甫,又号铁夫,江苏长洲(今苏州)人。乾隆五十三年(1788)举人,官华亭教谕。诗出入韩愈、孟郊,颇瘦硬清迥,以五言古为著。有《渊雅堂编年诗稿》。

官道柳[1]

临清官道柳[2],采掇有饥妇。年年旱魃杀五谷,客米千钱仅一斗[3]。有饭柳作齑[4],无饭柳作糜。阿夫河南趁工死,妇食老姑兼哺儿[5]。春风飘飘春已深,枝叶老梗伤人心。

〔1〕官道柳:大路边的柳树。诗写饥民以柳叶维持生命的悲惨境遇。

〔2〕临清:今山东省临清市。

〔3〕旱魃(bá 拔):传说能致旱灾的怪物。客米:外地运来的米。

〔4〕齑(jī 基):捣碎的姜、蒜、菜等。

〔5〕趁工:帮工,赶工。食(sì 饲):养。

宋　湘 五首

宋湘(1757—1827),字焕襄,号芷湾,广东嘉应(今梅州市梅县区)人。嘉庆四年(1799)进士,历官云南曲靖、广南、永昌知府,湖北粮道。诗善用古诗笔法写近体,倜傥豪放,自具风格。有《红杏山房诗钞》。

河南道中书事感怀[1]（五首选二）

十日河南路,年荒不忍看。青苗牧藁易,黄土葬人难[2]。不雨自何日?有田同一叹[3]。草根能几把?过客亦登盘[4]。

亦知死不远,且复望生逃。道殣无人哭,春犁有梦操[5]。乞钱中妇跽[6],贱卖小儿呼。恨不冥闻见,人间竟尔曹[7]!

〔1〕这两首诗是嘉庆十八年(1813)作者由翰林出守云南,途经河南作,写河南旱灾的悲惨情状,真切沉痛。
〔2〕"青苗"二句:写禾苗多干枯;死的人多,难以安葬。藁(gǎo稿),干草。
〔3〕叹:此字及第二句"看"字皆读平声。
〔4〕"草根"二句:写过路客人,盘中也兼放草根当粮食。

〔5〕"道踣"二句:写路上荒凉死寂,不但没有耕者,连哭死者的人声都听不到;操犁耕作,已成梦中之事。踣(bó勃),倒毙。亦泛指死亡。

〔6〕中妇:这里泛指家庭主妇。古乐府《长安有狭斜行》:"大妇织绮纻,中妇织流黄。小妇无所为,挟琴上高堂。"

〔7〕"恨不"二句:恨不能消除见闻,接触不到悲惨情状。竟尔曹,人世间竟然有像你们(尔曹)灾民这样痛苦的人。

舟中读范文正公《岳阳楼记》[1]

连朝风浪阻征期,三尺篷窗一酒卮。遣闷无如开卷好,对公真悔读书迟。先忧后乐何人语?去国怀乡此日知[2]。饘粥文章天下任,教人长忆秀才时[3]。

〔1〕这首诗是嘉庆十八年(1813)赴云南,泊舟湖南岳阳城外作,抒写对于北宋著名政治家范仲淹的景仰之情。范文正,范仲淹谥号,他作有《岳阳楼记》。

〔2〕"先忧"二句:《岳阳楼记》写当风雨连朝、"日星隐曜,山岳潜形"之时,登楼的人,便有"去国怀乡……感极而悲"之情;又说当"春和景明,波澜不惊,上下天光,一碧万顷"之际,登楼的人,则有"心旷神怡,宠辱皆忘"之情。而能"不以物喜,不以己悲"的"仁人",则当"先天下之忧而忧,后天下之乐而乐"。表现了范仲淹的高尚怀抱;而作者此时遇风浪停舟,更体会到文中所写的"去国怀乡"的情境。

〔3〕"饘(jī基)粥"二句:《宋史》本传说范仲淹"以天下为己任",欧阳修为他作《神道碑》,说他少年时,即"慨然有志于天下"。宋彭乘《墨客挥犀》记范仲淹少年贫苦,在僧舍读书三年,每天煮稀粥凝成四

块,早晚取二块为食,"断虀十数茎,酢汁半盂,入少盐,暖而啗之。"虀,捣碎的韭、蒜等。秀才时,指范仲淹未中进士只是秀才身份时。

入洞庭[1]

客自长江入洞庭,长江回首已冥冥[2]。湖中之水大何许?湖上君山终古青[3]。深夜有人觞正则,孤舟无酒酹湘灵[4]。灯前欲读悲秋赋,又恐鱼龙跋浪听[5]。

〔1〕这首诗也是嘉庆十八年赴云南途中,舟入湖南洞庭湖时作。
〔2〕冥冥:暗淡看不清。
〔3〕大何许:多少大。君山:洞庭湖中的山。
〔4〕正则:屈原名,见《楚辞·离骚》。湘灵:湘水水神,指《楚辞·九歌》中所写的湘君、湘夫人。觞、酹,皆指用酒祭奠。
〔5〕悲秋赋:指《楚辞》中宋玉所作《九辩》,有"悲哉秋之为气也"句;又《九歌·湘夫人》有"袅袅兮秋风,洞庭波兮木叶下"句,作者过洞庭而联想在一起。鱼龙跋浪听:语本杜甫《短歌赠王郎司直》:"鲸鱼跋浪沧溟开。"跋浪,踩浪。

自作[1](三首选一)

自作滇南吏,匆匆忽十年。举头何处月?此地百回圆[2]。结屋山花里,买舟春水前[3]。兹怀何日遂,东望转茫然。

〔1〕这题诗道光三年(1823)作于云南,每首起句都是"自作滇南吏",取头二字为题。滇,云南简称。

〔2〕百回圆:见月圆百回,以指在滇十年。

〔3〕"结屋"二句:指想在春水上涨前买舟东下、解官隐居的心情。

李銮宣 一首

李銮宣(1758—1817),字伯宣,号石农,山西静乐人。乾隆五十五年(1790)进士,嘉庆间官至云南巡抚。有《坚白石斋诗集》。

推车谣

只轮车,双足趼[1]。夫为推,妇为挽。老妪稚子坐两头,黄土满身泪满眼。问从何处来?曰从山东来。问从何处去?乞食远方去。车上何所有?破毡裹敝帚。车中何所施[2]?草根兼树皮。欲行不行行蹒跚[3],昨日今日并无粒米餐。长跽乞怜,求施一钱;一钱不救君饥寒。只轮车,车转毂[4],老妪呜呜抱儿哭:"卖汝难抛一块肉,不如老妪经沟渎[5]。"

〔1〕只轮:独轮。趼(jiǎn 减):脚上起茧。
〔2〕何所施:"放什么"的意思。
〔3〕蹒跚(pánshān 盘删):腿脚不灵便,走路瘸拐的样子,这里形容走不动路。
〔4〕毂(gǔ 谷):车上连接两轮轴心的圆木。
〔5〕经:自经,自杀。沟渎(dú 独):沟渠。

孙原湘 七首

孙原湘(1760—1829),字子潇,号心青,江苏昭文(今常熟)人。嘉庆十年(1805)进士,授翰林院庶吉士,充武英殿协修官。诗与舒位、王昙齐名,法式善作《三君咏》赠之,人称"后三家"(前三家指袁枚、蒋士铨、赵翼)。诗"以才气写性灵,能以韵胜"(《清史稿》)。有《天真阁集》。

牧歌[1]

上牛坐,伏牛卧,牧童光阴牛背过。牛尾秃速[2]牛角弯,牛肥牛瘠心先关。母呼儿饭儿不饭,人饿须知饲牛晚。放之平泉[3],以宽牛劳;浴之清浅[4],以息牛喘。牛能养人识人意,一牛全家命所寄。阿爷牵牛去输租,劝爷卖牛宁卖吾。

〔1〕这首诗写一个牧童对所牧耕牛的爱护,侧面反映了农民生活的艰困。

〔2〕秃速:毛短而稀的样子。

〔3〕平泉:指平原有水草的地方。

〔4〕清浅:不深的清水。

登白云栖绝顶[1]

一峰插云云不穿,云中忽漏山左肩。一峰穿云欲上天,乱云又复蒙其巅。峰低峰昂云作怪,云合云离变山态。殷勤挽山入云中,倏忽推山出云外。隔云看山山不青,入山看云云无形。但觉雨疏疏,烟冥冥。不知深林积翠外,白日自在空中行。我径拨云出其顶,始觉云高不如岭。足踏云头万朵飞,下方看作青霄影。

〔1〕这首诗细致地描写白云栖山顶云气的变化,语言浅显而构思新奇。白云栖:庙名,在江苏常熟西北的虞山上。

吴中[1]

梧宫梧叶响萧萧,王醉王醒暮复朝[2]。敌国已深尝胆恨,倾城只觉捧心娇[3]。非关鸟喙能为沼,谁遣鸱夷怒作潮[4]。父夺江山儿断送,九原都愧见王僚[5]。

〔1〕吴中:指今江苏苏州市,是春秋时吴国的都城。诗咏吴王夫差史事。

〔2〕梧宫:任昉《述异记》:"梧桐园在吴,夫差旧园也,一名琴川;梧园宫在句容县,古乐府云:'梧宫秋,吴王愁'是也。"

〔3〕"敌国"二句:说越人已在苦心求复仇,吴王却沉迷于西施的美色。尝胆,《史记·越王勾践世家》:"越王勾践反国,乃苦身焦思,置胆于坐,坐卧即仰胆,饮食亦尝胆也。曰:女(你)忘会稽之耻邪?"倾城,美人,指西施。捧心,《庄子·天运》:"西施病心而矉其里,其里之丑人见而美之,归亦捧心而矉其里。"

〔4〕"非关"二句:说并非勾践能灭吴,而是吴王犯了杀害忠臣的错误,自取灭亡。鸟喙(huì 晦),指勾践。《史记·越王勾践世家》:"越王为人长颈鸟喙,可与共患难,不可与共乐。"为沼,指灭亡吴国,废其地为池沼。《左传》哀公元年载伍员谏阻吴王接受越王求和,吴王不听,"(伍员)退而告人曰:'越十年生聚,而十年教训,二十年之外,吴其为沼乎!'"鸱夷作潮,指吴王杀害伍员事。见吴伟业《伍员》注〔1〕。

〔5〕"父夺"二句:夫差吴王的王位,是由其父刺杀吴王僚而夺得的,而吴国被他断送,地下将愧见吴王僚。事见《史记·吴世家》。

歌风台[1]

韩彭戮尽淮南反,泣下龙颜慷慨歌[2]。一代大风从此起,四方猛士已无多[3]。英雄得志犹情累,富贵还乡奈老何[4]!此去关中莫回首,只应魂魄恋山河[5]。

〔1〕歌风台:在今江苏沛县,相传是汉高祖刘邦唱《大风歌》的地方。这首诗写刘邦为巩固汉王朝而处心积虑的举措。

〔2〕"韩彭"二句:《史记·高祖本纪》:"(汉高祖十一年)春,淮阴侯韩信谋反关中,夷三族。""夏,梁王彭越谋反,废迁蜀;复欲反,遂夷三

族。""秋七月,淮南王黥布反。"又"高祖为人,隆准(高鼻)而龙颜。""(歌《大风歌》,)慷慨伤怀,泣数行下。"

〔3〕"一代"二句:说汉王朝从此巩固,而全国能征惯战的将领已不多了。这是就《大风歌》"安得猛士兮守四方"而言。

〔4〕"英雄"二句:说刘邦成就了帝业,仍有留恋故乡之情。高祖十二年击退黥布后,军还过沛,悉召故人、父老、兄弟纵酒,自唱《大风歌》,并免丰、沛二县人民赋税。

〔5〕关中:指今陕西地区。恋山河:关心汉王朝的巩固。又刘邦曾对故乡父兄说:"游子悲故乡,吾虽都关中,万岁后吾魂魄犹乐思沛。"见《史记·高祖本纪》。

蒙山[1]

山被云围住,围云更有山。青连马陵树,秀入铁门关[2]。海近风常啸,峰高日可攀。我来立马望,一雁正南还。

〔1〕蒙山:山名,在山东蒙阴、平邑、费县一带,主峰龟蒙顶在蒙阴县南。

〔2〕马陵:古地名,在今山东鄄城县。铁门关:在今山东利津县北。

西陵峡[1]

一滩声过一滩催,一日舟行几百回。郢树碧从帆底尽,楚云青向橹前来[2]。奔雷峡断风常怒,障日风多雾不开[3]。险绝正当奇绝处,壮游毋使客心哀。

〔1〕西陵峡:长江三峡之一,在今湖北宜昌市,西北至秭归县。
〔2〕"郢树"二句:写溯江上行,长江中下游平原已尽,进入巫山山区。
〔3〕奔雷:形容峡中水激声大。障日:形容山高。

太湖舟中[1]

只有天围住,清光万顷圆。四无云障碍,一气水澄鲜。日映鹭皆雪,风吹帆欲仙[2]。莲花波上立,知是莫厘巅[3]。

〔1〕太湖:在今江苏南部。湖中小山很多,以东洞庭山、西洞庭山为最著名。
〔2〕鹭皆雪:形容鹭白。帆欲仙:形容船行轻快。
〔3〕莲花:形容湖中山势。莫厘:东洞庭山山峰。相传隋朝将军莫厘曾在此居住,故名。

王　昙 三首

王昙(1760—1817)，一名良士，字仲瞿，浙江秀水(今嘉兴)人。乾隆五十九年(1794)举人。好谈兵，诗笔纵横豪放，但时涉粗犷。有《烟霞万古楼诗选》、《仲瞿诗录》。

住谷城之明日，谨以斗酒、牛膏，合琵琶三十二弦侑祭于西楚霸王之墓[1]（三首）

江东余子老王郎[2]，来抱琵琶哭大王。如我文章遭鬼击，嗟渠身手竟天亡[3]。谁删本纪翻迁史？误读兵书负项梁[4]。留部瓠芦汉书在，英雄成败太凄凉[5]。

秦人天下楚人弓，枉把头颅赠马童[6]。天意何曾祖刘季，大王失计恋江东[7]。早撍函谷称西帝，何必鸿门杀沛公[8]？徒纵咸阳三月火，让他娄敬说关中[9]。

黄土心香一掬尘，英雄儿女共沾巾[10]。生能白版为天子，死剩乌江一美人[11]。壁里沙虫亲子弟，烹来功狗旧君臣〔12〕。戚姬脂粉虞姬血,一样君恩不庇身〔13〕。

〔1〕这三首诗是凭吊、评论项羽之作,粗豪慷慨,代表作者风格。谷城:在今山东东阿,项羽墓所在。琵琶三十二弦:谓弹琵琶者八人,因每把琵琶为四弦。侑(yòu右):辅助,谓弹琵琶。西楚霸王:项羽。

〔2〕江东:作者的家乡属江东地区。江东余子:自谦之词。

〔3〕"如我"二句:以自己文字无灵,功名不利,慨叹项羽身抱绝技,竟遭灭亡。天亡,《史记·项羽本纪》载项羽临死时说:"天之亡我,非战之罪也。"

〔4〕"谁删"二句:司马迁《史记》有《项羽本纪》,班固《汉书》不再把项羽列入本纪,而设《项籍传》。项羽叔父项梁教项羽学兵法,项羽没好好学,辜负了叔父的教导。《项羽本纪》:"项籍(羽)少时,学书不成,去学剑,又不成。(叔父)项梁怒之。籍曰:'书足以记姓名而已。剑一人敌,不足学,学万人敌。'于是项梁乃教籍兵法,籍大喜,略知其意,又不肯竟学。"

〔5〕"留部"二句:承上二句,大意是说,要是项羽成功登帝位,新朝的史书也可以将他列入本纪,当然也就没有汉朝,没有《汉书》,英雄成败十分凄凉。瓠芦,梁时有北僧南渡,只带一葫芦,中藏《汉书》序传,见《南史·萧琛传》。

〔6〕"秦人"二句:谓秦失天下,天下人可共取之,项羽不应该自杀。楚人弓,见赵翼《题元遗山集》注〔3〕。枉把头颅,公元前二〇三年,项羽兵败垓下,突围至乌江,汉王的部将吕马童等追击他,项羽对吕马童说:"若(你)非吾故人乎?吾闻汉购(悬赏)我头千金,邑万户,吾为若德(替你做件好事)。"遂自杀。见《项羽本纪》。

〔7〕刘季:汉高祖刘邦,字季。恋江东:指项羽不都关中,要东归彭城(今江苏徐州),说"富贵不归故乡,如衣绣夜行"。见《项羽本纪》。

557

〔8〕"早摧"二句:说项羽只要早点占据关中称帝,也不必在鸿门宴上企图杀刘邦了。函谷,关名,在今陕西省,指代关中。鸿门,见严遂成《乌江项王庙》注〔3〕。沛公,刘邦初起兵时的称号。

〔9〕"徒纵"二句:说项羽焚烧咸阳是失策,为刘邦奠定了帝业。《项羽本纪》:"(项羽)引兵西屠咸阳(秦都城),杀秦降王子婴;烧秦宫室,火三月不灭;收其货宝妇女而东。"娄敬,齐人,曾向刘邦提出定都关中的建议,认为"秦地被山带河,四塞以为固,以此谓天府者也。"见《史记·刘(娄)敬列传》。

〔10〕黄土:掬黄土加于墓上。心香:致敬。沾巾:指流泪。

〔11〕"生能"二句:说项羽生前能号令诸侯,临死时身边只有虞姬一人。白版天子,《南齐书·舆服志》:"乘舆传国玺,秦玺也。晋中原乱没胡,江左初无之,北方人呼晋家为白版天子。"

〔12〕"壁里"二句:说项羽的江东八千子弟都已葬身战场,而为刘邦所杀的建立汉朝的功臣,亦多原为项羽部属。壁,壁垒,指战场。沙虫,《抱朴子》:"周穆王南征,久而不归,一军皆化,君子为猿鹤,小人为沙虫。"功狗,指刘邦所杀的功臣,语出《史记·萧相国世家》。旧君臣,如韩信为项羽旧属,英(黥)布曾受项羽封九江王。

〔13〕"戚姬"二句:说项羽兵败不能庇护虞姬;汉高祖死后也不能庇护戚姬。戚姬,汉高祖宠爱的戚夫人。高祖死后,吕后"断戚夫人手足,去眼煇耳,饮喑药,使居厕中,命曰人彘。"见《史记·吕后本纪》。

焦 循 二首

焦循(1763—1820),字理堂,江苏甘泉(今扬州)人。嘉庆六年(1801)举人。长于经学及文字、训诂之学,兼治戏曲;诗笔质朴。有《雕菰楼集》等。

荒年杂诗(九首选一)

采采山上榆[1],榆皮剥已尽。采采墓门茅,茅根不堪吮。千钱三斗粟,百钱二斗糠。卖衣买糠食儿女,卖牛买粟供耶娘[2]。无牛何以耕?无衣何以燠?休问何以耕,休问何以燠。未必秋冬时,一家犹在屋[3]。

〔1〕采采:不断采摘。《诗经·周南·卷耳》:"采采卷耳,不盈倾筐。"
〔2〕食:养。耶:同"爷"。
〔3〕"无牛"六句:说农民卖衣卖牛,剜肉补疮,只能活一天算一天。燠(yù育),暖。

同年哥[1]

同年哥,竹皮为笠棕为簑,上滩不得如滩何[2]!同年嫂,人言十五容颜好,容颜今共秋山老。家住兰溪女铺东,往来送客江郎道[3]。江郎山接仙霞关[4],行人南去舟空还。还时经过捉差处,银铛系颈当差去[5]。垂头典卖衣与钗,哥问余钱嫂不语。

〔1〕作者自注:自杭州至衢(今浙江衢州),呼舟子(船工)曰"同年哥",其妻曰"同年嫂"。

〔2〕如滩何:奈滩何,难以对付之意。

〔3〕兰溪:今浙江省兰溪市。女铺:当是小镇名。江郎:江郎山,在今浙江江山市南。

〔4〕仙霞关:在浙江江山市南的仙霞岭上,为福建、浙江两省的交通要冲。

〔5〕银铛:锁链。当差:官府强征的无偿劳役。

张问陶 十二首

张问陶(1764—1814),字仲冶,号船山,四川遂宁人。乾隆五十五年(1790)进士,授翰林院检讨,曾官吏部郎中、莱州知府。论诗主自写性情,与袁枚相近;所作清警空灵,善言情理,以近体为工。有《船山诗草》。

晓行[1]

人语梦频惊,辕铃动晓征[2]。飞沙沉露气,残月带鸡声[3]。客路逾千里,归心折五更[4]。回怜江上宅,星汉近平明[5]。

[1] 这首诗是乾隆四十九年(1784)由汉阳入都途中作,写景抒情,注意炼句炼字。

[2] 辕铃:挂在车辕上的铃。晓征:早行出发。

[3] "飞沙"二句:倒装句法,即"露气沉飞沙,鸡声带残月"之意。

[4] "客路"二句:写离家愈远,思乡之情愈切。折,心折,伤心、惊心之意。

[5] 星汉:星河、银河。平明:天亮的时候。

芦沟[1]

芦沟南望尽尘埃,木脱霜寒大漠开[2]。天海诗情驴背得[3],关山秋色雨中来。茫茫阅世无成局,碌碌因人是废才[4]。往日英雄呼不起,放歌空吊古金台[5]。

　　[1] 这首诗是乾隆四十九年(1784)作者过北京芦沟桥的抒情之作。
　　[2] 木脱:树叶脱落。谢庄《月赋》:"木叶微脱。"
　　[3] "天海"句:唐郑綮善为诗,做宰相时,有人问他近来有无新篇,他说:"诗思在灞桥风雪中驴背上。"见《全唐诗话》。
　　[4] "茫茫"二句:感慨不得志。碌碌因人,《史记·平原君列传》:"毛遂招十九人曰:'公等碌碌(平凡),所谓因人成事者也'。"
　　[5] 金台:见朱彝尊《酬洪昇》注[2]。

望太白山[1]

形势抗西岳,尊严朝百灵[2]。雪留秦汉白,山界雍梁青[3]。鸟道欺三峡,神功怀五丁。峨眉可横绝,归梦记曾经[4]。

　　[1] 这首诗是乾隆五十四年(1789)自北京西归经陕西眉县时作,写太白山的形胜。太白山:在今陕西眉县东南。

〔2〕抗:抗衡,匹敌。西岳:即太华山。朝百灵:为百灵朝拜。

〔3〕"雪留"二句:写山高,峰顶长年积雪不消,还是秦汉时留下来的;山大,为雍、梁两州分界。雍州,在今陕西、甘肃、青海一带。梁州,在今四川和陕西汉中一带。

〔4〕"鸟道"四句:化用李白《蜀道难》"西当太白有鸟道,可以横绝峨眉颠。地崩山摧壮士死,然后天梯石栈相钩连"诗意。鸟道,险峻的山路。欺,超过,压倒。三峡,指长江三峡。五丁,指五丁开蜀道的传说。事见北齐刘昼《刘子》。五丁,五个大力士。峨眉,山名,在今四川峨眉山市西南。横绝,横越而过。

入剑阁〔1〕

剑门倚天汉,石势俨城郭〔2〕。连峰攒雉堞,千朵芙蓉锷〔3〕。绵延忽中断,巧匠不能凿。自古用一夫,万命系孤阁〔4〕。峨峨障三川,欲度愁雕鹗〔5〕。造物罄奇诡,英雄就羁络〔6〕。我心恋乡关,赴险忘其恶。如将起沉疴,必投瞑眩药〔7〕。频年阅万里,何日息腰脚?故国与故都〔8〕,望之畅然乐。况逢明盛世,大道通羌笮。瀚海犹堂隍,兹山直帘幕〔9〕。长吟对关吏,笑傲指林壑。西行故旧多,飞鸟渐有托〔10〕。归途老马识〔11〕,所向亦踊跃。三复杜陵诗〔12〕,此笔竟难搁。

〔1〕这首诗也是乾隆五十四年(1789)西归途中作,写剑阁的险峻及经过的感想。剑阁:也叫剑门关,在今四川剑阁县北。汉末诸葛亮相蜀时建立,有大剑、小剑两峰夹峙,是古代四川栈道的要隘。

〔2〕倚天汉:高接霄汉。俨城郭:如同城郭。

〔3〕"连峰"二句:写剑阁附近,重峦叠嶂,峰高如削。雉堞,城上短墙。锷(è萼),刀刃。崔损《霜降赋》:"剑锷可封,发芙蓉之厉。"

〔4〕"自古"二句:语本李白《蜀道难》:"剑阁峥嵘而崔嵬,一夫当关,万夫莫开。"系,维系。

〔5〕"峨峨"二句:说剑阁屏障三川,连雕鹗都难以飞度。三川,唐以剑南东西道、山南西道为三川,这里泛指蜀地。

〔6〕"造物"二句:说大自然造成这种险绝之地,以笼络崛起一方的英雄。罄(qìng庆),尽,用尽。就,接受。羁络,笼络。

〔7〕起沉疴(kē苛):治好重病。瞑眩药,服后能使人瞑眩(昏乱)的重药。《尚书·说命》:"若药不瞑眩,厥疾弗瘳(不愈)。"

〔8〕故国、故都:都指故乡。

〔9〕"况逢"四句:说国家政治清明,蜀道畅通,北部沙漠地区像屋中的大厅;剑阁群山像帘幕一样。笮(zé则),唐代于羌族聚居地置笮州,在今四川阿坝藏族羌族自治州。堂隍,也作堂皇,大厅。

〔10〕"飞鸟"句:暗用陶渊明《读山海经》"众鸟欣有托,吾亦爱吾庐"诗意,指近家。

〔11〕老马识途:语出《韩非子·说林》上。

〔12〕杜陵诗:杜甫入蜀时有《剑门》诗。

雪中过正定〔1〕

十年慷慨向关河,风雪萧萧客路多。士慕原陵犹侠气,人来燕赵易悲歌〔2〕。无奇久被青山笑,欲隐其如绿鬓何〔3〕!百丈红尘吹不去,垂鞭倚马度滹沱〔4〕。

〔1〕乾隆五十四年冬作者重赴北京,五十五年(1790)春初在河北途中作此诗。正定:府名,治所在今河北正定县。

〔2〕"士慕"二句:说当地人士景慕平原君、信陵君的流风余韵,多豪侠之气,自己经过这里,也受到感染。山西、河北为古代燕、赵、魏的领土。原陵,指战国时赵国的平原君和魏国的信陵君,以好养士著名。悲歌,燕赵多慷慨悲歌之士。

〔3〕"无奇"二句:自嘲文字无奇,求名不遂,但年青未便归隐。绿鬓,鬓发乌黑。

〔4〕"百丈"二句:说自己不能摆脱世网,依然骑马北渡滹沱河进京。红尘,热闹繁华之地,这里指名利场。滹(hū 乎)沱:河名,从山西流入河北南部。

咏怀旧游十首〔1〕(选二)

风流淘尽大江空,终古匡庐在望中〔2〕。踪迹易随彭蠡雁,文章难借马当风〔3〕。宅边松菊功名淡,水面琵琶际遇穷〔4〕。回首浔阳余梦影,木兰舟上月融融〔5〕。

秦栈萦纡鸟路长,三年三度过陈仓〔6〕。诗因虎豹驱除险,身为峰峦接应忙〔7〕。雁响夜凄函谷雨,柳枝秋老灞桥霜。美人名士英雄墓,一概累累古道旁〔8〕。

〔1〕这两首诗是乾隆五十五年(1790)在北京作,借忆旧游以抒怀。

第一首忆江西之游,第二首忆陕西之游。

〔2〕"风流"二句:写庐山终古,人物易逝。风流,苏轼《念奴娇·赤壁怀古》:"大江东去,浪淘尽、千古风流人物。"匡庐,庐山。

〔3〕"踪迹"二句:写自己往来道途,而文字无灵。彭蠡,今江西鄱阳湖。马当风,马当山在今江西彭泽县东北四十里。相传唐阎伯屿做洪州(治所在今江西南昌)刺史时,重修滕王阁,准备九月九日在阁中宴宾客。当时王勃路过马当,神人托梦,允许助风驶船,一夜之间行七百里,到达南昌,在宴会上写了《滕王阁序》,传诵后代。见《南昌府志》。

〔4〕"宅边"二句:以陶渊明、白居易事作比寄慨。宅边,东晋陶渊明,家住浔阳柴桑(今江西九江西南),弃官归隐时作《归去来辞》,有"三径就荒,松菊犹存"之句。水面琵琶,唐白居易于元和十一年(816)贬江州(治今江西九江)司马时作《琵琶行》,抒发自己的身世之感,有"忽闻水上琵琶声,主人忘归客不发"之句。际遇,遭遇。

〔5〕木兰舟:《述异记》:"木兰川在浔阳江中,多木兰树,鲁班刻为舟。"融融:月色皎洁融和。

〔6〕"秦栈"二句:感叹为应试而屡经栈道,过陈仓。秦栈,古代陕西通向四川的栈道,在峭壁上架桥连阁而成。萦纡,曲折旋绕。三度,作者在乾隆五十三年赴京,五十四年回家,那年年底又赴京,皆经栈道、陈仓。陈仓,在今陕西宝鸡市东。

〔7〕"诗因"二句:上句,意谓山中多虎豹,须驱赶后方能前行,环境凶险;自己的诗因描写此风物,诗风也显得险峻。"险"字双关。下句,诗人匆忙行进在群山之中。

〔8〕"雁响"四句:写陕西长安一带的景物、古迹。函谷,关名,在今河南灵宝市东北,接近陕西。灞桥,在今陕西西安市东灞水上。汉唐时长安人送客东行,多到此折柳赠别。累累,形容坟墓多。长安为汉唐等朝建都之地,故多著名人物的坟墓。

读《桃花扇》传奇偶题八绝句[1]（选一）

竟指秦淮作战场，美人扇上写兴亡[2]。两朝应举侯公子，忍对桃花说李香[3]！

〔1〕这首诗是乾隆五十六年（1791）作者中进士后在京供职时作。《桃花扇》传奇：见王又曾《秦淮绝句》注〔2〕。

〔2〕"竟指"二句：说《桃花扇》写清兵南下，南京弘光朝灭亡之事。

〔3〕"两朝"二句：说侯方域晚节不终，愧对李香君。应举，侯方域在明朝应试过，入清后又出应河南乡试，中副榜举人。侯公子，即侯方域。忍对，不忍对、愧对之意。李香，指李香君。

瞿塘、巫峡[1]

瞿塘蟠大壁，巫峡削千峰。处处奇相敌，山山妙不重。诗随林壑变，天辟画图浓。何日真游遍，穿云策短筇[2]？

〔1〕这首诗是乾隆五十七年（1792）冬作者由四川携眷赴京途中作，写长江三峡奇秀如画。瞿塘峡：在今四川奉节县东三十里，一名广溪峡。巫峡：在湖北巴东县西，与重庆巫山县交界。

〔2〕"何日"二句：不满足于江行所见，希望有一天能登临纵观。策短筇，指拄杖游山。

出峡泊宜昌府[1]（四首选一）

万山回首太崚嶒,此日余生问最能[2]。送尽奇峰双眼豁,江天空阔看彝陵[3]。

〔1〕这首诗与上首作于同年,写出峡进入长江中下游平原后江天空阔。宜昌府:治所在今湖北宜昌市。
〔2〕"万山"二句:写三峡船行惊险,船工的技能决定着旅客的生命。崚嶒(léngcéng 棱层),山势高峻的样子。最能,船工。杜甫有《最能行》诗。
〔3〕豁:敞亮。彝陵:即夷陵,古县名,故址在今宜昌市东。

十六夜雪中渡江[1]

故人折简[2]近相招,一舸横江路不遥。醇酒暗消京口雪,大帆平压海门潮[3]。扬州灯火难为月,吴市笙歌剩此箫[4]。那管风涛千万里,妙莲两朵[5]是金焦。

〔1〕嘉庆十七年(1812)春作者侨居苏州,冬,渡江去扬州。
〔2〕折简:发信。
〔3〕"醇酒"二句:说雪夜在镇江渡江,船中饮酒。
〔4〕"扬州"二句:说苏州萧条,扬州繁荣。难为月,月光赛不过灯

光。杨蟠《陪润州裴如晦学士游金山回作》:"天远楼台横北固,夜深灯火见扬州。"剩此箫,用伍员吹箫吴市的典故。

〔5〕妙莲两朵:指镇江的金山和焦山。

阳湖道中〔1〕

风回五两月逢三〔2〕,双桨平拖水蔚蓝。百分桃花千分柳,冶红妖翠画江南〔3〕。

〔1〕这首诗是嘉庆十八年(1813)春自镇江回苏州途经阳湖(今江苏常州)时作。

〔2〕五两:候风羽,用羽毛做成,挂在桅杆顶上看风向。月逢三,适逢春季三月。

〔3〕冶红妖翠:形容桃红柳绿,颜色十分艳丽。

阮　元 四首

阮元(1764—1849)，字伯元，号芸台，江苏仪征人。乾隆五十四年(1789)进士，曾官湖广、两广、云贵总督，体仁阁大学士。谥文达。生平以治经学考据著名，编刻的书很多；文崇骈俪，诗出入中晚唐和两宋。有《揅经室集》。

大龙湫歌用禁体[1]

山回路断溪谷穷，灵湫阴闷龙所宫[2]。眼前无石不卓立，天上有水皆飞空。飞空直落一千尺，鬼神不任疏凿功[3]。绝壁古色划尔破，山腹元气冲然通[4]。有时静注绝不动，春阳下照神和融。有时飞舞渐作态，已知圆嶂[5]生微风。一瓯春茗啜已尽，水花未散犹复摇玲珑[6]。飒然乘飙更挥霍[7]，随意所向无西东。不向寻常落处落，或五十步百步皆蒙蒙。岂料仙境在人世，谁作妙戏惟天公。云烟雨雪银河虹，玉尘冰縠珠帘栊。万象变幻那足比，若涉拟议皆非工[8]。石门飞瀑已奇绝，到此始叹无能同。惟有天柱矗立龙湫中，屹然百丈与此争雌雄[9]。

〔1〕大龙湫(qiū秋):瀑布名,在浙江乐清市雁荡山,是浙中名胜之一。禁体:欧阳修作《雪诗》,自注:"时在颍州作。玉月梨梅练絮白舞鹅鹤银等字,皆请勿用。"以后凡作诗禁用某些与题目有关的常见字、词,称为"禁体"。

〔2〕阴閟(bì必):阴暗幽深。龙所宫:龙所住的地方。

〔3〕"鬼神"句:鬼神不能担负疏凿的事功,意思是瀑布是自然生成的。

〔4〕划尔破:用徐凝《庐山瀑布》诗"一条界破青山色"的典故。冲然通:指瀑布的水气迷蒙山谷。

〔5〕圆嶂:圆如屏障的山峰。

〔6〕"一瓯"二句:喝完一杯茶的时间,水花还动摇未散。瓯,杯。茗,茶。啜(chuò绰),饮。玲珑,形容瀑布溅出的水花澄明透亮。

〔7〕飒然:风声。乘飙:趁着暴风。挥霍:指瀑布的飞扬、飘荡。

〔8〕"云烟"四句:说云烟、雨雪、银河、长虹、玉尘、皱纱、珠帘等都不能用来比拟瀑布。冰縠(hú胡),颜色鲜洁如冰的皱纱。栊,窗。涉,牵涉。工,巧切。

〔9〕"石门"四句:谓石门瀑布,比不上龙湫;只有天柱门的瀑布,堪与相比。石门,浙江永嘉县的石门山,上有瀑布;又庐山石门的瀑布亦著名。天柱,天柱门,在雁荡山含珠峰北百步,峭壁相对,门中有梅雨瀑,高四十丈。

月夜过赵北口[1]

燕南残暑淡星河,为避秋炎月夜过[2]。露草清香虫语细,水杨疏影马蹄多。三更蟹舍明帘火,十里虹桥压镜波[3]。岂有公孙能避世,太行西去隔滹沱[4]。

[1] 赵北口:见翁方纲《赵北口》(二首)注[1]。
[2] 燕南:赵北口是古代燕国南部之地,旧有长堤七里,堤有七桥,桥上题"燕南赵北"四字。星河:银河。秋炎:秋初的暑气。
[3] 明帘火:渔民把蒿草编织成帘,拦在水中遮断蟹路,叫蟹帘或蟹簖,夜里照明而燃起的篝火叫蟹火。虹桥:长桥。镜波:波平如镜。
[4] "岂有"二句:说赵北口弹丸之地,西有太行山,南隔滹沱河,公孙瓒想在这里割据称雄,是做不到的。公孙,《后汉书·公孙瓒传》:"(瓒)尽有幽州之地,猛志益盛。前此有童谣曰:'燕南垂,赵北际,中央不合大如砺,唯有此中可避世。'瓒自为以易地当之,遂徙镇焉。"

雨后泛舟登汇波楼[1](二首)

急雨才过水上楼,门前齐解木兰舟。垂杨小屋菰蒲岸,不听凉蝉已觉秋。

湖里荷花百顷田,湿香如雾绿如天。会须尽剪青芦叶,顿放花光到客船[2]。

[1] 汇波楼:一作会波楼,在山东历城县(今济南历城区)大明湖畔。
[2] 会须:应当。顿:顿时,立即。

舒　位 七首

舒位(1765—1816),字立人,号铁云,直隶大兴(今北京市辖区)人。乾隆五十三年(1788)举人,曾游贵州军幕。诗博丽奇崛,善于变化成语典故。有《瓶水斋诗集》。

鲊虎行[1]

鬼门关前人似海,猛虎捉人如捉鬼。人鲊瓮中虎杂居,居民鲊虎如鲊鱼[2]。为言前宵伥鬼[3]来,悲风萧萧林木摧。山根旧有伏机弩,弩末不能穿虎股[4]。不如左手提铁叉,右手打铜鼓。虎闻鼓声见叉影,竿尾箕睛怒而舞[5]。是时虎意已无人,人亦不复目有虎。划然一啸当一叉[6],一叉虎口开血花。抽叉摔虎四山响,月破风腥一虎仰。双杖椎鼓雨点尘,沉沉九地追虎魂[7]。天明曳虎归茅屋,不寝其皮食其肉。生吞活剥呼巨觥,白酒黄粱一齐熟。我闻色变眉欲飞,是食人多毋乃肥。彼云食虎可避瘴,未下盐豉敢相饷。摇头谨谢阿罗汉,愿君努力加餐饭[8]。欣然就食甘如饴,风毛雨血忘朝饥。吁嗟乎!周处南山除一害,李广北平官不拜[9]。我如鸡肋感曹公,尔自彘肩壮樊哙[10]。歌成旷野良足豪,嚼过屠门亦称快〔11〕。慎勿消息传入城,县官来收虎皮税。官来收税尚犹可,吏食尔虎如食菜,尔有虎皮何处卖?

〔1〕这首诗是乾隆四十七年(1782)作者随父任在广西作。鲊(zhǎ眨)虎:把虎肉贮藏起来作为食品。鲊,原指用盐和红曲腌的可以贮藏较久的鱼。

〔2〕"鬼门关"四句:夸张当地荒僻险恶。鬼门关、人鲊瓮,都是长江三峡中的险滩名,此似借用。又广西北流市西,也有地名鬼门关。

〔3〕伥鬼:见黄景仁《圈虎行》注〔16〕。

〔4〕山根:山底。机弩(nǔ努):一种利用机械力量射箭的弓。股:大腿。

〔5〕竿尾箕睛:尾巴直竖如竹竿,眼睛睁大如簸箕,老虎激怒时的样子。舞,跳跃。

〔6〕划然:虎啸之声。啸:吼叫。当:指中了一叉。

〔7〕椎(chuí垂):敲打。雨点尘:鼓椎纷下像降雨。九地:指地下深处。

〔8〕"彼云"四句:写居民请吃虎肉,作者不敢接受。彼,打虎的人。瘴(zhàng丈),瘴气,山林中的湿热空气,被认为会引起疾病。盐豉(chǐ齿),指调味品。饷,送食物给他人食用。阿罗汉,修行得道的僧徒,中有伏虎罗汉之名,这里指打虎的人。

〔9〕"周处"二句:用射虎的古人作比。周处,西晋人,相传年轻时横行乡里,父老们把他和南山之虎、长桥之蛟合称"三害"。他听到后发愤改过,并斩蛟射虎,为民除害。见《世说新语·自新》。李广,曾在夜间到南山中射猎,见草中石,以为虎而射之,箭镞穿入石中。后来汉武帝任他为右北平太守。官不拜,指李广射虎是在未拜右北平太守时。见《史记·李将军列传》。

〔10〕"我如"二句:说自己不吃虎肉,而吃的人有樊哙的豪气。鸡肋,《三国志·魏志·武帝纪》裴松之注引《九州春秋》:"夫鸡肋,弃之如可惜,食之无所得。"樊哙,《史记·项羽本纪》载鸿门宴上樊哙知道刘邦有危险,即带剑拥盾撞入军门。项羽赞他是壮士,"赐之酒","与之一生彘(zhì至)肩。樊哙复其盾于地,加彘肩上,拔剑切而啖之。"彘肩,猪前腿。

〔11〕"嚼过"句:曹植《与吴季重书》:"过屠门而大嚼,虽不得肉,贵且快意。"为此句所本。

读三李二杜集竟,岁暮祭之,各题一首〔1〕(五首选一)

飘零踪迹别离天,肠断樊南甲乙篇〔2〕。作客悲欢聊寄托,依人恩怨忽牵连〔3〕。官卑不挂中朝籍,诗好难禁后世传〔4〕。他日《西昆酬倡集》,只教优孟诮当筵〔5〕。

〔1〕这首诗乾隆五十一年(1786)作于北京,是题《李义山集》的。三李二杜:指唐代诗人李白、李贺、李商隐、杜甫、杜牧。李商隐,字义山,号玉谿生,他的诗格律工整,词藻艳丽,思想深沉。

〔2〕"飘零"二句:说李商隐一生大部分时间奔走于陕西、河南、四川、广西等地,过着寄人篱下的幕僚生活,著作有《樊南甲集》、《樊南乙集》等。

〔3〕"作客"二句:说李商隐诗中多他本人不幸遭遇的寄托。依人恩怨,唐代牛僧孺、李德裕两党斗争激烈,李商隐先受知于牛党的令狐

楚;楚死后,入李党的泾原节度使王茂元之幕,娶王的女儿为妻;后牛党得势,受其排抑。

〔4〕"官卑"二句:说李商隐官位虽不显,但并不影响他的诗篇的流传。不挂中朝籍,李商隐除任幕僚及弘农、周至县尉外,在朝任职,时间不长。禁,读平声,禁止。

〔5〕"他日"二句:宋初杨亿、刘筠、钱惟演等人的诗风,在形式上模仿李商隐,追求辞藻,刻意雕饰。他们往来唱和的诗,编为《西昆酬唱集》。刘攽《中山诗话》载杨、刘等"为诗皆宗李义山,后进多窃义山语句。尝内(宫内)宴,优人有为义山者,衣服败裂,告人曰:'我为诸馆职(指朝廷馆阁官员,西昆派诗人)挦撦(摘扯)至此。'闻者欢笑。"优孟,指演戏的人。

杨花诗[1]

歌残杨柳武昌城,扑面飞花管送迎[2]。三月水流春太老,六朝人去雪无声[3]。较量妾命谁当薄,吹落邻家尔许轻[4]。我住天涯最飘荡,看渠如此不胜情[5]。

〔1〕这首诗是乾隆五十七年(1792)侨居湖州(今属浙江省)时作。杨花:柳絮。

〔2〕"歌残"二句:"(韦)蟾廉问鄂州罢,宾僚祖饯,蟾首书《文选》句云:'悲莫悲兮生别离,登山临水送将归。'以笺毫(纸笔)授宾从,请续其句。逡巡,有妓泫然起曰:'某不才,不敢染翰,欲口占两句。'韦大惊异,令随念云:'武昌无限新栽柳,不见杨花扑面飞。'"见《唐诗纪事》。

〔3〕"三月"二句：写暮春杨花落入水中，随水漂流。六朝人，指东晋谢道韫。《世说新语·言语》："谢太傅寒雪日内集，与儿女并论文义。俄而雪骤，公欣然曰：'白雪纷纷何所似？'兄子胡儿曰：'撒盐空中差可拟。'兄女曰：'未若柳絮因风起。'公大笑乐。""兄女"，即谢道韫。

〔4〕"较量"二句：以杨花飘荡，比喻薄命妇女。尔许，如此，这样。

〔5〕"我住"二句：见杨花而联想自己的身世。渠，他，指杨花。高士谈《杨花》诗："我比杨花更飘荡，杨花只是一春忙。"

卧龙冈作[1]（四首选二）

谈笑巾鞲想定军，茫茫玉垒变浮云[2]。其间王者有名世，天下英雄惟使君[3]。创业自知难两立，辍耕早已定三分[4]。成都八百株桑树，不及隆中手自耘[5]。

象床宝帐悄无言，草得降书又几番[6]？两表涕零前出塞，一官安乐老称藩[7]。祠官香火三间屋，大将星辰五丈原[8]。异代萧条吾怅望[9]，斜阳满树暮云繁。

〔1〕这两首诗是嘉庆二年（1797），作者随黔西观察使王朝梧赴贵州途经湖北时作。卧龙冈：在湖北襄阳西南，汉末，诸葛亮曾隐居在这里。

〔2〕"谈笑"二句：写蜀汉事迹，以领起全诗。谈笑巾鞲（gōu 勾），指诸葛亮从容指挥。巾鞲，头巾和单衣，指便服。定军，山名，在陕西沔县（今勉县）东，诸葛亮伐魏时在此屯军，死葬此山下。玉垒，山名，在四

川灌县(今都江堰市)西北。杜甫《登楼》:"玉垒浮云变古今。"

〔3〕"其间"二句:写刘备的崛起。曹操与刘备评论当时人物说:"天下英雄,惟使君与操耳。"见《三国志·蜀书·先主传》。使君,指刘备,当时官豫州刺史。王者名世,《孟子·公孙丑》:"五百年必有王者兴,其间必有名世者。"

〔4〕"创业"二句:《三国志·蜀书·诸葛亮传》谓亮躬耕隆中(今湖北襄阳),刘备三次到他家里,才与见面并出山佐刘。他劝刘占据荆、益二州,和曹操、孙权三分天下,再图统一全国。难两立,诸葛亮《出师表》:"先帝虑汉贼(曹魏)不两立,王业不偏安,故托臣以讨贼也。"辍耕,停止耕田,指出佐刘备。

〔5〕"成都"二句:颂扬诸葛亮的廉洁。《诸葛亮传》载亮向后主上表说:"成都有桑八百株,薄田十五顷,子弟衣食,自有余饶。至于臣在外任,无别调度,随身衣食,悉仰于官,不别治生,以长尺寸。若臣死之日,不使内有余帛,外有赢财,以负陛下。"

〔6〕"象床"二句:说诸葛亮死后蜀汉很快就降魏。温庭筠《过五丈原》(诸葛亮死于五丈原):"象床宝帐无言语,从此谯周是老臣。"象床宝帐,指诸葛亮祠庙神龛中的陈设。谯周,蜀汉大夫,劝后主投降曹魏。

〔7〕"两表"二句:诸葛亮积极主张伐魏,曾两次向后主上表,要求北伐,世称前、后《出师表》。《前出师表》结尾有"今当远离,临表涕泣,不知所云"之句。称藩,蜀汉后主降魏后封为安乐公,成为魏的藩属。

〔8〕"祠官"二句:写诸葛亮死后为人立庙祭祀。大将,指诸葛亮。《晋书·宣帝纪》载"(诸葛亮)还于五丈原(在今陕西眉县西南)。会有长星坠亮之垒,帝(司马懿)知其必败",后不久,"亮病卒"。

〔9〕"异代"句:语本杜甫《咏怀古迹》"怅望千秋一洒泪,萧条异代不同时"。

白苗[1]

折得芦笙和竹枝,深山酬唱妹相思。蜡花染袖春寒薄,坐到怀中月堕时。

〔1〕这首诗是嘉庆二年(1797)在贵州作,作者自注:"白苗之习,略同花苗。其服先用蜡绘花于布而后染之,既染去蜡,则花见焉。芦笙者,编芦管为笙,有簧。男女相会,吹以倚歌。歌曲有《妹相思》、《妹同庚》者,率淫奔私昵之词。贵定、龙里皆有。衣尚白,故曰白苗。"

梅花岭吊史阁部[1]

一寸楼台谁保障?跋扈将军弄权相[2]。已闻北海收孔融,安取南楼开庾亮[3]?天心所坏人不支,公于此时称督师[4]。豹皮自可留千载,马革终难裹一尸[5]。平生酒量浮于海,自到军门惟饮水[6]。一江铁锁不遮拦,十里珠帘尽更改[7]。譬如一局残棋收,公之生死与劫谋[8]。死即可见左光斗,生不愿作洪承畴[9]。东风吹上梅花岭,还剩几分明月影[10]?狎客秋声蟋蟀堂,君王故事胭脂井[11]。中郎去世老兵悲,迁客还家史笔垂[12]。吹箫来唱招魂曲,拂藓先看堕泪碑[13]。

〔1〕这首诗是嘉庆八年(1803)作者游扬州时作。史阁部:即史可法,参看蒋士铨《梅花岭吊史阁部》注〔1〕。

〔2〕"一寸"二句:写南明疆域狭小,将帅非人,岌岌可危。跋扈将军,指左良玉、高杰等。弄权相,指马士英等。

〔3〕"已闻"二句:说朝廷排除异己,怎能用人。孔融,东汉末任北海相,为曹操所忌,诬陷下狱,被杀。这里以孔融比雷缜祚等。雷缜祚曾守德州,后被马士英逮捕。收,逮捕。南楼,东晋庾亮任征西将军,曾击败苏峻、祖约叛乱,开府武昌。南楼是他在武昌登临赏月之地。

〔4〕"天心"二句:说史可法督师扬州,不过尽人事而已。史可法原不赞成福王继位,于福王称帝后自请督师扬州。

〔5〕"豹皮"二句:说史可法忠义之名流传千古,但死后连尸体都未能找到。豹皮,《新五代史·死节传》:"豹死留皮,人死留名。"马革,见蒋士铨《梅花岭吊史阁部》注〔2〕。

〔6〕"平生"二句:史可法平时酒量很大,数斗不乱,在军中则绝饮。见《明史·史可法传》。浮,超过。

〔7〕"一江"二句:说南明灭亡,河山变色。一江铁锁,唐刘禹锡《金陵怀古》:"千寻铁锁沉江底,一片降幡出石头。"十里珠帘,唐杜牧《赠别》:"春风十里扬州路,卷上珠帘总不如。"

〔8〕"譬如"二句:说史可法出镇扬州,如收围棋残局,已抱决死之心。劫,围棋术语,双方轮番提取被包围的棋子。

〔9〕左光斗:见蒋士铨《梅花岭吊史阁部》注〔5〕。洪承畴:崇祯末任蓟辽总督,与清兵战于松山,兵败降清。

〔10〕"东风"二句:写梅花岭史可法衣冠冢,并写扬州战后的残破。明月影,唐徐凝《忆扬州》:"天下三分明月夜,二分无赖是扬州。"

〔11〕"狎客"二句:用史事喻南明君臣的昏庸。蟋蟀堂,南宋末,宰相贾似道在半闲堂与姬妾、狎客斗蟋蟀取乐。参看厉鹗《秋宿葛岭涵青

精舍》(二首选一)注〔2〕。胭脂井,陈后主荒于酒色,隋兵攻入南京,他与张丽华、孔贵嫔藏于井内被俘。参看袁枚《张丽华》(二首选一)注〔1〕。

〔12〕"中郎"二句:用汉孔融追怀蔡邕及吴兆骞出塞所闻事,写史可法为后人尊敬。中郎,蔡邕,官至中郎将。《后汉书·孔融传》:"(孔融)与蔡邕素善,邕卒后,有虎贲士(武士)貌类于邕。融每酒酣,引与同座,曰:'虽无老成人,尚有典型。'"迁客,因罪谪贬的人,指吴兆骞。《池北偶谈》:"吴汉槎(兆骞)自宁古塔归京师,驻防将军安某语之曰:'子归,可语史馆诸君,昔王师(清兵)破扬州时,吾在行间(部队中),亲见城破时一官人诣军营,自云:我史阁部也。亲王劝之降,终不从,乃就死。吾所目击者,史书不可抑此人云。'"

〔13〕"吹箫"二句:写作者在史氏墓前凭吊哀挽。吹箫,《史记·绛侯周勃世家》:"常为人吹箫给丧事。"索隐:"犹今挽歌类也,歌者或有箫管。"堕泪碑,晋羊祜居官有善政,死后,人在他生前所游憩的襄阳岘山上立碑。祭望其碑的人,莫不流泪,因称为"堕泪碑"。

吴嵩梁 十首

吴嵩梁(1766—1834),字子山,号兰雪,江西东乡(今抚州市辖区)人。嘉庆五年(1800)举人,由内阁中书官贵州黔西知州。王文治评其诗,谓能"以哀艳之思,发清壮之响"。有《香苏山馆诗集》。

桐江[1](五首选一)

晴峦秀插天,文漪漾成绮[2]。江抱万山流,山卧空江里。浓翠蒸作云,山断云复起。漠漠化林烟,英英照江水[3]。身在云水中,坐爱风日美。胸次无纤尘,空明亦如此。

〔1〕桐江:在今浙江桐庐县北。

〔2〕"文漪"句:形容水波轻漾,成为有文采的罗绮般的涟漪。绮,有花纹的丝织品。谢朓《晚登三山还望京邑》:"余霞散成绮,澄江静如练。"

〔3〕漠漠:泺漫貌,王逸《九思》:"尘漠漠兮未晞。"英英:轻盈明亮貌,《诗经·小雅·白华》:"英英白云。"

秋怀二十首(选一)

昨夜秋雨来,先集梧桐树。病中闻此声,深悲转成悟。天地本寄庐,万劫一朝暮[1]。此身但微尘,浮沉况多故。自立苟不坚,达观亦为误[2]。请看歌舞台,下有英雄墓。

[1]"万劫"句:万劫谓时间极长,与短促的"朝暮"对比。劫,佛教名词,意为"远大时节",天地从形成到毁灭的一个周期为一劫。

[2]"自立"二句:没有坚强的"自立"之志,消极的"达观"便成错误,此即上文"成悟"的结论。

秋意

秋意苍凉到画栊[1],条条烟穗扑帘空。梧桐影淡半天雨,杨柳声疏一夜风。衰草隔篱摇浅碧,晚花穿径点深红。幽居已自嫌岑寂,况倚危栏听断鸿[2]。

[1] 栊(lóng 龙):窗上棂木,指窗户。
[2] 岑寂:静寂,鲍照《舞鹤赋》:"去帝乡之岑寂。"危栏:高栏。断鸿:断续的鸿雁声,辛弃疾《水龙吟》:"落日楼头,断鸿声里。"

书《长恨传》后[1]

私语凭肩泪欲流,君王妃子苦绸缪[2]。长门一例人如玉,自卷珠帘看斗牛[3]。

〔1〕唐白居易作《长恨歌》,叙唐玄宗和杨贵妃的爱情悲剧,同游陈鸿为歌作传,称《长恨歌传》。

〔2〕"私语"二句:《长恨歌传》写天宝十载"秋七月,牵牛织女相见之夕……(贵妃)独侍上(玄宗)。上凭肩而立,因仰天感牛女事,密相誓心,愿世为夫妇。言毕,执手各呜咽。"绸缪(móu谋),缠绵,卢谌《与司空刘琨书》:"绸缪之旨,有同骨肉。"

〔3〕"长门"二句:杨贵妃得到唐玄宗的宠爱,而汉武帝的陈皇后也是"如玉"的美人,却只能在长门宫独看斗牛。汉武帝陈皇后,名阿娇,失宠时被废居长门宫,后求得司马相如为作《长门赋》,"以悟主上","复得亲幸"。见《汉武故事》及《长门赋序》。这两句以同为美女有受宠与否的差别,喻同为有才之士也有受知与否的差别。

鸳鸯湖避雪[1]

湖上楼台玉不如,梅花绿后柳黄初。一天风雪连云水,合着红衣画钓鱼。

〔1〕鸳鸯湖:即嘉兴南湖,见吴伟业《鸳湖曲》注〔1〕。

闲居有述(二首选一)

唐策万言刘谏议,汉廷一疏贾长沙[1]。文章至此关天运[2],进退何人为国家?一技乘时求实效,六经行世岂空华[3]?闭门自复穷根柢,画饼才名悔八叉[4]。

〔1〕"唐策"二句:唐刘蕡,在文宗大和二年(828)应贤良对策,策文极言时弊。曾授秘书郎。后为宦官诬陷,贬柳州司户参军。位终使府御史。策文录入新、旧《唐书》本传,著录《新唐书·艺文志》。汉贾谊,汉文帝时为博士,迁太中大夫,上疏极陈改革政事之要,其文世称《陈政事疏》,载《汉书》本传。因受大臣周勃、灌婴等排挤,贬为长沙王太傅,世称贾长沙。

〔2〕关天运:谓贾谊、刘蕡的文章对国事、天道有大作用。

〔3〕"一技"二句:谓学问、技能要重"实效","六经"也不是虚幻无实的"空华"。六经,儒家所崇奉的《易》、《诗》、《书》、《礼》、《乐》(《乐经》缺)、《春秋》六种经书。空华,虚幻的花,华同花。《圆觉经》:"此无名者,非有实体……如众空华,灭于虚空,不可言说。"

〔4〕"闭门"二句:闭门深思(穷究)根本问题,觉得"八叉"等才名,如"画饼"般空虚无用。根柢(dǐ底),犹根本。柢,树根。画饼,喻有名(形)无实。《三国志·卢毓传》:"选举莫取有名,名如画地作饼,不可啖也。"八叉,唐温庭筠才思敏捷,考试作赋,叉手(两手相拱)构思,八次叉手便可赋成八韵,世称温八叉。见孙光宪《北梦琐言》。作者以为温文

585

才虽捷,不尚实效,故终生仕途不得意。

鄚州道中[1]

天涯依旧柳条新,烟翠濛濛画未真。连日旅寒增料峭[2],昨宵归梦共酸辛[3]。路边红杏伤心树[4],花下骑驴踏雨人。一种孤芳天不管,风光谁占曲江春[5]?

〔1〕鄚(mào 帽)州:旧州名,治所在今河北任丘。
〔2〕料峭:形容春天寒意,苏轼《定风波》词:"料峭春风吹酒醒,微冷。"
〔3〕"昨宵"句:当为考进士落第,梦归家对着妻子共感辛酸。
〔4〕"路边"句:唐代长安杏园,在曲江池西南,为新进士游宴之地,刘沧《及第后宴曲江》:"及第新春选胜游,杏园初宴曲江头。"作者多次考进士落第,故见杏花而伤心。
〔5〕孤芳:自喻。曲江春:即指进士游杏园事。

河间旅舍题壁[1]

骑驴渺渺入林坰[2],病眼看春得暂醒。却爱杏花红断处,一梢云似故山青。

〔1〕河间:旧府名,府治在今河北河间市。

〔2〕 渺渺:邈远貌,此指走远。林坰(jiōng 扃):遥远的郊野,《尔雅·释地》:"邑外谓之郊,郊外谓之牧,牧外谓之野,野外谓之林,林外谓之坰。"此泛指有树林的郊野。

病起答法时帆学士[1]

枯松已作灶前树,病鹤犹为天上声[2]。眼底风光春烂漫,胸中云水夜空明。铸成五字皆神力[3],传到千秋只性情。万一昨宵真不起[4],遗书差幸托先生。

〔1〕 法时帆:即法式善,曾为侍读、侍讲学士,见本书作者简介。
〔2〕 "枯松"二句:自喻身遭厄运,犹抱向上心志。
〔3〕 "铸成"句:赞美法式善所寄五言诗很有力量;认为诗之可传在有真性情。
〔4〕 不起:病不能再起身,指死亡。

归舟杂诗(七首选一)

枫叶鲜红柿叶殷[1],疏林掩映夕阳间。一痕眉黛青于染,画出江乡雨后山。

〔1〕 殷(yān 烟):赤黑色,杜甫《诸将》:"曾闪朱旗北斗殷。"

郭　麐 四首

郭麐(1767—1831),字祥伯,号频迦,江苏吴江(今苏州市辖区)人。嘉庆贡生。工于词,诗亦清隽。有《灵芬馆诗集》。

书闷

梅着青枝望已酸,水侵白板出尤难[1]。花无可落风偏大,麦欲全荒信自寒[2]。苕上人家悬釜急,苏堤杨柳隔湖看[3]。谁知野老忧时意,一箸藜羹为减餐[4]。

〔1〕"梅着"二句:写春夏间多雨,难于出门。白板,白板门的省略词。

〔2〕"花无"二句:旧有二十四番花信风及麦秀寒之说,而花信已过,风仍大;麦苗被水淹死,天气依然寒冷。

〔3〕苕(tiáo 条)上:指杭嘉湖地区。苕溪源出浙江天目山,有东西二流会于吴兴,入太湖。悬釜:无米可炊,把锅挂起来。苏堤:在杭州西湖,宋苏轼知杭州时所筑。

〔4〕"谁知"二句:说自己因忧天灾食不下咽。箸(zhù 助),筷子。藜羹,野菜做的羹。

法华山望湖亭同汪、吴二子作[1]

迭浪排空翠作堆,披衿侧帽客登台[2]。路从碧筱[3]丛中转,眼到浮云尽处开。斜日微明双鸟下,乱山忽断一帆来。愤王祠庙[4]今何在?只有松涛万壑哀。

〔1〕法华山:也称白雀山,在浙江湖州吴兴区西北,滨临太湖,山有望湖亭。
〔2〕披衿侧帽:写风中登山畅游。陈师道《南乡子》:"侧帽独行斜照里。"
〔3〕筱(xiǎo 小):细竹。
〔4〕愤王祠庙:吴兴有项羽庙,当地人称项羽为愤王,见《南史·萧琛传》。

新晴即事(六首选一)

游罢回船泊钓矶,蒙蒙晴雪[1]扑人衣。春阴亦未全无用,留住杨花一日飞。

〔1〕晴雪:晴天飞雪,指杨花。

真州道中绝句[1]

小憩人家屋后池,绿杨风软一丝丝。舆丁[2]出语太奇绝:"安得树阴随脚移?"

〔1〕真州:见王士禛《真州绝句》(五首选三)注〔1〕。
〔2〕舆丁:轿夫。

陈寿祺 一首

陈寿祺(1771—1834),字恭甫,号左海,福建闽县(今闽侯)人。嘉庆四年(1799)进士,官翰林院编修,曾充广东、河南乡试副考官,后主讲泉州清源、福州鳌峰书院。以治经著名,亦能诗。有《左海全集》。

过枫岭[1]

西行出枫关,日脚千嶂午[2]。绝磴扶笋舆[3],扪萝才一缕。峥嵘大竿头,连峰接数武[4]。岭半露烽墩,斥候静楼橹[5]。海天横苍苍,万里控一柱。地险非人功,真宰为之主[6]。冻云欲酿雪,风力健如弩。鸟厉愁飞迟,天长觉梦苦[7]。青空撑孤亭,长剑可倒拄[8]。坠涧隔千寻,沿缘不敢俯[9]。泉疑涌月流,石与陨星古。持此谢越人,何必语天姥[10]?

〔1〕枫岭:在福建浦城县,是闽、浙两省交界处。
〔2〕"日脚"句:写正午时千峰中的日色。日脚,穿过云隙下射的日光。岑参《送李司谏归京》:"雨过风头黑,云开日脚黄。"
〔3〕绝磴:陡峻的石级。笋舆:竹轿。
〔4〕大竿头:枫岭北面岭名。武:步。

〔5〕"岭半"二句:说半山上有烽火墩,瞭望台上有哨兵守卫。楼橹,瞭望台。

〔6〕"海天"四句:说枫岭险要,控制万里海防。一柱,《楚辞·天问》:"八柱何当。"王逸注:"谓天有八柱。"意谓撑天的大山。真宰,指天。

〔7〕"鸟厉"二句:说山高峰陡,飞鸟不进,攀登时魂梦为劳。厉,鸟捷飞。

〔8〕"青空"二句:说亭在孤峰顶上,形如长剑倒插。

〔9〕坠涧:深涧。沿缘:临近边沿。

〔10〕"持此"二句:说枫岭奇险不下于天姥山,越人不必专谈天姥了。谢,语。天姥(mǔ亩),山名,在浙江。李白《梦游天姥吟留别》:"越人语天姥,云霞明灭或可睹。"

陈文述 九首

陈文述(1771—1843),字谱香,号退庵、云伯,浙江钱塘(今杭州)人。嘉庆五年(1800)举人,官江苏江都等地知县。诗初学"西昆体",词藻艳丽,晚年敛华就实,归于清雅。有《颐道堂集》、《碧城仙馆诗钞》。

凤城春柳词[1](十首选六)

万树垂杨拂地生,东风不断早莺声。楼台金碧春波绿,疏雨和烟画禁城[2]。

雁齿平铺玉蛛桥[3],春痕半抹露初消。漏声未断宫鸦起,一路红灯正早朝[4]。

走马晴郊小队迎,催花风急画旗轻[5]。春烟绿到香山寺,便是将军细柳营[6]。

城南韦曲访名园,烟景迷离隔水看[7]。记得春游曾拾翠[8],红泥亭子碧阑干。

嫩晴风日称春衫,惯向垆头系客骖[9]。燕子楼[10]台天样远,教人那不忆江南!

三月春风绿未齐,早莺啼过晚鸦啼。劳劳最是芦沟树,半送车轮半马蹄[11]。

〔1〕凤城:京城,指北京。

〔2〕“楼台”二句:写春雨迷濛中,宫廷内苑景色如画。

〔3〕雁齿:石阶。玉蛛桥:即金鳌玉蛛桥,旧在内苑北海与中南海之间。

〔4〕“漏声”二句:写宫中早朝。漏,铜壶滴漏,古代用以计时。早朝,旧时皇帝于每日五更朝见百官。

〔5〕“走马”二句:写春游。小队迎,一小队人马前来迎接。杜甫《严中丞枉驾见过》:“元戎小队出郊坰,问柳寻花到野亭。”

〔6〕香山寺:在今北京西郊香山,附近驻有健锐营和镶黄旗营。细柳营:汉文帝时,大将军周亚夫驻军细柳(今陕西咸阳市西南),军容最为严整。

〔7〕“城南”二句:写陶然亭的景色。韦曲,在今陕西西安长安区南皇子陂的西边,潏水流经其地,风景清丽。

〔8〕拾翠:拾取翠鸟的羽毛。

〔9〕嫩晴:初晴。称(chèn 衬):适合。垆头:指酒店。客骖:游客的马。

〔10〕燕子楼:故址在江苏徐州铜山区西北角,相传是唐朝张建封修建的,张死后,他的爱妾盼盼念旧不嫁,居住楼中十余年。这里泛指江南的楼台。

〔11〕"劳劳"二句:芦沟桥即卢沟桥,是当时出入北京的要道,多往来送迎。劳劳,送别的地方。李白《劳劳亭歌》:"金陵劳劳送客亭。"树,指折以赠别的柳树。

秋夜

梧桐叶底见银河,露气当窗冷碧罗[1]。四壁虫声两行雁,不知何处得秋多?

〔1〕冷碧罗:冷气穿透碧纱窗。

夏日杂诗(七首选一)

水窗低傍画栏开,枕簟萧疏玉漏催。一夜雨声凉到梦,万荷叶上送秋来。

月夜闻纺织声(三首选一)

茅檐辛苦倦难支,绣阁娇憨定不知[1]。多少吴姬厌罗縠,绿窗一样夜眠迟[2]。

〔1〕茅檐:指在茅屋中辛苦纺织的妇女。绣阁:指绣阁中富贵人家

的妇女。娇憨(hān 酣):娇养不懂事的样子。

〔2〕吴姬:指富贵人家的姬妾。厌罗縠(hú 壶,古读去声):穿厌了罗縠。

陈 均 一首

陈均(1779—1828),字受笙,号敬安,浙江海宁人。嘉庆十五年(1810)举人,授职县令。有《松籁阁诗集》。

踏车叹

溪水清,田水浊。腰挂横辕足转轴,妇子唱歌声似哭[1]。去年雨少枯我苗,平畴俱作龟文焦[2]。今年雨多水过腰,小麦烂尽蝌蚪跳[3]。雨少踏水入,雨多踏水出。两胫青苔背赤日,朝餐未食饥欲踣。长官宴客张水嬉,管弦响遏行云飞[4]。清歌颇厌秧歌恶,一舸垂杨深处移。

〔1〕"腰挂"二句:指车水灌田。辕,水车架上横木,农民车水时靠伏的。妇子,妻和儿子。
〔2〕龟文焦:泥土龟裂,草苗不生。
〔3〕跳:叶韵,读平声。
〔4〕张水嬉:盛设水上娱乐。响遏行云飞:"声振林木,响遏行云。"见《列子·汤问》。

陈 沆 十首

陈沆(1785—1826),字太初,号秋舫,湖北蕲水(今浠水)人。嘉庆二十四年(1819)进士第一,授翰林院修撰,转四川道监察御史。诗尚清刻,近唐代的韦应物、柳宗元,宋代的陈与义。有《简学斋诗存》、《诗比兴笺》等。

有感[1]

传闻南海[2]事全非,十室炊烟九室稀。须识治兵先治吏,自来防盗在防饥[3]。鳄鱼大可为文遣,沙蝨终难出水飞[4]。寂寞江湖风雪里,有人投笔念征衣[5]。

[1] 这首诗作于嘉庆十四年(1809)。作者自注:"闻广东荒歉,海寇未平。"荒歉,荒年。海寇,据《清史稿》卷一三八载:"嘉庆五年,于沙角建炮台。九年,倭什布以粤海穷渔伺劫商船,遇水师大队出巡,辄登陆肆扰,遂无宁岁,乃规画水陆缉捕事宜。十五年,设水师提督驻虎门,扼中路要区。"作者虽称穷苦渔民为"海寇",但还是看到了人民无法生活才铤而走险。

[2] 南海:指广东一带。

[3] "须识"二句:说加强缉捕,不能弭盗,应该搞好吏治,解决人民

的饥饿问题。

〔4〕"鳄鱼"二句:意思是海盗问题政治清明即可解决,不会成为大害。为文遣,传说唐韩愈为潮州刺史时,因鳄鱼为害,曾写过一篇《祭鳄鱼文》,以一羊一豕投溪水祝告。"是夕,暴风震电起溪中,数日水尽涸,西徙六十里。自是潮无鳄鱼患。"见《新唐书·韩愈传》。蜮,传说中一种在水中含沙射人的怪物,人被射中,即发病。见陆德明《经典释文》。

〔5〕征衣:这里指人民的流离飘泊。

九日登黄鹤楼[1]

自从十岁题诗后,不上兹楼二十年。吟到雨风秋老矣,坐来天地气苍然[2]。大江帆影沉鸿雁,下界人声混管弦。寂寞繁华千感并,浮云郁郁到樽前。

〔1〕这首诗是嘉庆十八年(1813)阴历九月九日登武昌(今湖北武汉市辖区)黄鹤楼抒感之作。

〔2〕吟到雨风:相传宋潘大临作诗,得"满城风雨近重阳"之句,因为催租人败兴而止。见《冷斋夜话》。苍然:形容云气旷远迷茫的样子。

河南道上乐府四章[1]

河南一片荒荒土,满眼流离风又雨。年荒父母竟无恩,卖尽田园卖儿女。可怜父与母,泪落心内苦。岂不恋所生?留汝难活汝。往年生儿如得田,今年生儿不值钱。卖女可得青蚨[2]千,卖儿不足供一餐。大车小车牛马走,儿啼呼父女呼母。役夫努目刀在手,百口吞声面色朽[3]。此时父母死更生,食尽还增骨肉情。月黑风寒新鬼哭,饥魂一路唤儿声[4]。卖儿女。

汝南人瘦万狗肥[5],前有饿者狗后随。忽然堕落沟中泥,狗来食人啗人衣。顷刻血肉无留遗,残魂化作风与灰。狗饱狗去摇尾嬉,余者尚充鸦雀饥。我行见之心骨悲,徒有恻怆无能为。大官北来何光辉,清道翼以双绣旗。从者飞语里卒知,为我亟去道旁尸,毋使不祥触公威[6]。狗食人。

怪底春光二月好,踏青千里无青草[7]。草根当作麦粮餐,草色都如人面槁。家家妇女驱出门,手蹶脚软声暗吞。乐岁欢歌苤苢子,凶年苦劚苴蒿根[8]。毕竟天心仁爱汝,枯田尚有萌芽吐。谁云小草是虚生,功在饥荒非小补。夕阳归去一肩挑,饱食居然腹不枵[9]。此时长吏方沉醉,可惜不曾知此味。吃草根。

救荒古有良有司[10],今者逃荒官不知。一路嗷嗷男挈女[11],纷纷避荒如避虎。饿腹况兼行路苦,清晨冲风夜戴雨。只知四方口可糊,谁料饥荒无处无。官府捉人牛马驱,慎莫乞食门前呼。家乡腊前见三白[12],且可归来食新麦。

逃饥荒。

〔1〕这四首诗作于嘉庆十九年(1814),写河南灾荒的惨象。

〔2〕青蚨(fú扶),指钱。语出《搜神记》。

〔3〕努目:即怒目。吞声:不敢出声讲话。面色朽:面无人色之意。

〔4〕"此时"四句:说卖儿女的钱很快吃完,仍不免饿死,而怀恋子女之情却至死不解。

〔5〕汝南:今河南汝南县。狗肥:狗因多吃死尸而肥。

〔6〕"大官"五句:写京城来的大官对人民苦难视而不见,漠不关心。清道:清除道上行人。翼,遮护。飞语,迅速传话。触公威,触犯大官的威风。

〔7〕"怪底"二句:写春天萌生的青草,都被饥民吃尽。踏青,春游。

〔8〕芣苢(fúyǐ扶以):车前草。《诗经·周南》有《芣苢》诗,诗序以为妇人食之宜子。劚(zhú竹):挖,锄。苣、蒿:两种野草。

〔9〕枵(xiāo消):空虚。

〔10〕良有司:好官吏。

〔11〕嗷嗷:因饥饿而呼号。挈(qiè窃):带,领。

〔12〕腊前见三白:腊月(农历十二月)之前降三次雪,被认为是丰年之兆。

出都诗六首[1](选一)

昨来两河荒[2],今归两河熟。荒是儿女命,熟是长吏福[3]。暂时脱饥寒,遑言来岁蓄。旁观哀目前,愚者图果腹[4]。丰歉不在天,至仁有常足[5]。谁极恻怛心,永全流离族[6]?

〔1〕这首诗写于嘉庆十九年(1814),反映农民在收成较好之年也只能顾目前。

〔2〕昨:昨岁,去年。两河:指河南、河北。

〔3〕"荒是"二句:说荒年老百姓受难,丰年官吏获福。意思是吏治腐败,做官的只知自己钻营、搜刮,不管民生疾苦。

〔4〕"暂时"四句:说老百姓在丰年能勉强不受饥寒,但说不上有积蓄,因此旁观者为这种苟且目前的情况而悲哀,而"糊涂"的人以为能吃饱肚子就好了。

〔5〕"丰歉"二句:意思是天灾是免不了要发生的,而实行"仁政",百姓就能经常衣食充足,即《礼记·王制》"三年耕必有一年之食(粮食积蓄)"的意思。

〔6〕极:极尽。恻怛(dá达)心:同情心。全:保全。流离族:流离失所的人。

灵泉寺[1]

万树结一绿,苍然成此山。行入山际寺,树外疑无天[2]。我心忽荡漾,照见三灵泉。泉性定且清,物形视所迁[3]。流行与坎止,外内符自然[4]。一杯且消渴,吾意不在禅。

〔1〕这首诗作于嘉庆二十年(1815),写山寺树色,刻意炼句;后半似谈哲理。灵泉寺:在湖北秭归县南。

〔2〕"万树"四句:说灵泉林丛茂密,全为树色包围。结,汇集。苍然,形容山上一片苍绿。

〔3〕"泉性"二句:写泉水澄清平静似镜。暗用《列子·说符》影随形迁,"屈伸任物"之意。

〔4〕"流行"二句:贾谊《鵩鸟赋》:"乘流则逝,得坎(陷坑)则止。"谓行止随顺自然。

扬州城楼〔1〕

涛声寒泊一城孤,万瓦〔2〕霜中听雁呼。曾是绿杨千树好,只今明月一分无〔3〕。穷商日夜荒歌舞,乐岁东南困转输〔4〕。道谊既轻功利重,临风还忆董江都〔5〕。

〔1〕这首诗是嘉庆二十三年(1818)登扬州城楼的抒感之作。

〔2〕万瓦:形容民房稠密。

〔3〕"曾是"二句:用前人诗词,对比扬州今昔。王士禛《浣溪沙》:"绿杨城郭是扬州。"徐凝《忆扬州》:"天下三分明月夜,二分无赖是扬州。"

〔4〕"穷商"二句:写虽然民生凋敝,而商人仍奢侈作乐。乐岁,丰收之年。转输,扬州为当时漕运中心,集中了征敛东南各省的财富。

〔5〕"道谊"二句:慨叹世风日下。董江都,指汉董仲舒,曾为江都(治今扬州)王相。他的《对贤良策》中有"正其谊不谋其利,明其道不计其功"的话。

除日抵京[1]

四千余里舟车马,九十日程雨雪霜[2]。短景行常兼昼夜,长安到亦抵家乡[3]。转无往岁追逋苦,奈此流年过客忙[4]。儿女今宵知忆我,只应欢笑慰高堂[5]。

[1] 这首诗作于嘉庆二十三年(1818)。除日:除夕。

[2] "四千"二句:作者自注:"十月朔(初一)由武昌解舟(开船)。"

[3] "短景"二句:写由于旅途辛苦,所以到达北京也像回到家中一样。短景,指冬天日短。景,同"影",指日影。长安,指北京。

[4] "转无"二句:说自己在客中虽然摆脱了年关筹措金钱归还债务的困难,无奈年光虚度,道路奔波。转,浸,渐。追逋,索取拖欠的债务。旧时在年关需要归还欠款。

[5] "儿女"二句:说子女在除夕如思念自己,则应该用喜悦来安慰祖父母,以排解他们的思儿之情。高堂,父母。诗中指"儿女"的祖父母。

潘德舆 五首

潘德舆(1785—1839),字彦辅,号四农,江苏淮安人。道光八年(1828)举人,安徽候补知县,未到任卒。论诗重质厚,强调诗的教化作用。有《养一斋集》。

射湖晚泊[1]（四首选一）

岸远月低樯[2],沙明星入网。半夜渔人归,前溪闻暗桨。

〔1〕射湖:射阳湖,在江苏淮安东南。
〔2〕"岸远"句:写泊船射阳湖,四望空阔。

镇江至江宁山行杂述[1]（十二首选二）

人畏冬山肃,我爱冬山丽。老木妍新霜,浅红透深翠。润以淡水墨,遥山抹松际。

江头不断山,山腰不断枫。衣裳染云碧,门巷铺霞红。居人淡然忘,我乃行画中。

〔1〕江宁:今南京。诗写江南冬晴景色如画。

独坐和亨甫月夜见访次日雨中口号二首[1]（选一）

病夫十日枕书卧,但见虚窗添绿阴。人海飘飘一鸥泊,斋居寂寂千山深[2]。世情如月有明晦,诗兴似云无古今。何不翠微高绝处,结茅[3]相对鼓清琴。

〔1〕张亨甫:张际亮,字亨甫,道光举人,有《张亨甫全集》。作者和其见访次日所寄诗。
〔2〕"人海"二句:说在人世间飘泊不遇,只有静居深山。
〔3〕结茅:筑茅屋隐居。

茌平述感[1]

齐西风物近如何？揽辔南来涕泪多[2]。百里田畴无秀麦,四更门巷有清歌[3]。征人躞蹀谋行乐,长吏逡巡报荐瘥[4]。岳岳马生呼不起,荒荒残日下岩阿[5]。

〔1〕茌（chí 持）平:旧县名,今为山东省聊城市下辖区。
〔2〕齐西:山东西部,山东为古齐国地。揽辔（pèi 配）:挽着马缰,

指骑马。

〔3〕"百里"二句:说田地荒芜,而城中仍彻夜笙歌。

〔4〕"征人"二句:说人们追求享乐,官吏隐瞒灾荒。蹀躞(diéxiè 谍泄),小步走路。逡巡,指犹豫、迁延。荐瘥(cuó 嵯),连年灾荒。《诗经·小雅·节南山》:"天方荐瘥。"

〔5〕"岳岳"二句:慨叹没有人起来改变危局。岳岳,形容人杰出的样子。马生,指马周,茌平人,曾代常何拟条陈,为唐太宗所赏识。后官至中书令。岩阿(ē 额,阴平),山边。